Nora Roberts
City Affairs

Liebesmärchen in New York

Tanz der Sehnsucht

MIRA® TASCHENBUCH
Band 25792
1. Auflage: November 2014

MIRA® TASCHENBÜCHER
erscheinen in der Harlequin Enterprises GmbH,
Valentinskamp 24, 20354 Hamburg
Geschäftsführer: Thomas Beckmann

Konzeption / Reihengestaltung: fredebold&partner GmbH, Köln
Umschlaggestaltung: pecher und soiron, Köln
Redaktion: Mareike Müller
Titelabbildung: Corbis, Düsseldorf
Autorenfoto: © Bruce Wilder
Satz: GGP Media GmbH, Pößneck
Druck und Bindearbeiten: CPI – Ebner & Spiegel, Ulm
Printed in Germany
Dieses Buch wurde auf FSC®-zertifiziertem Papier gedruckt.
ISBN 978-3-95649-077-4

www.mira-taschenbuch.de

Werden Sie Fan von MIRA Taschenbuch auf Facebook!

Nora Roberts

Liebesmärchen in New York

Roman

Aus dem Amerikanischen von
Melanie Lärke

1. KAPITEL

Zark holte tief Luft. Er wusste, dass es vielleicht sein letzter Atemzug war. Der Sauerstoff im Raumschiff ging zu Ende, und es blieb ihm kaum noch Zeit. Sekundenschnell lief sein Leben in der Erinnerung wie ein Film ab. Er war dankbar, dass er alleine war und niemand an den erlebten Freuden und Leiden teilnehmen konnte.

Leilah, immer wieder Leilah. Bei jedem der mühsamen Atemzüge sah er ihr Bild vor sich. Ihre klaren blauen Augen, das goldene Haar seiner einzig geliebten Frau. Als das Warnsignal im Cockpit losschrillte, glaubte er Leilahs Lachen zu hören. Erstaunt, süß, dann spöttisch.

„Bei der roten Sonne! Wie glücklich wir zusammen waren!" Keuchend stieß er die Worte hervor, während er über den Boden auf seinen Kommandostand zukroch. „Liebende, Partner, Freunde." Der Schmerz in seiner Lunge wurde unerträglich. Es stach wie Messer mit scharfen Spitzen. Er verbot es sich, noch mehr Sauerstoff mit nutzlosem Reden zu verschwenden. Aber seine Gedanken … seine Gedanken waren selbst jetzt noch bei Leilah.

Dass sie, die einzige Frau, die er je geliebt hatte, die Ursache seiner Vernichtung sein sollte! Dass sie schuld sein sollte an seinem Untergang und dem Untergang der jetzigen Welt.

Welch teuflisches Geschick, dass sich die leidenschaftliche Wissenschaftlerin in eine Kraft des Bösen verwandelt hatte.

Jetzt war sie seine Feindin. Leilah, die einst seine Frau gewesen war. Sie ist es sogar immer noch, berichtigte Zark sich in Gedanken, während er sich mühsam am Schaltpult hochzog. Wenn es ihm gelang, am Leben zu bleiben und Leilahs Plan, die Zivilisation zu vernichten, zu vereiteln, dann blieb ihm nichts anderes übrig, als sie zu verfolgen. Er musste sie töten. Wenn er die nötige Kraft dazu aufbrachte.

Commander Zark, Verteidiger des Universums, Herrscher über Perth, Held und Ehemann, drückte mit zitternder Hand auf einen Knopf …

Fortsetzung in der nächsten Ausgabe!

„Verdammt!", murmelte Radley Wallace vor sich hin und sah sogleich verstohlen über die Schulter, um festzustellen, ob seine Mutter das Fluchen mitbekommen hätte. Neuerdings fluchte er gelegentlich – aber meist nur leise, da seine Mutter es nicht hören sollte.

Die war jedoch vollauf damit beschäftigt, die ersten Umzugs-kartons auszupacken. Red hatte den Auftrag bekommen, seine eigenen Bücher einzuräumen, hatte jedoch beschlossen, zunächst einmal eine Pause einzulegen. Er liebte Pausen, besonders wenn er währenddessen Comics von Commander Zark lesen konnte. Seiner Mutter wäre es zwar lieber gewesen, er hätte sich mit richtigen Büchern beschäftigt, aber da es darin kaum Bilder zu sehen gab, zog Radley Comics vor. Und seiner Meinung nach war Commander Zark einem John Silver oder einem Huckle-berry Finn haushoch überlegen.

Radley rollte sich auf den Rücken und starrte gegen die frisch gestrichene Decke seines Zimmers. Die neue Wohnung gefiel ihm, am meisten der Blick auf den Park. Und der Aufzug natür-lich. Auf die neue Schule jedoch, die er ab Montag besuchen sollte, freute er sich überhaupt nicht.

Mom meinte zwar, die Schule sei gut, er würde bald neue Freunde kennenlernen, und außerdem könne er die alten immer noch besuchen, aber Mom brauchte sich ja nicht von allen Kin-dern anstarren zu lassen. Sie hatte auch gemeint, er solle am ers-ten Schultag den neuen Pulli anziehen, da dessen Farbe so gut zu seinen Augen passe. Aber Radley wollte lieber eins von seinen alten Sweatshirts anziehen, damit er sich wenigstens in seinen Sachen zu Hause fühlte. Mom wird das verstehen, sagte er sich. Sie versteht alles.

Er kuschelte den Kopf tiefer in sein Kissen und wünschte, sie wäre nicht länger traurig darüber, dass sein Vater weggegangen war. Das lag inzwischen schon lange zurück, und Radley konnte sich kaum noch vorstellen, wie sein Dad ausgesehen hatte. Er kam nie zu Besuch und rief nur ein paarmal im Jahr an. Radley fand das ganz in Ordnung, und er hätte es gern seiner Mutter gesagt, fürchtete aber, sie würde sich aufregen und wieder anfangen zu weinen.

Er brauchte eigentlich keinen Vater, solange er Mom hatte. Einmal hatte er ihr das gesagt, und sie hatte ihn so fest an sich gedrückt, dass er fast keine Luft mehr bekommen hatte. In der Nacht darauf hatte sie jedoch geweint. Deshalb sagte er es ihr lieber nicht noch einmal.

Mit der Weisheit seiner neun Jahre fand Radley die Erwachsenen im Allgemeinen komisch. Aber seine Mom war große Klasse. Sie schrie ihn fast nie an, und wenn es doch einmal vorkam, dann tat es ihr immer hinterher leid. Und sie war hübsch. Radley lächelte. Ihm fielen die Augen zu, und er dachte, dass selbst Prinzessin Leilah nicht hübscher sein könne als sie. Obgleich Moms Haare braun waren anstatt golden und ihre Augen grau statt kobaltblau.

Sie hatte ihm versprochen, zum Abendbrot eine Pizza kommen zu lassen, um den Umzug in die neue Wohnung zu feiern, und Radley liebte Pizza. Fast so sehr wie Commander Zark.

Er schlief zufrieden lächelnd ein und rettete im Traum gemeinsam mit Zark das Universum.

Als Hester ein wenig später nach ihm sah, fand sie ihren Sohn schlafend auf dem Bett. In der Hand hielt er einen Comic, während seine übrigen Bücher immer noch im Umzugskarton lagen. Zu einem anderen Zeitpunkt hätte sie sich vorgenommen, ihm nach dem Aufwachen eine milde Strafpredigt über Verantwortungsbewusstsein zu halten, aber an diesem Tag war ihr nicht danach zumute. Trotz der Stapel unausgepackter Kartons, die noch zu bewältigen waren, setzte sie sich zu ihm aufs Bett und betrachtete ihn.

Er ähnelte seinem Vater sehr. Das dunkelblonde Haar, die dunklen Augen, das markante Kinn. In letzter Zeit kam es nur noch selten vor, dass sie ihren Sohn ansah und dabei an den Mann dachte, mit dem sie einmal verheiratet gewesen war. Aber an diesem Tag war es anders. Dieser Tag war ein neuer Anfang für sie beide, und der neue Anfang erinnerte sie an die Vergangenheit.

Mehr als sechs Jahre ist es jetzt her, dachte sie und wunderte sich ein bisschen darüber, wie schnell die Zeit vergangen war. Radley hatte gerade angefangen zu laufen, als Allan sie verlassen hatte, weil er die vielen Rechnungen, seine Familie und insbesondere seine Frau sattgehabt hatte. Es hatte lange gedauert, bis sie ohne Schmerz daran zurückdenken konnte, aber sie würde Allan nie verzeihen, dass er es fertiggebracht hatte, seinen Sohn zu verlassen, ohne auch nur mit der Wimper zu zucken.

Glücklicherweise hatte zwischen Radley und seinem Vater keine enge Verbindung bestanden. Dennoch fragte sie sich manchmal, ob ihr Sohn nicht insgeheim unter der Trennung litt. Doch als sie ihn so betrachtete, hielt sie es kaum für möglich. Sie strich ihm übers Haar und sah durch das Fenster seines Schlafzimmers auf den Central Park. Radley war ein fröhliches, offenes und begabtes Kind. Um ihm innere Konflikte zu ersparen, hatte sie nie schlecht von seinem Vater gesprochen, obgleich es besonders in den letzten Jahren Zeiten gegeben hatte, in denen es ihr schwergefallen war, sich Bitterkeit und Zorn nicht anmerken zu lassen. Sie hatte versucht, ihm Mutter und Vater zugleich zu sein, und glaubte, dass ihr das im Großen und Ganzen auch gelungen war.

Sie hatte Bücher über Baseball gelesen, um mit Radley darüber reden zu können, hatte ihm das Radfahren beigebracht, und sie kannte natürlich auch Commander Zark. Hester lächelte und nahm ihm das Comicheft aus der Hand. Bisher war es ihr nicht gelungen, Commander Zark durch Dickens oder Twain abzulösen.

„Aber du hast ja noch viel Zeit", murmelte sie, während sie sich neben ihrem Sohn ausstreckte, „Zeit genug für gute Bücher und das wirkliche Leben. Oh Radley, hoffentlich habe ich alles richtig gemacht."

Sie schloss die Augen und wünschte, es gäbe jemanden, mit dem sie reden könnte, jemanden, der ihr hin und wieder einen Rat geben und bei Entscheidungen helfen würde.

Dann schlief auch sie ein.

Als Hester zerschlagen und von der neuen Umgebung verwirrt aufwachte, war es dämmrig geworden. Das Erste, was sie bemerkte, war, dass Radley nicht mehr neben ihr lag. Sogleich war sie hellwach. Sie spürte Panik in sich aufsteigen. Das war völlig unangebracht, weil sie wusste, dass Radley nie ohne ihre Erlaubnis die Wohnung verlassen würde. Er war zwar kein Kind, das blind gehorchte, respektierte aber die Regeln, die ihr am Herzen lagen. Sie stand auf, um nach ihm zu sehen.

„Hallo, Mom." Radley war in der Küche und hielt ein Sandwich in der Hand, aus dem Erdnussbutter und Marmelade hervorquollen.

„Ich dachte, du wolltest Pizza essen", sagte sie mit einem Blick auf einen Klecks heruntergetropfter Konfitüre.

„Will ich auch." Er biss in sein Brot. „Aber ich brauchte unbedingt jetzt schon mal was vorweg."

„Sprich nicht mit vollem Mund", ermahnte Hester, wobei sie sich zu ihm hinunterbeugte, um ihn zu küssen. „Du hättest mich doch wecken können, wenn du Hunger hattest."

„Ich kann mir schon alleine was machen. Nur die Gläser habe ich nicht gefunden."

Hester sah sich um und bemerkte, dass Red zwei Kartons geleert hatte. Sie sagte sich, sie hätte zuerst die Küche einräumen sollen. „Na, das werden wir gleich haben."

„Als ich wach geworden bin, hat es geschneit."

„Wirklich?" Hester strich sich das Haar aus dem Gesicht und ging zum Fenster, um selbst nachzusehen. „Es schneit immer noch."

„Vielleicht haben wir bald zwei Meter Schnee und die Schule fällt Montag aus." Radley stieg auf einen Stuhl und setzte sich auf die Arbeitsplatte.

Und ich brauche meinen neuen Job noch nicht anzutreten, dachte Hester sehnsüchtig. Kein neuer Stress, keine neue Verantwortung. „Ich glaube, da haben wir keine großen Chancen." Während sie Gläser auswusch, warf sie einen Blick über die Schulter. „Du hast doch keine Angst vor der neuen Schule?"

„Ein bisschen schon." Er zuckte die Schultern. Bis Montag kann noch viel dazwischenkommen, dachte er. Ein Erdbeben. Ein Schneesturm. Ein Angriff aus dem All …

„Ich könnte mit dir gehen, wenn du möchtest."

„Ach Mom, die anderen Kinder würden mich doch auslachen." Er biss von seinem Sandwich ab. „So schlimm ist es nun auch wieder nicht. Zumindest ist die blöde Angela Wiseberry nicht in meiner Klasse."

Hester brachte es nicht übers Herz, ihm zu sagen, dass es in jeder Schule eine blöde Angela Wiseberry gab. „Weißt du was? Wir treten am Montag beide unseren neuen Job an und treffen uns danach um Punkt sechzehn Uhr hier zum Rapport."

Sofort erhellte sich sein Gesicht. Er liebte nichts mehr als militärische Aktionen. „Aye, aye, Sir."

„Gut. Dann bestelle ich uns jetzt die Pizza, und während wir warten, räumen wir den Rest des Geschirrs in die Schränke."

Mitchell Dempsey saß vor seinem Zeichenbrett und wartete auf eine Idee. Er nippte an seinem kalten Kaffee in der Hoffnung, der Kaffee würde seine Fantasie beflügeln, aber sein Kopf blieb so leer wie das Blatt, das vor ihm lag. Derartiges passierte ihm selten und schon gar nicht so kurz vor dem letzten Abgabetermin. Mitch knackte eine Erdnuss und schnippte die Schale in Richtung Papierkorb. Sie fiel prompt daneben und gesellte sich zu den anderen, die schon auf dem Boden lagen. Normalerweise schrieb Mitch zuerst die Story und machte dann die Illustrationen. Diesmal versuchte er es andersherum, um möglicherweise durch die Änderung der Routine auf einen neuen Gedanken zu kommen.

Es klappte nicht.

Er schloss die Augen und versuchte zu meditieren. Keine Inspiration. Keine Story. Mitch öffnete die Augen wieder und starrte auf das leere Papier. Es war ihm klar, dass er einem Verleger wie Rich Skinner kaum mit der Entschuldigung, er sei „künstlerisch indisponiert" gewesen, kommen könnte. Sich auf Hungersnot oder Pest zu berufen war auch schlecht möglich. Ungeduldig griff er nach der nächsten Erdnuss.

Was ich brauche, ist ein Szenenwechsel, sagte er sich, eine Abwechslung. Mein Leben ist zu eingefahren, zu normal und – abgesehen von meiner augenblicklichen Ideenlosigkeit – zu einfach. Ich brauche eine Herausforderung. Er warf die Erdnussschalen auf den Boden, stand auf und fing an, unruhig hin und her zu gehen.

Er war ein großer Mann mit athletischem Körper. Als Junge war er ungewöhnlich dünn gewesen, obgleich er immer gegessen hatte wie ein hungriger Wolf. Dass ihn die anderen neckten, hatte ihm nicht viel ausgemacht, bis er die Mädchen entdeckte. Dann hatte er mit der ihm eigenen ruhigen Entschlossenheit angefangen zu ändern, was zu ändern war. Jedenfalls hatte er Gewichte gehoben, an sich gearbeitet, und es hatte ihn viel Schweiß gekostet, bis er mit sich zufrieden war. Selbst jetzt noch trainierte er seinen Körper regelmäßig, und das Gleiche tat er für seinen Kopf.

Sein Arbeitszimmer war vollgestopft mit Büchern, alle gelesen und wieder gelesen. Am liebsten hätte er eins davon vom Regal geholt und sich darin vergraben. Aber er hatte seinen Termin einzuhalten.

Der große braune Hund auf dem Boden drehte sich nach ihm um und beobachtete ihn. Mitch hatte ihn Taz getauft. Er war nicht gerade ein Ausbund an Energie. Im Augenblick gähnte er und scheuerte sich faul den Rücken am Teppich. Er mochte Mitch. Mitch verlangte nichts von ihm, was er nicht wollte, und regte sich weder über Hundehaare auf den Möbeln noch über gelegentliches Herumstöbern im Müll auf. Am meisten liebte er, wenn Mitch sich zu ihm auf den Boden hockte, ihm über das dichte braune Fell strich und ihm von seinen Ideen erzählte. Dann sah Taz ihn an, als verstehe er jedes Wort.

Taz mochte auch Mitchs Gesicht. Es war freundlich und stark, und sein Mund drückte nur selten Missbilligung aus. Seine Augen waren hell und verträumt. Außerdem mochte Taz seine großen, kräftigen Hände, mit denen er ihn immer an genau den richtigen Stellen zu kraulen wusste. Taz war ein sehr zufriedener Hund. Er gähnte und schlief wieder ein.

Als jemand an die Tür klopfte, wachte Taz auf, schlug mit dem Schwanz auf den Boden und gab ein Knurren von sich.

„Ich erwarte niemanden. Du etwa?" Mitch erhob sich. „Ich gehe mal nachsehen." Er trat mit seinen bloßen Füßen auf eine

Erdnussschale und fluchte, machte sich aber nicht die Mühe, sie aufzuheben. Er ging um einen Stapel alter Zeitungen sowie einen Sack mit schmutziger Wäsche, den er vergessen hatte, zur Wäscherei zu bringen, herum. Bevor er die Tür öffnete, versetzte er einem Knochen, den Taz auf dem Boden hatte liegen lassen, einen Tritt, sodass er in die Ecke flog.

„Ich bringe die Pizza."

Ein hoch aufgeschossener Junge von vielleicht achtzehn Jahren hielt ihm einen Karton hin, aus dem es verführerisch duftete. Mitch roch genießerisch daran. „Ich habe keine bestellt."

„Ist das nicht die Wohnung 406?"

„Doch, aber ich habe trotzdem keine Pizza bestellt." Er roch noch einmal und fügte hinzu: „Leider."

„Dann bin ich hier nicht bei Wallace?"

„Nein. Ich heiße Dempsey."

„Mist."

Wallace, dachte Mitch und rieb sich das Kinn, während der Junge von einem Fuß auf den anderen trat. Wallace, heißt so nicht die langbeinige Brünette, die gerade die Wohnung 604 von Henley übernommen hat? Das lohnte sich doch herauszufinden.

„Ich kenne die Familie Wallace", erklärte er deshalb und zog ein paar zerknitterte Scheine aus der Hosentasche. „Ich bringe ihnen die Pizza nach oben."

„Also, ich weiß nicht. Ich glaube, ich sollte nicht …"

„Keine Sorge", unterbrach Mitch den Jungen und legte noch einen Schein dazu. Pizza und neue Nachbarn, dachte er, das ist vielleicht genau die Abwechslung, die ich jetzt brauche. Und so machte er sich mit dem Karton auf den Weg nach oben.

„Das wird die Pizza sein", rief Hester und hielt Radley gerade noch fest, bevor er zur Tür stürzen konnte. „Lass mich aufmachen. Du kennst doch die Regel?"

„Mach keinem die Tür auf, den du nicht kennst", zitierte Radley und verdrehte hinter dem Rücken seiner Mutter die Augen.

Hester legte die Hand auf die Klinke und warf einen Blick durch das Guckloch. Hätte sie es nicht besser gewusst, so hätte sie geschworen, der Mann vor der Tür sähe ihr mit seinen klaren blauen Augen amüsiert entgegen. Sein Haar war dunkel und zerzaust, als wäre es schon lange nicht mehr gekämmt worden. Aber das Gesicht war faszinierend. Schmal, markant und unrasiert.

„Mom, warum machst du denn nicht auf?"

„Was?" Hester trat hastig einen Schritt zurück, als ihr aufging, dass sie den Boten reichlich lange angestarrt hatte.

„Ich komme um vor Hunger", drängte Red.

Hester öffnete die Tür und bemerkte, dass zu dem faszinierenden Gesicht ein langer, kräftiger Körper gehörte. Und nackte Füße.

„Haben Sie Pizza bestellt?"

„Ja." Draußen schneite es. Wieso hatte der Mann nackte Füße?

„Gut." Bevor Hester wusste, was geschah, war der Bote eingetreten.

„Lassen Sie mich das nehmen", sagte sie schnell. „Bring es in die Küche, Radley." Sie stellte sich schützend vor ihren Sohn und überlegte, was sie notfalls als Waffe benutzen könnte.

„Nette Wohnung." Mitch sah sich beiläufig um und bemerkte die Umzugskartons.

„Ich hole Ihnen das Geld."

„Das geht auf Kosten des Hauses." Mitch lächelte sie an. Hester fragte sich, ob der Selbstverteidigungskurs, an dem sie zwei Jahre zuvor teilgenommen hatte, in dieser Situation etwas nützen würde.

„Radley, bring die Pizza in die Küche. Ich bezahle inzwischen den Boten."

„Nachbarn", korrigierte Mitch. „Ich wohne in 406, wissen Sie, zwei Stockwerke unter Ihnen. Die Pizza ist irrtümlicherweise bei mir abgegeben worden."

„Ach so." Durch seine Erklärung wurde Hesters Nervosität nicht gemindert. „Tut mir leid, dass man Sie belästigt hat." Hester griff nach ihrem Portemonnaie.

„Das habe ich schon erledigt." Er war sich nicht ganz klar darüber, ob sie auf ihn losgehen oder lieber fliehen wollte, fand aber, es habe sich auf jeden Fall gelohnt heraufzukommen. Sie war groß, so groß wie ein Mannequin, und sie hatte auch die entsprechende Figur. Ihr braunes Haar war aus der Stirn zurückgekämmt. Große graue Augen und ein Mund, der fast eine Nummer zu groß war, beherrschten das ovale Gesicht. „Nehmen Sie die Pizza als Willkommensgruß von mir."

„Das ist wirklich sehr freundlich von Ihnen, aber ich kann …"

„… ein nachbarliches Geschenk nicht annehmen?"

Weil sie sich für seinen Geschmack ein bisschen zu kühl und reserviert gab, sah Mitch an ihr vorbei zu dem Jungen hinüber. „Hallo, ich bin Mitch." Dieses Mal wurde sein Lächeln erwidert.

„Ich bin Radley. Wir sind gerade eingezogen."

„Das habe ich bemerkt. Von außerhalb?"

„Nein. Wir haben nur die Wohnung gewechselt, weil Mom eine neue Stellung angenommen hat und die andere zu klein war. Ich kann von meinem Fenster aus den Park sehen. Du auch?"

„Es heißt ,Sie', Radley", mischte Hester sich ein.

„Nein, nein, ,du' ist schon in Ordnung, ich duze dich ja auch, Radley. Und ich kann den Park von meinen Fenstern aus auch sehen."

„Entschuldigen Sie, Mr …?"

„Ich heiße Mitch", wiederholte er mit einem Blick auf Hester.

„Ja, gut. Es war sehr nett von Ihnen, die Pizza raufzubringen, aber ich möchte Ihre Zeit nicht länger in Anspruch nehmen."

„Du kannst ein Stück abhaben", bot Radley an. „Wir kriegen sie sowieso nicht ganz auf."

„Radley, ich bin sicher, Mr … Mitch hat etwas anderes vor."

„Nein, absolut nichts." Es war eigentlich nicht Mitchs Art, sich aufzudrängen, aber die Zurückhaltung der Frau und die Herzlichkeit des Kindes forderten ihn dazu heraus. „Haben Sie vielleicht ein Bier für mich?"

„Nein, tut mir leid. Ich …"

„Aber Sprudel", meldete sich Radley, der von der Aussicht auf Gesellschaft begeistert war. Er lächelte Mitch vertrauensvoll an. „Möchtest du die Küche sehen?"

„Gern." Hester glaubte in seinem Lächeln leisen Spott zu entdecken, als er ihrem Sohn in die Küche folgte.

Sie stand in der Mitte des Wohnzimmers und wusste nicht, ob sie erbittert oder wütend sein sollte. Dieser Fremde hatte ihr bei all ihrer Arbeit gerade noch gefehlt. Dann sagte sie sich, dass es wohl am besten wäre, ihm ein Stück von der Pizza zu geben, um ihn so schnell wie möglich wieder loszuwerden.

Radley zeigte dem Fremden gerade voller Stolz den Müllschlucker. „Du weißt doch, dass du das Ding nicht anstellen sollst, wenn es leer ist", sagte Hester. „Wie Sie sehen, herrscht bei uns immer noch ein bisschen Unordnung", fügte sie an Mitch gerichtet hinzu und nahm Teller aus dem gerade eingeräumten Hängeschrank.

„Ich wohne schon seit fünf Jahren hier, und bei mir herrscht immer noch Unordnung."

„Wir kriegen eine kleine Katze." Radley kletterte auf einen Stuhl und holte Servietten aus einem Schrank. „In der alten Wohnung durften wir keine Haustiere haben, aber hier wohl, nicht, Mom?"

„Sobald wir richtig eingerichtet sind. Sprudel, Mitch?"

„Ja, bitte. Sieht so aus, als hätten Sie heute schon eine Menge geschafft." Die Küche wirkte vorbildlich aufgeräumt. Sie war kleiner als seine eigene, was er bedauerte, da Hester und ihr Sohn sie wahrscheinlich mehr benutzen würden als er. Er setzte sich an die Küchenbar und blickte sich um. Am Kühlschrank hing eine große Bleistiftzeichnung, die ein Raumschiff darstellte.

„Hast du das gemalt?", fragte er den Jungen.

„Ja." Red biss herzhaft in das Stück Pizza, das seine Mutter ihm auf den Teller gelegt hatte. Erdnussbutter und Marmelade waren längst vergessen.

„Es ist gut."

„Das soll die ‚Second Millennium' sein, Commander Zarks Raumschiff."

„Ich weiß." Mitch ließ sich die Pizza ebenfalls schmecken. „Hast du wirklich toll gemacht."

Radley fand es selbstverständlich, dass Mitch Commander Zark und sein Gefährt kannte. Seiner Ansicht nach kannte sie jeder. „Ich wollte auch Leilahs Raumfähre, die ‚Defiance' malen, aber das ist schwerer. Jetzt lohnt es sich sowieso nicht mehr, denn ich glaube, dass Zark sie im nächsten Heft in die Luft sprengt."

„Meinst du?" Mitch lächelte Hester zu, als diese sich zu ihnen gesellte.

„Genau weiß ich es natürlich nicht, aber im Augenblick sitzt er ganz schön in der Patsche."

„Er kommt schon wieder heraus."

„Lesen Sie auch Comics?", fragte Hester. Erst jetzt bemerkte sie, wie groß seine Hände waren. Sie wirkten geschickt und gepflegt und passten irgendwie nicht recht zu seiner nachlässigen Kleidung.

„Immer."

„Ich habe eine größere Sammlung als alle meine Freunde. Mom hat mir die erste Ausgabe von Commander Zark zu Weihnachten geschenkt. Die Ausgabe ist zehn Jahre alt. Da war er erst Captain. Willst du sie sehen?"

Netter Kerl, dachte Mitch, natürlich und intelligent. Die Mutter konnte er noch nicht so recht einschätzen. „Ja, gern."

Bevor Hester ihn ermahnen konnte, erst seine Pizza aufzuessen, war Radley schon davongeschossen. Sie saß schweigend da und überlegte, was das wohl für ein Mann war, der regelmäßig Comics las. Sie selbst blätterte auch hin und wieder darin herum, schon um zu wissen, womit ihr Sohn sich beschäftigte. Aber wirklich lesen? Ein Erwachsener?

„Ein richtig netter Kerl", bemerkte Mitch.

„Ja, das ist er. Es ist freundlich von Ihnen, ihm zuzuhören, wenn er von seinen Comics spricht."

„Comics sind mein Leben", erklärte Mitch ernst.

Sie war so verblüfft, dass sie ihre Zurückhaltung einen Augenblick lang vergaß und ihn anstarrte. Dann räusperte sie sich und wandte sich wieder ihrer Pizza zu. „Tatsächlich?"

Mitch amüsierte sich innerlich, und er konnte der Versuchung, diese Frau ein wenig aufzuziehen, nicht widerstehen. „Ich nehme an, Sie lesen sie nie?"

„Nein. Für so etwas habe ich keine Zeit. Möchten Sie noch ein Stück?"

„Ja, bitte." Er nahm sich das Stück, bevor sie es ihm geben konnte. „Sie sollten sich aber die Zeit nehmen. Wissen Sie, Comics sind manchmal ausgesprochen bildend. Was ist das für ein neuer Job, den Sie angenommen haben?"

„Oh, ich arbeite bei der Bank. Ich leite die Kreditabteilung bei der ‚National Trust Bank‘."

Mitch pfiff anerkennend. „Verantwortungsvolle Position für eine Frau in Ihrem Alter."

Hester wirkte leicht gekränkt. „Ich habe schon mit sechzehn angefangen, in einer Bank zu arbeiten."

Empfindlich ist sie also auch, stellte er fest, während er etwas Soße von seinem Daumen ableckte. „Das war als Kompliment gemeint." Ein bisschen sehr defensiv, sagte er sich, aber vielleicht muss sie das sein. Sie trägt keinen Ehering, und an ihrem Ringfinger ist auch kein heller Streifen, als ob in letzter Zeit noch einer daran gesteckt hätte. „Habe selbst schon öfter mit Banken zu tun gehabt. Einzahlungen, Auszahlungen, zurückgekommene Schecks."

Sie fragte sich, wann Radley wohl endlich zurückkommen würde. Irgendetwas an diesem Mann machte sie nervös. Normalerweise pflegte sie den Leuten ins Gesicht zu sehen und hatte auch nichts dagegen, von ihnen angesehen zu werden. Aber dieser Typ ließ sie ja überhaupt nicht mehr aus den Augen. „Ich wollte nicht unhöflich sein."

„Das habe ich auch nicht so verstanden. Wenn ich also bei der ‚National Trust Bank‘ einen Kredit haben möchte, nach wem müsste ich fragen?"

„Mrs Wallace."

„Sie heißen ‚Mrs‘ mit Vornamen?", scherzte er.

„Nein, Hester", antwortete sie unwillkürlich, obgleich sie ihm eigentlich nicht so weit hatte entgegenkommen wollen.

„Also, Hester", Mitch hielt ihr die Hand hin, „ich freue mich, Sie kennenzulernen."

Es dauerte einen Moment, bis sie sich überwand, ihm die Hand zu reichen. Ihr Lächeln war nur angedeutet. „Tut mir leid, wenn ich unhöflich war. Ich habe einen anstrengenden Tag hinter mir. Eigentlich eine anstrengende Woche."

„Ich finde Umzüge grässlich. Haben Sie jemanden, der Ihnen hilft?"

„Nein." Sie zog ihre Hand zurück. „Wir kommen auch so zurecht."

Verstanden. Hilfe unerwünscht. Er erkannte, dass er es besser nicht versuchen sollte, die von ihr errichtete Trennungslinie zu durchbrechen. Schade, dachte er.

„Ich hatte vergessen, in welche Kiste ich sie gepackt hatte." Radley war mit vor Anstrengung gerötetem Gesicht wieder in die Küche gekommen. „Das hier ist wertvoll, hat der Händler Mom gesagt."

Und einen Wucherpreis dafür genommen, dachte Hester. Aber Red hatte sich über das Heft mehr gefreut als über alle anderen Geschenke.

„Sieht ja noch aus wie neu." Mitch schlug die erste Seite so behutsam auf, als sei sie zerbrechlich.

„Ich wasche mir auch immer die Hände, bevor ich es lese", erklärte Radley.

„Gute Idee." Seltsam, dachte Mitch, nach so vielen Jahren bin ich immer noch stolz darauf. Ein großartiges Gefühl. Da stand es auf der ersten Seite: „Story und Illustration von Mitch Dempsey". Commander Zark war sein Geschöpf, und in den vergangenen zehn Jahren waren sie gute Freunde geworden.

„Das ist eine super Geschichte, sag ich dir. Wie Zark dazu gekommen ist, sich für die Verteidigung des Universums einzusetzen und gegen das Böse zu kämpfen."

„Weil seine Familie von dem bösen ,Red Arrow', der die Macht ergreifen wollte, ausgelöscht worden ist."

„Genau." Radley strahlte. „Aber er hat sich an ,Red Arrow' gerächt."

„In Heft 73."

Hester starrte von einem zum anderen. Der neue Nachbar unterhielt sich tatsächlich ernsthaft mit dem Jungen. Er wollte ihm damit nicht nur eine Freude machen, sondern war von Comics genauso besessen wie ihr neunjähriger Sohn.

Seltsam, dachte sie, eigentlich sieht er ganz normal aus. Er kann sich auch ordentlich ausdrücken. Sie gestand sich ein, dass es sie nervös machte, neben ihm zu sitzen, weil von seinem kräftigen Körper und seinem gut geschnittenen Gesicht eine so deutlich männliche Ausstrahlung ausging. Und sich von einem Nachbarn in dieser Hinsicht beeindrucken zu lassen war das Letzte, was sie im Sinn hatte, zumal dieser Nachbar in seiner geistigen Entwicklung offensichtlich zurückgeblieben zu sein schien.

Mitch blätterte ein paar Seiten um. Seine Zeichnungen waren in den letzten zehn Jahren eindeutig besser geworden. Es tat ihm gut, das festzustellen. Trotzdem war es ihm gelungen, die Einfachheit und Klarheit der Figuren zu erhalten, die ihm eingefallen waren, als er vor zehn Jahren noch in der Werbung sein freudloses Brot verdient hatte.

„Magst du den hier am liebsten?" Mitch zeigte mit dem Finger auf Zark.

„Na klar. Ich mag auch ‚Three Faces', und ‚Black Diamond' ist auch ganz nett, aber Commander Zark ist einfach spitze."

„Finde ich auch." Mitch zerraufte dem Jungen das Haar. Als er die Pizza heraufgebracht hatte, hätte er sich nicht träumen lassen, dass er hier die Inspiration finden würde, auf die er den ganzen Nachmittag vergeblich gewartet hatte.

„Du kannst es mal lesen, wenn du willst. Ich würde es dir ja leihen, aber …"

„Verstehe. Ein Sammlerstück verleiht man nicht."

„Es wird noch dazu kommen, dass Radley und Sie sich gegenseitig Hefte ausleihen." Hester stand auf, um die Teller abzuräumen.

„Das amüsiert Sie wohl, was?"

Auf seinen Tonfall hin warf sie ihm einen schnellen Blick zu. Sie konnte es nicht gerade Schärfe nennen, was sie darin zu hören geglaubt hatte, und seine Augen blickten immer noch klar und sanft, aber irgendetwas ermahnte sie, auf der Hut zu sein.

„Ich finde es nur ein wenig ungewöhnlich, dass ein erwachsener Mann eine Schwäche für Comics hat. Aber warum sollten Sie nicht ein solches Hobby haben."

Er hob die Brauen. „Comics sind alles andere als ein Hobby für mich, Mrs Hester Wallace. Ich lese sie nicht nur, ich schreibe sie."

„Wow! Wirklich?" Radley starrte Mitch an, als hätte er sich gerade in Superman verwandelt. „Ehrlich? Oh Mann, du bist Mitch Dempsey? Der richtige Mitch Dempsey?"

„In Fleisch und Blut." Er zupfte Radley am Ohr, während Hester ihn ansah, als wäre er gerade von einem anderen Planeten gekommen.

„Oh Mann! Mitch Dempsey, Mom, das ist Commander Zark. Das glaubt mir kein Mensch. Kannst du das glauben, Mom? Commander Zark – hier, in unserer Küche!"

„Nein", murmelte Hester und starrte Mitch weiter an. „Nein, das kann ich nicht glauben."

2. KAPITEL

*H*ester wünschte, sie hätte es sich erlauben können, feige zu sein. Am liebsten wäre sie nach Hause gelaufen und hätte sich die Bettdecke über die Ohren gezogen, bis Radley aus der Schule zurückgekommen wäre. Niemandem, der die beherrschte junge Frau im roten Mantel und mit wehendem weißen Schal beobachtet hätte, wäre der Gedanke gekommen, dass sich ihr der Magen vor Nervosität zusammenzog und ihre Handflächen feucht waren. Sie musste sich zusammennehmen, um sich nicht auf die Lippen zu beißen und so den Lippenstift zu ruinieren, während sie die letzten Meter zur Bank zurücklegte.

Nun fasste sie ihre Aktentasche fester. Als sie an diesem Morgen Radley zur Schule brachte, hatte sie ihm einzureden versucht, wie großartig und aufregend es sei, etwas Neues anzufangen. So ein Unsinn, sagte sie sich jetzt und hoffte nur, ihr Sohn habe nicht halb so viel Angst gehabt wie sie selbst in diesem Augenblick.

Obgleich sie sich immer wieder sagte, nach zwölfjähriger Erfahrung sei sie durchaus für ihre neue Position qualifiziert, wurde sie ihre Nervosität nicht los. Sie nahm all ihren Mut zusammen, atmete tief durch und betrat die Bank.

Laurence Rosen, der Manager der Bank, warf einen Blick auf seine Uhr, nickte zustimmend und kam auf Hester zu, um sie zu begrüßen. Sein dunkelblauer Anzug wirkte ordentlich und konservativ. Seine Schuhe waren spiegelblank poliert.

„Auf die Minute pünktlich, Mrs Wallace, ein ausgezeichneter Anfang. Ich darf wohl behaupten, dass alle meine Mitarbeiter von der Zeit den rechten Gebrauch zu machen verstehen." Mit einer Handbewegung forderte er sie auf, ihm in den hinteren Teil der Bank zu ihrem Büro zu folgen.

„Ich freue mich darauf, mit der Arbeit anzufangen, Mr Rosen", erklärte Hester und spürte eine Welle der Erleichterung, weil die Bemerkung der Wahrheit entsprach.

„Gut, gut. Wir werden schon dafür sorgen, dass Sie sich nicht langweilen." Mit einem Stirnrunzeln nahm er zur Kenntnis, dass zwei der Sekretärinnen noch nicht an ihrem Schreibtisch saßen. Mit einer offensichtlich gewohnheitsmäßigen Geste fuhr er sich durchs Haar. „Ihre Assistentin müsste jeden Augenblick hier sein. Wenn Sie sich erst eingewöhnt haben, Mrs Wallace, erwarte ich von Ihnen, dass Sie genau auf deren Kommen und Gehen achten. Ihre eigene Leistung wird nämlich weitgehend von der Ihrer Assistentin abhängen."

„Natürlich."

Das Büro war klein und langweilig. Hester versuchte sich nicht zu wünschen, es sei heller und luftiger und Rosen sei ein weniger langweiliger Chef. Das höhere Gehalt für diesen Job würde Radleys und ihr Leben leichter machen, und nur darauf kam es an. Ich werde es schaffen, sagte sich Hester, als sie ihren Mantel auszog. Ich werde es sogar sehr gut schaffen.

Rosen war offensichtlich angetan von ihrem schlichten schwarzen Kostüm, zu dem sie nur sparsam Schmuck angelegt hatte. In einer Bank waren auffällige Kleidung und ebensolches Benehmen nicht angebracht. „Ich nehme an, Sie haben die Unterlagen, die ich Ihnen mitgegeben hatte, durchgelesen?"

„Ich habe mich das Wochenende über damit beschäftigt." Sie ging hinter den Schreibtisch in dem Bewusstsein, mit dieser Handlung ihre neue Stellung anzutreten. „Ich glaube, ich bin jetzt mit Verfahren und Arbeitsweise der ,National Trust Bank' vertraut."

„Ausgezeichnet, ganz ausgezeichnet. Dann lasse ich Sie jetzt allein, damit Sie sich einrichten können. Ihren ersten Termin haben Sie um …", er wendete die Seite ihres Tischkalenders, „… neun Uhr fünfzehn. Sollten Sie irgendwelche Probleme haben, so kommen Sie zu mir. Ich bin immer irgendwo in der Nähe."

Das glaube ich Ihnen aufs Wort, dachte sie und sagte: „Ich bin sicher, dass alles in Ordnung ist, Mr Rosen. Danke."

Mit einem abschließenden Nicken verließ Rosen das Zimmer. Leise klickend schloss sich die Tür hinter ihm. Endlich allein, ließ Hester sich kraftlos in ihren Stuhl sinken. Die erste Hürde war genommen. Rosen hielt sie für kompetent und tüchtig. Nun musste sie nur noch beweisen, dass sie das auch tatsächlich war. Und sie würde es beweisen. Das war sie schon ihrem Stolz schuldig. Sie hasste es, sich lächerlich zu machen. Das hatte sie zur Genüge am vergangenen Abend fertiggebracht.

Sogar jetzt noch stieg ihr bei der Erinnerung daran die Röte in die Wangen. Sie hatte ihren Nachbarn nicht kränken und ganz bestimmt ihm gegenüber keine persönlichen Bemerkungen machen wollen. Aber dieser Mann hatte sie völlig aus dem Konzept gebracht. Kam einfach hereinspaziert, lud sich zum Abendessen ein und eroberte Radleys Herz innerhalb von Minuten! Sie war es nicht gewöhnt, dass Leute sich in ihr Leben drängten. Und sie mochte es absolut nicht.

Ganz im Gegensatz zu Radley. Hester griff nach einem gespitzten Bleistift mit Reklameaufdruck. Der Junge hatte vor Begeisterung geradezu geglüht und von nichts anderem mehr gesprochen, nachdem Mitch Dempsey die Wohnung verlassen hatte.

Das einzig Gute an der Sache war, dass Red auf diese Weise von der neuen Schule abgelenkt worden war. Er hatte schon immer schnell Freundschaften geschlossen, und wenn Mitch Dempsey gewillt war, ihrem Sohn Freude zu machen, dann würde sie ihn nicht daran hindern. Zumal er eigentlich recht harmlos wirkte. Was ist denn schon von einem Mann zu befürchten, der sein Geld mit dem Schreiben und Illustrieren von Comics verdient? fragte sie sich und verleugnete die Erinnerung an das aufregende Gefühl, das sie in seiner Gegenwart empfunden hatte.

Das Klopfen war lebhaft und kurz. Bevor Hester darauf reagieren konnte, wurde die Tür auch schon aufgestoßen.

„Guten Morgen, Mrs Wallace. Ich bin Kay Lorimar, Ihre Assistentin. Wir haben uns schon vor ein paar Wochen kennengelernt, erinnern Sie sich?"

„Ja. Guten Morgen, Kay." Ihre Assistentin war genau der Typ, der Hester gern gewesen wäre. Zierlich, blond, an den richtigen Stellen wohlgerundet und mit feinen Gesichtszügen. Hester faltete die Hände auf dem Schreibtisch und versuchte Autorität auszustrahlen.

„Tut mir leid, dass ich zu spät komme!" Kay lächelte und machte durchaus nicht den Eindruck, als ob es ihr wirklich leidtäte. „Montags dauert immer alles länger, als man annimmt. Es nützt auch nichts, wenn ich mir einrede, es sei Dienstag. Ich weiß auch nicht, warum. Möchten Sie einen Kaffee?"

„Nein danke, ich habe in ein paar Minuten einen Termin."

„Klingeln Sie einfach, falls Sie es sich doch noch anders überlegen." Kay blieb an der Tür stehen. „Dieses Büro dürfte ruhig ein bisschen freundlicher aussehen. Es ist dunkel wie ein Gefängnis. Mr Blowfield, dessen Stelle Sie einnehmen, mochte langweilige Dinge. Die passten auch zu ihm, wissen Sie."

Das Lächeln der Assistentin war ehrlich, und dennoch zögerte Hester, darauf einzugehen. Sie wollte nach Möglichkeit vermeiden, gleich am ersten Tag in den Ruf zu kommen, eine Klatschtante zu sein.

„Sollten Sie hier etwas umändern wollen, dann lassen Sie es mich wissen. Mein Freund ist Innenarchitekt. Ein richtiger Künstler."

„Vielen Dank. Schicken Sie mir bitte Mr und Mrs Browning herein, sobald sie kommen."

„Mach ich, Mrs Wallace", antwortete Kay und dachte, ihre neue Chefin sei zwar netter anzusehen als der alte Blowfield, habe aber offensichtlich ansonsten viel Ähnlichkeit mit ihm. „Die Kreditformulare liegen unten in der linken Schublade. Nach Typen geordnet. Die juristischen rechts, die bankinternen links. Die Liste der aktuellen Zinssätze finden Sie in der mittleren Schublade. Die Brownings kommen wegen eines Kredits für den Umbau ihres Hauses, weil sie ein Kind erwarten. Er macht in Elektronik, sie arbeitet halbtags bei ‚Bloomingdale's'. Sie sind über die Unterlagen informiert worden, die sie mitbringen müssen. Ich kann davon Kopien machen, während sie hier sind."

Hester zog die Augenbrauen hoch. „Danke, Kay", sagte sie und wusste nicht, ob sie mehr beeindruckt oder amüsiert war.

Nachdem die Tür sich wieder geschlossen hatte, lehnte Hester sich zurück und lächelte. Das Büro mochte langweilig sein, aber wenn der heutige Morgen typisch war, dann würde ihre Arbeit in der „National Trust Bank" alles andere als das sein.

Es gefiel Mitch, ein Fenster nach vorne hinaus zu haben. Auf diese Weise konnte er, wann immer er eine Pause einlegte, das Kommen und Gehen beobachten. Nach fünf Jahren kannte er jeden Hausbewohner vom Ansehen und die Hälfte davon mit Namen. Wenn er genügend Zeit hatte, machte er Skizzen von den interessantesten Leuten, und wenn er zu viel Zeit hatte, erdachte er sich sogar Geschichten zu den entsprechenden Gesichtern.

Er hielt das für eine gute Übung, zumal es ihm Spaß machte. Mitch hatte gelernt, genau hinzusehen und dann die Skizze schnell aus der Erinnerung auf das Papier zu bringen. Hester und ihren Sohn entdeckte er schon, als sie noch einen Häuserblock entfernt waren. Ihr roter Mantel leuchtete wie ein Signal. Mitch fragte sich, ob sich die kühle Mrs Wallace wohl der Auffälligkeit bewusst war. Er bezweifelte es sofort.

Er brauchte ihr Gesicht nicht zu sehen, um es zu zeichnen. Auf dem Tisch in seinem Arbeitszimmer lag schon ein halbes Dutzend roher Skizzen herum. Während sein Bleistift über das Papier glitt, sagte er sich, ihre Züge seien so interessant, dass jeder Künstler eigentlich das Bedürfnis haben müsse, sie zu malen.

Der Junge ging neben ihr her. Sein Gesicht verschwand fast vollständig hinter einem großen Wollschal und einer Mütze. Selbst aus dieser Entfernung erkannte Mitch, dass er eifrig auf seine Mutter einredete, die sich hin und wieder zu ihm hinunterbeugte, um ihm zu antworten. Ein paar Schritte vor dem Gebäude blieb sie stehen, legte den Kopf in den Nacken und lachte. Der Stift wäre ihm vor Faszination fast aus der Hand gefallen. Er wünschte sich, näher zu sein, um ihr Lachen hören, sie besser sehen zu können. Zu sehen, ob ihre Augen dabei vielleicht leuchteten.

Ein paar Sekunden später waren Mutter und Sohn im Haus verschwunden. Mitch blickte auf seinen Skizzenblock. Er hatte nicht mehr als ein paar Konturen gezeichnet. Um ihr Lachen einzufangen, musste er sie von Nahem sehen.

Er griff nach seinen Schlüsseln und wog sie in der Hand. Er hatte ihr fast eine Woche Zeit gelassen. Die zurückhaltende Mrs Wallace mochte von einem erneuten nachbarlichen Besuch nicht viel halten – er umso mehr. Außerdem gefiel ihm der Junge. Er wäre schon früher nach oben gegangen, hätte er nicht seine Story fertig machen müssen, denn er schuldete dem Jungen noch Dank. Die kleine Wochenendvisite hatte Mitch genug Anregung für drei weitere Folgen gegeben.

Taz lag mit einem Knochen zwischen den Pfoten auf dem Boden des Arbeitszimmers, als Mitch dort eintrat, um in seinen Papieren herumzuwühlen. „Bleib ruhig liegen", murmelte er, „ich geh nur mal schnell zwei Treppen höher." Taz öffnete seine Augen nur halb und brummte.

Nach einer Weile fand Mitch, wonach er gesucht hatte. Eine Zeichnung von Commander Zark in voller Uniform, im Hintergrund sein Raumschiff. Die Überschrift lautete:

Der Auftrag: Fangt Prinzessin Leilah oder tötet sie!

Mit einer lässigen Handbewegung signierte er das Blatt, rollte es und steckte es in eine Pappröhre.

„Brauchst nicht mit dem Essen auf mich zu warten", rief er Taz über die Schulter zu.

„Ich mach schon auf", rief Radley und sauste zur Tür. Es war Freitag und die Schule Lichtjahre entfernt.

„Frag erst, wer es ist."

Radley verzog das Gesicht. Als ob ich das nicht sowieso getan hätte, dachte er. „Wer ist da?"

„Mitch."

„Es ist Mitch!", schrie Radley begeistert.

Im Schlafzimmer runzelte Hester die Stirn und zog sich das Sweatshirt über den Kopf.

„Hallo!" Atemlos vor Begeisterung öffnete Red seinem neuesten Helden die Wohnungstür.

„Hallo, Red. Na, wie geht's?"

„Prima. Ich habe überhaupt keine Schulaufgaben auf." Er zog Mitch förmlich in die Wohnung. „Ich wollte schon zu dir runterkommen, aber Mom hat gesagt, du müsstest arbeiten oder so was Ähnliches."

„Oder so was Ähnliches", wiederholte Mitch und verzog keine Miene. „Also von mir aus kannst du kommen, wann du willst. Jederzeit."

„Wirklich?"

„Wirklich." Mitch fuhr dem Jungen durchs Haar. Zu schade, dass Reds Mutter nicht ein bisschen freundlicher ist, dachte er. „Ich hatte mir überlegt, das hier würde dir vielleicht gefallen." Mitch gab ihm die eingerollte Zeichnung.

„Oh! Toll!" Hingerissen starrte Radley auf das Bild, nachdem er es ausgepackt hatte. „Commander Zark und die ‚Second Millennium'. Ist das wirklich für mich? Kann ich es behalten?"

„Ja."

„Das muss ich Mom zeigen." Er drehte sich um und rannte zum Schlafzimmer, als Hester heraustrat. „Sieh doch mal, was Mitch mir geschenkt hat. Ist das nicht super? Er sagt, ich kann es behalten."

„Fantastisch." Während sie die Zeichnung betrachtete, legte sie Radley eine Hand auf die Schulter. Der Mann ist wirklich begabt, dachte sie, auch wenn er sich eine etwas seltsame Art ausgesucht hat, um von seiner Begabung Gebrauch zu machen. „Das war sehr nett von Ihnen", sagte sie an Mitch gewandt.

Sie gefiel ihm in ihrem pastellfarbenen Jogginganzug. Sie wirkte lässig, nicht ganz so unnahbar wie am ersten Abend, wenn auch vielleicht nicht ganz entspannt. Ihr kinnlanges Haar war zerzaust und ließ sie sehr anders aussehen.

„Ich wollte mich bei Red bedanken." Mitch musste sich zwingen, den Blick von ihrem Gesicht abzuwenden und Radley zuzulächeln. „Du hast mir letzte Woche sehr geholfen."

„Ich?" Radley riss die Augen weit auf. „Ehrlich?"

„Ganz ehrlich. Ich hatte ein gewaltiges Brett vor dem Kopf. Nachdem ich mich dann mit dir unterhalten hatte, ging ich runter, und alles war in Ordnung. Dafür bedanke ich mich."

„Oh, ich hab's gern gemacht. Willst du nicht zum Abendessen bleiben? Wir haben gerade Hähnchen auf chinesische Art, und dann könnte ich dir vielleicht wieder helfen. Du hast doch nichts dagegen, Mom, oder?"

Da saß sie schon wieder in der Falle. Und Mitchs Augen war anzusehen, dass er sich darüber amüsierte. „Natürlich nicht."

„Oh, toll. Ich hänge das nur schnell auf. Darf ich Josh anrufen und ihm davon erzählen? Er wird es nicht glauben."

„Natürlich." Red war aus dem Zimmer gelaufen, bevor Hester Gelegenheit gehabt hatte, das Wort ‚später' hinzuzufügen.

„Danke, Mitch!" Radley blieb in der Tür noch einmal stehen. „Vielen, vielen Dank!"

„Das war wirklich sehr freundlich von Ihnen", sagte Hester und dachte: Es gibt absolut keinen Grund, weshalb dieser Mitch Dempsey mich nervös machen sollte. Warum bin ich es dann?

„Mag sein. Aber ich habe lange nichts mehr getan, was mir selbst so viel Freude gemacht hat." Er steckte zufrieden die Hände in die Taschen seiner Jeans. „Sie haben eine Menge geschafft", stellte er fest, nachdem er sich im Zimmer umgesehen hatte.

Die Kartons waren verschwunden. Moderne Bilder in leuchtenden Farben hingen an den Wänden, frische Blumen standen in der Nähe des Fensters. Das winterliche Licht fiel durch die dünnen Vorhänge. Die einzige Unordnung waren ein paar Plastikfiguren, die auf dem Teppich zerstreut lagen. Das gefiel ihm. Es bedeutete, dass Hester nicht zu den Müttern gehörte, deren Kinder nur in ihrem Zimmer spielen durften.

„Dalí?" Er trat ans Sofa, um die darüber hängende Lithografie zu begutachten.

Sie kaute auf ihrer Unterlippe, während Mitch eine ihrer wenigen Extravaganzen begutachtete. „Die hab ich in dem kleinen Geschäft auf der Fünften gekauft, das wegen Geschäftsaufgabe ausverkauft."

„Ja, das kenne ich. Sie haben sich schnell hier eingerichtet."

„Ich wollte alles so bald wie möglich wieder im Normalzustand haben. Der Umzug war nicht leicht für Radley."

„Und für Sie?" Er drehte sich um und sah sie prüfend an.

„Für mich? Nun ... äh ... ich ..."

„Wissen Sie", sagte er, während er auf sie zuging, „Sie sind wesentlich redegewandter, wenn Sie von Red erzählen, als wenn Sie über sich selbst sprechen."

Sie trat schnell zurück, weil sie befürchtete, er könne die Absicht haben, sie zu berühren. Und Hester war sich absolut nicht sicher, wie sie darauf reagieren würde.

„Brauchen Sie Hilfe?"

„Wobei?"

Dieses Mal war sie nicht schnell genug. Er legte ihr die Hand unters Kinn und lächelte. „Bei der Zubereitung des Abendessens."

Es war lange her, dass ein Mann sie so berührt hatte. Das musste der Grund dafür sein, dass ihr das Herz plötzlich in der Kehle zu pochen schien. „Können Sie kochen?"

Was für unglaubliche Augen sie hat, dachte er, so klar. Das Grau ist so hell, als sei es durchsichtig. Zum ersten Mal seit Jahren hatte Mitch das Bedürfnis zu malen, nur um zu versuchen, dieses Grau auf die Leinwand zu bringen. „Ich mache hervorragende Sandwiches mit Erdnussbutter", erklärte er lachend.

Sie griff nach seinem Handgelenk, in der Absicht, seine Hand wegzuziehen, aber dann ließ sie ihre Finger einen Moment lang auf seinen liegen. „Wie ist es mit Gemüseschneiden?"

„Ich denke, das bringe ich gerade noch fertig."

„Gut." Sie trat zurück und wunderte sich darüber, dass sie den Kontakt so lange geduldet hatte. „Ich habe zwar immer noch kein Bier, aber heute können Sie ein Glas Wein haben."

„Perfekt", meinte er und folgte ihr in die Küche.

„Es ist wirklich nur ein einfaches Essen", entschuldigte Hester sich, „aber es schmeckt süßsauer, und so merkt Radley kaum, dass er etwas Nahrhaftes zu sich nimmt. Für Süßes ist er immer zu haben."

„Genau wie ich."

Hester lächelte und wirkte entspannter, während sie Sellerie und Pilze auf ein Hackbrett legte. „Wir haben ein Abkommen getroffen", fuhr sie fort, holte das Huhn aus dem Kühlschrank und vergaß auch den Wein nicht. „Ich erlaube ihm Süßigkeiten in kleinen Mengen, dafür isst er Brokkoli."

„Hört sich ganz vernünftig an."

Sie öffnete die Weinflasche. Billig, dachte er mit einem Blick auf das Etikett, aber trinkbar. Sie füllte zwei Gläser, reichte ihm eins und stellte fest, dass ihre Hände sich schon wieder feucht anfühlten. Es war eine ganze Weile her, seit sie mit einem Mann eine Flasche Wein geteilt oder ein Abendessen zubereitet hatte.

„Auf gute Nachbarschaft", sagte er und glaubte zu bemerken, dass sie sich etwas entspannte, nachdem sie miteinander angestoßen hatten.

„Warum setzen Sie sich nicht, während ich das Huhn zubereite? Danach können Sie sich dann mit dem Gemüse beschäftigen."

Anstatt sich zu setzen, lehnte Mitch sich an die Essbar. Er war nicht bereit, sich so weit auf Abstand halten zu lassen, wie Hester es offensichtlich beabsichtigte. Während er seinen Wein trank, beobachtete er, dass sie das Messer ausgesprochen geschickt handhabte. „Wie gefällt Ihnen Ihr neuer Job?"

Hester zuckte die Schultern. „Eigentlich ganz gut. Der Geschäftsführer ist ziemlich pedantisch. Das nervt ein bisschen. Manchmal ist es aber auch ganz komisch. Red und ich tauschen schon die ganze Woche über unsere Erfahrungen aus."

Haben die beiden etwa darüber gelacht? fragte er sich. „Wie hat sich Radley in der neuen Schule eingelebt?"

„Überraschend gut." Ihre Lippen wurden weich, und Mitch hätte sie am liebsten mit dem Finger berührt. „Was immer in seinem Leben geschieht, er passt sich problemlos an. Wirklich erstaunlich."

Lag eine gewisse Trauer auf ihrem Gesicht? Er glaubte sie in ihren Augen zu erkennen. „Eine Scheidung ist hart."

„Ja." Ihre Stimme klang abweisend. Sie gab das in Würfel geschnittene Huhn in eine Schüssel. „Sie können das hier klein schneiden. Ich setze unterdessen den Reis auf."

„Wird gemacht." Er ließ das Thema fallen, jedenfalls für den Augenblick. Mit der Scheidung hatte er also ins Schwarze getroffen. Und anscheinend hatte die Mutter sie nicht so leicht weggesteckt wie der Sohn. „Red erwähnte, dass er mich besuchen kommen wollte, Sie ihn aber davon abgehalten hätten."

Hester reichte Mitch eine Zwiebel, bevor sie einen Topf auf den Herd setzte. „Ich wollte nicht, dass er Sie bei der Arbeit stört."

„Wir wissen beide, was Sie von meiner Arbeit halten."

„Ich hatte neulich Abend nicht die Absicht, Sie zu kränken", erklärte sie steif. „Es war nur ..."

„Sie verstehen nicht, dass ein erwachsener Mann mit dem Schreiben von Comics sein Brot verdient."

Hester gab den Reis ins Wasser. „Es geht mich nichts an, womit Sie Ihren Lebensunterhalt verdienen."

„Stimmt." Mitch nahm einen großen Schluck Wein, bevor er sich ans Sellerieschneiden machte. „Ich wollte Sie nur wissen lassen, dass Red mich besuchen kann, wann immer er will."

„Das ist sehr freundlich von Ihnen, aber ..."

„Kein Aber, Hester. Ich mag ihn, und da ich in der Lage bin, mir meine Zeit selbst einzuteilen, wird er mich nicht stören. Was soll ich mit den Pilzen machen?"

„In Scheiben schneiden." Sie legte einen Deckel auf den Topf mit dem Reis, bevor sie zu ihm herüberkam, um es ihm vorzumachen. „Nicht zu dünn. Sie müssen nur darauf achten ..." Ihre Stimme erstarb, als er nach der Hand griff, in der sie das Messer hielt.

„So?" Ohne groß darüber nachzudenken, hatte er sie mit einer leichten Drehung zwischen seine Arme manövriert, sodass sie ihn mit ihrem Rücken berührte. Er neigte sich vor, bis sein Mund ihrem Ohr ganz nahe war.

„Ja, so ist es gut." Sie starrte auf ihre Hände und versuchte gelassen zu bleiben. „Es kommt aber wirklich nicht so genau darauf an."

„Wir werden uns nach Kräften bemühen, Lady."

„Ich muss das Huhn aufsetzen." Sie drehte sich um, geriet jedoch vom Regen in die Traufe. Sie hätte ihm besser nicht ins

Gesicht sehen sollen. Sein leichtes Lächeln und der ruhige, selbstsichere Ausdruck seiner Augen verwirrten sie völlig. Zurücktreten konnte sie nicht, weil da kein Platz war. „Mitch, Sie stehen mir im Weg."

Er hatte ihre Verwirrung erkannt. Oder war es sogar Erregung? Sie hat also Gefühle, Sehnsüchte und Wünsche, dachte er, war sich aber klar darüber, dass er sie nicht zu sehr bedrängen durfte. „Das wird wahrscheinlich noch öfter vorkommen", erwiderte er trocken, trat beiseite und ließ sie gehen. „Sie duften so gut, Hester. Verdammt gut."

Diese beiläufige Feststellung war nicht gerade dazu angetan, ihren Seelenfrieden wiederherzustellen. Red mag von ihm so begeistert sein, wie er will, das ist das letzte Mal, dass ich diesen Mr Dempsey eingeladen habe, schwor sie sich, stellte das Gas unter der Kasserolle an und gab Öl hinein. „Dann arbeiten Sie also zu Hause. Kein Büro?"

Themenwechsel, dachte er und ließ ihr für den Augenblick ihren Willen, weil er sicher war, dass er den seinen bekommen würde. Bald. „Ich arbeite besser zu Hause. Wenn ich Story und Zeichnungen fertig habe, bringe ich sie zum Anfertigen der Matrizen und zum Setzen in den Verlag."

„Ach so, Sie machen die Matrizen nicht selbst?" Sie hatte keine Ahnung, was Matrizen waren, und wollte Radley später danach fragen.

„Nicht mehr. Wir haben ein paar wirkliche Könner auf dem Gebiet, und auf diese Weise bleibt mir mehr Zeit, an der Story zu arbeiten. Ob Sie es glauben oder nicht, wir bemühen uns um Qualität, um ein Vokabular, das Kinder herausfordert, und um eine unterhaltsame Geschichte."

Nachdem sie das Huhn ins heiße Öl gelegt hatte, überwand Hester sich zu einer Ansprache: „Bitte, entschuldigen Sie, wenn ich Sie in irgendeiner Weise gekränkt haben sollte. Ihre Arbeit bedeutet Ihnen gewiss sehr viel, und ich bin sicher, dass Radley sie zu schätzen weiß."

„Das haben Sie sehr schön gesagt, Mrs Wallace." Mitch schob ihr das Brett mit dem klein geschnittenen Gemüse zu.

„Josh glaubt es mir nicht!" Radley kam mit leuchtenden Augen in die Küche gestürmt. „Er will morgen kommen und sehen, ob es wahr ist. Darf er? Seine Mom sagt, er darf, wenn du es erlaubst."

Hester wandte sich lange genug vom Herd ab, um ihn an sich zu drücken. „Er darf. Aber erst nach dem Lunch. Morgens müssen wir ein paar Einkäufe fürs Wochenende machen."

„Danke. Warte nur, bis er es sieht. Er fällt glatt um. Ich sag's ihm."

„Das Essen ist fast fertig. Beeil dich. Und wasch dir die Hände."

Radley sah Mitch an, verdrehte die Augen und schoss aus der Küche.

„Sie sind der große Hit", erklärte Hester.

„Aber Sie sind für ihn die Größte."

„Er für mich ja auch."

„Das habe ich schon bemerkt." Mitch trank sein Glas leer. „Wissen Sie, eins verstehe ich nicht recht. Ich dachte immer, Bankangestellte arbeiten nur während der Schalterstunden. Aber Sie und Red kommen nie vor fünf oder so nach Hause." Als sie ihn erstaunt ansah, lächelte er. „Ich habe ein paar Fenster zur Straße hinaus. Und ich beobachte gern, wie die Leute rein- und rausgehen."

Bei dem Gedanken, dass er sie beobachtet hatte, war ihr unbehaglich zumute. „Ich höre um vier auf, aber dann muss ich Red noch bei der Dame abholen, die auf ihn aufpasst. Sie wohnt in der Nähe unserer früheren Wohnung, deshalb dauert es eine Weile. Ich habe schon angefangen, mich nach jemandem umzusehen, der mehr in der Nähe wohnt."

„Viele Kinder in seinem Alter und sogar jüngere kommen alleine nach Hause."

„Radley ist kein Schlüsselkind. Er soll nicht in eine leere Wohnung kommen, nur weil ich arbeiten muss." Wieder diese kühle Zurückweisung.

Mitch rückte das Weinglas in die Nähe ihres Ellbogens. „Das kann wirklich deprimierend sein", murmelte er, da er sich an seine eigenen Kindheitserfahrungen erinnerte. „Er hat Glück, dass er Sie hat."

„Ich habe noch größeres Glück, dass ich ihn habe." Ihre Stimme war weicher geworden. „Wenn Sie die Teller herausholen, kann ich auftischen."

Mitch erinnerte sich daran, wo sie ihr Geschirr aufbewahrte, weiße Teller mit kleinen Veilchen auf dem Rand. Während er sie auf den Esstresen stellte, gab er einem plötzlichen Impuls nach.

„Ich nehme an, es wäre einfacher, wenn Red von der Schule aus direkt hierher zurückkommen könnte?"

„Oh ja. Es ist wirklich lästig, jeden Tag mit ihm durch die halbe Stadt zu ziehen. Obgleich er sich nie beschwert. Aber jemanden zu finden, dem man vertrauen kann und den Red mag, ist gar nicht so einfach."

„Wie wär's mit mir?"

Hester, die gerade das Gas abdrehen wollte, hielt mitten in der Bewegung inne und starrte ihn an. Gemüse und Huhn brutzelten unterdessen im heißen Öl munter weiter vor sich hin. „Wie bitte?"

„Er könnte nachmittags bei mir sein." Wieder legte Mitch seine Hand auf die ihre, dieses Mal, um das Gas auszudrehen. „Dann wäre er im selben Haus."

„Mit Ihnen? Nein, das geht nicht."

„Warum nicht?" Je länger Mitch darüber nachdachte, desto besser gefiel ihm die Idee. Für ihn und Taz wäre es nett, nachmittags Gesellschaft zu haben, und obendrein bekäme er selbst auf diese Weise mehr von der interessanten Mrs Wallace zu sehen. „Brauchen Sie Referenzen? Ich stehe nicht im Strafregister."

„Das habe ich damit nicht sagen wollen." Als er grinste, machte Hester sich mit dem Reis zu schaffen. „Ich meine, das kann ich unmöglich von Ihnen verlangen. Sie haben doch viel zu tun."

„Seien Sie ehrlich. Sie glauben doch ohnehin, dass ich den ganzen Tag nur herumtrödle."

„Wir waren schon übereingekommen, dass mich das nichts angeht."

„Genau. Jedenfalls bin ich nachmittags zu Hause, verfügbar und bereit. Außerdem könnte ich Red als Berater gebrauchen. Er ist gut, wissen Sie." Mitch wies auf die Zeichnung am Kühlschrank. „Der Junge könnte außerdem ein paar Zeichenstunden brauchen."

„Ich weiß. Ich hoffte, dass wir sie uns diesen Sommer hätten leisten können, aber …"

„Dann schauen Sie einem geschenkten Gaul nicht ins Maul", fiel Mitch ihr ins Wort. „Der Junge mag mich, und ich mag ihn, und ich schwöre, er bekommt jeden Nachmittag nur eine winzige Kleinigkeit zum Naschen."

Jetzt lachte Hester, wie er sie vor ein paar Stunden von seinem Fenster aus hatte lachen sehen. Es fiel ihm nicht leicht, sich zurückzuhalten, aber sein Instinkt sagte ihm, dass sie, falls er nur eine einzige falsche Bewegung machte, ihm die Tür vor der Nase zuschlagen und den Riegel vorschieben würde.

„Ich weiß nicht, Mitch. Ich meine, ich weiß Ihr Angebot wirklich zu schätzen. Es würde die Dinge sehr viel leichter machen. Aber ich bin mir nicht sicher, ob Sie wissen, auf was Sie sich da einlassen würden."

„Vergessen Sie nicht, dass ich selbst einmal ein kleiner Junge war." Mitch hatte sein Angebot gemacht, ohne vorher darüber nachzudenken, doch jetzt merkte er, dass ihm tatsächlich daran gelegen war, den Jungen um sich zu haben. „Wissen Sie was? Warum überlassen Sie die Entscheidung nicht Red?"

„Was für eine Entscheidung?" Radley hatte sich, nachdem er sein Gespräch mit Josh beendet hatte, ein paar Tropfen Wasser über die Hände laufen lassen, in der Hoffnung, dass seine Mutter sich nicht die Zeit nehmen würde, genauer hinzusehen.

Sie hätte eine ausweichende Antwort geben können, da ihr aber daran gelegen war, Red gegenüber immer ehrlich zu sein, antwortete sie: „Mitch meinte, ob es dir wohl gefiele, nachmittags nach der Schule bei ihm zu bleiben anstatt bei Mrs Cohen."

„Ehrlich?" Red machte vor Freude einen Satz. „Darf ich? Ehrlich?"

„Nun, ich wollte es mir überlegen und mit dir darüber sprechen."

„Ich werde auch unheimlich lieb sein." Red stürzte sich auf seine Mutter und schlang die Arme um ihre Taille. „Ich verspreche es. Mitch ist viel besser als Mrs Cohen. Viel, viel besser. Sie riecht nach Mottenkugeln und tätschelt mir immer den Kopf."

Hester warf Mitch einen vorwurfsvollen Blick zu. Sie war es nicht gewöhnt, ohne vorherige gründliche Überlegung zu Entscheidungen gezwungen zu werden. „Aber Radley, Mrs Cohen ist sehr nett. Und du gehst schon seit zwei Jahren zu ihr."

Radley drückte sich fester an sie und spielte seinen Trumpf aus. „Wenn ich bei Mitch bliebe, könnte ich immer sofort nach Hause kommen und zuerst meine Schulaufgaben machen." Das war zwar ein etwas vorschnell gemachtes Versprechen, aber die Situation erforderte es. „Und du könntest auch früher nach Hause kommen und alles. Bitte, Mom, sag Ja. Bitte!"

Sie verweigerte ihrem Sohn nur sehr ungern etwas, weil es ohnehin so viele Dinge gab, die sie ihm nicht erlauben konnte. Er sah zu ihr auf, und seine Wangen waren vor Eifer gerötet. Sie neigte sich zu ihm hinunter und küsste ihn. „Also gut, wir werden es versuchen und sehen, was dabei herauskommt."

„Super!", schrie Red und warf ihr die Arme um den Hals, bevor er sich zu Mitch umdrehte. „Das wird einfach super!"

3. KAPITEL

*A*n den Wochenenden schlief Mitch lange, meistens ohne dass ihm bewusst war, dass es sich um ein Wochenende handelte. Da er zu Hause arbeitete und sich seine Zeit nach eigenem Belieben einteilen konnte, vergaß er nämlich häufig, dass für die Mehrzahl der Menschen ein gewaltiger Unterschied zwischen einem Arbeitstag und dem Wochenende bestand. Diesen speziellen Samstag verbrachte er im Bett und war für die übrige Welt nicht zu sprechen.

Nachdem er am Abend Hesters Wohnung verlassen hatte, war er zu rastlos gewesen, um in sein eigenes Apartment zurückzukehren. Stattdessen hatte er einer Laune nachgegeben und war in die Kneipe gegangen, die von Mitarbeitern des „Universal-Verlags" besucht wurde. Dort hatte er seinen Setzer und einen Künstler, der für „Universal" eine andere Science-Fiction-Serie schrieb, getroffen. Die Musik war laut und nicht besonders gut gewesen, was genau seiner Laune entsprochen hatte.

Später hatte er sich von den anderen noch zu einem Horrorfilm-Festival am Time Square überreden lassen. So war es schon nach sechs gewesen, als er ein bisschen betrunken heimgekommen war. Er hatte gerade noch genügend Energie aufgebracht, sich auszuziehen, sich aufs Bett fallen zu lassen und sich vorzunehmen, die nächsten vierundzwanzig Stunden im Bett zu verbringen. Als acht Stunden später das Telefon klingelte, hob er eigentlich nur ab, weil das Geräusch ihn nervte.

„Ja?"

„Mitch?" Er hört sich verschlafen an, dachte Hester, da es aber schon zwei Uhr nachmittags war, fand sie den Gedanken albern. „Hier spricht Hester Wallace. Tut mir leid, wenn ich Sie gestört habe."

„Was? Nein, nein. Ist schon in Ordnung." Er rieb sich mit der Hand übers Gesicht und schob den Hund zur Bettmitte. „Verdammt, Taz, rutsch weiter. Du prustest mich an."

Taz? Hester runzelte die Stirn. Sie hatte nicht gewusst, dass Mitch seine Wohnung mit jemandem teilte. Das hätte ich vorher feststellen müssen, dachte sie und biss sich auf die Lippen.

„Bitte entschuldigen Sie", fuhr sie mit merklich kühlerer Stimme fort, „anscheinend habe ich Sie zu einem ungünstigen Zeitpunkt erwischt."

„Nein." Diesem blöden Köter braucht man nur den kleinen Finger zu geben, und schon schnappt er sich die ganze Hand, dachte Mitch verärgert, während er auf die andere Seite des Bettes kletterte. „Um was geht es?"

„Sind Sie überhaupt schon aufgestanden?"

Die leichte Missbilligung in ihrer Stimme ärgerte ihn. Das und der Umstand, dass sich seine Zunge unangenehm geschwollen anfühlte. „Ja, ich bin auf. Ich rede doch mit Ihnen, oder nicht?"

„Ich rufe Sie nur an wegen der Telefonnummern und Informationen, die Sie brauchen, wenn Sie auf Radley aufpassen."

„Ach so." Er strich sich das Haar aus der Stirn und sah sich um, in der Hoffnung, irgendwo in seiner Nähe ein Glas Wasser oder Ähnliches stehen zu sehen. Aber er hatte kein Glück. „In Ordnung. Warten Sie, ich hole mir nur schnell einen Bleistift."

„Ja, nur …" Er hörte, dass sie eine Hand über die Muschel hielt und mit jemandem sprach – wahrscheinlich mit Radley, dachte er, der Eindringlichkeit ihrer Stimme nach zu urteilen. „Radley hatte eigentlich gehofft, wir könnten für eine Minute bei Ihnen vorbeikommen, wenn es Ihnen nicht zu viel Mühe macht. Er würde Sie gern seinem Freund vorstellen. Aber wenn Sie sehr beschäftigt sind, kann ich Ihnen die Informationen auch später vorbeibringen."

Mitch setzte schon dazu an, ihr zu sagen, genau das möge sie tun, denn abgesehen davon, dass er gern weitergeschlafen hätte, mochte sich auf diese Weise vielleicht die Gelegenheit ergeben, ein paar Minuten mit ihr alleine zu sein. Doch dann dachte er an Radley, der wahrscheinlich neben seiner Mutter stand und voller Erwartung zu ihr aufsah. „Geben Sie mir zehn Minuten", sagte er hastig und legte auf, bevor Hester noch einen Ton erwidern konnte.

Er zog seine Jeans an und ging ins Badezimmer, wo er das Waschbecken mit kaltem Wasser volllaufen ließ. Dann holte er tief Luft und hielt sein Gesicht hinein. Fluchend, aber wach tauchte er wieder auf. Fünf Minuten später zog er sich ein Sweatshirt über und überlegte, ob er daran gedacht hatte, ein paar Socken waschen zu lassen. Die Wäsche, die von der Wäscherei sauber und gebügelt zurückgebracht worden war, hatte er nachlässig auf einen Stuhl in die Ecke gelegt. Er erwog flüchtig, den Haufen zu durchwühlen, als er ein Klopfen hörte. Taz wedelte mit dem Schwanz auf der Matratze, bleckte seine großen weißen Zähne und gab ein Jaulen von sich.

„Mach, dass du aus dem Bett kommst", schimpfte Mitch. „Weißt du denn nicht, dass es schon nach zwei ist?" Er fuhr sich mit der Hand über sein unrasiertes Kinn und öffnete die Tür.

Sie sah umwerfend aus, einfach umwerfend. Den kleinen Jungen an der Hand, stand Hester an der Tür und lächelte scheu. Er war überrascht. Er hatte sie für kühl und zurückhaltend gehalten. Gab sie sich nur so, um hinter dieser Reserviertheit ihre Schüchternheit zu verstecken, die er ausgesprochen reizvoll fand?

„Hallo, Red."

„Hallo, Mitch", gab Red zurück und schien vor Stolz zu wachsen. „Das ist mein Freund, Josh Miller. Er will nicht glauben, dass du Commander Zark bist."

„Tatsächlich?" Mitch sah auf den ungläubigen Burschen hinunter, einen mageren Jungen mit strohblondem Haar, der nur ein paar Zentimeter größer war als Red. „Kommt rein."

„Es ist nett von Ihnen, uns hereinzubitten", fing Hester an. „Red hätte mir keine Ruhe gelassen, bis die Sache mit Josh geregelt gewesen wäre."

Als Mitch die Tür hinter ihnen geschlossen hatte, war Hesters erster Eindruck, in seinem Wohnzimmer müsse eine Bombe explodiert sein. Wohin man sah, überall lagen Papier, Kleidungsstücke und Krimskrams herum. Möbel ließen sich nur erahnen, zu sehen waren sie nicht.

„Sag Josh, dass du Commander Zark bist", drängte Red.

„Das könnte man vielleicht sagen." Die Formulierung gefiel Mitch. „Jedenfalls habe ich ihn erschaffen." Er bemerkte, dass Josh ihn misstrauisch ansah. „Geht ihr beide zusammen zur Schule?"

„Früher." Josh sah Mitch immer noch prüfend an. „Sie sehen aber nicht aus wie Commander Zark."

Mitch rieb sich wieder das Kinn. „Anstrengender Abend, gestern."

„Er ist aber auch Zark. He, Mom, sieh doch mal, Mitch hat einen Videorekorder." Radley hatte keine Mühe, in dem Durcheinander das zu entdecken, was ihn interessierte. „Ich spare schon die ganze Zeit mein Taschengeld, um einen zu kaufen. Siebzehn Dollar hab ich schon."

„Das läppert sich zusammen." Mitch nickte und fuhr sich mit dem Finger über die Nase. „Warum gehen wir nicht in mein Arbeitszimmer? Dann kann ich euch zeigen, was ich für die Frühjahrsausgabe ausgebrütet habe."

„Au toll!", riefen die Jungs wie aus einem Munde.

Da er das als Zustimmung auslegte, ging Mitch voraus.

Hester fand das Arbeitszimmer groß, hell und genauso chaotisch wie das Wohnzimmer. Sie selbst war sehr ordnungsliebend, und es war ihr unbegreiflich, dass jemand unter diesen Umständen arbeiten konnte. Aber dort stand tatsächlich ein Zeichentisch, und daran waren Skizzen und Zettel mit Schriftblasen geheftet.

„Hier, siehst du? Zark kriegt alle Hände voll zu tun, wenn Leilah sich mit ‚Black Moth' zusammentut."

„‚Black Moth', du meine Güte!" Die Fakten überzeugten und beeindruckten Josh. Dann dachte er nach und wurde wieder misstrauisch. „‚Black Moth' hatte er doch schon vier Hefte früher ausgeschaltet."

„Nachdem Zark den Zenith mit ZT-5 bombardiert hatte, war ‚Black Moth' nur scheintot. Mit ihrem wissenschaftlichen Talent konnte Leilah ihn wieder lebendig machen."

„Wahnsinn!" Das kam von Josh, der die übergroßen Zeichnungen und Beschriftungen betrachtete. „Warum machen Sie die so groß? Die können doch nicht in ein Comicheft passen."

„Sie müssen erst kleiner gemacht werden."

„Ich habe alles darüber gelesen", erklärte Red fachmännisch. „Ich habe mir in der Bücherei ein Buch ausgeliehen, in dem alles über Comics steht. Seit 1930."

„Dem Steinzeitalter." Mitch lächelte, während die Jungen seine Arbeiten bewunderten.

Hester bewunderte andere Dinge. Sie glaubte unter dem Durcheinander einen original französischen Rokokoschrank entdeckt zu haben. Und sie sah Bücher. Hunderte. Mitch beobachtete sie, während sie im Zimmer herumging, und er hätte sie nicht aus den Augen gelassen, wenn Josh ihn nicht am Ärmel gezupft hätte.

„Bitte, würden Sie mir ein Autogramm geben?"

Mitch freute sich, als er das ernste Kindergesicht vor sich sah. „Na klar." Er wühlte in seinen Blättern herum, fand ein leeres Blatt und signierte es. Dann malte er eine flüchtige Skizze von Zark hinzu.

„Toll." Josh faltete das Papier sorgfältig zusammen und ließ es in seiner Tasche verschwinden. „Mein Bruder gibt dauernd an, weil er einen Baseball mit Autogramm hat. Aber das ist besser."

„Hab ich's dir nicht gesagt?" Red stellte sich demonstrativ neben Mitch. „Und nach der Schule bleibe ich jetzt immer bei Mitch, bis Mom von der Arbeit kommt."

„Ehrlich?"

„So, ihr Burschen, jetzt habt ihr Mr Dempseys Zeit lange genug in Anspruch genommen." Hester wollte die Jungen hinausscheuchen, als Taz ins Zimmer getrottet kam.

„Mann, ist der groß." Radley wollte mit ausgestreckter Hand auf ihn zugehen, aber Hester hielt ihn zurück.

„Radley, du weißt doch, dass man fremde Hunde nicht einfach anfasst."

„Deine Mutter hat recht", warf Mitch ein, „aber in diesem Fall ist es in Ordnung. Taz ist harmlos."

Und riesig, dachte Hester, während sie die beiden Jungen auf Abstand hielt.

Taz, der vor kleinen Menschen einen gesunden Respekt hatte, setzte sich und betrachtete die beiden. Kleine Jungen neigten dazu, rau mit ihm umzugehen und ihn an den Ohren zu ziehen, was Taz zwar heldenhaft erduldete, allerdings ohne Begeisterung. So blieb er vorläufig sitzen, wo er war, und wedelte mit dem Schwanz.

„Er ist alles andere als ein aggressiver Hund", versicherte Mitch seiner neuen Nachbarin. Er trat um sie herum und legte Taz die Hand auf den Kopf. Hester bemerkte, dass er sich dazu nicht zu bücken brauchte.

„Kann er Kunststücke?", wollte Radley wissen. Sein geheimster Wunsch war es seit jeher, einen eigenen Hund zu haben. Einen großen. Aber er hatte nie darum gebeten, weil er wusste, dass man ihn nicht den ganzen Tag allein in der Wohnung lassen konnte.

„Nein. Bloß sprechen."

„Sprechen?" Josh bekam einen Lachanfall. „Hunde können doch nicht sprechen."

„Er meint bellen", sagte Hester und lächelte.

„Nein, ich meine sprechen." Mitch gab Taz ein paar freundliche Klapse. „Na, alter Junge, wie geht es dir?"

Als Antwort darauf stieß Taz den Kopf kräftig an Mitchs Bein und fing an, zu stöhnen und zu brummen. Mit großen, ernsten Augen sah er zu seinem Herrn auf und jaulte und knurrte, bis beide Jungen sich kugelten vor Lachen.

„Der kann ja wirklich sprechen!" Radley ging mit ausgestreckter Hand auf Taz zu. „Er kann es tatsächlich!"

Der Hund war offensichtlich zu der Ansicht gekommen, Red sehe nicht wie ein Ohrenzupfer aus, und schmiegte seine lange Schnauze in die Hand des Jungen. „Er mag mich. Sieh doch, Mom." Red warf dem Hund die Arme um den Hals. Automatisch wollte Hester ihn daran hindern.

„Er ist so zahm, wie ein Hund nur sein kann, das können Sie mir glauben." Mitch hatte Hester die Hand auf den Arm gelegt. Doch obgleich der Hund vor Behagen in Radleys Ohr schnaufte und auch Josh erlaubte, ihn zu streicheln, war Hester immer noch nicht überzeugt.

„Ich glaube nicht, dass er an Kinder gewöhnt ist."

„Er spielt dauernd mit den Kindern im Park." Als wolle er das beweisen, drehte sich Taz auf den Rücken und bot seinen Bauch zum Kraulen dar. „Hinzu kommt, dass er unverschämt faul ist. Er würde nie so viel Energie aufbringen, in etwas hineinzubeißen, das man nicht in einer Schüssel vor ihn hinstellt. Sie haben doch keine Angst vor Hunden?"

„Nein, natürlich nicht." Jedenfalls keine große, fügte Hester im Stillen hinzu, und da sie es hasste, Schwächen zuzugeben, hockte sie sich neben die Jungen, um Taz den Kopf zu kraulen. Zufällig erwischte sie dabei genau die richtige Stelle, woraufhin Taz ihr seine große Pfote auf den Schenkel legte, sie mit traurigen Augen ansah und leise jaulte. Hester lachte und kraulte ihn hinter den Ohren. „Du bist ja bloß ein riesengroßes Baby."

„Ein ganz gerissener Köter ist er", murmelte Mitch vor sich hin und überlegte, mit welchem Trick er selbst Hester wohl dazu bringen könnte, ihn mit so viel Gefühl zu streicheln.

„Ich darf doch jeden Tag mit ihm spielen, oder, Mitch?"

„Na klar." Mitch sah Red lächelnd an. „Taz liebt es, wenn man sich mit ihm beschäftigt. Habt ihr beiden vielleicht Lust, mit ihm spazieren zu gehen?"

Die Antwort auf diesen Vorschlag erfolgte in Form begeisterten Geheuls. Hester richtete sich auf und sah zweifelnd auf Taz. „Ich weiß nicht, Red."

„Bitte, Mom. Wir sind auch vorsichtig. Du hast doch gesagt, Josh und ich dürfen ein bisschen in den Park gehen."

„Ja, ich weiß, aber Taz ist so groß. Ich möchte nicht, dass er euch wegläuft."

„Taz ist überzeugter Energiesparer. Er käme nie auf die Idee zu rennen, wenn er gemütlich dahertrotten kann." Mitch ging in sein Arbeitszimmer, kramte herum und kam mit einer Hundeleine zurück. „Er jagt keine Autos, keine Hunde und keine Parkwächter. Dafür bleibt er aber an jedem Baum stehen."

Radley kicherte und griff nach der Leine. „Okay, Mom?"

Hester zögerte. Sie hätte Red am liebsten ständig in ihrer Reichweite behalten, wusste aber, dass sie des Jungen wegen gegen dieses Gefühl ankämpfen musste. „Eine halbe Stunde." Ihre Worte gingen in Freudengeheul unter. „Aber ihr müsst euch eure Mäntel holen und Handschuhe."

„Wird gemacht. Los, komm, Taz."

Der Hund gab einen tiefen Seufzer von sich, bevor er sich aufrappelte. Verhalten knurrend trabte er lahm zwischen die beiden Jungen, die nach draußen drängten.

„Es ist die reinste Freude, dem Jungen zuzusehen", sagte Mitch, als sie alleine waren.

„Sie haben aber auch eine sehr nette Art, mit ihm umzugehen", antwortete Hester. „Tja, dann werde ich jetzt nach oben laufen und sehen, dass die beiden sich warm einpacken."

„Ich denke, das können die schon allein. Warum setzen Sie sich nicht?" Er machte sich ihr kurzes Zögern zunutze und nahm sie beim Arm. „Kommen Sie ans Fenster. Von da aus können Sie die Jungs hervorragend beobachten."

Sie gab nach, weil sie genau wusste, wie ungern Red sich bemuttern ließ. „Oh, fast hätte ich's vergessen. Hier sind die Telefonnummern der Bank, der Schule und des Kinderarztes." Mitch nahm den Zettel und steckte ihn in die Hosentasche. „Sollte es nötig sein, so kann ich in zehn Minuten zu Hause sein", fügte Hester hinzu.

„Nur mit der Ruhe. Es wird schon alles klappen."

„Ich wollte Ihnen noch einmal danken. Zum ersten Mal, seit Red zur Schule geht, freut er sich auf den Montag."

„Ich freue mich auch darauf."

Sie sah nach unten und wartete auf das Auftauchen des ihr bekannten blauen Mantels. „Wir haben uns noch gar nicht über die Bedingungen unterhalten."

„Welche Bedingungen?"

„Was Sie für das Aufpassen nehmen, Mr Dempsey."

„Meine Güte, Hester, ich will doch nicht, dass Sie mich bezahlen."

„Unsinn, Mitch. Natürlich werde ich Sie bezahlen."

Er legte ihr die Hand auf die Schulter, bis sie sich zu ihm umdrehte. „Ich brauche das Geld nicht, und ich will es auch nicht.

Ich habe Ihnen das Angebot gemacht, weil Red ein unheimlich netter Kerl ist und ich gern mit ihm zusammen bin."

„Ich weiß, aber …"

Er ließ sie nicht aussprechen. „Schon wieder dieses ‚Aber‘."

„Ich kann einfach nicht annehmen, dass Sie es umsonst tun."

„Können Sie es nicht als nachbarliche Geste gelten lassen?"

Sie verzog den Mund, aber ihr Blick blieb ernst. „Nein, ich glaube nicht."

„Fünf Dollar am Tag."

Dieses Mal trat das Lächeln auch in ihre Augen. „Danke."

Er nahm eine Strähne ihres Haares in die Hand und spielte damit. „Sie sind ein harter Verhandlungspartner."

„So sagt man." Vorsichtig machte sie einen Schritt zur Seite. „Ah, da sind die beiden ja." Red hatte seine Handschuhe nicht vergessen, bemerkte sie. Und er hatte auch nicht vergessen, dass er immer nur an einer Ampel die Straße überqueren sollte.

„Er läuft wie auf Wolken. Wissen Sie, Red hat sich immer schon einen Hund gewünscht. Er sagt es aber nicht, weil er weiß, dass man so ein Tier nicht allein in der Wohnung lassen kann. Darum gibt er sich mit einer Katze zufrieden", erzählte Hester.

Mitch legte ihr wieder eine Hand auf die Schulter. Dieses Mal sehr sanft. „Er macht mir nicht den Eindruck, als müsse er etwas entbehren. Sie brauchen sich nicht schuldig zu fühlen."

Hester sah ihn ein wenig traurig an, und Mitch fühlte sich von ihrer Wehmut genauso angezogen wie von ihrem Lachen. Unwillkürlich legte er ihr die Hand an die Wange. Das Grau ihrer Augen wurde dunkler. Röte stieg ihr ins Gesicht. Sie trat schnell zurück.

„Ich gehe jetzt lieber. Wenn die Jungs zurückkommen, wollen sie bestimmt heiße Schokolade."

„Zuerst müssen sie Taz hierher zurückbringen", erinnerte er sie. „Gönnen Sie sich doch eine kleine Pause, Hester. Möchten Sie einen Kaffee?"

„Also, ich …"

„Gut. Setzen Sie sich, ich hole ihn."

Hester stand in der Mitte des Zimmers und sagte sich, es sei unhöflich zu gehen, außerdem käme ihr Sohn ohnehin gleich zurück. Und das Mindeste, was sie tun könne, jetzt, wo Mitch auf den Jungen aufpassen würde, sei, ihm ein Weilchen Gesellschaft zu leisten.

Sie war ehrlich genug, sich selbst gegenüber zuzugeben, dass er sie interessierte. Natürlich nur oberflächlich. Er hatte eine so besondere Art, sie anzusehen, tief, durchdringend, während er gleichzeitig den Eindruck erweckte, als wäre das Leben für ihn ein Spaß. Aber an der Art, wie er sie angefasst hatte, war durchaus nichts Spaßiges gewesen.

Sie fühlte mit den Fingerspitzen nach der Stelle an ihrer Wange, wo er sie berührt hatte, und nahm sich vor, diese Art von Kontakt zu vermeiden. Vielleicht gelingt es mir, in ihm einen Freund zu sehen, so wie er Reds Freund ist, überlegte sie. Die Vorstellung, ihm verpflichtet zu sein, gefiel ihr nicht besonders. Sie würde aber damit leben können. Es gibt Schlimmeres, sagte sie sich.

Sie versuchte sich zu entspannen. Dass Mitch nicht zu der Sorte von Männern gehörte, die über das Kind an die Mutter heranzukommen versuchte, hatte sie schnell erkannt. Sie war ganz sicher, dass er Red wirklich gern hatte. Und das war ein Punkt zu seinen Gunsten.

Wenn er mich nur nicht so angesehen und angefasst hätte, dachte sie und seufzte tief.

„Er ist heiß. Wahrscheinlich zu heiß." Mitch kam mit zwei Bechern herein. „Wollen Sie sich nicht setzen?"

Hester lächelte. „Wohin?"

Er stellte die Becher auf einen Stoß Papier und nahm einen Stapel Zeitschriften vom Sofa. „Hierhin."

„Wissen Sie …" Sie trat über ein paar alte Zeitungen hinweg. „Red kann sehr gut aufräumen. Er wird Ihnen bestimmt gern helfen."

„Ich finde mich am besten in kontrollierter Unordnung zurecht."

Hester setzte sich zu ihm auf das Sofa. „Ich sehe die Unordnung, aber keine kontrollierte", spottete sie freundlich.

„Sie ist aber da, glauben Sie's mir. Ich hatte Sie nicht gefragt, ob Sie was in den Kaffee wollen, darum habe ich ihn schwarz gebracht."

„Schwarz ist ausgezeichnet. Dieser Tisch … das ist Queen-Anne-Stil, nicht wahr?"

„Stimmt." Mitch legte seine bloßen Füße darauf und kreuzte sie übereinander. „Sie haben ein gutes Auge dafür."

„Das braucht man auch unter diesen Umständen." Weil er lachte, lächelte auch sie, während sie ihren ersten Schluck Kaffee nahm. „Ich mochte Antiquitäten schon immer. Wahrscheinlich wegen ihrer Beständigkeit. Nicht viele Dinge überdauern."

„Aber sicher tun sie das. Ich hatte einmal eine Erkältung, die sechs Wochen dauerte." Er lehnte sich zurück, als sie lachte. „Sie haben ja ein Grübchen am Mundwinkel. Süß."

Sofort kam Hesters Verlegenheit zurück. „Sie haben eine sehr natürliche Art im Umgang mit Kindern. Kommen Sie aus einer großen Familie?"

„Nein. Ich war Einzelkind."

„Tatsächlich? Das hätte ich nie vermutet."

„Sagen Sie bloß nicht, Sie gehören zu den Leuten, die behaupten, nur Frauen könnten mit Kindern umgehen."

„Nein." Aber bis jetzt hatte Hester genau diese Erfahrung gemacht. „Ich meine nur, weil Sie so besonders nett zu ihnen sind. Haben Sie selbst Kinder?" Die Frage war ihr peinlich, kaum dass sie sie ausgesprochen hatte, aber sie konnte sie jetzt schließlich nicht mehr zurücknehmen.

„Nein. Ich glaube, ich war viel zu sehr damit beschäftigt, selbst Kind zu sein, um mir eigene anzuschaffen."

„Da sind Sie kein Einzelfall", versetzte sie kühl.

Er bog den Kopf zurück und betrachtete sie nachdenklich. „Werfen Sie mich etwa mit Reds Vater in einen Topf?" Ein seltsamer Ausdruck trat in Hesters Blick. Mitch schüttelte den Kopf und nippte an seinem Kaffee. „Meine Güte, Hester, was hat der Kerl Ihnen angetan?"

Sie erstarrte. Als sie dann aufstehen wollte, legte Mitch ihr beschwichtigend die Hand auf den Arm. „Einverstanden. Keine

Fragen mehr zu diesem Thema, bis Sie bereit sind, etwas dazu zu sagen. Ich entschuldige mich, wenn ich einen wunden Punkt berührt haben sollte. Ich bin jetzt zwei Abende mit Red zusammen gewesen, aber er hat seinen Vater nie erwähnt."

„Ich wäre Ihnen dankbar, wenn Sie ihn nicht danach fragen würden."

„Ich hatte auch nicht die Absicht, das Kind auszuhorchen."

Hester war versucht, aufzustehen und sich zu entschuldigen. Aber es war nun einmal so, dass sie diesem Mann nachmittags ihren Sohn anvertrauen wollte. Deshalb hielt sie es für richtiger, ihn über gewisse Dinge zu informieren. „Red hat seinen Vater fast sieben Jahre nicht gesehen."

„Überhaupt nicht?" Mitch konnte seine Überraschung nicht verbergen. Er selbst hatte kein besonders enges Verhältnis zu seiner Familie, dennoch verging kein Jahr, ohne dass er seine Eltern besuchte. „Das muss hart für den Jungen sein."

„Sie haben sich nie besonders nahegestanden. Ich glaube, Red wird gut damit fertig."

„Das sollte keine Kritik an Ihnen sein." Mitch legte seine Hand wieder auf die ihre, dieses Mal so fest, dass Hester sie nicht abschütteln konnte. „Ich kann sehr wohl erkennen, wenn ein Kind glücklich ist und geliebt wird. Sie würden für Red durchs Feuer gehen."

„Für mich ist nichts auf der Welt so wichtig wie Radley." Sie versuchte sich wieder zu entspannen, aber Mitch saß ihr viel zu nahe, und seine Hand lag immer noch auf der ihren. „Ich habe Ihnen das alles nur erzählt, damit Sie ihm keine Fragen stellen, die ihn durcheinanderbringen könnten."

„Kommt das schon mal vor?"

„Manchmal."

„Und was ist mit Ihnen? Wie haben Sie sich daran gewöhnt?"

„Gut. Ich habe Red und meine Arbeit."

„Keine engere Beziehung?"

Sie wusste nicht, ob das Gefühl, das sie übermannte, Verlegenheit oder Zorn war, jedenfalls war es sehr stark. „Das geht Sie nichts an."

„Wenn die Leute immer nur über Dinge redeten, die sie etwas angehen, kämen sie nicht weit. Sie wirken eigentlich nicht so, als wären Sie eine Männerfeindin, Hester."

Sie runzelte die Stirn. Wenn es denn unbedingt sein muss, kann ich das Spiel auch nach seinen Regeln spielen, dachte sie. „Es gab eine Zeit, da habe ich Männer aus Prinzip verachtet. Erst allmählich kam ich dann zu der Erkenntnis, dass nicht alle männlichen Wesen unmöglich sind."

„Das klingt ja vielversprechend."

Sie lächelte, weil er es ihr leicht machte. „Ich mache also durchaus nicht alle Männer für die Fehler eines einzigen verantwortlich."

„Wie rücksichtsvoll."

„Nicht wahr?"

„Eins ist sicher, ich mag Ihre Augen. Nein, sehen Sie nicht zur Seite." Er bog ihren Kopf zurück. „Sie sind fabelhaft – vom künstlerischen Standpunkt aus betrachtet."

Sie zwang sich, Haltung zu bewahren. „Ich nehme das als Kompliment." Am liebsten wäre sie weggelaufen. „Die Jungs müssen jeden Moment zurück sein."

„Wir haben noch ein bisschen Zeit. Kommt es jemals vor, dass Sie sich amüsieren, Hester?"

„Was für eine idiotische Frage. Natürlich."

„Ich meine, nicht als Reds Mutter, sondern als Hester." Er strich ihr durchs Haar.

„Ich bin Reds Mutter." Sie stand abrupt auf, und er erhob sich gleichzeitig.

„Sie sind aber auch eine Frau. Und zwar eine ganz bezaubernde." Er sah ihr in die Augen und fuhr mit dem Daumen ihre Wange entlang. „Das können Sie mir ruhig glauben. Ich bin ein ehrlicher Mensch. Sie sind ein ganz bezauberndes Nervenbündel."

„Sie sind verrückt. Ich wüsste nicht, weshalb ich nervös sein sollte." Außer dass er mich schon wieder anfasst und seine Stimme so leise ist. Und außerdem ist die Wohnung so leer, dachte sie.

„Ich bedanke mich später für dieses ungewöhnliche Kompliment", erklärte er scherzhaft, beugte sich vor, um sie zu küssen, und musste sie auffangen, weil sie rückwärts über einen Stapel Zeitungen stolperte. „Immer mit der Ruhe", sagte er. „Ich werde Sie nicht beißen. Heute noch nicht."

„Ich muss gehen." Sie war kurz davor, in Panik zu geraten. „Ich habe noch jede Menge zu tun."

„Noch eine Minute, bitte." Er nahm ihr Gesicht in beide Hände. Sie zitterte, und das erstaunte ihn nicht. Er wunderte sich nur darüber, dass er selbst ebenfalls so unruhig war. „Um was es hier geht, Mrs Wallace, nennt man Anziehungskraft, chemische Reaktion, Lust. Es kommt eigentlich nicht so genau darauf an, wie man es nennt."

„Ihnen vielleicht nicht", erwiderte sie.

„Sie dürfen sich gern später einen Namen dafür aussuchen." Er strich ihr leicht über das Gesicht. „Ich habe Ihnen doch schon gesagt, dass ich kein Ungeheuer bin. Ich sollte mir wohl doch ein paar Referenzen besorgen."

„Mitch, ich sagte Ihnen bereits, dass ich zu schätzen weiß, was Sie für mich tun, aber …"

„Das hier hat absolut nichts mit Red zu tun. Hier geht es um Sie und mich. Wann haben Sie sich das letzte Mal erlaubt, mit einem Mann allein zu sein, der Sie begehrte?" Er fuhr ihr wie nebenbei mit dem Daumen über die Lippen. Ihre Augen wurden dunkel. „Wie lange haben Sie keinem Mann mehr erlaubt, das zu tun?", fragte er weiter.

Ohne auf eine Antwort zu warten, presste er dann seinen Mund auf ihre Lippen. Seine Heftigkeit war beinahe schockierend. Seine Hände waren so sanft gewesen, seine Stimme so beruhigend. Auf diese Leidenschaft war Hester nicht gefasst. Dann aber schlang sie ihm mit dem gleichen ungezügelten Verlangen die Arme um den Hals und beantwortete Begehren mit Begehren.

„Zu lange", antwortete Mitch nach einer Weile atemlos für sie, als er sich einen Augenblick von ihr löste. „Dem Himmel sei Dank." Bevor sie etwas sagen konnte, verschloss er ihr wieder die Lippen.

Er war nicht sicher gewesen, was er in ihr finden würde – Abweisung, Kälte oder Angst. Die rückhaltlose Begierde traf auch ihn wie ein Schock. Ihr Mund war weich und voller Bereitschaft. Die Leidenschaft hatte ihre Schüchternheit besiegt. Hester gab mehr, als er verlangt hatte, mehr, als er zu nehmen vorbereitet gewesen war.

Er berührte sie, schmeckte sie und konnte das faszinierende, neuartige Gefühl, das von ihm Besitz ergriffen hatte, noch gar nicht voll begreifen. Er fuhr ihr mit der Hand durchs Haar und zog die beiden Kämme heraus, mit denen Hester es aus dem Gesicht zurückzuhalten pflegte. Er wollte, dass es frei und wild herunterfiele, genau so, wie er sie frei und wild in seinem Bett zu haben wünschte. Sein schöner Plan, zuerst vorsichtig die Wassertemperatur zu prüfen, wurde von dem überwältigenden Wunsch, sich kopfüber in die Flut zu stürzen, vereitelt. Er schob seine Hand unter ihren Pulli, die Haut war zart und warm. Der leichte BH, den sie trug, fühlte sich kühl und seidig an. Er umschloss ihre Brust mit seiner Hand.

Erst versteifte Hester sich, dann begann sie zu zittern. Sie hatte nicht geahnt, wie sehr sie sich danach gesehnt hatte, so berührt zu werden. Wie sehr sie es brauchte! Sie hatte sogar vergessen, wie es war, nach diesen Dingen zu verlangen. Hester hörte ihn ihren Namen flüstern, während er seine Lippen ihren Hals hinauf- und hinuntergleiten ließ.

Wahnsinn. Sie kannte diesen Wahnsinn. Sie hatte ihn schon einmal erlebt. Doch dieses Mal war es anders, süßer, voller, tiefer. Sie wusste, dass es so niemals gewesen war.

„Mitch, bitte." Hester war überrascht, wie schwer es ihr fiel, ihn in seine Grenzen zurückzuweisen. „Das dürfen wir nicht tun."

„Wir tun es doch", widersprach er, „und sogar sehr gut."

„Ich kann nicht." Mit dem letzten Rest ihrer Willenskraft machte sie sich frei. „Es tut mir leid, ich hätte es nie so weit kommen lassen dürfen." Ihre Wangen glühten. Sie legte die Hände darauf und fuhr sich dann durchs Haar.

Seine Knie waren weich, was ihm sehr zu denken gab. Aber im Augenblick musste er sich auf Hester konzentrieren. „Du fühlst dich für vieles verantwortlich, Hester. Das scheint dir zur Gewohnheit zu werden. Ich habe dich geküsst, und du hast mich einfach wiedergeküsst. Da es uns beiden gefallen hat, sehe ich keinen Grund, weshalb sich einer von uns jetzt entschuldigen sollte."

„Ich hätte es von Anfang an klarmachen sollen." Sie machte einen Schritt zurück, stolperte wieder über einen Stapel Zeitungen und ging dann darum herum. „Ich bin Ihnen dankbar für das, was Sie für Red tun …"

„Lass um Himmels willen endlich den Jungen aus dem Spiel."

„Das kann ich nicht." Sie hatte diese Worte viel zu laut gesagt und war über sich selbst erschrocken. Jetzt war nicht der Zeitpunkt, die Selbstkontrolle zu verlieren. „Ich erwarte nicht, dass Sie das verstehen, aber ich kann ihn da nicht herauslassen." Sie rang um Haltung. „Ich habe kein Interesse an flüchtigem Sex. Ich muss an Red denken und an mich selbst."

„Das ist nur fair." Er hätte sich gern hingesetzt, um sich zu erholen, erkannte aber, dass die Situation eine Auge-in-Auge-Aussprache erforderte. „Mir war eigentlich nicht sehr flüchtig dabei zumute", gestand er.

Das war es ja gerade, was ihr Sorgen machte. „Wir wollen es lieber vergessen."

Zorn konnte ein erstaunliches Stimulans sein. Mitch trat vor und legte ihr die Hand unters Kinn. „Kommt überhaupt nicht infrage."

„Ich möchte mich nicht mit Ihnen streiten. Ich meine nur, dass …" Das Klopfen an der Tür kam Hester vor wie ein Geschenk des Himmels. „Das sind die Jungen."

„Ich weiß." Mitch ließ sie trotzdem nicht los. „Du solltest vielleicht darüber nachdenken, ob du nicht zugunsten gewisser Wünsche, Interessen – oder was auch immer es sei – gewisse Zugeständnisse machen müsstest." Er war nun wirklich wütend, dabei war es sonst gar nicht seine Art, so schnell aus der Fassung zu geraten. „Das Leben verlangt Kompromisse, Hester." Er ließ sie los und öffnete die Tür.

„Es war klasse!" Mit roten Wangen und leuchtenden Augen kam Red vor Josh und dem Hund hereinmarschiert. „Wir haben ihn sogar einmal zum Rennen gekriegt – für eine Minute."

„Nicht möglich." Mitch bückte sich, um die Leine zu lösen. Taz keuchte vor Erschöpfung, wankte zu seinem Platz am Fenster und brach förmlich zusammen.

„Ihr müsst ja frieren." Hester küsste Red auf die Stirn. „Zeit für eure heiße Schokolade."

„Au ja." Radley wandte Mitch sein strahlendes Gesicht zu. „Willst du auch welche? Mom macht sie wirklich gut."

Die Versuchung, ihr gründlich seine Meinung zu sagen, war groß. Aber vielleicht wäre es für sie beide besser, wenn sein Zorn sich erst verflüchtigte.

„Nächstes Mal." Er zog Red die Mütze über die Augen. „Ich habe noch zu tun."

„Danke, dass wir Taz mitnehmen durften. Das war wirklich toll, nicht, Josh?"

„Und wie. Danke, Mr Dempsey."

„Gern geschehen. Bis Montag, Red."

„Okay." Die Jungen liefen davon. Mitch sah sich nach Hester um, doch sie war schon gegangen.

*M*itchell war als verwöhntes Kind reicher Eltern aufgewachsen, als ein Kind, das nach Ansicht seiner Eltern mit übermäßiger Fantasie begabt war. Wahrscheinlich war Letzteres der Grund dafür, dass er sich so spontan zu Red hingezogen gefühlt hatte. Der Junge war nicht reich und nicht einmal so verwöhnt, beide Eltern um sich zu haben, aber seine Fantasie war bemerkenswert.

Mitch war gern unter Menschen. Dennoch hatte er es immer vorgezogen, alleine zu arbeiten, am liebsten zu Hause, weil er es nicht mochte, wenn ihm jemand bei der Arbeit über die Schulter sah und seine Fortschritte überprüfte. Er hatte nie in Betracht gezogen, seine Gewohnheiten in dieser Hinsicht zu ändern. Doch dann kam Radley.

Sie schlossen schon am ersten Tag einen Vertrag. Sobald Red seine Hausarbeiten gemacht hatte – mit oder ohne Mitchs zweifelhafter Hilfe –, konnte er sich aussuchen, ob er mit Taz spielen oder mit seinen Ideen zu Mitchs letzter Story beitragen wollte. Sobald Mitch mit der Arbeit Schluss machte, beschäftigten sie sich entweder gemeinsam mit Mitchs Videorekorder oder Radleys wachsender Armee von Plastikfiguren.

Für Mitch war das ganz selbstverständlich, Red fand es fantastisch. Zum ersten Mal gab es in seinem jungen Leben einen Mann, einen, der mit ihm redete und ihm zuhörte. Gegen Ende der ersten Woche war Mitch für ihn nicht nur ein Held, der Schöpfer von Zark und Besitzer von Taz, sondern der Mensch, auf den er sich am meisten verließ und dem er am meisten vertraute – abgesehen von seiner Mutter natürlich, die er ohne Vorbehalte liebte.

Mitch erging es allerdings nicht viel anders. Als er Hester erzählt hatte, er habe nie daran gedacht, sich eigene Kinder anzuschaffen, war das die volle Wahrheit gewesen. Hätte er früher gewusst, wie es ist, einen kleinen Jungen zu lieben, in ihm in gewisser Weise sich selbst wiederzusehen, wäre sein Leben möglicherweise anders verlaufen.

Wahrscheinlich wegen dieser Betrachtungen beschäftigte Mitch sich gedanklich auch mit Reds Vater. Was für ein Mann mag das sein, fragte er sich wieder und wieder, der ein so besonderes Kind in die Welt setzte und es dann verließ? Sein eigener Vater war streng gewesen und alles andere als verständnisvoll, aber er war immer da gewesen. Und Mitch hatte seine Liebe nie in Zweifel gezogen.

Ein Mann wurde nicht fünfunddreißig, ohne ein paar Zeitgenossen zu kennen, die geschieden waren. Aber er kannte darunter einige, die es fertiggebracht hatten, sich mit ihren Exehefrauen so zu einigen, dass sie weiterhin Väter bleiben konnten. Es fiel ihm schwer zu verstehen, wie Radleys Vater es übers Herz hatte bringen können, sich nicht nur von seiner Familie zu trennen, sondern sie ganz und gar zu verlassen. Nach einer Woche in Reds Gesellschaft war ihm das einfach unfassbar.

Und dann Hester. Welcher Mann brachte es fertig, eine Frau alleine für den Lebensunterhalt und die Erziehung des Kindes sorgen zu lassen, das sie gemeinsam in die Welt gesetzt hatten? Mit der Frage, wie sehr sie diesen Mann wohl geliebt haben mochte, beschäftigte Mitch sich mehr, als für sein Seelenheil gut war. Als Folge ihrer schlechten Erfahrungen war Hester Männern gegenüber vorsichtig, ja sogar ablehnend.

Mir gegenüber ist sie es jedenfalls, dachte Mitch. Sie ist so vorsichtig, dass sie mir die ganze Woche aus dem Weg gegangen ist und mich hartnäckig immer noch mit „Sie" anredet.

Jeden Tag zwischen vier Uhr fünfzehn und vier Uhr fünfundzwanzig erhielt er einen Anruf von Hester, die ihn fragte, ob alles gut gegangen sei, ihm dafür dankte, dass er auf Red aufgepasst hatte, und ihn bat, den Jungen zu ihr nach oben zu schicken. An diesem Nachmittag hatte Radley ihm einen Scheck über fünfundzwanzig Dollar ausgehändigt. Diesen Scheck hatte er immer noch zusammengeknüllt in seiner Hosentasche.

Glaubt sie wirklich, ich würde mich abschieben lassen, weil sie mich einmal hat abblitzen lassen? fragte er sich. Er hatte den Augenblick nicht vergessen, in dem sie sich rückhaltlos an ihn geschmiegt hatte. Und er wollte nicht nur dasselbe wieder erleben, sondern darüber hinaus alles das, was er sich in seiner Fantasie sonst noch vorgestellt hatte.

Wenn sie denkt, ich träte vornehm beiseite, dann steht Mrs Hester Wallace noch eine gewaltige Überraschung bevor, dachte er.

„Ich krieg die Retroraketen nicht richtig hin", beklagte Red sich. „Sie sehen so komisch aus."

Mitch legte seine eigene Arbeit, an der er ohnehin nichts getan hatte, seit er über Hester nachgedacht hatte, zur Seite und nahm das kleine Skizzenbuch in die Hand, das er Red geliehen hatte. „Da wollen wir einmal sehen. He, ist doch gar nicht so übel." Er lachte erfreut über Radleys Versuch, die „Defiance" zu zeichnen. Offensichtlich hatten die paar Tipps, die er dem Jungen gegeben hatte, dessen Technik schon verbessert. „Du bist ein echtes Naturtalent, Red."

Radley errötete vor Freude, runzelte dann jedoch wieder die Stirn. „Aber sieh doch mal, die Raketen sind total verkehrt."

„Nur weil du zu früh an die Details herangehst. Zuerst musst du mit leichten Strichen deine Gesamtvorstellung skizzieren." Mitch führte die Hand des Jungen. „Und du darfst keine Angst haben, Fehler zu machen. Dafür gibt es Radiergummis."

„Aber du machst nie Fehler."

„Doch, sicher mache ich die. Das hier ist der fünfzehnte Radiergummi in diesem Jahr."

„Du bist der beste Zeichner der Welt", erklärte Red voller Überzeugung und sah Mitch bewundernd an.

Gerührt zerzauste Mitch ihm das Haar. „Sagen wir, einer der zwanzig besten", korrigierte er ihn mit ungewohnter Bescheidenheit.

Als das Telefon klingelte, wäre er am liebsten nicht an den Apparat gegangen. Der Gedanke an ein Wochenende ohne Red gefiel ihm überhaupt nicht. Und für einen Mann, der in seinem Leben nie Verantwortung für jemand anderen gehabt hatte, war es eine ernüchternde Erkenntnis, dass er den Jungen vermissen würde. „Das wird deine Mutter sein."

„Sie hat gesagt, wir gehen heute Abend ins Kino, weil Freitag ist und so. Du kannst mitkommen."

Mitch murmelte eine verneinende Antwort vor sich hin und nahm den Hörer ab. „Hallo, Hester."

„Mitch, ist alles in Ordnung?"

Ihre Stimme kam ihm irgendwie seltsam vor. „Bestens", antwortete er.

„Hat Radley Ihnen den Scheck gegeben?"

„Hat er. Leider ergab sich bis jetzt keine Gelegenheit, ihn einzulösen."

„Gut. Ich wäre Ihnen dankbar, wenn Sie Red nach oben schicken würden."

„Wird gemacht." Er zögerte. „Anstrengenden Tag gehabt, Hester?"

Sie fasste sich an ihre schmerzende Schläfe. „Geht so. Danke, Mitch."

„Keine Ursache." Er legte auf und runzelte die Stirn. Dann wandte er sich Radley zu und zwang sich zu einem Lächeln. „Höchste Zeit, Ihre Ausrüstung zurückzutransportieren, Corporal."

„Jawohl, Sir!" Radley salutierte gekonnt. Die intergalaktische Armee, die er die Woche über bei Mitch gelassen hatte, wurde in seinen Rucksack verfrachtet, darüber Handschuhe, Mantel und Mütze. Dann kniete Red sich neben Taz auf den Boden. „Mach's gut, Taz. Bis später." Der Hund gab ein liebevolles Knurren von sich und rieb seine Schnauze an Reds Schulter. „Wiedersehen, Mitch." Red ging zur Tür und blieb zögernd stehen. „Wir sehen uns doch am Montag wieder?"

„Klar. Warte mal. Ich glaube, ich gehe mit dir rauf. Ich muss doch deiner Mutter berichten, wie's war."

„Genau!" Radley strahlte. „Du hast die Schlüssel in der Küche liegen lassen. Ich hol sie schnell." Wie ein Blitz schoss Red in die Küche und war auch schon wieder zurück. „Ich hab fürs Buchstabieren eine Eins bekommen. Wenn ich Mom das erzähle, spendiert sie uns bestimmt 'ne Limo."

„Das lässt sich hören", sagte Mitch und ließ sich von dem Jungen aus der Wohnung ziehen.

Hester hörte, wie Radley den Schlüssel im Schloss umdrehte, und legte den Eisbeutel beiseite. Sie beugte sich vor, um ihr Gesicht kritisch im Spiegel zu betrachten, und bemerkte, dass die verletzte Stelle schon anfing zu schwellen. Sie schluckte zwei Aspirin und nahm sich vor, ihrem Sohn das Missgeschick als lustiges Ereignis darzustellen.

„Mom! Hallo, Mom!"

„Hier bin ich, Radley." Ihre eigene Stimme kam ihr fremd vor. Sie setzte ein möglichst natürliches Lächeln auf und trat aus dem Badezimmer, um ihn zu begrüßen. Das Lächeln verflog augenblicklich, als sie feststellte, dass ihr Sohn Besuch mitgebracht hatte.

„Mitch wollte Bericht erstatten", erklärte Red, während er den Rucksack von den Schultern nahm.

„Was, zum Teufel, ist denn mit dir passiert?" Mitch war mit zwei Schritten bei ihr. Er nahm ihr Gesicht in beide Hände. „Du bist verletzt!"

„Halb so schlimm." Sie warf ihm einen warnenden Blick zu und wandte sich an Radley. „Mir geht es gut."

Der Junge starrte sie an. Seine Augen wurden immer größer, und seine Unterlippe fing an zu zittern, als er den blauen Fleck unter ihrem Auge sah. „Bist du hingefallen?"

Am liebsten hätte sie genickt, da sie es sich aber zur Aufgabe gemacht hatte, ihn nie anzulügen, erwiderte sie: „Nicht ganz." Obgleich es ihr unangenehm war, vor Zeugen eine Erklärung abzugeben, fügte sie hinzu: „In der U-Bahn-Station war ein Mann, der wollte unbedingt meine Handtasche haben. Ich wollte sie aber behalten."

„Du bist überfallen worden?" Mitch wusste nicht recht, was er zuerst tun sollte, fluchen oder Hester an sich ziehen, doch ihr vernichtender Blick erlaubte ihm keins von beidem.

„So ungefähr." Sie machte eine wegwerfende Geste, um Radley zu zeigen, dass die ganze Angelegenheit nicht so schlimm gewesen sei. „Ich muss dir sogar sagen, dass es nicht einmal besonders aufregend war. Um mich herum waren jede Menge Leute. Einer sah, was geschah, und alarmierte die Polizei. Darauf überlegte es sich der Mann anders und machte sich aus dem Staub."

Radley sah genauer hin. Er hatte zwar schon einmal ein blaues Auge bei einem Schulkameraden gesehen, aber noch nie bei seiner Mutter. „Hat er dich geschlagen?"

„Nicht absichtlich. Das war eher ein Unfall. Er zog an einem Ende meiner Tasche und ich am anderen. Dabei kam sein Ellbogen hoch, und ich bin nicht schnell genug ausgewichen. Das war alles."

„So was Blödes", murmelte Mitch, jedoch laut genug, um verstanden zu werden.

„Hast du ihm wenigstens eine gelangt?", fragte Radley.

„Natürlich nicht", antwortete Hester und dachte sehnsuchtsvoll an ihren Eisbeutel. „Geh jetzt und räum deine Sachen weg, Radley."

„Aber ich wollte doch nur wissen …"

„Sofort", unterbrach ihn seine Mutter in einem Ton, den sie ihm gegenüber nur selten und darum mit umso größerer Wirkung anschlug.

Ohne Widerrede nahm Red seinen Rucksack vom Sofa. Hester wartete, bis ihr Sohn in seinem Zimmer verschwunden war. „Und Ihnen möchte ich sagen, dass ich auf Ihre Einmischung gut verzichten kann."

„Du hast keine Ahnung, wie das ist, wenn ich anfange, mich einzumischen. Was ist eigentlich mit dir los? Ich hätte dich wirklich für gescheiter gehalten, als mit einem Gangster um eine Handtasche zu kämpfen. Wenn er nun ein Messer gehabt hätte?"

Hester merkte, dass ihre Knie anfingen zu zittern. Und das ausgerechnet in diesem ungünstigen Augenblick, dachte sie und sagte: „Aber er hatte kein Messer. Und meine Handtasche hat er auch nicht."

„Aber auch kein blaues Auge. Meine Güte, Hester, er hätte dich ernsthaft verletzen können. Ich glaube nicht, dass die Handtasche das wert war. Kreditkarten kann man sperren lassen und Puderdose oder Lippenstift neu kaufen."

„Wenn jemand Ihre Brieftasche klauen wollte, würden Sie also seelenruhig dabei zusehen?"

„Das ist etwas ganz anderes."

„Natürlich", fauchte sie ihn zornig an.

Er hörte auf, hin und her zu laufen, und blieb vor ihr stehen. Er hatte bereits gewusst, dass sie störrisch sein konnte, aber mit einem solchen Temperamentsausbruch hatte er nicht gerechnet. Gegen seinen Willen musste er sie bewundern. Darauf kommt es jedoch jetzt nicht an, sagte er sich, während er erneut die Verletzung über ihrem Wangenknochen begutachtete.

„Jetzt wollen wir doch einmal eine Minute lang vernünftig sein. Wie kommst du überhaupt dazu, alleine mit der U-Bahn zu fahren?"

Sie stieß einen Laut aus, der ein Lachen sein sollte. „Das soll wohl ein Witz sein."

Das Blöde war, dass ihm seine Bemerkung selbst äußerst dumm vorkam. Und das machte ihn erst recht wütend. „Nimm dir ein Taxi, verdammt noch mal!"

„Das wäre erstens albern, und zweitens kann ich mir das nicht leisten."

Mitch zog ihren Scheck aus der Tasche und knallte ihn auf den Tisch. „Hier, damit kannst du es dir erlauben! Einschließlich Trinkgeld."

„Ich habe nicht die Absicht, das anzunehmen." Sie schob den zerknitterten Scheck zurück. „Und ich werde kein Taxi nehmen, solange die U-Bahn bequem und billig ist. Und noch weniger beabsichtige ich, Ihnen zu erlauben, aus einem kleinen Missgeschick eine Riesentragödie zu machen. Ich möchte nicht, dass Red sich aufregt."

„Gut, dann nimm ein Taxi. Des Kindes, wenn nicht deinetwegen. Denk doch einmal daran, was geschehen wäre, wenn du ernsthaft verletzt worden wärst."

„Ich habe es nicht nötig, mir sagen zu lassen, was ich für das Wohl meines Kindes zu tun habe!"

„Nein. Du kümmerst dich ausgezeichnet um ihn. Nur wenn es um dich selbst geht, hast du ein paar Schrauben locker." Er steckte die Hände wütend in die Hosentaschen. „Du willst kein Taxi nehmen. Also gut. Dann spiel wenigstens nicht mehr die Heldin, wenn das nächste Mal jemand auf die Idee kommt, dich zu attackieren."

Hester blitzte ihn wütend an und setzte sich auf die Lehne eines Sessels.

Mitch versuchte einzulenken. „Entschuldige."

Sie schüttelte den Kopf. „Das kommt alles daher, dass ich einen so üblen Tag hinter mir habe." Sie massierte sich die Schläfe. „Zuerst meinte Mr Rosen, er müsse uns allen mal ordentlich Dampf machen. Dann gab es ein Meeting der Angestellten, und ein Idiot namens Cunnings fand wohl, er müsse mich anmachen."

„Namens wie?"

„Ach, ist doch ganz egal. Jedenfalls ging alles schief, bis ich am liebsten jemanden den Kopf abgerissen hätte. Und als dann dieser Kerl nach meiner Tasche langte, bin ich eben explodiert."

Mitch beugte sich zu ihr hinunter, um sich, mehr aus Neugier als aus Mitleid, den Schaden noch einmal anzusehen. „Das wird ein Mordsveilchen."

Hester fasste sich an die Schläfe. „Wirklich? Ich hoffte, es ginge schon zurück."

„Keine Chance. Das fängt erst richtig an, sich zu färben. Großartig." Er berührte die Verletzung mit den Lippen, bevor sie ihm ausweichen konnte. „Versuch's doch einmal mit Eis."

„Auf die Idee bin ich auch schon gekommen."

„Ich hab meine Sachen weggeräumt." Radley stand in der Tür und blickte zu Boden. „Die Schulaufgaben, die ich aufhatte, sind schon fertig."

„Toll. Komm her." Radley blickte immer noch zu Boden, während er auf seine Mutter zuging. Hester legte ihm den Arm um die Schulter und drückte ihn an sich. „Entschuldige bitte."

„Schon gut. Ich wollte dich nicht ärgern."

„Du hast mich nicht geärgert. Mr Rosen hat mich geärgert. Der Mann, der meine Handtasche wollte, hat mich geärgert, aber nicht du, mein Lieber."

„Ich kann dir ein nasses Tuch holen, wie du es immer machst, wenn ich Kopfschmerzen habe."

„Danke, aber ich glaube, ich brauche ein heißes Bad und einen Eisbeutel." Sie drückte ihn noch einmal. Dann fiel ihr etwas ein. „Oh, wir haben noch etwas vor heute Abend, stimmt's? Cheeseburger essen und danach ins Kino gehen."

„Wir können auch fernsehen."

„Na, wir wollen abwarten, wie es mir nachher geht."

„Ich habe eine Eins fürs Buchstabieren gekriegt."

„Da freue ich mich aber", sagte Hester lachend.

„Weißt du, das mit dem Bad war eine gute Idee. Und das mit dem Eis auch." Mitch machte schon wieder Pläne. „Nimm ein bisschen Badezusatz dazu. Ein Schaumbad verbessert bestimmt deine Laune. Wir sind in einer halben Stunde wieder da."

„Aber Red ist doch gerade erst nach Hause gekommen."

„Es dauert nicht lange." Mitch nahm sie beim Arm und zog sie durch den Flur. „Ich leihe ihn mir nur ein paar Minuten aus."

„Wohin wollen Sie denn mit ihm?"

„Bloß ein paar Besorgungen machen."

Der Gedanke, eine halbe Stunde in der Wanne zu liegen, war zu verführerisch. „Aber keine Süßigkeiten so kurz vor dem Dinner."

„Gut, ich esse kein Stück", versprach Mitch und schob sie ins Badezimmer. „Fertig für unseren Auftrag, Corporal?"

Radley zwinkerte ihm zu und salutierte. „Fertig, Sir."

Als das Wasser in der Wanne sich langsam abkühlte, waren Hesters Schmerzen bereits erträglicher geworden. Während sie ihre Jeans anzog, sagte sie sich, sie müsse Mitch dankbar sein dafür, dass sie diese Minuten allein sein konnte. Außer gegen die Schmerzen hatte das heiße Bad auch gegen das innerliche Zittern gewirkt, und als sie sich nun Zeit nahm, ihr blaues Auge noch mal zu betrachten, war sie fast stolz auf sich. Mitch hatte recht gehabt. Ein Schaumbad wirkte Wunder.

Sie bürstete ihr Haar und fragte sich, ob Radley wohl sehr enttäuscht wäre, wenn sie den Kinobesuch verschieben würden.

Selbst nach dem Wunder wirkenden Bad war ihr nicht danach zumute, in einem überfüllten Kino zu sitzen. Stattdessen wollte sie lieber am nächsten Morgen mit ihm eine Matinee besuchen. Das setzte eine gewisse Änderung ihrer Pläne voraus, doch der Gedanke an einen ruhigen Abend zu Hause ließ die Pflicht, nach dem Dinner noch die Wäsche zu waschen, in milderem Licht erscheinen.

Was für eine Woche! dachte sie. Mr Rosen ist ein Tyrann und dieser Cunnings die reinste Pest. Als ob ich nichts Besseres zu tun hätte, als die Hälfte meiner Zeit damit zuzubringen, den einen zu beschwichtigen und den anderen abzuwehren.

Sie fürchtete sich nicht vor Arbeit, aber es passte ihr nicht, über jede Minute ihrer Zeit Rechenschaft ablegen zu müssen. Zumindest war ihr klar geworden, dass Rosen nichts gegen sie persönlich hatte, sondern sich auch allen anderen gegenüber so unmöglich benahm.

Und dann dieser entsetzliche Cunnings, dachte sie und verdrängte den in sie verliebten Kollegen aus ihren Gedanken, während sie sich auf die Bettkante setzte. Die erste Woche war überstanden. Von nun an würde alles einfacher werden, und die größte Erleichterung für sie war, dass sie sich Reds wegen keine Sorgen machen musste.

Sie hätte es keinem gegenüber zugegeben, aber die ganze erste Woche über hatte sie jeden Tag darauf gewartet, dass Mitch ihr erklären würde, er habe es sich anders überlegt und sei es leid, seine Nachmittage in Gesellschaft eines Neunjährigen zu verbringen. Stattdessen aber war Red jeden Nachmittag heraufgekommen und konnte nicht ausführlich genug berichten, was er mit Mitch und Taz alles gemacht hatte.

Mitch hatte ihm die Skizzen gezeigt, die er sich für die Jubiläumsausgabe ausgedacht hatte. Sie waren mit Taz im Park gewesen. Sie hatten sich Mitchs Comic-Sammlung angesehen, einschließlich der ersten Ausgaben von „Superman", die, wie Hester informiert wurde, von unschätzbarem Wert waren.

Hester verdrehte die Augen und zuckte bei dem Schmerz, den die Bewegung verursachte, zusammen. Der Mann ist mit Sicherheit ein bisschen verrückt, sagte sie sich, aber eins steht fest: Er macht Red glücklich. Ich muss mir eben angewöhnen, in ihm Reds Freund zu sehen, und die unerwartete, unerklärlich heftige Begegnung vom letzten Wochenende vergessen.

Sie zog es vor, es „Begegnung" zu nennen. Das war wesentlich unverbindlicher als die Bezeichnungen, die Mitch dafür gebraucht hatte. Anziehungskraft, chemische Reaktion, Lust. Nein, ihr gefielen weder diese Namen noch ihre unbeherrschte Reaktion auf seine Umarmung.

Hester war zu ehrlich, um zu leugnen, dass sie es einen Augenblick lang genossen hatte, umarmt und geküsst zu werden. Sie hatte auch nicht das Gefühl, sich deswegen schämen zu müssen. Eine Frau, die so lange alleine gewesen war wie sie, musste doch so reagieren, wenn ein attraktiver Mann sich ihr näherte.

Und warum habe ich dann nicht dasselbe empfunden, als Cunnings sich an mich herangemacht hat? fragte sie sich und weigerte sich, diese Frage zu beantworten.

Es ist vernünftiger, sich Gedanken über das Abendessen zu machen, entschied sie. Der arme Radley wird sich mit Suppe und einem Butterbrot anstelle seiner geliebten Cheeseburger zufriedengeben müssen.

Seufzend stand Hester auf, als sie die Wohnungstür aufgehen hörte.

„Mom! Mom, komm, sieh mal die Überraschung."

Hester setzte ein Lächeln auf, obgleich sie sicher war, keine einzige Überraschung mehr ertragen zu können. „Red, hast du dich bei Mitch bedankt für … oh."

Da war er schon wieder. Hester zupfte automatisch ihren Pulli zurecht. Red und Mitch standen nebeneinander im Türrahmen und strahlten sie mit dem gleichen Grinsen an. Radley trug zwei Papiertüten und Mitch etwas, das verdächtig nach einer Schreibmaschine mit einer herunterhängenden Kabelschnur aussah.

„Was ist denn das alles?"

„Dinner und zwei Filme", klärte Mitch sie auf. „Red hat mir verraten, dass du eine Schwäche für Schokoladenshakes hast."

„Ja, das stimmt." Der Essensduft war schließlich bis zu ihr durchgedrungen. Sie schnüffelte und warf einen Blick auf Reds Tüten. „Cheeseburger?"

„Erraten. Mit Pommes. Mitch meinte, wir sollten doppelte Portionen nehmen. Taz hat seine schon bekommen. Er muss unten essen, weil er ziemlich üble Tischmanieren hat."

Mitch trug seine Apparatur zu Hesters Fernseher hinüber.

„Und ich habe Mitch geholfen, sein Videogerät abzumontieren. Wir haben ‚Die Piraten der verlorenen Arche' mitgebracht. Mitch hat Tausende von Filmen."

„Red sagte mir, du bevorzugst Musicals."

„Ja, also …"

„Haben wir auch mitgebracht." Red stellte seine Tüten ab und setzte sich zu seinem Freund auf den Boden. „Mitch sagte, es sei lustig. Dann wird es wohl in Ordnung sein."

„‚Singin' in the Rain'." Mitch reichte Red ein Kabel und ließ es den Jungen anbringen.

„Wirklich?"

Er musste lächeln. Manchmal hörte sich Hester an wie ihr Sohn. „Wirklich. Was macht das Auge?"

„Oh, das ist schon viel besser." Hester trat zu Mitch und Red und sah ihnen zu. Es kam ihr seltsam vor, die kleinen Hände ihres Sohnes mit denen eines Mannes zusammen arbeiten zu sehen.

„Es ist zwar ein bisschen eng, aber er passt gerade noch unter euren Fernseher." Mitch schlug Red leicht auf die Schulter und stand auf. „Hm, farbenprächtig." Er hatte einen Finger unter Hesters Kinn gelegt und es zur Seite gedreht, um das Auge zu begutachten. „Red und ich fanden, dass du ein bisschen erschöpft aussahst, deshalb dachten wir, es sei netter, das Kino zu dir ins Wohnzimmer zu bringen."

„Ich war wirklich sehr müde." Sie berührte einen Moment lang seine Hand. „Danke."

„Gern geschehen." Er fragte sich, wie sie und Radley wohl reagieren würden, wenn er sie auf der Stelle küssen würde. Hester hatte ihm seine Gedanken offensichtlich angesehen, denn sie machte hastig einen Schritt zurück.

„Also, dann hole ich besser ein paar Teller, bevor das Essen kalt wird."

„Nicht nötig. Wir haben jede Menge Servietten. Setz dich schon aufs Sofa, dann werden mein Assistent und ich auftischen."

„Ich hab's geschafft!" Radley kroch auf allen vieren zurück. Sein Gesicht war vor Freude gerötet. „Alles fertig."

Mitch bückte sich, um die Anschlüsse zu überprüfen. „Sie sind ja der reinste Elektromechaniker, Corporal."

„Zuerst sehen wir uns den Film mit den Piraten an, stimmt's?"

„So haben wir's abgesprochen." Mitch gab ihm das Band. „Also, dann leg's ein."

„Ich glaube, ich schulde Ihnen schon wieder Dank", meinte Hester, als Mitch sich zu ihr auf das Sofa setzte.

„Dann lass endlich das blödsinnige ,Sie'. Können wir nicht Freunde sein?"

Hester dachte, dass es eigentlich doch ganz natürlich sei, den Freund ihres Sohnes zu duzen. Sie nickte. „Also gut. Die meisten Männer würden am Freitagabend lieber etwas anderes tun, als ihn mit einem kleinen Jungen zu verbringen."

„Wieso? Ich hatte ohnehin vor, euch heute Abend nicht allein ausgehen zu lassen, und auf diese Weise ist es billiger. Red isst mit Sicherheit nicht einmal die Hälfte seiner Portion, und ich kriege den Rest."

Sie lachte. Radley nahm Anlauf und sprang zwischen Mitch und Hester auf das Sofa. Während er sich gemütlich zurechtkuschelte, seufzte er zufrieden. „Das ist besser als Ausgehen. Viel besser."

Er hat recht, dachte Hester, lehnte sich entspannt zurück und ließ sich von Indiana Jones' Abenteuern gefangen nehmen. Vor langer Zeit einmal hatte sie geglaubt, auch das wirkliche Leben könne spannend, romantisch und atemberaubend schön sein. Aber die Umstände hatten sie eines anderen belehrt. Dennoch war ihre Vorliebe für fantasievolle Filme geblieben, da sie ihr wenigstens für ein paar Stunden die Möglichkeit gaben, der Wirklichkeit und den damit verbundenen Sorgen zu entfliehen.

Mit hochroten Wangen wechselte Red nach dem ersten Film die Bänder, doch schon bald nach Gene Kellys berühmtem Tanz im Regen fielen ihm die Augen zu.

„Einfach toll." Mitch flüsterte, weil Radley inzwischen mit dem Kopf an seiner Schulter ruhte.

„Unübertroffen. Ich bekomme von diesem Film nie genug. Als ich ein kleines Mädchen war, haben wir ihn uns, sooft er im Fernsehen gegeben wurde, angesehen. Mein Vater ist ein richtiger Kinofanatiker. Man braucht ihm nur irgendeinen Film zu nennen, und schon zählt er sämtliche Schauspieler auf, die darin mitgespielt haben. Seine erste Liebe war allerdings das Musical."

Mitch schwieg. An Hesters Stimme, an der Art, wie ihre Gesichtszüge sich veränderten, hatte er erkannt, dass sie ein sehr enges Verhältnis zu ihrer Familie haben musste. Dass dies bei ihm selbst nicht der Fall war, hatte er immer schon bedauert. Sein Vater hatte nie die Vorliebe seines Sohnes für das Fantastische geteilt, und der Sohn konnte seines Vaters Hingabe fürs Geschäft nicht begreifen. Obgleich er nie auf die Idee gekommen wäre, seine Kindheit als einsam zu bezeichnen, hatte er doch die Wärme und die Zuneigung vermisst, die so klar aus Hesters Stimme herauszuhören waren, wenn sie von ihrem Vater sprach.

„Wohnen deine Eltern hier in der Stadt?", fragte er schließlich.

„Hier? Nein." Hester lachte bei der Vorstellung, ihre Eltern müssten sich mit dem Leben in New York zurechtfinden. „Nein. Ich bin in Rochester aufgewachsen, aber vor etwa zehn Jahren zogen meine Eltern nach Fort Worth, wo ein sonnigeres Klima herrscht. Dad arbeitet immer noch bei einer Bank, und meine Mutter hat einen Teilzeitjob in einem Buchgeschäft. Wir waren alle sehr überrascht, als sie sich den Job besorgte. Ich glaube, wir hatten angenommen, außer Kuchenbacken und Hemdenbügeln könnte sie nichts."

„Wir? Wie viele sind das?"

Zu Hesters Bedauern ging in diesem Augenblick der Film zu Ende. Sie konnte sich kaum erinnern, in den letzten Jahren einen so gemütlichen Abend verbracht zu haben. „Ich habe einen Bruder und eine Schwester. Ich bin die Älteste. Luke wohnt in Rochester – seine Frau erwartet ein Baby –, Julia lebt in Atlanta. Sie ist Discjockey."

„Du willst mich wohl auf den Arm nehmen?"

„Absolut nicht." Hester lachte bei dem Gedanken an ihre Schwester. „Ich würde sie gern einmal mit Red besuchen."

„Vermisst du deine Geschwister?"

„Es macht mich nur ein bisschen traurig, wenn ich daran denke, dass wir nun alle so weit auseinanderwohnen. Für Red wäre es viel netter, eine Familie in der Nähe zu haben."

„Und für Hester?"

Sie blickte ihn an und wunderte sich, wie natürlich es wirkte, dass Red an Mitchs Schulter schlief. „Ich habe Radley."

„Und das ist genug?"

„Mehr als das." Sie lächelte, schwang ihre Beine vom Sofa und stand auf. „Und da wir gerade von ihm sprechen … es ist höchste Zeit, dass er ins Bett kommt."

Mitch hob den Jungen auf und legte ihn sich über die Schulter. „Ich trage ihn."

„Oh, das kann ich schon. Ich bin daran gewöhnt."

„Ich habe ihn aber schon. Zeig mir nur, wohin ich ihn tragen soll."

Hester führte Mitch in Reds Zimmer, wo Mitch ihn aufs Bett legte. Dann half er Hester, den Jungen auszuziehen. „Bekommt er einen Schlafanzug an?"

Hester ging an Radleys Schrank und holte eines seiner Lieblingskleidungsstücke heraus, einen Schlafanzug mit aufgedrucktem Commander Zark.

Mitch grinste. „Er hat einen guten Geschmack. Hab mich immer schon geärgert, dass es die nicht in meiner Größe gibt."

Hester lachte leise und zog Red das Oberteil an, während Mitch ihm die Hose über die Beine streifte.

„Er schläft wie ein Murmeltier."

„Immer schon. Selbst als Baby ist er nur selten nachts wach geworden." Sie nahm einen abgeschabten Plüschhund und legte ihn neben Red ins Bett, bevor sie ihm einen Kuss auf die Wange gab. „Erwähne ‚Fido' aber bitte nicht. Es ist Red ein bisschen peinlich, dass er immer noch mit ihm schläft."

„Ich habe nichts gesehen." Mitch streichelte dem Jungen über das Haar. „Er ist etwas ganz Besonderes."

„Ja, das ist er."

„Und du auch." Mitch wandte sich ihr zu, um auch ihr über das Haar zu streichen. „Geh mir nicht aus dem Weg, Hester", bat er, als sie den Blick abwandte. „Warum sagst du nicht einfach Danke, wenn man dir ein Kompliment macht? Versuch's doch einmal."

„Danke."

„Hmm, gar nicht so übel für den Anfang. Jetzt wollen wir es noch einmal versuchen." Er zog sie in die Arme. „Schon die ganze Woche über habe ich mich darauf gefreut, dich zu küssen."

„Mitch, ich …"

„Hast du deinen Text vergessen?" Sie stemmte sich mit den Händen von seinen Schultern ab, doch ihr Blick sagte etwas anderes, etwas, das ihm wesentlich besser gefiel. „Das war wieder ein Kompliment. Ich möchte es mir nicht zur Gewohnheit machen, an eine Frau zu denken, die sich überschlägt, nur um mir aus dem Weg zu gehen."

„Das habe ich nicht getan. Wirklich nicht."

„Schon gut. Ich verstehe ja, dass du dir selbst nicht traust, wenn ich in deiner Nähe bin."

Daraufhin sah sie ihm fest in die Augen. „Du hast ein erstaunliches Selbstbewusstsein."

„Danke. Dann wollen wir jetzt einen zweiten Versuch machen." Während er sprach, hatte er ihr den Rücken gestreichelt. „Küss mich noch einmal. Und wenn die Bombe dann nicht explodiert, gebe ich zu, dass ich mich geirrt habe."

„Es geht nicht. Radley …"

„… schläft wie ein Murmeltier." Er berührte ganz vorsichtig die Schwellung unter ihrem Auge mit den Lippen. „Und selbst wenn er aufwachen sollte … Ich glaube nicht, dass er Albträume bekäme, wenn er sähe, dass ich seine Mutter küsse."

Sie wollte etwas einwenden, kam jedoch nicht dazu, da er ihr mit seinen Lippen den Mund verschloss. Dieses Mal war sein Kuss sanft, sogar zärtlich. Trotzdem explodierte die Bombe. Hester hätte schwören können, der Boden bebe unter ihren Füßen.

Es war unglaublich. Unmöglich. Aber das Verlangen war da. Sofort. Es schlug über ihr zusammen wie lodernde Flammen. Etwas Derartiges hatte sie nie zuvor erlebt. Früher einmal, als sie noch sehr jung gewesen war, hatte sie zwar geahnt, wie es sein könnte, tiefe Leidenschaft zu empfinden, aber bevor sie dieses Gefühl selbst kennenlernte, war ihre Ehe schon in die Brüche gegangen. Seither hatte sie geglaubt, Leidenschaft sei allenfalls eine vorübergehende Angelegenheit. Aber was sie nun empfand, hatte nichts Flüchtiges an sich. Es war, als gelte es für alle Ewigkeit.

Mitch hatte gemeint, alles zu wissen, was es über Frauen zu wissen gibt. Hester bewies ihm jedoch, dass er sich geirrt hatte. Doch selbst als er in dem warmen, sanften Strudel seines Begehrens zu ertrinken glaubte, zwang er sich, nicht zu schnell zu sein, nicht zu viel zu nehmen. Obgleich die Glut in ihr entbrannte wie in einem Vulkan, der allzu lange verschüttet gewesen war, spürte Mitch – wie schon beim ersten Mal –, dass er behutsam vorgehen musste. Vielleicht wusste sie es selbst nicht, aber Hester war sehr, sehr leicht zu verletzen.

Sie fuhr durch sein dichtes Haar, und einen verrückten Augenblick lang presste er sie fest an sich, um ihnen beiden einen Vorgeschmack von dem zu geben, was sein könnte.

„Das war sie, die Bombe, Hester." Sie erschauerte, als er ihr verlangend mit der Zunge den Hals entlangfuhr. „Die Stadt liegt in Schutt und Asche."

Sie glaubte ihm. Solange sein Mund auf dem ihren lag, glaubte sie ihm alles. „Ich muss nachdenken."

„Mmm, das solltest du vielleicht." Er küsste sie wieder. „Vielleicht sollten wir das beide." Er streichelte sie. „Aber ich habe das Gefühl, wir kommen beide zu derselben Antwort."

Zitternd trat sie zurück. Und stolperte über einen Spielzeugroboter. Selbst der Lärm weckte Red nicht auf.

„Weißt du, dass du jedes Mal, wenn ich dich küsse, über irgendetwas stolperst?" Er wusste, dass er nicht bleiben durfte, und riss sich los, bevor es zu spät war. „Den Videorekorder hole ich mir morgen."

Sie nickte und seufzte erleichtert. Sie hatte gefürchtet, er würde sie bitten, mit ihm zu schlafen, und sie war absolut nicht sicher, wie ihre Antwort ausgefallen wäre. „Danke, Mitch, danke für alles."

„Wunderbar. Du hast ja etwas gelernt." Er strich ihr mit dem Finger über die Wange. „Tu was für dein Auge."

Obgleich Hester wusste, dass sie sich wie ein Feigling benahm, blieb sie an Reds Bett stehen, bis sie die Wohnungstür zuschlagen hörte. Dann beugte sie sich zu ihrem schlafenden Sohn hinunter und flüsterte: „Red, auf was habe ich mich da eingelassen?"

Um sieben Uhr fünfundvierzig ging das Telefon. Mitch hätte es ruhig klingeln lassen, wenn Taz ihn nicht mit der Schnauze an die Wange gestoßen und ihm ins Ohr gepustet hätte. Er fluchte, stieß den Hund zur Seite, griff nach dem Hörer und nahm ihn mit unter die Bettdecke.

„Ja?"

„Mitch, ich bin's, Hester."

„So?"

„Ich habe dich wohl aufgeweckt?"

„Richtig."

Auf solch peinliche Art und Weise offenbarte sich, dass Mitch ein Morgenmuffel war. „Tut mir leid, ich weiß, es ist noch sehr früh."

„Rufst du an, um mir das mitzuteilen?"

„Nein … Ich nehme an, du hast noch nicht aus dem Fenster gesehen?"

„Süße, ich habe noch nicht einmal mit den Augen geblinzelt."

„Es schneit. Es liegen bereits zwölf Zentimeter Schnee, und es soll erst gegen Mittag aufhören zu schneien."

„Danke für den Wetterbericht."

„Mitch, leg bitte noch nicht auf."

Er seufzte laut und vernehmlich. „Gibt es noch andere wichtige Neuigkeiten?"

„Die Schulen sind geschlossen."

„Yippie!"

Die Versuchung für Hester, den Hörer aufzulegen, war groß, sehr groß sogar. Das Schlimme war nur, dass sie ihn brauchte. „Ich frage dich nicht gern, aber ich weiß nicht, ob ich Red den ganzen Tag zu Mrs Cohen bringen kann. Ich würde mir einen Tag freinehmen, aber ich habe eine Besprechung nach der anderen. Ich werde versuchen, früh nach Hause zu kommen, aber …"

„Schick ihn runter."

Kurzes Zögern. „Bist du sicher?"

„Willst du, dass ich Nein sage?"

„Ich möchte nicht, dass er dich von deiner Arbeit abhält."

„Hast du Kaffee?"

„Ja, ich …"

„Dann schick ihn auch runter."

Es klickte an ihrem Ohr, Hester starrte den Hörer in ihrer Hand an und bemühte sich, daran zu denken, dass sie dankbar zu sein hatte.

Radley war begeistert. Er machte mit Taz einen Morgenspaziergang, warf Schneebälle, die zu jagen sich der Hund aus Prinzip weigerte, und rollte sich im Schnee, bis er zu seiner Zufriedenheit über und über damit bedeckt war.

Den Rest des Morgens beschäftigte er sich mit Mitchs Comics und seinen neuesten Entwürfen.

Was Mitch betraf, so fand er Reds Gesellschaft eher angenehm als störend. Der Junge lag auf dem Boden, und wenn er nicht gerade las, redete er über alles, was ihm in den Sinn kam. Dabei wandte er sich entweder an Taz oder an Mitch, und es schien ihm ganz egal zu sein, ob er eine Antwort bekam oder nicht. So waren alle zufrieden.

Gegen Mittag hörte es auf zu schneien, und Reds Hoffnung auf einen zweiten freien Tag zerrann. Mitch stand von seinem Zeichenbrett auf. „Magst du Tacos?"

„Und wie." Red wandte sich vom Fenster ab. „Weißt du, wie man die macht?"

„Nein, aber ich weiß, wie man sie kauft. Holen Sie Ihren Mantel, Corporal, wir brechen auf."

Radley mühte sich noch mit seinen Stiefeln ab, als Mitch mit drei Pappröhren aus dem Arbeitszimmer kam. „Ich muss beim Büro vorbeigehen und diese Dinger abgeben."

Red riss Augen und Ohren auf. „Du meinst, da, wo sie die Comics machen?"

„Genau da." Mitch zog seinen Mantel an. „Aber wenn es dir zu lästig ist, kann ich es auch morgen machen."

„Nein, ich möchte es ja gern." Der Junge zog Mitch am Ärmel. „Wir gehen heute, ja? Ich verspreche dir, nichts anzufassen, und ich bin auch ganz leise."

„Wie willst du Fragen stellen, wenn du ganz leise bist?" Mitch stellte Reds Mantelkragen hoch. „Hol Taz, ja?"

Es war nie ganz einfach und meistens ein bisschen kostspielig, einen Taxifahrer zu finden, der bereit war, einen hundertfünfzig Pfund schweren Hund als Passagier zu akzeptieren. Sobald Taz jedoch erst einmal im Wagen saß, benahm er sich vorbildlich und sah aus dem Fenster.

„Lausiges Wetter, was?" Der Taxifahrer blickte freundlich in den Rückspiegel. Es war wohl die unmittelbare Reaktion auf das Trinkgeld, das er im Voraus bekommen hatte. „Ich mag den Schnee nicht, aber meine Kinder natürlich." Er pfiff vor sich hin. „Ich nehme an, Ihr Sohn hat auch nichts dagegen, nicht zur Schule zu gehen." Ohne auf eine Antwort zu warten, fuhr er fort: „Nichts mögen die Kinder lieber als schulfrei, stimmt's, Junge?"

Er lachte in sich hinein, als er am Bürgersteig anhielt. „Da sind wir. Netten Hund hast du da, Junge." Er gab Mitch sein Wechselgeld heraus und wartete pfeifend, bis sie ausgestiegen waren.

„Er hat gedacht, du wärst mein Dad", sagte Red, als sie die Straße entlanggingen.

„Ja." Mitch wollte Red die Hand auf die Schulter legen, zögerte aber. „Stört dich das?"

Der Junge sah mit großen Augen zu ihm auf. Zum ersten Mal wirkte er scheu. „Nein. Dich?"

Mitch beugte sich zu ihm hinunter, bis sich ihre Augen auf gleicher Höhe befanden. „Eigentlich nicht – wenn du nur nicht so hässlich wärst." Gleichzeitig zog er eine Grimasse.

Radley grinste erfreut und schob seine Hand in die seines Freundes. Er hatte sich bereits früher vorzustellen versucht, Mitch sei sein Vater. Auch den Lehrer, den er im zweiten Schuljahr gehabt hatte, hatte er sich schon mal als Vater vorgestellt, und der war nicht halb so nett wie Mitch.

„Ist es hier?" Er blieb zögernd stehen, als Mitch auf ein großes, verwittert aussehendes Sandsteingebäude zuging.

„Hier ist es", bestätigte Mitch.

Radley musste gegen seine Enttäuschung ankämpfen. Er hatte sich vorgestellt, das Verlagshaus sei zumindest mit den Fahnen von Perth oder Ragamond geschmückt. Mitch verstand sehr gut, wie Red zumute war. Er führte ihn hinein.

Der Wärter in der Empfangshalle hob die Hand zum Gruß und biss erneut in sein Pastrami-Sandwich. Mitch zog Red zu einem Aufzug mit schmiedeeiserner Gittertür.

„Der ist ja ganz nett", meinte Red.

„Er ist noch netter, wenn er funktioniert", erwiderte Mitch. „Hoffen wir das Beste."

„Ist er schon einmal abgestürzt?" Die Frage klang halb ängstlich, halb hoffnungsvoll.

„Nein. Aber manchmal streikt er." Die Kabine stotterte und hielt abrupt im fünften Stock. Mitch öffnete das Gitter. „Willkommen im Irrenhaus", sagte er, wobei er Red die Hand auf den Kopf legte.

Und genau das war es. Red vergaß seine Enttäuschung über das Äußere des Verlags, als er sich ehrfurchtsvoll im Inneren des Gebäudes umsah. In einer Art Empfangsraum standen ein Schreibtisch und ein Telefonpult, hinter denen eine besorgt wirkende Frau in einem Prinzessin-Leilah-Sweatshirt saß. Die Wände ringsum waren über und über mit Postern bedeckt, auf denen die bekanntesten Helden des Universal-Verlags zu sehen waren: der Menschliche Skorpion, der Sanfte Säbel, die tödliche Schwarze Motte und natürlich Commander Zark.

„Na, wie geht's denn so, Lou?"

„Frag mich nicht." Sie drückte auf den Knopf eines der Telefone. „Ist es meine Schuld, wenn das Delikatessengeschäft sein Corned Beef nicht liefert?"

„Wenn ich dafür sorge, dass seine Laune sich bessert, suchst du mir dann ein paar Muster zusammen?"

„Universal Comics, bitte bleiben Sie am Apparat, ich verbinde." Die Empfangsdame drückte auf einen anderen Knopf. „Wenn du das schaffst, bekommst du meinen Erstgeborenen."

„Nur die Muster, Lou. Setzen Sie Ihren Helm auf, Corporal, wir stürzen uns ins Getümmel."

Mitch führte Red einen kurzen Flur entlang und von dort aus in einen hellen Raum, der das Zentrum geräuschvoller Aktivitäten war und einen chaotischen Anblick bot. An den Wänden hingen Entwürfe, Mitteilungen und Fotos. In einer Ecke stand eine Pyramide aus leeren Sodawasser-Dosen. Irgendjemand warf danach mit einem Ball aus zusammengeknülltem Papier.

„Der Skorpion hat sich noch nie mit jemandem zusammengetan. Warum sollte er sich plötzlich für Recht und Gesetz einsetzen?"

Eine Frau mit rotem Haar, aus dem in gefährlichen Winkeln Bleistifte herausragten, schob ihren Drehstuhl zurecht, ihre ohnehin riesigen Augen wurden von Eyeliner und einer dicken Schicht Mascara noch betont. „Also lass uns doch einmal realistisch sein. Er alleine kann die Wasserversorgung der Welt nicht retten. Folglich tut er sich mit jemandem wie Atlantis zusammen."

Ihr gegenüber saß ein Mann, der gerade eine dicke saure Gurke vertilgte. „Sie hassen sich. Schon seit sie den Zusammenstoß wegen der Dreiecksgeschichte hatten."

„Aber das ist doch gerade der springende Punkt, du Dummchen. Für das Wohl der Menschheit müssen sie ihre persönlichen Gefühle hintanstellen. Das ist ihre moralische Pflicht." Jetzt hatte die Frau Mitch entdeckt. „Hör zu, Mitch, Dr. Tödlich hat das Wasser der Erdbewohner vergiftet. Skorpion hat ein Gegenmittel gefunden. Wie soll er es anwenden?"

„Da hätte er gemeinsam mit Atlantis schon vorher Zäune aufstellen sollen", erwiderte Mitch. „Was meinst du, Red?"

Einen Moment lang war Red so stumm, als hätte er die Sprache verloren. Dann holte er tief Luft und sprudelte los: „Ich glaube, sie gäben ein gutes Team ab, weil sie vorher immer gegeneinander gekämpft haben."

„Ganz deiner Meinung, Junge." Die Rothaarige streckte ihm ihre Hand entgegen. „Ich bin M. J. Jones."

„Wirklich?" Red wusste nicht, was ihn mehr beeindruckte, das Treffen mit M. J. Jones an sich oder die Entdeckung, dass es sich dabei um eine Frau handelte.

„Und dieser Meckerfritze hier ist Rob Myers. Hast du den Jungen zu deinem Schutz mitgebracht, Mitch?", fragte sie, ohne

Rob genügend Zeit zu lassen, seine Gurke runterzuschlucken. Sie war mit ihm seit sechs Jahren verheiratet und hatte ganz offensichtlich ihre Freude daran, ihm eins auszuwischen.

„Hab ich das denn nötig?"

„Wenn du nicht was ganz besonders Umwerfendes da in deinen Pappröhren hast, dann rate ich dir, dich auf schnellstem Wege wieder davonzuschleichen." Sie schob einen Packen unfertiger Entwürfe beiseite. „Malony hat gekündigt. Ist zum ‚Five Star'-Verlag desertiert."

„Das darf doch nicht wahr sein."

„Skinner redet den ganzen Morgen nur noch von Verrätern, und der Schnee hat seine Laune auch nicht gerade verbessert. Also, ich an deiner Stelle würde … puh … schon zu spät."

Da M. J. Jones es mit den Ratten hielt, die ein sinkendes Schiff frühzeitig verlassen, wandte sie sich ab und vertiefte sich in ein Gespräch mit ihrem Mann.

„Dempsey, du hättest bereits vor zwei Stunden hier sein sollen."

Mitch lächelte seinen Verleger entwaffnend an. „Mein Wecker hat nicht geklingelt. Das hier ist mein Freund Radley Wallace. Red, das ist Rich Skinner."

Radley starrte den Verleger an. Skinner sah genauso aus wie Hank Wheeler, der gewaltige Boss von Joe David, alias ‚Die Fliege'. Mitch erzählte ihm später, dass diese Ähnlichkeit durchaus kein Zufall war.

„Hallo, Mr Skinner. Ihre Comics gefallen mir unheimlich gut. Viel besser als die von ‚Five Star'. Die kauf ich fast nie. Die Storys sind einfach nicht gut."

„Recht hast du." Skinner fuhr sich durch das schütter werdende Haar. „Ganz recht", wiederholte er mit Nachdruck. „Verschwende dein Geld bloß nicht an diesen Schund, mein Junge."

„Nein, Sir."

„Mitch, du weißt doch, dass du diesen Köter nicht mit hier hereinbringen sollst."

„Tja, aber Taz liebt dich nun einmal so." Wie auf Kommando hob Taz den Kopf und fing an zu jaulen.

Skinner wollte fluchen, besann sich jedoch gerade noch früh genug auf die Anwesenheit des Kindes. „Hast du etwas in diesen Röhren, oder bist du bloß gekommen, um mich aufzuheitern?"

„Warum siehst du nicht selbst nach?"

Skinner ging ihnen voran in sein Büro, holte die Zeichnungen aus den Pappröhren und breitete sie auf seinem Schreibtisch aus. „Gar nicht mal so übel", lobte er, nachdem er die Skizzen und Entwürfe eine Weile betrachtet hatte. „Diese neue Figur da, diese Mirium, willst du die noch weiter ausbauen?"

„Ich denke, ja. Ich dachte, es sollte mal wieder ein bisschen Spannung in Zarks Liebesleben kommen."

„Zark hat nie besonders viel Glück."

„Aber er ist der Allerbeste", meldete sich Red erneut. „Man weiß immer, dass er genau das Richtige tut. Er hat keine Superpower oder so was, aber echt was auf dem Kasten."

Skinner nickte. „Wir machen einen Versuch mit deiner Mirium, Mitch, und warten ab, wie sie bei den Lesern ankommt." Er nahm die Hände von den Zeichenblättern, die sich von selbst wieder zusammenrollten. „Das ist das erste Mal – soweit ich mich erinnern kann –, dass du dein Zeug früher als zum Ablieferungstermin bringst."

„Das kommt daher, dass ich jetzt einen Assistenten habe." Mitch legte Red die Hand auf die Schulter.

„Gute Arbeit, Mitch. Warum machst du mit deinem Assistenten nicht einmal eine Besichtigungsrunde?"

Red sollte noch wochenlang über diese Stunde im Universal-Verlag reden. Als sie das Gebäude verließen, besaß er eine ganze Tragetasche voller Bleistifte, Poster, Entwürfe und dazu einige Comics, die frisch aus der Presse gekommen waren.

„Das war der schönste Tag in meinem ganzen Leben", erklärte er und hüpfte den schneebedeckten Bürgersteig entlang. „Warte nur, bis ich die Sachen Mom zeige. Sie wird es nicht glauben."

Mitch hatte selbst gerade an Hester gedacht. Er ging ein bisschen schneller, um mit Red Schritt zu halten. „Warum gehen wir sie eigentlich nicht einfach mal besuchen?"

„Au ja!" Radley nahm Mitchs Hand. „Die Bank ist natürlich nicht halb so schön wie dein Verlag. Da darf nie jemand Radio laufen lassen oder mal schreien, aber da ist ein riesiger Tresor, wo sie schrecklich viel Geld aufbewahren – Millionen Dollar. Und dann haben sie überall Kameras, um die Leute zu fotografieren, die es klauen wollen. Mom ist aber noch nie in einer Bank gewesen, die beraubt worden ist."

Da diese Bemerkung als Entschuldigung gedacht war, lachte Mitch. „Es kann nun einmal nicht jeder das Glück haben." Er klopfte sich auf den Magen. Seit ein paar Stunden hatte er nichts mehr gegessen. „Aber zuerst besorgen wir uns ein paar Tacos."

Innerhalb der soliden Mauern der „National Trust Bank" war Hester mit einem Stapel von Kreditanträgen beschäftigt. Sie durfte sich nicht allzu oft erlauben, weichherzig zu sein. Manchmal erforderten die vorgelegten Fakten und Zahlen, dass sie Nein sagte, und ein Teil ihrer Arbeit bestand darin, höfliche und unpersönliche Absagebriefe zu schreiben. Das tat sie zwar nur ungern, sah jedoch ein, dass es notwendig war.

Da sie in fünfzehn Minuten ihre nächste Besprechung hatte, aß sie, während sie die Anträge zur Genehmigung durch den Vorstand zusammenstellte, nur schnell ein Brötchen und trank dazu eine Tasse Kaffee. Als ihre Assistentin sich per Sprechanlage meldete, war sie darüber nicht gerade erfreut.

„Ja bitte, Kay?"

„Hier ist ein junger Mann, der Sie sprechen möchte, Mrs Wallace."

„Er hat erst in fünfzehn Minuten seinen Termin. Bis dahin muss er warten."

„Nein, nein, es ist nicht Mr Greenburg. Und ich glaube auch nicht, dass er wegen eines Darlehens hier ist. Bist du wegen eines Darlehens gekommen, Kleiner?"

Hester hörte ein ihr bekanntes Kichern und lief zur Tür. „Red? Es ist doch alles in Ordnung?"

Red war da, aber nicht alleine. Mitch stand neben ihm und außerdem der große, treuherzig dreinblickende Hund.

„Wir haben gerade Tacos gegessen."

Hester erspähte einen winzigen Rest von Soße an Reds Kinn. „Das sehe ich." Sie bückte sich, um ihn zu umarmen, und sah dann zu Mitch auf. „Es ist doch alles in Ordnung?"

„Ja, sicher. Wir hatten gerade geschäftlich hier in der Gegend zu tun und wollten nur mal kurz hereinschauen." Er bemerkte, dass sie ihre farbenprächtige Verletzung mit Make-up abgedeckt hatte. Nur noch eine Spur von Gelb und Grün schimmerte durch. „Das Auge sieht ja schon viel besser aus."

„Die Krise habe ich überlebt."

„Ist das dein Büro?" Ohne dazu aufgefordert worden zu sein, steckte er den Kopf durch die Tür. „Himmel, wie deprimierend! Vielleicht solltest du Red bitten, dir eins von seinen Postern zu geben."

„Oh, du kannst eins haben", stimmte Red sofort zu. „Ich war mit Mitch im Universal-Verlag und hab jede Menge geschenkt gekriegt. Mom, das hättest du sehen sollen. Die haben Millionen von Comics, und ich hab M. J. Jones und Rich Skinner getroffen. Und sieh mal, was hier alles drin ist." Er hielt ihr seine Tragetasche hin. „Alles umsonst."

Als Erstes empfand Hester Unbehagen. Ihre Verpflichtung Mitch gegenüber schien von Tag zu Tag größer zu werden. Aber dann sah sie in Reds vor Eifer glühendes Gesicht und lächelte. „Das hört sich ja an, als hättest du einen schönen Vormittag verlebt."

„Es war der allerschönste in meinem ganzen Leben."

„Achtung", murmelte Kay, „Rosen ist im Anzug."

Auch ohne dass es ihm hätte erklärt werden müssen, begriff Mitch, dass Rosen eine Person war, deren Wichtigkeit nicht unterschätzt werden durfte. Hesters Gesichtsausdruck und die Handbewegung, mit der sie glättend über ihr Haar strich, sagten ihm genug.

„Guten Tag, Mrs Wallace." Rosen warf einen vielsagenden Blick auf den Hund, der sofort an seinem Schuh schnupperte. „Vielleicht ist Ihnen entgangen, dass Tieren der Zutritt zu dieser Bank untersagt ist."

„Nein, Sir. Mein Sohn ist nur gerade …"

„Ihr Sohn?" Rosen nickte Red flüchtig zu. „Guten Tag, junger Mann. Mrs Wallace, ich bin sicher, dass Sie sich an die Gepflogenheiten unseres Hauses bezüglich des Besuches von Angehörigen während der Arbeitszeit erinnern."

„Mrs Wallace, ich lege diese Unterlagen nur schnell auf Ihren Schreibtisch. Wenn Sie so freundlich wären, sie nach Ihrer Mittagspause zu unterschreiben." Kay legte ein paar beschriebene Blätter auf den Schreibtisch, als handelte es sich dabei um Dokumente von größter Wichtigkeit, und zwinkerte Red zu.

„Danke, Kay."

Rosen räusperte sich. Gegen die Mittagspause konnte er natürlich nicht ankommen. Aber da gab es ja noch andere Aspekte der Firmenpolitik. „Was dieses Tier betrifft …"

Taz, dem Rosens Ton offensichtlich nicht zusagte, stieß seine Nase gegen das Knie seines Herren und jaulte. „Der Hund gehört zu mir." Mitch trat vor, setzte sein charmantestes Lächeln auf, mit dem er, wie Hester fand, selbst Sumpfland in Florida hätte verkaufen können, und streckte die Hand aus.

„Mitchell Dempsey II. Hester und ich sind gute Freunde, sehr gute Freunde. Sie hat mir so viel von Ihnen und Ihrer Bank erzählt." Er schüttelte Rosens Hand betont herzlich. „Meine Familie unterhält bei verschiedenen Banken hier in New York größere Kapitalkonten. Hester hat mich jedoch davon überzeugt, dass ich meinen Einfluss dahin gehend geltend machen sollte, sie insgesamt der ‚National Trust Bank' anzuvertrauen. Möglicherweise sind Ihnen einige unserer Familienunternehmen bekannt, Mr Rosen? ‚Trioptic', ‚D. & H. Chemicals', ‚Dempsey Paperworks'?"

„Aber natürlich, selbstverständlich." Rosen konnte Mitchells Hand gar nicht genug schütteln. „Es ist mir ein Vergnügen, Ihre Bekanntschaft zu machen. Ein großes Vergnügen."

„Hester hat mich dazu überredet, selbst vorbeizukommen, um mich von der Leistungsfähigkeit Ihrer Bank zu überzeugen." Amüsiert beobachtete Mitch, wie gut seine Nummer wirkte. In Rosens Kopf schienen die Dollarzeichen nur so herumzuflitzen.

„Ich bin sehr beeindruckt. Das war natürlich vorauszusehen, nach allem, was Mrs Wallace mir bereits berichtet hatte." Er legte Hester vertraulich die Hand auf die Schulter. „Sie ist ein Finanzgenie. Ich darf Ihnen verraten, dass mein Vater sie am liebsten vom Fleck weg als Finanzberater engagieren würde. Wissen Sie eigentlich, wie glücklich Sie sich schätzen können, dass sie bei Ihnen arbeitet?"

„Mrs Wallace ist eine unserer meistgeschätzten Mitarbeiterinnen …"

„Das freut mich zu hören. Ich muss unbedingt mit meinem Vater über die Vorzüge der ‚National Trust Bank' reden."

„Es wäre mir eine Ehre, Sie persönlich durch unsere Bank zu führen. Sie würden doch sicher gern die Büros der Direktion sehen."

„Nichts lieber als das, aber ich stehe leider ein wenig unter Zeitdruck." Selbst wenn er gar nichts zu tun gehabt hätte, wäre Mitch keinen Augenblick auf die Idee gekommen, sich langweilige Büros anzusehen. „Warum stellen Sie mir nicht ein paar Unterlagen zusammen, die ich bei der nächsten Aufsichtsratssitzung vorlegen kann?"

„Mit dem größten Vergnügen." Rosens Gesicht glänzte. Wenn es ihm gelänge, einen Kunden wie Dempsey für seine Bank an Land zu ziehen, würde er sich einige Lorbeeren verdienen.

„Geben Sie sie einfach Hester mit. Es macht dir doch nichts aus, den Boten zu spielen, meine Liebe?", erkundigte er sich fröhlich.

„Nein", brachte sie gerade noch heraus.

„Ausgezeichnet." Rosens Stimme klang freudig erregt. „Ich bin sicher, wir können Ihnen in jeder Beziehung von Vorteil sein. Wir sind schließlich eine Bank, die mit den Ansprüchen ihrer Kunden wächst." Er tätschelte Taz den Kopf. „Reizender Hund", sagte er und schritt beschwingt davon.

„Was für ein mieser alter Kerl", erklärte Mitch. „Wie kannst du es hier überhaupt aushalten?"

„Würdest du bitte für einen Moment mit in mein Büro kommen?" Hesters Stimme klang kühl. Red kannte diesen Ton. Er sah Mitch an und verdrehte die Augen. „Kay, sollte Mr Greenburg kommen, so bitten Sie ihn zu warten."

„Gern, Mrs Wallace."

Hester ging in ihr Büro voraus, schloss die Tür und lehnte sich dagegen. Wäre da nicht die Sorge gewesen, ihre Stelle zu verlieren, so hätte sie wohl Mitch die Arme um den Hals geworfen und laut und herzlich über die Art und Weise gelacht, in der er mit Rosen umgesprungen war. Aber sie war auf ein regelmäßiges Gehalt angewiesen, und so sagte sie vorwurfsvoll: „Wie konntest du das tun?"

„Was tun?" Mitch sah sich in ihrem Büro um. „Der braune Teppich muss raus. Und diese Farben ... wie würdest du sie nennen?"

„Scheußlich", schlug Red vor und machte es sich auf einem Stuhl bequem.

„Du sagst es. Weißt du, deine Umgebung wirkt sich auch auf deine Arbeit aus. Versuch doch einmal, das Rosen klarzumachen."

„Ich werde überhaupt nichts mehr versuchen können, wenn Rosen herausfindet, was du getan hast. Rausgeschmissen werde ich."

„Sei nicht albern. Ich habe ihm nicht versprochen, dass meine Familie ihre Konten auf die ‚National Trust Bank' übertragen wird. Außerdem wäre es ja sogar durchaus möglich, wenn er entsprechende Angebote vorlegt." Mitch machte eine wegwerfende Handbewegung, um die Bedeutungslosigkeit der Sache zu betonen. „Wenn es dich glücklicher macht, könnte ich ja einstweilen meine eigenen Konten nach hier verlegen. Eine Bank ist eine Bank, so wie ich das sehe."

„Verdammt noch mal!" Es kam nur selten vor, dass Hester laut und vernehmlich fluchte. Radley hielt es für angebracht, sich intensiv mit Taz zu beschäftigen. „Rosen hat im Geiste schon ein Milliardenunternehmen als Kunden der Bank erobert. Wenn er herauskriegt, dass du das alles erfunden hast, lässt er mich dafür büßen."

Mitch klopfte mit der Hand auf einen ordentlichen Stapel von Papieren. „Du bist die reinste Ordnungsfanatikerin, weißt du das? Und ich habe überhaupt nichts erfunden. Ich hätte es aber durchaus tun können", meinte er nachdenklich. „In so etwas bin ich nämlich gut. Es gab allerdings keinen Grund dafür."

„Hörst du bitte auf damit?" Ärgerlich schlug sie ihm die Hände von ihren Arbeitsunterlagen. „Dieser Blödsinn über ‚Trioptic' und ‚D. & H. Chemicals'." Sie seufzte tief und setzte sich auf die Ecke ihres Schreibtisches. „Ich verstehe ja, dass du versucht hast, mir zu helfen, und ich weiß das zu schätzen, aber …"

„Weißt du das?" Mitch fasste sie lächelnd bei ihren Jacken-aufschlägen.

„Du meinst es ja gut", murmelte Hester.

„Manchmal." Er beugte sich zu ihr hinunter. „Du riechst viel zu gut für dieses Büro", flüsterte er.

„Mitch." Sie legte die Hände gegen seine Brust und warf einen nervösen Blick zu Red hinüber. Der hatte Taz einen Arm um den Hals gelegt und war in eins seiner neuesten Comics vertieft.

„Meinst du wirklich, es würde ihm schaden, wenn er sähe, dass ich dich küsse?"

„Nein. Aber darum geht es überhaupt nicht."

„Worum denn?" Mitch spielte mit dem goldenen Dreieck an ihrem Ohr.

„Darum, dass ich zu Rosen gehen muss, um ihm zu erklären, dass du nur …", sie suchte nach dem passenden Wort, „… fantasiert hast."

„Das tue ich oft", gab er zu und strich ihr mit dem Daumen über die Wange. „Aber das geht Rosen absolut nichts an. Soll ich dir einmal die Geschichte von dir und mir im Rettungsboot auf dem Indischen Ozean erzählen?"

„Nein." Jetzt musste Hester lachen, doch bevor das warme Gefühl in ihrem Magen Gelegenheit hatte, sich auszubreiten, blickte sie schnell zur Seite. „Warum geht ihr beide nicht jetzt nach Hause? Ich habe noch eine Besprechung, danach gehe ich zu Mr Rosen."

„Nicht mehr verärgert?"

Sie schüttelte den Kopf. Dann gab sie einem Impuls nach und berührte seine Wange. „Du wolltest mir helfen. Und es war lieb von dir."

Sie redet mit mir, als wäre ich Red und hätte bei dem Versuch, das Geschirr abzuwaschen, einen Teller ihres veilchenumrandeten Geschirrs fallen lassen, dachte Mitch. Und weil ihm das nicht gefiel, küsste er sie. Die Reaktion erfolgte stufenweise. Zuerst Schock, dann Spannung, dann Begehren. Als er sie losließ, sah er mehr als Nachgiebigkeit in ihren Augen. Der Funke blitzte zwar nur kurz, aber dafür unverkennbar auf.

„Komm, Red, deine Mutter muss noch arbeiten. Wenn du nach Hause kommst und wir sind nicht in meiner Wohnung, dann sind wir im Park, Hester."

„Gut." Sie presste unwillkürlich die Lippen zusammen, um die Wärme seines Kusses zu bewahren. „Danke."

„Keine Ursache."

„Wiedersehen, Red, ich bin bald zu Hause."

„Okay." Red hob die Arme und legte sie ihr um den Hals. „Bist du noch immer wütend auf Mitch?", fragte er leise.

„Nein", antwortete sie im gleichen, gut hörbaren Flüsterton. „Nein, bin ich nicht."

Als sie sich wieder aufrichtete, lächelte sie, dennoch entging Mitch der besorgte Ausdruck ihrer Augen nicht. An der Tür drehte er sich noch einmal um. „Willst du tatsächlich zu Rosen gehen und ihm sagen, ich hätte alles nur erfunden?"

„Muss ich doch." Es tat ihr bereits leid, Mitch so angefahren zu haben, deshalb lächelte sie ihm zu. „Mach dir keine Sorgen, ich werde schon mit ihm fertig."

„Und wenn ich dir nun sagte, dass ich überhaupt nichts erfunden habe und meine Familie vor siebenundvierzig Jahren die Firma ‚Trioptic' gegründet hat?"

Hester runzelte die Stirn. „Dann würde ich antworten: ‚Vergiss deine Handschuhe nicht, es ist kalt draußen.'"

„Na gut. Aber bevor du Rosen deine Seele offenbarst, tu dir selbst einen Gefallen. Sieh mal im ‚Who's who' nach."

Hester begleitete die beiden zur Tür und sah hinter ihnen her, wie sie Hand in Hand den Flur hinuntergingen.

„Ihr Sohn ist ein entzückendes Bürschchen", meinte Kay, die ihr eine Akte reichte. Nach dem kleinen Geplänkel mit Rosen hatte sie ihr Urteil über die zurückhaltende Mrs Wallace revidiert.

„Danke." Als Hester sie anlächelte, fand Kay sich in ihrer neuen Meinung bestätigt. „Und ich weiß es zu schätzen, dass Sie mir geholfen haben."

„Das war doch nichts. Was ist denn schon dabei, wenn Ihr Sohn Sie einmal für eine Minute besuchen kommt?"

„Es ist gegen das Prinzip der Bank."

Kay schnaufte. „Gegen Rosens Prinzip, meinen Sie wohl. Er muss sich immer aufspielen. Aber machen Sie sich keine Sorgen, zufällig weiß ich, dass er Ihre Arbeit außerordentlich schätzt. Und das ist für ihn das Wichtigste."

Hester klemmte sich die Akte unter den Arm. „Nochmals vielen Dank, Kay, und schicken Sie mir Mr Greenburg herein, wenn er kommt."

„Er ist schon da."

„Schön. Ach, und Kay, könnten Sie mir wohl eine Ausgabe von ‚Who's who' besorgen?"

6. KAPITEL

Als sie die Tür ihrer Wohnung aufschloss, war Hester immer noch benommen. Ihr Nachbar mit den nackten Füßen und den löchrigen Jeans war der Erbe eines der größten Vermögen im ganzen Land.

Hester zog sich den Mantel aus und hängte ihn auf. Der Mann, der seine Tage damit verbrachte, Fortsetzungsgeschichten von Commander Zark zu erfinden, gehörte zu einer Familie, die Polopferde und Sommerhäuser besaß. Und doch wohnte er im vierten Stock eines ganz gewöhnlichen Wohnhauses in Manhattan.

Sie hätte blind und taub sein müssen, um nicht zu merken, dass er sich zu ihr hingezogen fühlte. Doch obwohl sie ihn nun seit Wochen kannte, hatte er nicht ein einziges Mal seine Familie oder seine gesellschaftliche Stellung erwähnt, um ihr zu imponieren.

Sie hatte geglaubt, ihn ein bisschen zu kennen, und nun war er plötzlich ein Fremder.

Es war an der Zeit, ihn wie jeden Tag anzurufen und ihm zu sagen, sie sei wieder zu Hause und er möge Red raufschicken. Doch sie war noch völlig außer Fassung. Zuerst hatte sie ihm vorgeworfen, Mr Rosen Märchen erzählt zu haben, und ihm dann gnädig verziehen – wie herablassend ihm das vorgekommen sein musste. Sie hatte sich lächerlich gemacht, und sie schämte sich.

Als sie sich endlich dazu aufraffte, Mitchs Nummer zu wählen, hörte sie schallendes Gelächter und Fußgetrampel im Treppenhaus. Sie öffnete die Tür in dem Augenblick, als Red den Schlüssel aus seiner Hosentasche holen wollte.

Der Junge und Mitch waren mit Schnee bedeckt, als hätten sie sich darin herumgewälzt.

„Hallo, Mom, wir waren im Park. Wir sind erst bei Mitch vorbeigegangen, um meine Tasche zu holen, und dann hergekommen, weil wir uns gedacht haben, du wärst wieder zu Hause. Komm doch mit uns nach draußen."

„Ich bin nicht für Schneeballschlachten angezogen." Sie lächelte und nahm Red die schneeverkrustete Mütze vom Kopf, sah aber nicht zu Mitch auf.

„Dann zieh dich um", schlug Mitch vor. Er lehnte sich gegen den Türrahmen und achtete nicht auf den Schnee, der ihm von den Stiefeln auf den Teppich fiel.

„Wir haben ein Fort gebaut. Das musst du dir ansehen. Und ich habe angefangen, einen Krieger aus Schnee zu machen. Aber Mitch hat gemeint, wir müssten dir zuerst Bescheid sagen, damit du dir keine Sorgen machst."

„Das war sehr rücksichtsvoll von ihm." Nun blieb ihr nichts anderes übrig, als Mitch doch anzusehen.

Er betrachtete sie nachdenklich – zu nachdenklich, fand Hester. „Red sagte, du seist ganz groß im Schneemännerbauen."

„Bitte, Mom. Wenn es morgen taut, ist alles wieder weg."

„Also gut, dann ziehe ich mich schnell um. Warum machst du inzwischen nicht für Mitch und dich eine heiße Schokolade zum Aufwärmen?"

„Wird gemacht!" Radley setzte sich gleich an der Tür auf den Boden. „Du musst dir deine Stiefel ausziehen", befahl er Mitch. „Sie ist sauer, wenn du den Teppich dreckig machst."

Mitch knöpfte sich die Jacke auf. „Das wollen wir auf gar keinen Fall riskieren."

Innerhalb von fünfzehn Minuten hatte Hester sich umgezogen. Jetzt trug sie eine Cordhose, einen dicken Pullover, und anstelle ihres roten Mantels zog sie darüber einen verschlissenen roten Parka. Während sie durch den Park liefen, hielt Mitch mit einer Hand den Hund an der Leine, die andere steckte er in die Hosentasche. Er hätte nicht genau sagen können, wieso es ihn so freute, Hester so lässig gekleidet Hand in Hand mit Radley daherlaufen zu sehen. Er hätte auch nicht genau zu sagen vermocht, warum ihm so viel daran gelegen war, mit ihr in den Park zu gehen, aber er war es gewesen, der Red die Idee, seine Mutter zu überreden, in den Kopf gesetzt hatte.

Mitch liebte den Winter. Während sie durch den weichen tiefen Schnee im Central Park gingen, atmete er tief die kalte Luft ein.

Kälte und Schnee gefielen ihm, besonders wenn die Bäume weiße Hauben trugen und man Schlösser aus Schnee bauen konnte.

Als er noch ein Junge war, hatte seine Familie oft in der Karibik überwintert, weit weg von dem ganzen Matsch und der Ungemütlichkeit, wie es seine Mutter zu nennen pflegte. Er hatte zwar eine Vorliebe für Meer und weiße Strände entwickelt, dennoch hatte eine Palme ihm nie die Fichte zu Weihnachten ersetzen können.

Am liebsten war er im Winter im Landhaus seines Onkels in New Hampshire gewesen, wo es Wälder gab und Hügel zum Schlittenfahren. Seltsamerweise hatte er sich schon mit dem Gedanken getragen, ein paar Wochen zu ihm zu fahren, doch dann waren die Wallaces zwei Stockwerke über Mitch eingezogen. Bis zu diesem Augenblick war ihm nicht bewusst geworden, dass seine Pläne in Vergessenheit geraten waren, sobald er Hester und ihren Sohn kennengelernt hatte.

Und nun war ihr unbehaglich zumute. Sie war verlegen und fühlte sich ganz offensichtlich nicht wohl in ihrer Haut. Fürsorglich hatte sie darauf geachtet, dass Radley zwischen ihnen beiden ging, um Mitch auf diese Weise auf seinen Platz als Reds Freund zu verweisen.

Das bin ich ja auch, dachte Mitch in sich hineinlächelnd, aber ich will verdammt sein, wenn das alles ist.

„Da steht das Fort, siehst du?" Radley zog Hester am Ärmel, ließ sie dann los und rannte voraus.

„Eindrucksvoll, was?" Bevor Hester es verhindern konnte, hatte Mitch ihr ganz selbstverständlich den Arm um die Schultern gelegt. „Er ist wirklich begabt."

Hester versuchte die Wärme und den Druck seines Armes zu ignorieren, während sie sich das Werk ihres Sohnes ansah. Die Wände des Forts waren ungefähr einen halben Meter hoch und ganz glatt. An einer Seite gingen sie in einen runden Turm über. Das mit einem Bogen versehene Eingangstor war so groß, dass Red auf Händen und Knien darunter durchkriechen konnte. Im Inneren angekommen, richtete er sich auf und reckte die Arme in die Höhe.

„Es ist großartig, Red. Ich kann mir denken, dass du viel dabei geholfen hast", wandte sie sich leise an Mitch.

„Ein bisschen hier und da." Er verzog das Gesicht, als lache er über sich selbst. „Dein Sohn ist ein besserer Architekt, als ich es je sein werde."

Red kam bäuchlings wieder durch das Tor gekrochen. „Ich mache meinen Krieger fertig. Mom, du kannst einen auf der anderen Seite des Forts bauen. Das sind dann die Wachen." Er begann, Schnee auf seine halb fertige Figur zu häufen. „Du kannst ihr ja helfen, Mitch, weil ich schon bald fertig bin."

„Das ist fair." Mitch nahm eine Handvoll Schnee. „Was gegen Teamwork einzuwenden?"

„Natürlich nicht." Hester vermied es immer noch, ihn anzusehen. Sie kniete sich auf den Boden. Mitch ließ ihr den Schnee aus der Hand auf den Kopf rieseln.

„Ich dachte, auf diese Weise bekäme ich dich am schnellsten dazu, mich anzusehen." Sie blitzte ihn an und fing an, eine Figur zu formen. „Was ist los, Mrs Wallace?"

Sekunden vergingen, bis sie antwortete: „Ich habe im ‚Who's who' nachgeschlagen."

„Tatsächlich?"

„Du hast die Wahrheit gesagt."

„Ab und zu kommt das vor." Er schob Schnee zu ihr hinüber. „Und?"

„Ich komme mir ziemlich albern vor."

„Ich habe die Wahrheit gesagt, und du kommst dir albern vor." Geduldig klopfte Mitch den gehäuften Schnee in Form. „Könntest du mir diesen Zusammenhang bitte einmal erklären?"

„Du hast zugelassen, dass ich dich beschimpft habe."

„Es ist schwer, dich zu bremsen, wenn du erst einmal in Fahrt kommst."

Die Beine des „Wächters" nahmen Gestalt an. „Du hast mich glauben lassen, du seist ein armer exzentrischer Samariter. Ich wollte dir schon anbieten, deine Jeans zu flicken."

Unglaublich gerührt fasste Mitch mit seiner behandschuhten Hand unter ihr Kinn. „Das finde ich aber lieb."

„Dabei bist du ein reicher exzentrischer Samariter." Sie schob seine Hand weg und sammelte Schnee für den Torso.

„Heißt das, du willst meine Jeans nicht mehr flicken?"

Hesters tiefer Seufzer ließ eine kleine weiße Wolke vor ihrem Mund entstehen. „Ich will nicht mehr darüber sprechen."

„Oh doch, das willst du wohl." Er schob ihr so viel Schnee zu, dass ihre Arme bis zu den Ellbogen darin vergraben waren. „Geld sollte dir doch nichts ausmachen. Du bist doch eine Bankfrau."

„Geld macht mir auch nichts aus." Mit einem Ruck machte sie ihre Arme frei und warf ihm eine ordentliche Ladung Schnee ins Gesicht. Und weil sie kichern musste, drehte sie ihm den Rücken zu. „Ich wünschte nur, die Situation wäre von vornherein klar gewesen."

„Wie ist denn die Situation, Mrs Wallace?"

„Hör doch endlich auf, in diesem Ton mit mir zu reden." Sie drehte sich um und bekam so einen Schneeball an den Kopf.

„Tut mir leid." Mitch lächelte und strich ihr den Schnee von der Stirn. „Der muss mir aus der Hand gerutscht sein. Um noch einmal auf die Situation zurückzukommen …"

„Zwischen uns gibt es keine Situation." Bevor er wusste, wie ihm geschah, gab sie ihm einen kräftigen Stoß, sodass er rücklings in den Schnee fiel.

„Entschuldige bitte." Sie konnte sich kaum halten vor Lachen. „Das habe ich nicht gewollt. Ich weiß auch nicht, wie ich dazu komme." Er starrte sie an. „Es tut mir ehrlich leid", wiederholte sie. „Am besten lassen wir die Angelegenheit auf sich beruhen. Wenn ich dir jetzt helfe aufzustehen, versprichst du, dich nicht an mir zu rächen?"

„Klar." Mitch streckte die Hand aus, doch als sie danach griff, zog er sie herunter. Hester fiel mit dem Gesicht in den Schnee. „Immer sage ich eben doch nicht die Wahrheit." Bevor sie antworten konnte, zog er sie in seine Arme und fing an, sich zu rollen.

„He! Ihr sollt doch die andere Wache bauen!" Red mischte sich ein.

„In einer Minute", rief Mitch ihm zu. „Ich zeige deiner Mutter nur gerade ein neues Spiel. Gefällt es dir?", fragte er Hester, während er sie wieder unter sich rollte.

„Geh runter von mir. Ich habe Schnee unter dem Pullover und in meinen Jeans ..."

„Es hat sowieso keinen Zweck. Du bringst es nicht fertig, mich hier zu verführen."

„Du bist ja verrückt." Sie versuchte sich aufzusetzen, aber er hielt sie fest.

„Mag sein." Er leckte ihr eine Spur Schnee von der Wange und spürte, dass sie plötzlich ganz ruhig unter ihm lag. „Aber blöd bin ich nicht." Seine Stimme hatte sich verändert. Das war nicht mehr der fröhliche Ton ihres sorglosen Nachbarn, sondern die sanfte Stimme eines Liebhabers. „Du fühlst etwas für mich. Auch wenn es dir nicht gefällt, fühlst du etwas für mich."

Seine Augen strahlten intensiv blau im Licht der untergehenden Sonne, sein Haar war feucht vom Schnee. Und sein Gesicht war so nahe, viel zu nahe. Ja, dachte sie, ich fühle etwas für ihn. Schon von der ersten Minute an. Aber ich bin auch nicht blöde.

„Wenn du mich loslässt, zeige ich dir, was ich für dich fühle."

„Wie komme ich dazu zu denken, das würde mir nicht gefallen? Na, egal." Er küsste sie leicht, bevor sie antworten konnte. „Hester, die Situation ist doch so: Deine Gefühle haben nichts mit meinem Geld zu tun, weil du bis vor ein paar Stunden nichts davon wusstest. Und sie haben auch nicht nur etwas damit zu tun, dass ich deinen Sohn sehr gern habe. Sie betreffen ganz persönlich dich und mich."

„Erzähl mir nicht, was für Gefühle ich habe."

„Na gut. Dann will ich dir sagen, was ich fühle. Ich habe dich sehr gern – lieber, als ich es für möglich gehalten hätte."

Sie erblasste unter ihren kälteageröteten Wangen. „Sag so etwas nicht."

„Warum nicht? Daran wirst du dich gewöhnen müssen. Ich habe mich ja auch dran gewöhnt."

„Ich will aber nicht. Ich will solche Gefühle nicht."

Er sah Hester an. „Darüber werden wir noch reden."

„Nein. Darüber gibt es nichts zu reden. Und ich will auch nicht darüber nachdenken. Ich kann nicht."

„Doch, du kannst. Du bist viel stärker, als du denkst. Wovor fürchtest du dich? Doch nicht vor mir?"

„Nein, ich fürchte mich nicht vor dir."

„Dann küss mich." Seine Stimme war jetzt sanft und drängend. „Es wird gleich dunkel. Küss mich, bevor die Sonne untergeht."

Sie schloss die Augen, hob ihm das Gesicht entgegen und überlegte nicht, warum es plötzlich das Natürlichste der Welt zu sein schien, zu tun, was er verlangte. Für Fragen ist später noch Zeit, dachte sie, und sie wusste auch, dass ihr die Antworten nicht leichtfallen würden. Seine Lippen waren kühl, kühl und – geduldig, und unter ihrer Berührung erglühte Hesters Haut, und ihr Puls fing an zu jagen.

Mitch hätte sie gern drängender geküsst, sie mit seinen Küssen zu überzeugen versucht, aber er, der es gewöhnt war, impulsiv zu handeln, erkannte, dass es Situationen gab, in denen es ratsamer war, Schritt für Schritt voranzugehen. Besonders wenn der Preis, den es zu erringen galt, so kostbar war.

Darum löste er sich von ihr. Er wollte geduldig sein und warten. „Damit dürften ein paar Punkte geklärt sein", meinte er, nahm ihre Hand und drückte sie an seine Brust. „Aber ich glaube trotzdem, dass wir noch miteinander reden müssen. Bald."

„Ich weiß nicht." Hester war unfähig, einen klaren Gedanken zu fassen.

„Ich komme zu dir rauf, oder du kannst zu mir runterkommen, aber wir müssen darüber sprechen."

Sie fühlte sich in die Enge getrieben, wusste jedoch, dass sie sich ihm früher oder später stellen musste. „Nicht heute Abend", erwiderte sie schnell und verachtete sich für ihre Feigheit. „Red und ich haben noch eine Menge zu tun."

„Verzögerungstaktik ist eigentlich nicht dein Stil."

„Dieses Mal doch", murmelte sie und wandte sich ab. „Radley, wir müssen jetzt zurückgehen", rief sie ihrem Sohn zu.

„Sieh mal, Mom, ich bin gerade fertig. Ist der nicht toll geworden?" Red trat zurück, um ihr seinen Krieger zu zeigen. „Du hast ja deinen noch nicht einmal angefangen."

„Ich mache ihn vielleicht morgen fertig." Sie ging schnell auf ihn zu und nahm ihn bei der Hand. „Wir müssen jetzt Dinner machen."

„Aber können wir denn nicht ..."

„Nein. Es ist schon fast dunkel."

„Kann Mitch mitkommen?"

„Nein, kann er nicht." Während sie sprach, warf sie einen Blick über die Schulter zurück. Mitch stand neben Reds Fort und war jetzt kaum mehr als ein Schatten. „Heute nicht."

Taz jaulte und wollte Mitch hinter Red herziehen. Doch dieser legte ihm die Hand auf den Kopf. „Nichts zu machen, mein Freund, dieses Mal nicht."

Ich kann ihm nicht dauernd aus dem Weg gehen, dachte Hester, als sie sich – weil ihr Sohn sie darum gebeten hatte – auf den Weg zu Mitchs Wohnung machte. Sie gestand sich sogar ein, dass es unsinnig gewesen wäre, es überhaupt zu versuchen.

Oberflächlich gesehen hätte man denken können, Mitch Dempsey ermögliche die Lösung vieler ihrer Probleme. Er war Red aufrichtig zugetan und sein Freund. Sie war froh, ihm ihren Sohn anvertrauen zu können, während sie bei der Arbeit war.

In Wahrheit aber komplizierte er ihr Leben. Es nützte gar nichts, dass sie sich bemühte, in ihm nichts als Reds Freund oder einen leicht verrückten Nachbarn zu sehen. Er erweckte in ihr Gefühle, die sie seit fast zehn Jahren nicht mehr empfunden hatte. Flatternder Pulsschlag und aufsteigende Leidenschaft, das waren Begriffe, die Hester nur noch mit jungen, mit optimistischen Menschen in Verbindung gebracht hatte. Ihr selbst waren sie fremd geworden, seit Radleys Vater sie verlassen hatte.

In all den Jahren, die darauf gefolgt waren, hatte sie sich nur ihrem Sohn gewidmet. Sie hatte versucht, ihm ein Heim zu schaffen und sein Leben so normal und ausgeglichen wie möglich zu gestalten. War dabei auch Hester, die Frau, auf der Strecke geblieben, so war für sie ihr Erfolg als Mutter ein fairer Ausgleich. Und nun kam dieser Mitch Dempsey einfach daher und weckte lange vergessene Gefühle, schlimmer noch, Wünsche in ihr wieder auf.

Sie atmete tief durch und klopfte an Mitchs Tür. Er ist Reds Freund, sagte sie sich immer wieder, und der einzige Grund, weshalb ich hier bin, ist der, dass Red mir unbedingt etwas zeigen wollte. Ich bin nicht gekommen, um Mitch zu treffen. Doch bei dem Gedanken, er könne ihr wieder mit den Fingerspitzen über die Wange streichen, wurde ihr ganz warm.

Sie verschränkte die Hände und konzentrierte sich auf Radley. Sie wollte sich ansehen, was immer er ihr zu zeigen hatte, und ihn dann gleich mit nach oben nehmen.

Mitch öffnete die Tür. Er trug ein Sweatshirt, auf dem ein mit Zark konkurrierender Superheld abgebildet war, und dazu eine Jogginghose, in deren Knie ein großes Loch war. Über die Schultern hatte er ein Handtuch geschlungen, mit dessen einem Ende er sich das Gesicht abtrocknete.

„Bist du etwa bei diesem Wetter gelaufen?", fragte sie und bedauerte die Frage sofort, weil sie ihre Besorgnis verraten hatte.

„Nein." Er nahm sie bei der Hand und zog sie nach drinnen. Hester duftete nach Frühling, und ihr strenges blaues Kostüm verlieh ihr ein Flair von Tüchtigkeit, das er merkwürdigerweise in diesem Augenblick als besonders sexy empfand. „Hanteln", erklärte er. Seit er Hester kennengelernt hatte, trainierte er noch öfter mit Gewichten, weil er es für die zweitbeste Möglichkeit hielt, Spannungen und überflüssige Energie loszuwerden.

„Oh. Ich wusste nicht, dass du dich mit so etwas beschäftigst."

Er lachte. „Ich bin nicht darauf aus, ein Muskelprotz zu werden. Aber wenn ich nicht regelmäßig trainiere, werde ich dünn wie ein Zahnstocher. Und das sieht wirklich nicht sehr hübsch aus." Weil sie so nervös wirkte, konnte Mitch nicht widerstehen. Er grinste und beugte den Arm. „Mal fühlen?"

„Verzichte. Vielen Dank." Sie reichte ihm einen großen, prall gefüllten Umschlag. „Mr Rosen schickt dir diese Unterlagen. Du hattest ihn darum gebeten."

„Hab ich." Mitch nahm den Umschlag und warf ihn auf einen Stapel Zeitschriften. „Bestell ihm, ich würde es weitergeben."

„Und wirst du das tun?"

Er hob verärgert die Augenbrauen. „Normalerweise halte ich mein Wort."

Dessen war Hester gewiss. Und es erinnerte sie daran, dass er gesagt hatte, sie würden miteinander reden. Und zwar bald. „Radley hat mich angerufen und gesagt, er müsse mir unbedingt ganz dringend etwas zeigen. Was ist es denn?"

„Er ist im Arbeitszimmer. Möchtest du einen Kaffee?"

Das Angebot kam so selbstverständlich und freundlich, dass sie es fast angenommen hätte. „Danke, aber wir können nicht länger bleiben. Ich musste mir Arbeit mit nach Hause nehmen."

„Gut. Dann geh schon hinein, ich brauche was zu trinken."

„Mom!" Sobald sie ins Arbeitszimmer trat, sprang Radley auf und griff nach ihrer Hand. „Ist das nicht toll? Das ist das schönste Geschenk, das ich in meinem ganzen Leben gekriegt habe." Er zog sie zu einem kleinen Zeichentisch.

Es war kein Spielzeug. Hester erkannte sofort, dass es sich um eine erstklassige Zeichenausrüstung handelte, wenn auch auf die Größe eines Kindes abgestimmt. Der kleine drehbare Stuhl war verschlissen, aber der Sitz war neu mit Leder bezogen. Radley hatte grafisches Papier auf dem Brett befestigt und mit Zirkel und Lineal etwas zu zeichnen begonnen, das wie ein architektonischer Entwurf aussah.

„Gehört das Mitch?"

„Ja, aber er hat gesagt, ich kann es benutzen, solange ich will. Sieh mal, ich mache einen Plan für eine Raumstation. Das hier ist der Maschinenraum. Und hier sind die Mannschaftsunterkünfte. Es kommt auch noch ein Gewächshaus dazu, weißt du, so eins wie in dem Film, den ich mir mit Mitch angesehen habe. Er hat mir gezeigt, wie man alles im richtigen Maßstab in diese Quadrate zeichnen kann."

„Das ist ja fantastisch." Der Stolz auf ihren Sohn löste alle Spannungen. Hester ging in die Hocke, um genauer sehen zu können. „Das hast du aber schnell gelernt, Red. Einfach toll. Sie könnten dich glatt bei der NASA gebrauchen."

Red kicherte, hielt dabei aber den Kopf gesenkt, wie immer, wenn er gleichzeitig erfreut und verlegen war. „Vielleicht werde ich mal Ingenieur."

„Du kannst werden, was immer du willst." Sie drückte ihm einen Kuss auf die Stirn. „Wenn du so weitermachst, wirst du mir bald erklären müssen, was du da tust. Alle diese Geräte." Sie nahm ein Geodreieck in die Hand. „Ich glaube, du weißt schon, wofür man die alle braucht."

„Mitch hat es mir gezeigt. Er benützt sie auch manchmal, wenn er zeichnet."

„Tatsächlich?" Sie wendete das Dreieck in der Hand. Es kam ihr sehr professionell vor.

„Auch für Comiczeichnungen braucht man eine gewisse Disziplin", sagte Mitch von der Tür her. Er hielt ein Glas Orangensaft in der Hand, das schon halb geleert war. Hester erhob sich.

Sein Sweatshirt war über der Brust leicht feucht. Das Haar hatte er nur mit den Fingern gekämmt, und es war nicht das erste Mal, dass er sich keine Mühe gemacht hatte, sich zu rasieren. Hester fand sein Aussehen sehr männlich. Neben ihm bearbeitete ihr Sohn glücklich sein Zeichenpapier.

Männlich, gefährlich, aufregend – alles das mag er sein, dachte sie. Fest steht aber auch, dass ich keinen liebevolleren Mann kenne. Sie trat auf ihn zu. „Ich weiß nicht, wie ich dir danken soll."

„Das hat Red schon getan."

Sie nickte und legte Red eine Hand auf die Schulter. „Mach das zu Ende, Red. Ich bin mit Mitch nebenan."

Hester ging ins Wohnzimmer voraus. Es sah aus, wie sie erwartet hatte. Unordentlich und chaotisch. „Oh Mitch, ich dachte, ich kenne Red in- und auswendig", begann sie. „Aber ich hatte keine Ahnung, dass ein Zeichentisch ihm so viel bedeuten könnte. Ich hätte ihn für viel zu jung gehalten."

„Ich habe dir schon einmal gesagt, dass er ein Naturtalent ist."

„Ich weiß." Sie nagte an ihrer Unterlippe. Jetzt wünschte sie, sie hätte eine Tasse Kaffee angenommen, dann hätte sie sich wenigstens an etwas festhalten können. „Red hat mir erzählt, dass du ihm Zeichenunterricht gibst. Du hast so viel für ihn getan. Ganz bestimmt viel mehr, als das, wozu du verpflichtet bist."

Er sah sie lange an. „Das hat nichts mit Verpflichtung zu tun. Warum setzt du dich nicht?"

„Nein." Sie verschränkte die Hände wieder ineinander, löste sie aber sogleich wieder. „Nein. Ich wollte dir nur sagen, wie dankbar ich dir bin. Red hatte nie einen …" Hester konnte das Wort „Vater" gerade noch entsetzt herunterschlucken. „Er hatte nie jemanden, der sich so mit ihm beschäftigt hat – außer mir. Er sagte, der Zeichentisch gehöre dir?"

„Mein Vater hat ihn für mich anfertigen lassen, als ich ungefähr in Reds Alter war. Er hoffte, ich würde aufhören, Ungeheuer zu malen, und etwas Produktiveres tun." Das sagte er ohne Bitterkeit, ja eher ein wenig amüsiert. Er nahm seinen Eltern ihr mangelndes Verständnis schon lange nicht mehr übel.

„Er muss dir viel bedeuten, dass du ihn so lange aufbewahrt hast. Solltest du ihn nicht lieber für deine eigenen Kinder verwahren?"

Mitch nahm einen Schluck aus seinem Glas und sah sich im Raum um. „Im Moment laufen hier keine herum."

„Aber …"

„Hester. Ich hätte ihm die Sachen nicht gegeben, wenn ich es nicht gewollt hätte. Sie haben jahrelang herumgestanden und Staub angesetzt. Da habe ich nur den Sitz neu beziehen lassen. Es macht mir Spaß zu sehen, wie Red damit umgeht." Er trank sein Glas leer, setzte es ab und ging auf sie zu. „Das Geschenk ist für Red. Und damit sind keine Bedingungen an seine Mutter gebunden."

„Das weiß ich, ich wollte nicht sagen …"

„Gut." Und dann tat er das, was sie befürchtet hatte – er strich ihr mit dem Finger die Wange entlang. „Es ist nämlich so, Mrs Wallace: Ich würde den Jungen auch mögen, wenn es dich nicht gäbe, und ich würde dich auch ohne den Jungen mögen." Mitch neigte den Kopf zur Seite, als wäre ihm gerade ein ganz neuer Gedanke gekommen. „Ich glaube, jetzt fange ich an zu verstehen. Du glaubst doch wohl nicht, ich wollte mich bei Red beliebt machen, um Reds Mutter ins Bett zu kriegen?"

„Natürlich nicht." Sie warf den Kopf zurück. „Wenn ich das glaubte, wäre Red nicht in deiner Nähe."

„Aber …" Er legte ihr die Arme um die Schultern und verschränkte die Hände in ihrem Nacken. „Du fragst dich, ob deine Gefühle für mich durch Reds Gefühle hervorgerufen sein könnten."

„Ich habe nie gesagt, dass ich Gefühle für dich hätte."

„Oh doch, das hast du. Und du sagst es immer wieder, wenn es mir gelingt, dir so nahe zu kommen wie jetzt. Nein, weich mir nicht aus, Hester." Er verstärkte seinen Griff. „Lass uns Klartext miteinander reden. Ich möchte mit dir schlafen. Das hat nichts mit Red zu tun und viel weniger, als ich dachte, mit dem Begehren, das ich empfand, als ich zum ersten Mal deine Beine sah." Ihre Augen waren unruhig, aber sie hielt seinem Blick stand. „Es hat etwas damit zu tun, dass ich dich in vieler Hinsicht attraktiv finde. Du bist intelligent, du bist stark – und du bist beständig. Das mag nicht gerade romantisch klingen, aber es ist nun einmal so, dass diese Beständigkeit auf mich sehr anziehend wirkt. Ich selbst habe nie sehr viel davon besessen."

Er fuhr mit verschränkten Händen hinten an ihrem Kopf hoch. „Es mag sein, dass du in diesem Augenblick noch nicht bereit bist, mir entgegenzukommen, aber ich bitte dich, dir genau zu überlegen und dir genau darüber klar zu werden, was du möchtest und was du empfindest."

„Ich weiß nicht, ob ich das kann. Du hast nur dich selbst. Ich habe Red. Was immer ich tue, was immer ich entscheide, hat Auswirkungen auf ihn. Vor Jahren habe ich mir geschworen, ihm nie wehzutun. Und das Versprechen werde ich halten."

„Lass mich dir sagen, was ich glaube. Du könntest nie eine Entscheidung treffen, die Red verletzen würde, aber durchaus eine, die dich selbst verletzt. Ich möchte bei dir sein, Hester, und ich glaube nicht, dass unser Zusammensein Radley schaden könnte."

„Ich bin fertig." Red kam mit einer Zeichnung aus dem Arbeitszimmer. Hester wollte sich sofort von Mitch lösen, aber der hielt sie fest, um seine Argumentation zu beweisen.

„Ich möchte sie mitnehmen und morgen Josh zeigen. Darf ich?"

Um in Radleys Gegenwart kein Gerangel anzufangen, blieb Hester, wo sie war, und sagte über die Schulter: „Natürlich darfst du."

Red betrachtete die beiden einen Augenblick. Er hatte nie gesehen, dass ein Mann seine Mutter umarmte, außer sein Großvater und sein Onkel, und er überlegte, ob Mitch nun auch zur Familie gehörte. „Ich gehe nämlich morgen Nachmittag zu Josh und darf bis übermorgen bei ihm bleiben. Wir werden die ganze Nacht nicht schlafen."

„Dann muss ich auf deine Mom aufpassen, meinst du nicht?"

„Könnte sein." Red rollte die Zeichnungen zusammen und steckte sie in eine Papphülse, wie Mitch es ihm gezeigt hatte.

„Radley weiß, dass niemand auf mich aufzupassen braucht."

Mitch ignorierte ihre Bemerkung und wandte sich weiter an Red. „Was hältst du davon, wenn ich deine Mom einlade, mit mir auszugehen?"

„Du meinst fein machen, in ein Restaurant gehen und so was?"

„So was Ähnliches."

„Ist in Ordnung."

„Gut. Dann hole ich sie um sieben ab."

„Ich glaube wirklich nicht …"

„Nicht um sieben? Na gut, dann um sieben Uhr dreißig, aber nicht später. Wenn ich bis acht nichts zu essen bekomme, werde ich unausstehlich." Er küsste Hester noch schnell auf die Stirn, bevor er sie losließ. „Amüsier dich gut bei Josh."

„Bestimmt." Radley holte seinen Mantel und die Schultasche. Dann kam er zu Mitch und umarmte ihn. Hester schluckte die Bemerkung, die ihr auf der Zunge gelegen hatte, herunter. „Danke für den Zeichentisch und alles."

„Gern geschehen. Also, dann bis Montag." Er wartete, bis Hester an der Tür war. „Sieben Uhr dreißig."

Sie nickte und zog die Tür hinter sich ins Schloss.

7. KAPITEL

*H*ester hätte sich irgendeine Ausrede einfallen lassen können, aber sie wollte es im Grunde gar nicht. Sie war sich völlig darüber im Klaren, dass Mitch sie mit dieser Einladung überrannt hatte, aber es machte ihr nichts aus. Sie war ihm sogar dankbar dafür, dass er ihr die Entscheidung abgenommen hatte – jedenfalls fast.

Trotzdem war sie nervös. Obgleich sie sich immer noch nicht über ihre Gefühle klar war, wenn es um Mitch Dempsey ging, so war sie doch froh darüber, dass sie keine Angst vor ihm hatte.

Sie griff nach der Bürste und betrachtete sich im Spiegel, während sie ihr Haar glättete. Es war ihr nicht anzusehen, dass sie so nervös war. Wenigstens das beruhigte sie. Das schwarze Kleid aus leichter Wolle, das knapp über den Knien endete, schmeichelte ihrer Figur. Sie legte große Ohrringe an und versuchte, nicht darüber nachzudenken, wie lange es her war, dass sie sich von einem Mann zum Dinner hatte einladen lassen. Stattdessen sagte sie sich immer wieder, dass sie Mitch gut genug kannte, um sich den ganzen Abend mit ihm über unverfängliche Themen zu unterhalten. Und sosehr sie Red liebte, einem Abend unter Erwachsenen sah sie mit Vergnügen entgegen.

Als sie das Klopfen hörte, warf sie noch einen schnellen prüfenden Blick in den Spiegel und ging dann an die Tür. Sobald sie sie geöffnet hatte, schwand ihr Selbstvertrauen dahin.

Der Mann, der dort stand, hatte kaum Ähnlichkeit mit dem Mitch, den sie kannte. Von verschlissenen Jeans und ausgeleiertem Sweatshirt keine Spur. Dieser Mann trug einen dunklen Anzug mit blassblauem Hemd sowie eine Krawatte. Der oberste Hemdknopf stand offen, die Krawatte aus dunkelblauer Seide war lose geknüpft und hing etwas zu tief, war aber dennoch unbestritten eine Krawatte. Mitch war frisch rasiert, und wenn sein Haar vielleicht auch eine Spur kürzer hätte sein dürfen, so fiel es doch locker und glänzend bis eben zum Hemdkragen.

Hester fühlte sich plötzlich sehr unsicher.

Auch Mitch war einen Augenblick beklommen zumute, als er sie ansah. Hester sah großartig aus. Ihre hochhackigen Abendschuhe machten sie größer, sodass sie nicht aufblicken musste, um ihm in die Augen zu schauen. Es war Hesters Unsicherheit, die ihm sein Selbstvertrauen zurückgab.

„Sieht so aus, als hätte ich die richtige Farbe ausgesucht." Er lächelte und gab ihr einen Armvoll roter Rosen.

Sie wusste, dass es für eine Frau ihres Alters albern war, sich von etwas so Normalem wie Blumen irritieren zu lassen. Aber als sie den Strauß entgegennahm, klopfte ihr das Herz bis zum Hals.

„Hast du schon wieder deinen Text vergessen?"

„Meinen Text?"

„Danke schön."

„Danke schön."

„Und jetzt solltest du sie in die Vase tun."

Hester kam sich mehr als albern vor. „Natürlich. Komm herein."

Mitch war ihr in die Küche gefolgt, wo sie geschickt die Rosen in einer Vase arrangierte. Ich bin eine erwachsene Frau, sagte sie sich immer wieder. Dass ich lange nicht mehr mit einem Mann ausgegangen bin, bedeutet nicht, dass ich vergessen habe, mich zu benehmen. Sie drehte sich mit der Vase in den Händen um und wäre fast mit ihm zusammengestoßen.

„Das Auge sieht wieder ziemlich normal aus." Er berührte den schwachen Schatten unter ihrem Lid mit der Fingerspitze.

„Es war halb so schlimm." Die Kehle wurde ihr eng. Erwachsene Frau oder nicht, sie war jedenfalls froh, dass sich in diesem Augenblick eine Vase mit Rosen zwischen ihnen befand. „Ich hole schnell meinen Mantel."

Nachdem sie die Blumen auf den Tisch neben dem Sofa gestellt hatte, ging Hester zum Schrank. Sie hatte einen Arm im Ärmel, als Mitch hinter sie trat, um ihr beim Anziehen zu helfen. Aus einer ganz normalen Angelegenheit machte er ein sinnliches Ereignis, indem er ihr mit den Händen über Schulter und Ärmel strich und das Haar über den Mantelkragen hob.

Hester ballte die Hände zu Fäusten, wendete den Kopf und brachte mühsam ein „Danke" hervor.

„Bitte sehr." Er drehte sie zu sich herum. „Vielleicht fühlst du dich besser, wenn wir das erst einmal aus dem Weg schaffen."

Er ließ seine Hände, wo sie waren, und legte fest und warm seinen Mund auf ihre Lippen. Hester lockerte ihre verkrampften Hände. An diesem Kuss war nichts Forderndes oder Leidenschaftliches. Er war so verständnisvoll, dass sie zutiefst gerührt war.

„Besser?", murmelte Mitch.

„Ich bin mir nicht ganz sicher."

Lachend küsste er sie noch einmal. „Aber ich fühle mich jetzt besser", erklärte er, nahm ihre Hand und ging mit ihr zur Tür.

Das Restaurant war französisch, exklusiv und von zurückhaltender Eleganz. Die blassseidenen Tapeten schimmerten im flackernden Licht der Kerzen. Die Gäste unterhielten sich gedämpft über leinenen Tischtüchern und langstieligen Kristallgläsern.

„Ah, Monsieur Dempsey, wir haben Sie lange nicht gesehen." Der Maître kam ihnen entgegen, um sie zu begrüßen.

„Sie wissen doch, dass ich schon wegen Ihrer Schnecken immer wiederkomme."

Lachend winkte der Maître einen Kellner herbei. „Guten Abend, Mademoiselle. Ich bringe Sie zu Ihrem Tisch." Die kleine Nische, zu der er sie führte, war ein Platz für intime Gespräche. „Der Weinkellner kommt sofort zu Ihnen. Ich wünsche Ihnen einen angenehmen Abend."

„Ich brauche gar nicht zu fragen, ob du schon früher hier gewesen bist."

„Von Zeit zu Zeit bin ich tiefgefrorene Pizza leid. Möchtest du Champagner?"

„Gern."

Mitchs Bestellung erfreute den Getränkekellner. Hester schlug die Speisekarte auf und seufzte beim Anblick der Auswahl. „Daran werde ich denken, wenn ich das nächste Mal zwischen zwei Geschäftsgesprächen in ein halbes Thunfischsandwich beiße."

„Dir gefällt dein Job?"

„Sogar sehr." Sie fragte sich, ob das „Soufflé de Crabbes" das war, wonach es sich anhörte. „Mr Rosen kann sehr lästig sein, aber er holt das Beste an Leistung aus einem heraus."

„Und es gefällt dir, gute Leistungen zu bringen?"

„Das ist sehr wichtig für mich."

„Was sonst noch – außer Red?"

„Sicherheit." Sie sah ihn mit einem angedeuteten Lächeln an. „Ich glaube, das hat etwas mit Red zu tun. Eigentlich hat alles, was mir in den letzten Jahren wichtig gewesen ist, mit Red zu tun."

Sie sah auf, als der Kellner mit dem Champagner kam und Mitch davon zum Probieren einschenkte. Sie beobachtete, wie die blassgoldene Flüssigkeit in den Kelchen perlte. „Auf Red", sagte Mitch, als er sein Glas hob und ihres damit berührte. „Und auf seine faszinierende Mutter."

Hester nippte und stellte fest, dass sie nie zuvor so köstlichen Champagner getrunken hatte. „Ich habe mich nie für faszinierend gehalten."

„Eine schöne Frau, die in einer der härtesten Städte der Welt ganz alleine einen Sohn aufzieht, fasziniert mich." Er trank und lächelte schelmisch. „Außerdem hast du fantastische Beine."

Sie lachte, und selbst als er seine Hand auf die ihre legte, spürte sie keinerlei Verlegenheit. „Das hast du schon einmal gesagt. Lang sind sie jedenfalls. Bis mein Bruder die Highschool abgeschlossen hatte, war ich größer als er. Weil er darüber wütend war, nannte er mich ‚Lange'."

„Ich war der ‚Dünne'."

„Der Dünne?"

„Kennst du die Bilder mit dem achtzigpfündigen Schwächling? So habe ich ausgesehen."

Über den Rand ihres Glases hinweg betrachtete Hester seinen kräftigen Oberkörper. „Das kann ich nicht glauben."

„Eines Tages, wenn ich einmal zu viel getrunken habe, zeige ich dir vielleicht ein paar Fotos."

Mitch bestellte das Essen in perfektem Französisch. Hester starrte ihn an. Das also ist der Comicschreiber, der Forts aus Schnee baut und mit seinem Hund redet, dachte sie.

Mitch, der ihren Blick bemerkt hatte, hob die Brauen. „Ich bin während meiner Schulzeit ein paar Jahre in Paris gewesen."

„Ach, deshalb." Das erinnerte Hester an seine Herkunft. „Leben deine Eltern eigentlich in New York?"

„Nein." Er brach ein Stück von dem knusprigen französischen Weißbrot ab. „Meine Mutter lässt sich hin und wieder mal hier blicken, zum Einkaufen oder um ins Theater zu gehen, und mein Vater kommt gelegentlich aus geschäftlichen Gründen, aber New York ist nicht ihr Stil. Sie leben immer noch den größten Teil des Jahres in Newport, wo ich aufgewachsen bin."

„Oh, in Newport. Als ich noch ein Kind war, sind wir einmal durch Newport gefahren. Wir machten in den Ferien meist Fahrten ins Blaue mit dem Wagen. Ich kann mich an die Häuser dort noch genau erinnern. Diese riesigen Herrenhäuser mit Säulen inmitten blühender Gärten. Wir haben sie sogar fotografiert. Kaum zu glauben, dass darin wirklich Menschen wohnten." Sie hielt inne und blickte in Mitchs amüsiertes Gesicht. „Du hast darin gelebt."

„Das ist zu komisch. Ich saß oft mit dem Fernglas am Fenster, betrachtete die Touristen und habe sie sehr beneidet."

„Tatsächlich? Wieso?"

„Weil sie Ferien machten und heiße Würstchen essen konnten. Ihr durftet in Motels übernachten und unterwegs im Auto Bingo spielen."

„Ja", murmelte sie. „So war es."

„Glaub nur nicht, ich wollte dir die Nummer vom armen reichen Jungen vorspielen", fügte er hinzu, als er ihren Gesichtsausdruck bemerkte. „Ich will damit nur sagen, dass ein Haus zu haben nicht unbedingt besser sein muss, als einen Kombi zu besitzen." Er goss ihr noch etwas Champagner ein. „In meinem Fall hat die Rebellion gegen den Besitz von Geld schon vor langer Zeit aufgehört."

„Das kann ich kaum glauben von jemandem, der seine Louis-Quinze-Möbel verstauben lässt."

„Das hat nichts mit Rebellion zu tun. Das ist reine Faulheit."

„Und eine Sünde. Ich bin jedes Mal versucht, sie mit einem Tuch und Zitronenöl abzureiben."

„Nur keine Hemmungen. Du bist jederzeit willkommen."

Sie lächelte. „Was hast du denn in deiner Rebellionsphase angestellt?" Hester strich ihm mit den Fingerspitzen über die Hand, und es kam ihr ganz natürlich vor.

Mitch sah von ihrer Hand auf in ihr Gesicht. „Willst du das wirklich wissen?"

„Ja."

„Dann treffen wir ein Abkommen. Meine leicht verkürzte Lebensgeschichte gegen deine."

„Gut. Aber du fängst an."

„Ich erzählte dir schon, dass meine Eltern aus mir gern einen Architekten gemacht hätten. Das war für sie die einzig akzeptable Verwertbarkeit meines zeichnerischen Talents. Kaum war ich jedoch aus der Highschool entlassen, da entschloss ich mich, mein Leben der Kunst zu weihen."

Die Vorspeisen wurden serviert. Mitch seufzte genießerisch beim Anblick der Schnecken.

„Und so bist du nach New York gekommen?"

„Nein. Nach New Orleans. Da ich mich weigerte, die Hilfe meiner Eltern in Anspruch zu nehmen, war New Orleans das, was ich mir leisten konnte und das Paris am nächsten kam. Und ich habe New Orleans geliebt. Ich hungerte, aber ich liebte die Stadt. Diese feuchtheißen Nachmittage, der Geruch des Flusses. Es war mein erstes großes Abenteuer."

„Und was hast du in New Orleans gemacht?"

„Meine Staffelei am Jackson Square aufgestellt und mir meinen Lebensunterhalt mit dem Zeichnen von Touristen und dem Verkauf von Aquarellen verdient. Drei Jahre lang wohnte ich in einem winzigen Zimmer und war äußerst glücklich."

„Was geschah dann?"

„Es gab da eine Frau. Ich glaubte, ich sei verrückt nach ihr, und umgekehrt. Sie stand mir Modell, als ich meine Matisse-Periode durchmachte. Du hättest mich damals sehen sollen.

Mein Haar war fast so lang wie deins, und ich hatte sogar einen Ohrring im linken Ohr."

„Du? Einen Ohrring?"

„Du brauchst gar nicht so zu grinsen." Die Vorspeisen wurden ab- und die Salate aufgetragen. „Na, jedenfalls waren wir glücklich miteinander, bis ich ihr eines Abends, als ich ein bisschen zu viel getrunken hatte, von meinen Eltern erzählte. Sie fuhr fast aus der Haut vor Wut."

„Auf deine Eltern?"

„Du bist süß", sagte Mitch und küsste ihr die Hand. „Nein, sie war wütend auf mich. Ich war reich und hatte es ihr nicht gesagt. Ich hatte haufenweise Geld und erwartete von ihr, dass sie sich mit einem erbärmlichen kleinen Raum im French Quarter zufriedengab, in dem sie auf einer Kochplatte Bohnen und Reis kochen musste. Das Komische war, dass sie mich wirklich gemocht hatte, solange sie glaubte, ich sei arm. Aber als sie herausfand, dass ich keinesfalls die Absicht hatte, Gebrauch von dem zu machen, was zur Verfügung stand, wurde sie wütend. Wir hatten einen gewaltigen Streit, in dessen Verlauf sie mich wissen ließ, was sie von mir und meiner Arbeit wirklich hielt."

„Die Leute sagen, wenn sie wütend sind, schon manchmal Dinge, die sie im Grunde gar nicht so meinen."

Er hob Hesters Hand und küsste noch einmal ihre Finger. „Ja, sehr süß bist du." Er hielt ihre Hand, während er fortfuhr: „Sie verließ mich jedenfalls und gab mir Gelegenheit, mir über mich selbst klar zu werden. Drei Jahre lang hatte ich mir Tag für Tag eingeredet, was für ein großartiger Künstler ich sei. In Wahrheit war ich das aber ganz und gar nicht. Also verließ ich New Orleans, ging nach New York und widmete mich der kommerziellen Kunst. Darin war ich gut. Ich arbeitete hart, stellte meine Kunden im Großen und Ganzen zufrieden, mich selbst jedoch machte ich unglücklich. Durch meine Verbindungen bekam ich eine Stelle beim Universal-Verlag. Zuerst als Matrizenschneider, dann als Künstler. Und dann …", Mitch hob sein Glas, „… dann kam Zark. Den Rest kennst du."

„Und du bist glücklich." Sie drehte die Hand, sodass ihre Handflächen sich berührten. „Man merkt es dir an. Nicht jeder ist so zufrieden mit seinem Leben wie du, so zufrieden mit dem, was er tut."

„Das hat eine Weile gedauert."

„Und deine Eltern? Ist es zwischen euch zu einer Verständigung gekommen?"

„Zu der, dass wir uns nie gegenseitig verstehen werden. Aber wir fühlen uns trotzdem als Familie. Ich habe meine Anteile an der Firma, und so können sie ihren Freunden erzählen, die Sache mit den Comics mache ich nur zu meinem Vergnügen. Was ja auch eigentlich der Wahrheit entspricht." Mitch bestellte eine weitere Flasche Champagner zum Hauptgang. „Jetzt bist du dran."

Hester lächelte. „Oh, ich hatte eine ganz durchschnittliche Kindheit in einer ganz durchschnittlichen Familie. Dad hatte einen guten Job, Mom blieb zu Hause. Wir liebten einander sehr, kamen aber nicht immer gut miteinander aus. Meine Schwester war sehr kontaktfreudig und lebhaft – Cheerleader und Ähnliches. Ich dagegen war fast krankhaft scheu."

„Du bist immer noch scheu", stellte Mitch leise fest und verschränkte seine Finger mit ihren.

„Ich dachte, man merkt es nicht."

„Es wirkt sehr reizvoll. Was ist mit Reds Vater?" Er fühlte, wie sie sich verkrampfte. „Ich würde gern mit dir darüber reden, Hester, aber wenn es dich aufregt, lassen wir es lieber."

Sie entzog ihm die Hand und griff nach ihrem Glas. Der Champagner war kalt und belebend. „Es ist schon so lange her. Wir hatten uns in der Schule kennengelernt. Radley gleicht seinem Vater sehr, so kannst du vielleicht verstehen, dass ich ihn sehr attraktiv fand. Er war auch ein bisschen wild, was mich besonders zu ihm hinzog. Ich verliebte mich bis über beide Ohren in ihn, gleich beim ersten Mal, als ich ihm begegnete. Ein paar Wochen nach Schulabschluss waren wir verheiratet. Ich war noch nicht ganz achtzehn und stellte mir unter einer Ehe eine Folge von Abenteuern vor."

„Und das war sie nicht?"

„Für eine Weile schon. Wir waren jung, und es war nie besonders schlimm, dass Allan dauernd die Stellung wechselte oder wochenlang überhaupt nicht arbeitete. Einmal hat er die Wohnzimmereinrichtung verkauft, die meine Eltern uns zur Hochzeit geschenkt hatten, um von dem Geld eine Reise nach Jamaika zu machen. Das klingt heute unbegreiflich, aber wir hatten zu der Zeit niemandem gegenüber eine Verantwortung. Dann wurde ich schwanger."

Sie machte eine Pause und erinnerte sich an die Gefühle, die sie damals gehabt hatte. „Ich war hingerissen, Allan begeistert. Er kaufte sofort ein Kinderstühlchen und Spielzeug auf Kredit. Geld war knapp, aber wir waren optimistisch, und ich fand einen Teilzeitjob. Nachdem Red geboren war, nahm ich Mutterschaftsurlaub. Er war ein süßes Baby." Sie lachte ein wenig. „Ich weiß, dass alle Mütter das von ihren Kindern sagen, aber er war wirklich das schönste und süßeste Kind, das ich je gesehen hatte. Mein Leben wurde durch ihn verändert. Allans Leben nicht."

Hester spielte mit dem Stiel ihres Glases und versuchte, Dinge, an die sie sich lange nicht zu denken erlaubt hatte, wieder aus ihrer Erinnerung zu holen. „Damals war ich mir nicht darüber klar, aber Allan widerstrebte es, Verantwortung zu tragen. Er hasste es, nicht ins Kino oder zum Tanzen gehen zu können, wann immer es ihm in den Sinn kam. Er ging immer noch unglaublich leichtsinnig mit Geld um, doch Reds wegen musste ich für Ausgleich sorgen."

„Mit anderen Worten", sagte Mitch, „du wurdest erwachsen, Allan nicht."

„Ja." Es erleichterte sie, dass er offensichtlich so schnell verstand. „Heute habe ich erkannt, dass er eifersüchtig auf Red war, damals jedoch wollte ich nur, dass er endlich seine Rolle als Vater übernahm. Mit zwanzig war er immer noch der Junge von sechzehn, den ich von der Highschool kannte, aber ich war nicht mehr dasselbe Mädchen. Ich fing wieder an zu arbeiten, weil ich glaubte, das zusätzliche Einkommen würde alles ein wenig leichter machen. Eines Abends, als ich Red von seinem Babysitter abgeholt hatte und mit ihm nach Hause kam, war Allan fort. Er hatte eine Notiz hinterlassen, in der er erklärte, er könne es nicht länger ertragen, so angebunden zu sein."

„Hast du geahnt, dass er dich verlassen würde?"

„Nein, ich hatte nicht die blasseste Ahnung. Wahrscheinlich hat er – wie so oft – ganz impulsiv gehandelt. Er hielt es für fair, die Hälfte des Geldes mitzunehmen, ließ mir jedoch alle Rechnungen. Ich musste für abends einen zweiten Teilzeitjob annehmen, weil ich Red nicht den ganzen Tag über bei einem Babysitter lassen wollte. Die folgenden sechs Monate waren die schlimmsten meines Lebens."

Hesters Augen hatten sich verdunkelt. „Nach einer Weile bekam ich die Dinge so in den Griff, dass ich den zweiten Job aufgeben konnte. Ungefähr um diese Zeit herum rief Allan wieder an. Es war das erste Mal, dass ich von ihm hörte, seit er mich verlassen hatte. Er war sehr liebenswürdig, benahm sich, als wären wir lediglich alte Bekannte, und erzählte mir, er gehe nach Alaska, um dort zu arbeiten. Nachdem er aufgelegt hatte, rief ich einen Anwalt an und wurde dann sehr schnell geschieden."

„Das muss eine wirklich schwere Zeit für dich gewesen sein. Hättest du nicht nach Hause zu deinen Eltern gehen können? Die hätten doch Verständnis gehabt."

„Ja und nein. Ich war lange Zeit so außer mir vor Wut, dass ich niemanden sehen wollte. Als die Wut endlich erstarb, hatte ich die Dinge in den Griff bekommen."

„Ist er nie gekommen, um Red zu sehen?"

„Nein, nie."

Er fasste ihr unters Kinn und küsste sie zart. „Er weiß nicht, was er da verpasst hat."

Wie selbstverständlich legte sie ihm eine Hand an die Wange. „Dasselbe könnte ich von der Frau in New Orleans sagen."

„Danke." Er knabberte an ihren Lippen, die leicht nach Champagner schmeckten. „Dessert?"

„Hmm?"

Ihr geistesabwesender Seufzer erweckte in ihm eine Art Triumphgefühl. „Lassen wir es ausfallen. Ich denke, wir sollten noch einen kleinen Spaziergang machen."

Die Luft war beißend kalt und fast so berauschend wie der Champagner. Hester war warm, und sie hätte meilenweit laufen können, ohne den Wind und die Kälte zu spüren, solange nur Mitch den Arm um sie gelegt hielt und die Richtung bestimmte.

Sie wusste, es würde ihr nicht schwerfallen, sich in ihn zu verlieben. Die Zeit verlor an Bedeutung, die Lichter schienen heller, die Gebäude waren kleiner, und mitten im Winter glaubte sie den Duft von Blumen zu riechen. Das alles hatte sie schon einmal mit aller Intensität verspürt, aber geglaubt, es nie mehr wieder erleben zu dürfen. Und als eine innere Stimme ihr sagen wollte, das könne oder dürfe nicht sein, da ignorierte sie diese Stimme. In diesem Augenblick war sie nur eine Frau.

Mitch hielt sie warm im Arm, und sie konnte den starken, gleichmäßigen Rhythmus seines Herzens spüren. Sie hob den Kopf, und ihre Lippen waren nur eine Handbreit von seinen entfernt. „Alles ist anders heute Abend."

Mitch hatte sich vorgenommen, ihr genug Zeit zu lassen, um einen klaren Kopf zu bekommen, aber als sie ihn so ansah, war er nahe daran, seine guten Vorsätze zu vergessen, sie in das nächste Taxi zu setzen und schnell mit ihr nach Hause zu fahren.

Er nahm jedoch seine ganze Willenskraft zusammen, küsste sie leicht auf die Schläfe und erwiderte leise: „Nachts wirkt immer alles anders. Besonders wenn man Champagner getrunken hat." Er entspannte sich. „Alles sieht ein bisschen anders aus als in Wirklichkeit, aber nett ist es schon. Und von der Wirklichkeit hat man ja genug von neun bis fünf."

„Du nicht. Du denkst dir von neun bis fünf und überhaupt immer die fantastischsten Geschichten aus."

„Soll ich dir einmal die erzählen, die ich mir gerade ausdenke?" Er atmete tief die kühle Luft ein. „Lass uns lieber noch ein bisschen laufen, und dabei erzählst du mir eine Geschichte, die du dir ausdenkst."

„Eine Geschichte?" Sie passte sich seinem Schritt an. „Geschichten denke ich mir eigentlich nie aus, aber ich stelle mir manchmal vor, ich hätte ein Haus."

„Ein Haus." Er ging auf den Park zu und hoffte, bis sie zu Hause ankämen, wären sie beide ein bisschen sicherer auf den Füßen. „Was für ein Haus?"

„Ein Haus auf dem Land, eines dieser großen alten Farmhäuser mit Fensterläden und einer Veranda rundum. Viele große Fenster müsste es haben, durch die man einen Wald sehen kann. Drinnen gibt es hohe Decken und riesige Kamine. Und draußen klettern Glyzinien an den Wänden hoch. Den ganzen Sommer lang hört man die Bienen summen. Und dann gibt es einen großen Garten für Red, sodass er einen Hund haben kann. Ich sitze abends auf der Veranda und sehe zu, wie er Glühwürmchen in einer Dose sammelt." Sie lachte und legte den Kopf an seine Schulter. „Nichts Weltbewegendes, oder?"

„Mir gefällt es." Es gefiel ihm so sehr, dass er sich das Haus genau vorstellen konnte – mit weißen Blendläden, spitzem Giebel und einer Scheune, die etwas abseits gelegen war. „Aber du brauchst noch einen Bach, an dem Red fischen kann."

Sie schloss einen Moment die Augen und schüttelte den Kopf. „Bei aller Liebe zu ihm, ich könnte nie einen lebenden Köder am Haken befestigen. Da würde ich ihm lieber ein Baumhaus bauen."

„Das kannst du auch? Diese Frau ist voller Überraschungen." Er führte sie ins Haus und ging mit ihr auf den Aufzug zu. „Einen so schönen Abend habe ich lange nicht mehr erlebt."

„Ich auch nicht", gestand sie.

Während sie nach oben fuhren, sah Hester ihn prüfend an. „Ich habe mich schon so oft gefragt, wieso du eigentlich keine Beziehung hast."

Mitch berührte ihr Kinn mit einem Finger. „Habe ich keine?" Amüsiert tippte er ihr mit dem Zeigefinger auf die Nasenspitze. „Sehe ich wie ein Mönch aus?"

„Nein." Sie blickte verlegen zur Seite. „Nein, natürlich nicht."

„Weißt du, Hester, wenn man sich einmal ausgetobt hat, verliert man den Geschmack an wilden Abenteuern. Mit einer Frau zusammen zu sein, nur um nicht alleine zu sein, ist nicht sehr befriedigend."

„Nach den Geschichten zu urteilen, die ich von alleinstehenden Frauen im Büro gehört habe, sind viele Männer da aber ganz anderer Meinung."

Er zuckte die Schultern, als sie den Aufzug verließen. „Anscheinend hast du dich noch nicht in der Single-Szene umgesehen." Da er bemerkte, dass sie die Stirn runzelte, während sie nach ihrem Schlüssel suchte, fügte er schnell hinzu: „Das war als Kompliment gedacht. Es ist nämlich ermüdend oder langweilig."

„Und wir leben im Zeitalter der inhaltsschweren Beziehungen."

„Das klingt ein bisschen zynisch und passt überhaupt nicht zu dir, Hester." Er lehnte sich an den Türpfosten, während sie aufschloss. „Darf ich hereinkommen?"

Sie zögerte. Der Spaziergang hatte ihren Kopf wieder so klar gemacht, dass die Zweifel wiederkehrten. Aber stärker als die Zweifel war der Nachklang der Gefühle, die sie empfunden hatte, als sie zusammen in der Kälte gestanden hatten. „Also gut. Möchtest du einen Kaffee?"

„Nein." Er sah sie an, während er sich den Mantel auszog.

„Es macht mir keine Mühe. Ist in einer Minute fertig."

Er nahm sie bei der Hand. „Ich will keinen Kaffee, Hester, ich will dich." Er nahm ihr den Mantel von der Schulter. „Ich will dich so sehr, dass es schon beinahe schmerzt."

Sie wich ihm nicht aus, sondern blieb wartend stehen. „Ich weiß nicht, was ich sagen soll. Ich bin aus der Übung."

„Ich weiß." Zum ersten Mal war ihm eine gewisse Nervosität anzumerken. „Das macht es mir ja so schwer. Ich möchte dich nicht verführen." Dann lachte er und trat ein paar Schritte zurück. „Und ich tu's auch nicht."

„Ich habe versucht, mir etwas vorzumachen, aber als ich heute mit dir ausging, wusste ich, dass es so kommen würde." Hester legte sich die Hand auf den Magen, als hätte sie Schmerzen. „Ich glaube, ich hatte gehofft, du würdest mich einfach überrennen, damit ich keine Entscheidung zu treffen brauche."

„Du steckst den Kopf in den Sand, Hester."

„Ich weiß." Sie wagte nicht, ihn anzusehen. „Ich bin nie mit jemand anderem als Reds Vater zusammen gewesen. Ich wollte es nie."

„Und jetzt?"

Sie presste die Lippen zusammen. „Es ist so lange her, Mitch. Ich habe Angst."

„Würde es dir helfen, wenn ich dir gestehe, dass ich auch Angst habe?"

„Ich weiß nicht."

„Hester." Er trat auf sie zu und legte ihr die Hände auf die Schultern. „Sieh mich an. Ich möchte, dass du dir ganz sicher bist, weil ich nicht will, dass du morgen etwas bedauerst. Sag mir ehrlich, was du willst."

„Bleib heute Nacht bei mir", bat Hester leise.

*M*itch nahm Hesters Gesicht in beide Hände und spürte, dass sie zitterte. Er berührte ihren Mund mit den Lippen, hörte sie seufzen und wusste, dass er sich an diesen Augenblick immer erinnern würde, an ihre Hingabe, ihr Verlangen, ihre Verletzlichkeit.

In der Wohnung war es still. Die Lampe brannte hell. Weiches Kerzenlicht wäre ihm lieber gewesen.

Er hätte ihr gern erklärt, dass das, was sie einander geben wollten, nichts Gewöhnliches, nichts Flüchtiges sei, dass er sein ganzes Leben lang auf einen Augenblick wie diesen gewartet habe. Aber er war sich nicht sicher, dass er die richtigen Worte finden würde.

Deshalb wollte er es ihr zeigen.

Er gab ihren Mund nicht frei, als er sie auf die Arme nahm. Einen Moment war sie überrascht, dann schlang sie die Arme um seinen Hals.

„Mitch …"

„Ich bin leider kein Märchenprinz." Er sah sie halb lächelnd, halb fragend an. „Aber für heute Nacht könnten wir so tun, als wäre ich einer."

Er wirkte männlich, stark und unglaublich liebenswert. Was für Zweifel sie auch immer gehabt hatte, sie lösten sich einfach in Wohlgefallen auf. „Ich brauche keinen Märchenprinzen."

„Für dich will ich heute Nacht gerne einer sein." Er küsste sie noch einmal, bevor er sie ins Schlafzimmer trug.

Er begehrte sie so sehr, so schmerzlich, dass er sie am liebsten auf das Bett gelegt und sich auf sie gestürzt hätte. Er glaubte sogar, dass Hester Verständnis dafür gehabt hätte. Dennoch ließ er sie neben dem Bett auf den Boden ab und berührte nur ihre Hand.

„Das Licht", sagte er leise.

„Aber …"

„Ich möchte dich sehen."

Obgleich es Hester nicht recht war, war sie sich dessen bewusst, dass dieser Augenblick zu kostbar war, um sich in der

Dunkelheit zu verstecken. Sie schaltete die Nachttischlampe an.

In dem gedämpften Licht standen sie sich Hand in Hand, Auge in Auge gegenüber. Die altbekannte Panik kehrte zurück. Der Puls hämmerte ihr in den Schläfen. Dann berührte Mitch sie, und Ruhe erfüllte sie plötzlich. Er nahm ihr die Ohrringe ab und legte sie auf das Nachttischchen. Das Metall verursachte auf dem Holz ein klickendes Geräusch. Ihr wurde plötzlich heiß, als hätte er sie mit dieser einfachen Geste schon entkleidet.

Er fasste nach ihrem Gürtel, hielt jedoch inne, als sie nervös nach seiner Hand griff. „Ich werde dich nicht überrumpeln."

„Nein." Sie glaubte ihm und ließ die Hände sinken. Er löste die Schnalle und ließ den Gürtel zu Boden gleiten. Als er sich zu ihr herunterbeugte, um sie erneut zu küssen, schlang sie ihm die Arme um die Taille und ließ es geschehen.

Das war es, was sie gewollt hatte. Es hatte keinen Sinn, sich noch länger zu belügen, noch länger nach Ausflüchten zu suchen. In dieser Nacht wollte sie nur Frau sein. Eine Frau, die begehrt und bewundert wurde, eine Frau, die Erfüllung zu schenken vermochte. Und Hester lächelte.

„Darauf habe ich die ganze Zeit gewartet." Er berührte ihre Lippen mit dem Finger. Seine Freude war so tief, dass er sie nicht in Worte fassen konnte.

„Auf was?"

„Darauf, dass du lächelst, wenn ich dich küsse. Lass uns es gleich noch einmal versuchen."

Dieses Mal war sein Kuss fordernder, brachte lang verstummte Saiten in ihr zum Klingen. Sie legte die Arme um seinen Hals. Er spürte ihre Finger auf seiner Haut, zuerst scheu, dann mit immer größerem Selbstvertrauen. ·

„Noch Angst?"

„Nein. Doch, noch ein bisschen. Ich bin nicht …" Sie wandte das Gesicht zur Seite, doch er drehte es zurück, sodass sie ihn wieder ansehen musste.

„Was?"

„Ich bin nicht sicher, was ich tun soll … was du magst."

Er war über ihre Worte weniger erstaunt als beschämt. Er hatte ihr gesagt, er habe sie gern, und das stimmte auch. Aber in diesem Augenblick wusste er, dass er noch mehr für sie empfand. Er wusste, dass er sie liebte.

„Hester, ich weiß nicht, was ich dir sagen soll." Er zog sie heftig an sich und hielt sie ganz einfach fest. „Heute Nacht sollst du einfach tun, was du willst. Es wird alles richtig sein, ganz sicher."

Er küsste ihr Haar, sog den Duft ein, der ihm vertraut und lieb war. Sie begehrten einer den anderen, brauchten einander nicht zu verführen. Er fühlte, wie ihr Herz raste, sie hob ihm ihr Gesicht entgegen und fand mit ihren Lippen seinen Mund.

Seine Hände zitterten leicht, als er ihr den Reißverschluss am Rücken herunterzog. Niemand hätte ihm vorwerfen können, jemals ein selbstsüchtiger Liebhaber gewesen zu sein, aber in dieser Nacht sollte alles vollkommen sein. Nie hatte er seine eigenen Wünsche so vollständig hinter denen eines anderen Menschen zurückgestellt.

Er schob ihr den weichen Wollstoff von den Schultern. Unter dem Kleid trug sie eine einfache kurze Chemise, ohne Verzierungen oder Spitzen, doch keine Seide hätte ihn mehr erregen können.

„Du bist zauberhaft." Er presste einen Kuss erst auf die eine, dann auf die andere Schulter. „Absolut zauberhaft."

Sie wollte es für ihn sein. Es war so lange her, seit ihr daran gelegen gewesen war, für jemanden mehr als nur ansehnlich zu sein. Und als Hester ihm in die Augen sah, fühlte sie sich schön. Sie nahm all ihren Mut zusammen und fing an, ihn ebenfalls auszuziehen.

Mitch wusste, dass es nicht unproblematisch für sie war. Hester zog ihm die Jacke aus und knöpfte ihm die Krawatte auf, bevor sie es fertigbrachte, ihn dabei anzusehen. Er bemerkte das Zittern ihrer Finger, als sie ihm das Hemd aufknöpfte.

„Du bist auch bezaubernd", flüsterte sie. Der einzige Mann, den sie je so berührt hatte, war kaum mehr als ein Junge gewesen. Mitch war nicht übermäßig muskulös, aber er war sehr kräftig. Ihre Bewegungen waren langsam – eher aus Schüchternheit als aus wissender Berechnung. Er zuckte zusammen, als sie nach dem Haken seiner Hose griff.

„Du machst mich wahnsinnig", flüsterte er.

Sofort zog sie die Hände zurück. „Entschuldige bitte."

„Nein." Er versuchte zu lachen, aber es klang eher wie ein Stöhnen. „Es gefällt mir, wirklich."

Ihre Finger zitterten noch stärker, als sie ihm die Hose über die Hüften streifte. Schlanke, muskulöse Hüften. Dann lag sie an seiner Brust, und das Gefühl, seine Haut an ihrer zu fühlen, war beunruhigend schön.

Er kämpfte dagegen an, sie an sich zu reißen und zu nehmen. Ihre schüchternen Bewegungen, ihr staunender Blick hatten ihn an den Rand der Beherrschung gebracht, und er brauchte seine ganze Willenskraft, um an sich zu halten. Sie fühlte, dass er mit sich kämpfte, spürte seine plötzliche Verkrampftheit und hörte seinen heftigen Atem.

„Mitch?"

„Warte. Eine Minute." Er barg das Gesicht in ihrem Haar. Die Selbstkontrolle zurückzugewinnen fiel ihm nicht leicht. Er fühlte sich schwach, benommen und versuchte sich auf die zarte, weiche Haut ihres Halses zu konzentrieren.

Sie bog sich ihm entgegen, wobei sie instinktiv den Kopf zurücklegte, um seine Zärtlichkeiten ganz genießen zu können. Ihr war, als hätte sich ein Schleier über ihre Augen gelegt, sie sah das ihr inzwischen vertraut gewordene Zimmer wie durch einen Nebel. Dort, wo seine Lippen ihre Haut berührten, schien sein Kuss sich einzubrennen und ihre Empfindsamkeit zu vertausendfachen. Plötzlich bemerkte sie, dass sie vor Sehnsucht leise stöhnte, und sie war es dann, die ihn auf das Bett herunterzog.

Er hätte gern noch etwas gewartet, bevor er sich auf sie legte. Er hatte das Gefühl, als würde ein Feuer in ihm glühen, als wolle etwas in ihm explodieren. Er wollte sich noch beherrschen, aber sie berührte ihn, drängte sich gegen ihn. Mit letzter Willenskraft gelang es ihm, sich so zu rollen, dass sie Seite an Seite zu liegen kamen.

Er suchte ihren Mund, und einen Augenblick lang konzentrierten sich sein ganzes Begehren, seine Fantasie, seine tiefen Sehnsüchte auf ihre Lippen. Ihr Mund war feucht und heiß und schenkte ihm ein Vorgefühl der Wonnen, der Erfüllung, die er erhoffte, wenn er in ihr sein würde. Er schob das dünne Hemd beiseite, und als er ihre unverhüllte Brust berührte, holte sie tief Luft. Als er dann die festen Spitzen zwischen die Lippen nahm, schrie sie leise auf.

Das war Hingabe. Hester war so sicher gewesen, dass sie diese Selbstaufgabe nie mehr erleben wollte, aber in diesem Augenblick, in dem ihr Körper zu zerschmelzen schien, glaubte sie, in ihrem Leben nichts anderes mehr zu wollen. Das Gefühl seines Körpers, heiß und feucht an ihrem, war überwältigend und berauschend. Er murmelte etwas, und sie verstand, sie antwortete darauf. Das Licht fiel auf seine Hand, als er ihr zeigte, wie ihre Berührung ihn berauschen konnte.

Sie war nackt, empfand jedoch keine Scheu mehr. Sie wollte, dass er sie berührte, streichelte, erfüllte, so wie auch er es wollte. Sein Körper, seine Haut, seine Muskeln faszinierten sie. Bis zu diesem Augenblick hatte sie nicht gewusst, dass einen anderen zu berühren, einem anderen zu gefallen solch wilde Leidenschaft hervorzurufen vermochte.

Er legte seine Hand vorsichtig auf die Stelle, wo ihre Leidenschaft bereits wie eine Flamme brannte. In diesem Augenblick loderte das Feuer auf, und Hester drängte sich gegen ihn.

Noch nie hatte Mitch erlebt, dass eine Frau so ganz und gar mitging. Zu erleben, wie sie sich dem Höhepunkt näherte, versetzte ihn ebenfalls in einen Rausch der Erregung.

Mitch kam zu ihr, und Hester nahm ihn in sich auf.

Er hätte nicht sagen können, wie lange sie sich miteinander bewegten – Minuten, Stunden, eine Ewigkeit. Aber nie würde er den Ausdruck ihrer Augen vergessen, mit dem sie ihn dabei ansah.

Danach lag Mitch innerlich aufgewühlt neben Hester auf dem zerdrückten Laken. Solange er sich erinnern konnte, war er nie so in einer Frau aufgegangen. Er hatte das Gefühl gehabt, die Welt um ihn herum sei versunken.

Er zog Hester an sich. „Du bist so still", murmelte er.

Sie hatte die Augen geschlossen und wollte sie auch noch nicht wieder öffnen. „Ich weiß nicht, was ich sagen soll."

„Wie wäre es mit ‚wow'?"

Sie war überrascht, dass sie nach einem solch intensiven Erlebnis lachen konnte. „Also gut: wow."

„Versuch es einmal mit ein bisschen mehr Begeisterung. Wie wäre es mit fantastisch, unglaublich, welterschütternd?"

Sie schlug die Augen auf und sah ihn an. „Wie wäre es mit wunderschön?"

Er griff nach ihrer Hand und küsste sie. „Ja, das lasse ich gelten." Als er sich auf den Ellbogen stützte, um auf sie herunterzusehen, rückte sie ein wenig von ihm ab. „Jetzt ist es zu spät, um Hemmungen zu haben", erklärte er und fuhr mit der Hand leicht, doch zugleich besitzergreifend über ihren Körper. „Weißt du, du hast wirklich fantastische Beine. Ich könnte dich wohl nicht dazu überreden, Shorts anzuziehen und Söckchen?"

„Wie bitte?"

Sie hörte sich so fassungslos an, dass er sie an sich zog und ihr Gesicht mit Küssen bedeckte. „Lange Beine und Shorts mit Söckchen hauen mich glatt um. Wenn ich im Sommer Frauen im Park in Shorts und Söckchen, die auch noch farblich aufeinander abgestimmt sind, joggen sehe, dann bin ich völlig erledigt."

„Du bist verrückt."

„Aber Hester, es gibt doch sicher etwas, das auch dich anspricht. Männer in Netzhemden oder im Smoking mit Fliege und offenen Hemdknöpfen?"

„Sei nicht albern."

„Warum nicht?"

Ja, warum eigentlich nicht? dachte sie und überlegte. „Tja, also Jeans mit offen stehendem Knopf, das finde ich ganz reizvoll."

„Ich werde meine Jeans nie mehr zuknöpfen, solange ich lebe."

Sie lachte wieder. „Das heißt aber nicht, dass ich ab sofort Shorts mit Söckchen trage."

„In Ordnung. Wenn ich dich in einem strengen Kostüm sehe, turnt mich das genauso an."

„Tut es nicht."

„Oh doch! Die tüchtige und verantwortungsbewusste Mrs Wallace. Immer wenn ich dich so angezogen sehe, stelle ich mir vor, wie faszinierend es wäre, dich aus der strengen Kleidung herauszupellen und die adretten Kämme aus deinen Haaren zu ziehen." Er ließ ihr Haar durch seine Finger gleiten.

Nachdenklich legte Hester ihre Wange an seine Brust. „Du bist ein seltsamer Mann, Mitch."

„Schon möglich."

„Du lebst so sehr mit deiner Vorstellungskraft, mit Träumen. Bei mir geht es immer um Fakten und Zahlen, Gewinn und Verlust. Sein oder Nichtsein."

„Redest du von deinem Beruf oder von deiner Persönlichkeit?"

„Hängt das eine nicht mit dem anderen zusammen?"

„Nein. Ich bin nicht Commander Zark, Hester."

„Ich wollte damit sagen, der Künstler, der Schriftsteller in dir schöpft von deiner Vorstellungskraft. Wohingegen die Bankfrau in mir immer um Kontrolle und Ausgleich bemüht ist."

Mitch schwieg einen Moment und strich ihr über das Haar. „Ich will jetzt nicht anfangen zu philosophieren, aber was glaubst du, warum du dich für die Kreditabteilung entschieden hast? Wenn du ein Gesuch ablehnen musst, verschafft dir das die gleiche Befriedigung, als wenn du den Kredit geben kannst?"

„Nein, natürlich nicht."

„Natürlich nicht", wiederholte er. „Denn wenn du den Kredit zuteilen kannst, schafft es eine große Befriedigung zu sagen: ,Einverstanden, bauen Sie Ihr Haus, machen Sie ein Geschäft auf, vergrößern Sie Ihr Unternehmen."

Hester hob den Kopf. „Du scheinst mich sehr gut zu verstehen."

„Ich denke eben viel über dich nach." Er zog sie an sich und fragte sich, ob sie sich wohl darüber klar war, wie gut ihre Körper zueinanderpassten. „Sogar sehr viel. Tatsache ist, dass ich, seit ich euch die Pizza gebracht habe, an keine andere Frau mehr gedacht habe."

Darüber lächelte sie, und sie hätte sich wieder an ihn gekuschelt, hätte Mitch sie nicht zurückgehalten.

„Hester …" Er war verlegen, und das kam nur selten vor. „Weißt du, ich will gar nicht mehr an andere Frauen denken oder mit anderen Frauen zusammen sein – so zusammen sein." Er druckste herum. „Verdammt, ich komme mir vor wie ein Schuljunge."

Sie lächelte anzüglich. „Willst du mich etwa bitten, ‚mit dir zu gehen'?"

Das war es eigentlich nicht, worum er sie hatte bitten wollen, aber an ihrem Gesichtsausdruck erkannte er, dass er besser nichts überstürzen sollte. „Vielleicht habe ich noch irgendwo einen Freundschaftsring herumliegen."

Sie war seltsam gerührt. „Vielleicht sollten wir es einfach dabei lassen, dass auch ich mit niemand anderem zusammen sein möchte."

Er setzte zum Sprechen an, hielt sich aber zurück. Sie brauchte mehr Zeit. In ihrem Leben hatte es bisher nur einen einzigen Mann gegeben, und damals war sie kaum mehr als ein Kind gewesen. Um fair zu sein, musste er ihr Gelegenheit geben, sich über sich selbst klar zu werden.

„Abgemacht." Er hatte genügend Schlachten geplant und gewonnen, um sich eine Strategie auszudenken. Er würde Hester gewinnen, bevor sie überhaupt merkte, dass es einen Kampf gegeben hatte.

Er zog sie an sich, küsste sie und begann mit der ersten Belagerung.

Es war ein seltsames und wunderbares Gefühl, morgens neben einem Liebhaber wach zu werden – selbst wenn dieser Liebhaber die Tendenz hatte, einen aus dem Bett zu drängen. Hester öffnete die Augen, verhielt sich ganz still und genoss diesen Zustand.

Mitch hielt sein Gesicht an ihren Hals geschmiegt und seinen Arm fest um ihre Taille geschlungen – glücklicherweise, denn sonst wäre sie schon längst auf den Boden gerollt. Hester bewegte sich vorsichtig, und das Gefühl ihrer Haut an seiner berauschte sie.

Sie hatte nie einen Liebhaber gehabt. Einen Ehemann ja, aber ihre Hochzeitsnacht, die Nacht, in der sie zur Frau geworden war, ließ sich mit der Nacht, die sie mit Mitch verbracht hatte, nicht vergleichen. Ist es überhaupt fair, das eine mit dem anderen zu vergleichen? fragte sie sich, kam jedoch zu der Antwort, dass es geradezu unmenschlich sei, es nicht zu tun.

Diese erste Nacht damals hatte ganz unter dem Eindruck ihrer eigenen Nervosität und der Hast ihres Mannes gestanden. In der vergangenen Nacht hatte sich die Leidenschaft Stufe für Stufe aufbauen können, und Hester hatte nicht geahnt, dass der Liebesakt so befreiend sein konnte. Sie hatte auch nicht geahnt, dass einem Mann ebenso viel daran gelegen sein könnte, Freude zu geben, wie Freude zu empfangen.

Sie kuschelte sich in ihr Kissen und fragte sich, ob sie beide wohl nach dem Aufwachen Verlegenheit empfinden würden. Sie wusste ja nicht, wie es war, einen Liebhaber zu haben oder eine Geliebte zu sein.

Vorsichtig versuchte sie aufzustehen, doch Mitch hielt sie fest. „Wohin willst du?"

Sie versuchte, sich umzudrehen, entdeckte aber, dass er sie mit seinen Beinen umschlungen hielt. „Es ist schon fast neun."

„So?"

„Ich muss aufstehen. In ein paar Stunden muss ich Red abholen."

„Hmm." Er sah seinen Traum, den Morgen mit ihr im Bett zu verbringen, wie eine Seifenblase zerplatzen, wollte aber versuchen, wenigstens einen Teil davon zu verwirklichen. „Du fühlst dich so himmlisch an." Er drehte sie zu sich herum. „Und du siehst außerdem fantastisch aus", erklärte er, während er sie aus noch halb geschlossenen Augen betrachtete. „Und du schmeckst …", er berührte ihre Lippen, „… wunderbar. Stell dir einmal Folgendes vor."

Er strich mit der Hand über ihre Hüften. „Wir sind auf einer Insel – nehmen wir mal an, in der Südsee. Unser Schiff ist vor einer Woche untergegangen. Wir sind die einzigen Überlebenden." Er schloss die Augen und küsste sie auf die Stirn. „Wir haben von Früchten gelebt und von den Fischen, die ich so geschickt mit meinem selbst geschnitzten Spieß gefangen habe."

„Wer nimmt sie aus?"

„Hier geht es um Fantasie, also brauchst du dich nicht um Einzelheiten zu kümmern. In der vergangenen Nacht hatten wir einen Sturm – einen gewaltigen tropischen Sturm –, und wir haben in der Wärme des Unterstandes, den ich gebaut habe, Zuflucht gesucht."

„Den du gebaut hast?" Sie hauchte einen Kuss auf seine Lippen. „Tue ich eigentlich auch irgendetwas Nützliches?"

„In deiner eigenen Fantasie kannst du alles tun, was du willst. Jetzt halte einmal den Mund." Er zog sie enger an sich und hatte fast das Gefühl, die salzige Luft riechen zu können. „Es ist Morgen, und der Sturm hat alles reingewaschen. Die Möwen segeln über der nahen Brandung. Wir liegen zusammen unter einer alten Decke."

„Die du auf heroische Weise vom Wrack gerettet hast."

„Jetzt kommst du der Sache schon wesentlich näher. Als wir aufwachen, entdecken wir, dass wir einander umschlungen halten. Gegen unseren Willen hat es uns zueinandergezogen. Die Sonne brennt heiß. Sie hat unsere halb nackten Körper erwärmt. Und dann …" Mitchs Lippen waren kaum von ihren entfernt. „Und dann greift uns ein Wildschwein an, und ich kämpfe mit ihm."

„Halb nackt und unbewaffnet."

„Genau. Ich werde ernsthaft verletzt, aber ich töte es mit bloßen Händen."

„Und während du das tust, ziehe ich mir die Decke über den Kopf und jammere."

„Richtig." Mitch küsste sie auf die Nase. „Aber hinterher bist du mir sehr dankbar dafür, dass ich dir das Leben gerettet habe."

„Arme hilflose Frau, die ich bin."

„Du hast es begriffen. Du bist so dankbar, dass du die Lumpen deines Rockes zerreißt, um daraus Verbände für meine Wunden zu machen, und dann ..." Er legte eine Pause ein, um die Spannung zu vergrößern. „Dann machst du mir Kaffee."

Hester fuhr zurück. „Diese ganze Geschichte hast du nur erfunden, damit ich dir Kaffee mache?"

„Nicht nur irgendwelchen Kaffee. Die erste Tasse Kaffee. Lebenselixier."

„Den hätte ich dir auch ohne diese Geschichte gemacht."

„Ja, aber hat dir die Geschichte gefallen?"

Sie strich sich das Haar aus dem Gesicht, während sie überlegte. „Das nächste Mal fange ich den Fisch."

„Einverstanden."

Sie stand auf, und obgleich sie wusste, dass es albern war, wünschte sie, sie hätte etwas zum Anziehen in Reichweite. Sie ging an ihren Schrank, holte ihren Morgenrock heraus und zog ihn über. „Möchtest du frühstücken?"

Er setzte sich auf. „Frühstücken? Meinst du etwa, mit Eiern und so? Was Warmes?" Sonst bekam er nur dann ein warmes Frühstück, wenn er genügend Energie aufbrachte, zum Café an der Ecke zu gehen.

„Mrs Wallace, für ein warmes Frühstück können Sie die Kronjuwelen von Perth haben."

„Nur für Eier und Speck?"

„Speck auch noch? Himmel, was für eine Frau!"

Sie lachte. „Dann steh auf und geh unter die Dusche – wenn du willst. Es wird nicht lange dauern."

Er hatte das gar nicht scherzhaft gemeint. Er erwartete von einer Frau nicht, dass sie ihm anbot, für ihn zu kochen. Aber, erinnerte er sich, das war die Frau, die seine alten Jeans hatte flicken wollen, weil sie geglaubt hatte, er könne sich keine neuen erlauben.

Er sprang aus dem Bett und fuhr sich nachdenklich mit den Händen durchs Haar. Diese sich kühl und geschäftsmäßig gebärdende Mrs Wallace war in Wirklichkeit eine warmherzige und ganz besondere Frau, und er hatte nicht die Absicht, sie jemals wieder gehen zu lassen.

Als Mitch in die Küche kam, rührte Hester gerade Eier in die Pfanne. Der Speck tropfte auf einem Sieb ab, und der Kaffee war schon fertig. Er blieb einen Augenblick im Türrahmen stehen, verwundert darüber, dass eine so einfache häusliche Szene ihn so anrührte.

Hesters Morgenrock war vom Hals bis zu den Knöcheln zugeknöpft, doch sie war ihm nie verführerischer vorgekommen. Er war sich nicht darüber klar gewesen, dass er sich nach diesen Dingen gesehnt hatte – den morgendlichen Düften, dem morgendlichen Anblick der Frau, mit der er die Nacht verbracht hatte.

Als er noch ein Kind war, hatte es sonntags gegen elf einen formellen Brunch gegeben, der von einem uniformierten Bediensteten serviert worden war. Orangensaft in Waterford-Gläsern, Rührreier auf Wedgwood-Tellern. In späteren Jahren bedeutete der Sonntagmorgen für ihn dann, mit geröteten Augen die Schränke nach etwas Essbarem zu durchsuchen oder in die nächste Kneipe zu gehen. Er kam sich blöd vor, aber am liebsten hätte er Hester gesagt, dass das Frühstück mit ihr ihm genauso viel bedeutete wie die lange Nacht in ihrem Bett.

Er ging auf sie zu und nahm sie in die Arme.

„Ich bin fast fertig", sagte sie. „Du hast mir nicht gesagt, wie du die Eier haben willst, so habe ich dir einfach Rührreier mit ein bisschen Dill und Käse gemacht."

Er drehte sie zu sich herum und küsste sie lange und fordernd. „Danke."

Nur ungern löste sich Hester aus der Umarmung, um die Eier vor dem Anbrennen zu bewahren. „Warum setzt du dich nicht?" Sie goss Kaffee in einen Becher. „Hier, dein Lebenselixier."

Er trank den halben Becher leer, bevor er sich hinsetzte. „Hester, weißt du noch, was ich über deine Beine gesagt habe? Dein Kaffee und deine Eier sind fast so gut wie deine Beine! Du hast unwahrscheinliche frauliche Qualitäten."

„Du lieber Himmel, das sind doch nur ein paar Eier", meinte sie verlegen. „Du solltest sie essen, bevor sie kalt werden."

„Diese Frau ist ganz erstaunlich. Sie zieht einen interessanten, ausgeglichenen Sohn auf, füllt einen verantwortungsvollen Posten aus und kocht auch noch." Mitch biss in ein Stück Speck. „Willst du mich nicht heiraten?"

Sie lachte und goss ihm mehr Kaffee ein. „Wenn du wegen ein paar Rühreiern gleich einen Heiratsantrag machst, wundert es mich, dass du nicht drei oder vier Frauen im Schrank versteckt hast."

Die Frage war Mitch durchaus ernst gewesen, was sie bemerkt haben würde, hätte sie ihm in die Augen gesehen. Aber Hester war damit beschäftigt, Butter auf ihren Toast zu streichen, und Mitch erkannte, dass es eine dumme Art und außerdem zu früh gewesen war, ihr einen Heiratsantrag zu machen. Er war sich klar darüber, dass er es behutsamer anstellen musste, und nahm sich vor, sofort damit zu beginnen.

„Hast du für heute schon etwas vor?"

„Gegen zwölf Uhr muss ich Red abholen." Sie hatte gerade daran gedacht, dass sie seit Jahren zum ersten Mal in Gesellschaft eines Erwachsenen frühstückte, und die Situation gefiel ihr sehr. „Ich habe versprochen, mit ihm und Josh in eine Matinee zu gehen. ‚Der Mond der Andromeda'."

„Toller Film. Die Spezialeffekte sind fantastisch."

„Du hast ihn schon gesehen?" Sie war ein bisschen enttäuscht, weil sie gehofft hatte, Mitch würde sich ihnen vielleicht anschließen.

„Zweimal sogar. Wirklich ein Augen- und Ohrenschmaus. Nehmt ihr mich mit?"

„Du sagtest gerade, du hättest ihn schon zweimal gesehen."

„Na und? Einen Film, den ich mir nicht mehrmals ansehe, kannst du gleich vergessen. Also, wie ist es? Ich sorge auch für das Popcorn." Er küsste ihr die Hand.

„Wie könnte ich ein so großzügiges Angebot ablehnen."

„Gut. Dann helfe ich dir jetzt schnell beim Abräumen und gehe dann runter, um mit Taz einen Spaziergang zu machen, bevor ihm etwas Peinliches passiert."

„Geh ruhig gleich. Das bisschen hier mache ich schon selbst. Und Taz jault sicher schon hinter der Tür."

„Na schön." Er stand gleichzeitig mit ihr auf. „Aber nächstes Mal koche ich."

„Erdnussbutter und Gelee?"

„Oh, um dich zu beeindrucken, werde ich schon etwas Besseres zustande bringen."

Sie lächelte. „Du brauchst mich nicht zu beeindrucken."

Er nahm ihr Gesicht in beide Hände. „Doch, brauche ich wohl." Und küsste sie, bis sie beide atemlos waren.

Sie schluckte, als er sie losließ. „Das war ein guter Anfang."

Er berührte lächelnd ihre Stirn mit den Lippen. „In einer Stunde bin ich wieder da."

Hester blieb stehen, wo sie war, bis sie die Tür zuschlagen hörte, dann atmete sie tief durch und setzte sich wieder hin. Dreh bloß nicht durch, warnte sie sich. Nimm nicht wieder gleich alles zu ernst. Er ist nett, aber die Sache ist sicher nichts Beständiges. Das einzig Beständige ist meine Beziehung zu Red. Das habe ich mir vor Jahren geschworen, und das werde ich nie vergessen.

Hester nahm sich vor, jetzt mehr denn je daran zu denken.

Rich, du weißt, dass ich geschäftliche Besprechungen vor dem Mittagessen hasse." Mitch saß in Skinners Büro. Taz schnarchte zu seinen Füßen. „Wenn du mir eine Gehaltserhöhung geben willst, ist das sehr nett, aber du hättest damit gut bis nach dem Mittagessen warten können."

„Du bekommst keine Gehaltserhöhung. Du bist sowieso schon überbezahlt."

„Wenn du mich rausschmeißen willst, hättest du erst recht noch ein paar Stunden warten können."

„Ich werfe dich nicht raus." Skinner zog die Augenbrauen zusammen. „Aber wenn du nicht damit aufhörst, diesen Köter ständig mitzubringen, könnte ich es mir noch anders überlegen."

„Ich habe Taz zu meinem Agenten gemacht. Er darf alles hören, was du mir zu sagen hast."

Skinner lehnte sich zurück und faltete die Hände über seinem Bauch zusammen. „Weißt du, Dempsey, jemand, der dich nicht genau kennt, würde denken, du machst Witze. Aber ich weiß, dass du wirklich so verrückt bist."

„Darum kommen wir beide ja so gut miteinander aus, stimmt's? Mach's kurz. Sag mir, warum du mich herzitiert hast."

Skinner atmete tief durch und kam zur Sache. „Du weißt, dass die ‚Two-Moon-Filmproduktion' mit Universal wegen der Filmrechte für Zark verhandelt?"

„Klar. Seit einem oder anderthalb Jahren." Mitch beugte sich vor, um Taz zu streicheln. „Das Letzte, was du mir darüber erzählt hast, war, dass diese Pfeifen aus Los Angeles nicht lange genug aus der heißen Badewanne kämen, um einen Vertrag abzuschließen." Mitch grinste. „Du hast immer schon eine besondere Art gehabt, dich auszudrücken, Rich."

„Gestern ist er abgeschlossen worden", erklärte Rich trocken. „Im Ernst?"

„Ich rede immer im Ernst", sagte Rich, „und ich finde, du könntest dich ein bisschen mehr begeistern. Dein Baby wird schließlich Filmstar."

„Um ehrlich zu sein – ich weiß nicht, ob es mir gefällt." Mitch stand aus dem Sessel auf und begann, in Richs vollgestopftem Büro hin und her zu laufen. Er wusste, dass er sich albern benahm. Zark gehörte nicht ihm. Er hatte ihn zwar geschaffen, aber er gehörte, wie alle anderen Geschöpfe der unter Vertrag stehenden Künstler, dem Universal-Verlag. Falls er, Mitch, den Verlag verlassen würde, blieb Zark dessen Eigentum, und jemand anderes würde sich um weitere Geschichten kümmern. „Haben wir irgendein künstlerisches Mitspracherecht?"

„Hast du Angst, dein Erstgeborener könnte entstellt werden?"

„Vielleicht."

„Hör zu. ‚Two Moon' hat die Rechte für Zark gekauft, weil er, so wie er ist, sein Publikum hat. Es wäre geschäftlich unklug, auch nur irgendetwas an ihm zu verändern. Diese Clowns von der Westküste mögen sich komisch anziehen, aber sie wissen, wie man Geschäfte macht. Wenn du dir aber trotzdem Sorgen machst, könntest du ja ihr Angebot annehmen."

„Was für ein Angebot?"

„Sie möchten, dass du das Drehbuch schreibst."

Mitch blieb abrupt stehen. „Ich? Ich schreibe keine Filme."

„Du schreibst Zark, das genügt den Produzenten offensichtlich. Unsere Herausgeber sind auch nicht gerade blöd. Knauserig", fügte er mit einem Blick auf das abgetragene Linoleum hinzu, „aber nicht blöd. Sie wollen, dass das Skript von jemandem aus unserem Haus geschrieben wird, und sie haben das Recht, jemanden vorzuschlagen. ‚Two Moon' hat zugestimmt, sich zunächst einen Entwurf von dir anzusehen. Falls sie nicht damit zufrieden sind, wollen sie dich immer noch als künstlerischen Berater."

„Künstlerischer Berater." Mitch ließ den Titel auf der Zunge zergehen.

„Wenn ich du wäre, Dempsey, würde ich mir einen zweibeinigen Agenten zulegen, aber schnell."

„Vielleicht tue ich das sogar. Weißt du, ich muss darüber nachdenken. Wie viel Zeit lassen die mir?"

„Von einem Termin war nicht die Rede. Ich glaube, an die Möglichkeit, du könntest Nein sagen, haben die überhaupt nicht gedacht. Aber die kennen dich ja auch nicht so gut wie ich."

„Ich brauche ein paar Tage. Da ist jemand, mit dem ich darüber sprechen will."

„Mitch, denk daran, Gelegenheiten wie diese klopfen nicht oft an deine Tür."

„Du wirst von mir hören."

Innerhalb weniger Wochen hatte sich Mitchs Leben völlig geändert. In Hester hatte er die Frau seines Lebens gefunden, und nun wurde ihm die größte Chance seines beruflichen Werdegangs geboten. Da er aber nicht an das eine denken konnte, ohne das andere mit in Betracht zu ziehen, ging er zuerst zu ihr.

Auf dem Weg zur Bank hatte er Gelegenheit, über alles, was Skinner gesagt hatte, nachzudenken. Und inzwischen hatte die Begeisterung von ihm Besitz ergriffen. Zark in Technicolor! In Stereo!

Hester war gerade dabei, eine lange Reihe von Zahlen zu addieren, als Mitch eintrat. „Kay, könnten Sie mir bitte ein Sandwich bestellen. Ich habe keine Zeit, zum Essen zu gehen."

Mitch schloss die Tür hinter sich. „Du wirst sie dir nehmen müssen."

„Mitch!" Hester sah auf. „Was machst du denn hier?"

„Dich entführen. Taz wird die Wachen ablenken." Er hatte schon ihren Mantel vom Ständer hinter der Tür genommen.

„Mitch, ich muss …"

„… mit mir was zu essen holen und mich lieben. Weißt du, wie lange es her ist, seit wir eine Stunde für uns allein gehabt haben? Vier Tage."

„Ich weiß. Es tut mir leid, aber ich hatte viel zu tun."

Er nickte. „Und außerdem hast du mich auf Abstand gehalten."

„Nein, habe ich nicht", widersprach sie.

In Wahrheit hatte sie sich zurückgehalten, um sich zu beweisen, dass sie ihn nicht so sehr brauchte, wie sie befürchtete. Aber damit hatte sie nicht besonders viel Erfolg gehabt, sonst hätte ihr das Herz in diesem Augenblick nicht wieder bis zum Hals geklopft. „Mitch, du weißt, wenn Red in der Wohnung ist, kann ich einfach nicht …"

„Darüber streite ich mich ja auch gar nicht mit dir. Aber jetzt ist er in der Schule, und du hast ein Recht auf eine Mittagspause."

Sie wusste, dass sie es später bereuen würde, drehte aber trotzdem der Arbeit den Rücken zu. „Ein Erdnussbutterbrot genügt mir. Ich bin nicht hungrig."

„Dann sollst du es haben."

Fünfzehn Minuten später waren sie in Mitchs Apartment. Er warf ihren Mantel achtlos über einen Stuhl, zog sie an sich, küsste sie, und ihre Selbstkontrolle schwand so schnell dahin, wie er brauchte, um ihr die Kämme aus den Haaren zu ziehen.

Sie begehrte ihn, oh ja, wie sehr sie ihn begehrte. In den langen Nächten, seit sie mit ihm geschlafen hatte, hatte sie an ihn gedacht, daran, wie er sie berührt hatte, wo er sie berührt hatte, und nun war alles genau so, wie sie es in Erinnerung hatte.

Dieses Mal war sie schneller als er. Sie zog ihm den Pulli über den Kopf, um seine warme Haut darunter zu spüren. Sie hing voller Verlangen an seinen Lippen, während er ihr das Jackett auszog und die Knöpfe ihrer Bluse öffnete. Dieses Mal war er nicht geduldig, und sie war es auch nicht. Sie drängte sich hart an ihn und wehrte sich nicht gegen die Leidenschaft, die sie überwältigte.

Wahnsinn! Ja, das war wieder dieser Wahnsinn. Und Hester wunderte sich, wie sie je ohne diesen Wahnsinn hatte leben können.

Er knöpfte ihren Rock auf und ließ ihn zu Boden fallen. Vier Tage? Waren es nur vier Tage gewesen? Ihm kam es vor, als seien Jahre vergangen, seit er sie so nahe für sich alleine gehabt hatte. Sie klammerte sich so leidenschaftlich an ihn, wie er es in seinen Träumen erlebt hatte. Begehren erfasste seinen ganzen Körper und schwemmte alle Überlegungen beiseite. Er wollte nur noch berühren und berührt werden.

Fest presste er seinen Mund auf den ihren und zog Hester zu Boden. Er hätte es gern hinausgezögert, obwohl er kaum an sich halten konnte. Aber sie umklammerte ihn. Bevor er noch Atem holen konnte, hatte sie ihre Hände auf seine Hüften gelegt und ihn auf sich gezogen. Sie hielt ihn ganz fest umarmt, murmelte seinen Namen, und ein Vulkan schien in seinem Körper zu explodieren.

Als Hester wieder fähig war, klar zu denken, lag sie auf einem unschätzbaren Aubusson-Teppich, und Mitchs Kopf ruhte auf ihrer Brust. Sie konnte sich nicht daran erinnern, jemals so zufrieden gewesen zu sein.

Sie fuhr ihm mit der Hand durch das Haar. „Ich bin froh, dass du mich zum Lunch eingeladen hast", sagte sie.

„Wenn das eine Anspielung sein soll … ich bin gern bereit, daraus eine Gewohnheit zu machen. Möchtest du trotzdem noch dein Sandwich?"

„Ich brauche nichts." Nur dich, dachte Hester. „Ich muss zurück an die Arbeit."

„Kay hat mir gesagt, dass du vor zwei Uhr keinen Termin hast. Also bleib noch ein paar Minuten. Ich muss mit dir reden."

„Das klingt ja so ernst."

„Ich habe halt manchmal ernste Momente." Er schob ein paar Zeitschriften aus dem Weg. „Ich will etwas mit dir besprechen, bevor ich eine Entscheidung treffe."

„Hat es etwas mit deiner Familie zu tun?" Sie wirkte betroffen.

„Nein." Er nahm ihre Hand. „Eine Filmgesellschaft aus Hollywood hat gerade vom Universal-Verlag das Recht erkauft, einen Spielfilm mit Zark herauszubringen."

Hester war sichtlich beruhigt. „Aber das ist ja wunderbar! Da bist du doch sicher ganz begeistert und stolz."

„Ich weiß nicht, was ich davon halten soll. Ich fürchte, sie können ihn nicht in der richtigen Art herausbringen. Stimme, Bewegungen und was sonst noch alles dazugehört. Sieh mich nicht so an."

„Mitch. Ich weiß, was du für Zark empfindest. Wenigstens glaube ich es zu wissen. Er ist deine Schöpfung, und er bedeutet dir sehr viel."

„Er ist Wirklichkeit für mich", sagte Mitch, „hier oben." Er berührte seine Schläfe. „Und so blöd es klingen mag, auch hier", fügte er hinzu und legte die Hand aufs Herz. „Ich will nicht, dass er entstellt wird, dass er seinen Charakter verliert."

Hester schwieg einen Moment. Mit einem Mal erkannte sie, dass eine gewisse Ähnlichkeit darin bestand, einem Kind oder einer Idee Leben zu geben. „Lass mich dir eine Frage stellen. Warum hast du ihn erfunden?"

„Ich wollte einen Helden schaffen, einen sehr menschlichen, mit Fehlern und Schwächen und mit hohem moralischen Standard. Jemanden, mit dem sich Kinder identifizieren wollen. Jemanden, der stark genug ist, Nein zu sagen, oder: Ich will nicht, oder: Ich mag nicht. Kinder haben es in dieser Hinsicht nicht leicht. Er sollte sein, was sie selbst sein möchten."

„Und meinst du, du hast es erreicht?"

„Ja. Was mich persönlich betrifft, so fühlte ich mich erfolgreich, sobald die erste Ausgabe erschienen war. Geschäftlich war er auch ein Erfolg. Er hat Universal Millionen eingebracht."

„Bedauerst du das?"

„Nein, warum?"

„Dann sollte es dir auch nicht leidtun, dass er den nächsten Schritt tut."

Mitch schwieg eine Weile. Ich hätte wissen müssen, dass Hester die Dinge klarer sieht als ich, dachte er. Das ist noch ein Grund mehr, weshalb ich sie brauche. „Sie haben mir angeboten, das Drehbuch zu schreiben."

„Was?" Sie setzte sich kerzengerade auf. „Oh Mitch, das ist ja wunderbar. Ich bin so stolz auf dich."

Er spielte mit ihren Fingern. „Ich habe so etwas noch nie gemacht."

„Meinst du, du könntest es nicht?"

„Ich bin nicht sicher."

Sie setzte zu einer Antwort an, hielt aber inne, um zu überlegen. Nach einer Weile meinte sie: „Seltsam, wenn mich jemand gefragt hätte, hätte ich gesagt, ich hielte dich für den selbstbewusstesten Mann, den ich je kennengelernt habe. Außerdem hätte ich geglaubt, dass du vor lauter Eifersucht niemanden anderen an Zark heranlassen würdest."

„Es besteht ein Unterschied zwischen dem Text für eine Comicserie und dem Drehbuch für einen langen Spielfilm."

„Na und?"

„Jetzt gibst du's mir aber zurück, was?"

„Du kannst schreiben. Ich kann bezeugen, dass du eine sehr lebhafte Fantasie hast, und du kennst deine Figuren besser als irgendjemand anderes. Ich sehe da überhaupt kein Problem."

„Ich könnte Mist machen. Aber falls ich mit dem Drehbuch nicht fertig werde, wollen sie mich immer noch als künstlerischen Berater."

„Ich kann und darf dir nicht sagen, was du tun sollst."

„Sag es trotzdem."

Sie lehnte sich vor und legte ihm die Hände auf die Schulter. „Schreib das Drehbuch, Mitch. Du würdest sehr unzufrieden sein, wenn du es nicht wenigstens versuchtest. Natürlich gibt es keine Garantie für Erfolg, aber wenn du es nicht wagst, kannst du mit Sicherheit nicht gewinnen."

Er legte seine Hand über ihre und sah sie ernst an. „Das ist deine ehrliche Meinung?"

„Ja, und ich glaube, dass du es schaffst." Sie küsste ihn. „Was hast du gesagt?"

„Heirate mich, Hester."

Sie erstarrte. Langsam, sehr langsam, löste sie sich von ihm.

„Heirate mich." Er griff nach ihrer Hand. „Ich liebe dich."

„Nicht, bitte, tu das nicht."

„Was soll ich nicht tun? Dich lieben?" Als Hester ihre Hand losmachen wollte, griff er fester zu. „Dazu ist es viel zu spät, und das weißt du. Ich lüge nicht, wenn ich dir sage, dass ich noch nie gefühlt habe, was ich für dich empfinde. Ich möchte bis an mein Lebensende mit dir zusammen sein."

„Ich kann nicht", wehrte sie atemlos ab. Es war, als brächte sie nur mit großer Anstrengung die Worte hervor. „Ich kann dich nicht heiraten. Ich will niemanden heiraten. Du verstehst nicht, was du von mir verlangst."

„Dass ich nicht verheiratet war, bedeutet nicht, dass ich es nicht weiß." Er hatte mit Überraschung, ja sogar mit Widerstand gerechnet, aber nicht mit dieser tiefen Furcht. „Hester, ich bin nicht Allan, und wir beide wissen, dass du nicht mehr dieselbe Frau bist, die mit ihm verheiratet war."

„Das ist völlig egal. Ich will so etwas nicht noch einmal durchmachen, und Red darf es erst recht nicht erleben." Sie stand auf und fing an, sich hastig anzuziehen. „Du siehst das nicht so, wie es ist."

„Meinst du?" Er bemühte sich, ruhig zu bleiben, trat hinter sie, um ihr zu helfen, die Bluse zuzuknöpfen. „Aber du kannst doch unsere Beziehung nicht mit dem vergleichen, was vor vielen Jahren geschehen ist."

„Ich will nicht darüber sprechen." Ihr Ton war sehr entschieden.

„Vielleicht ist jetzt dazu nicht der geeignete Augenblick, aber darüber reden musst du." Obgleich sie sich dagegen wehrte, drehte er sie zu sich herum. „Wir werden darüber sprechen."

„Mitch, wir kennen uns gerade ein paar Wochen, und ich habe erst seit wenigen Tagen angefangen, unsere Beziehung zu akzeptieren."

„Und was ist das denn für eine Beziehung? Warst du nicht diejenige, die gesagt hat, du seist an flüchtigem Sex nicht interessiert?"

Hester wurde blass, dann wandte sie sich ab, um ihre Kostümjacke aufzuheben. „Ich hatte nicht den Eindruck, dass daran etwas Flüchtiges gewesen ist."

„Nein, das war es für keinen von uns. Verstehst du denn nicht?"

„Doch, aber ..."

„Hester, ich sagte, ich liebe dich. Jetzt will ich wissen, was du für mich fühlst."

„Ich weiß nicht." Sie atmete tief, als bekäme sie zu wenig Luft, als er wieder nach ihren Schultern griff. „Ich weiß es wirklich nicht. Ich glaube, ich liebe dich. Du bittest mich, alles aufs Spiel zu setzen, was ich für mich und Red geschaffen habe, und das für ein Gefühl, das sich über Nacht ändern kann."

„Liebe ändert sich nicht über Nacht", sagte er ernst. „Sie kann getötet, aber auch gehegt und gepflegt werden. Das liegt in der Hand der Betroffenen. Ich möchte, dass du dich an mich gebunden fühlst, möchte von dir eine Familie, und ich will dir dasselbe zurückgeben."

„Mitch, das alles geht viel zu schnell, viel zu schnell für uns beide."

„Verdammt noch mal, Hester! Ich bin fünfunddreißig Jahre alt und kein dummer Junge mehr. Ich weiß, was ich will. Ich will dich nicht heiraten, um bequemen Sex zu haben oder etwas Warmes zum Frühstück, sondern weil ich weiß, dass wir zusammengehören."

„Du weißt nicht einmal, was eine Ehe ist. Du stellst es dir nur vor."

„Und du erinnerst dich an eine schlimme Beziehung, Hester. Sieh mich an. Wann, verflixt noch mal, hörst du endlich auf, Reds Vater als Maßstab zu nehmen?"

„Was sollte ich denn sonst für einen Mann als Maßstab nehmen? Mitch, ich fühle mich geehrt, dass du mich heiraten willst."

„Ach, zum Teufel damit."

„Bitte." Sie machte eine hilflose Geste. „Ich habe dich sehr gern, und das Einzige, was ich ganz sicher weiß, ist, dass ich dich nicht verlieren will."

„Eine Ehe bedeutet nicht das Ende einer Beziehung, Hester."

„Ich kann nicht an eine Ehe denken. Tut mir leid." Sie fühlte sich wieder der Panik nahe und musste sich zwingen, ruhig durchzuatmen. „Wenn du mich nicht mehr sehen willst, so werde ich versuchen, das zu verstehen. Aber lieber wäre mir … Ich hoffe, es kann alles so bleiben, wie es jetzt ist."

Er steckte die Hände enttäuscht in die Hosentaschen. Er war sich klar darüber, dass er wieder einmal zu sehr gedrängt hatte.

Aber er fand es schrecklich, kostbare Zeit zu verschwenden, die sie gemeinsam hätten verbringen können. „Für wie lange, Hester?"

„Solange es dauert." Sie schloss die Augen. „Das klingt hart, ist aber nicht so gemeint. Du bedeutest mir sehr viel, Mitch."

Mitch strich mit dem Finger über ihre Wange, und der Finger wurde nass. „Ein Tiefschlag", murmelte er und betrachtete die Träne.

„Entschuldige bitte. Ich wollte nicht weinen. Ich war nur auf das alles nicht vorbereitet."

„Das ist mir inzwischen klar geworden."

„Ich habe dich verletzt. Ich kann dir nicht sagen, wie leid es mir tut."

„Ich bin selbst schuld. Ich hätte mit meinem Heiratsantrag mindestens noch eine Woche warten sollen."

„Mitch, können wir nicht einfach dieses Gespräch vergessen und so weitermachen wie bisher?"

Er streckte die Hand aus und stellte ihr den Jackenkragen hoch. „Ich fürchte, nein. Ich habe einen Entschluss gefasst, Hester, und das kommt höchstens ein- oder zweimal im Jahr vor. Aber wenn ich einmal so weit bin, gibt es kein Zurück mehr." Er sah ihr fest in die Augen. „Ich werde dich heiraten, früher oder später. Ich lass dir gerne ein bisschen Zeit, dich an den Gedanken zu gewöhnen."

„Mitch, ich werde meine Meinung nicht ändern. Es wäre nicht fair, dich hoffen zu lassen. Es handelt sich nicht um eine Laune, sondern um ein Versprechen, das ich mir selbst gegeben habe."

„Manche Versprechen sollte man besser nicht halten." Sie schüttelte den Kopf und setzte zu einer Antwort an, doch er legte ihr den Finger auf den Mund. „Wir werden später darüber sprechen. Ich bringe dich jetzt zur Bank zurück."

„Nicht nötig, bemühe dich nicht. Ich muss nachdenken. Und das fällt mir schwer, wenn ich mit dir zusammen bin."

„Das ist doch gar nicht einmal so schlecht für den Anfang." Er legte ihr die Hand unters Kinn und sah sie nachdenklich an. „Und wenn ich dir das nächste Mal einen Heiratsantrag mache, fang bitte nicht wieder an zu weinen. Das ist verheerend für mein Selbstbewusstsein." Er küsste sie, bevor sie noch etwas sagen konnte. „Bis später, Mrs Wallace. Danke für das Mittagessen."

Ein bisschen unsicher auf den Beinen ging sie zur Tür. „Ich rufe dich später an."

„Tu das, ich bin zu Hause."

Er schloss die Tür hinter ihr und lehnte sich dagegen. Verdammt, dachte er, und ob ich verletzt bin. Wenn ich gewusst hätte, dass Liebe so wehtut, hätte ich davor die Flucht ergriffen.

Als vor langer Zeit in New Orleans seine erste Liebesaffäre zu Ende gegangen war, hatte es geschmerzt. Nichts hatte ihn auf das vorbereitet, was nun mit ihm geschah. Aber er dachte nicht daran, aufzugeben. Jetzt hieß es, feinfühlig und geschickt vorzugehen, unwiderstehlich zu sein und den Sieg davonzutragen.

Nachdenklich sah Mitch auf Taz herunter. „Was meinst du? Wohin möchte Hester wohl die Hochzeitsreise machen?"

Der Hund brummte und rollte sich auf den Rücken.

„Nein", erklärte Mitch, „die Bermudas sind zu überlaufen. Ach, vergiss es. Ich werde mir schon noch etwas einfallen lassen."

10. KAPITEL

*R*adley, könnt ihr nicht ein bisschen leiser spielen?" Hester war dabei, eine kleine Glasvitrine an die Wand zu hängen. Sie schlug gerade den ersten Nagel in die Wand, dort, wo sie mit dem Bleistift eine Markierung eingezeichnet hatte, als es an der Tür klopfte.

„Moment bitte." Sie hämmerte ein letztes Mal auf den Nagel und steckte den zweiten in die Tasche. „Red, wir bekommen noch eine Anzeige wegen ruhestörenden Lärms." Sie öffnete die Tür.

„Hallo!" Mitch strahlte sie an.

Die freudige Überraschung auf ihrem Gesicht ermutigte ihn. Zwei Tage waren vergangen, seit er ihr gesagt hatte, er liebe sie und wolle sie heiraten. In diesen zwei Tagen hatte er viel nachgedacht, und er konnte nur hoffen, dass es Hester nicht anders ergangen war.

„Bist du dabei, etwas zu reparieren?", fragte er mit einem Blick auf den Hammer.

„Ich hänge nur ein Glasschränkchen auf. Komm herein." Als wieder lautes Geschrei aus Radleys Zimmer drang, meinte sie erklärend: „Radley hat Josh zu Besuch hier. Und Ernie. Ernie wohnt über uns und geht mit Red zur Schule."

„Ach ja, ich kenne ihn. Netter Kerl." Mit einem Blick auf das Schränkchen fragte er: „Kann ich das für dich machen?"

„Oh nein, danke. Das kann ich schon alleine. Warum setzt du dich nicht? Ich hole dir eine Tasse Kaffee."

„Häng du das Ding auf, ich hole uns Kaffee." Er küsste sie auf die Nasenspitze. „Und entspann dich."

„Mitch." Er hatte zwei Schritte auf die Küche zu gemacht, als sie ihn am Arm zurückhielt. „Mitch, ich freue mich schrecklich, dich zu sehen. Ich hatte schon Angst, du wärst mir böse."

„Böse?" Er sah sie verblüfft an. „Warum?"

„Wegen …" Sie sprach den Satz nicht zu Ende und fragte sich, ob er wirklich nicht wusste, wovon sie redete. „Ach, nichts." Sie holte den Nagel aus der Hosentasche. „Bediene dich mit dem Kaffee."

„Danke." Er grinste zufrieden vor sich hin, während er ihr den Rücken zudrehte, denn er hatte genau das erreicht, was er sich vorgenommen hatte – sie verwirrt. Jetzt würde sie anfangen zu überlegen, was zwischen ihnen alles gesagt worden war. Und je mehr sie darüber nachdachte, desto eher würde sie zur Einsicht kommen.

Pfeifend schlenderte er in die Küche, während Hester den zweiten Nagel einschlug.

Er benimmt sich, als ob nichts gewesen wäre, dachte sie. Dabei hat er mich doch gefragt, ob ich ihn heiraten will. Und er war verletzt und wütend. Und ich habe zwei Tage lang bedauert, dass ich ihn verletzt habe.

Hester legte den Hammer hin und hob das Schränkchen hoch. Vielleicht hat er es sich inzwischen anders überlegt und ist jetzt ganz froh darüber, dass ich Nein gesagt habe, dachte sie. Doch dann wunderte sie sich, dass sie sich nicht so erleichtert fühlte, wie sie sollte.

„Du hast ja Plätzchen gebacken." Mitch kam mit zwei Bechern zurück und balancierte auf dem einen Teller mit Keksen.

„Heute Morgen." Sie sah über ihre Schulter, während sie mit Hammer und Nägeln beschäftigt war.

Er setzte sich auf eine Armlehne, stellte die Becher ab, um die Hände für das Gebäck freizuhaben. „Fantastisch", verkündete er nach dem ersten Bissen. „Und ich bin ein Experte, wenn ich das von mir selbst sagen darf."

„Da kann ich ja von Glück sagen, wenn sie dir schmecken."

„Du brauchst gar nicht darüber zu lachen. Es würde mir schwerfallen, eine miserable Köchin zu heiraten. Aber das kann mir ja glücklicherweise nicht passieren."

„Mitch!" Bevor sie wusste, was sie dazu sagen sollte, polterte Red, gefolgt von seinen beiden Freunden, ins Zimmer.

„Mitch!" Entzückt über den Besuch, stürzte Red auf ihn zu, sodass es ganz natürlich war, dass Mitch seinen Arm um ihn legte. „Wir haben gerade eine tolle Schlacht gewonnen."

„Wetten, dass du danach hungrig bist? Hier, nimm ein paar Plätzchen."

Red nahm einen Keks und stopfte ihn sich in den Mund. Dann wandte er sich an seine Mutter. „Wir wollen bei Ernie neue Munition holen." Er streckte erneut die Hand nach den Plätzchen aus, zog sie aber schnell wieder zurück, als er den warnenden Blick seiner Mutter bemerkte. „Du hast ja Taz nicht mit raufgebracht."

„Er hat gestern Abend zu lange ferngesehen. Deshalb schläft er heute den ganzen Tag."

„Wirklich?" Radley lachte, dann wandte er sich wieder an seine Mutter. „Dürfen wir ein bisschen bei Ernie oben bleiben?"

„Sicher, wenn ihr nicht nach draußen lauft, ohne Bescheid zu sagen."

„Abgemacht. Ernie, Josh, lauft schon mal los. Ich muss noch etwas holen." Er rannte ins Schlafzimmer, während seine Freunde zur Tür hinausliefen.

„Ich bin froh, dass er ein paar neue Freunde gewonnen hat", meinte Hester, die nach ihrem Becher griff. „Er war noch ein bisschen traurig, dass er seine alte Schule verlassen musste."

„Red gehört nicht zu den Kindern, denen es schwerfällt, Freunde zu gewinnen. Aber wenn wir erst verheiratet sind, sollten wir trotzdem für ein paar Brüder und Schwestern sorgen."

„Mitch, ich will nicht mit dir streiten, aber wir sollten eins klarstellen …"

„Klarstellen? Oh, ich wollte dir noch erzählen, dass ich gut mit dem Manuskript vorankomme."

„Das freut mich." Hester war schon wieder verwirrt. „Wirklich, das ist wunderbar, aber ich denke, wir sollten trotzdem zuerst über …"

Zum zweiten Mal wurde sie von ihrem Sohn unterbrochen. „Ich habe für dich etwas in der Schule gemacht." Verlegen hielt Red die Hände hinter dem Rücken versteckt.

„Tatsächlich? Darf ich es sehen?"

„Heute ist Valentinstag, weißt du?" Nachdem er noch einen Moment gezögert hatte, überreichte Red Mitch ein Gebilde aus Papier und blauem Band. „Für Mom hab ich das Herz mit Spitze gemacht, aber ich dachte, für Männer wäre blaues Band besser."

Er sah verlegen zu Boden. „Es ist eine Karte, die du aufmachen kannst."

Mitch musste schlucken. Er öffnete die Karte, in die Red in seiner schönsten Blockschrift und mit viel Sorgfalt geschrieben hatte:

Für meinen besten Freund, Mitch. In Liebe, Radley.

Mitch räusperte sich, um den Kloß in seinem Hals loszuwerden. „Das hast du aber toll gemacht. Ich … äh … mir hat noch nie jemand eine Karte gemacht."

„Wirklich nicht?" Red war ehrlich überrascht. „Für Mom mache ich immer welche. Sie gefallen ihr besser als die gekauften."

„Diese hier gefällt mir auch viel, viel besser." Mitch war nicht sicher, ob Jungen von fast zehn Jahren etwas dagegen hatten, geküsst zu werden. Er fuhr ihm mit der Hand durch die Haare und küsste ihn trotzdem. „Danke schön."

„Bitte schön. Bis später."

Mitch hörte die Tür zuschlagen und starrte auf die Karte.

„Ich hatte keine Ahnung, dass er das gemacht hat", sagte Hester. „Er hat es geheim gehalten."

Mitch fühlte sich nicht in der Lage zu erklären, was diese Karte mit der Schleife ihm bedeutete. Er trat ans Fenster, um seine Rührung zu verbergen. „Ein toller Kerl", murmelte er.

„Ja, das ist er."

Falls Hester je an Mitchs Gefühlen für Red gezweifelt hatte, so wäre spätestens in diesem Augenblick jeder Zweifel geschwunden. Und das machte die Dinge nur noch schwieriger. „In diesen paar Wochen hast du so viel für ihn getan", begann sie. „Ich weiß, dass keiner von uns beiden ein Recht darauf hat, dass du bei uns bist, aber du sollst wissen, dass es uns sehr viel bedeutet."

Mitch wollte ihre Dankbarkeit nicht und musste sich beherrschen, um sich seinen Zorn nicht anmerken zu lassen. „Das Beste, was du tun kannst, Hester, ist, dich möglichst bald an meine Anwesenheit zu gewöhnen."

„Genau das kann ich eben nicht." Sie trat auf ihn zu. „Mitch, ich habe dich sehr gern, aber ich will mich nicht auf dich verlassen. Ich kann es mir einfach nicht erlauben. Ich darf nicht."

„Das hast du schon einmal gesagt. Und ich will mich nicht mit dir streiten."

„Was du da eben gesagt hast ..."

„Was habe ich denn gesagt?"

„Du meinst, wenn wir verheiratet wären, sollten wir ..."

„Habe ich so etwas gesagt?" Er lächelte und drehte eine Strähne ihrer Haare um seinen Finger. „Was habe ich mir bloß dabei gedacht?"

„Mitch, ich habe das Gefühl, du versuchst, mich durcheinanderzubringen."

„Und? Klappt es?"

Es gelang ihr, auf seinen scherzhaften Ton einzugehen. „Es bestätigt nur meine Meinung über dich, dass du ein seltsamer Mann bist."

„Wie meinst du das?"

„Nun, du redest zum Beispiel mit deinem Hund ..."

„Er redet zurück. Das ist also ganz normal. Was sonst noch?" An der Haarsträhne, die Mitch immer noch um seinen Finger gewickelt hielt, zog er Hester ein bisschen näher zu sich heran.

„Du verdienst deinen Lebensunterhalt mit dem Schreiben von Comics. Und du liest sie auch noch."

„Als Frau mit Bankerfahrung solltest du etwas von der Bedeutung einer guten Investition verstehen. Weißt du, was für einen Marktwert mein ‚Verteidiger von Perth' unter Sammlern hat? Meine Bescheidenheit verbietet es mir, Zahlen zu nennen."

„Natürlich." Ihre Bemerkung nahm er mit einem leichten Nicken zur Kenntnis. „Außerdem hast du in den letzten fünf Jahren nicht eine einzige Zeitung oder ein einziges Magazin weggeworfen."

„Ich bin eben ein sparsamer Mensch und hebe es für die papierarme Zeit im nächsten Jahrhundert auf."

„Du hast tatsächlich auf alles eine Antwort", spottete sie.

„Jetzt möchte ich einmal eine von dir hören. Habe ich dir schon gesagt, dass ich mich, gleich, nachdem mich der Anblick deiner Beine umgeworfen hat, in deine Augen verliebt habe?"

„Nein, hast du nicht." Sie verzog die Lippen zu einem verlegenen Lächeln. „Und ich habe dir noch nie gesagt, dass ich dich unverschämt lange durch den Spion angestarrt habe, als du das erste Mal vor unserer Tür gestanden hast."

„Ich weiß." Er grinste zurück. „Wenn man richtig in das Ding hineinsieht, kann man nämlich Schatten erkennen."

„Ach, so ist das." Mehr wusste sie darauf nicht zu antworten.

„Scherz beiseite. Wissen Sie, Mrs Wallace, die Jungs können jeden Augenblick zurückkommen. Hätten Sie etwas dagegen, wenn wir ein paar Minuten aufhören würden zu reden?"

„Nein." Sie legte ihm die Arme um den Hals. „Durchaus nicht."

Sie gestand es nicht einmal sich selbst gerne ein, dass sie sich sicher und behütet in seinen Armen fühlte, aber es war trotzdem so. Sie gestand sich auch nicht gerne ein, dass sie Angst gehabt hatte, ihn zu verlieren, Angst vor der Leere, die er in ihrem Leben hinterlassen würde. Aber diese Angst war etwas sehr Reales gewesen und verlor erst jetzt, als sie sich in seine Arme schmiegte und ihm ihre Lippen bot, ihre Schrecken.

Hester wollte weder an den nächsten Tag noch an eine gemeinsame Zukunft mit Mitch denken, und wenn er sie ihr auch noch so rosig schilderte. Einmal hatte sie geglaubt, eine Ehe würde für das ganze Leben geschlossen, hatte aber nur zu bald erfahren müssen, dass ihre eigene zerbrach. Sie wollte keine gescheiterte Ehe, keine gebrochenen Schwüre mehr.

Und während Hester Mitch umschlungen hielt und ihn näher an sich zog, sagte sie sich, es sei ihre Aufgabe, sie beide vor späterem Unglück zu bewahren.

„Ich liebe dich, Hester." Er murmelte die Worte an ihrem Mund, obgleich er wusste, dass sie sie vielleicht nicht hören wollte. Er musste es trotzdem immer wieder sagen. Wenn ich es nur oft genug wiederhole, wird sie anfangen, es zu glauben, und begreifen, was die Worte bedeuten, dachte er.

Er wollte sie für immer, nicht nur für ein paar gestohlene Augenblicke wie diesen. Nur ein einziges Mal in seinem Leben hatte er etwas mit dieser Intensität gewollt. Dabei war es um etwas Abstraktes, nicht Greifbares gegangen: um die Kunst. Damals hatte er erkennen müssen, dass dieser Traum nie Wirklichkeit werden würde.

Hester jedoch war hier in seinen Armen. Er konnte sie fühlen, schmecken. Sie war kein Traum, sondern die Frau, die er liebte und begehrte. Ja, er würde sie haben. Und wenn er, um sie zu erobern, sich alle möglichen Spielchen ausdenken müsste, dann würde er es eben tun, bis ihr Widerstand Schritt um Schritt verschwinden würde.

Er hob die Hand und fuhr mit den Fingern durch ihr Haar. „Ich glaube, die Jungs kommen gleich zurück."

„Wahrscheinlich." Ihre Lippen suchten wieder die seinen. „Ich wünschte, wir hätten mehr Zeit", flüsterte sie.

„Lass mich heute Nacht zurückkommen."

„Oh Mitch." Sie lehnte ihren Kopf an seine Schulter. Zum ersten Mal seit vielen Jahren befanden sich die Frau und die Mutter in ihr im Widerstreit. „Ich will dich. Du weißt, dass ich dich will, nicht wahr?"

Er fühlte ihr Herz heftig an seiner Brust schlagen. „Ich glaube, das hast du mir schon deutlich gemacht."

„Ich wünschte, wir könnten diese Nacht zusammen sein. Aber da ist Red."

„Ich weiß, wie du darüber denkst, Hester ..." Er strich ihr mit der Hand über die Arme. „Sollten wir ihm nicht ehrlich sagen, dass wir uns gernhaben und zusammen sein wollen?"

„Mitch, er ist doch noch so klein."

„Nicht zu klein, um das zu verstehen. Er sollte wissen, was wir füreinander fühlen und dass zwei erwachsene Menschen, die so viel füreinander empfinden, das auch zeigen wollen."

Es klang so einfach, so logisch, wie Mitch es sagte. Sie versuchte ihre Gedanken zu sammeln und trat einen Schritt zurück. „Mitch, Red liebt dich, und er liebt dich mit der Rückhaltlosigkeit und Unschuld eines Kindes."

„Ich liebe ihn auch."

Sie sah ihm in die Augen. „Ja, ich glaube, das tust du, und deshalb wirst du mich hoffentlich verstehen. Wenn ich Red in diesem Augenblick mit einbeziehe, würde er sich noch mehr auf dich verlassen, als er es ohnehin schon tut. Er könnte in dir …"

„… einen Vater sehen", führte Mitch den Satz zu Ende. „Und du willst nicht, dass er einen Vater hat, Hester, nicht wahr? So ist es doch?"

„Das ist nicht fair." Hesters Augen blitzten zornig.

„Vielleicht nicht. Aber ich an deiner Stelle würde einmal ernsthaft darüber nachdenken."

„Du solltest nicht so harte Dinge sagen, nur weil ich nicht mit dir schlafen will, wenn mein Sohn nebenan liegt."

Er packte sie so heftig am Arm, dass sie ihn überrascht anstarrte. Sie hatte ihn schon verärgert gesehen, aber nie so wütend.

„Verdammt noch mal! Begreifst du denn nicht, wovon ich rede? Wenn ich nur Sex wollte, brauchte ich nur nach unten zu gehen und den Telefonhörer aufnehmen. Sex ist leicht zu haben, Hester. Dazu braucht man nur zwei Leute mit ein bisschen Zeit."

„Es tut mir leid." Sie schloss die Augen und war beschämt. „Das war dumm von mir, Mitch. Aber ich habe ständig das Gefühl, mit dem Rücken zur Wand zu stehen. Ich brauche mehr Zeit."

„Ich auch. Aber ich brauche Zeit, um mit dir zusammen zu sein." Er ließ die Arme sinken und steckte die Hände in die Tasche. „Ich weiß, dass ich dich bedränge. Aber ich werde nicht damit aufhören, weil ich an uns glaube."

„Ich wünschte, das könnte ich auch. Ehrlich. Aber es steht zu viel für mich auf dem Spiel."

Für mich auch, dachte Mitch, war aber beherrscht genug, es nicht auszusprechen. „Lassen wir das Ganze eine Weile ruhen. Was meinst du, hast du Lust, mit Red und mir heute Abend am Time Square ein paar Spielchen zu machen?"

„Natürlich! Red wird begeistert sein." Hester trat auf ihn zu. „Und ich auch."

„Das sagst du jetzt. Aber wenn ich dich durch meine Überlegenheit geschlagen habe, wirst du anders darüber denken."

„Ich liebe dich."

Mitch musste an sich halten, um sie nicht zu packen. „Sagst du mir Bescheid, wenn du dich an diesen Gedanken gewöhnt hast?"

„Du wirst die erste Person sein, der ich es sage."

Er griff nach der Karte, die Red für ihn gemacht hatte. „Sag Red, ich hätte mich unheimlich gefreut."

„Mach ich." Er war schon fast zur Tür hinaus, als sie hinter ihm herrief. „Mitch, warum kommst du nicht morgen Abend zum Essen? Ich mache einen Braten."

Er neigte den Kopf zur Seite. „So einen mit kleinen Kartoffeln und Karotten rundherum?"

„Ja, klar."

„Hinterher Kuchen?"

Sie lächelte. „Wenn du möchtest."

„Hört sich toll an. Aber leider kann ich nicht."

„Oh." Fast hätte sie gefragt, warum nicht, erinnerte sich jedoch noch gerade früh genug daran, dass sie kein Recht dazu hatte.

Mitch lächelte schadenfroh. „Kann ich auf die Einladung später zurückkommen?"

„Natürlich." Sie bemühte sich, ihn ihre Enttäuschung nicht merken zu lassen. „Ich nehme an, Red hat dir von seiner Geburtstagsparty in der nächsten Woche erzählt?"

„Nur fünf oder sechs Mal." Er blieb stehen.

„Die Party ist am Samstagnachmittag. Er würde sich bestimmt sehr freuen, wenn du kämst."

„Ich komme. Ich hole euch also gleich ab. Sagen wir um sieben? Ich bringe genügend Kleingeld mit."

„Wir sind um sieben fertig." Er gibt mir nicht einmal einen Abschiedskuss, dachte sie. „Mitch, ich …"

„Oh, fast hätte ich was vergessen." Er griff lässig in seine Tasche und holte ein Päckchen hervor. „Heute ist doch Valentinstag, oder? Hier, ein Geschenk für dich."

„Ein Geschenk für mich?", fragte sie überrascht nach.

„Ist doch schließlich Tradition. Vergessen? Zuerst wollte ich dir etwas Süßes schenken, aber dann dachte ich, das hier sei dir bestimmt lieber. Wenn dir allerdings was Süßes lieber ist, kann ich es auch wieder mitnehmen und …"

„Nein." Sie hielt das Päckchen außerhalb seiner Reichweite. „Dabei weiß ich nicht einmal, was es ist."

„Das könntest du herausfinden, wenn du das Päckchen aufmachst."

Hester fand darin ein Goldkettchen mit einem Anhänger in Form eines Herzens, das nicht größer war als ein Zentimeter. Die Diamanten, mit denen es besetzt war, blitzten und funkelten. „Oh Mitch, das ist wunderschön."

„Habe ich mir doch gedacht, dass es dir besser gefallen würde als Schokolade. Die macht außerdem dick."

„So gefährdet bin ich nun auch wieder nicht." Sie nahm das Herz aus dem Kästchen. „Mitch, es ist wirklich wunderschön. Es gefällt mir sehr, aber es ist zu …"

„… altmodisch. Ich weiß. Aber ich bin nun einmal so ein altmodischer Kerl."

„Ach, wirklich?"

„Dreh dich einmal um, damit ich es dir festmachen kann."

Sie gehorchte und hob mit beiden Händen das Haar im Nacken. „Ich bin ganz verliebt in das Herz, aber ich hätte nie erwartet, dass du mir ein so wertvolles Geschenk machen würdest."

„Um-hmm." Er zog die Stirn in Falten, während er an dem Verschluss hantierte. „Ich hatte auch nicht mit Eiern und Speck gerechnet, und du warst ganz versessen darauf, sie für mich zu machen. Nun, ich bin versessen darauf, dich mit meinem Herzen um den Hals herumlaufen zu sehen."

„Danke!" Sie berührte das Schmuckstück mit dem Finger. „Ich habe dir auch keine Schokolade gekauft. Aber vielleicht kann ich dir etwas anderes geben."

Sie küsste ihn mit einer Heftigkeit und Sinnlichkeit, die sie beide überraschte. Er stand mit dem Rücken an der Tür, strich mit den Händen von ihrem Gesicht zu ihrem Haar, über die Schultern zu den Hüften, um sie noch fester an sich zu pressen. Das Feuer zwischen ihnen flammte so heftig auf, dass ihm, selbst als sie sich zurückgezogen hatte, noch war, als hätte er sich verbrannt. Er seufzte tief auf und ließ sie nicht aus den Augen.

„Ich glaube, die Kinder kommen zurück."

„Jeden Augenblick."

„Uh-huh." Er küsste sie leicht auf die Stirn, bevor er die Tür öffnete. Ich hole mir Taz, dachte er, und mache mit ihm einen Spaziergang. Einen langen, zum Abreagieren.

Wie Mitch versprochen hatte, kam er mit einer Tasche voller Münzen. In der Spielhalle drängten sich die Menschen, und der riesige Raum war vom Klingeln, Pfeifen und Knattern der Geräte erfüllt. Hester sah zu, wie Mitch und Red mit vereinten Kräften versuchten, die Welt vor intergalaktischen Angriffen zu bewahren.

„Guter Schuss, Corporal." Mitch schlug Red auf die Schulter, als eine Phaser-II-Rakete sich in einen Blitz auflöste.

„Du bist dran", schrie Red und ließ Mitch an die Hebel. „Pass auf deine Sensor Missiles auf."

„Keine Sorge. Ich bin ein alter Kämpfer."

„Wir schaffen die höchste Punktzahl."

Zwischendurch riss sich Red gerade lange genug von der Mattscheibe los, um seiner Mutter einen hastigen Blick zuzuwerfen. „Ist das nicht toll hier? Es gibt einfach alles."

Alles, dachte Hester, einschließlich einiger verdächtig aussehender Gestalten in Leder und mit Tätowierungen auf den Armen. Aus der Maschine hinter ihr ertönte ein kreischender Laut. „Bleib nur ja in unserer Nähe, ja?"

„Versprochen", rief Red zurück.

„Nur noch siebenhundert Punkte bis zum Höchststand, Corporal. Halten Sie Ausschau nach mit Atomkraft gesteuerten Satelliten!"

„Aye, aye, Sir." Radley konzentrierte sich und biss die Zähne zusammen.

„Er ist äußerst geschickt, dein Sohn", bemerkte Mitch, während Red mit einer Hand sein Raumschiff kontrollierte und mit der anderen Raketen abfeuerte.

„Josh hat ein Videogerät für solche Spiele zu Hause. Red ist oft bei ihm, um damit zu spielen." Sie biss sich vor Schreck auf die Unterlippe, als Radleys Raumschiff fast getroffen wurde. „Ich habe keine Ahnung, wieso er immer weiß, was da los ist."

Als zum Schluss ein sprühendes Feuerwerk auf der Mattscheibe explodierte, warf Mitch Radley in die Luft. „Ein neuer Rekord! Dafür werden Sie befördert, Corporal."

„Aber du hast doch mehr Punkte als ich."

„Wer zählt denn hier schon Punkte? Du warst einmalig. Auch mal versuchen, Hester?"

„Nein danke, ich sehe lieber zu."

„Mom spielt nicht gerne. Sie kriegt immer feuchte Hände."

„Soso." Mitch grinste.

Hester warf Red einen vernichtenden Blick zu. „Das liegt an der Spannung. Ich ertrage es einfach nicht, für das Schicksal der Welt verantwortlich zu sein. Ich weiß, es ist nur ein Spiel", sagte sie, bevor Mitch antworten konnte, „aber es macht mich völlig fertig."

„Du bist großartig, Mrs Wallace." Er küsste sie, und Radley sah interessiert zu.

Er hatte immer ein komisches Gefühl, wenn Mitch seine Mutter küsste. Er wusste allerdings nicht, ob es ein nettes komisches Gefühl oder ein blödes komisches Gefühl war. Dann legte Mitch eine Hand auf seine Schulter, und das fand er immer nett.

„Gut. Was kommt als Nächstes an die Reihe, der Amazonas oder der Killerhai?"

„Ich möchte das Spiel mit den Ninjas. Bei Josh zu Hause habe ich einen Film mit Ninjas gesehen – na ja, fast. Joshs Mutter hat abgeschaltet, weil eine Frau anfing, sich auszuziehen und so."

„Tatsächlich?" Mitch verkniff sich ein Lachen, als er sah, wie entsetzt Hester dreinsah. „Wie hieß das Spiel?"

„Vergiss es." Hester nahm Reds Hand. „Da haben Joshs Eltern sich sicher vertan."

„Joshs Vater hatte gedacht, es sei was mit Kung-Fu. Joshs Mutter war sauer, und er musste die Kassette wieder zurückbringen und was anderes dafür holen. Ich mag aber Ninjas immer noch."

„Lass mal sehen, ob wir ein freies Gerät finden." Mitch ging neben Hester her. „Ich glaube nicht, dass er Schaden fürs ganze Leben davongetragen hat", meinte er.

„Ich würde nur gerne wissen, was er mit ‚und so‘ gemeint hat."

„Ich auch." Er legte ihr einen Arm um die Schulter und steuerte sie durch eine Gruppe von Teenagern. „Vielleicht können wir uns den Film mal leihen."

„Verzichte, vielen Dank."

„Wie, du hast keine Lust, dir den Film ‚Die nackten Ninjas von Nagasaki‘ anzugucken?"

Als sie sich umdrehte, um Mitch fassungslos anzusehen, hob er die Hände in einer abwehrenden Geste. „Ich kenne ihn auch nicht. Habe ich gerade erst erfunden. Ich schwöre."

„Hmm." Hester war nicht recht überzeugt.

„Hier ist frei. Kann ich hier spielen?", rief Red ihnen zu.

Mitch grinste immer noch vor sich hin, als er ein paar Münzen aus der Tasche hervorkramte.

Die Zeit verflog, und Hester hatte sich so an den Lärm der Spielgeräte gewöhnt, dass sie ihn fast nicht mehr hörte. Um Red eine Freude zu machen, beteiligte sie sich an ein paar weniger aufregenden Spielen, die nichts mit dem Überleben der Menschheit oder deren Zerstörung zu tun hatten. Aber meist sah sie einfach zu und freute sich darüber, dass Red den Abend so offensichtlich genoss.

Die Leute werden uns für eine Familie halten, dachte sie, während Red und Mitch sich gemeinsam über die Apparate beugten. Schade, dass ich an glückliche Familien nicht glauben kann. Sie seufzte. Ich will nur von einem Tag zum anderen denken, sagte sie sich. In ein paar Stunden stecke ich Red ins Bett und gehe alleine auf mein Zimmer. Das ist für uns beide am sichersten.

Hester hörte, wie Mitch laut lachte und Red anfeuerte, und sie drehte den beiden den Rücken zu. Ganz gleich, wie sehr sie sich wünschte, wie sehr sie versucht war, diesem Mann zu vertrauen, sie konnte es nicht riskieren.

„Wie wär's mit einem Spielchen an einer der Pinball-Maschinen?", schlug Mitch vor.

Obgleich sie viel Lärm machten und Licht in allen Regenbogenfarben versprühten, fand Red sie ziemlich langweilig. „Ich habe keine besondere Lust, aber Mom mag sie."

„Bist du gut?"

Hester schob ihre Gedanken beiseite. „Nicht schlecht."

„Hast du Lust?" Mitch klimperte mit den Münzen in seiner Tasche.

Hester hatte früher gut Pinball gespielt. Jedenfalls so gut, dass sie ihren Bruder in neun von zehn Spielen geschlagen hatte. Und obgleich diese Geräte elektronisch waren und raffinierter als diejenigen, mit denen sie in ihrer Jugend gespielt hatte, zweifelte sie nicht daran, dass sie sich gut schlagen würde. Also nickte sie.

„Ich könnte dir ein paar Punkte Vorsprung geben", bot Mitch an, als er seine Münzen in den Schlitz warf.

„Komisch, dasselbe wollte ich dir gerade vorschlagen." Lächelnd nahm Hester ihren Platz an den Hebeln ein.

Sie stellte die Geräusche auf Minimallautstärke ein und konzentrierte sich darauf, den Ball im Spiel zu halten. Ihr Timing war äußerst gekonnt. Mitch stand hinter ihr und nickte anerkennend, während er zusah, wie sie den Ball in Bewegung hielt. Es gefiel ihm, wie sie sich mit halb geöffneten Lippen und zusammengekniffenen Augen über die Maschine beugte. Sie fuhr sich aufgeregt mit der Zunge über die Lippen und stieß sich nach vorne, als wolle sie mit ihren Bewegungen dem Ball folgen.

Der kleine Silberball berührte die Hindernisse, ließ die Glocken klingeln und die Lichter aufflackern. Als ihr erster Ball ausfiel, hatte sie schon eine imponierende Punktezahl.

„Nicht schlecht für einen Amateur", kommentierte Mitch und zwinkerte Red zu.

„Ich fange gerade erst an, warm zu werden." Lächelnd trat Hester zurück.

Red sah noch eine Weile zu, als Mitch an der Reihe war, aber er musste sich auf Zehenspitzen stellen, um den Ball beobachten zu können. So sah er sich bald nach weniger langweiligen Geräten in der Nachbarschaft um und wünschte, er hätte Mitch um eine Münze gebeten, bevor er angefangen hatte, mit seiner Mutter zu spielen. Nach einer Weile ging er zu einem Gerät in der Nachbarschaft, bei dem er das Spiel leichter verfolgen konnte.

„Ich habe hundert mehr", erklärte Mitch, als er beiseitetrat, um Hester erneut ans Gerät zu lassen.

„Bloß weil ich dich nicht gleich mit dem ersten Ball vernichten wollte. Das wäre doch unhöflich gewesen." Hester zog den Hebel zurück und ließ den Ball kreisen.

Dieses Mal brauchte sie keine Zeit, um sich an den richtigen Rhythmus zu gewöhnen. Sie ließ die Kugel nicht zur Ruhe kommen, während sie sie immer wieder von rechts nach links und zurück durch die Mitte schoss. Sie fühlte sich in ihre Kindheit zurückversetzt, in der ihre Wünsche noch leicht erfüllbar gewesen waren und sie noch an die Verwirklichung ihrer Träume geglaubt hatte. Als die Maschine von höllischem Lärm erschüttert wurde, lachte sie und warf sich richtig ins Spiel.

Ihre Punktzahl stieg und stieg, und von dem Lärm angezogen, hatte sich mittlerweile eine kleine Menge um sie herum versammelt. Bevor der zweite Ball ins Aus fiel, ergriffen die Leute Partei.

Dann war Mitch wieder dran. Im Gegensatz zu Hester dämpfte er seine Ausrufe nicht, sondern ließ sie mit aller Kraft kommen. Trotzdem lag er dieses Mal fünfzig Punkte hinter ihr zurück.

Bei der dritten Runde glaubte Hester, bevor sie sich ganz auf den Ball und ihr Timing konzentrierte, zu hören, wie unter den Leuten Wetten abgeschlossen wurden. Als sie zurücktrat, war sie geradezu erschöpft.

„Jetzt kann dich nur noch ein Wunder retten, Mitch", erklärte sie völlig außer Atem.

„Gib bloß nicht so an", meinte er freundlich.

Hester musste zugeben, dass er eine ausgezeichnete Technik hatte und brillant spielte. Er nahm jede Chance, und war sie auch noch so riskant, wahr und hatte damit Erfolg. Entspannt und mit breiten Beinen stand er vor dem Gerät, doch seinem Blick war anzumerken, wie sehr er sich konzentrierte. Das Haar fiel ihm über die Stirn ins Gesicht, und er lächelte zugleich selbstzufrieden und draufgängerisch.

Hester bemerkte, dass sie mehr Mitch als den Ball beobachtete, während sie mit dem kleinen Diamantherzen spielte, das sie unter ihrem schwarzen Baumwollpulli trug.

Das war ein Mann, der Frauen dazu bringen könnte, sich an ihn anzulehnen, wenn sie sich nicht sehr in Acht nähmen. Mit einem Mann wie Mitch könnte eine Frau viele glückliche Jahre verbringen. Hester seufzte, und obwohl sie es nicht wahrhaben wollte, bildeten sich tiefe Risse in der Mauer, die sie zu ihrer Verteidigung um ihr Herz herum errichtet hatte.

Die Zuschauer feuerten Mitch an, bis der letzte Ball verloren war.

„Sie hat dich um zehn Punkte geschlagen, Kumpel", sagte einer aus der Menge. „Zehn Punkte."

„Hast dir ein Freispiel verdient", meinte ein anderer und gab Hester einen freundschaftlichen Klaps auf den Rücken.

Mitch wischte sich kopfschüttelnd die Hände an den Jeans ab. „Um auf das Handicap zurückzukommen …"

„Zu spät." Lächerlich erfreut und selbstzufrieden hakte Hester die Daumen in die Gürtelschlaufen ihrer Hose und betrachtete ihren Punktestand. „Tja, die richtigen Reaktionen muss man halt haben. Alles aus dem Handgelenk."

„Wie wär's mit einer Revanche?"

„Ich will dich nicht noch einmal demütigen." Lachend drehte sie sich zur Seite, um Red das Freispiel anzubieten. „Red, warum machst du nicht … Red?" Sie sah sich suchend um und schob ein paar Zuschauer beiseite. „Radley?" In ihrer Stimme machte sich ein Anflug von Panik bemerkbar.

„Vor einer Minute war er noch hier." Mitch legte ihr die Hand auf den Arm und sah sich ebenfalls im Raum um.

„Ich habe nicht auf ihn aufgepasst." Sie fasste sich entsetzt an den Hals und lief durch den Raum. „Ich hätte wissen müssen, dass ich ihn an einem Platz wie diesem nicht aus den Augen lassen darf."

„Halt!" Mitch sprach ruhig, obgleich ihre Angst sich bereits auf ihn übertragen hatte. „Er sieht sich nur ein bisschen unter den anderen Geräten um. Wir werden ihn finden. Ich gehe hier herum, du dort."

Sie nickte und drehte sich um, ohne ein Wort zu sagen. Bei jedem Gerät hielt sie an, um sich nach einem kleinen blonden Jungen im blauen Pullover umzusehen. Sie rief laut nach ihm, um den Lärm der Maschinen zu übertönen. Als sie an den großen Glastüren vorüberkam und draußen die vielen Menschen sah, die sich auf den Bürgersteigen des Time Square drängten, zog sich ihr Herz zusammen. Nein, sagte sie sich, Red würde nie alleine nach draußen gehen. Außer, jemand hat ihn mitgenommen und …

Hester ballte die Hände zu Fäusten und wandte sich ab. An so etwas wollte sie nicht einmal denken.

Die Spielhalle war jedoch so groß, so gedrängt voller Menschen, lauter Fremde. Und dieser ohrenbetäubende Lärm. Wie hätte ich ihn bei diesem Krach hören können, wenn er nach mir gerufen hätte? dachte sie. Vielleicht sucht er mich. Vielleicht hat er Angst. Vielleicht …

Dann sah sie ihn. Mitch hatte ihn auf dem Arm. Hester schob zwei junge Burschen zur Seite und rannte auf sie zu. „Radley!" Sie schlang die Arme um alle beide und vergrub ihr Gesicht in Reds Haar.

„Er hat bei anderen Leuten zugesehen." Mitch strich ihr über den Rücken. „Er hatte jemanden getroffen, den er von der Schule her kannte."

„Das war Ricky Nesbit, Mom. Er war mit seinem großen Bruder hier, und er hat mir eine Münze geliehen. Wir wollten dahinten ein Spiel machen. Ich wusste nicht, dass es so weit weg war."

„Radley." Sie kämpfte mit den Tränen und sprach ruhig. „Wir haben doch abgemacht, dass du bei mir bleibst. Hier sind so viele fremde Menschen. Ich muss mich darauf verlassen können, dass du nicht wegläufst."

„Das hab ich doch auch gar nicht getan. Ricky sagte, es würde nur eine Minute dauern. Und dann wollte ich gleich zurückkommen."

„Radley, ich habe dir erklärt, warum du immer in meiner Nähe bleiben solltest!"

„Aber Mom …"

„Red." Mitch legte dem Jungen den Arm um die Schultern. „Du hast deiner Mutter und mir einen gewaltigen Schrecken eingejagt."

„Tut mir leid." Red war den Tränen nahe. „Das wollte ich nicht."

„Tu so etwas nicht noch einmal." Hester küsste ihn auf die Wange. „Du bist alles, was ich habe, Red." Sie drückte ihn an sich. Da sie die Augen geschlossen hatte, sah sie nicht, wie Mitchs Gesichtsausdruck sich veränderte. „Dir darf einfach nichts passieren!"

„Ich tu es nicht wieder. Bestimmt nicht, Mom."

Er ist also alles, was sie hat, dachte Mitch bitter. Ist sie so störrisch, dass sie nicht zugeben kann, nicht einmal sich selbst gegenüber, dass sie jetzt noch jemanden hat? Einen zweiten Menschen?

Er steckte die Hände in die Hosentaschen und versuchte seinen Zorn und das Gefühl des Verletztseins zu unterdrücken. Sie wird es zugeben müssen, dachte er. Bald. Oder ich werde sie dazu zwingen.

11. KAPITEL

In den folgenden Tagen ging Mitch Hester aus dem Weg, obgleich er nicht sicher war, ob er damit mehr Schaden als Nutzen anrichtete. Es entsprach eigentlich nicht seinem Charakter, Dinge auseinanderzunehmen und zu analysieren. Normalerweise fasste er seine Entschlüsse schnell und schritt zur Tat, aber er war auch noch nie so starken Gefühlsschwankungen ausgeliefert gewesen.

Er vergrub sich in seine Arbeit und beschäftigte sich so viel wie möglich mit dem Drehbuch, von dem er immer noch nicht sicher war, dass er es schreiben konnte. Auf diese Weise hielt er sich davon ab, zwei Stockwerke höher zu gehen und Hester Wallace zu zwingen, endlich zur Vernunft zu kommen.

Sie wollte ihn und wollte ihn andererseits auch wieder nicht. Sie öffnete sich ihm und hielt doch ihr Innerstes vor ihm verschlossen. Sie vertraute ihm, glaubte aber nicht genug an ihn, um ihr Leben mit ihm zu teilen.

Du bist alles, was ich habe, Red, hatte sie gesagt. Aber ist Red auch alles, was sie will? fragte Mitch sich wieder und wieder. Wie ist es möglich, dass eine so intelligente, lebendige Frau den Rest ihres Lebens von einem Fehler beherrscht wird, den sie vor zehn Jahren einmal gemacht hat?

Er fühlte sich völlig hilflos, und das machte ihn wütend. Selbst damals in New Orleans hatte er sich nicht hilflos gefühlt. Er hatte seine Grenzen erkannt, sie sich eingestanden und etwas Neues angefangen. War es an der Zeit, sich auch dieses Mal einzugestehen, dass die Grenzen gesetzt waren?

Darüber dachte er stundenlang nach, erwog Kompromisse und verwarf sie wieder. Er fragte sich, ob er auf Hesters Forderung, die Dinge so zu lassen, wie sie waren, eingehen konnte. Sie wären Liebende ohne Bindung, ohne Gedanken an eine gemeinsame Zukunft. Die Beziehung würde dauern, solange er nicht versuchte, eine ständige Partnerschaft zu erzwingen. Aber auf eine derartige Beziehung wollte und konnte er sich nicht einlassen. Jetzt, da er die Frau, die einzige Frau, mit der er sein

Leben verbringen wollte, gefunden hatte, wollte er nicht nur zeitweise mit ihr zusammen sein, nicht nur einen Teil von ihr besitzen.

Die Erkenntnis, dass er – ausgerechnet er – ein Verteidiger der Institution Ehe geworden war, schockierte ihn selbst ein wenig. Er hätte nicht behaupten können, viele gute Ehen zu kennen. Seine Eltern hatten eigentlich in vieler Hinsicht gut zueinandergepasst – gleicher Geschmack, gleiche Herkunft, gleiche Ansichten –, aber er hatte nie bemerkt, dass sie Leidenschaft füreinander empfunden hätten. Zuneigung, Loyalität, ja. Aber Liebe? Begehren? Verlangen?

Er fragte sich, ob es nur Leidenschaft war, was er für Hester empfand, obwohl er sich die Frage schon oft genug früher beantwortet hatte. Sie war der Mensch, den er an seiner Seite haben wollte. Er fühlte sich glücklich bei der Vorstellung, sie wären zwanzig Jahre älter, säßen auf der Veranda des Bauernhauses, das Hester so lebendig beschrieben hatte, und tauschten gemeinsame Erinnerungen miteinander aus.

Nein, darauf wollte er nicht verzichten.

Er fuhr sich mit der Hand durchs Haar und sammelte ein paar Sachen zusammen, um sie nach oben zu tragen.

Hester fürchtete, er würde nicht kommen. Seit jenem Abend am Time Square war eine Veränderung mit Mitch vor sich gegangen. Am Telefon war er seltsam zurückhaltend, und obgleich sie ihn mehr als einmal eingeladen hatte heraufzukommen, hatte er immer eine Entschuldigung gefunden.

Ich habe ihn verloren, dachte Hester, während sie Saft in zehn Papierbecher goss, und erinnerte sich daran, dass sie ja immer gewusst hatte, die Beziehung könne nicht von Dauer sein. Er hat das Recht, sein eigenes Leben zu leben, seine eigenen Wege zu gehen. Ich kann nicht verlangen, dass er eine so lose Beziehung akzeptiert, wie ich sie ihm bieten kann. Ich kann nicht erwarten, dass er sich mit dem wenigen an Zeit zufriedengibt, das Radley und mein Job für ihn übrig lassen. Ich kann nur hoffen, dass er mir als Freund erhalten bleibt.

Aber, Himmel, wie ich ihn vermisse! dachte sie. Sie vermisste die Gespräche mit ihm, sie vermisste sein Lachen, sie vermisste sogar die Möglichkeit, sich an ihn zu lehnen – nur ein kleines bisschen natürlich. Sie stellte den Krug mit dem Saft ab und seufzte. Nicht daran denken, sagte sie sich, und schon gar nicht jetzt, wo zehn lärmende Jungen im Nebenzimmer sind, für die ich die Verantwortung habe. Ich kann es mir nicht erlauben, hier herumzustehen und Selbstmitleid zu haben.

Sobald sie mit dem Tablett voller Getränke im Wohnzimmer erschien, schossen zwei Jungen auf sie zu. Zwei andere balgten sich auf dem Boden, während die anderen laut herumschrien, um sich über das Gedröhne des Plattenspielers hinweg verständlich zu machen. Hester hatte schon bemerkt, dass einer von Radleys besten Freunden einen silbernen Ohrring trug und sich erfahren über Mädchen äußerte. Meine Güte, dachte sie, hoffentlich interessiert Red sich noch ein paar Jahre für Spielsachen und Comics. All dem anderen fühle ich mich noch nicht gewachsen.

„Es gibt was zu trinken!", rief sie laut. „Michael, warum lässt du Ernie nicht mal einen Moment aus dem Schwitzkasten und holst dir eine Limo? Red, setz das Kätzchen auf den Boden. Ihm wird schlecht, wenn du es dauernd herumschleppst."

Zögernd legte Red das kleine schwarz-weiße Knäuel ins gepolsterte Körbchen. „Es ist wirklich süß. Es gefällt mir am allerbesten." Er grapschte sich einen Becher von dem Tablett, nach dem sich nun viele Hände ausstreckten. „Die Armbanduhr ist natürlich auch klasse." Er streckte den Arm aus und drückte auf einen Knopf, woraufhin nach der Zeitangabe ein Mini-Video-Spiel hinter dem Glas zu sehen war.

„Ich hoffe nur, du spielst nicht damit, wenn du in der Schule aufpassen sollst."

Die Jungen johlten und stießen sich gegenseitig mit den Ellbogen. Hester hatte sie gerade dazu überredet, sich zu einem von Radleys Spielen hinzusetzen, als es an der Tür klopfte.

„Ich mach auf!" Red sprang auf die Füße und rannte zur Tür. Er hatte noch einen Geburtstagswunsch. Als er die Tür öffnete, war er überglücklich. „Mitch! Ich wusste, dass du kommst. Mom meinte, du hättest vielleicht zu viel zu tun, aber ich wusste, du würdest kommen. Ich habe eine kleine Katze bekommen. Ich nenne sie Zark. Willst du sie mal sehen?"

„Sobald ich diese Pakete losgeworden bin." Mitchs Arme wurden allmählich lahm. Er stellte die Kartons auf das Sofa, und als er sich umdrehte, wurde ihm Zarks Namensvetter in die Hand gedrückt. Das Kätzchen miaute und machte einen Buckel, als er es vorsichtig mit dem Finger streichelte. „Niedlich. Wir müssen ihn mit nach unten nehmen und mit Taz bekannt machen."

„Meinst du nicht, der frisst es auf?"

„Du machst wohl Witze." Mitch schob sich das Kätzchen auf die Schulter und sah Hester an. „Hallo."

„Hallo!" Mitch hätte eine Rasur gebrauchen können und hatte ein Loch im Pullover, aber Hester fand, er hatte nie besser ausgesehen. „Wir befürchteten schon, du würdest es nicht schaffen."

„Ich habe doch gesagt, ich käme." Er kraulte das Kätzchen hinter den Ohren. „Was ich verspreche, pflege ich zu halten."

„Sieh mal, die Uhr hier habe ich auch gekriegt." Red hielt ihm den Arm hin. „Sie zeigt die Zeit und das Datum an und alles so was, und außerdem kann man Spiele damit machen. Willst du's mal versuchen?"

„Nachher. Tut mir leid, dass ich so spät bin, ich wurde im Verlag aufgehalten."

„Ist schon in Ordnung. Kuchen haben wir sowieso noch nicht gegessen, weil ich auf dich warten wollte. Es gibt Schokoladenkuchen."

„Toll! Fragst du denn überhaupt nicht nach deinem Geschenk?"

„Das soll ich doch nicht. Weil es sich nicht gehört." Red warf seiner Mutter einen verstohlenen Blick zu, die gerade vollauf damit beschäftigt war, zwei seiner Freunde auseinanderzuhalten, die sich wieder balgen wollten. „Hast du mir wirklich etwas mitgebracht?", fragte Red dann neugierig.

„Ach wo!" Mitch lachte über Reds Gesichtsausdruck und verwuschelte ihm das Haar. „Na klar hab ich dir was mitgebracht. Es steht vor dir auf dem Sofa."

„Welches Paket?" Radleys Augen wurden riesig groß. „Alle?"

„Die gehören in gewisser Weise zusammen. Warum machst du nicht einmal zuerst eins auf?"

Mitch hatte sich nicht mehr die Zeit genommen, die Pakete einzeln mit Geschenkpapier zu verpacken, aber wohlweislich Firmennamen und Bezeichnung des Modelltyps überklebt. Mithilfe seiner Freunde machte Red sich daran, die schweren Kartons zu öffnen.

„Toll! Ein Computer!" Josh hatte Red über die Schulter gesehen. „Robert Swayer hat genau so einen. Damit kann man alles Mögliche machen."

„Ein Computer." Red starrte in den geöffneten Karton und drehte sich dann zu Mitch um. „Ist der wirklich für mich? Ich darf ihn behalten?"

„Natürlich darfst du ihn behalten. Das ist doch dein Geschenk. Ich hoffe nur, du lässt mich auch damit spielen."

„Du kannst immer damit spielen. Immer, wann du willst." Red warf Mitch die Arme um den Hals und schämte sich überhaupt nicht vor seinen Freunden, die dabei zusahen. „Danke. Können wir ihn sofort anschließen?"

„Ich dachte schon, du würdest nie danach fragen."

„Red, zuerst musst du die Sachen von deinem Schreibtisch abräumen. Einen Moment", fügte Hester hinzu, als die Jungen sich an ihr vorbeidrängten. „Das heißt aber nicht, dass ihr einfach alles unter das Bett werft. Ihr räumt ordentlich auf. Mitch und ich werden dann die Geräte in dein Zimmer tragen."

Als die Jungen unter Indianergeheul davontrabten, wusste Hester, dass sie noch einige Tage lang Überraschungen unter Reds Bett und Teppich vorfinden würde. Doch darüber wollte sie später nachdenken. Sie ging durch das Zimmer und stellte sich neben Mitch.

„Das war ein mehr als großzügiges Geschenk."

„Er ist intelligent. Intelligente Kinder verdienen so etwas."

„Ja." Sie sah auf die noch nicht geöffneten Kartons mit Monitor und Software. „Ich wollte ihm auch einen kaufen, war aber dazu noch nicht in der Lage."

„Das war nicht als Kritik gemeint, Hester."

„Ich weiß." Sie nagte an ihrer Unterlippe in einer Weise, die verriet, dass sie nervös war. „Ich weiß auch, dass wir miteinander reden müssen, und dies ist nicht der richtige Zeitpunkt dazu. Aber bevor wir die Sachen in Reds Zimmer tragen, möchte ich dir sagen, wie sehr ich mich darüber freue, dass du hier bist."

„Ich möchte immer hier sein." Er fuhr ihr mit dem Finger über das Kinn. „Das solltest du mir endlich glauben."

Sie nahm seine Hand und küsste die Handfläche. „Du könntest deine Meinung vielleicht noch ändern, wenn du erst einmal eine Stunde oder so mit zehn Jungs zugebracht hast." Sie zuckte zusammen, als in Reds Zimmer etwas klirrend zu Boden fiel. Danach erhoben sich mehrere junge Stimmen zu einer lebhaften Diskussion. „Na, wie dem auch sei …" Sie atmete tief durch und hob den ersten Karton vom Sofa. „Dann wollen wir mal."

Die Party war vorbei. Der letzte Geburtstagsgast war von seinen Eltern abgeholt worden. Ungewohntes, wunderbares Schweigen herrschte in der Wohnung. Hester saß mit halb geschlossenen Augen in einem Sessel, während Mitch mit ganz geschlossenen auf dem Sofa ausgestreckt lag. Das Schweigen wurde nur gelegentlich von einem leisen Klick aus Reds neuem Computer und dem Maunzen des Kätzchens unterbrochen, das es sich auf Reds Schoß bequem gemacht hatte.

Hester seufzte zufrieden und betrachtete das Chaos um sie herum. Überall Papiertassen und -teller. Überall standen Schüsselchen mit Resten von Pommes frites und Salzbrezeln herum. Das meiste davon lag jedoch auf dem Teppich. Sie wollte sich lieber nicht vorstellen, wie es erst in der Küche aussehen mochte.

Mitch öffnete die Augen. „Haben wir die Schlacht geschlagen?"

„Absolut. Es war ein glorreicher Sieg." Zögernd raffte sich Hester aus ihrem Sessel hoch. „Möchtest du ein Kissen?"

„Nein." Er griff nach ihrer Hand und zog sie zu sich herunter.

„Mitch, Radley …"

„… spielt mit seinem Computer", beendete Mitch den Satz und knabberte an ihrer Unterlippe. „Ich wette, aus lauter Neugier nimmt er sich sogar noch die erzieherische Software vor, bevor er aufhört."

„Das war ganz schön raffiniert von dir, die mit darunterzumischen."

„Ich bin sowieso ein ziemlich raffiniertes Bürschchen." Er schob Hester so zurecht, dass sie zwischen seinem Arm und Schulter zu liegen kam. „Außerdem hatte ich mir gedacht, ich könnte dich über diesen Computer noch ein bisschen mehr für mich gewinnen und Red könnte dann noch öfter mit mir zusammen spielen."

„Ich wundere mich nur, dass du nicht selbst einen hast."

„Tja, um ehrlich zu sein, als ich den für Red gekauft habe, erschien mir der Kauf so günstig, dass ich gleich zwei mitgenommen habe. Um mein Haushaltsbuch zu führen und meine Kartei zu modernisieren."

„Du hast eine Kartei?"

„Hab ich nicht." Er schmiegte seine Wange an ihr Haar. „Hester, weißt du eigentlich, was eine der größten Errungenschaften der Zivilisation ist?"

„Die Mikrowelle?"

„Das Mittagsschläfchen. Das Sofa, das du hier hast, ist einfach wunderbar."

„Es müsste neu gepolstert werden."

„Das sieht man nicht, wenn man darauf liegt." Er legte ihr einen Arm um die Taille. „Komm, schlaf ein Stündchen mit mir zusammen."

„Ich muss dringend aufräumen." Aber die Augen fielen ihr ebenfalls zu.

„Wieso? Erwartest du noch Besuch?"

„Nein. Aber musst du nicht noch Taz ausführen?"

„Ich habe Ernie ein Trinkgeld in die Hand gedrückt, damit er das für mich erledigt."

Hester kuschelte sich an Mitchs Schulter. „Du bist wirklich clever."

„Das versuche ich dir doch schon die ganze Zeit beizubringen."

„Ich hab noch nicht einmal über das Abendessen nachgedacht."

„Sollen sie doch Kuchen essen."

Hester lachte leise in sich hinein, bevor sie sich neben Mitch zum Schlafen zurechtdrehte.

Ein paar Minuten später kam Red mit dem Kätzchen unter dem Arm herein, um den beiden von seinen Erfolgen zu berichten. Er blieb vor dem Sofa stehen und betrachtete nachdenklich seine Mutter und Mitch. Manchmal, wenn er sich nicht wohlfühlte oder etwas Schlechtes geträumt hatte, durfte er bei Mom schlafen. Dann ging es ihm immer gleich wieder besser. Vielleicht fühlt Mom sich besser, wenn sie bei Mitch schläft, dachte er.

Er fragte sich, ob Mitch seine Mom wohl lieb hatte. Sein Magen kribbelte ganz komisch, als er darüber nachdachte. Er hätte es ganz toll gefunden, wenn Mitch immer bei ihnen wäre und sein Freund bliebe. Wenn er nun aber Mom heiratete, hieß das, dass er weggehen würde? Radley nahm sich vor, seine Mutter danach zu fragen. Sie sagte ihm immer die Wahrheit. Er rückte das Kätzchen auf seinem Arm zurecht, nahm sich eine Schüssel mit Kartoffelchips und ging damit in sein Zimmer.

Es war schon fast dunkel, als Hester aufwachte. Sie schlug die Augen auf und bemerkte, dass Mitch sie ansah. Sie blinzelte und versuchte, sich zu orientieren. Dann küsste er sie, und sie erinnerte sich an alles.

„Wir müssen eine ganze Stunde geschlafen haben", murmelte sie.

„Fast zwei Stunden. Wie fühlst du dich?"

„Zerschlagen. Ich fühle mich immer zerschlagen, wenn ich tagsüber schlafe." Sie rekelte sich und hörte Red im Nebenzimmer kichern. „Er muss noch mit seinem Computer beschäftigt sein. Ich glaube, er ist noch nie so glücklich gewesen."

„Und du?"

„Ja." Sie zog seine Lippen mit dem Finger nach. „Ich bin glücklich."

„Wenn du zerschlagen und glücklich bist, ist dies vielleicht genau der richtige Moment, dich noch einmal zu bitten, mich zu heiraten."

„Mitch."

„Nein? Auch gut, dann werde ich eben warten, bis ich dich mal betrunken machen kann. Ist noch etwas vom Kuchen übrig geblieben?"

„Ein bisschen. Bist du nicht böse?"

Mitch setzte sich auf und fuhr sich mit den Fingern durchs Haar. „Warum?"

Hester legte ihre Wange an sein Gesicht. „Es tut mir so leid, dass ich dir nicht geben kann, was du dir wünschst."

Er schloss sie fest in die Arme und bemühte sich, gelassen zu wirken. „Gut. Das bedeutet, dass du langsam anfängst, deine Meinung zu ändern. Ich möchte auf dem Standesamt und in der Kirche getraut werden."

„Mitch!"

„Ja?"

„Ach, nichts." Sie richtete sich auf und schüttelte den Kopf. „Ich sage besser nichts mehr. Nimm dir von dem Kuchen. Ich fange inzwischen schon einmal an, hier aufzuräumen."

Mitch sah sich im Wohnzimmer um und fand es eigentlich nicht besonders unordentlich. „Willst du das wirklich heute Abend noch aufräumen?"

„Du glaubst doch wohl nicht, ich ließe die Wohnung bis morgen in diesem chaotischen Zustand", erwiderte sie. Dann unterbrach sie sich. „Ach, vergiss es. Ich hab nicht daran gedacht, mit wem ich rede."

Mitch kniff die Augen zusammen. „Willst du damit andeuten, ich sei schlampig?"

„Überhaupt nicht. Es hat sicher etwas für sich, in einer Rumpelkammer-Atmosphäre zu hausen. Das ist individuell. Eben ein eigener Stil." Sie fing an, Pappteller und -becher einzusammeln. „Das kommt bestimmt daher, dass ihr zu Hause Dienstpersonal hattet."

„Das kommt daher, dass ich früher nie etwas durcheinanderbringen durfte, weil meine Mutter Unordnung nicht ausstehen konnte. Zu meinem zehnten Geburtstag engagierte sie einen Zauberer. Wir saßen auf kleinen Faltstühlen im Garten – die

Jungen in Anzügen, die Mädchen in Organdykleidern – und sahen der Vorstellung zu. Danach wurde uns ein leicht bekömmliches Essen auf der Terrasse serviert. Jede Menge Dienstboten schwirrten um uns herum, und als wir fertig waren, lag kein einziger Krümel auf dem Boden. Ich denke, meine Unordnung ist eine Art übertriebene Kompensation."

„Schon möglich." Sie küsste ihn auf beide Wangen. Was für ein verrückter Mann er ist, dachte sie, so lässig und sicher auf der einen Seite, und auf der anderen Seite von Erinnerungen verfolgt. Hester glaubte fest daran, dass Kindheitserlebnisse den Menschen bis ins hohe Alter hinein prägten. Gerade deshalb war sie ja so wild entschlossen, das Beste für Red zu tun. „Du hast ein Recht auf deinen Staub und deine Unordnung, Mitch. Lass dir von niemandem etwas anderes weismachen."

Er revanchierte sich mit einem Kuss auf ihre Wange. „Und du hast ein Recht auf deine Ordnung." Als er sie an sich ziehen wollte, hob sie die Arme, um die Pappteller in Sicherheit zu bringen, und schrie auf. „Vorsicht."

Doch es war schon zu spät. Die Teller mit den Resten von Eiscreme und Kuchen glitten ihr aus den Händen und trafen ihn voll im Gesicht. „Oh Himmel!" Sie schluchzte vor Lachen und ließ sich rückwärts in einen Sessel fallen. Dann wollte sie etwas sagen, konnte aber nur hilflos weiterlachen.

Mitch fuhr langsam mit der Hand über seine Wange und besah sich das Geschmiere. Hester, die ihm dabei zusah, brach erneut in schallendes Gelächter aus.

„Was ist denn hier los?" Radley kam ins Wohnzimmer gestürzt und starrte seine Mutter an, die nichts anderes tun konnte, als mit dem Finger auf Mitch zu zeigen. Red starrte nun Mitch an. „Oje!" Er verdrehte die Augen und fing an zu kichern. „Mikes kleine Schwester hat das Gesicht auch immer so verschmiert, wenn sie was isst. Sie wird bald zwei."

Hester, die sich gerade einigermaßen beruhigt hatte, verlor erneut die Fassung. Sie bekam kaum Luft vor Lachen und zog Radley an sich. „Es ... es war ein Versehen", brachte sie schließlich mühsam hervor.

„Das war eine hundsgemeine, heimtückische Attacke", widersprach Mitch. „Und die verlangt nach unmittelbarer Vergeltung."

„Oh, bitte nicht!" Hester streckte abwehrend die Hand aus. „Es tut mir leid. Ich schwöre es. Es war wirklich ein Versehen, nichts anderes."

„Und das ist auch nur Versehen." Mitch kam näher, und als sie sich hinter Red zu ducken versuchte, langte er einfach über den kichernden Jungen hinweg, packte Hester und küsste sie auf den Mund, die Wangen, die Nase und auf jeden freien Flecken, den er erreichen konnte. Sie wand und wehrte sich, aber als er fertig war, hatte er einen reichlichen Anteil der Schokolade auf sie übertragen. Radley warf einen Blick auf seine Mutter und warf sich vor Lachen zu Boden.

„Du bist wahnsinnig!", beschimpfte Hester Mitch und wischte sich mit dem Handrücken das Geschmiere aus dem Gesicht.

„Und dir steht Schokolade besonders gut, Hester."

Sie brauchten mehr als eine Stunde, um das Chaos zu beseitigen, und dabei hatte Red bis zum Schluss mitgeholfen. Anschließend teilten sie sich auf gemeinsamen Beschluss eine Pizza, wie an dem Tag, an dem sie sich kennengelernt hatten, und brachten den Rest des Abends damit zu, Radleys Geburtstagsschätze auszuprobieren. Als er über dem Keyboard eingeschlafen war, brachte Hester ihn zu Bett.

„War das ein Tag!" Hester setzte das Kätzchen in den Korb am Fußende von Radleys Bett und ging in die Diele.

„Ich glaube, das war ein Geburtstag, an den er sich erinnern wird", meinte Mitch.

„Ich werde mich auch daran erinnern." Sie massierte sich den Nacken mit der Hand. „Möchtest du ein Glas Wein?"

„Ich hole ihn. Geh nur und setz dich hin."

Hester streckte dankbar die Beine aus und streifte die Schuhe von den Füßen. Ja, dachte sie, an diesen Tag werde ich mich sicherlich auch erinnern. Irgendwann im Laufe dieses Tages war ihr nämlich der Gedanke gekommen, es könne sich an den Tag auch eine Nacht anschließen, an die zu erinnern sich lohnen würde.

„Auf dein Wohl." Mitch gab ihr ein Glas Wein und setzte sich neben sie auf das Sofa, sodass sie sich an ihn lehnen konnte.

„Das tut gut." Seufzend hob Hester das Glas an die Lippen. „Manchmal vergesse ich, wie es ist, sich zu entspannen. Alles ist getan, Red schläft glücklich und zufrieden in seinem Bett, morgen ist Sonntag, und es gibt nichts Dringendes, an das ich denken müsste."

„Keine innere Unruhe? Kein Bedürfnis, tanzen zu gehen oder in einer Bar herumzuhängen?"

„Nein. Du?"

„Mir geht es hier bestens."

„Dann bleib hier." Sie presste einen Moment die Lippen aufeinander. „Bleib heute Nacht hier."

Er schwieg und hörte auf, ihr den Hals zu massieren. Dann sagte er langsam: „Bist du sicher?"

„Ja." Sie atmete tief ein, bevor sie sich ihm zuwandte. „Ich habe dich vermisst. Ich wünschte, ich wüsste, was falsch oder für uns alle richtig ist. Aber eins weiß ich: dass du mir gefehlt hast. Bleibst du?"

„Ich gehe nicht weg heute Abend."

Sie lehnte sich zufrieden zurück. Lange Zeit saßen sie einfach da und träumten schweigend vor sich hin.

Dann fragte Hester schließlich: „Arbeitest du noch an dem Skript?"

„Mmm-Hmm."

Er hatte gerade gedacht, wie schön es wäre, Hester an vielen, vielen Abenden so im schummrigen Lampenlicht neben sich zu haben, an ihn geschmiegt, während der Duft ihres Haares seine Sinne reizte. „Du hattest recht. Ich hätte mir nie verziehen, wenn ich es nicht versucht hätte. Aber ich musste zuerst einmal meine Unsicherheit überwinden."

„Deine Unsicherheit?" Sie lächelte ihn an. „Du und unsicher?"

„Und ob! Immer wenn es um etwas Unbekanntes geht oder um etwas, das mir sehr wichtig ist. Was meinst du, wie gespannt meine Nerven waren, als wir zum ersten Mal miteinander geschlafen haben."

Das zu hören überraschte sie nicht nur, es machte die Erinnerung an jene Nacht nur noch süßer. „Davon habe ich dir aber nichts angemerkt."

„War aber so." Er strich ihr leicht und mit solcher Lässigkeit über die Hüften, dass von der Geste eine ganz besondere Erotik ausging. „Ich hatte scheußliche Angst, eine falsche Bewegung zu machen und alles zu verderben. Und dabei war mir nie im Leben etwas wichtiger gewesen."

„Du hast keine falsche Bewegung gemacht, und du hast mir das Gefühl gegeben, etwas ganz Besonderes zu sein."

Als Mitch aufstand, reichte sie ihm ganz selbstverständlich die Hand. Er löschte das Licht, bevor sie zum Schlafzimmer gingen.

Mitch schloss die Tür. Hester deckte das Bett auf. Er wusste, dass es jede Nacht so sein könnte, jedes Jahr ihres Lebens. Und sie war ganz nahe daran, dasselbe zu glauben, das wusste er. Er las es in ihren Augen, wenn ihre Blicke sich kreuzten. Während sie einander in die Augen sahen, knöpfte sie ihre Bluse auf.

Sie zogen sich schweigend aus, aber die Luft knisterte vor Erwartung. Obgleich keiner von beiden nervös war, war ihr Verlangen größer denn je, denn nun wussten sie, was einer dem anderen geben konnte. Sie gingen zusammen ins Bett und wandten sich einander zu.

Mitch nahm sie in die Arme und zog sie an sich, und Hester fühlte sich geborgen. Noch bevor sie sich berührten, wusste sie, wie er sich anfühlte, so warm, so stark und kräftig. Und sie wusste, wie vollkommen die Form ihres Körpers sich an den seinen anpasste. Sie legte den Kopf zurück, sah ihm in die Augen und bot ihm den Mund zum Kuss.

Ihn zu küssen war, als glitte sie durch einen kühlen Fluss auf reißend wildes Gewässer zu. Glücklich seufzte sie, als sie sich an ihn presste. Sie war immer noch ein wenig schüchtern, aber sie zögerte dennoch nicht, hielt nichts zurück. Alles ordnete sich dem Wunsch unter, zu geben.

So war es immer, wenn sie zusammenkamen. Überwältigend, atemberaubend und natürlich. Er umfasste ihren Kopf, als sie sich über ihn neigte. Der leichte Geschmack des Weines war noch nicht vollständig von ihrer Zunge verschwunden. Er schmeckte ihn, als er ihren Mund erforschte. Mitch spürte eine Kühnheit in ihr, die vorher nicht da gewesen war, ein neues Vertrauen, das es ihr erlaubte, ihm ihre Wünsche, ihr Begehren ganz zu zeigen.

Sie öffnete ihm jetzt ihr Herz, das erkannte er, als sie mit den Lippen über seinen Hals fuhr. Und sie war frei. Das hatte er sich so sehr gewünscht – für sich und für sie. Lachend rollte er sich über sie.

Sie konnte nicht genug von ihm kriegen. Sie benutzte ihre Hände, ihren Mund, ihren ganzen Körper, um ihn zu fühlen, zu schmecken, und fand es trotzdem unmöglich, ihr Begehren zu stillen. Wie kann ein Mann so aufregend sein? fragte sie sich. Wie ist es möglich, dass der Geruch seiner Haut mir zu Kopf steigt und mein Verlangen ins Unerträgliche steigert? Er braucht nur meinen Namen zu murmeln, und ich schmelze dahin.

Ineinander verschlungen wälzten sie sich auf dem Laken, verfingen sich in der Bettdecke, die sie daraufhin beiseiteschoben. Ihnen war ohnehin heiß genug.

Mitch bewegte sich mit ihr im gleichen Rhythmus, entdeckte immer neue Möglichkeiten, sie zu erregen und zu locken. Sie hörte ihn ihren Namen murmeln, als sie seine Brust mit Küssen bedeckte. Sie fühlte, wie er sich aufbäumte, als sie ihre Hand tiefer gleiten ließ.

Vielleicht hatte sie diese Macht immer schon besessen, aber Hester spürte, dass sie in dieser Nacht geboren wurde: die Macht, einen Mann über alle Vernunft hinaus zu erregen. Dann kam sie ihm auf halbem Weg entgegen, als er seiner Begierde freien Lauf ließ.

Sein Mund war heiß und hungrig. Worte der Leidenschaft, der Liebe wirbelten in ihrem Kopf durcheinander, aber sie brachte sie nicht heraus. Hester konnte kaum noch atmen, als er sie höher und höher trieb. Sie klammerte sich an ihn, als suche sie Rettung in einem wilden Meer.

Dann versanken sie beide.

D er Himmel war wolkig und sah nach Schnee aus. Schlaftrunken wandte sich Hester vom Fenster ab und wollte Mitch umarmen. Der Platz neben ihr war leer.

Sie strich mit der Hand über die Stelle, an der er gelegen hatte, und ihre erste Reaktion war Enttäuschung. Sie hätte es so schön gefunden, morgens neben ihm wach zu werden. Dann zog sie die Hand zurück und legte sie unter ihre Wange.

Vielleicht war es besser, dass er gegangen war. Sie wusste nicht, wie Red auf seine Anwesenheit reagiert hätte. Und wenn er geblieben wäre, hätte womöglich der Wunsch, ihn immer neben sich zu haben, zu groß werden können.

Dabei hatte es Hester so viel Kraft gekostet, unabhängig zu werden, niemanden mehr zu brauchen. Nach all den Jahren hatte sie endlich das Gefühl gehabt, ihrem Ziel nahe zu sein. Es war ihr gelungen, Radley ein Zuhause zu schaffen, ein Heim in einer annehmbaren Gegend, sie hatte sich einen gut bezahlten Job erobert, Sicherheit, Stabilität.

Das alles durfte sie nicht dadurch aufs Spiel setzen, dass sie wieder von jemandem abhängig wurde.

Sie warf die Bettdecke zurück. Erkenntnisse hin, Vernunftgründe her, sie bedauerte, dass Mitch nicht mehr da war. Und sie bedauerte mehr, als er je ahnen könnte, dass sie stark genug war, ihm zu widerstehen.

Hester zog ihren Morgenrock über und ging nachsehen, ob Radley schon frühstücken wollte.

Sie fand die beiden Männer zusammen in Radleys Zimmer, wo sie über die Tastatur des Computers gebeugt waren, auf dessen Bildschirm grafische Darstellungen explodierten.

„Das Ding muss defekt sein", behauptete Mitch gerade. „Das war eine Fehlschaltung."

„Ach wo. Du hast meilenweit danebengeschossen."

„Ich muss deiner Mutter sagen, dass du eine Brille brauchst. Und kannst du mir bitte mal sagen, wie ich mich konzentrieren soll, wenn diese blöde Katze dauernd an meinen Zehen herumknabbert?"

„Du hast keinen Sportsgeist", erklärte Red trocken, als Mitchs letzter Mann vom Bildschirm verschwunden war.

„Keinen Sportsgeist! Ich werde dir Sportsgeist zeigen." Er packte Red und hielt ihn mit den Füßen in die Luft. „Sag, ist der Apparat kaputt oder nicht?"

„Nein." Kichernd stemmte Red die Hände auf den Fußboden. „Wahrscheinlich ist es so, dass du selber eine Brille brauchst."

„Tja, da werde ich dich wohl leider auf den Kopf fallen lassen müssen. Du lässt mir keine Wahl. Oh, hallo, Hester!" Während er mit den Armen Radleys Beine umklammert hielt, lächelte er Hester zu.

„Hallo, Mom!" Obgleich seine Wangen allmählich rot wurden, fühlte Red sich in seiner Position offensichtlich pudelwohl. „Ich habe Mitch dreimal geschlagen. Aber er ist nicht richtig wütend."

„Wer sagt das?" Mitch schwenkte den Jungen nach oben und warf ihn aufs Bett. „Ich bin gedemütigt worden."

„Ich habe dich besiegt", erklärte Red äußerst zufrieden.

„Ich kann kaum glauben, dass ich den Kampf verschlafen haben soll." Hester lächelte beiden zu. Radley schien lediglich begeistert darüber zu sein, Mitch hier vorgefunden zu haben. Und was sie selbst betraf, so hatte sie die größte Mühe, sich ihr Entzücken nicht anmerken zu lassen. „Ich nehme an, nach drei Kämpfen würdet ihr gerne frühstücken."

„Wir haben schon was gegessen." Red lehnte sich über das Bett, um sich das Kätzchen zu holen. „Ich habe Mitch gezeigt, wie man französischen Toast macht. Er sagt, er hätte ihm richtig gut geschmeckt."

„Das war, bevor du angefangen hast zu mogeln."

„Hab ich ja gar nicht." Radley rollte sich auf den Rücken und erlaubte dem Kätzchen, auf seinem Bauch herumzukriechen. „Mitch hat die Pfanne gespült, und ich habe abgetrocknet. Wir wollten dir auch was machen, aber du hast immer weitergeschlafen."

Die Vorstellung, dass die beiden Männer in ihrem Leben gemeinsam in der Küche herumgewerkelt hatten, während sie schlief, verwirrte sie. „Ich konnte ja nicht wissen, dass ihr so früh aufstehen würdet."

„Hester." Mitch trat näher und umarmte sie. „Es fällt mir schwer, es dir beizubringen, aber es ist nach elf."

„Nach elf Uhr?"

„Ja, allerdings. Wie wär's mit Lunch?"

„Also, ich …"

„Kannst ja mal darüber nachdenken. Ich gehe inzwischen runter und kümmere mich um Taz."

„Das mach ich." Red sprang vom Bett und hüpfte auf und ab. „Ich kann ihm sein Futter geben und ihn spazieren führen und alles. Ich weiß, wie. Du hast es mir doch gezeigt."

„Von mir aus. Hester?"

Sie hatte Mühe, mitzukommen. „Also gut. Aber du musst dich warm einmummen."

„Wird gemacht." Er langte schon nach seinem Mantel. „Kann ich Taz mit raufbringen? Er hat Zark noch gar nicht kennengelernt."

Hester warf einen Blick auf das kleine Pelzknäuel und stellte sich die großen weißen Zähne des Hundes vor. „Ich bin nicht sicher, ob Taz Zark mag."

„Er liebt Katzen", versicherte Mitch, der gerade Radleys Skimütze vom Boden aufhob. „Auf ganz und gar unkannibalistische Weise." Er griff in die Hosentasche, um seine Wohnungsschlüssel herauszuholen.

„Bitte sei vorsichtig", ermahnte Hester Red, als er mit Mitchs Schlüssel klingelnd an ihr vorübersauste. Mit einem lauten Knall schlug die Tür hinter ihm zu.

„Guten Morgen", sagte Mitch und drehte Hester in seinen Armen zu sich herum.

„Guten Morgen. Du hättest mich ruhig wecken können."

„Ich war auch in Versuchung." Er streichelte ihr den Rücken. „Ich wollte sogar Kaffee machen und ihn dir ans Bett bringen. Aber dann kam Radley herein. Und bevor ich mich versah, steckte ich bis über beide Ellbogen in geschlagenen Eiern."

„Er … äh … hat sich nicht darüber gewundert, dass du hier warst?"

„Nein." Mitch konnte genau nachvollziehen, was sie dachte, und küsste sie auf die Nasenspitze. Dann schob er sie an seine Seite und ging mit ihr zur Küche. „Er kam herein, als ich gerade dabei war, Wasser aufzusetzen, und fragte, ob ich das Frühstück mache. Nach kurzer Beratung kamen wir überein, dass er dazu besser qualifiziert sei als ich. Es ist noch ein bisschen Kaffee übrig, aber ich glaube, den schüttest du besser weg und machst dir neuen."

„Er wird schon noch gut genug sein." Hester brachte fast ein Lächeln zustande, als sie sich Milch aus dem Kühlschrank nahm. „Ich hatte geglaubt, du seist schon gegangen."

„Wäre dir das lieber gewesen?"

Sie schüttelte den Kopf, sah ihn aber nicht an. „Mitch, es ist so schwer. Und es wird immer schwerer."

„Was?"

„Nicht zu wünschen, du würdest immer hierbleiben."

„Sag ein Wort, und ich ziehe hier ein, mit Koffern, Hund und allem, was ich habe."

„Ich wünschte, ich könnte. Ich wünschte es wirklich, Mitch. Als ich heute Morgen in Reds Zimmer kam und euch beide zusammen sah, hat es geklickt. Ich stand da und dachte, so könnte es immer für uns sein."

„Mir ging das Licht in dem Augenblick auf, als ich dich zum ersten Mal sah, Hester. Ich hatte vorher nie eine genaue Vorstellung von dem, was ich wollte, und ich kann auch nicht behaupten, dass immer alles so gegangen ist, wie ich es geplant hatte. Aber bei dir war ich mir sofort absolut sicher." Er küsste ihr Haar. „Liebst du mich, Hester?"

„Ja." Sie seufzte tief auf und schloss die Augen. „Ja, ich liebe dich."

„Dann heirate mich." Er hob vorsichtig ihr Gesicht. „Ich verlange nicht von dir, irgendetwas zu ändern, außer deinen Namen."

Sie hätte so gerne geglaubt, dass es möglich sei, noch einmal ein neues Leben anzufangen. Während sie die Arme um seinen

Hals schlang, fühlte sie ihr Herz heftig klopfen. Nimm die Gelegenheit wahr, schien es ihr sagen zu wollen, wirf die Liebe nicht fort. Ganz fest hielt sie ihn umarmt. „Mitch, ich …" Als das Telefon klingelte, löste Hester sich nur zögernd. „Tut mir leid."

„Mir auch", murmelte er, ließ sie aber gehen.

Sie fühlte sich immer noch unsicher auf den Beinen, als sie den Hörer aufnahm. „Hallo?" Dann lösten sich alle Träume in nichts auf. „Allan!"

Mitch sah sich schnell um. Ihre Augen waren so ausdruckslos wie ihre Stimme. Sie hatte die Telefonschnur um ihr Handgelenk geschlungen, als müsse sie sich daran festhalten. „Gut", sagte sie. „Es geht uns beiden gut. Florida? Ich dachte, du wärst in San Diego."

Also ist er schon wieder umgezogen, stellte sie fest, während sie die bekannte, wie immer rastlos klingende Stimme an ihrem Ohr hörte. Mit viel Geduld ließ sie es über sich ergehen, dass er ihr erzählte, wie großartig, unglaublich gut und wunderbar es ihm gehe.

„Red ist im Augenblick nicht hier", erklärte sie dann. „Wenn du ihm zum Geburtstag gratulieren willst, kann ich ihm sagen, er soll zurückrufen." Dann entstand eine Pause, und Mitch sah Zorn in ihren Augen aufblitzen. „Gestern." Hester biss die Zähne zusammen und brachte dann mühsam hervor: „Er ist zehn, Allan. Dein Sohn Radley ist gestern zehn geworden. Ja, ich glaube dir, dass du dir das nur schwer vorstellen kannst."

Dann verfiel sie wieder in Schweigen und hörte zu. Als sie wieder sprach, klang ihre Stimme gepresst. „Meinen Glückwunsch. Ob ich mich gekränkt fühle?" Es war ihr gleichgültig, dass ihr Lachen so seltsam klang. „Nein, Allan, ich fühle überhaupt nichts. Also, dann viel Glück. Bedaure, aber mehr Begeisterung kann ich nicht aufbringen. Ich sage Radley, dass du angerufen hast."

Sie legte auf, sorgfältig darauf bedacht, ganz ruhig zu bleiben. Langsam rollte sie die Schnur ab, die ihr ins Handgelenk schnitt.

„Alles in Ordnung?"

Sie nickte und ging zum Herd, um sich Kaffee einzugießen, den sie gar nicht trinken wollte. „Er hat angerufen, um mir zu sagen, dass er wieder heiraten will. Er dachte, es würde mich interessieren."

„Macht es dir etwas aus?"

„Nein." Sie trank den Kaffee schwarz und empfand den bitteren Geschmack als wohltuend. „Was Allan tut, hat schon vor Jahren aufgehört, Bedeutung für mich zu haben. Er wusste nicht einmal, dass Red Geburtstag gehabt hat." Jetzt kam ihr Ärger hoch, sosehr sie sich auch bemüht hatte, ihn zu unterdrücken. „Er wusste nicht einmal, wie alt er ist." Sie knallte die Tasse auf den Tisch, sodass der Kaffee nach allen Seiten überschwappte. „In der Sekunde, in der Allan aus der Tür ging, hörte Radley auf, für ihn eine Realität zu sein. Er brauchte dazu nur die Tür hinter sich ins Schloss zu werfen."

„Was macht das heute denn noch für einen Unterschied?"

„Er ist Radleys Vater."

„Nein." Nun brach auch sein eigener Ärger hervor. „Das musst du dir abgewöhnen zu denken. Du musst endlich lernen zu akzeptieren, dass die einzige Rolle, die er in Radleys Leben gespielt hat, eine biologische ist. Und dadurch entsteht noch nicht notwendigerweise eine menschliche Beziehung."

„Er hat aber nun mal eine Verantwortung seinem Sohn gegenüber."

„Die er nicht will, Hester." Mitch bemühte sich, geduldig zu bleiben, und nahm ihre Hände. „Er hat das Band zwischen sich und Red selbst zerschnitten. Das kann man nicht gerade bewundernswert nennen, und er hat es sicher nicht zum Besten seines Kindes getan. Aber wäre es dir lieber, wenn er je nach Laune mal erschiene, mal nicht – und das Kind verwirren und ihm Schmerz zufügen würde?"

„Nein, aber ich …"

„Du möchtest, dass ihm etwas an seinem Sohn liegt. Aber das tut es nun einmal nicht." Obgleich Hester ihm die Hände überließ, spürte er die Veränderung, die in ihr vor sich ging. „Du ziehst dich schon wieder vor mir zurück."

Das war tatsächlich so. Sie bedauerte es, konnte aber nichts dagegen tun. „Das will ich nicht."

„Aber du tust es." Diesmal war er derjenige, der sich abwandte. „Und das hat ein einziger Telefonanruf fertiggebracht", sagte Mitch nach einer Weile bitter.

„Mitch, bitte, versuch doch zu verstehen."

„Das habe ich versucht." In seiner Stimme war eine Schärfe, die sie bisher nie darin gehört hatte. „Dieser Mann hat dich verlassen, und das war schmerzlich. Aber es ist lange vorbei."

„Es ist nicht der Schmerz." Sie fuhr sich mit der Hand durch das Haar. „Oder nur zum Teil. Ich will das alles nicht noch einmal durchmachen, die Furcht, die Leere. Ich habe ihn geliebt. Ich mag dumm gewesen sein, und ich war sehr jung, aber du musst verstehen, dass ich ihn geliebt habe."

„Das habe ich immer verstanden", sagte er. „Eine Frau wie du macht keine leichtherzigen Versprechungen."

„Nein, wenn ich welche mache, habe ich auch vor, sie zu halten." Hester legte beide Hände um die Kaffeetasse, um sie warm zu halten. „Ich kann dir gar nicht sagen, wie sehr ich mich bemüht habe, aus meiner Ehe einen Erfolg zu machen. Als ich Allan heiratete, habe ich einen Teil meiner Persönlichkeit aufgegeben. Ich ging, wohin er wollte, ich tat, was immer er wollte, auch weil es leichter war, als sich ihm entgegenzustellen. Mein Zuhause, meine Familie, meine Freunde zu verlassen fiel mir außerordentlich schwer, aber ich tat es, weil er es verlangte. Mein ganzes Leben drehte sich um ihn. Dann, im Alter von zwanzig, musste ich entdecken, dass ich überhaupt kein eigenes Leben gelebt hatte."

„Du hast aber dann für Radley und für dich ein Leben aufgebaut. Es mag am Anfang sehr schwer für dich gewesen sein, aber heute führt ihr ein Leben, auf das du stolz sein kannst."

„Das bin ich auch. Aber es hat acht Jahre gedauert, bis ich festen Boden unter den Füßen hatte. Und nun bist du da."

„Und nun bin ich da", wiederholte er langsam und sah sie prüfend an. „Und du kannst dich immer noch nicht an den Gedanken gewöhnen, dass ich dir nicht auch den Teppich unter den Füßen wegziehen werde."

„Ich will nicht mehr diese Art von Frau sein." Sie suchte verzweifelt nach Worten. „Eine Frau, die ihre eigenen Bedürfnisse, ihre eigenen Wünsche nur im Zusammenhang mit den Wünschen eines anderen Menschen sehen kann. Nach der letzten Enttäuschung habe ich es geschafft, mich selbst zu finden. Ich weiß nicht, ob es mir noch einmal gelingen würde."

„Weißt du eigentlich, was du da sagst? Du willst lieber alleine sein, als zu riskieren, dass vielleicht in den nächsten fünfzig Jahren nicht alles genau so wird, wie du es dir vorgestellt hast. Sieh mich doch einmal richtig an, Hester. Ich bin nicht Allan Wallace. Ich will dich nicht kaufen, damit du mich glücklich machst. Ich liebe die Frau, die du jetzt bist, ich will mit der Frau, die du heute bist, mein Leben teilen."

„Die Menschen ändern sich, Mitch."

„Und sie können sich gemeinsam ändern." Er atmete tief durch. „Oder sie ändern sich eben unterschiedlich. Warum lässt du es mich nicht wissen, wenn du zu einem Entschluss gekommen bist und weißt, was du willst?"

Sie wollte schon etwas antworten, schluckte die Worte aber herunter, als er sie verließ. Sie hatte nicht das Recht, ihn zurückzurufen.

Mitch fand, er dürfe sich nicht beklagen. Er saß an seinem neuen Computer und beschäftigte sich mit der nächsten Szene in seinem Drehbuch. Die Arbeit ging ihm besser von der Hand, als er erwartet hatte, und schneller. Es fiel ihm immer leichter, sich in Zarks Probleme hineinzudenken und seine eigenen zeitweise zu verdrängen.

Er kniff die Augen zusammen und hielt den Blick auf den Computer gerichtet. Die Atmosphäre der Szene war gut. Mitch hatte keine Schwierigkeiten, sich ein Krankenhauszimmer im dreiundzwanzigsten Jahrhundert vorzustellen. Es fiel ihm auch nicht schwer, sich Zarks Wut und Enttäuschung über Leilah vorzustellen. Das Einzige, was ihm schwerfiel, sich vorzustellen, war ein Leben ohne Hester.

„Es ist doch einfach zu blöd", sagte er laut vor sich hin, und der Hund zu seinen Füßen gähnte zustimmend. „Ich sollte einfach in die Bank gehen und sie mir unter den Arm nehmen. Meinst du nicht, das würde ihr gefallen?" Er lachte, schob seinen Stuhl vom Schreibtisch ab und streckte sich. „Ich könnte sie anflehen. Meinst du, das brächte was?" Der Gedanke gefiel ihm nicht sehr. „Vielleicht. Vielleicht würden wir es aber hinterher beide bedauern. Und ich weiß wirklich nicht mehr, mit welchen Vernunftgründen ich ihr noch kommen könnte. Was würde Zark tun?"

Mitch stieß sich mit den Fersen ab und schloss die Augen. Würde Zark, der Held, sich vornehm zurückziehen? Würde Zark, der Verteidiger von Recht und Gesetz, sich anmutig verbeugen und verzichten? Quatsch, dachte Mitch, wenn es um die Liebe geht, dann ist Zark ein echter Kämpfer. Mag Leilah noch so um sich schlagen und ihm Sternenstaub in die Augen werfen, er erobert sie immer wieder zurück.

Hester hatte wenigstens nicht versucht, ihn mit Nervengas zu vergiften, oder noch Schlimmeres mit ihm angestellt – wie Leilah mit Zark. Und trotzdem war der immer noch verrückt nach ihr.

Mitch warf einen Blick auf die Uhr, erinnerte sich aber dann daran, dass sie vor zwei Tagen aufgehört hatte zu laufen, nachdem er sie mit seinen Socken zusammen in die Wäscherei geschickt hatte. Weil er jedoch gerne wissen wollte, wie lange es noch dauern würde, bis Hester von der Arbeit zurückkäme, ging er ins Wohnzimmer. Dort stand auf der Kommode eine alte Tischuhr, an der er so hing, dass er nie vergaß, sie aufzuziehen. Gerade als er einen Blick darauf warf, kam Red herein.

„Kommst gerade richtig", erklärte Mitch, als die Tür auflog. „Kalt draußen?" Er rieb über Reds Wangen, wie es zwischen ihnen inzwischen zur Gewohnheit geworden war.

„Ziemlich. Aber die Sonne scheint", meinte Red, der seinen Schulranzen ablegte.

„Du möchtest sicher in den Park gehen, stimmt's? Warte einen Moment, bis ich mich gestärkt habe. Mrs Jablonski von nebenan hat Plätzchen gebacken. Ich tue ihr leid, weil niemand mir was Warmes zu essen macht. Deshalb konnte ich ein Dutzend abstauben."

„Was für eine Sorte?"

„Nussmakronen."

„Klasse." Radley ging in die Küche und setzte sich, zufrieden mit Plätzchen, Milch und mit Mitchs Gesellschaft, an den Tisch, den Mitch an die Wand gerückt hatte.

„Wir haben was ganz Blödes aufgekriegt. Einen Fachaufsatz über die Staaten", erzählte Red mit vollem Mund. „Ich habe Rhode Island bekommen. Das ist der kleinste Staat. Texas wäre mir viel lieber gewesen."

„Rhode Island." Mitch lächelte. „Ist das so schlecht?"

„Wer kümmert sich schon um Rhode Island? Wo es in Texas Alamo und so was alles gibt."

„Ich könnte dir vielleicht ein bisschen helfen. Ich bin nämlich dort geboren."

„In Rhode Island? Ehrlich?" Sogleich war der winzige Staat wesentlich interessanter geworden.

„Richtig. Wie viel Zeit hast du?"

„Sechs Wochen", erklärte Red schulterzuckend und nahm sich noch ein Plätzchen. „Wir müssen Illustrationen dazu machen. Das ist ja ganz in Ordnung. Aber blöd finde ich, dass wir auch über Industrie, Naturschätze und so schreiben sollen. Wieso bist du da denn weggezogen?"

Mitch setzte schon an, eine nichtssagende Antwort zu geben, erinnerte sich aber dann an Hesters Grundsatz der Ehrlichkeit. „Ich habe mich nicht gut mit meinen Eltern verstanden. Jetzt sind wir aber wieder ganz gute Freunde."

„Manchmal gehen Leute weg und kommen nicht wieder."

Der Junge hatte ganz sachlich gesprochen, und Mitch sagte im gleichen Ton: „Ich weiß."

„Früher hatte ich immer Angst, Mom könnte mal weggehen. Aber sie hat es nie getan."

„Sie liebt dich." Mitch fuhr dem Jungen durchs Haar.

„Wirst du sie heiraten?"

Mitch hielt mitten in der Bewegung inne. „Tja, ich …" Was sollte er da sagen? „Ich habe schon einmal daran gedacht." Mit einem Mal war er lächerlich nervös, deshalb stand er auf, um sich den Kaffee aufzuwärmen. „Ich habe sogar sehr oft darüber nachgedacht. Was würdest du davon halten?"

„Würdest du dann immer bei uns wohnen?"

„So sollte es eigentlich sein." Er goss sich Kaffee ein und setzte sich wieder neben Red. „Würde dich das stören?"

Radley sah ihn mit seinen dunklen Augen zweifelnd an. „Die Mutter von einem meiner Freunde hat wieder geheiratet. Kevin sagt, seitdem ist sein Stiefvater nicht mehr sein Freund."

„Meinst du, wenn ich deine Mom heirate, würde ich aufhören, dein Freund zu sein? Ich kann dir versprechen, dass ich mich nicht ändern werde, wenn ich dein Stiefvater würde."

„Ich will dich aber nicht als Stiefvater. Ich will überhaupt keinen Stiefvater." Radleys Mund zitterte. „Ich will einen richtigen. Richtige Väter gehen nicht weg."

Mitch nahm Red und hob ihn zu sich auf den Schoß. „Du hast recht. Richtige Väter tun das nicht." Wie gut der Junge das erkannt hat, dachte er und drückte Red fest an sich. „Weißt du, ich hab noch nicht viel Übung darin, Vater zu sein. Wirst du sauer auf mich sein, wenn ich schon mal was falsch mache?"

Red schüttelte den Kopf und kuschelte sich noch fester an ihn. „Können wir es Mom erzählen?"

Mitch brachte es fertig zu lachen. „Klar, gute Idee. Holen Sie Ihren Mantel, Sergeant, wir machen uns auf zu einer sehr bedeutenden Mission. Hoffentlich haben wir Erfolg."

Hester war bis über beide Ohren mit Zahlen beschäftigt. Aus irgendwelchen Gründen fiel es ihr seit einigen Tagen schwer, zwei und zwei zu addieren, und das schien nicht einmal wichtig zu sein. Nichts schien mehr wichtig zu sein. Und das, erkannte sie, war ein sicheres Zeichen dafür, dass sie völlig aus dem Gleichgewicht geraten war. Sie nahm eine Akte nach der anderen, kalkulierte, bewertete und schloss die Akte wieder, ohne etwas dabei zu fühlen.

Seine Schuld, dachte sie. Mitch ist schuld daran, dass mir Tag für Tag die gleichen Gedanken durch den Kopf gehen und mir wahrscheinlich noch in den nächsten zwanzig Jahren durch den Kopf gehen werden. Er hat es fertiggebracht, dass ich mich selbst infrage stelle. Er hat es fertiggebracht, dass ich wieder Zorn und Schmerz über Dinge empfinde, die ich längst in mir vergraben hatte. Er weckt Wünsche in mir, die ich nie mehr wünschen wollte.

Und was nun? Sie setzte die Ellbogen auf den Aktenstapel und starrte die Decke an. Sie liebte, das ließ sich nicht länger leugnen. Sie liebte inniger und tiefer, als sie es je getan hatte. Und der Mann, den sie liebte, war aufregend, liebenswert und verantwortungsbewusst, und er bot ihr einen neuen Anfang.

Das ist es ja gerade, wovor ich Angst habe, gestand sich Hester ein. Das ist es, wovor ich zurückschrecke.

Sie hatte sich gesagt, sie tue es wegen Radley, aber das entsprach nur zum Teil der Wahrheit. Sie fürchtete sich davor, sich an Mitch zu binden.

Er hat recht gehabt, sagte sie sich. Er hat in so vielen Dingen recht gehabt. Ich bin schon lange nicht mehr dieselbe Frau, die Allan Wallace geliebt hat. Ich bin auch nicht dieselbe Frau, die, als sie sich plötzlich mit einem Kind alleingelassen fand, keinen Boden unter den Füßen hatte.

Wann werde ich eigentlich aufhören, mich selbst zu bestrafen? Jetzt! In diesem Augenblick! beschloss Hester und griff nach dem Telefon. Mit ruhiger Hand wählte sie Mitchs Nummer, doch ihr Herz klopfte, als wolle es zerspringen. Sie biss sich auf die Lippe, während das Telefon bei ihm klingelte – und klingelte.

„Oh Mitch, komme ich denn nie zur rechten Zeit?"

Sie legte den Hörer auf und befahl sich, nicht den Mut zu verlieren. In einer Stunde wollte sie nach Hause gehen und ihm sagen, sie sei zu einem Neubeginn bereit.

Das Sprechgerät summte. Hester drückte die Antworttaste. „Ja, Kay?"

„Mrs Wallace, hier ist jemand, der Sie wegen eines Darlehens sprechen möchte."

Stirnrunzelnd sah Hester in ihren Terminkalender. „Ich habe mir keinen Termin notiert."

„Ich dachte, Sie könnten vielleicht zwischendurch mit dem Besucher reden."

„Also gut, aber klingeln Sie in zwanzig Minuten durch. Ich muss noch ein paar Sachen zu Ende machen, bevor ich gehe."

„Ja, gern."

Hester räumte ihren Schreibtisch ein wenig auf und war gerade dabei aufzustehen, als Mitch hereinkam. „Mitch? Ich wollte gerade … Was machst du denn hier? Wo ist Red?"

„Er wartet mit Taz in der Empfangshalle."

„Kay sagte, da sei jemand, der mich sprechen wollte."

„Das bin ich." Er trat an den Schreibtisch heran und stellte seine Aktentasche auf den Boden.

Sie wollte nach seiner Hand greifen, doch sein Gesichtsausdruck blieb reserviert. „Mitch, du brauchst nicht so zu tun, als kämst du wegen eines Darlehens, wenn du mich besuchen willst."

„Genau deshalb bin ich aber gekommen – wegen eines Darlehens."

Sie lächelte und lehnte sich zurück. „Rede keinen Unsinn. Das ist doch Blödsinn."

„Mrs Wallace, Sie sind doch Leiterin der Kreditabteilung dieser Bank?"

„Mitch, wirklich, das ist doch nicht nötig."

„Ich würde Mr Rosen nur ungern sagen, du hättest mich zur Konkurrenz geschickt." Er öffnete die Aktentasche. „Hier habe ich eine Auskunft über meine finanziellen Verhältnisse und die anderen bei einem Darlehensantrag erforderlichen Unterlagen mitgebracht. Ich nehme an, du hast die entsprechenden Formulare zur Hand?"

„Natürlich, aber …"

„Warum holst du sie dann nicht heraus?"

„Also gut." Wenn er ein Spiel spielen will, mir soll es recht sein, dachte sie. „Du möchtest also eine Hypothek beantragen. Willst du den Besitz als Investition kaufen, zum Vermieten oder aus anderen geschäftlichen Gründen?"

„Nein, es handelt sich um eine rein persönliche Angelegenheit."

„Verstehe. Hast du schon einen Kaufvertrag?"

„Hier ist er."

Hester nahm die Papiere von ihm entgegen und sah sie prüfend durch. „Aber die sind ja echt."

„Natürlich sind die echt. Ich habe schon vor ein paar Wochen für dieses Haus ein Angebot gemacht." Er kratzte sich das Kinn, als versuche er sich zu erinnern. „Warte mal … das war ein paar Tage vor Reds Geburtstag. Nein, an dem Tag, an dem ich leider deine Einladung zum Braten nicht annehmen konnte. Du bist übrigens nicht mehr darauf zurückgekommen."

„Du hast ein Haus gekauft?" Sie warf erneut einen Blick auf die Papiere. „In Connecticut?"

„Gestern haben sie mein Angebot akzeptiert. Die Unterlagen sind gerade gekommen. Ich nehme an, die Bank will sichergehen und ihre eigene Schätzung vornehmen lassen, stimmt's? Und dafür verlangt sie von mir eine Gebühr, nicht wahr?"

„Wie bitte? Oh ja, natürlich. Ich werde das Formular ausfüllen."

„Schön. In der Zwischenzeit suche ich dir ein paar Fotos und Kopien heraus." Er holte sie aus der Aktentasche und schob sie ihr über den Schreibtisch. „Vielleicht möchtest du sie dir einmal ansehen? Sie sind ganz interessant."

„Ich verstehe immer noch nicht, was das alles soll."

„Vielleicht beginnst du zu verstehen, wenn du einen Blick auf die Fotos wirfst."

Sie nahm das erste Bild in die Hand und starrte auf das Haus, das sie in ihren Träumen gesehen hatte. Es war groß und behäbig, war rundherum von Veranden umgeben und hatte hohe, breite Fenster. Schnee lag auf den immergrünen Pflanzen neben dem Eingang und bildete auf dem Dach eine dicke weiße Haube.

„Es gehören noch ein paar Nebengebäude dazu, die hier auf den Bildern nicht zu sehen sind. Eine Scheune, ein Hühnerstall – beide stehen im Augenblick leer. Das Grundstück ist ungefähr fünf Morgen groß, einschließlich Wald und Bach. Der Immobilienmakler hat mir versichert, es gebe reichlich Fische darin. Das Dach müsste repariert werden, die zusammengefallenen Zäune neu errichtet, es braucht einen neuen Anstrich, und die Installation muss modernisiert werden. Aber ansonsten ist es sehr solide."

Während Mitch sprach, hatte er Hester nicht aus den Augen gelassen. Sie blickte nicht auf, sondern starrte wie verzaubert auf die Fotos, die vor ihr lagen. „Das Haus steht seit hundertfünfzig Jahren, und ich denke, es wird ganz bestimmt noch eine Weile länger halten, wenn wir es liebevoll pflegen."

„Es ist wunderschön." Tränen traten ihr in die Augen. „Ganz wunderschön."

„Sprichst du im Namen der Bank?"

Hester schüttelte den Kopf. Mitch macht es mir nicht leicht, dachte sie und gestand sich ein, dass sie das auch gar nicht verdient hatte. „Ich wusste nicht, dass du daran denkst umzuziehen. Was wird aus deiner Arbeit?"

„Meinen Zeichentisch kann ich genauso gut in Connecticut aufstellen."

„Das ist wahr." Sie nahm den Federhalter auf, aber anstatt damit zu schreiben, drehte sie ihn nervös zwischen den Fingern.

„Man sagte mir, in der Stadt gebe es eine Bank. Nichts in der Größenordnung wie die ‚National Trust', aber eine kleine, unabhängige Bank. Ich nehme an, jemand mit Erfahrung könnte dort eine gute Stelle bekommen."

„Kleine Banken sind mir immer lieber gewesen." Hester hatte einen Kloß im Hals. „Und kleine Städte", fügte sie hinzu.

„Es gibt dort auch ein paar gute Schulen. Die Grundschule ist gleich in der Nähe der Farm. Man hat mir erzählt, manchmal kämen die Kühe über den Zaun bis auf den Schulhof."

„Du weißt ja offensichtlich schon über alles Bescheid."

„Ich glaube, ja."

Sie starrte immer noch auf die Bilder und fragte sich, wie es ihm gelungen sein mochte, genau so ein Haus zu finden, wie sie es sich immer schon gewünscht hatte. Und sie fragte sich, womit sie all seine Mühe verdient hatte. „Tust du das für mich?"

„Nein." Er wartete, bis sie ihn ansah. „Für uns."

Hesters Augen füllten sich erneut mit Tränen. „Ich habe dich gar nicht verdient."

„Ich weiß." Er nahm ihre Hände und zog sie hoch. „Es wäre also ziemlich dumm von dir, ein so gutes Angebot abzulehnen."

„Und ich möchte nicht gerne dumm sein." Sie entzog ihm die Hände und ging zu ihm auf die andere Schreibtischseite. „Ich muss dir etwas sagen, aber zuerst möchte ich, dass du mich küsst."

„Ist das die Art und Weise, wie hier die Kredite vergeben werden?" Mitch nahm sie beim Kragen ihres Jacketts und zog sie an sich. „Ich fürchte, ich muss mich über Sie beschweren, Mrs Wallace. Später."

Er küsste sie und fühlte, dass sie dieses Mal rückhaltlos auf ihn zukam, dass sie ihn angenommen hatte. Er strich ihr mit der Hand über das Gesicht und spürte, dass sie lächelte. „Heißt das, ich bekomme das Darlehen?"

„Über das Geschäftliche sprechen wir in einer Minute." Sie legte den Kopf zurück. „Gerade bevor du hereinkamst, habe ich hier gesessen und über uns nachgedacht. Eigentlich habe ich seit Tagen nicht viel anderes getan, als hier zu sitzen und über uns nachzudenken."

„Weiter. Ich glaube, die Geschichte wird mir gefallen."

„Ich habe auch über mich selbst nachgedacht, und das war nicht leicht, weil ich die letzten zehn Jahre meines Lebens sehr viel Energie daran verschwendet habe, nicht über mich nachzudenken."

Sie hielt seine Hand fest, trat aber einen Schritt zurück. „Ich glaube, das, was mit Allan und mir geschehen ist, musste so kommen. Wenn ich klüger und stärker gewesen wäre, hätte ich mir selbst schon lange eingestehen müssen, dass unsere Beziehung nur zeitlich begrenzt sein konnte. Vielleicht, wenn er uns nicht auf diese Weise verlassen hätte …" Sie schüttelte den Kopf. „Es ist nicht mehr wichtig, Mitch. Das habe ich jetzt erkannt. Mitch, ich möchte mich nicht den Rest meines Lebens fragen müssen, ob du und ich es miteinander geschafft hätten. Bevor du heute mit all diesem hier hereingekommen bist, hatte ich den Entschluss gefasst, dich zu fragen, ob du mich immer noch heiraten willst."

„Die Antwort ist ja. Unter einer Bedingung."

Hester fuhr zurück. „Bedingung?"

„Bitte, hör mir zu. Es ist eine sehr wichtige Bedingung." Er strich ihr mit den Händen sanft über die Arme und ließ sie dann herabfallen. „Ich möchte Reds Vater sein."

„Wenn wir heiraten, wirst du das automatisch."

„Ich glaube, Stiefvater wäre in diesem Fall die richtige Bezeichnung. Red und ich sind aber der Meinung, dass wir das nicht mögen."

„*Ihr* seid der Meinung? Heißt das, ihr habt schon darüber gesprochen?"

„Ja, ich habe darüber mit Red diskutiert. Er fing damit an, aber ich wollte ohnehin mit ihm darüber reden. Er fragte mich heute Nachmittag, ob ich dich heiraten wolle. Hätte ich ihn belügen sollen?"

„Nein." Sie schwieg einen Moment, schüttelte dann den Kopf. „Natürlich nicht. Was hat er gesagt?"

„Seine größte Sorge war, ob ich dann immer noch sein Freund sei, weil er gehört hat, Stiefväter würden sich ändern, sobald sie den Fuß zwischen Tür und Angel hätten. Obgleich ich ihn in dieser Hinsicht beruhigen konnte, erklärte er mir, er wolle mich nicht als Stiefvater."

„Oh Mitch."

„Er will einen richtigen Vater, Hester, weil richtige Väter nicht fortlaufen. Wie ich die Dinge sehe, steht dir noch eine sehr wichtige Entscheidung bevor. Bist du damit einverstanden, dass ich ihn adoptiere?" Mit großen Augen sah sie ihn an. „Ich möchte von dir wissen, ob du bereit bist, Red mit mir zu teilen. Es fällt mir nicht schwer, mich gefühlsmäßig als seinen Vater zu betrachten. Aber ich möchte es auch rechtmäßig sein. Ich kann mir nicht denken, dass es Probleme mit deinem Exmann geben könnte."

„Nein, bestimmt nicht."

„Und mit Red auch nicht. Wie ist es mit dir?"

Hester trat ein paar Schritte vom Schreibtisch zurück. „Ich weiß nicht, was ich sagen soll. Ich finde nicht die richtigen Worte."

„Nimm einfach irgendwelche."

Sie stellte sich vor ihn hin und holte tief Luft. „Am besten fange ich damit an, dass Red einen ganz tollen Vater bekommen wird, in jeder Hinsicht. Und ich liebe dich, ich liebe dich sehr."

„Das ist für den Anfang schon genug." Er zog sie an sich. „Das ist doch wunderbar." Dann küsste er sie lachend, und sie hielt ihn umschlungen und lachte auch. „Heißt das, ich bekomme das Darlehen?"

„Tut mir leid, ich muss es ablehnen."

„Wie bitte?"

„Dafür würde ich aber Ihnen und Ihrer Frau gemeinsam eine Hypothek bewilligen." Sie nahm sein Gesicht zwischen die Hände. „Unser Haus – also auch unsere gemeinsame Verpflichtung."

„Das sind Bedingungen, mit denen ich leben kann." Er gab ihr einen wunderbar zarten Kuss. „Zumindest die nächsten hundert Jahre oder so." Er hob sie hoch und schwang sie im Kreis herum. „Komm, wir wollen es Red gleich sagen."

Während sie Hand in Hand das Büro verließen, fragte Mitch: „Sag mal, was würdest du von einer Hochzeitsreise nach Disneyland halten?"

Sie lachte. „Die Idee finde ich großartig."

– ENDE –

Nora Roberts

Tanz der Sehnsucht

Roman

Aus dem Amerikanischen von
Anne Pohlmann

*W*ährend der Mittagspause war der Club leer. Die Farbe an den Wänden war vom Zigarettenrauch stumpf geworden, und die Böden waren abgenutzt, doch einigermaßen sauber. Es gab den für solche Orte so typischen Geruch – eine Mischung aus altem Alkohol, schlechten Parfumdünsten und abgestandenem Kaffee. Gewisse Menschen mochten sich hier zu Hause fühlen. Die O'Haras waren zu Hause, wo immer sich ein Publikum versammelte.

Wenn nachmittags die Menge hereinströmte und die Beleuchtung schummrig wurde, dann würde es nicht mehr so schäbig aussehen. Jetzt aber schien grelles Sonnenlicht durch die zwei kleinen Fenster und zeigte unbarmherzig den Staub und jede abgewetzte und abgeschlagene Stelle. Der Spiegel hinter der Bar warf das Licht auf die kleine Bühne in der Mitte des Raumes.

Frank O'Hara führte seinen fünfjährigen Drillingen die Schritte für eine kleine Tanzeinlage vor, die er abends in die Show einfügen wollte. Den drei kleinen Mädchen würden die Herzen des Publikums bestimmt sofort zufliegen.

„Hoffentlich lässt du mir mit deinen Ideen nächstes Mal mehr Zeit." Molly, seine Frau, die eigentlich Mary Margaret hieß, saß an einem Ecktisch und beeilte sich, Schleifen an die weißen Kleider zu nähen, die ihre Töchter in wenigen Stunden tragen sollten. „Ich bin nämlich keine verdammte Näherin."

„Du bist Mitglied einer Truppe, Molly, meine Liebe, und das Beste, was Frank O'Hara je geschehen konnte."

„Nichts ist wahrer als das, mein Lieber", entgegnete sie halblaut, aber lächelnd.

„Also, meine Lieblinge, versuchen wir es noch einmal." Er lächelte den drei kleinen Engeln zu.

Caroline, mit dem Kosenamen Carrie, war schon jetzt eine Schönheit mit ihrem ovalen Gesichtchen und den dunkelblauen Augen. Er zwinkerte ihr zu und wusste genau, dass sie mehr an den Schleifen auf dem Kleid als an der Vorstellung interessiert war. Alana war die unkompliziert Freundliche. Sie tanzte, weil ihr Dad es wollte und weil es Spaß machen würde, mit ihren Schwestern auf der Bühne zu sein. Madeline, kurz Maddy genannt, mit ihrem Koboldgesicht und dem Haar, das schon eine Spur ins Rötliche ging, ließ ihren Vater nicht eine Sekunde aus den Augen und ahmte seine Bewegung perfekt nach. Franks Herz schwoll vor Liebe für die drei über.

Er legte eine Hand auf die Schulter seines Sohnes. „Gib uns eine zweitaktige Vorgabe, Terence. Etwas Flottes, Lebendiges."

Terences Finger liefen über die Tasten. Frank bedauerte es immer wieder, dass er sich keinen Unterricht für den Jungen leisten konnte. Alles, was sein Sohn am Instrument konnte, hatte er sich durch Nachmachen und Heraushören selbst beigebracht.

„Wie findest du das, Dad?"

„Du bist spitze." Frank strich Terence über den Kopf. „Okay, Mädchen, zeigt, was ihr könnt."

Er arbeitete mit ihnen geduldig noch eine Viertelstunde und brachte sie über ihre Fehler zum Kichern. Die kleine Tanzeinlage würde alles andere als perfekt sein, doch Frank besaß genügend Erfahrung, um den Charme der Darbietung zu erkennen. Er würde die Nummer langsam ausbauen. Die Saison war bald vorbei, doch wenn es ihnen gelang, sich eine gewisse unverwechselbare Note zu erarbeiten, wäre damit ein neuer Vertrag gesichert. Das Leben bestand für Frank aus Auftritten und Verträgen. Und für ihn gab es keinen Grund zu glauben, warum seine Familie nicht der gleichen Meinung sein sollte.

Doch kaum bemerkte er Carries nachlassendes Interesse, brach er ab, da er wusste, bei ihren Schwestern würde es auch gleich so weit sein.

„Wunderbar." Er gab jeder von ihnen einen schallenden Kuss. „Wir werden sie heute von ihren Stühlen reißen."

„Wird unser Name auf dem Plakat stehen?", erkundigte sich Carrie, was Frank zu schallendem Gelächter veranlasste.

„Schielst schon nach der Reklame, meine kleine Taube, nicht wahr? Hast du das gehört, Molly?"

„Es überrascht mich nicht." Sie legte ihre Näharbeit weg, um den Fingern eine Ruhepause zu gönnen.

„Ich will dir etwas verraten, Carrie. Du bekommst deine Reklame, wenn du das kannst." Er begann eine langsame Steppeinlage und streckte seiner Frau eine Hand hin. Lächelnd erhob sich Molly. Die vielen Jahre gemeinsamen Tanzens wirkten sich in aufeinander abgestimmten Bewegungen vom ersten Schritt an aus.

Alana setzte sich neben Terence auf die Klavierbank. Er improvisierte eine witzige kleine Melodie.

„Carrie wird es üben, bis sie es kann", bemerkte ihr Bruder halblaut.

Alana lächelte ihn an. „Dann stehen alle unsere Namen auf dem Plakat." Sie lehnte sich an ihn. Ihre Eltern lachten, und ihre Füße schlugen im Rhythmus auf den hölzernen Bühnenboden. Alana schien es, als würden ihre Eltern immer lachen. Selbst wenn ihre Mutter diesen verärgerten Blick bekam, konnte Dad sie zum Lachen bringen.

Carrie beobachtete die Bewegungen der Eltern mit verbissener Miene, probierte es selbst, bekam es aber nicht ganz hin. Es würde sie wahnsinnig ärgern, das wusste Alana.

„Ich will es machen", sagte Maddy vom Rand der Bühne. „Ich kann es." Und mit einem eigensinnigen Gesichtsausdruck begann sie, mit den Füßen zu schlagen – Ferse, Spitze, Spitze, Ferse …

Verblüfft verharrte Frank mitten in der Bewegung, und Molly prallte gegen ihn. „Sieh dir das an, Molly."

Molly strich sich die Haare aus der Stirn und beobachtete, wie sich ihre jüngste Tochter um die Grundfähigkeiten zum Stepptanz bemühte – und es schaffte. Sie empfand dabei Stolz und Bedauern, eine Mischung, wie sie nur eine Mutter verstehen kann. „Wir müssen wohl noch ein Paar Steppschuhe kaufen, Frank."

Frank empfand Stolz und überhaupt kein Bedauern. „Versuche das jetzt." Er zeigte die Bewegungen langsam. Sprung, Schleifschritt, Aufschlag. Kick, Schritt, Kick, Schritt und Schritt zur Seite. Er ergriff Maddys Hand und begann erneut, wobei er sich vorsichtig ihren kleineren Schritten anpasste. Sie machte seine Bewegungen genau nach.

„Jetzt das." Seine Erregung wuchs, und er sah zu seinem Sohn hinüber. „Gib uns den Rhythmus. Achte auf den Takt, Maddy. Eins und zwei und drei und vier. Schlag. Das Körpergewicht nicht verlagern. Zehen nach vorn, dann zurück. Jetzt eine Wiederholung." Wieder machte er es vor, und wieder ahmte sie seine Schritte nach.

„Jetzt alles zusammen, und wir hören mit einem Gleitschritt auf, die Arme so, pass auf." Schnell stieß er die Arme zur Seite und zwinkerte Maddy dann zu, die vor Konzentration die Stirn runzelte.

„Zähl ein, Terence." Frank nahm wieder Maddys Hand, und die Freude stieg in ihm auf, als seine Tochter sich im Einklang mit ihm bewegte. „Wir haben hier eine Tänzerin, Molly." Frank hob Maddy hoch und warf sie in die Luft. Sie schrie auf, aber nicht weil sie Angst hatte, er würde sie nicht auffangen.

Das Erlebnis, hochgeworfen zu werden, war ebenso prickelnd, wie es das Tanzen vorher gewesen war. Sie wollte mehr davon.

1. KAPITEL

Fünf, sechs, sieben, acht! Vierundzwanzig Füße schlugen gleichzeitig auf den Holzboden. Zwölf Körper drehten und beugten sich und schnellten wie ein einziger nach vorn. Spiegel warfen ihre Abbilder zu ihnen zurück. Arme flogen, Beine streckten sich hoch, Köpfe neigten, drehten sich und sanken zurück.

Schweiß floss. Es war der Geruch von Theater.

Das Klavier hämmerte rhythmische Linien, und die Melodie hallte auf der alten Probebühne wider. Hier hatte es schon immer den Widerhall von Musik gegeben, schon immer hatten sich danach Füße bewegt und Pulsschläge gerast und Muskeln geschmerzt. Und so würde es weiterhin sein, Jahr auf Jahr, solange das Gebäude stand.

Hier hatten viele Stars geprobt und viele Legenden aus dem Showbusiness ihren letzten Schliff bekommen. Unzählige unbekannte und vergessene Corpstänzer hatten hier gearbeitet, bis ihre Muskeln vor Erschöpfung hart und zäh geworden waren. Das war der Broadway, wie ihn das zahlende Publikum kaum zu Gesicht bekam.

Der Assistent des Choreografen schlug ununterbrochen den Takt, die Brillengläser schon beschlagen von Hitze und Schweiß. Der Choreograf neben ihm, der Mann also, der den Tanz entworfen und gestaltet hatte, beobachtete die Tänzer mit seinen dunklen und wachsamen Augen.

„Halt!"

Das Klavier verstummte. Die Bewegungen erstarben. Die Tänzer sanken erschöpft und erleichtert in sich zusammen.

„Es schleppt hier."

Schleppt? Die Tänzer verdrehten die Augen und bemühten sich, ihre schmerzenden Muskeln zu vergessen. Der Choreograf musterte sie und gab dann das Zeichen für eine kleine Pause. Zwölf Körper ließen sich gegen die Wand fallen. Waden wurden massiert, Füße gestreckt, entspannt und wieder gestreckt. Sie sprachen wenig. Atem war wichtig, man musste sparsam mit ihm umgehen. Der abgenutzte Boden war voller Klebebandstreifen, die als Markierungen in anderen Shows gedient hatten. Aber jetzt zählte nur eine Show: diese.

„Willst du einen Bissen?"

Madeline O'Hara hob den Kopf und betrachtete den Schokoladenriegel. Sie überlegte, zögerte und schüttelte den Kopf. Ein Biss würde doch nicht reichen. „Nein, danke. Zucker steigt mir beim Tanzen immer zu Kopf."

„Ich brauche das jetzt." Die Frau, mit einer Haut so dunkel wie Schokolade, biss herzhaft in den Riegel. „Und der, der braucht nichts weiter als eine Peitsche und eine Kette."

Madeline – von allen nur Maddy genannt, warf dem Choreografen, der sich gerade zum Pianisten hinunterbeugte, einen Blick zu. „Er ist hart. Aber wir werden noch froh sein, ihn zu haben."

„Ja, aber im Augenblick könnte ich ihn …"

„Mit einer Klavierseite erwürgen?", schlug Maddy vor und erntete ein kehliges Lachen.

Ihre Energie kam zurück, und die Hitze wich langsam aus ihrem Körper. Es roch nach Schweiß und den fruchtduftenden Sprays, mit denen viele Tänzer den Schweißgeruch bekämpften.

„Ich habe dich beim Vortanzen gesehen", fuhr Maddy fort. „Du warst wirklich gut."

„Danke." Die Frau wickelte den Rest des Riegels ein und verstaute ihn in ihrem Tanzbeutel. „Wanda Starre – mit zwei R und einem E."

„Maddy O'Hara."

„Ja, ich weiß." In Theaterkreisen war Maddys Name nicht mehr unbekannt. Die Zigeuner – also die ungebundenen Tänzer, die von Show zu Show, Engagement zu Engagement wanderten – kannten sie als eine der Ihren … die es geschafft hatte. „Es ist mein erster Vertrag", vertraute Wanda ihr mit einem besonderen Unterton an.

„Ehrlich?" Weiße Verträge waren für Solisten, pinkfarbene für Chorustänzer. Doch es ging dabei um viel, viel mehr als Farbunterschiede. Überrascht betrachtete Maddy die Frau genauer. Sie hatte ein markantes, exotisches Gesicht und den langen, schlanken Hals und die kräftigen Schultern einer Tänzerin. Sie war größer als Maddy, bestimmt dreizehn Zentimeter.

„Ja." Wanda musterte die anderen Tänzer, die sich entspannten und sammelten. „Und ich habe eine Riesenangst."

Maddy fuhr sich mit dem Handtuch übers Gesicht. „Ich auch."

„Nun hör aber auf, Maddy. Du hast doch schon einmal in einer Starnummer geglänzt."

„Aber in dieser habe ich noch nicht geglänzt. Und ich habe noch nicht mit Myron gearbeitet." Sie sah zu dem mit seinen sechzig Jahren immer noch drahtigen Choreografen hinüber. „Es geht weiter", fügte sie halblaut hinzu. Die Tänzer erhoben sich und lauschten den nächsten Instruktionen.

Weitere zwei Stunden tanzten sie konzentriert, kämpften und feilten jede Bewegung aus. Als die anderen entlassen wurden, bekam Maddy eine zehnminütige Pause zugestanden, bevor sie ihr Solo probieren musste. Eine Solotänzerin musste sich für die Aufführung wie ein Athlet für seinen Marathonlauf vorbereiten. Probe, Disziplin und wieder Probe. Jede Bewegung musste ihrem Körper, ihren Muskeln und Gliedern im Schlaf verfügbar sein. Und alles musste im Einklang von Rhythmus und Takt stehen.

„Versuche es jetzt mit ausgestreckten Armen, auf Schulterhöhe. Besser", meinte Myron, nachdem Maddy all ihre Energie in die Schrittfolge gelegt hatte. Doch von Myron war das ein echtes Lob. „Und jetzt die Schultern lockern. Die Bewegungen müssen eher hart und schneidend sein. Zieh sie nicht weich durch, schneide sie ab. Du bist Stripperin, keine Ballerina."

Sie lächelte, denn während seiner Kritik massierte er ihr gleichzeitig die müden Schultermuskeln. Myron hatte den Ruf, ein gnadenlos harter Lehrer zu sein, aber er hatte ein mitfühlendes Herz für einen Tänzer.

Der Assistent gab den Takt vor, und Maddy überließ ihrem Körper das Denken. Schneidend, hart, scharf. Das verlangte die

Rolle, also musste sie so sein. Allein mit ihrer Stimme konnte sie diese Rolle nicht überzeugend gestalten, sie musste ihren ganzen Körper einsetzen. Die Beine hoben sich, schnellten in einer Serie von ruckartigen Kicks vor. Ihre Arme streckten sich zur Seite, umfassten ihren Körper wie zur Umarmung und flogen wieder hoch, während ihre Füße sich wie von selbst im Takt bewegten.

Ihr langes, rotblondes Haar war zu einem Pferdeschwanz gebunden, und das Schweißband war schon durchnässt. Sie würde später ihr Haar in schulterlangen wilden Locken für diese Nummer tragen müssen, doch jetzt dachte sie einfach nicht daran. Ihr Gesicht glänzte feucht, doch sie ließ sich die Anstrengung nicht anmerken. Sie wusste, wie sie mit ihrem Gesicht Ausdruck, Gefühl vermitteln musste. Im Theater war es oft nötig, den Ausdruck zu übertreiben. Über ihre weich geschwungene Oberlippe perlten Schweißtropfen, doch sie lächelte, blickte verschmitzt, lachte und schnitt Grimassen, je nachdem, wie es die Stimmung des Tanzes verlangte.

Ohne Make-up war ihr Gesicht anziehend – oder niedlich, wie Maddy es selbst eher akzeptierte –, mit seinem leicht herzförmigen Schnitt, den koboldhaften Zügen und den großen, goldbraunen Augen. Für die Rolle der Mary Howard alias der Fröhlichen Witwe würde sich Maddy ganz auf das Geschick des Maskenbildners verlassen müssen, um sich etwas Raffiniertes, sinnlich Glutvolles zu geben. Doch jetzt war sie ganz von ihren eigenen Ausdrucks- und Bewegungsmöglichkeiten abhängig, um überzeugend den Charakter einer erfahrenen Stripperin vermitteln zu können.

In einer gewissen Weise, dachte sie, habe ich mich mein ganzes Leben auf diese Rolle vorbereitet, mein ganzes Leben in Zügen und Bussen, unterwegs von einer Stadt zur nächsten, von einem Club zum nächsten, um das Publikum für einen Apfel und ein Ei zu unterhalten.

Mit fünf war sie schon in der Lage gewesen, ein Publikum einzuschätzen. War es abweisend, war es entspannt, war es aufnahmebereit? Denn die Stimmung des Publikums konnte über

Erfolg oder Misserfolg des ganzen Auftritts entscheiden. Und schon früh hatte Maddy gelernt, wie winzige Veränderungen im Ablauf die bestmögliche Wirkung erzielen konnten. Seit sie laufen konnte, hatte sich ihr Leben auf der Bühne abgespielt. Und mit ihren sechsundzwanzig Jahren hatte sie nicht eine Sekunde davon bedauert.

Sie war eine geborene Zigeunerin. Sie und ihre zwei Schwestern waren zur Welt gekommen, als ihre Eltern unterwegs zu einer Vorstellung gewesen waren. Und so war es fast unvermeidlich gewesen, dass sie eine Broadway-Zigeunerin geworden war. Sie hatte vorgetanzt, war durchgefallen und hatte die Enttäuschung verarbeiten müssen. Sie hatte vorgetanzt, Erfolg gehabt und hatte die Angst vor der Premiere verarbeiten müssen. Doch aufgrund ihres Wesens und ihrer Geschichte hatte sie nie ein mangelndes Selbstvertrauen verarbeiten müssen.

Seit sechs Jahren kämpfte sie sich allein durch, ohne den Rückhalt ihrer Eltern, ihres Bruders und ihrer Schwestern. Sie hatte als Chorustänzerin getanzt und Unterricht genommen. Nebenher hatte sie als Kellnerin gejobbt, um den Unterricht, der bei Tänzern nie endete, und die Tanzschuhe, die immer viel zu schnell verschlissen waren, bezahlen zu können. Und sie hatte den Durchbruch zur Solotänzerin geschafft …

Ihre größte Rolle war der Hauptpart in „Suzanna's Park" gewesen, eine wahre „Rosine", die sie aufgegeben hatte, als sie das Gefühl bekam, nichts mehr aus ihr herausholen zu können. Die Kündigung war ein Risiko gewesen, doch sie war Zigeunerin genug, um die Veränderung als Abenteuer anzunehmen.

Und nun studierte sie die Rolle der Mary, die härter, vielfältiger und fordernder als alles Bisherige war.

Die Musik endete, und Maddy stand mitten auf der Probebühne, die Hände auf den Hüften und schwer atmend. Ihr Körper schrie förmlich danach, zusammenbrechen zu dürfen, doch wenn Myron ein Zeichen gegeben hätte, hätte sie sich aufgerafft und weitergemacht.

„Nicht schlecht, Kleines." Er warf ihr das Handtuch zu.

Mit einem schwachen Auflachen verbarg Maddy das Gesicht in dem Handtuch. Es war schon nicht mehr frisch, aber es saugte den Schweiß noch auf. „Nicht schlecht? Du weißt verdammt gut, dass es großartig war."

„Es war gut." Myrons Lippen zuckten. Maddy wusste, das war bei ihm so viel wie ein Lachen. „Ich kann eingebildete Tänzer nicht ausstehen." Doch sein Blick drückte Freude und Dankbarkeit dafür aus, dass sie ein solches Energiebündel war. Sie war sein Werkzeug, sein Kunstwerk. Sein Erfolg hing ebenso von ihren Fähigkeiten ab wie ihrer von seinen.

Maddy schlang sich das Handtuch um den Nacken. „Kann ich dich etwas fragen, Myron?"

„Schieß los." Er holte eine Zigarette hervor, eine Angewohnheit, die Maddy mit leichtem Mitleid betrachtete.

„Wie viele Musicals hast du schon gemacht? Insgesamt, meine ich, als Tänzer und Choreograf?"

„Zu zählen wäre vergebliche Mühe. Sagen wir einfach, viele."

„Okay." Sie ging bereitwillig darauf ein, obwohl sie ihre besten Steppschuhe darauf setzen würde, dass er die Anzahl der Stücke genau kannte. „Wie schätzt du unsere Chancen bei diesem ein?"

„Nervös?"

„Nein. Verunsichert."

Er nahm zwei kurze Züge. „Das ist gut für dich, für den Erfolg."

„Ich kann nicht schlafen, wenn ich verunsichert bin. Ich brauche meinen Schlaf."

Seine Lippen zuckten wieder. „Du hast den Besten – mich. Du hast gute Musik und einen packenden Text. Was willst du?"

„Nur Klarheit." Sie dankte dem Assistenten für das Glas Wasser und nahm einen kleinen Schluck.

Myron antwortete, weil er sie achtete. Und das lag nicht an ihrer Leistung in „Suzanna's Park", er achtete sie und alle anderen wegen ihrer Leistungen jeden Tag. „Du weißt, wer uns finanziert?"

Sie nickte und nahm noch einen Schluck. „Valentine Records."

„Schon einmal darüber nachgedacht, warum eine Schallplattenfirma ein Musical finanziert?"

„Exklusivrechte, um das Album herauszubringen."

„Du hast es erfasst." Er drückte die Zigarette aus und spürte sofort das Bedürfnis nach einer weiteren. Wenn keine Musik spielte – auf dem Klavier oder in seinem Kopf –, dachte er nur an Zigaretten. Zum Glück für seine Lungen war das nicht oft. „Roy Valentine ist unser Geldgeber. So ein hohes Tier ist nicht an uns interessiert, Schätzchen. Er ist nur daran interessiert, Profit zu machen."

„Okay", entschied Maddy. „Ich wünsche ihm den Profit." Sie lächelte verschmitzt. „Einen großen."

„Guter Gedanke. Und jetzt ab unter die Dusche."

Die Wasserrohre klopften, und der Wasserstrahl kam nur mit Unterbrechungen, aber er war kalt und erfrischend. Maddy hatte heute früh Ballettunterricht gehabt und war von dort direkt zur Probe gekommen. Zuerst war sie mit dem Komponisten zwei Songs durchgegangen. Der Gesang machte ihr keine Mühe, sie hatte eine klare Stimme, einen guten Tonumfang und eine ausgezeichnete Intonation. Vor allem aber war sie laut. Zarte Stimmchen waren am Theater fehl am Platz.

Ihre Stimme hatte sich in den Jahren der O'Hara-Drillinge ausgebildet. Wenn man in Bars und Clubs mit schlechter Akustik und unzureichender Anlage singen muss, dann lernt man, seine Lungen großzügig einzusetzen.

Doch ihr Herz gehörte dem Tanz, weniger der schauspielerischen Darstellung. Die wahre Schauspielerin in der Familie war Carrie, Alana hatte die ausdrucksfähigste Stimme. Der Tanz hatte Maddy mit Leib und Seele gefangen von dem ersten Augenblick an, als ihr Vater ihr die ersten Steppschritte in dem schäbigen, kleinen Club in Pennsylvania beigebracht hatte.

Sieh mich jetzt an, Dad, dachte sie, als sie sich schnell abtrocknete und anzog, jetzt bin ich am Broadway.

Der große Bühnenraum hallte wider von all den Geräuschen. Der Komponist und der Texter nahmen kleinere Veränderungen an ihren Songs vor. Morgen würden Maddy und die anderen sie lernen müssen. Das war nichts Neues. Myron würde noch viele feine Veränderungen an den schon einstudierten Tanznummern vornehmen. Auch das war nichts Neues.

Mit Schwung hängte sich Maddy ihren Tanzbeutel über die Schultern. Nur ein Gedanke beherrschte sie, als sie die Treppen zum Eingang hinunterstieg: Essen. Die Kraft und die Kalorien, die ein Tag voller Proben gekostet hatten, mussten ergänzt werden – aber kontrolliert. Sie hatte sich schon vor langer Zeit dazu erzogen, einen Becher Joghurt mit gleicher Begeisterung wie einen Bananensplit zu sehen. Heute Abend würde es Joghurt sein, garniert mit frischem Obst und ergänzt von einem Teller Gerstensuppe und einem Spinatsalat.

Bei der Tür lauschte sie noch einmal auf die Geräusche: ein Sänger, der die Tonleitern durchging, Klavierlinien, die nur noch dünn bis hier durchdrangen, rhythmisches Aufschlagen von Füßen auf dem Tanzboden. Diese Geräusche gehörten ebenso zu ihr wie ihr eigener Herzschlag.

Der Himmel segne Roy Valentine, entschied sie und trat endgültig in die einbrechende Dämmerung hinaus.

Sie hatte kaum zwei Schritte gemacht, als ein heftiges Reißen an ihrem Tanzbeutel sie herumwirbeln ließ.

Er war noch fast ein Kind – vielleicht sechzehn oder siebzehn Jahre alt –, aber der harte, verzweifelte Blick war unmissverständlich.

Maddy machte den Eindruck eines leicht zu überwältigenden Opfers: ein Fliegengewicht, das leicht weggestoßen werden konnte, während er ihren Beutel an sich riss und floh. Ihre Kraft, mit der sie sich zur Wehr setzte, überraschte ihn, machte ihn aber nur noch entschlossener, sich zu nehmen, was sie an Bargeld und Kreditkarten in ihrem Beutel haben mochte. Niemand nahm Notiz von dem Kampf im Halbdunkel neben dem alten Gebäude. Beim Gedanken an die Jugend ihres Angreifers versuchte Maddy es mit Überzeugungskraft. Man hatte ihr zwar schon dargelegt, dass nicht unbedingt jeder sich ändern wollte, aber das hielt sie nicht von einem Versuch ab.

„Weißt du überhaupt, was da drin ist?", fragte sie, während sie beide an ihrem Beutel rissen. Er war schon atemloser als sie. „Verschwitzte Trikots und ein Handtuch, das schon ganz muffig ist. Und meine Ballettschuhe."

Der Gedanke an die Ballettschuhe ließ sie ihren Beutel nur noch entschlossener verteidigen. Der Junge beschimpfte sie, doch sie achtete nicht darauf. „Die Schuhe sind noch fast neu, aber für dich völlig unbrauchbar. Ich brauche sie dringender als du", fuhr sie in ihrem vernünftigen Tonfall fort. Doch als sie mit der Ferse gegen das eiserne Geländer knallte, fluchte sie. Sie konnte es sich leisten, ein paar Dollar zu verlieren, aber sie konnte sich keine Verletzung leisten. Da er sich offensichtlich nicht ändern lassen wollte, ging er vielleicht auf einen Vergleich ein.

„Hör zu, wenn du mich in Ruhe lässt, gebe ich dir die Hälfte von meinem Bargeld. Ich habe keine Zeit, mir neue Schuhe zu besorgen, und ich brauche sie morgen. Das gesamte Bargeld", entschied sie dann, als sie hörte, wie die Nähte ihres Beutels zu reißen begannen. „Ich habe ungefähr dreißig Dollar."

Er versetzte Maddy nur einen kräftigen Schlag, der sie vorwärtsstolpern ließ. Ein Ruf ertönte, und sofort ließ er los. Wie ein Stein fiel der Beutel herunter, sein Inhalt verstreute sich auf dem Boden. Und wie der Blitz rannte der Junge die Straße hinunter und verschwand um die nächste Ecke. Leise fluchend bückte sich Maddy, um ihre Sachen wieder einzusammeln.

„Alles in Ordnung?"

Maddy griff nach ihren ramponierten Wadenwärmern und sah ein Paar auf Hochglanz polierte italienische Schuhe. Als Tänzerin achtete sie besonders darauf, was Leute an den Füßen trugen. Schuhe verrieten häufig die Persönlichkeit und das Selbstbewusstsein von Menschen. Polierte italienische Schuhe bedeuteten Reichtum und Wertschätzung dessen, was Reichtum ermöglichte. Über dem teuren Leder kamen erstklassig geschnittene hellgraue Hosen. Während Maddy das herausgefallene Kleingeld aufsammelte, blickte sie höher zu schmalen Hüften und einem dünnen Gürtel mit einer kleinen, geschmackvoll gearbeiteten goldenen Schnalle. Stilvoll, aber nicht übertrieben modebetont, entschied sie.

Das Jackett war offen und zeigte eine schlanke Taille, darüber ein weiches, hellblaues Hemd und eine dunklere Krawatte. Alles Seide. Maddy liebte Seide auf der Haut. Luxusartikel waren nur dann Luxus, wenn sie genossen werden konnten.

Sie betrachtete die Hand, die sich ihr hilfreich entgegenstreckte. Sie war gebräunt und hatte lange Finger. Am Handgelenk war eine goldene Uhr, die sowohl teuer als auch praktisch aussah. Sie ergriff die Hand und spürte Wärme, Kraft und, wie sie glaubte, Ungeduld.

„Danke." Sie sagte das, bevor sie ihm ins Gesicht sah. Der Mann war groß und schlank, nicht in der Art eines Tänzers, aber in der Art eines Mannes, der diszipliniert mit seinem Körper umging, ohne in die Extreme des Verzichts zu verfallen. Mit dem gleichen Interesse, wie sie ihn von den Zehen bis zu den Schultern gemustert hatte, betrachtete sie nun sein Gesicht.

Es war glatt rasiert. Seine Wangenknochen standen leicht vor, was seinem festen, ernsten Blick eine künstlerische Note gab. Eine strenge Linie um seinen Mund schien Missbilligung oder Ärger zu signalisieren, während sein Kinn eine leichte, nur eine ganz leichte Einkerbung zeigte. Seine Nase war gerade, irgendwie aristokratisch. Die Augen waren ein dunkles, hartes Grau, und sie drückten so deutlich, wie Worte es vermocht hätten, aus, dass er seine Zeit nicht mit in Schwierigkeiten geratenen Mädchen verschwenden wollte.

Die Tatsache, dass er nicht wollte und es doch getan hatte, erwärmte Maddy für ihn.

Er fuhr sich durch sein braunes Haar, erwiderte ihren Blick und fragte sich, ob sie einen Schock erlitten habe. Dann lächelte sie, und erst jetzt bemerkte er, dass sie weder errötet noch erblasst war und aus ihren Augen auch keine Furcht sprach. Sie entsprach so gar nicht seiner Vorstellung von einer Frau, die gerade beinahe beraubt worden war.

„Ich bin froh, dass Sie gerade vorbeikamen. Dem Jungen war

einfach nicht mit Vernunft beizukommen." Sie beugte sich wieder vor, um ihre Sachen einzusammeln.

Er sagte sich, dass er gehen und es ihr überlassen sollte, ihre verstreuten Habseligkeiten allein aufzuheben, doch stattdessen warf er einen Blick auf seine Uhr und bückte sich dann, um ihr zu helfen. „Versuchen Sie immer, vernünftig zu Räubern zu reden?"

„Räuber im ersten Lehrjahr, würde ich sagen." Sie fand ihren Schlüsselbund in einem Loch im Gehweg. „Und ich habe versucht, mit ihm zu handeln."

Er hob Maddys älteste Strumpfhose hoch, die von den vielen Proben schon ganz dünn an den Knien war. „Meinen Sie wirklich, das war eine Verhandlung wert?"

„Aber sicher." Sie nahm sie ihm aus der Hand, rollte sie zusammen und stopfte sie in ihren Beutel.

„Er hätte Sie verletzen können."

„Er hätte meine Schuhe bekommen können." Maddy strich über deren weiches Leder. „Ich habe sie erst vor drei Wochen gekauft, und er hätte nichts damit anfangen können. Würden Sie mir bitte das Stirnband geben?"

Er hob es vorsichtig hoch und verzog das Gesicht. Mit spitzen Fingern reichte er es ihr. „Haben Sie damit geduscht?"

Lachend ergriff sie es und verstaute es mit dem Rest ihrer Trainingssachen. „Nein, es ist nur Schweiß. Entschuldigung." Doch ihr Blick verriet keine Bitte um Vergebung, nur Humor. „Doch so, wie Sie angezogen sind, sehen Sie nicht aus, als ob Sie die Substanz erkennen würden."

„Ich trage sie normalerweise nicht in einem Beutel mit mir herum." Er fragte sich, warum er nicht einfach weiterging. Er hatte schon fünf Minuten Verspätung, doch irgendetwas in der Art, wie sie ihn weiterhin offen und humorvoll betrachtete, hielt ihn zurück. „Sie verhalten sich gar nicht wie eine Frau, die beinahe eine Strumpfhose, ein altes Trikot, ein schäbiges Handtuch, zwei Paar Schuhe und fünf Pfund Schlüssel verloren hat."

„So schäbig ist das Handtuch nun auch nicht." Zufrieden, alles wiedergefunden zu haben, zog Maddy ihren Beutel zu. „Außerdem habe ich es nicht verloren."

„Die meisten Frauen, die ich kenne, würden nicht mit einem Räuber verhandeln."

Interessiert musterte sie ihn wieder. Er wirkte wie ein Mann, der Dutzende von Frauen kannte, alle elegant und intelligent. „Was würden die tun?"

„Schreien, denke ich."

„Wenn ich das getan hätte, hätte er meinen Beutel, und ich wäre außer Atem." Sie tat die Idee mit einem Schulterzucken ab. „Trotzdem, danke." Sie reichte ihm ihre schlanke, schmucklose Hand. „Ritter in goldener Rüstung sind schon etwas Wunderbares."

Sie war zierlich und vollkommen allein, und es wurde von Minute zu Minute dunkler. „Sie sollten in dieser Gegend nicht im Dunkeln herumlaufen."

Sie lachte wieder, ein helles, volles, amüsiertes Lachen. „Das ist meine Gegend. Ich wohne nur vier Blocks weiter. Und wie gesagt, der Junge war ein blutiger Anfänger. Kein Straßenräuber mit etwas Selbstachtung würde Tänzer auch nur eines Blickes würdigen. Sie wissen, dass Tänzer normalerweise pleite sind. Aber Sie …" Sie trat zurück und musterte ihn erneut. Er war es schon wert, eines zweiten Blickes gewürdigt zu werden. „Bei Ihnen ist das anders. So wie Sie gekleidet sind, sollten Sie Ihre Uhr und Brieftasche besser in den Shorts verstecken."

„Ich werde es mir merken."

Eine gute Tat sollte mit einer weiteren erwidert werden. „Kann ich Ihnen vielleicht weiterhelfen? Sie machen nicht den Eindruck, als ob Sie sich in dieser Gegend auskennen."

„Nein, danke. Ich muss nur hier herein."

„Hier?" Maddy warf einen Blick zurück auf das renovierungsbedürftige Gebäude, in dem die Probebühne untergebracht war, und betrachtete wieder ihr Gegenüber. „Sie sind kein Tänzer." Sie sagte es überzeugt. Nicht, dass er sich nicht gut bewegte, er war einfach kein Tänzer. „Und auch kein Schauspieler", entschied sie nach kurzer innerer Debatte. „Und ich wette, Sie sind auch kein Musiker, obwohl Sie schöne Hände haben."

Immer, wenn er endlich seinen Weg fortsetzen wollte, zog sie ihn wieder zurück. „Warum nicht?"

„Zu konservativ", erwiderte sie spontan, aber ohne Wertschätzung. „Einfach zu ordentlich. Sie sind eher wie ein Bankier oder ein Rechtsanwalt gekleidet oder …" Und plötzlich ging ihr ein Licht auf. „Oder ein Finanzier. Ein Finanzier", wiederholte sie und strahlte ihn an. „Von Valentine Records?"

Wieder bot Maddy ihm ihre Hand, und er ergriff sie. „Das stimmt. Roy Valentine."

„Ich bin die Fröhliche Witwe."

Er runzelte die Stirn. „Wie bitte?"

„Die Stripperin." Sie beobachtete, wie sich seine Augen verengten. Sie hätte es dabei bewenden lassen können, aber immerhin hatte er ihr geholfen. „Von ‚Take It Off', die Show, die Sie finanzieren." Und erfreut legte Maddy ihre freie Hand auf seine. „Madeline O'Hara."

Das war Madeline O'Hara? Diese kleine Range mit dem frechen Pferdeschwanz sollte das mitreißende Erlebnis aus „Suzanna's Park" sein? Sie hatte eine lange, blonde Perücke getragen, einen Alice-im-Wunderland-Blick gehabt und Kostüme vom Ende des 19. Jahrhunderts, aber … Ihre kraftvolle Stimme hatte den letzten Winkel des Theaters ausgefüllt, und sie hatte mit einer rasenden, geballten Energie getanzt, die ihn, der schwer zu beeindrucken war, fast ehrfürchtig ergriffen hatte.

Einer der Gründe, warum er diese Show finanzieren wollte, war Madeline O'Hara gewesen. Nun stand er ihr von Angesicht zu Angesicht gegenüber und spürte Zweifel.

„Madeline O'Hara?"

„So steht es im Vertrag."

„Ich habe Sie auf der Bühne gesehen, Miss O'Hara. Ich hätte Sie nicht erkannt."

„Beleuchtung, Kostüme, Maske." Sie tat es mit einer Handbewegung ab. Außerhalb des Rampenlichts zog Maddy Anonymität und ihr individuelles Aussehen vor. Sie war als eine von dreien zur Welt gekommen – Carrie hatte die überwältigende Schönheit, Alana die warme Herzlichkeit mitbekommen und sie eben das verschmitzt Niedliche. Es gab sicher berechtigte Gründe dafür, aber über Roys zweifelnden Blick musste sie einfach amüsiert lächeln. „Und jetzt sind Sie enttäuscht."

„Das habe ich nicht gesagt."

„Natürlich nicht. Dazu sind Sie zu höflich. Aber keine Sorge, Mr ‚Valentine Records', ich werde Sie nicht enttäuschen. Jeder O'Hara ist eine kluge Investition." Sie lachte über ihren eigenen familiären Spaß.

Die Straßenbeleuchtung hinter ihnen ging an, ein deutliches Zeichen, dass endgültig die Nacht einbrach. „Ich vermute, Sie haben drinnen eine Verabredung."

„Vor zehn Minuten."

„Zeit ist nur wichtig, wenn man abhängig ist. Sie haben das Scheckbuch, Captain, also bestimmen Sie." Freundschaftlich schlug sie ihm auf den Arm. „Wenn Sie wieder einmal hier in der Nähe sind, kommen Sie doch einfach zur Probe." Sie machte einige Schritte rückwärts und lächelte ihn schelmisch an. „Dann können Sie mich in voller Aktion bewundern. Ich bin gut, Mr ‚Valentine Records', wirklich gut." Mit einer Pirouette drehte sie sich um und eilte in leichtem Laufschritt die Straße entlang.

Trotz seines Hangs zur Pünktlichkeit sah Roy ihr nach, bis sie um die Ecke verschwand. Kopfschüttelnd ging er auf den Eingang zu, als er eine runde Haarbürste bemerkte. Die Versuchung, sie einfach liegen zu lassen, war groß. Doch die Neugier war größer. Als Roy sie aufhob, bemerkte er einen ganz leichten Shampoo-Geruch – etwas zitronig Frisches. Er widerstand dem Drang, an ihr zu riechen, und steckte sie in die Jackentasche. Ob eine Frau wie sie überhaupt eine Haarbürste vermisste? Doch sofort schob er den Gedanken zur Seite. Er würde sie ihr auf alle Fälle zurückgeben.

Eine weitere gute Tat würde nicht schaden. Er war also verpflichtet, Madeline O'Hara wiederzusehen.

*F*ast eine Woche verging, bevor Roy Zeit fand, erneut bei der Probebühne vorbeizuschauen. Er konnte den Besuch sogar rein geschäftlich begründen. Eigentlich hatte er sich nicht um die Show selbst kümmern wollen. Gespräche mit dem Produzenten und Konferenzen mit den Finanzberatern hätten gereicht, um ihn auf dem Laufenden zu halten. Roy verstand sich auf Bilanzen, Zahlenreihen und Geschäftsunterlagen besser als auf die Geräusche und Gerüche in dem heruntergekommenen Gebäude. Aber schließlich schadete es nie, die Zügel bei einer Investition fest in der Hand zu behalten – selbst wenn diese Investition eine kapriziöse Frau mit einem strahlenden Lächeln einschloss.

Er fühlte sich fehl am Platz auf der Probebühne mit seinem dreiteiligen Anzug, ebenso wie er sich auf einer entlegenen Südsee-Insel gefühlt hätte, wo die Eingeborenen Knochen als Ohrschmuck trugen.

Als er die Treppen hochstieg, redete er sich ein, dass eine ganz natürliche Neugier ihn zurückgeführt habe und die einfache Tatsache, seine finanziellen Interessen zu wahren. Valentine Records hatte eine hübsche Stange Geld in „Take It Off" gesteckt, und er war Valentine Records gegenüber verantwortlich. Dennoch griff er in die Tasche und spielte mit der gefundenen Haarbürste.

In einem Raum voller Spiegel entdeckte er die Tänzer. Es waren nicht die glitzernden, mit Pailletten geschmückten Tänzer, für die man am Broadway zahlte, sondern hier war es eine durcheinandergewürfelte, schwitzende Gruppe von Männern und Frauen in abgetragenen Trikots. Roy fühlte sich ungemütlich, als er sie beobachtete, wie sie einem drahtigen Mann, den er als den Choreografen erkannte, zuhörten.

„Ein bisschen mehr Dampf, Leute", bestimmte Myron. „Das ist ein Striplokal und kein Tanztee. Wir verkaufen Sex, allerdings gefällig. Wanda, ich will den Hüftschwung langsamer, aufreizender, aber ausladender. Maddy, bei diesem Tanz mehr Druck. Die Bewegungen aus der Taille heraus."

215

Er machte es vor. Maddy sah es sich an und grinste dann anzüglich. „Ich habe den Entwurf für mein Kostüm gesehen, Myron. Wenn ich mich so vorbeuge, liefere ich den Jungs in der ersten Reihe eine Anatomiestunde."

Myron warf ihr einen abschätzenden Blick zu. „Eine kleine, in deinem Fall."

Die anderen Tänzer prusteten und lachten auf. Maddy nahm die Anspielung mit einem gut gelaunten Lachen an. Und dann nahmen alle wieder ihre Position ein.

Mit wachsendem Erstaunen beobachtete Roy sie, die ihm vorher wie eine unprofessionelle, bunt gewürfelte Mischung erschienen waren. Beine flogen, Hüften rollten. Sich wild bewegende Körper fanden zueinander. Es gab Hebungen, Sprünge, Wirbel und das Geräusch elastisch auf dem Boden aufschlagender Füße. Von seinem günstigen Beobachtungsplatz aus konnte Roy die Anstrengung, den Schweiß und das tiefe, kontrollierte Atmen erkennen. Dann trat Maddy vor, und er vergaß den Rest.

Das Trikot schien mit jeder Kurve und Linie ihres Körpers verwachsen zu sein. Ihre Beine, auch wenn sie in alten Strumpfhosen steckten, schienen bis zur Taille hochzureichen. Zunächst die Hände auf den Hüften, bewegte sie sich langsam vorwärts, dann rechts, dann links, der kreisenden Bewegung ihrer Hüften folgend.

Ein Arm wand sich um ihren Körper und flog dann hervor. Es gehörte nicht viel Fantasie dazu, um zu verstehen, dass sie gerade irgendein Kleidungsstück weggeworfen hatte. Ein Bein schnellte gestreckt hoch. Und langsam, erotisch, ließ sie die Spitzen ihrer Finger den Schenkel hinuntergleiten, während sie das Bein wieder senkte.

Der Rhythmus und das Tempo steigerten sich. Sie bewegte sich wie eine Wildkatze, drehte und wand sich, sinnlich und geschmeidig. Und dann, als die Tänzer hinter ihr sich in einen wahren Bewegungsrausch steigerten, drehte sie sich aus der Taille heraus und schaffte eine faszinierende Wirkung allein vom Spiel ihrer Schultern her. Ein Mann löste sich aus der Gruppe und ergriff ihren Arm. Nur mit der Drehung ihres Körpers und der Haltung ihres Kopfes drückte sie ein aufreizendes Katz-und-Maus-Spiel und spöttische Bereitwilligkeit aus. Als die Musik endete, hielt der Mann sie gefangen, ihren Körper zurückgebogen. Und fest lag seine Hand auf ihrem Po.

„Besser", entschied Myron. Die Tänzer sanken in sich zusammen, als könnten sie sich nicht mehr auf den Beinen halten. Maddy und ihr Partner drohten übereinander zusammenzubrechen.

„Pass auf deine Hand auf, Jack."

Er lehnte sich etwas über ihre Schulter. „Ja, ich habe sie genau im Auge."

Ihr gelang ein atemloses Lachen, bevor sie ihn von sich schob. Erst jetzt bemerkte sie Roy an der Tür. Er verkörperte ganz den ordentlichen, erfolgreichen Geschäftsmann. Maddy warf ihm ein freundliches Lächeln zu.

„Lunchpause", verkündete Myron und steckte sich eine Zigarette an. „Maddy, Wanda und Terry sind in einer Stunde wieder zurück. Jemand soll Carter verständigen, dass er auch kommen soll. Gesangsprobe ist um halb zwei in Raum B."

Der Raum leerte sich schon. Maddy nahm ihr Handtuch und vergrub ihr Gesicht darin, bevor sie zu Roy hinüberging. Einige der Tänzerinnen gingen an ihm mit nicht gerade unauffällig auffordernden Blicken vorbei.

„Hallo." Maddy schlang ihr Handtuch um den Hals und schob Roy sachte aus dem Weg der hungrigen Tänzer. „Haben Sie das ganze Ding gesehen?"

„Das ganze Ding?"

„Den Tanz."

„Ja." Die Art, wie sie sich bewegt und Erotik ausgeströmt hatte, würde er so schnell nicht vergessen können.

„Und?"

„Beeindruckend." Nun sah sie ganz einfach wieder wie eine Frau aus, die hart gearbeitet hatte, zwar attraktiv, aber kaum von naturgewaltiger Verführungskraft. „Sie haben … nun, eine Menge Energie, Miss O'Hara."

„Oh, davon bin ich vollgepackt. Sind Sie wieder hier wegen einer Besprechung?"

„Nein." Er fühlte sich etwas lächerlich, als er ihre Haarbürste herauszog. „Die gehört wohl Ihnen."

„Ja." Erfreut nahm Maddy sie von ihm. „Ich hatte sie schon als verloren abgeschrieben. Das war nett von Ihnen." Sie tupfte sich wieder mit dem Handtuch das Gesicht ab. „Augenblick." Sie ging hinüber zu ihrem Beutel und verstaute die Bürste und das Handtuch.

Beim Hinunterbeugen spannte sich ihr Trikot über ihrem Po, ein Anblick, der Roy alles andere als unangenehm war. Den Beutel über der Schulter, kam sie zurück.

„Wie wäre es mit Lunch?", fragte sie ihn.

Es war so beiläufig gefragt und so lächerlich verlockend, dass er fast zugesagt hätte. „Ich habe schon eine Verabredung."

„Dinner?"

Seine Braue hob sich. Sie sah ihn an, ein kleines Lächeln auf den Lippen und Lachen in den Augen. Die Frauen, die er kannte, hätten die Annäherungsversuche und weiteren Schritte kühl beherrscht ihm überlassen. „Soll das eine Einladung sein?"

Die Frage klang höflich, doch wachsam, und sie musste wieder lachen. „Schnelle Auffassungsgabe, Mr Valentine Records. Essen Sie denn Fleisch? Ich kenne genügend Leute, die es nicht anrühren würden."

„Nun, ja." Er fragte sich, warum er sich so fühlte, als ob er sich entschuldigen müsste.

„Gut. Ich mache Ihnen ein Steak. Haben Sie einen Stift?"

Unsicher, ob er amüsiert oder einfach verwirrt sein sollte, zog Roy einen aus der Brusttasche.

„Ich wusste, dass Sie einen haben." Maddy rasselte ihre Adresse herunter. „Also, um sieben." Sie rief jemandem hinten im Korridor zu, auf sie zu warten, und war selbst weg, bevor er ablehnen oder zusagen konnte.

Roy verließ das Gebäude, ohne ihre Adresse aufgeschrieben zu haben. Aber er vergaß sie nicht.

Maddy machte alles aus dem Impuls heraus. Damit rechtfertigte sie auch vor sich selbst, Roy zum Essen eingeladen zu haben, obwohl sie ihn kaum kannte und nichts Interessanteres zu Hause hatte als einen Bananenjoghurt. Er ist interessant, sagte sie sich, und das zählte. Und so machte sie, nach einem zehnstündigen Tag auf den Füßen, auf dem Weg nach Hause Halt für einen schnellen Einkauf.

Sie kochte nicht oft. Nicht, dass sie es nicht konnte, es war nur einfacher, aus einem Karton oder einer Büchse zu essen. Und wenn es nicht ums Theater ging, wählte Maddy stets den einfacheren Weg.

Als sie ihr Apartmenthaus betrat, hörte sie schon, wie die Gianellis im ersten Stock sich stritten. Italienische Schimpfwörter hallten durchs Treppenhaus. Maddy erinnerte sich an ihre Post, joggte zurück, suchte an ihrem Schlüsselbund den winzigen Briefkastenschlüssel und schloss die zerbeulte Tür auf. Mit einer Postkarte von ihren Eltern, der Reklame von einer Lebensversicherungsgesellschaft und zwei Rechnungen joggte sie wieder hinauf.

Im zweiten Stock hockte die Neue von 242 auf dem Treppenabsatz und las ein Buch.

„Was macht die englische Literatur?", erkundigte sich Maddy.

„Ich glaube, ich schaffe die Prüfung im August."

Sie macht einen einsamen Eindruck, dachte Maddy. „Ich habe leider keine Zeit. Ich erwarte jemanden zum Essen."

Im dritten Stock ertönte dröhnende Rockmusik und das Aufstampfen von Füßen. Die Disco-Königin übt wieder, entschied Maddy und lief das letzte Stockwerk hoch. Nach einem hastigen Herumsuchen nach ihren Schlüsseln betrat sie ihre Wohnung. Sie hatte noch eine Stunde.

Auf dem Weg in die Küche schaltete sie die Stereoanlage an. Dann schrubbte sie zwei Kartoffeln ab, steckte sie in den Ofen, erinnerte sich sogar daran, ihn anzuschalten, und schließlich kam der frische Salat noch in die Spüle, und der Wasserhahn wurde aufgedreht.

Vielleicht sollte sie etwas sauber machen? Es war nicht mehr abgestaubt worden seit … nun, egal. Man konnte ihre Wohnung ein unordentliches Durcheinander nennen, doch beim besten Willen nicht langweilig.

Die allermeisten Einrichtungsgegenstände waren Broadway-Stücke, die günstig verschleudert worden waren. Für Maddy waren es Erinnerungswerte, sodass sie sich, selbst nachdem das Geld anfing, regelmäßig einzugehen, nicht von ihnen getrennt hatte. Das Sofa mit seinem geschwungenen Rücken und seiner gefährlich harten Polsterung stammte aus einer durchgefallenen Show, an die Maddy sich nicht einmal mehr erinnern konnte. Doch es hieß, dass es einmal zur Salonausstattung von „My Fair Lady" gehört hätte. Maddy hatte sich entschlossen, es zu glauben.

Kein einziges Stück passte zum anderen. Es war ein Mischmasch von Stilrichtungen und Farben, ein Durcheinander von Trödel und Pracht, in dem sie sich wohlfühlte.

Die Wände hingen voll mit Postern von Aufführungen. Und es gab eine Pflanze, einen Philodendron, der in seinem farbenprächtigen Topf am Fenster zwischen Leben und Tod dahinwelkte. Es war die letzte einer ganzen Reihe armer Pflanzen.

Am meisten schätzte Maddy die knallig pinkfarbene Neonschrift, deren Lettern ihren Namen aufleuchten ließen. Terence hatte sie ihr geschenkt, als sie ihren ersten Vertrag als Chorustänzerin am Broadway bekommen hatte. Ihr Name in Neonlicht. Maddy knipste ihn an, wie sie es immer machte.

Da es in einigen Tagen sowieso wieder unordentlich sein würde, ließ sie es gleich sein und machte nur zwei Stühle frei und stapelte die Zeitschriften und die ungeöffnete Post zusammen. Viel wichtiger war es, ihre Tanzsachen auszuwaschen.

Sie stopfte alles in die Badewanne mit warmem Wasser und Seifenpulver, krempelte die Ärmel ihres knielangen Sweatshirts hoch und begann mit der langweiligen Aufgabe von Auswaschen, Spülen und Wringen. Schließlich hängte sie alles über die Wäscheleine, die sie selbst über der Wanne angebracht hatte.

Das Bad war kaum größer als ein Schrank. Als sie sich umdrehte, fing sie ihr eigenes Spiegelbild im Spiegel über dem

Waschbecken auf. Spiegel waren ein vertrauter Bestandteil ihres Lebens. Manchmal musste sie sich acht Stunden täglich in ihnen beobachten.

Nun betrachtete sie ihr Gesicht. Es war diese Mischung aus zierlichem Kinn, großen Augen und klarem Teint, die ihr diese schrecklichen Auszeichnungen wie „niedlich" und „gesund" einbrachte. Nichts Weltbewegendes, dachte sie, aber sie konnte mit sich zufrieden sein.

Aus einer Laune heraus öffnete sie die Spiegeltür und griff sich wahllos einige Schminksachen. Schminke war fast ein Tick von ihr. Sie kaufte sie, legte sich Vorräte an, sammelte sie direkt. Selbst die Tatsache, dass sie sie außerhalb des Theaters kaum benutzte, ließ sie diese Leidenschaft nicht als merkwürdig empfinden. Falls sie Lust hatte, mit ihrem Gesicht zu spielen, so hatte sie wenigstens die notwendigen Utensilien dazu.

Zehn Minuten lang probierte sie aus, legte Schminke auf, wischte sie wieder weg, legte wieder auf, bis das Ergebnis ein leicht exotisches Farbenspiel auf ihren Lidern und ein warmer Hauch auf ihren Wangenknochen war. Sie stellte die Töpfchen, Tuben und Stifte wieder in den Toilettenschrank und schloss ihn schnell, bevor wieder etwas herausfallen konnte.

Madeline O'Hara musste ihm die falsche Adresse gegeben haben. Seiner Erinnerung konnte Roy vertrauen. Es war ihm schon früh beigebracht worden, wie wichtig es war, sich Namen, Gesichter und Daten zu merken.

Er hatte auf keinen Fall die Adresse vergessen oder verwechselt, doch allmählich glaubte er, dass Maddy etwas durcheinandergebracht hatte.

Je mehr er sich der angegebenen Adresse mit seinem Auto näherte, desto heruntergekommener wurde die Gegend. Wie konnte sie hier leben? Oder besser, warum lebte sie hier? Eine Frau, die jetzt zum dritten Mal eine Rolle am Broadway bekommen hatte, musste sich doch erlauben können, in einem Viertel zu leben, in dem man auch nach Einbruch der Dunkelheit auf die Straße gehen konnte.

Auf einem zerbeulten Briefkasten entdeckte er ihren Namen. Apartment 405. Und es gab keinen Fahrstuhl. Roy machte sich auf den Weg nach oben, begleitet von Kindergeschrei, ohrenbetäubender Jazzmusik und italienischen Flüchen. Als er den dritten Stock erreicht hatte, fluchte er selbst.

Als es klopfte, wusch Maddy gerade den Salat. Es war klar, dass er pünktlich sein würde – so wie sie selbst im entsprechenden Fall unpünktlich.

„Augenblick", rief sie und sah sich vergeblich nach einem Handtuch für ihre nassen Hände um. Auf dem Weg zur Tür schüttelte sie einfach die Tropfen ab.

„Hallo. Hoffentlich sind Sie nicht hungrig. Ich bin noch nicht fertig."

„Nein. Ich ..." Er warf einen Blick zurück. „Das Treppenhaus", begann er und brach wieder ab.

Maddy streckte den Kopf zur Tür heraus und schnüffelte. „Riecht wie Viehfutter. Guido scheint wieder zu kochen. Kommen Sie herein."

Nach allem hätte er eigentlich auf ihre Wohnung vorbereitet sein müssen, aber er war es nicht. Roy ließ den Blick von den leuchtend roten Vorhängen über den knallblauen Läufer und den Stuhl wandern, der aussah, als stamme er aus einem mittelalterlichen Schloss. Und er war tatsächlich ein Dekorationsstück aus „Camelot". Ihr Name in Neonpink glänzte an der weißen Wand.

„Was für eine Wohnung", murmelte er.

Von oben ertönten drei Schläge. „Der Ballettschüler im Fünften", kommentierte Maddy leichthin. „Tours jeté, ein Drehsprung. Wollen Sie Wein?"

Unbehaglich starrte Roy zur Decke. „Ja, ich denke doch."

„Gut. Ich auch." Sie ging zu der vom Wohnzimmer abgetrennten Kochnische zurück. „In einer der Schubladen ist ein Korkenzieher. Öffnen Sie doch die Flasche, während ich hier fertig mache."

In der ersten Schublade fand Roy einen Tennisball, einige einzelne Schlüssel und ein paar Fotos, aber keinen Korkenzieher.

Als er sich durch die nächste arbeitete, fragte er sich, was er hier überhaupt tat. Im fünften Stock fuhr der Ballettschüler mit seinen Sprüngen fort.

„Wie mögen Sie Ihr Steak?"

Roy befreite den Korkenzieher aus einem Wirrwarr schwarzen Drahtes. „Halb durch."

„Okay." Als Maddy sich bückte, um eine Pfanne aus dem Schrank zu holen, streifte ihre Wange beinahe sein Knie.

Er zog den Korken aus der Flasche. „Warum haben Sie mich zum Essen eingeladen?"

Immer noch unten im Schrank kramend, blickte Maddy hoch. „Kein besonderer Grund. Ich habe meistens keinen. Aber wenn Sie gern einen hätten, sagen wir einfach, wegen der Haarbürste?" Endlich erhob sie sich mit der gesuchten zerbeulten Pfanne. „Außerdem sehe ich Sie gern an." Sie strich sich ihr Haar zurück, das ihr in die Augen gefallen war. „Aber warum sind Sie gekommen?"

„Ich weiß es selbst nicht."

„Das macht natürlich alles interessanter. Sie haben vorher noch keine Show finanziert, oder?"

„Nein."

„Und ich habe noch nie für einen Finanzier gekocht. Wir sind also quitt." Sie stellte den Salat zur Seite und begann mit der Zubereitung des Steaks.

„Gläser?"

„Gläser?", wiederholte sie. Dann fiel ihr Blick auf den Wein. „Oh, in einem der Schränke."

Resigniert machte sich Roy wieder auf die Suche. Er fand Tassen mit abgebrochenen Henkeln, ein nicht zueinanderpassendes Service aus wunderbarem Porzellan und einige Plastikschüsseln. Schließlich fand er sogar einen Vorrat von acht Weingläsern, von denen nicht einmal zwei gleich waren. „Sie halten nichts von Gleichförmigkeit?"

„Nicht unbedingt." Sie nahm das Weinglas von ihm. „Übrigens, eigentlich war das hier nicht als Stehparty gedacht." Sie stieß ihr Glas gegen seines und trank.

Roy musterte sie über den Rand des Glases. Sie trug immer noch dieses riesige Sweatshirt, und sie war barfuß. Sie strahlte etwas Leichtes, Unbeschwertes und Ehrliches aus. „Sie entsprechen überhaupt nicht dem, was ich erwartet habe."

„Wie nett. Und was haben Sie erwartet?"

„Wahrscheinlich schärfere Kanten. Etwas erschöpft, etwas hungrig."

„Tänzer sind immer hungrig", entgegnete sie mit einem kleinen Lächeln und drehte sich dann um, um Käse über die Kartoffeln zu reiben.

„Ich bin zu dem Schluss gekommen, dass es für diese Einladung zwei Gründe gibt. Der erste ist, um aus mir Informationen über die Finanzierung der Show herauszuholen."

Maddy lachte auf und steckte sich ein paar Käsekrümel in den Mund. „Roy, ich muss an acht Tanznummern denken – vielleicht sogar zehn, falls es Myron in den Sinn kommt –, an sechs Songs und Textzeilen, die ich nicht einmal gezählt habe. Da lasse ich Ihnen und dem Produzenten lieber die finanziellen Belange. Und der zweite Grund?"

„Um sich an mich heranzumachen."

Neugierig, nicht schockiert, zog sie die Brauen in die Höhe. Roy musterte sie forschend, mit einem kühlen Lächeln. Ein Zyniker, dachte Maddy, jammerschade. Aber vielleicht hatte er Grund, so zu sein. Und das wäre ein noch größerer Jammer. „Machen sich die Frauen normalerweise an Sie heran?"

Er hatte Verlegenheit, Verärgerung oder wenigstens Lachen erwartet. Stattdessen betrachtete sie ihn mit milder Neugier. „Lassen wir den Punkt, okay?"

„Ich bin sicher, die Frauen tun es." Sie begann mit der Suche nach einer Gabel, um das Steak umzudrehen.

„Sie braten ja nur ein Steak!"

„Ja, für Sie."

„Essen Sie nichts?"

„Doch, aber ich esse nie viel kurz gebratenes Fleisch. Es belastet den Organismus zu sehr. Aber ich hoffe, ich bekomme ein paar Bissen von Ihrem." Sie gab ihm die Salatschüssel. „Stellen

Sie sie auf den kleinen Tisch drüben am Fenster. Wir sind fast fertig."

Das Essen war gut. Es war sogar ausgezeichnet. Nach allem, was er gesehen hatte, waren Roy schon arge Zweifel gekommen. Doch der gemischte grüne Salat hatte ein wohlschmeckend würziges Dressing, auf die dampfenden Kartoffeln war Käse mit Schinken gehäuft, und das Steak war genau richtig, der Wein angenehm trocken.

Maddy war noch bei ihrem ersten Glas. Sie hatte ein Stück von Roys Steak gegessen und schien jeden Bissen zu genießen. Er bot ihr noch ein Stück an, doch sie schüttelte den Kopf und nahm sich stattdessen ein zweites Schälchen Salat.

„Ich dachte, Menschen, die körperlich anstrengend arbeiten, so wie Sie, müssten zum Ausgleich mehr essen."

„Bei Tänzern ist leichtes Untergewicht besser. Außerdem ist es mehr eine Frage, das Richtige zu essen. Aber von Zeit zu Zeit liebe ich es, in Kalorien zu schlemmen. Es muss immer nur einen Grund zum Feiern dafür geben."

„Und welchen?"

„Wenn es beispielsweise drei Tage regnet und die Sonne scheint wieder. Das ist Grund genug für Schokoladenplätzchen." Sie goss sich noch ein halbes Glas ein und schenkte seines voll, als sie seine verdutzte Miene bemerkte. „Mögen Sie keine Schokoladenplätzchen?"

„Für mich waren sie nie besonders feierlich."

„Sie haben eben nie ein unnormales Leben geführt!"

„Halten Sie Ihr Leben für unnormal?"

„Ich nicht, aber viele." Sie stützte die Ellbogen auf den Tisch und legte das Kinn in beide Hände. „Wie ist Ihr Leben?"

Die letzten Strahlen der Abendsonne fielen durchs Fenster und ließen ihr Haar aufleuchten. Ihre sonst so lebhaften Augen wirkten jetzt eher träge und doch aufmerksam, wie die einer Katze. „Ich weiß nicht, was ich darauf antworten soll", meinte er ein wenig verwirrt.

„Nun, etwas kann ich bestimmt erraten. Sie haben ein Apartment, wahrscheinlich mit Blick auf den Park. Chinesische Vasen, Dresdner Porzellangeschirr. Sie verbringen mehr Zeit im Büro als zu Hause. Dem Geschäft verschrieben, so wie alle verantwortungsbewussten Industriebosse der zweiten Generation. Sie treffen nur gelegentlich Verabredungen mit Frauen, weil Sie nicht die Zeit oder die Lust für eine Beziehung haben. Ihre knapp bemessene Freizeit würden Sie lieber in einem Museum verbringen oder im Kino, und Sie bevorzugen ruhige französische Restaurants."

Sie lachte zwar nicht über ihn, aber sie schien eher amüsiert als beeindruckt zu sein. Verärgerung zeigte sich in seinem Blick, nicht wegen ihrer Beschreibung, sondern weil sie so leicht in ihm lesen konnte. „Wie klug."

„Entschuldigung", entgegnete sie schnell und so aufrichtig, dass sein Ärger verschwand. „Es ist eine schlechte Angewohnheit von mir, Menschen einzuordnen, in bestimmte Schubladen zu packen. Ich würde wild werden, wenn es jemand mit mir macht." Sie hielt inne und biss sich auf die Unterlippe. „Wie nah war ich?"

„Ziemlich nah." Es war schwer, ihrem freimütigen Humor zu widerstehen.

Lachend schüttelte sie den Kopf. Sie zog die Beine hoch zum Lotossitz. „Ist es in Ordnung, wenn ich frage, warum Sie ein Stück über eine Stripperin finanzieren?"

„Ist es in Ordnung, wenn ich frage, warum Sie in einem Stück über eine Stripperin mitspielen?"

Sie strahlte ihn an wie eine Lehrerin, die sich über einen besonders gelehrigen Schüler freut. „Es ist ein tolles Stück, der Text ist gut, die Musik ist unterhaltsam und wunderbar auf ihn zugeschnitten, und vor allem ist es eine gute Story. Mir gefällt Marys Entwicklung, ohne dass sie sich grundsätzlich verändert. Sie muss kämpfen, um zu überleben, doch sie macht das Beste daraus. Und dann verliebt sie sich in diesen Mann, sie verliert ihren Kopf über ihn. Und alles, was ihr vorher wichtig war, Geld und so weiter, zählt plötzlich nicht mehr. Und doch hat sie es auch am Schluss. Mir gefällt das. Glauben Sie an ein Happy End?"

Seine Miene wurde verschlossen, als wäre plötzlich ein Roll-laden heruntergerasselt. „In einer Show."

„Ich sollte Ihnen von meiner Schwester erzählen."

„Die, nach der die Männer verrückt sind?"

„Nein, meine andere Schwester. Mögen Sie ein Eclair? Ich habe eins gekauft. Sie könnten mir dann einen Biss anbieten. Es wäre unhöflich von mir, es abzulehnen."

Verdammt, sie wurde immer anziehender. Aber nicht sein Typ, nicht sein Stil, nicht sein Tempo. Trotzdem lächelte er sie an. „Ich hätte gern ein Eclair."

Maddy verschwand in der Kochnische, wo sie geräuschvoll herumhantierte, bevor sie mit einem dicken, schokoladenüber-zogenen Gebäck zurückkam. „Also, meine Schwester Alana", begann sie, „hat Chuck Rockwell, den Rennfahrer, geheiratet. Haben Sie von ihm gehört?"

„Ja." Roy war zwar nie ein begeisterter Fan des Rennsports gewesen, doch den Namen hatte er schon gehört. „Der, der vor ein paar Jahren verunglückt ist."

„Die Ehe hat nicht geklappt. Für Alana war es wirklich ent-setzlich. Sie hat ihre zwei Kinder allein auf dieser Farm in Vir-ginia großgezogen. Finanziell war sie am Ende und emotional ausgelaugt. Vor einigen Monaten hat sie ihre Einwilligung für eine Biografie über Rockwell gegeben. Der Schriftsteller kam auf ihre Farm und wollte Alana ganz offensichtlich bloßstellen." Sie stellte den Teller mit dem Gebäck auf den Tisch. „Bieten Sie mir jetzt einen Biss an?"

Bereitwillig teilte Roy mit der Gabel ein Stück ab und bot es ihr an. Lange und voller Genuss ließ Maddy den süßen Bissen im Mund. „Und was geschah mit Ihrer Schwester?"

„Vor sechs Wochen hat sie den Schriftsteller geheiratet." Ihr Lächeln ließ ihr Gesicht erstrahlen. „Ein Happy End kommt also nicht nur auf der Bühne vor."

„Und was macht Sie sicher, dass die zweite Ehe Ihrer Schwes-ter klappt?"

„Weil er der Richtige ist." Sie sah ihm in die Augen und beugte sich vor. „Meine Schwestern und ich sind Drillinge, wir kennen

227

uns gegenseitig genau. Als Alana ihren Chuck geheiratet hat, war ich traurig. Verstehen Sie, ich wusste einfach, dass es nicht klappen konnte, weil ich Alana so gut wie mich selbst kenne. Doch als sie Dorian geheiratet hat, war es ein ganz anderes Gefühl – als ob man endlich ausatmen und sich entspannen kann."

„Dorian Crosby?"

„Ja, kennen Sie ihn?"

„Er hat ein Buch über Richard Bailey geschrieben, der lange bei Valentine Records unter Vertrag stand. Ich habe Dorian ganz gut kennengelernt, als er seine Nachforschungen für das Buch gemacht hat."

„Wie klein die Welt doch ist."

Die Abenddämmerung war endgültig hereingebrochen, und der Himmel zeigte ein tiefes Rot. Der Ballettschüler oben hatte schon lang mit seinem Training aufgehört. Irgendwo im Haus war das quengelnde Weinen eines Kindes zu hören.

„Warum leben Sie hier?"

„Hier?" Sie sah ihn verständnislos an. „Warum nicht?"

„Unten an der Ecke stand einer, der sah aus wie Attila, der Hunne, Sie haben sich anschreiende Nachbarn, und …"

„Und?", ermunterte sie ihn.

„Sie könnten in ein besseres Viertel ziehen."

„Warum? Ich kenne diese Gegend. Ich lebe hier seit sieben Jahren. Es ist nah zum Broadway, zur Probebühne und zum Unterricht. Und bestimmt die Hälfte der Mieter hier sind Zigeuner."

„Das würde mich nicht überraschen."

„Nein, Broadway-Zigeuner, das sind Chorustänzer ohne dauerhaftes Engagement." Sie lachte und spielte mit einem Blatt des Philodendron. „Tänzer, die von Show zu Show ziehen und auf ihren Durchbruch warten. Ich habe ihn geschafft. Das bedeutet aber nicht, dass ich keine Zigeunerin mehr bin." Sie warf ihm einen Blick zu und fragte sich, warum es ihr so viel bedeutete, von ihm verstanden zu werden. „Man kann nicht aus seiner Haut, Roy. Oder man sollte es wenigstens nicht."

Das hatte auch er schon immer fest geglaubt. Er war der Sohn von Edwin Valentine, einem der ersten ganz Großen in der Schallplattenindustrie. Und er war das Produkt von Erfolg, Reichtum und Geschäftswillen. Er war, wie Maddy gesagt hatte, dem Geschäft verschrieben, weil es immer ein Teil seines Lebens gewesen war. Er war ungeduldig, häufig skrupellos, ein Mann, der auf das Kleingedruckte achtete und es zu seinem Vorteil änderte. Er hatte nichts gemein mit dieser Frau mit Katzenaugen und verschmitztem Lächeln, die hier in ihrem dämmrigen Apartment saß.

„Sie töten die Pflanze", murmelte er.

„Ich weiß. Das tue ich immer." Sie musste schlucken, und das überraschte sie. Es war etwas in der Art, wie er sie gerade ansah, etwas in seinem Tonfall, etwas in der Haltung seines Körpers. Über den Ausdruck eines Gesichts konnte sie sich täuschen, aber nicht über einen Körper. Er war angespannt – und ihrer auch. „Ich kaufe sie, und dann gehen sie ein."

„Zu viel Sonne." Ohne es beabsichtigt zu haben, strich er mit seinen Fingern über ihren Handrücken. „Und zu viel Wasser. Zu viel Fürsorge ist ebenso schädlich wie zu wenig."

„Daran habe ich nicht gedacht." Sie dachte vielmehr an das Prickeln, das ihren Arm hoch- und ihren Rücken hinunterzog. „Ihre Pflanzen gedeihen bestimmt mit einer perfekt ausgewogenen Fürsorge." Sie ertappte sich beim Gedanken, ob es auch so mit seinen Frauen war. Sie erhob sich, weil die Reaktion ihres Körpers sie verunsicherte. „Ich kann Ihnen einen Tee anbieten, aber keinen Kaffee. Den habe ich nicht."

„Nein, ich muss gehen." Er musste nicht, er hatte keine Termine, keine Verabredungen einzuhalten. Aber er ging auf Nummer sicher, er wusste immer, wann er sich entziehen musste. „Das Essen war ausgezeichnet, Maddy. Und die Gesellschaft."

„Freut mich. Wir wiederholen es."

Es war impulsiv gewesen, so wie normalerweise bei Maddy. Sie dachte nicht lange darüber nach. Freundschaftlich legte sie die Hände auf seine Schultern und berührte mit ihren Lippen seinen Mund. Der Kuss dauerte weniger als eine Sekunde, doch er wirkte mit der Gewalt eines Hurrikans.

Er spürte ihre weichen Lippen und einen feinen erregenden Duft. Als sie zurücktrat, hörte er sie schnell, überrascht einatmen und bemerkte das Widerspiel dieser Überraschung in ihren Augen.

Was war das, dachte sie. Gütiger Himmel, was war das? Sie war eine Frau, die an freundschaftliche Küsschen und Umarmungen, an beiläufige Berührungen gewöhnt war. Doch noch nie hatte sie sich davon so aufgewühlt gefühlt. Dieser kleine Körperkontakt hatte in ihr Ahnungen von all dem, was sie sich je erträumt hatte, erweckt. Und sie wollte mehr. Doch als Tänzerin hatte sie auch gelernt, auf Genüsse zu verzichten, und so fiel ihr auch jetzt die Kontrolle leichter, als das Feuer ein zweites Mal anzufachen.

„Ich freue mich, dass Sie gekommen sind." Die Unsicherheit in ihrer Stimme erstaunte sie.

„Ich mich auch." Es war nicht oft, dass er Zurückhaltung üben musste. Doch in diesem Fall, das wusste er, musste er es. „Gute Nacht, Maddy."

„Gute Nacht." Sie blieb stehen, wo sie stand, während er hinausging. Und dann gehorchte sie ihrem Körper und setzte sich. Dann fiel ihr Blick auf die Pflanze, die mit welken, gelblichen Blättern im dunklen Fenster stand. Merkwürdig, Maddy hatte nicht bemerkt, dass sie selbst viel zu lang im Dunkeln gewesen war.

3. KAPITEL

*M*it der durchgestreckten Haltung der Balletttänzer stand Maddy an der Stange, während der Lehrer die einzelnen Positionen aufrief – plié, tendu, attitude – beugen, strecken, Haltung. Arme, Beine und Körper kamen ihm in unendlicher Wiederholung nach.

Das Balletttraining morgens diente dem Körper als unaufhörliche Erinnerung, dass er tatsächlich zu den unnatürlichsten Bewegungen fähig war. Ohne diese Routine würde der Körper sich weigern, das Bein aus der Hüfte herauszudrehen, als wäre sie ein Kugelgelenk, würde sich weigern, sich über einen bestimmten Punkt hinaus zu beugen und zu strecken.

Es war nicht erforderlich, sich völlig zu konzentrieren. Maddys Körper folgte in dieser Routine allein dem Instinkt. So konnten ihre Gedanken wandern, weit genug, um zu träumen, nah genug, um die Vorgaben zu hören.

„Grand plié!"

Ihre Knie beugten sich, ihr Körper ging langsam hinunter, bis der Po direkt über den Fersen war. Muskeln zitterten und beruhigten sich wieder. Sie fragte sich, ob Roy schon in seinem Büro war? Wahrscheinlich ja. Wahrscheinlich würde er aus Gewohnheit vor seiner Sekretärin im Büro erscheinen. Würde er überhaupt an sie denken?

„Attitude en avant!"

Das Bein hob sich um neunzig Grad. Wahrscheinlich nicht, gingen Maddys Gedanken weiter. Wahrscheinlich war sein Kopf so voll mit Terminen und geschäftlichen Verabredungen, dass er für keinen abweichenden Gedanken Zeit hatte.

„Battement fondu!"

Sie drückte den Fuß von hinten ans Knie, welches sich gleichzeitig beugte. Ganz langsam drückte sie es durch, wobei sie den Widerstand des Fußes spürte und benutzte. Jetzt musste er auch nicht an sie denken. Später, vielleicht auf dem Weg nach Hause, bei einem ruhigen Drink, würden seine Gedanken zu ihr wandern. Sie wollte das glauben.

Maddys graues Trikot war feucht, als das Spitzentraining begann. Die Übungen, die sie gerade an der Stange durchgeführt hatten, würden jetzt wiederholt werden. Auf Kommando nahm sie die fünfte Position ein und begann.

„Eins, zwei, drei, vier. Zwei, zwei, drei, vier."

Draußen regnete es. Maddy konnte den strömenden Regen durch die kleinen, beschlagenen Fenster sehen, während sie nach Anweisung beugte, durchdrückte, streckte und ausharrte. Es musste ein warmer Regen sein, denn als sie heute Morgen zum Unterricht geeilt war, war die Luft feucht und drückend gewesen. Hoffentlich hörte er nicht auf, bis sie wieder hinauskonnte.

Als Kind hatte sie kaum einmal durch den Regen gehen können. Sie und ihre Eltern hatten mehr Zeit auf Proben und in Bahnhöfen verbracht als in Parks oder auf Spielplätzen. Ihre Eltern hatten die Unterhaltung gebracht, mit Spielen, Rätseln und Geschichten. Hochfliegende, verrückte Geschichten, die eigene Welten erschufen. Wenn man mit zwei irischen Elternteilen gesegnet war, die beide eine unglaubliche Fantasie besaßen, dann konnte nur der Himmel Grenzen setzen.

Sie hatte so viel von ihnen gelernt – und wenig an trockenem Schulwissen. Den Mississippi zu sehen war anschaulicher, als nur von ihm zu hören. Englisch, Grammatik und Literatur waren von selbst durch die Bücher gekommen, die ihre Eltern geliebt und auch ihnen zum Lesen gegeben hatten. Praktische Mathematik war eine Sache des Überlebens gewesen. Ihre Ausbildung war ebenso ungewöhnlich gewesen wie ihre Unterhaltung, und doch glaubte sie, eine umfassendere Allgemeinbildung zu haben als die meisten.

Maddy hatte die Parks und Spielplätze nicht vermisst. Ihre ganze Kindheit war ein einziges Karussell gewesen. Doch heute, als Frau, versäumte sie keine Gelegenheit, im warmen Sommerregen spazieren zu gehen.

Im Regen spazieren zu gehen würde Roy nicht gefallen. Es würde ihm nicht im Traum einfallen. Ihre Welten lagen meilenweit auseinander.

Ihr rechter Fuß ging in Seitenposition, zurück, vor, zur Seite. Wiederholen. Wiederholen.

Wahrscheinlich war er ein vernünftiger und vielleicht etwas skrupelloser Mensch. Als Geschäftsmann konnte man sonst nicht überleben. Aber niemand würde es als vernünftig bezeichnen, jeden Tag den Körper mit unnatürlichen Positionen zu beanspruchen. Niemand würde es als vernünftig bezeichnen, sich mit Leib und Seele dem Theater zu verschreiben und ganz den Launen des Publikums ausgeliefert zu sein. Wenn sie selbst skrupellos war, dann nur hinsichtlich der Anforderungen, die sie körperlich an sich stellte.

Warum konnte sie nicht aufhören, an ihn zu denken? Aber sie konnte einfach die Bilder nicht vertreiben, wie das Sonnenlicht auf seinem Haar gelegen hatte, es verdunkelt, Glanzlichter darauf geschaffen hatte … Oder wie sein Blick ihrem begegnet war, direkt, erstaunt und zynisch. War es närrisch, wenn sich eine Optimistin von einem Zyniker angezogen fühlte? Natürlich war es das. Aber sie hatte schon viel närrischere Dinge gemacht.

Es hatte einen Kuss gegeben, der kaum Kuss genannt werden konnte. Er hatte sie nicht umarmt, er hatte seine Lippen nicht hungrig auf ihre gepresst. Doch sie erlebte diesen Augenblick kürzester Körperberührung immer wieder. Irgendwie glaubte sie – nein, war sich sicher, dass es auch ihn nicht ungerührt gelassen hatte. Mochte es auch närrisch sein, doch sie beschwor diese Woge der Empfindung erneut herauf und erlebte sie wieder. Es fügte dem ohnehin schon erhitzten Körper einiges an Hitze hinzu. Ihr Herzschlag, der schon entsprechend der Anstrengung des Trainings schlug, steigerte sich.

Erstaunlich, was allein die Erinnerung an ein Gefühl ausrichten konnte. Als sie in eine Abfolge von Pirouetten überging, beschwor sie das Gefühl erneut zurück und wirbelte mit ihm herum.

Das Haar tropfte noch von der Dusche, als Maddy ihren hellgelben Flickenoverall überzog. Der Waschraum roch schwer nach Sprays und Puder.

„Ich bin dir wirklich dankbar, dass du mir von dieser Schule erzählt hast." Wanda, in eng anliegenden Jeans und Pullover, zupfte ihr Haar in einen künstlich zerzausten Knoten. „Hier wird mehr verlangt als in der, wo ich vorher war. Und fünf Dollar billiger."

„Sie haben hier eine Schwäche für Zigeuner." Maddy beugte sich vor und richtete den Haarföhn auf die Unterseite ihrer Haare.

„Hilfsbereitschaft ist in deiner Position nicht selbstverständlich."

„Nun hör aber auf, Wanda."

„Es ist nicht überall die große Schwesterlichkeit, Schätzchen." Wanda betrachtete Maddy im Spiegel. Obwohl deren langes Haar über ihrem Gesicht hing, war doch ein missbilligendes Stirnrunzeln zu erkennen. „Du kannst mir nicht erzählen, du würdest nicht spüren, wie andere Tänzer nach deiner Position schielen."

„Das lässt einen nur härter arbeiten." Zu ungeduldig, sie zu trocknen, warf Maddy das Haar mit einer Kopfbewegung zurück. „Wo hast du die Ohrringe her?" Wanda hatte gerade grellrote Pyramiden, die ihr fast bis auf die Schultern reichten, im Ohr befestigt. Maddy trat auf sie zu und bewunderte die Gehänge. „Ob es die auch in Blau gibt?"

„Wahrscheinlich. Magst du schreienden Modeschmuck?"

„Ich liebe ihn."

„Ich tausche die gegen das Sweatshirt von dir, das mit den vielen Augen drauf."

„Abgemacht", erwiderte Maddy augenblicklich. „Ich bringe es zur Probe mit."

„Du siehst glücklich aus."

Maddy lächelte, stellte sich auf Zehenspitzen, um ihr Ohr dicht an Wandas zu bringen. „Ich bin glücklich."

„Ich dachte eher, glücklich wegen eines Mannes."

Maddy hob die Braue und betrachtete ihr Gesicht im Spiegel. Sie trug kein Make-up, und ihre Haut hatte einen gesunden Glanz. Ihr Mund war voll und wirkte auch ohne Schminke. Es ist nur ein Jammer, stellte sie wieder einmal fest, dass meine Wimpern nicht so lang und schwarz wie die von Carrie sind.

„Glücklich wegen eines Mannes", wiederholte Maddy genüsslich. „Ich habe tatsächlich einen Mann kennengelernt."

„Na also. Sieht er gut aus, oder ist es ein Buckliger mit Doppelkinn?"

Maddy lachte schallend und legte den Arm um Wandas Schulter. Die besten Freundschaften, dachte sie, werden doch meist sehr schnell geschlossen. „Gute Schultern, sehr gerade. Gut in Schuss. Wahrscheinlich muskulös."

„Wahrscheinlich?"

„Ich habe ihn nicht nackt gesehen."

„Nun, Schätzchen, wo liegt dein Problem?"

„Wir haben bisher nur zusammen gegessen." Maddy war es gewöhnt, ganz freimütig über sexuelle Dinge zu sprechen. Sogar viel mehr gewöhnt, darüber zu sprechen, als sie auszuüben. „Ich glaube, er war interessiert – auf eine distanzierte Art."

„Dann musst du ihn auf eine nicht distanzierte Art interessiert machen. Er ist doch kein Tänzer?"

„Nein."

„Gut." Wanda ließ ihre Ohrringe ein letztes Mal hin und her schwingen und nahm sie dann ab. „Tänzer sind das Allerletzte als Ehemänner. Ich kenne mich da aus."

„Ich habe nicht gleich ans Heiraten gedacht." Maddy brach ab. „Warst du etwa mit einem Tänzer verheiratet?"

„Vor fünf Jahren. Wir waren Chorustänzer in ‚Pippin'. Es endete damit, dass wir am Premierentag geheiratet haben." Sie gab Maddy die Ohrringe. „Das Problem war nur, er hatte schon vorm Abspielen der Show vergessen, dass ich seinen Ring am Finger trug."

„Das tut mir leid, Wanda."

„Es war eine Lektion." Sie tat es mit einem Schulterzucken ab. „Stürz dich nicht mit einem glattzüngigen, gut aussehenden Mann in die Ehe. Es sei denn, er ist steinreich", fügte sie hinzu. „Ist das deiner?"

„Ist meiner … Oh." Maddy zog ihrem Spiegelbild einen Flunsch. „Ich denke schon."

„Dann schnapp ihn dir. Wenn es nicht klappt, dann kannst du deine Tränen wenigstens mit einer hübschen, dicken Abfindung trocknen."

„Ich glaube nicht, dass du so zynisch bist, wie du gern erscheinen willst." Maddy drückte Wandas Schulter freundschaftlich. „Bist du so verletzt worden?"

„Es hat gesessen. Ich habe zumindest das eine gelernt: Eine Ehe funktioniert nur, wenn zwei Menschen sich an die Spielregeln halten. Was hältst du von einem Frühstück?"

„Nein, ich kann nicht." Sie warf einen schnellen Blick unter die Bank, zu ihrem verkümmernden Philodendron. „Ich muss noch etwas abgeben."

„Das da?" Wanda konnte sich eines anzüglichen Grinsens nicht enthalten. „Sieht eher aus, als bräuchte es ein angemessenes Begräbnis."

„Nein", verbesserte Maddy, während sie ihre neuen Ohrringe anlegte. „Das richtig ausgewogene Maß an Fürsorge."

Er hatte nicht aufhören können, an sie zu denken. Roy war es nicht gewöhnt, sich vom Geschäftlichen ablenken zu lassen, vor allem nicht von einer flatterhaften, exzentrischen Frau mit Neon an der Wand. Wir haben auch nichts gemeinsam, sagte er sich immer wieder. Und es gab nichts an ihr, was ihn anziehen könnte. Es sei denn, man steht auf goldbraune Augen. Oder ein Lachen, das von irgendwoher aus dem Nichts kommt und stundenlang in einem widerhallt.

Er zog Frauen mit klassischem Stil und elegantem Auftreten vor. Und die würden sich nur mit einem Leibwächter in Maddys Viertel wagen, aber um nichts auf der Welt dort leben. Sie würden auch ganz sicher nicht von dem Fleisch auf seinem Teller knabbern. Die Frauen, mit denen er sich traf, gingen ins Theater, sie spielten nicht in ihm. Sie würden ganz bestimmt keinem Mann erlauben, sie schwitzen zu sehen.

Warum kamen ihm diese Frauen nach einigen kurzen Begegnungen mit Maddy O'Hara entsetzlich langweilig vor? Natürlich waren sie es nicht. Denn er hatte noch nie Verabredungen mit Frauen nur wegen ihres Aussehens getroffen. Er wollte und suchte nach interessanten Gesprächen, ähnlichen Interessen, Humor und Lebensstil. Er könnte während des Dinners Lust darauf haben, über die beeindruckende Aufführung in der Metropolitan und beim Brandy über die klimatischen Bedingungen zum Skilaufen in St. Moritz zu sprechen.

Was er vermied, geflissentlich vermied, waren Frauen aus der Welt des Entertainments. Er respektierte Entertainer, bewunderte sie, hielt sie aber auf Armeslänge, gesellschaftlich gesehen. Als Verantwortlicher von Valentine Records musste er laufend mit ihnen oder ihren Agenten verhandeln. Er kannte ihre Bedürfnisse, ihren Ehrgeiz und ihre Schwächen, und er verstand sie auch. In seiner Freizeit zog er jedoch die Gesellschaft von weniger komplizierten Menschen vor.

Aber er konnte nicht aufhören, an Maddy zu denken.

Er legte endgültig die Verkaufslisten zur Seite und blickte zum Fenster auf ein Stück Manhattan hinaus, wo der Regen alles mit einem geheimnisvollen grauen Schleier bedeckte. Madeline O'Hara war steil auf dem Weg nach oben, doch sie schien sich nicht, wie es in ihrem Beruf sonst üblich war, mit einer Schutzmauer zu umgeben oder sich überheblich von anderen abzusondern. Konnte sie überhaupt so gefestigt und unkompliziert sein, wie sie wirkte?

Was kümmerte ihn das?

Er hatte ein Dinner mit ihr gehabt – ein einziges Mal, ein simples Dinner. Sie hatten eine interessante, irgendwie auch intime Unterhaltung geführt. Und es hatte einen kleinen, freundschaftlichen Kuss gegeben.

Der ihm den Boden unter den Füßen weggerissen hatte.

Also gut, er fühlte sich von ihr angezogen. Er war einem strahlenden, lebenssprühenden Äußeren und einem elastischen Körper gegenüber nicht immun. Es war nur natürlich, auf diese Frau mit ihren verrückten Vorstellungen und ungewöhnlichen Denkweisen neugierig zu sein. Falls er sie wiedersehen wollte, würde es auch nichts schaden. Und es wäre ganz einfach. Er brauchte nur den Hörer abzunehmen und sie anzurufen. Sie könnten wieder zusammen ein Dinner haben ... zu seinen Bedingungen. Und bevor der Abend um war, würde er herausgefunden haben, was an ihr Besonderes war, das ihm so zusetzte.

Die Tür wurde geöffnet. Roys verärgerter Blick ging auf einmal in ein warmes Lächeln über, das er nur wenigen Menschen schenkte.

Edwin Valentine betrat den Raum und ließ sich schwer in einen Sessel fallen. „Wenn ich nicht alle paar Wochen einmal vorbeischaue, fühle ich mich richtig zum alten Eisen zugehörig. Ich habe läuten hören, du hättest Libby Barlow unter Vertrag bekommen."

Im Geschäftlichen immer vorsichtig, ließ sich Roy nicht auf eine Bestätigung ein. „Es sieht danach aus."

Edwin nickte. „Ein unglaubliches Organ, die kleine Lady. Ich würde es übrigens gern sehen, wenn Dorsey ihr erstes Album mit uns produziert."

Roys Lippen verzogen sich zu einem kleinen Schmunzeln. Wie immer, so traf sein Vater auch hier rein instinktiv ins Schwarze. „Darüber ist schon gesprochen worden. Ich finde übrigens immer noch, du solltest hier ein Büro haben." Er hob abwehrend die Hand, bevor sein Vater Einwände erheben konnte. „Ich meine nicht, dass du dich in einer geregelten Arbeitszeit einengen solltest!"

„Ich hatte noch nie geregelte Arbeitszeiten", warf Edwin lächelnd ein.

„Also gut, dann ungeregelte. Ich denke, Valentine Records sollte Edwin Valentine haben."

„Es hat dich." Edwin faltete die Hände und betrachtete seinen Sohn ruhig und offen. „Nicht, dass ich nicht glaube, du könntest hin und wieder einen Rat von mir altem Mann annehmen. Aber jetzt stehst du am Ruder, und das Schiff hält sich ordentlich."

„Ich würde es nie untergehen lassen."

Edwin bemerkte den Nachdruck in der Stimme seines Sohnes und verstand einiges von den Gefühlen, die sich dahinter verbargen. „Darüber bin ich mir bewusst, Roy. Und ich brauche dir wohl nicht zu sagen, dass mich nichts und niemand, der in meinem Leben eine Rolle gespielt hat, stolzer als du gemacht hat."

Gefühle wallten in ihm auf. Dankbarkeit. Liebe. Vertrauen. „Dad …"

Bevor er überhaupt richtig beginnen konnte, schob seine Sekretärin einen Teewagen mit Kaffee und Kuchen herein.

„Potzblitz, Hannah, Sie sind auf Draht, wie immer."

„Sie auch, Mr Valentine. Sie sehen aus, als hätten Sie mindestens ein Pfund abgenommen." Während sie Edwin seinen Kaffee, so wie er ihn liebte, zubereitete, zwinkerte sie Roy zu. Sie war seit zwölf Jahren in der Firma und die Einzige, die sich solche Vertraulichkeiten leisten konnte.

„Sie wissen doch ganz genau, dass ich zugenommen habe, Hannah. Fünf Pfund." Und er nahm sich gleich zwei Stück Kuchen.

„Steht Ihnen gut, Mr Valentine."

„Eine Prachtfrau", meinte Edwin mit vollem Mund, als sich die Tür hinter ihr geschlossen hatte. „Kluger Schachzug, sie als deine Sekretärin zu übernehmen, nachdem ich mich zur Ruhe gesetzt hatte."

„Ohne Hannah würde Valentine Records doch gar nicht laufen." Roy sah wieder zum regenblinden Fenster hinüber und dachte an eine andere Frau.

„Was geht dir im Kopf herum, Roy?"

„Hmm?" Er brachte sich wieder in die Gegenwart zurück und hob seine Kaffeetasse. „Die Verkaufslisten sehen gut aus. Ich denke, du wirst mit den Ergebnissen am Ende des Steuerjahres zufrieden sein."

Daran zweifelte Edwin nicht, denn immerhin war Roy ein Produkt seines Verstandes und seines Herzens. Nur ganz selten spürte er auch Zweifel, ob er seinen Sohn nicht zu sehr nach sich geformt hatte. „Du machtest auf mich nicht den Eindruck, als gingen dir Verkaufslisten im Kopf herum."

Roy entschied sich, die unausgesprochene Frage zu beantworten und ihr doch auszuweichen. „Ich mache mir viele Gedanken über die Show, die wir finanzieren."

Edwin lächelte verhalten. „Immer noch nervös wegen meines Riechers in diesem Fall?"

„Nein." Das konnte er mittlerweile ehrlich beantworten. „Ich glaube sogar, das Stück schlägt richtig ein. Und die Musik ist wunderbar. Wir müssen jetzt daran arbeiten, es als Album herauszubringen."

„Wenn es dir nichts ausmacht, würde ich bei diesem Projekt gern ein wenig mitmischen."

„Du weißt, dass du nicht fragen musst."

„Doch, das muss ich", berichtigte Edwin. „Du hast die Verantwortung, Roy. Weißt du, das ist ein Lieblingsprojekt von mir. Ich bin persönlich daran interessiert."

„Davon hast du nie gesprochen."

Edwin lächelte versonnen und begann mit seinem zweiten Kuchenstück. „Liegt eine Zeit zurück, eine lange Zeit. Hast du schon Madeline O'Hara kennengelernt?"

Roy runzelte die Stirn. Durchschaute ihn sein Vater so sehr? „Tatsächlich …" Als der Summer auf seinem Pult ertönte, nahm er die Ablenkung ohne Verstimmung an. „Ja, Hannah?"

„Entschuldigen Sie die Störung, Mr Valentine, aber ich habe hier eine junge Frau." Hannah konnte steinhart sein, doch über die durchnässte Gestalt vor ihr musste sie unwillkürlich lächeln. „Sie sagt, sie wolle Ihnen etwas übergeben."

„Nehmen Sie es bitte, Hannah."

„Sie möchte es Ihnen lieber persönlich geben. Ihr Name ist, ah … Maddy."

Roy schwieg, fest entschlossen, sie abzuweisen. „Maddy? Schicken Sie sie herein."

Vom Regen tropfnass, ihren Tanzbeutel und die eingehende Pflanze im Arm, betrat Maddy das Büro. „Entschuldigen Sie die Störung, Roy. Es ist nur so, dass ich es mir überlegt habe, und ich habe mich entschlossen, sie Ihnen zu geben, bevor sie mir eingeht. Ich bekomme immer diese Anfälle von Schuldgefühlen, wenn ich wieder eine Pflanze umgebracht habe, und ich dachte, Sie könnten mich davor bewahren. Würden Sie sie bitte nehmen?"

Edwin erhob sich, als sie an seinem Sessel vorbeiging, und sie hielt in ihrer überstürzten Erklärung inne. „Hallo." Sie lächelte ihn ungezwungen an und bemühte sich, den Kuchen auf dem Tablett zu übersehen. „Ich störe, aber es ist wirklich eine Angelegenheit auf Leben und Tod." Sie stellte die nasse, vergilbte Pflanze auf die makellose Eichenplatte von Roys Schreibtisch. „Sagen Sie mir nicht, wenn sie eingeht, okay? Aber wenn sie überlebt, dann lassen Sie es mich wissen. Danke." Und mit einem letzten aufblitzenden Lächeln trat sie ihren Rückzug an.

„Maddy." Jetzt, wo sie ihn einen Augenblick zu Wort kommen ließ, erhob sich auch Roy. „Ich möchte Ihnen gern meinen Vater vorstellen. Edwin Valentine. Madeline O'Hara."

Maddy wollte ihre Hand ausstrecken, ließ sie aber wieder sinken. „Ich bin völlig durchnässt", erklärte sie lächelnd. „Ich freue mich, Sie kennenzulernen."

„Sehr erfreut." Edwin strahlte sie regelrecht an. „Setzen Sie sich."

„Oh, das geht wirklich nicht. Meine Sachen sind nass."

„Etwas Wasser hat gutem Leder noch nie geschadet." Und bevor sie weitere Einwände erheben konnte, nahm Edwin ihren Arm und führte sie zu einem der großen Sessel neben dem Schreibtisch. „Ich habe Sie schon auf der Bühne bewundert."

„Danke." Es beeindruckte sie überhaupt nicht, beinahe Zeh an Zeh mit einem der reichsten und einflussreichsten Männer des Landes zu sitzen. Sie fand sein Gesicht nur anziehend. Doch obwohl sie sich anstrengte, sie konnte auch nicht die kleinste Ähnlichkeit mit seinem Sohn feststellen.

Roy lenkte die Aufmerksamkeit auf sich. „Möchten Sie einen Kaffee, Maddy?"

Nein, er glich seinem Vater nicht. Roy hatte kantigere Züge, und er war schlank. Maddy spürte ihren Puls einen Tick schneller werden. „Ich trinke keinen Kaffee mehr. Wenn Sie einen Tee mit Honig hätten, würde ich gern eine Tasse nehmen."

„Nehmen Sie ein Stück Kuchen", meinte Edwin, als er ihren schnellen, sehnsüchtigen Blick darauf bemerkte.

„Da ich Lunch ausfallen lasse, könnte ich etwas Zucker im Blut gebrauchen." Und lächelnd wählte sie sich das mit Zuckerguss überzogene Stück. Wenn sie schon sündigte, dann richtig.

„Roy und ich haben gerade über die Show gesprochen. Er ist der Meinung, dass es ein Hit wird. Was meinen Sie?"

„Ich meine, es bringt Pech, wenn ich das sage, bevor wir es in Philadelphia ausprobiert haben. Aber was ich sagen kann, ist, dass die Tanznummern das Publikum einfach umwerfen werden. Und wenn nicht, dann habe ich sowieso nichts anderes verdient, als wieder zu meinem Servierjob zurückzukehren."

„Ich vertraue auf Ihr Urteil." Edwin tätschelte ihre Hand. „Denn wenn ein O'Hara nicht weiß, wann eine Tanznummer ankommt, dann weiß es keiner." Auf ihr fragendes Lächeln hin fügte er hinzu: „Ich kenne Ihre Eltern."

„Tatsächlich?" Sie strahlte, der Kuchen war vergessen. „Ich kann mich gar nicht daran erinnern, dass Vater oder Mutter von Ihnen gesprochen haben."

„Es liegt schon lange zurück." Er wandte sich halb Roy zu, als ob er ihm eine Erklärung geben wollte. „Ich habe damals gerade angefangen, hinter Talenten her zu sein und hinter Geld. Ich habe Ihre Eltern hier in New York kennengelernt. Damals war ich gerade finanziell völlig am Ende und musste die Pfennige zusammenkratzen und mich mit Geldgebern herumschlagen. Ihre Eltern haben mich auf einer Liege in ihrem Hotelzimmer schlafen lassen. Das habe ich nie vergessen."

Bedeutungsvoll sah sich Maddy um. „Nun, Sie haben genug Pfennige zusammengekratzt, Mr Valentine."

Er lachte und schob ihr ein weiteres Stück Kuchen zu. „Wissen Sie, ich wollte es ihnen immer zurückzahlen. Ich habe es ihnen versprochen. Das ist jetzt über fünfundzwanzig Jahre her. Sie und Ihre Schwestern waren noch Wickelkinder. Ich glaube, ich habe zusammen mit Ihrer Mutter Ihre Windeln gewechselt, Maddy."

Sie lächelte verschmitzt. „Carrie, Alana und ich waren schwer auseinanderzuhalten – selbst von dem Blickpunkt her."

„Sie hatten einen Bruder", erinnerte er sich. „Ein echter Draufgänger, und er hat gesungen wie ein Engel. Ich habe Ihrem Vater versprochen, ihn unter Vertrag zu nehmen, wenn ich erst meine eigene Durststrecke überwunden hätte. Doch als es so weit war und ich Ihre Familie wieder aufspüren konnte, war Ihr Bruder nicht mehr dabei."

„Dads altes Klagelied, dass sich Terence gegen ein Leben auf Achse entschieden hat. Oder besser, für einen anderen Weg."

„Sie und Ihre Schwestern traten als Gruppe auf."

Maddy wusste nie, ob sie über die Erinnerung daran lachen oder weinen sollte. „Die O'Hara-Drillinge."

„Ich wollte Sie unter Vertrag nehmen. Wirklich", betonte er, als er sah, wie sie die Augen aufriss. „Absolut. Damals, als Ihre Schwester Alana heiratete."

Ein Plattenvertrag? Mehr – ein Vertrag mit Valentine Records. Maddy dachte an die damalige Zeit zurück und an den ehrfürchtigen Stolz, den so ein Angebot ausgelöst hätte. „Wusste Dad eigentlich davon?"

„Wir haben darüber gesprochen."

„Gütiger Himmel." Sie schüttelte den Kopf. „Es muss ihn um den Verstand gebracht haben, sich solch eine Gelegenheit entgehen lassen zu müssen. Er hat nie ein Wort darüber verloren. Nach Alanas Heirat haben Carrie und ich noch die vertraglich anstehenden Engagements durchgezogen. Dann ist sie nach Westen und ich nach Osten gegangen. Armer Dad."

„Ich denke, Sie haben ihm eine Menge gegeben, worauf er stolz sein kann."

„Sie sind ein netter Mann, Mr Valentine. Ist die Finanzierung der Show eine Art Zurückzahlung für die Nacht auf der Liege?"

„Eine Rückzahlung, die meiner Gesellschaft viel Geld einbringt. Ich würde Ihre Eltern gern wiedersehen, Maddy."

Sie erhob sich, sie musste rechtzeitig zur Probe zurück. „Es war nicht meine Absicht gewesen, den Besuch Ihres Vaters bei Ihnen zu beanspruchen, Roy."

„Entschuldigen Sie sich nicht." Er erhob sich ebenfalls, ohne den Blick von ihr zu nehmen, so wie er es während des ganzen Besuchs nicht getan hatte. „Es war aufschlussreich."

Sie musterte ihn. Er passte perfekt hierher, hinter den Schreibtisch, vor das Fenster, in dieses Büro mit Ölgemälden und Ledersesseln. „Wir haben schon vorher festgestellt, wie klein die Welt ist."

Ihr Haar hing nass auf dem Rücken. Lächerliche rote Glasgehänge baumelten an ihren Ohren. Ihr gelber Overall und das hellblaue T-Shirt schienen an diesem düsteren Tag die einzigen Farbflecke zu sein. „Ja, das haben wir. Sie nehmen doch die Pflanze, nicht wahr?"

Er warf einen Blick auf die Pflanze. Sie sah mitleiderregend aus. „Ich tue, was ich kann. Aber ich kann nichts versprechen."

„Versprechungen machen mich sowieso nervös. Wenn man sie macht, muss man sie auch einhalten." Sie wusste, sie sollte jetzt gehen, doch sie konnte sich noch nicht losreißen. „Ihr Büro ist genau so, wie ich es mir vorgestellt habe. Von durchdachter Eleganz. Es passt zu Ihnen. Danke für den Kuchen."

Er wollte sie berühren. Es erstaunte ihn selbst, dass er den Drang bekämpfen musste, hinter dem Schreibtisch hervorzukommen und die Hände auf ihre Schultern zu legen. „Es ist mir jederzeit ein Vergnügen."

„Wie wäre es mit Freitag?", sagte sie, ohne nachzudenken.

„Freitag?"

„Freitag habe ich frei." Jetzt, wo es heraus war, wollte Maddy es auch nicht bedauern. „Ich habe Freitag frei", wiederholte sie. „Nach der Probe. Wir könnten uns treffen."

Fast hätte er den Kopf geschüttelt. Er wusste nicht, was auf seinem Terminkalender stand. Er wusste nicht, was er einer Frau sagen sollte, die eine beiläufige Höflichkeitsfloskel für bare Münze nahm. Und er wusste nicht, warum er sich darüber freute. „Wo?"

Sie strahlte übers ganze Gesicht. „Rockefeller Center. Um sieben. Ich bin schon spät dran." Sie wandte sich Edwin zu und reichte ihm die Hand. „Ich habe mich gefreut, Sie hier getroffen zu haben!" Und in ihrer unbekümmerten Art beugte sie sich vor und gab ihm einen Kuss auf die Wange. „Auf Wiedersehen."

„Auf Wiedersehen, Maddy." Edwin wartete, bis sie hinausgegangen war, und sah dann seinen Sohn an. Diesen verwirrten Blick hatte er noch nicht oft bei Roy erlebt. „Wenn ein Mann in einen solchen Hurrikan gerät, sollte er sich entweder festschnallen oder die Fahrt genießen." Hintergründig lächelnd nahm Edwin das letzte Stück Kuchen und aß es mit Genuss. „Ich will verdammt sein, wenn ich die Fahrt nicht genießen würde."

oy fragte sich, ob sie irgendwelche Zaubermittel besaß, um ihn zu beeinflussen. Maddy O'Hara sah
zwar nicht so aus, wie sich die meisten Leute eine
Hexe vorstellten, doch eigentlich wäre das die stichhaltigste Erklärung dafür, dass Roy um sieben Uhr, an einem feuchten Freitagabend, um das Rockefeller-Center schlenderte. Jetzt hätte er
eigentlich zu Hause sein und ein ruhiges Dinner genießen sollen,
bevor er sich in den Stapel von Geschäftsunterlagen vergrub, den
er in seiner Aktentasche trug.

Unterhaltungsfetzen von den vorbeibummelnden Menschen
drangen an sein Ohr, aber er achtete nicht darauf. Er war zu sehr
mit sich selbst beschäftigt.

Warum hatte er zugesagt, sich mit ihr zu treffen? Die Antwort
darauf lag eigentlich offen zutage: Er hatte sie sehen wollen. Da
nützte ihm kein Wenn und Aber. Sie erregte einfach seine …
Neugier. Eine Frau wie sie musste automatisch die Neugier von
jedem wecken. Sie war erfolgreich, doch sie tat die Eitelkeiten
des Erfolges mit einem Schulterzucken ab. Sie war attraktiv, doch
sie setzte ihr Aussehen nicht als Mittel ein. Ihre Augen drückten
Ehrlichkeit aus – wenn man an so etwas glaubte. Ja, Maddy war
ein Mensch, der neugierig machte.

Aber warum, zum Teufel, hatte er nicht wenigstens so viel
Geistesgegenwart besessen, einen anderen Verabredungsort vorzuschlagen – zumindest einen passenderen?

Eine Gruppe kichernder Teenager hätte ihn fast umgelaufen.
Eine sah sich nach ihm um, flüsterte aufgeregt ihrer Freundin
etwas zu, worauf sie erneut in Gelächter ausbrachen, bevor sie
in der Menge verschwanden.

Roy beobachtete ohne besonderes Interesse Kinder, die Touristen oder gutmütigen Passanten rote Nelken, das Stück für
einen Dollar, andrehen wollten. Ein Straßenverkäufer bot Eis
an. Ein Bettler versuchte sein Glück mit weniger Erfolg. Roy
musste einen Mann abwimmeln, der ihm schwarz die angeblich
letzten Eintrittskarten für eine Show im berühmten Radio City

verkaufen wollte. Anschließend stürzte der sich auf ein älteres Touristenpaar. In der Nähe heulte eine Sirene auf, doch niemand machte sich die Mühe, auch nur aufzublicken.

Langsam machte sich die Schwüle bemerkbar. Roy spürte die ersten Schweißtropfen an seinem Kragen und auf seinem Nacken. Es war zwanzig nach sieben.

Seine Geduld war auf dem Nullpunkt angelangt, als er sie endlich sah. Warum unterschied sie sich von den vielen Menschen um sie herum? Es gab doch andere, die noch viel fantasievoller als sie gekleidet waren. Ihr Gang war von einer Art entspannter Anmut, aber sie ging nicht langsam. Offensichtlich tat sie sowieso nichts langsam. Und doch strahlte sie unbekümmerte Leichtigkeit aus. Roy wusste, wenn er sich die Mühe machen und sich umsehen würde, könnte er auf Anhieb einige Frauen finden, die von größerer Schönheit waren. Doch sein Blick war auf diese eine fixiert und ebenso seine Gedanken.

Beim Bettler hielt sie an und kramte in ihrer Tasche. Sie holte etwas Kleingeld heraus und tauschte mit ihm ein paar offensichtlich freundliche Worte aus, bevor sie sich ihren Weg weiter durch die Menge bahnte. Und dann erblickte sie Roy und beschleunigte ihren Schritt.

„Es tut mir leid. Immer muss ich mich fürs Zuspätkommen entschuldigen. Aber ich wollte nach der Probe noch schnell nach Hause und mich umziehen, weil Sie bestimmt einen Anzug tragen würden." Mit einem zufriedenen Lächeln musterte sie ihn. „Und ich hatte recht."

Sie hatte ihren Overall mit einem schwingenden Rock in Regenbogenfarben vertauscht, in dem sie wie die Zigeunerin, die sie immer zu sein behauptete, wirkte. Die anderen Menschen auf dem Gehweg verblassten völlig neben ihr.

„Sie hätten ein Taxi nehmen können."

„Daran kann ich mich einfach nicht gewöhnen. Ich übernehme das Essen, damit mache ich es wieder gut." Wie selbstverständlich hakte sie sich kameradschaftlich bei ihm ein, sodass sein Widerstreben persönlichem Kontakt gegenüber gar nicht erst zum Zuge kommen konnte. „Sie sind sicherlich hungrig, nachdem Sie so lange auf mich warten mussten." Sie verlagerte ihre Körperhaltung, um einer entgegenkommenden Frau, die es eilig hatte, auszuweichen. „Es gibt eine gute Pizzeria gleich …"

Er schnitt ihr das Wort ab. „Ich zahle, und es gibt Besseres als Pizzerien."

Maddy war beeindruckt, als es ihm gleich beim ersten Versuch gelang, ein Taxi zu bekommen. Sie erhob auch keine Einwände, als er dem Fahrer eine vornehme Adresse bei der Park Avenue nannte. „Damit wäre die Pizza wohl gestorben", bemerkte sie nur, da sie immer für Überraschungen zu haben war. „Übrigens, ich mag Ihren Vater."

„Ich kann Ihnen verraten, das Gefühl ist gegenseitig."

„Ist es nicht merkwürdig, dass er meine Eltern kennt? Dad schmeißt gern mit Namen um sich – vor allem, wenn er die betreffende Person tatsächlich gar nicht kennt. Aber Ihren Vater hat er nie erwähnt."

Ob ihr Duft in dem stickig riechenden Taxi hängen blieb, wenn sie ausgestiegen sein würden? Irgendwie glaubte er es. „Vielleicht hat er ihn einfach vergessen."

Maddy lachte kurz auf. „Unwahrscheinlich. Einmal hat Dad die Nichte der Frau eines Mannes kennengelernt, dessen Bruder als Statist in ‚Singin' in the Rain' gearbeitet hat. Das hat er nie vergessen. Merkwürdig ist nur, dass Ihr Vater sich daran erinnert, dass eine Nacht auf der Liege in einem Hotelzimmer ihm so wichtig ist."

Auch Roy war das aufgefallen. Edwin lernte Hundert und Aberhundert Menschen kennen. Warum erinnerte er sich dann so deutlich an ein herumreisendes Unterhaltungskünstlerpaar, das ihm für eine Nacht eine Schlafgelegenheit geboten hatte? „Ich kann nur vermuten, dass Ihre Eltern Eindruck auf ihn gemacht haben."

„Sie sind auch großartig. Da wären wir", fügte sie hinzu, als das Taxi vor einem elegant schlichten französischen Restaurant vorfuhr. „In diese Gegend komme ich selten."

„Warum?"

„Alles, was für mich wichtig ist, liegt in meinem Viertel." Sie wäre auf der Straßenseite aus dem Taxi gestiegen, wenn Roy nicht ihre Hand genommen und Maddy mit sich auf der Gehwegseite hätte aussteigen lassen. „Ich habe keine Zeit für häufige Verabredungen. Und wenn, dann gewöhnlich mit Männern, deren Französisch sich auf Ballettpositionen begrenzt." Sie hielt inne. „Das war doch sicher wieder eine meiner typisch unverblümten Bemerkungen?"

Sie betraten das Lokal, das angenehm kühl und in ruhigen Pastelltönen gehalten war.

„Ja. Aber irgendwie habe ich das Gefühl, Sie zerbrechen sich wegen unverblümter Bemerkungen nicht unbedingt den Kopf."

„Ich werde mir später überlegen, ob ich das als Kompliment oder als Beleidigung auffassen soll. Beleidigungen vermitteln mir schlechte Laune, und ich will mir nicht das Essen verderben lassen."

„Ah, Monsieur Valentine."

„Jean-Paul." Roy begrüßte den Besitzer mit einem Nicken. „Ich habe keinen Tisch reservieren lassen, aber ich hoffe, Sie haben noch Platz für uns."

„Für Sie immer." Er musterte Maddy mit erfahrenem Blick. Nicht der für Monsieur übliche Typ, entschied Jean-Paul, aber ebenso reizvoll. „Folgen Sie mir bitte."

Es war genau die Art von Restaurant, die Maddy als die von Roy bevorzugte vermutet hatte. Ein wenig gediegen, aber doch elegant, ein vornehmer Chic, ohne mondän zu sein. Die Pastelltöne der Wände und das gedämpfte Licht vermittelten zudem den Eindruck von Entspanntheit. Ein feiner Duft von Gewürzen lag in der Luft. Mit unverhohlener Neugier sah Maddy sich um. So viel Eleganz an einem so kleinen Ort, dachte sie. Aber gerade das machte einen großen Teil des Charmes von New York aus: Müll oder Glanz, es lag nur eine Straßenecke voneinander entfernt.

„Champagner, Mr Valentine?"

„Maddy?" Roy hatte die Weinkarte in der Hand, doch er überließ Maddy die Entscheidung.

Sie schenkte dem Besitzer ein Lächeln, das dessen Meinung über sie um einige Grad klettern ließ. „Es ist immer schwer, zu Champagner Nein zu sagen."

Nachdem Roy die Bestellungen aufgegeben hatte, beendete Maddy ihre neugierige Musterung der anderen Gäste und wandte sich ihm mit einem Lächeln zu. „Ich habe mich gefragt, ob Sie noch einmal zur Probe kommen."

Er wollte nicht zugeben, dass er es gewollt hatte und sich regelrecht zwingen musste, sich von etwas fernzuhalten, das nicht sein Zuständigkeitsbereich war. „Es ist nicht nötig. Ich kann dem Stück selbst keine neuen Impulse geben. Meine Aufgabe ist die Erfolgsbilanz."

Sie betrachtete ihn ernst. „Ich verstehe." Nachdenklich malte sie eine Linie auf das Tischtuch. „Die Show muss einschlagen, damit Valentine Records das investierte Geld wieder herausholen kann. Und nur wenn sie einschlägt, lassen sich viele Plattenalben davon verkaufen."

„Sicher, aber die Show liegt ja in guten Händen."

„Nun, das sollte immerhin ein Trost für mich sein." Ihre gute Laune stieg sofort wieder, als der Champagner gebracht wurde. Rituale amüsierten sie immer, und so beobachtete sie das der Etikette entsprechende Verfahren: das Zeigen der Flaschenbeschriftung, das schnelle, gekonnte Öffnen mit einem gedämpften Plop, der Probeschluck und die Anerkennung. Der Champagner wurde in Sektkelche gegossen, und sie beobachtete sein spritziges Schäumen.

„Trinken wir auf Philadelphia." Sie hatte ihr Lächeln wiedergefunden, als sie ihr Glas hob.

„Philadelphia?"

„Die Premieren dort verraten meist das weitere Schicksal eines Stückes." Sie stieß mit ihm an und nahm dann langsam einen kleinen Schluck. Sie würde den Champagner ebenso kontrolliert genießen wie alle anderen Genüsse. Doch sie genoss dafür fast andächtig jeden Schluck. „Wunderbar. Den letzten Champagner habe ich auf der Abschiedsparty von ‚Suzanna's Park' getrunken, aber er war nicht annähernd so gut."

„Warum haben Sie es gemacht?"

„Was gemacht?"

„Aus der Show aussteigen."

Bevor sie antwortete, nippte sie noch einmal. Wie herrlich doch Champagner bei Kerzenlicht ist, dachte sie, und wie jammerschade, dass die Menschen so etwas nicht mehr wahrnehmen, wenn sie immer Champagner trinken können. „Ich habe alles, was ich konnte, in die Rolle hineingelegt und alles aus ihr herausgeholt. Es war einfach Zeit für eine Veränderung. Meine Füße sind unruhig, Roy, wie in der Geschichte von den ‚Roten Schuhen'. Die roten Schuhe bekommen Gewalt über die Tänzerin, und sie muss nach ihrem Gutdünken tanzen."

Er hatte schon oft Unruhe bei Frauen kennengelernt, die sich immer wieder veränderten, aber doch nie Zufriedenheit fanden. „Man könnte sagen, Sie langweilen sich schnell."

Etwas in seiner Stimme machte sie wachsam, doch sie konnte die Frage nur ehrlich beantworten. „Ich langweile mich nie. Wie sollte ich auch? Es gibt so vieles, um sich daran zu erfreuen."

„Es hat also bei Ihnen nichts mit einem Verlust von Interesse zu tun?"

Ohne den Grund dafür zu kennen, hatte sie das Gefühl, von ihm irgendwie geprüft zu werden. Oder prüfte er sich selbst? „Ich kann mich an nichts erinnern, an dem ich das Interesse verloren hätte. Nein, das stimmt nicht. Es gab da dieses Tigerposter, ein riesiges, teures Stück. Ich musste es unbedingt haben. Und als ich es gekauft und nach Hause geschafft hatte, musste ich feststellen, dass es schrecklich war. Aber das meinen Sie doch wohl nicht?"

„Nein." Roy betrachtete sie prüfend, als er trank. „Das nicht."

„Ich glaube, es ist eher eine Frage unterschiedlicher Einstellungen." Sie ließ ihren Finger über den Rand des Glases kreisen. „Ein Mann wie Sie schafft sich seine eigene Routine und muss sich dann jeden Tag daran halten, weil eine Menge Leute von ihm abhängig sind. In meinem Leben wird ein großer Teil der Routine vorgegeben, einfach um den Anforderungen zu entsprechen. Der Rest muss sich immer wieder ändern, sonst verliere ich den Biss. Das sollten Sie verstehen, wenn Sie mit Künstlern arbeiten."

Seine Lippen verzogen sich leicht, als er das Glas hob. „Ich bemühe mich."

„Künstler amüsieren Sie?"

„Zum Teil", gab er zu. „Zum Teil frustrieren sie mich auch, was aber nicht bedeutet, dass ich sie nicht bewundern würde."

„Obwohl sie alle etwas verrückt sind."

Der Humor, der um seine Mundwinkel spielte, zeigte sich jetzt auch in seinen Augen. „Völlig."

„Ich mag Sie, Roy." Freundschaftlich legte sie eine Hand auf seine. „Es ist nur ein Jammer, dass es Ihnen an Illusionen mangelt."

Er fragte sich, was sie damit meinte. Er war sich nicht sicher, ob er es wissen wollte. Doch zum Glück erschien jetzt auch der Kellner mit den Speisekarten.

„Das wird ein Problem", sagte Maddy halblaut.

Roy blickte auf. „Mögen Sie keine französische Küche?"

„Machen Sie Witze? Ich liebe sie, ich liebe italienische, armenische, indische. Das ist ja das Problem. Es gibt für mich zwei Möglichkeiten. Ich bestelle einen Salat und verleugne mich selbst. Oder ich erkläre das zu einer Feier und gehe aufs Ganze."

„Den Lachs kann ich nur empfehlen."

Sie blickte von der Karte auf und musterte ihn voller Ernst. „Tatsächlich?"

„Sehr sogar."

„Roy, ich bin eine erwachsene Frau und meinem Wesen nach unabhängig. Doch beim Essen geht mein Appetit mit mir manchmal wie bei einer Zwölfjährigen in der Süßwarenabteilung durch. Ich werde also mein Schicksal in Ihre Hände legen." Sie legte die Speisekarte zur Seite.

„Einverstanden." Die Gründe dafür wollte er gar nicht so genau wissen, doch er entschloss sich, ihr das Essen ihres Lebens zusammenzustellen.

Und er wurde nicht enttäuscht. Sie aß langsam, mit einer unwiderstehlich sinnlichen Genussfreude, von der Roy schon vergessen hatte, dass sie im Essen gefunden werden konnte. Sie probierte alles, genoss jeden Bissen, aber aß nichts auf. Selbst jetzt war die ihr in Fleisch und Blut eingegangene Disziplin nicht ausgeschaltet.

Sie reizte sich selbst mit dem Genuss des Essens, wie andere Frauen sich vielleicht mit Männern reizen. Sie schloss über einem Bissen Fisch die Augen und gab sich ganz dessen Genuss hin, wie andere sich einem Liebesspiel hingeben würden.

„Oh, das ist wunderbar. Probieren Sie."

Sie streckte ihm ihre Gabel hin. Für ihn selbst überraschend, spannte sich sein Körper an. Allein sie zu beobachten erregte ihn. Er wollte sie probieren, genießen, so langsam, wie sie jeden Bissen ihres Essens schmeckte.

Er ließ sich von ihr füttern. Sie beobachtete genau, wie er den Bissen genoss. Doch gleichzeitig erkannte er in ihrem Blick eine Neugier, die deutlich erotisch war.

„Sie sagten einmal, Tänzer seien immer hungrig."

Er sprach jetzt nicht vom Essen. Maddy nippte an ihrem Glas, um etwas Zeit zu gewinnen. „Wir treffen schon früh eine Entscheidung. Wir verzichten auf Fußball, Fernsehen, Partys und gehen stattdessen zum Unterricht. Das wirkt sich immer aus."

„Wie viele Opfer bringen Sie?"

„So viele, wie erforderlich sind."

„Und es lohnt sich?"

„Ja." Sie lächelte entspannt, nun, wo die körperliche Spannung wieder von ihr wich. „Es lohnt sich immer."

Roy lehnte sich zurück, um den Abstand zu Maddy zu vergrößern. Sie bemerkte es und fragte sich, ob er die gleiche Intensität zwischen ihnen gespürt hatte. „Was bedeutet Erfolg für Sie?"

„Mit sechzehn hat er Broadway bedeutet. Und zum Teil bedeutet es das immer noch."

„Dann haben Sie ihn."

Er verstand sie nicht, wie sie es auch gar nicht anders erwartet hatte. „Ich fühle mich erfolgreich, weil ich mir einrede, die Show wird der Renner. Ich weigere mich einfach, an einen Verriss zu denken."

„Dann legen Sie also Scheuklappen an."

„Oh nein. Rosa gefärbte Brillen, aber nie Scheuklappen. Sie sind Realist. Ich glaube, das gefällt mir an Ihnen, weil es so ganz das Gegenteil von mir ist. Ich ziehe die Illusion vor."

„Man kann Geschäfte nicht auf Illusionen gründen."

„Und Ihr Privatleben?"

„Das auch nicht."

Interessiert beugte sie sich vor. „Warum nicht?"

„Weil nichts im Leben funktioniert, wenn man nicht weiß, was wirklich ist und was nicht."

„Ich finde die Vorstellung angenehmer, dass man etwas wirklich werden lassen kann."

„Valentine!"

Roys abweisende Miene verwandelte sich in eine undurchdringliche, als er aufblickte und den großen, schlaksigen Mann in pfirsichfarbenem Jackett und melonengelber Krawatte erkannte. „Selby. Wie geht's Ihnen?"

„Gut, ausgezeichnet." Er sah Maddy mit einem tiefen Blick an. „Scheint, als würde ich stören. Ich hasse die abgedroschenen Sprüche, aber sind wir uns schon einmal begegnet?"

„Nein." Mit der unbeschwerten Freundlichkeit, die sie allen Menschen gegenüber zeigte, reichte ihm Maddy die Hand.

„Madeline O'Hara. Allen Selby."

„Madeline O'Hara?" Selby unterbrach Roys Vorstellung und drückte Maddys Hand. „Welche Freude. Ich habe ‚Suzanna's Park' zweimal gesehen!"

Der Druck seiner Hand gefiel ihr zwar überhaupt nicht, doch da sie sich immer selbst hasste, wenn sie schnippische Bemerkungen machte, erwiderte sie: „Dann ist es auch meine Freude."

„Habe gehört, Valentine Records hat sich in den Broadway gestürzt."

„Es spricht sich herum. Allen ist der Kopf von Galloway Records", erklärte Roy Maddy.

„Freundschaftliche Konkurrenten", versicherte Selby ihr, doch sie hatte das deutliche Gefühl, er würde Roy bei der erstbesten Gelegenheit in den Rücken fallen. „Haben Sie schon einmal an ein Solo-Album gedacht, Maddy?"

Sie spielte mit ihrem Glas. „Auch wenn es einem Plattenproduzenten gegenüber unvorsichtig ist, aber Singen ist nicht meine starke Seite."

„Falls Roy Sie nicht vom Gegenteil überzeugt, dann kommen Sie zu mir." Während er sprach, legte er eine Hand auf Roys Schulter. Nein, diese Hände gefielen ihr nicht, entschied sie wieder. „Ich würde mich gern auf einen Kaffee zu euch setzen", fuhr Selby fort und ignorierte einfach die Tatsache, dass er nicht eingeladen worden war, „aber ich bin mit einem Kunden zum Essen hier. Beste Grüße an Ihren alten Herrn, Roy. Denken Sie noch einmal über das Album nach." Er winkte Maddy zu und schlenderte dann zurück zu seinem eigenen Tisch.

Maddy leerte ihr Glas. „Kleiden sich die meisten Plattenproduzenten, als wären sie in einen Fruchtsalat gefallen?"

Roy sah sie einen Augenblick lang an, dann löste sich seine Spannung in Lachen auf. „Selby ist schon eine Type."

Erfreut, ihn zum Lachen gebracht zu haben, legte sie wieder eine Hand auf seine. „Sie aber auch."

„Ist das ein Kompliment oder eine Beleidigung?"

„Ein Kompliment." Sie warf einen flüchtigen Blick hinüber, wo Selby gerade einen Kellner heranwinkte. „Sie mögen ihn nicht."

„Wir sind Geschäftskonkurrenten."

„Nein, Sie mögen ihn nicht, ihn persönlich."

Das interessierte Roy, denn immerhin stand er – nicht ohne Grund – in dem Ruf, seine Gefühle verbergen zu können. „Wie kommen Sie darauf?"

„Weil Ihr Blick plötzlich eisig wurde. Und wenn er Ihnen schon die Laune verdorben hat, warum gehen wir dann jetzt nicht einfach?"

Als sie das Lokal verließen, hatte sich die schwüle Hitze des Tages gelegt. Maddy hakte sich bei Roy unter und atmete die kühle Nachtluft ein. „Laufen wir ein Stück? Es wäre zu bequem, einfach ins erste Taxi zu springen."

So schlenderten sie den Gehweg hinunter, an dunklen Schaufenstern und geschlossenen Ladentüren vorbei.

„Selby hat den Nagel auf den Kopf getroffen. Mit dem geeigneten Material könnten Sie ein gutes Album machen."

Das war nie Bestandteil ihres Traums gewesen, auch wenn der Gedanke nicht ganz ohne Reiz war. „Irgendwann einmal, vielleicht. Aber ich denke, die Streisand wird ruhig schlafen können. Hier ist es nie richtig sternenklar", fügte sie halblaut hinzu, den Blick zum Himmel gerichtet. „In Nächten wie dieser beneide ich Alana um ihre Farm auf dem Land."

„Etwas schwierig, auf der Veranda in der Hollywoodschaukel zu sitzen und zu träumen und die Abendvorstellung zu schaffen."

„Eben. Aber irgendwann mache ich meinen Traumurlaub: eine Kreuzfahrt in der Südsee, wo der Steward Eistee serviert, während ich das Spiel des Mondlichtes auf den Wellen beobachte. Oder eine Hütte im Wald, wo ich morgens im Bett liege und dem Weckgesang der Vögel lausche. Das Problem ist nur, wie ich das mit meinem Balletttraining verbinde." Sie lachte über sich selbst. „Was würden Sie machen, wenn Sie sich etwas Zeit nehmen könnten?"

Es war zwei Jahre her, dass er sich mehr als nur ein verlängertes Wochenende gegönnt hatte. Und es war zwei Jahre her, dass er an die Spitze von Valentine Records getreten war. „Wir haben ein Haus in St. Thomas. Man kann dort auf dem Balkon sitzen und einfach vergessen, dass es so etwas wie Manhattan gibt."

„Das muss wunderbar sein. Eins von diesen weitläufigen Häusern mit weißem Stuck und einem Garten voller Blumen, wie es die meisten Menschen nur auf Bildern zu sehen bekommen. Aber Sie haben bestimmt Telefon. Ein Mann wie Sie würde sich nie ganz von der Welt abschneiden."

„Alles hat seinen Preis."

Diese Erfahrung machte sie nur zu gut jedes Mal, wenn sie ihre Hand auf die Stange im Ballettraum legte. „Oh, sehen Sie." Sie blieb vor einem Schaufenster stehen und betrachtete ein taubenblaues Negligé, das bis zum Boden reichte und die Schultern durch schwarze Spitze enthüllte. „Das ist meine Schwester Carrie."

Roy musterte das ausdruckslose Gesicht der Schaufensterpuppe. „Tatsächlich?"

„Das Negligé. Das ist Carrie – kühl und sexy. Sie ist die Einzige von uns dreien, die geboren wurde, um solche Sachen zu tragen." Lachend trat Maddy einen Schritt zurück, um sich den Namen des Geschäftes zu merken. „Ich muss es ihr schicken. Wir haben in wenigen Monaten Geburtstag."

„Caroline O'Hara. Merkwürdig, ich bringe es einfach nicht zusammen, dass sie Ihre Schwester ist."

„Gar nicht merkwürdig. Wir sind uns äußerlich nicht sehr ähnlich."

Kühl und sexy, dachte Roy. Das war genau Caroline O'Haras Image als Symbol des glanzvollen Hollywood. Die Frau neben ihm würde nie als kühl bezeichnet werden können, und ihre Sinnlichkeit war nicht glanzvoll, sondern deutlich spürbar. Und gefährlich. „Es muss ein eigenartiges Gefühl sein, eine von Drillingen zu sein."

„Ich weiß nicht, ich kenne es nicht anders." Sie setzten ihren Weg fort. „Aber es ist etwas Besonderes. Man ist nie wirklich allein. Daraus konnte ich wohl auch den Mut schöpfen, allein nach New York zu gehen. Ich hatte immer Carrie und Alana, selbst wenn sie Meilen von mir entfernt waren."

„Sie vermissen sie?"

„Oh ja. Manchmal vermisse ich sie schrecklich, auch Mom und Dad und Terence. Wir haben auf Gedeih und Verderb so eng zusammengelebt, zusammengearbeitet. Uns gegenseitig angeschrien." Sie lachte auf. „Das ist nichts Ungewöhnliches, wissen Sie. Jeder braucht ab und zu jemanden, den er anschreien kann. Als uns Terence verließ, war es zuerst so, als hätte man einen Arm verloren. Dad hat das nie richtig überwunden. Dann ist Alana gegangen und dann Carrie und ich. Ich habe nie richtig daran gedacht, wie hart es für meine Eltern gewesen sein musste, weil sie sich immerhin gegenseitig haben. Haben Sie ein enges Verhältnis zu Ihren Eltern?"

Er verschloss sich augenblicklich. Sie glaubte direkt das Eis zu spüren, das sich über die Hitze legte. „Es gibt nur meinen Vater."

„Das tut mir leid." Vorsätzlich riss sie nie alte Wunden auf, aber die ihr eigene Neugier führte sie oft dazu. „Ich habe nie einen mir nahestehenden Menschen verloren, aber ich kann mir vorstellen, wie hart es ist."

„Meine Mutter ist nicht tot." Mitleid konnte er nicht annehmen. Er verabscheute es.

Die Fragen, die sich in ihrem Kopf bildeten, behielt sie für sich. „Ihr Vater ist ein wunderbarer Mann. Das habe ich sofort bemerkt. Er hat so freundliche Augen. Das habe ich auch immer bei meinem eigenen Vater geliebt: die Art, wie seine Augen sagten: ‚Vertraue mir', und man wusste, man konnte es. Wissen Sie, meine Mutter ist mit ihm durchgebrannt. Sie war siebzehn, als mein Vater in die Stadt kam und ihr den Mond auf einem Silbertablett versprochen hat. Ich glaube, sie hat ihm das nie geglaubt, aber sie ist mit ihm gegangen. Als wir klein waren, haben meine Schwestern und ich immer von dem Tag geträumt, wenn ein Mann kommen und uns den Mond anbieten würde."

„Ist es das, was Sie wollen?"

„Den Mond?" Sie lachte schallend. „Natürlich. Und die Sterne. Ich könnte sogar den Mann nehmen."

Er blieb stehen, um sie anzusehen. „Und? Hat Ihnen ein Mann das alles gegeben?"

„Nein." Sie spürte ihren Herzschlag immer stärker, bis zum Hals. „Aber einen Mann, der es angeboten hat."

„Der Mann war ein Träumer." Er fuhr ihr durchs Haar, wie er es die ganze Zeit gewollt und es vor sich doch immer wieder verleugnet hatte. Weich spürte er es zwischen seinen Fingern. „Wie Sie."

„Wenn man zu träumen aufhört, hört man zu leben auf."

Er schüttelte den Kopf. „Ich habe schon vor langer Zeit damit aufgehört." Seine Lippen berührten ihre, ganz kurz, wie es schon einmal zwischen ihnen gewesen war. „Und ich lebe noch."

Sie legte eine Hand auf seine Brust, nicht, um ihn von sich zu drücken, sondern um ihn nah zu halten. „Und warum hast du damit aufgehört?"

„Ich ziehe die Wirklichkeit vor."

Dieses Mal war es nicht zögernd, als sein Mund sich ihrem näherte. Roy nahm, was er sich seit Tagen gewünscht hatte. Er spürte die Wärme ihrer Lippen und ihre Bereitschaft, sich ihm zu öffnen. Maddy schlang den Arm um seinen Hals und zog Roy fester an sich, während ihre Zungen sich im sinnlichen Spiel trafen.

Sie standen außerhalb des Lichtkreises der Straßenlaterne, und die umstehenden Gebäude versperrten den größten Teil des Himmels. Sie waren ganz allein, auch wenn der Verkehr auf der Straße an ihnen vorbeizog. Roys Hand lag auf Maddys Rücken, und er zog sie fest an sich. Ihr Duft ließ ihn den Großstadtgeruch vergessen. Es gab nur sie.

So fest in seine Arme geschmiegt, löste sie sich bereits vom Boden, und gleich würde sie den kalten, weißen Mond berühren können und seine Geheimnisse kennenlernen. Diese Atemlosigkeit hatte sie nicht erwartet.

Roy strahlte Kraft und Rücksichtslosigkeit aus. Ihr Überlebensinstinkt hätte sie davor warnen sollen, es sogar verspotten. Doch sie schmiegte sich nur an ihn und streichelte seinen Nacken.

Er hätte es besser wissen müssen, vom ersten Moment an, als er sie gesehen hatte. Doch stattdessen hatte Roy nur Schritte auf sie zu- statt von ihr weggemacht. Er war nichts für sie, und sie konnte für ihn nur eine Katastrophe bedeuten. Das hier würde nicht in eine unverbindliche Beziehung münden, sondern eine stärker und stärker werdende Sogwirkung in ein langsam brennendes Feuer entfalten.

Er spürte es. Die offene Hingabe, die Verlockung war. Ihr Körper war eng an seinen geschmiegt, und das Begehren breitete sich über eine Grenze hinaus aus, die kontrolliert werden sollte, kontrolliert werden musste. Er wollte nicht darüber hinaus und wollte es doch, wollte es sogar mehr, als er jemals etwas gewollt hatte.

Innerlich trat er schon den Rückzug an. Und doch, bevor er sich selbst Einhalt gebieten konnte, umfasste er ihr Gesicht, um sie wieder zu küssen. Er wollte von ihr übersättigt werden, ihrer überdrüssig werden. Doch je mehr er nahm, desto mehr wünschte er sich.

Eine Frau wie diese konnte einen Mann zerstören. Seit seiner Kindheit gründete sich sein Leben auf dem Grundsatz, eine Frau nie so wichtig werden zu lassen, dass er verletzbar war. Maddy macht keinen Unterschied, redete er sich ein, als er in ihr zu ertrinken drohte. Sie konnte einfach nicht.

Als er sich von ihr löste, waren Maddys Beine wie aus Gummi. Sie fand keine schlagfertige Bemerkung, kein leichtes Lächeln. Sie konnte nur in seine Augen blicken, und was sie jetzt sah, war keine Leidenschaft, kein Begehren. Es war Ärger. Sie fand keine Erklärung dafür.

„Ich bringe dich nach Hause", sagte er.

„Einen Augenblick." Sie musste erst wieder zu Atem kommen, musste erst wieder festen Boden unter ihren Füßen spüren. Sie ging zur Straßenlaterne und stützte sich mit der Hand gegen das Metall. Die Lampe warf ihr weißes Licht über sie, während Roy im Schatten blieb. „Ich habe das Gefühl, du ärgerst dich über das, was geschehen ist."

Er antwortete nicht, doch sie bemerkte, dass sein Blick kalt geworden war. Es verletzte sie. Normalerweise kamen ihr die Tränen so leicht wie das Lachen. Doch sie hatte von ihren Eltern nicht nur leicht erregbare Gefühle, sondern auch deren Stolz geerbt. „Ich komme allein nach Hause, danke."

„Ich habe gesagt, ich bringe dich."

Sie fand zu ihrer inneren Stärke zurück, vielleicht half ihr dabei die unterschwellige Wut, die sie aus seiner Stimme gehört hatte. „Ich bin ein großes Mädchen, Roy. Ich bin schon lange für mich allein verantwortlich. Mach's gut."

Maddy ging um die Ecke und hob die Hand. Eine gute Fee hatte Mitleid mit ihr und sandte ihr sofort ein Taxi, das an den Gehweg heranfuhr. Maddy stieg ein, ohne sich umzublicken.

Die Tänzer hatten auf der Bühne ihre Positionen eingenommen, und ganz vorn stand Myron, um mit scharfem Blick jede Bewegung beobachten zu können. Zusätzlich saßen der Inspizient und der Beleuchtungsmeister da, seine Assistenten, der Pianist, neben dem der Komponist nervös stand, samt einigen Technikern und demjenigen, der die Fäden des ganzen Stückes in der Hand hielt – der Regisseur.

Maddy, als Stripperin, und Wanda, in der Rolle der Maureen Core, einer Kollegin, hatten gerade ihren Dialog beendet. Der Pianist gab ihr den Einsatz, und plötzlich war Maddys Kopf wie leer gefegt.

„Maddy." Der Regisseur war mehr für sein Können als für seine Geduld bekannt.

Sie stieß eine Reihe saftiger Flüche aus, die sie nur für Patzer auf der Bühne benutzte. „Entschuldigung, Don."

„Du gibst nur fünfzig Prozent, Maddy, ich verlange von dir aber mindestens hundertzehn."

„Du bekommst sie." Sie rieb sich über den verspannten Nacken. „Gib mir vorher eine Minute, okay?"

„Fünf", entgegnete er schneidend.

Maddy ging links von der Bühne und ließ sich auf eine Kiste in den Kulissen fallen.

„Probleme?" Wanda setzte sich neben sie, wobei sie sich mit einem Blick umsah, der dazu bestimmt war, jeden anderen auf Sicherheitsabstand von ihnen zu halten.

„Ich hasse es, Proben durcheinanderzubringen. Es ist mir sehr unangenehm."

„Ich stecke normalerweise meine Nase nicht in die Angelegenheiten anderer Leute. Aber …"

„Es gibt immer ein Aber."

„Seit ungefähr einer Woche läufst du nur auf drei Zylindern. Meiner Meinung nach bist du reif für einen Stimmungsaufschwung."

Maddy stützte das Kinn auf die Hand. „Warum müssen Männer solche gemeinen Kerle sein?"

„Aus dem gleichen Grund, aus dem der Himmel blau ist, Schätzchen. Sie wurden so gemacht."

Zu jeder anderen Zeit hätte sie gelacht. Jetzt nickte sie nur grimmig. „Wahrscheinlich ist es klüger, wenn man sie einfach links liegen lässt."

„Verdammt klüger", stimmte Wanda ihr zu. „Allerdings fehlt dann der Spaß. Macht dein Freund dir Schwierigkeiten?"

„Er ist nicht mein Freund." Stirnrunzelnd betrachtete Maddy die Spitze ihres Schuhs. „Aber er macht mir Schwierigkeiten. Was würdest du tun, wenn ein Mann dich küsst, als sollte es zwanzig Jahre dauern, und dich plötzlich von sich stößt, als hättest du ihm niemals auch nur das Geringste bedeutet?"

„Dann kannst du ihn vergessen. Oder du gibst ihm noch eine Chance und siehst zu, dass er den Köder schluckt."

„Aber ich will niemanden ködern."

„Du bist es doch selbst, geködert und am Haken baumelnd. Vielleicht solltest du jetzt einfach nur daran denken, was du eigentlich willst. Ist er es?"

Missmutig zuckte Maddy die Schultern und hasste sich gleichzeitig für ihre Gereiztheit. „Möglich."

„Lass dich von Mary, deiner Stripperin, belehren. Laufe dem nach, was gut für dich ist."

Das klang so leicht. „Ich weiß aber trotzdem nicht, wie ich mich ihm gegenüber verhalten soll."

„Stelle ihn, kreuze so oft bei ihm auf, bis er sich bekennt."

„Und du meinst, ich sei so unwiderstehlich?"

„Das weißt du erst, wenn du es ausprobiert hast." Wanda ließ nicht locker.

Nachdenklich fuhr sich Maddy über die Wange. Dann erhob sie sich und nickte. „Du hast recht. Du hast völlig recht. Und jetzt bin ich so weit, Don hundertzehn Prozent zu geben."

Wieder gingen sie den Dialog durch, doch dieses Mal gelang es Maddy aus sich heraus, ihrer Rolle Biss zu geben. Und als der Pianist die Orientierungsnote für ihren Song anschlug, da gab sie alles. Als sie in den Blicken der Tänzer eine Mischung aus Anerkennung und Neid entdeckte, hatte sie schon wieder ganz zu ihrem Selbstbewusstsein und Temperament gefunden.

Wieder und wieder wurde die Szene geprobt, wobei hier und da gestrafft und einige Änderungen vorgenommen wurden. Der Beleuchtungsmeister und der Inspizient steckten die Köpfe zusammen, und noch einmal wurde die Szene durchlaufen. Zufrieden – für den Augenblick – gingen sie dann zur nächsten Szene über. Maddy bekam eine kleine Pause, kippte einen Orangensaft hinunter und aß hastig einen Joghurt ... und schon ging es weiter.

Es war schon dämmrig, als Maddy das Theater verließ. Einige Tänzer gingen in ein Lokal in der Nähe, um sich zu entspannen und abzuschalten. Normalerweise hätte sich Maddy ihnen gern angeschlossen. Doch heute, spürte sie, hatte sie zwei Möglichkeiten: Sie könnte nach Hause gehen und ein heißes Bad nehmen, oder sie könnte Roy stellen.

Klüger wäre es, nach Hause zu gehen. Der letzte Durchlauf hatte ihre Energiereserven aufgezehrt. Außerdem, eine Frau, die einem desinteressierten Mann nachlief, zeigte sowieso einen erschreckenden Mangel an gesundem Menschenverstand.

Es gab genügend andere Menschen, Menschen, die mit ihr in ihren Interessen und Zielen übereinstimmten und die unkompliziertere Begleiter abgaben. Es war ja schließlich nicht so, als würden Männer sie anblicken und dann in die entgegengesetzte Richtung laufen. Die meisten mochten und schätzten sie, so wie sie war. Wenn sie wirklich wollte, konnte sie problemlos in angenehmer Gesellschaft den Abend verbringen.

Sie betrat fünf Telefonzellen, bis sie eine fand, in der noch ein Telefonbuch vorhanden war. Nur einfach einmal nachsehen, sagte sie sich selbst, als sie Roys Namen suchte. Nachsehen schadete nie etwas.

Natürlich, er lebte in einem reinen Wohnviertel. Central Park West – also an die fünfzig Straßenecken von hier entfernt.

Sie könnte in Central Park West nicht leben, weil sie es nicht verstand. Sie verstand das Village, sie verstand Soho, sie verstand das Theaterviertel.

Sie und Roy hatten nichts Gemeinsames, und sie machte sich selbst zur Närrin, wenn sie etwas anderes annahm. Sie ging los und redete sich dabei ein, sie gehe nach Hause, um ein heißes Bad zu nehmen und es sich mit einem Buch im Bett gemütlich zu machen. Sie hatte doch sowieso nie einen Mann in ihrem Leben gewollt. Männer stellten Forderungen und komplizierten alles. Sie hatte genug mit Tanz- und Rollenstudium zu tun, da konnte sie nicht auch noch an eine Beziehung denken.

Maddy stieg die Treppe in den U-Bahn-Schacht hinunter. Aus der Tiefe ihrer Tasche fischte sie die Metallmarke heraus, mit der sie durch die Sperre kam. Während sie durch das Drehkreuz zu der Bahn ging, die sie zu Manhattans Wohnviertel brachte, hielt sie sich immer noch eine Standpauke.

Es wäre doch klüger gewesen, erst anzurufen, fand Maddy, als sie vor dem imposanten Gebäude, in dem Roy seine Wohnung hatte, stand. Womöglich war er nicht da. Schlimmer, womöglich war er da, aber nicht allein.

Eine Frau in einer Hose aus Naturseide schlenderte mit zwei Pudeln an Maddy vorbei, ohne auch nur einen Blick auf sie zu werfen. So war hier die Nachbarschaft, überlegte Maddy. Seidenhosen und Pudel. Sie selbst war eine Promenadenmischung aus bequemen Jeans und ausgetretenen Turnschuhen. Sie hätte wenigstens vorher nach Hause gehen und sich umziehen können.

Nun hör dir das selbst einmal an, befahl sich Maddy. Du stehst hier und führst Klage über Kleidung. Das ist Carries Masche, aber es ist noch nie deine gewesen. Außerdem ist das, was du anhast, gut genug für dich … Es ist gut genug für die Menschen, die du kennst. Wenn es nicht gut genug für Roy Valentine ist, was machst du dann überhaupt hier?

Das weiß ich nicht, gab sie sich zur Antwort. Ich bin ein Idiot.

Keine Widerrede hierbei.

Sie holte tief Luft, öffnete die weite Glastür und betrat die ruhige, mit Marmorboden ausgestattete Eingangshalle.

Seit Jahren war Maddy Schauspielerin. Sie lächelte, warf ihr Haar zurück und schlenderte hinüber zu dem uniformierten Portier beim Empfang. „Guten Abend. Ist Roy zu Hause? Roy Valentine?"

„Tut mir leid, Miss. Er ist heute Abend noch nicht zurückgekommen."

„Oh." Sie bemühte sich, sich das Ausmaß ihrer Enttäuschung nicht anmerken zu lassen. „Macht nichts, ich war gerade in der Nähe."

„Ich übergebe ihm gern eine Nachricht, Miss …" Als er sie ansah, wirklich ansah, bekam er plötzlich große Augen. „Sie sind Madeline O'Hara."

Es war sehr selten, dass sie außerhalb des Theaters erkannt wurde. Maddy wusste es besser als sonst irgendjemand, wie anders sie auf der Bühne erschien. „Ja." Automatisch reichte sie ihm die Hand.

„Oh, das ist aber eine Freude." Der Mann umfasste ihre Hand mit beiden Händen. „Meine Frau wollte etwas Besonderes zu unserem Hochzeitstag, da haben uns die Kinder Karten für ‚Suzanna's Park' besorgt. Das war ein wunderbarer Abend." Als er lächelte, zeigte er einen Goldzahn. „Miss O'Hara, ich kann Ihnen gar nicht sagen, wie gut Sie uns gefallen haben. Meine Frau meinte sogar, bei Ihrem Auftritt habe sie gemeint, die Sonne gehe auf."

„Danke." Solche Komplimente entschädigten für das jahrelange Balletttraining, für die harten Proben und die verspannten Muskeln. „Vielen Dank."

„Am besten hat uns eine ganz bestimmte Stelle gefallen. Wissen Sie, die eine Stelle – Himmel, meine Frau hat richtig heulen müssen –, als Sie dachten, Peter sei weg, und als der Scheinwerfer mit diesem ganz fahlen blauen Licht nur auf Sie gerichtet war. Und Sie haben gesungen." Er räusperte sich und begann in einem unsicheren Bariton: „Wie kann er gehn, wenn meine Liebe ihn umfängt?"

„Wie kann er gehen", fiel Maddy mit kräftiger Altstimme ein, „wenn mein Herz zu ihm drängt?"

„Ja, das ist die Stelle." Seufzend schüttelte der Portier den Kopf. „Ich muss gestehen, dabei ist es mir auch ganz anders geworden."

„Ich spiele jetzt in einem neuen Musical, das voraussichtlich in sechs Wochen Premiere hat."

„Tatsächlich?" Wie ein stolzer Vater strahlte er sie an. „Wir werden es nicht versäumen. Das verspreche ich Ihnen."

Maddy nahm einen Stift von der Empfangstheke und schrieb eine Nummer auf einen Schreibblock. „Rufen Sie diese Nummer an, fragen Sie nach Fred, und geben Sie meinen Namen an. Ich werde dafür sorgen, dass Sie zwei Karten für die Premiere bekommen."

„Premiere." Ungläubige Freude zeigte sich auf seinem Gesicht. „Nein, meine Frau wird es gar nicht glauben können! Ich weiß nicht, wie ich Ihnen danken soll, Miss O'Hara."

Sie lächelte verschmitzt. „Mit Applaus."

„Worauf Sie sich verlassen können. Oh … Guten Abend, Mr Valentine."

Mit einem Ruck richtete Maddy sich auf und hatte ein schlechtes Gewissen, obwohl sie nicht wusste, aus welchem Grund. Sie drehte sich um und brachte ein Lächeln zustande. „Hallo, Roy."

„Maddy." Er war schon während des kleinen Duetts hereingekommen, aber nicht bemerkt worden.

Er starrte sie nur an, und so entschloss sie sich, die Flucht nach vorn anzutreten. „Ich war gerade in der Nähe und dachte, ich könnte kurz vorbeischauen und Hallo sagen. Hallo."

Er hatte gerade eine lange Sitzung hinter sich, während deren er immer wieder durch Gedanken an sie abgelenkt worden war. Er war nicht erfreut, sie zu sehen. Aber er wollte sie berühren. „Bist du auf dem Weg irgendwohin?"

Sie könnte sich jetzt lässig geben und ihm etwas von einer Party gleich um die Ecke vorschwindeln – was ihr etwa ebenso leicht fallen würde, wie sich einen neuen Kopf wachsen zu lassen. „Nein. Nur hierher."

Roy nahm sie beim Arm, nickte dem Portier zu und führte sie zum Fahrstuhl. „Bist du Fremden gegenüber immer so großzügig?", fragte er, während sie den Lift betraten.

Sie zuckte mit den Schultern. „Warum nicht? Du siehst etwas müde aus." Und wunderbar, fügte sie im Stillen hinzu, einfach wunderbar.

„Ich hatte einen langen Tag."

„Ich auch. Wir hatten heute den ersten Bühnendurchlauf. Ein einziges Chaos." Dann lachte sie nervös und steckte die Hände in die Hosentaschen. „Das sollte ich dem Mann mit dem Scheckbuch wohl besser nicht sagen."

Er murmelte etwas Unverständliches, schloss seine Tür auf und ließ sie eintreten.

Sie hatte etwas Großartiges, Elegantes und Geschmackvolles erwartet. Die Wohnung war all das und sogar mehr. Sie übertraf Maddys Vorstellung.

Der erste Eindruck war der von Weiträumigkeit. Die Wände waren hell, unterbrochen von farbigen Gemälden des Impressionismus und drei riesigen Fenstern, die einen atemberaubenden Blick über den Park und die Stadt boten. Ein großes, korallenrotes Sofa kontrastierte mit der zinnfarbenen Brücke. In einer Ecke standen zwei große, grüne Pflanzen, in zwei Wandnischen waren die chinesischen Ming-Vasen, wie Maddy es einmal erraten hatte. Eine geschwungene offene Treppe führte in ein Obergeschoss.

Es gab nichts, was nicht an seinem Platz stand, anders hatte sie es auch nicht erwartet. Doch die Atmosphäre war nicht kalt, und darüber war sie sich vorher nicht sicher gewesen.

„Es ist schön, Roy." Sie ging hinüber zu den Fenstern, um hinauszusehen. Wenn es etwas zu bemängeln gab, dann möglicherweise hier. Er war so abgeschlossen und abgesondert von der Stadt, in der er lebte, weit weg von ihren Geräuschen, Gerüchen und ihrem Leben. „Stehst du manchmal hier und fragst dich, was vor sich geht?"

„Was wo vor sich geht?"

„Da unten natürlich. Wer streitet sich gerade, wer lacht, wer liebt? Wohin der Polizeiwagen fährt, ob er rechtzeitig ankommt? Wie viele Obdachlose heute Nacht im Park schlafen? Wie viele Schicksale sich verändern, wie viele Flaschen geöffnet und wie viele Babys geboren werden?"

Ihr haftete derselbe Duft an, leicht, verführerisch und doch unschuldig. „Nicht jeder betrachtet die Stadt mit deinen Augen."

„Ich wollte schon immer in New York leben." Sie trat etwas zurück vom Fenster, sodass nur noch die Lichterketten der Großstadt zu sehen waren. „Merkwürdig, wie wir drei – ich meine mich und meine Schwestern – ein ganz klares Gespür dafür hatten, wohin wir gehören. So nah wir uns sind, wir haben doch alle völlig unterschiedliche Orte zum Leben gewählt. Alana ist auf dem Land in Virginia, Carrie im Land der Illusionen und ich bin hier."

Er musste sich beherrschen, um ihr nicht übers Haar zu streichen. Immer, wenn sie von ihren Schwestern sprach, war eine Spur Wehmut aus ihr herauszuhören. Er verstand nichts von Familie. Er hatte nur seinen Vater. „Möchtest du einen Drink?"

Es lag deutlich in seinem Ton, diese Distanz, diese Förmlichkeit. Sie versuchte sich nicht davon verletzen zu lassen. „Gegen ein Perrier hätte ich nichts."

Als er hinüber zur tiefschwarzen Bar ging, trat sie ganz vom Fenster zurück. Sie wollte nicht an die Menschen dort unten denken, wenn sie sich selbst so abgelehnt fühlen musste.

Dann sah sie die Pflanze. Roy hatte sie so gestellt, dass sie nicht zu viel direktes Sonnenlicht abbekam. „Sie sieht viel besser aus." Maddy hatte zu ihrem Lächeln zurückgefunden, als Roy ihr ein Glas reichte.

„Sie sieht erbärmlich aus", verbesserte Roy sie und schwenkte den Brandy in seinem Glas. „Du hast sie ertränkt." Er nahm einen Schluck. „Warum setzt du dich nicht, Maddy? Und sag mir, warum du gekommen bist."

„Ich wollte dich einfach sehen." Zum ersten Mal wünschte sie, sie hätte etwas von Carries Art, mit Männern umzugehen. Nervös ging sie umher. „Ich kenne mich in diesen Dingen nicht besonders gut aus, und ich hatte auch nie die Zeit, einen besonderen Stil dafür zu entwickeln. Geschickte Formulierungen kenne ich nur vom Theater, und da werden sie mir vorgegeben. Ich wollte dich einfach sehen." Trotzig setzte sie sich auf den Rand des Sofas. „Darum bin ich gekommen."

„Keinen Stil." Es erstaunte ihn, dass er amüsiert sein konnte trotz des unwillkommenen Begehrens, das er für sie spürte. Er setzte sich auch, aber mit sicherem Abstand zu ihr. „Bist du gekommen, um mir einen unsittlichen Antrag zu machen?"

Zorn flammte in ihr auf. „Es sind also nicht nur die Tänzer, die ein Patent auf Selbstverliebtheit haben. Die Frauen, die du gewöhnt bist, stolpern dir offensichtlich auf einen Wink deines kleinen Fingers ins Bett."

Er trank einen Schluck Brandy, um das Lächeln, das um seinen Mund zuckte, zu verbergen. „Die Frauen, die ich gewöhnt bin, singen keine Duette mit dem Pförtner in der Eingangshalle."

Heftig setzte sie ihr Glas ab, sodass das Sodawasser bedrohlich nah am Rand schwappte. „Wahrscheinlich weil diese Frauen Blech in den Ohren haben."

„Das wäre eine Möglichkeit. Der springende Punkt ist der, Maddy, ich weiß nicht, was ich mit dir tun soll."

„Mit mir tun?" Sie stand auf, anmutig, aber fuchsteufelswild. „Du sollst nichts mit mir tun. Ich will nicht, dass du etwas mit mir tust. Ich bin keine Eliza Doolittle."

„Du denkst sogar in Rollen."

„Na und? Du denkst nur in Zahlenreihen. In Verhaltensmustern." Erregt sprang sie auf und ging wieder umher. „Ich weiß nicht, was ich hier tue. Verdammt, ich fühlte mich eine Woche lang miserabel, und das bin ich nicht gewöhnt." Anklagend drehte sie sich zu ihm um. „Ich habe meinen Einsatz verpasst, weil ich an dich denken musste."

„Wirklich?" Er stand auf, obwohl er es nicht wollte. Er sollte sie in ihrer Wut bestärken, damit sie ging, bevor er etwas tat, das er doch nur bedauern würde. Aber er tat es jetzt, trat dicht auf sie zu und strich mit dem Daumen über ihre Wange.

„Ja." Verlangen stellte sich ein, und die Wut verschwand. Sie ergriff seine Hand, bevor er sie sinken lassen konnte. „Und ich wollte, dass auch du an mich denkst."

„Vielleicht habe ich das. Vielleicht habe ich mich selbst dabei ertappt, wie ich aus dem Fenster meines Büros gestarrt und über dich nachgedacht habe."

Sie stellte sich auf die Zehenspitzen, um seine Lippen berühren zu können. Ein Sturm tobte in ihm, sie konnte es fühlen. Auch in ihr tobte ein Sturm, wenn auch aus unterschiedlichen Gründen und, wie sie wusste, mit unterschiedlichem Resultat. War es notwendig, ihn zu verstehen, wenn es ein schönes Gefühl war, einfach bei ihm zu sein? Doch das würde ihm nie genügen, auch das wusste sie. „Roy …"

„Nicht." Er zog sie näher. „Sprich jetzt nicht."

Ihr Mund war weich, warm und sinnlich. Als sie ihn berührte, wirkte es auf ihn, als wollte sie eher geben als nehmen. Einen Augenblick lang konnte er das sogar fast glauben.

Ein Kuss war für Maddy immer etwas Natürliches gewesen. Etwas, womit man einem lieben Menschen seine Zuneigung zeigte oder einen Freund begrüßte oder das man als Mittel auf der Bühne für das Publikum einsetzte. Doch mit Roy war es anders. Es war komplex, überwältigend, ein Kontakt, der Funken durch ihre Nerven schoss. Leidenschaft war nicht neu für sie. Die erfuhr sie jeden Tag in ihrer Arbeit. Sie hatte natürlich gewusst, dass es etwas anderes war, wenn es sich auf einen Mann bezog, doch die Erfahrung war neu, dass es ihre Muskeln erschlaffen ließ und ihren Kopf benebelte.

Er fuhr mit den Händen durch ihr Haar. Sie wünschte, er würde ihren Körper streicheln. Er begehrte sie. Sie konnte sein heftiges Begehren jedes Mal schmecken, wenn er sie küsste. Doch er tat nichts anderes, als sie dicht an sich gepresst zu halten.

Liebe mich, verlangte alles in ihr. Doch ihr Mund war von seinem verschlossen und konnte die Worte nicht aussprechen. Sie konnte sich Kerzenlicht, sanfte Musik und ein großes, breites Bett vorstellen, auf dem sie eng umschlungen lagen. Die Vorstellung erhitzte ihre Haut und machte ihren Mund fordernder.

„Roy, willst du mich?"

Obwohl seine Lippen über ihr Gesicht streiften, spürte sie, wie er sich versteifte. Ganz leicht, aber sie spürte es. „Ja."

Es war die Art, wie er es sagte, die sie ernüchterte. Widerstreben, selbst Ärger schien in seiner Antwort mitzuschwingen. Langsam löste sich Maddy von ihm. „Bereitet dir das ein Problem?"

Warum konnte es mit ihr nicht so einfach wie mit den anderen Frauen sein? Klare Abmachung, gemeinsamer Spaß, und niemand war verletzt. Ihm war von Anfang an klar gewesen, dass es bei ihr nicht so einfach sein würde.

„Ja." Er ging zurück zu seinem Brandy und hoffte, dass er durch ihn seine Ruhe wiederfinden würde. „Das bereitet mir ein Problem."

Ich bin zu schnell, entschied Maddy. Es war eine schlechte Angewohnheit von ihr, mit Höchstgeschwindigkeit vorwärtszupreschen, ohne auf die holprigen Stellen in der Straße zu achten. „Willst du mit mir darüber reden?"

„Ich will dich. Ich wollte mit dir ins Bett gehen, seit ich dich auf dem Bürgersteig beim Einsammeln deines Kleingeldes und deiner verschwitzten Sachen gesehen habe."

Sie machte einen Schritt auf ihn zu. War ihm klar, dass sie genau das hatte hören wollen, auch wenn es ihr ein wenig Angst einjagte? War ihm klar, wie sie sich danach gesehnt hatte, dass er ein Teil von dem fühlte, was sie fühlte? „Und warum hast du mich neulich weggeschickt?"

„Ich bin nichts für dich, Maddy."

Sie starrte ihn an. „Moment mal. Ich muss sicher sein, dass ich das auch richtig verstanden habe ... Du hast mich weggeschickt, weil du es gut mit mir meinst?"

Er goss sich noch einen Brandy ein. Doch es half nicht. „Richtig."

„Roy, du lässt ein Kind im Winter kratzige Kleidung tragen, weil du es gut mit ihm meinst. Wenn es aber ein bestimmtes Alter überschritten hat, ist es für sich selbst verantwortlich."

Was zum Teufel sollte er in dieser Auseinandersetzung mit einem solchen Beispiel anfangen? „Du kommst mir nicht wie die Art Frau vor, die an einem unverbindlichen Abenteuer für eine Nacht interessiert ist."

Ihr Lächeln erstarrte. „Nein, bin ich nicht."

„Dann habe ich dir einen Gefallen getan."

„Jetzt sollte ich wohl ‚Danke schön' sagen." Sie ergriff ihren Tanzbeutel und legte ihn wieder zurück. Es war nicht die Eigenart der O'Haras, leicht aufzugeben. „Und warum bist du so sicher, dass es nur für eine Nacht gewesen wäre?"

„Weil ich an nichts Dauerhaftem interessiert bin."

„Ich habe das Gefühl, du meinst, ich wolle dich in einen Käfig sperren."

Sie konnte nicht wissen, dass der Käfig zum Teil schon bestand, aber von ihm selbst errichtet worden war. „Maddy, warum können wir es nicht einfach dabei belassen, dass wir beide einfach nichts Gemeinsames haben?"

„Darüber habe ich nachgedacht." Nun, da sie etwas Greifbares hatte, mit dem sie umgehen konnte, entspannte sie sich wieder. „In gewisser Hinsicht stimmt das zwar. Aber wenn du wirklich darüber nachdenkst, so haben wir viel Gemeinsames. Wir leben beide in New York."

Eine Braue hochgezogen, lehnte er sich gegen die Bar. „Natürlich. Das macht alles andere bedeutungslos."

„Das war der Anfang." Sie hatte es wahrgenommen, diese schwache Andeutung amüsierten Aufblitzens. Für sie war es genug. „Wir haben beide im Augenblick ein wohlbegründetes Interesse an einem bestimmten Musical." Sie lächelte ihn an, unbewusst und unwiderstehlich reizend. „Ich ziehe meine Socken vor meinen Schuhen an. Wie machst du es?"

„Maddy ..."

„Stehst du unter der Dusche aufrecht?"

„Ich verstehe nicht ..."

„Keine Ausflüchte. Nur die Wahrheit. Machst du es?"

Es war nutzlos. Er musste einfach lächeln. „Ja."

„Erstaunlich. Ich auch. Schon einmal ‚Vom Winde verweht' gelesen?"

„Ja."

„Aha. Gemeinsame Literaturkenntnisse. Ich könnte wahrscheinlich Stunden weitermachen."

„Darauf möchte ich wetten." Er stellte sein Brandyglas ab und ging wieder zu ihr. „Worauf willst du hinaus, Maddy?"

„Darauf, dass ich dich mag, Roy." Sie legte die Hände auf seine Unterarme und wünschte sich, ihm wenigstens etwas von seiner inneren Anspannung nehmen und dieses Lächeln in seinem Blick nur ein klein wenig länger halten zu können. „Ich glaube, wenn du etwas lockerer wirst – nur etwas –, könnten wir Freunde werden. Ich fühle mich von dir angezogen. Ich glaube, wenn wir uns Zeit lassen, könnten wir auch Liebende werden."

Es war ein Fehler, natürlich. Er wusste es, aber sie sah gerade jetzt so anziehend, so ehrlich und sorglos aus. „Du bist einzigartig", murmelte er und spielte mit einer Strähne ihres Haares.

„Das hoffe ich." Mit einem Lächeln stellte sie sich auf die Zehenspitzen und küsste ihn, ohne fordernde Leidenschaft. „Ist das abgemacht?"

„Du könntest es bedauern."

„Das wäre dann mein Problem, nicht wahr? Freunde?" Feierlich bot sie ihm die Hand, aber ihre Augen blitzten ihn dabei herausfordernd an.

„Freunde", stimmte er zu und hoffte, er würde nicht derjenige sein, der es bedauern würde.

„Wunderbar. Übrigens, ich habe schrecklichen Hunger. Du hast nicht zufällig eine Büchsensuppe oder so etwas zu Hause?"

berflächlich gesehen, schien es genauso einfach zu sein, wie Maddy es umrissen hatte. Und für viele Menschen würde es auch tatsächlich so einfach sein. Aber nicht jeder spürte ein so tiefes Begehren wie Roy oder hatte es so gut wie Maddy gelernt, in eine Rolle zu schlüpfen.

Sie gingen ins Kino. Wenn sie es zeitlich in Einklang bringen konnten, aßen sie mittags im Park. Sie verbrachten einen ruhigen Sonntagnachmittag im Museum – mehr aneinander als an den Ausstellungsstücken interessiert. Wenn Roy sich nicht selbst besser gekannt hätte, würde er sagen, er sei dabei, eine Romanze einzugehen. Aber er glaubte nicht an Romanzen.

Liebe hatte seinem Vater Betrug gebracht, Betrug, mit dem Roy selbst Tag für Tag leben musste. Wenn Edwin es auch verarbeitet hatte, Roy hatte es nicht, konnte es nicht. Für die meisten Leute, mit denen er zu tun hatte, war Treue nur dann ein Wert, wenn sie anpassungsfähig war. Diese Leute hatten ihre Affären – keine Romanzen –, und sie hatten sie vor, während und nach ihrer Ehe. Nichts dauerte ewig, besonders Beziehungen nicht.

Freunde. Irgendwie hatten Roy und Maddy es fertiggebracht, Freunde zu werden, trotz ihrer unterschiedlichen Lebensauffassungen und ihrer entgegengesetzten Vorgeschichten. Auf seiner Seite war die Freundschaft vorsichtig, auf ihrer unbekümmert, doch sie hatten genügend Gemeinsames entdeckt, um eine zufriedenstellende Grundlage schaffen zu können.

Liebende. Es schien unausweichlich, dass sie Liebende werden würden. Die Leidenschaft, die jedes Mal aufflackerte, wenn sie zusammen waren, würde sich nicht lange zurückhalten lassen. Sie wussten es beide und akzeptierten es jeder auf seine Weise. Es machte Roy nur Sorgen, dass er diese unkomplizierte Freundschaft verlieren würde, sobald er mit Maddy ins Bett ging, wie er es sich wünschte.

Sex würde alles verändern. Das war nun einmal so. Intimität in körperlicher Hinsicht musste die emotionale Intimität, die sich gerade zwischen ihnen entwickelte, zerstören. Sosehr er Maddy in seinem Bett brauchte, so wenig wollte er es riskieren, die Maddy zu verlieren, die mit ihm noch nicht geschlafen hatte. Es war der Kraftakt eines Tauziehens, das er, wie er wusste, niemals gewinnen konnte.

Und er wollte ein Verlieren nicht gelten lassen. Mit genügend logischem Denken und genügend Planung sollte es ihm möglich sein, einen Weg zu finden, um beides zu bekommen. War es von Bedeutung, wenn er berechnend war, sogar knallhart, wenn das Ergebnis für sie beide angenehm sein würde?

Er fand darauf keine Antwort. Stattdessen sah er im Geist Maddy vor sich, so wie sie vor einigen Tagen gewesen war – lachend die Tauben im Park mit Brotkrumen füttern.

Als der Summer auf Roys Schreibtisch ertönte, musste er feststellen, dass er weitere zehn Minuten durch Tagträumereien verloren hatte. „Ja, Hannah?"

„Ihr Vater ist auf Leitung eins, Mr Valentine."

„Danke." Roy drückte auf einen Knopf und stellte die Verbindung her. „Dad?"

„Roy, ich habe läuten hören, Selby habe einen ganzen Schwung neuer Independent-Promoter übernommen. Weißt du etwas darüber?"

Tatsächlich war Roy schon darüber informiert worden, dass Galloway Records einige bisher von der Schallplattenindustrie unabhängige Projekte unter Vertrag genommen habe. „Auf die wichtigsten Sender soll etwas Druck gemacht worden sein. Manche sprechen auch von Schmiergeld. Bestimmte Platten sollen gespielt werden. Also nichts Neues. Wenn ich etwas Konkretes höre, lasse ich es dich umgehend wissen."

„Hat mir nie gefallen, dafür zu zahlen, dass eine Platte im Radio gesendet wird", entgegnete Edwin halblaut. „Na ja, lassen wir das. Ich würde mir gern eine Probe von unserem Stück ansehen. Begleitest du mich?"

Roy warf einen Blick auf seinen Terminkalender. „Wann?"

„In einer Stunde. Ich weiß, normalerweise sollte man sich vorher anmelden. Sie wollen, dass alles wie am Schnürchen klappt, wenn die Herren Geldgeber erwartet werden. Aber ich liebe Überraschungen."

Roy hatte am Vormittag eigentlich zwei Termine. Doch einem Impuls folgend, entschloss er sich, sie zu verschieben. „Dann treffe ich dich um elf am Theater."

„Hast du anschließend auch noch Zeit zum Essen? Dein alter Herr lädt dich ein."

Er ist einsam, erkannte Roy. Edwin Valentine hatte seinen Club, seine Freunde und genügend Geld, um die Welt zu umkreisen, aber er war einsam. „Ich werde Appetit mitbringen", versprach Roy.

Verstohlen betrat Edwin das Theater, wie ein Junge ohne Eintrittskarte. „Wir setzen uns unauffällig hier an die Seite, um zu sehen, wofür wir unser Geld ausgeben."

Roy folgte seinem Vater, doch seine Aufmerksamkeit galt der Bühne, wo Maddy gerade von einem anderen Mann umarmt wurde. Unerwartet und heftig verspürte Roy Eifersucht.

Sie sah zu einem anderen Mann auf, die Arme um dessen Hals geschlungen, das Gesicht strahlend. Der andere Mann küsste sie auf die Stirn. Obwohl Roy wusste, es war nur ein Spiel, fühlte er erneut einen unangenehmen Druck im Magen.

„In Ordnung", beendete der Regisseur mit dröhnender Stimme die Szene. „Hier haben wir fünfzehn Sekunden für den Umbau. Wanda, Rose, nehmt eure Positionen ein. Licht. Dein Stichwort, Maddy."

Sie kam wieder auf die Bühne geeilt, wo Wanda sich in einem Sessel rekelte und die Frau namens Rose sich vor einem Spiegel aufputzte.

„Du bist spät", sagte Wanda träge.

„Was bist du, eine Stechuhr?" Im Gegensatz zur vorigen Szene mit ihrem Liebhaber wirkte Maddy von ihrer Stimme und ihren Bewegungen her härter.

„Jackie hat dich gesucht."

Maddy, die sich gerade eine auffällige rote Perücke überzog, hielt mitten in der Bewegung inne. „Was hast du ihm gesagt?"

„Dass er nicht an den richtigen Orten gesucht hat. Ich habe dich gedeckt, Mary, aber überzieh nicht die Saite."

„Danke." Maddy schlüpfte aus ihrem Rock, schob dann Rose ein wenig zur Seite und begann sich das Gesicht zu bemalen.

„Du brauchst mir nicht zu danken. Wir halten zusammen. Aber trotzdem, für mich bist du total übergeschnappt."

„Ich weiß schon, was ich tue." Maddy verschwand hinter einem Wandschirm. Kurz darauf warf sie die Bluse, die sie getragen hatte, über ihn. „Ich habe alles im Griff."

„Du solltest aber auch sicher sein, Jackie im Griff zu haben. Kannst du dir vorstellen, was er mit dir und deinem hübschen Jungen macht, wenn er hinter eure Geschichte kommt?"

„Er wird nicht dahinterkommen." Sie trat in einem langen, schleppenden, mit Pailletten übersäten Gewand hinter dem Wandschirm hervor. „Schon bin ich fertig."

„Die Leute im Zuschauerraum sind heute Abend ziemlich wild."

„Gut." Sie zwinkerte Wanda zu. „So mag ich sie." Dann ging sie ab.

„Linker Scheinwerfer", rief der Regisseur. „Stichwort Terry."

Roy erkannte den Tänzer, der von links auf die Bühne kam, von der letzten Probe wieder. Sein Haar war jetzt mit Haargel zurückgekämmt. Er trug eine glänzend weiße Krawatte zu einem schwarzen Hemd. Als Maddy hinter ihm auftrat, ergriff er sie beim Arm.

„Wo zum Teufel warst du?"

„Irgendwo." Maddy warf ihre rote Mähne zurück und stützte aufreizend eine Hand in die Hüfte.

Edwin beugte sich vor und flüsterte Roy ins Ohr: „Hat wirklich überhaupt keine Ähnlichkeit mehr mit der kleinen Lady, die mit ihrer verkümmerten Pflanze in dein Büro gekommen ist."

„Nein", murmelte Roy, „überhaupt nicht."

„Sie kommt groß heraus, Roy. Ganz groß."

Roy spürte ein Aufwallen von Stolz, aber auch Besorgnis, und konnte sich beides nicht erklären. „Ja, ich glaube schon."

„Süßer." Maddy tätschelte ihrem Partner die Wange. „Was willst du eigentlich? Willst du, dass ich strippe oder dir mein Tagebuch vorlese?"

„Strippen", befahl ihr Jackie.

„Na also." Maddy warf den Kopf zurück. „Das kann ich nämlich auch am besten."

„Licht", rief der Regisseur. „Musik."

Maddy griff nach einer roten Boa und ging – nein, schlenderte – zur Mitte der Bühne, wo sie mit ihrem Kostüm ganz in Rot wie eine Flamme wirkte. Sie begann zu singen, ließ ihre Stimme zunächst langsam kommen, ließ sie sich steigern, so mitreißend und aufreizend wie die aufreizenden Bewegungen, die sie dazu machte. Die Boa wurde hinunter ins Publikum geworfen.

„Ich glaube, ich habe dich noch nie zu einem Strip mitgenommen, Roy."

Roy musste lächeln, während Maddy auf der Bühne ihre ellbogenlangen Handschuhe abstreifte. „Nein, das hast du nicht."

„Ein Mangel in deiner Erziehung."

Auf der Bühne ließ Maddy ihren Körper sprechen. Es war nur eine Szene von vielen. Aber Maddy wusste, wenn sie es richtig machte, würde gerade diese das Glanzstück der Show werden. Das wollte sie schaffen.

Als sie aus dem Rock schlüpfte, begannen einige der Techniker zu pfeifen. Sie lächelte breit. Nach dem zweiminütigen Tanz saß sie, nach hinten gebeugt, auf dem Boden und trug nicht mehr viel mehr als Flitter und Perlen am Körper. Zu ihrer eigenen freudigen Überraschung gab es lauten Applaus aus dem Zuschauerraum. Erschöpft stützte sie sich auf den Ellbogen und lächelte in den völlig im Dunkeln liegenden Teil des Theaters.

Schnell machte das Wort die Runde, vom Assistenten zum Assistenten zum Inspizienten zum Regisseur: Das Geld war im Haus.

Still fluchend, dass er es nicht schon vorher gemerkt hatte, kam Don hinunter in den Zuschauerraum. „Mr Valentine. Und Mr Valentine." Herzlich wurden die Hände geschüttelt. „Wir haben Sie nicht erwartet."

„Wir wollten einfach einmal etwas von der ganz normalen Probenroutine mitbekommen." Roy sprach mit dem Regisseur, doch sein Blick wanderte zurück zur Bühne, wo Maddy immer noch am Boden saß und sich den Hals mit einem Handtuch ab- tupfte. „Sehr eindrucksvoll."

„Wir könnten noch etwas mehr Biss gebrauchen, aber wir schaffen es bis Philadelphia."

„Daran habe ich keinen Zweifel." Edwin schlug ihm freund- schaftlich auf die Schulter. „Wir wollen die Probe nicht auf- halten."

„Ich würde mich freuen, wenn Sie noch bleiben. Wir wollten gerade mit den Proben der ersten Szene vom zweiten Akt an- fangen. Kommen Sie doch weiter nach vorn, an die Bühnen- rampe."

„Deine Entscheidung, Roy."

Der ließ sich nicht lange bitten. „Also gut."

Die nächste Szene war eindeutig darauf angelegt, das Publi- kum zum Lachen zu bringen. Roy verstand nicht genug vom Theaterhandwerk, um zu erkennen, woran es lag, dass selbst die einfachsten Dinge komisch wirkten. Aber er konnte sehen, dass Maddy dieses Spiel verstand. Sie würde das Publikum ganz auf ihrer Seite haben.

Sie hatte etwas Lebenssprühendes an sich, etwas Überzeugen- des und sogar Sympathisches in dieser Rolle der frechen und manchmal gereizten Stripperin. Und dann hatte sie noch die zweite Rolle, in der sie ihren ehrlichen Geliebten Jonathan mit der nötigen Unschuld davon überzeugen musste, dass seine Mary eine pflichtbewusste Bibliothekarin mit einer kranken Mutter sei. Es gelang ihr so, dass Roy selbst von ihr überzeugt worden wäre. Und es war gerade diese Fähigkeit, die ihm Sorgen bereitete.

„Eine tolle Schauspielerin", bemerkte Edwin, als der Regis- seur und der Inspizient die Köpfe zusammensteckten.

„Ja, das ist sie."

„Es geht mich zwar nichts an, aber was läuft eigentlich zwi- schen euch beiden ab?"

Roys Gesicht blieb ausdruckslos, als er sich seinem Vater zu- wandte. „Wie kommst du darauf, dass da etwas läuft?"

Edwin klopfte mit dem Finger leicht auf die Nase. „In diesem

Geschäft wäre ich nie so weit gekommen, wenn ich nicht den richtigen Riecher hätte."

„Wir sind … Freunde", antwortete Roy nach kurzem Zögern.

„Du weißt, Roy, ich habe mir für dich immer eine Frau wie Madeline O'Hara gewünscht. Eine fröhliche, schöne Frau, die dich glücklich machen könnte."

„Ich bin glücklich."

„Du bist immer noch verbittert."

„Nicht dir gegenüber", fiel ihm Roy ins Wort.

„Aber deiner Mutter …"

„Lass es." Obwohl er ruhig sprach, war die eisige Kälte da. „Das hier hat nichts mit ihr zu tun."

Es hat nur damit zu tun, dachte Edwin betrübt, als Maddy wieder die Bühne beherrschte. Doch er kannte seinen Sohn zu gut und schwieg darum.

Edwin konnte die Zeit nicht zurückstellen und den Betrug von damals ungeschehen machen. Und selbst wenn er könnte, würde er es nicht tun, denn dann würde Roy jetzt nicht neben ihm sitzen. Wie konnte er seinen Sohn nur dazu bringen, die eigene Geschichte unverbittert anzunehmen? Wie konnte er seinem Sohn vermitteln, Vertrauen zu lernen, wo er doch unter einer Lüge geboren worden war?

Während der weiteren Probe waren Maddys Gedanken zum Teil auf Roy eingestellt. Er beobachtete sie so eindringlich. Es kam ihr vor, als wollte er sich selbst klarmachen, was an ihrer Rolle sie selbst sei. Verstand er denn nicht, dass ihre Arbeit es von ihr verlangte, sich selbst so weit auszuschalten, bis es keine Maddy mehr gab, nur noch eine Mary?

Sie glaubte Ablehnung, sogar Verärgerung bei ihm feststellen zu können. Wie gern würde sie jetzt einfach von der Bühne springen, um ihm etwas zu versichern, das ihr selbst nicht so ganz klar war. Aber er hätte das nicht von ihr gewollt. Zumindest noch nicht. Im Augenblick wollte er alles unverbindlich und sehr, sehr leicht. Nichts Bindendes, keine Versprechungen, keine Zukunft.

Sie verhaspelte sich und fluchte im Stillen über sich. Sie mussten unterbrechen und die Szene erneut durchgehen.

Maddy konnte ihm nicht sagen, was sie fühlte. Für eine Frau mit einem offenen Wesen war sogar Schweigen so etwas wie Täuschung. Aber sie konnte es ihm nicht sagen. Konnte ihm nicht sagen, dass sie ihn liebte und ihn vom ersten Moment ihres Kennenlernens an geliebt hatte. Er wollte das nicht hören. Er würde verärgert reagieren, weil er sich nicht von Gefühlen einfangen lassen wollte. Er würde nicht verstehen, dass für sie ein Leben ohne Gefühle bedeutungslos war.

Vielleicht glaubte er, dass sie ihre Liebe leicht verschenkte. Sicher, das stimmte, aber nicht diese Art von Liebe. Liebe der Familie gegenüber kam natürlich und blieb. Liebe zu Freunden entwickelte sich langsam oder auch schnell, aber ohne innere Zweifel. Sie konnte ein Kind im Park lieben für nichts anderes als für seine Unschuld. Oder einen alten Mann auf der Straße für nichts mehr als für sein Erdulden.

Doch die Liebe zu Roy schloss alles ein. Diese Liebe war vielschichtig, und sie hatte immer geglaubt, Liebe sei einfach. Liebe brachte Schmerzen, und sie hatte immer gedacht, Liebe bringe Freude. Die Leidenschaft war immer da, unterschwellig, wollte sich Bahn brechen. Es machte Maddy unruhig vor Erwartung, wo sie doch sonst immer so unbekümmert gewesen war.

„Lunch, Ladies und Gentlemen. Um zwei geht's weiter mit den zwei Schlussszenen."

„Es ist also der Finanzier", flüsterte Wanda Maddy ins Ohr.

„Was ist mit ihm?" Maddy beugte sich vor und ließ ihre Muskeln entspannen.

„Das ist er, nicht wahr?"

„Welcher Er?"

„Der Er." Wanda gab ihr einen freundschaftlichen Klaps auf den Rücken. „Der Er, der dich mit verträumten Augen herumstehen lässt."

„Ich stehe nicht mit verträumten Augen herum." Das hoffte sie wenigstens.

„Das ist er", beharrte Wanda und trollte sich mit einem zufriedenen Lächeln von der Bühne.

Verdrießlich über sich selbst, ging Maddy die Treppe hinunter in den Zuschauerraum. Dann legte sie ein frisches Lächeln auf. „Roy, schön, dass du gekommen bist." Sie berührte ihn nicht und gab ihm auch nicht den freundschaftlichen Kuss auf die Wange, mit dem sie ihn sonst begrüßte. „Mr Valentine. Ich freue mich, Sie wiederzusehen."

Edwin umfasste mit seinen beiden großen Händen ihre Hand. „Eine reine Freude, Ihnen bei der Arbeit zuzusehen. Habe ich den Mann etwas von Lunch sagen hören?"

Sie legte eine Hand auf ihren Magen. „Ja, richtig."

„Dann begleiten Sie uns doch?"

„Nun, ich …" Als Roy nichts sagte, suchte sie nach einer Ausrede.

„Sie werden mich doch nicht enttäuschen?" Edwin ignorierte das Schweigen seines Sohnes und ließ nicht locker. „Hier ist Ihr Revier. Sie kennen doch bestimmt ein gutes Plätzchen."

„Gleich gegenüber gibt es ein Lokal …", begann sie.

„Großartig." Es würde ihn nur einen schnellen Anruf kosten, den reservierten Tisch in den Vier Jahreszeiten wieder abzubestellen. „Was meinst du, Roy?"

„Ich würde sagen, Maddy braucht noch eine Minute, um sich umzuziehen." Jetzt endlich lächelte er sie an.

Maddy brauchte tatsächlich nur fünf Minuten, um sich umzuziehen. Sie zog über ihr Trikot ein wadenlanges, gelbes, trägerloses Kleid – taillenlos und gürtellos, in dem sie trotzdem reizvoll genug aussah.

In das Schnellrestaurant gegenüber waren die meisten der Tänzer vom Theater wie hungrige Ameisen geeilt. Da der Besitzer geschäftstüchtig war, gab es hinten eine Musikbox, die pausenlos dröhnte.

Der große Grieche hinter der Theke begrüßte Maddy mit einem breiten Lächeln. „Ahh, ein O'Hara-Spezial?"

„Richtig." An die Glasfront der Theke gelehnt, beobachtete sie, wie er ihr einen großen Salat zusammenstellte. Großzügig verteilte er Käse darauf und krönte alles mit einem Joghurt.

„Das essen Sie?", fragte Edwin hinter ihr.

Lachend nahm sie die Salatschüssel in Empfang. „Ich verschlinge es."

„Ein Körper braucht Fleisch." Edwin bestellte sich einen Riesenhamburger mit Kartoffelsalat.

„Ich besorge uns gleich einen Tisch", erbot sich Maddy und nahm sich noch eine Tasse Tee zu ihrem Salat. Vorsorglich strebte sie dann auf den der Musikbox entgegengesetzten Teil des Lokals zu.

„Maddy, Lunch mit den schweren Jungs?" Terry, der sein Haar immer noch wie in seiner Rolle als Jackie glatt zurückpomadiert trug, beugte sich über sie. „Legst du ein gutes Wort für mich ein?"

„Welches Wort würde dir gefallen?" Verschmitzt lächelnd blickte sie zu ihm auf.

„Wie wäre es mit ‚Star'?"

„Ich werde sehen, ob ich es einflechten kann."

Er wollte noch etwas sagen, als er einen Blick zu seinem eigenen Tisch hinüberwarf. „Verdammt, Leroy, das ist meine Gewürzgurke!"

Maddy lachte noch, als Roy und sein Vater sich zu ihr setzten.

„Was für ein Laden hier", kommentierte Edwin und war im Grunde schon ganz mit seinem Hamburger und dem Kartoffelsalat beschäftigt.

„Sie zeigen sich von ihrer besten Seite, weil Sie hier sind."

Jemand begann zu dem Gedudel aus der Musikbox mitzusingen. Maddy erhob einfach ein wenig ihre Stimme. „Kommen Sie zur Premiere nach Philadelphia, Mr Valentine?"

„Das muss ich mir noch überlegen. Ich reise nicht mehr so viel. Es gab einmal eine Zeit, da war ich häufiger außerhalb der Stadt als in meinem Büro."

„Muss aufregend gewesen sein." Sie machte sich über ihren Salat her und tat, als würde Roys Roastbeef ihr nicht das Wasser im Munde zusammenlaufen lassen.

„Hotelzimmer, Termine." Er zuckte die Schultern. „Und ich habe meinen Jungen vermisst." Er beobachtete, wie Roy ganz selbstverständlich von seinem Roastbeef etwas abschnitt und es Maddy reichte. Das erweckte seine Aufmerksamkeit. Und seine Hoffnung. „Und viele Baseballspiele. Roy war ein Klassespieler in der Highschool-Mannschaft."

Lächelnd schüttelte Roy darüber den Kopf, als sich Maddy ihm zuwandte. „Du hast Baseball gespielt? Das hast du mir nie erzählt." Kaum hatte sie die Worte ausgesprochen, erinnerte sie sich auch schon daran, dass er keinen Grund hatte, es ihr zu erzählen. Es gab vieles in seinem Leben, wovon er ihr nichts erzählt hatte. „Ich habe von Baseball nie wirklich etwas verstanden, bis ich nach New York kam", fuhr sie hastig fort. „Dann habe ich mir einige Spiele der ‚Yankees' angesehen, um zu verstehen, worum es bei dem Ganzen überhaupt geht. Und? Hatte Roy das Zeug für eine große Liga?"

„Meiner Meinung nach ja. Aber er wollte in der Firma arbeiten."

„Das ist schließlich auch eine große Liga." Bedächtig kaute sie das Stück Fleisch, das Roy ihr gegeben hatte. „Die meisten von uns sehen ja immer nur das fertige Produkt, das Album, das auf den Plattenteller gelegt wird, die Kassette, die in den Kassettenrekorder gesteckt wird. Aber wahrscheinlich ist es ein weiter Weg von der musikalischen Idee bis dahin."

„Wenn Sie einmal drei oder vier Tage freihaben", entgegnete Edwin lachend, „werde ich Sie darüber genau ins Bild setzen."

Sie trank ihren mit Honig gesüßten Tee, der ihr Aufschwung für die nächsten vier Stunden geben musste. „Als wir das Album von ‚Suzanna's Park' aufgenommen haben, habe ich schon einen Vorgeschmack davon bekommen. Ein Studio ist so ganz anders als die Bühne. So … nun ja, einschränkend."

„Sicher, ein Studio ist in gewisser Weise einschränkend", warf Roy ein. Er nahm einen Schluck von seinem Kaffee, der sich als so stark herausstellte, dass ein Löffel in ihm stehen könnte. „Andererseits bietet es zahllose Vorteile. Nehmen wir den Mann dort hinter der Theke. Im Studio könnten wir einen Caruso aus ihm machen, indem wir die richtigen Knöpfe drücken."

Nachdenklich schüttelte Maddy den Kopf. „Das ist Betrug."

„Das ist Absatzpolitik. Viele Plattenfirmen arbeiten so."

„Auch Valentine?"

Er sah sie an, und der Blick seiner grauen Augen, die sie von Anfang an so angezogen hatten, war offen. „Nein. Valentine wurde mit Blick auf Qualität, nicht Quantität gegründet."

Sie warf Edwin einen verschmitzten Blick zu. „Aber wollten Sie nicht mit den O'Hara-Drillingen einen Plattenvertrag machen?"

Edwin gab noch zusätzlich Salz auf seinen Hamburger. „Hatten die keine Qualität?"

„Wir waren ... vielleicht minimal über dem Durchschnitt."

„Eine ganze Ecke darüber, wenn das, was ich vorhin auf der Bühne gesehen habe, Rückschlüsse zulässt."

„Das freut mich."

„Haben Sie manchmal auch Zeit für Geselligkeit, Maddy?"

Sie stützte das Kinn auf ihre Hand. „Wollen Sie mich um ein Rendezvous bitten?"

Zunächst war er verblüfft, aber nur für einen Augenblick. Dann brach er in schallendes Gelächter aus, das die Aufmerksamkeit sämtlicher Gäste auf sich zog. „Wenn ich zwanzig Jahre abschütteln könnte, will ich verdammt sein, wenn ich das nicht wollte. Sie ist schon goldrichtig." Er tätschelte ihre Hand und sah dabei seinen Sohn an.

„Ja, das ist sie", stimmte Roy ihm höflich zu.

„Ich würde gern eine Party geben." Die Idee war Edwin ganz spontan gekommen. „Wie fänden Sie es, Maddy, wenn wir die Show im großen Stil auf die Reise nach Philadelphia schicken?"

„Eine großartige Idee. Bin ich eingeladen?"

„Unter der Voraussetzung, dass Sie einen Tanz für mich reservieren."

Den Vater musste sie einfach gernhaben, so wie sie den Sohn liebte. „Sie können so viele bekommen, wie Sie wollen."

„Ich fürchte, mehr als ein Tanz wäre nicht drin. Ich könnte mit Ihnen nicht mithalten."

Sie fiel in sein Lachen ein. Als sie ihre Teetasse hob, bemerkte sie, dass Roy sie wieder beobachtete, sehr kühl. Die Missbilli-

gung, die sie von ihm zu spüren glaubte, verletzte sie tief. „Ich …
ich muss zurück. Ich muss noch einige Dinge vor der Probe erledigen."

„Begleite die Lady über die Straße, Roy. Deine Beine sind
jünger als meine."

„Das ist schon in Ordnung." Maddy stand hastig auf. „Ich
brauche nicht …"

„Ich begleite dich." Roy fasste sie beim Ellbogen.

Sie würde keine Szene machen, obwohl ihr wie noch nie
danach zumute war. Stattdessen beugte sie sich vor und küsste
Edwin zum Abschied auf die Wange. „Danke für die Einladung."

Maddy wartete, bis sie draußen waren, bevor sie zu Roy sagte:
„Roy, ich bin voll und ganz in der Lage, die Straße allein zu
überqueren. Geh zu deinem Vater zurück."

„Hast du irgendein Problem?"

„Ob ich ein Problem habe?" Sie entzog ihm den Arm und
starrte ihn wütend an. „Ich kann deine so anständige, so nur auf
Höflichkeit begründete Art, mit mir zu reden, einfach nicht
mehr ertragen." Und im Laufschritt begann sie, die Straße zu
überqueren.

„Du hast noch zwanzig Minuten Zeit." Er ließ sich nicht abschütteln.

„Ich habe gesagt, ich hätte noch einiges zu erledigen."

„Du hast gelogen."

Mitten auf der Straße, die Ampel schaltete auf Gelb, blieb sie
stehen und drehte sich zu ihm. „Dann sagen wir doch einfach,
ich hätte Besseres zu tun. Besseres, als dort zu sitzen und unter
deine intellektuelle Lupe genommen zu werden. Gefällt es dir
vielleicht nicht, dass ich die Gesellschaft deines Vaters genieße?
Hast du Angst, ich hätte ihm gegenüber Absichten?"

„Hör auf damit." Er zog sie unsanft vorwärts, als einige Autos
zu hupen begannen.

„Du magst einfach Frauen nicht, nicht wahr? Du steckst uns
alle gemeinsam in die große Kiste mit der Aufschrift ‚Vorsicht,
nicht vertrauenswürdig'. Wenn ich nur wüsste, warum."

„Maddy, du stehst kurz davor, hysterisch zu werden."

„Oh, ich kann den Zustand noch ein wenig ausdehnen", versprach sie und meinte es ernst. „Du warst plötzlich zu Eis erstarrt. Ich habe es genau von der Bühne her gesehen, wie du mich mit diesem kalten, abschätzenden Blick beobachtet hast. Es war, als hättest du mich und nicht die Rolle, die ich gespielt habe, einordnen wollen ... Und du kannst mit beidem nichts anfangen, weil du es nicht willst."

Weil er den Schimmer der Wahrheit in dem, was sie sagte, erkannte, wandte er sich von ihr ab. „Du bist lächerlich."

„Nein, das bin ich nicht. Ich weiß, wann ich lächerlich bin, und im Moment bin ich es nicht. Ich weiß nicht, was dich so ausgehöhlt hat, Roy, aber was es auch gewesen sein mag, es tut mir leid. Ich habe mich bemüht, mich daran nicht zu stören, ich habe mich bemüht, mich an vielen Sachen nicht zu stören. Aber das ist zu viel."

Er fasste sie bei den Schultern. „Was ist zu viel?"

„Ich habe deinen Gesichtsausdruck gesehen, als dein Vater über die Party sprach und über meine Anwesenheit dabei. Du brauchst dir keine Sorgen zu machen. Ich werde nicht kommen. Ich finde schon eine Entschuldigung."

„Wovon sprichst du überhaupt?", wollte er wissen und betonte dabei jedes einzelne Wort überdeutlich.

„Ich habe nicht gern, dass es dir peinlich ist, mit mir gesehen zu werden."

„Maddy ..."

„Schon gut, es ist schließlich auch verständlich, oder?", fuhr sie erregt fort. „Ich bin schlicht und einfach Maddy O'Hara, ohne Auszeichnungen hinter dem Namen oder einem bedeutenden Stammbaum davor. Ich habe Highschool-Abschluss per Post gemacht, und meine beiden Elternteile stammen von Bauern aus Südirland ab."

Er umfasste ihr Kinn. „Wenn du das nächste Mal einen Abstecher ins Rätselhafte machst, könntest du mich dann vorher darüber informieren, damit ich mithalten kann? Ich weiß nicht, wovon du sprichst."

„Ich spreche von uns", schrie sie jetzt fast. „Und ich weiß nicht einmal, warum ich von uns spreche, weil es kein Uns gibt. Du willst kein Uns, darum ..."

Er schnitt ihr einfach das Wort ab, indem er seinen Mund auf ihren presste. „Sei still", warnte er, als sie sich wehrte. „Sei eine Minute lang still. Hast du dich jetzt beruhigt?", fragte er kurz darauf, als er sie wieder zu Wort kommen ließ.

„Nein."

„In Ordnung, aber lass mich jetzt einmal reden. Ich weiß nicht genau, was ich gedacht habe, als ich dich auf der Bühne beobachtet habe. Es wird immer mehr zum Problem, überhaupt denken zu können, wenn ich dich ansehe."

Sie wollte schon eine schnippische Bemerkung machen, hielt sie aber doch zurück. „Warum?"

„Ich weiß nicht. Und was das andere angeht, das ist lächerlich. Es ist mir egal, ob du deine Ausbildung durch Fernstudium oder eine Eliteschule erreicht hast. Und es ist mir egal, ob dein Vater zum Ritter geschlagen worden ist oder wegen Diebstahls verurteilt."

„Wegen Ruhestörung", murmelte Maddy. „Aber das war nur einmal ... zweimal, nehme ich an. Es tut mir leid." Als die Tränen kamen, entschuldigte sie sich noch einmal. „Es tut mir leid. Ich hasse das. Immer, wenn ich ärgerlich bin, kann ich mich nicht beherrschen."

„Nicht doch." Er wischte ihr die Tränen weg. „Ich war auch nicht ganz fair dir gegenüber. Wir müssen wirklich einmal klären, was zwischen uns ist."

„Okay. Wann?"

„Wann musst du denn einmal nicht in aller Herrgottsfrühe zum Training?"

Sie schniefte und suchte in ihrer Leinentasche nach einem Kleenex. „Sonntag."

„Also dann Sonnabend. Kommst du zu mir?" Er fuhr mit dem Daumen über ihre Wangen.

„Ja, ich komme. Roy, ich wollte keine Szene machen."

„Ich auch nicht, Maddy." Er strich ihr noch einmal über die Wange und ging dann zurück.

7. KAPITEL

Als Maddy ihr Apartment betrat, dachte sie immer noch an Roy. Das überraschte sie nicht, denn die Gedanken an Roy beherrschten so ihren Tag, dass sie sich immer wieder dazu zwingen musste, an ihre Rolle als Mary Howard zu denken. Die Premiere in Philadelphia war bereits in drei Wochen. Und da konnte sie es sich nicht leisten, sich von Vermutungen über das Was, Wenn, Falls und Wie betreffend Roy Valentine ablenken zu lassen.

Aber was würde Sonnabend passieren? Was sollte sie sagen? Wie sollte sie sich verhalten?

Maddy bezeichnete sich selbst als übergeschnappt, als sie plötzlich stirnrunzelnd stehen blieb. Das Licht war an. Sicher, sie war oft geistesabwesend oder in zu großer Eile, um sich alle Einzelheiten merken zu können, aber das Licht hätte sie nicht brennen lassen. Denn aus ihrer schlechteren Zeit hatte sie die Angewohnheit bewahrt, Energie – und Stromkosten – zu sparen.

Noch merkwürdiger, es roch nach Kaffee. Frischem Kaffee. Und dann hörte sie ein Geräusch aus ihrem Schlafzimmer. Mit heftig klopfendem Herzen zog sie einen Steppschuh aus ihrem Tanzbeutel und hielt ihn hoch wie eine Waffe. Sie kam gar nicht erst auf den Gedanken, hinauszurennen und um Hilfe zu rufen. Auch wenn sie sich nicht als aggressiv einschätzte, so war das hier ihr Zuhause, und sie hatte immer das verteidigt, was ihr gehörte.

Langsam, ohne ein Geräusch zu machen, durchquerte sie das Zimmer. Als sie das Geklapper von Kleiderbügeln hörte, fasste sie den Schuh fester. Wenn der Dieb dort etwas Wertvolles zu finden glaubte, dann konnte es für seine Dummheit gar keine Worte mehr geben. Und einen geistig verwirrten Dieb sollte sie doch mithilfe des mit Eisen verstärkten Absatzes ihres Steppschuhs in die Flucht schlagen können. Doch je näher sie ihrem Schlafzimmer kam, desto häufiger musste sie nervös schlucken.

Mit angehaltenem Atem fasste Maddy mit der freien Hand nach dem Türgriff. Dann riss sie die Tür auf. Fast gleichzeitig ertönten erschreckte Aufschreie.

„Nun." Carrie legte die Hand auf ihr Herz. „Es ist doch immer wieder nett, dich zu sehen."

„Carrie!" Mit einem Freudenschrei warf Maddy den Schuh weg und stürzte sich auf ihre Schwester. „Ich hätte dir fast ein Loch in den Kopf geschlagen. Was machst du hier?"

„Ein paar Sachen aufhängen." Carrie küsste Maddy auf die Wange und warf dann ihre blonde Haarmähne zurück. „Es macht dir doch hoffentlich nichts aus. Seide knittert so schrecklich."

„Natürlich macht es mir nichts aus. Ich habe gemeint, was machst du in New York? Du hättest mich benachrichtigen können."

„Darling, ich habe dir letzte Woche geschrieben."

„Nein, du …" Dann erinnerte sich Maddy an den ganzen Stapel von Briefen, den sie immer noch nicht geöffnet hatte. „Ich hatte noch keine Zeit für meine Post."

„Typisch."

„Ja, ich weiß." Sie hielt ihre Schwester auf Armeslänge von sich, nur um sie anzusehen. Es war ein Gesicht, das sie so gut wie ihr eigenes kannte und das sie einfach immer wieder bewundern musste, mit den tiefblauen Augen und dem so herrlich geschwungenen Mund. „Ach, Carrie, du siehst wunderbar aus. Ich freue mich so, dich zu sehen."

„Du siehst selbst wunderbar aus." Aufmerksam betrachtete Carrie ihre Schwester. „Entweder wirken die Vitamine, die du schluckst, oder du bist verliebt."

„Ich glaube, beides."

Carrie zog eine ihrer fein geschwungenen Brauen hoch. „Tatsächlich? Dann lass uns darüber reden."

Maddy hakte sich bei Carrie unter. „Ich wünschte, Alana wäre auch hier. Dann wäre alles perfekt. Wie lang bleibst du?"

„Ein paar Tage", meinte Carrie, als sie zusammen ins Wohnzimmer gingen. „Ich soll bei einer dieser Preisverleihungen mitmachen. Mein Manager meint, so etwas mache sich gut."

„Und du findest das nicht." Maddy suchte ihre Schränke nach einer Flasche Wein ab.

Carrie warf einen Blick zum dämmrigen Fenster hinüber. „Du weißt, New York ist nicht meine Stadt, Darling. Es ist mir zu …"

„Wirklich?", schlug Maddy vor.

„Sagen wir einfach zu laut." Draußen wetteiferten zwei Polizistinnen miteinander. „Ich hoffe, du hast noch etwas Wein, Maddy. Der Kaffee war dir ausgegangen."

„Ich habe ihn mir abgewöhnt", entgegnete Maddy, deren Kopf fast in einem Schrank verschwand.

„Abgewöhnt? Du?"

„Ich habe zu viel davon getrunken. Ich habe meine Organe mit Koffein regelrecht überschwemmt. Jetzt trinke ich meistens Kräutertee." Maddy nahm wieder den Kaffeegeruch wahr, der in der Luft hing. „Woher hast du ihn bekommen?"

„Oh, ich habe mir von deinem Nachbarn etwas ausgeborgt." Mit einer Flasche Wein kam Maddy aus dem untersten Schrankfach wieder hoch. „Doch nicht Guido."

„Doch, Guido. Der mit dem Bizeps und den großen Zähnen."

Maddy stöberte schließlich auch noch zwei Gläser auf. „Carrie, ich lebe seit Jahren neben ihm und würde mit ihm ohne einen bewaffneten Leibwächter nicht einmal einen Guten-Morgen-Gruß austauschen."

„Er war reizend." Carrie warf ihr Haar zurück. „Obwohl ich ihn davon abbringen musste, mit herüberzukommen, um den Kaffee für mich zu bereiten."

„Darauf möchte ich wetten." Maddy füllte zwei Gläser und stieß ihres gegen das von ihrer Schwester. „Auf die O'Haras."

Carrie nahm einen Schluck und verzog das Gesicht. „Maddy, Wein scheinst du immer noch auf dem Flohmarkt zu kaufen."

„So schlecht ist er nun auch wieder nicht. Komm, setz dich. Hast du etwas von Alana gehört?"

„Bevor ich abgeflogen bin, habe ich sie angerufen. Sie war gerade dabei, einen Streit zwischen den Jungen zu schlichten, und hörte sich überglücklich an. Dorian verwöhnt sie." Abgespannt nach dem langen Flug, machte Carrie es sich auf dem

Sofa bequem. „Werden Mom und Dad zu deiner Premiere kommen?"

„Ich hoffe es. Ich nehme an, du wirst es nicht schaffen, oder?"

„Es tut mir leid." Carrie legte ihre Hand auf Maddys. „Du weißt, ich würde kommen, wenn ich könnte. Aber der Drehbeginn von ‚Strangers' wurde aufgeschoben … es gab einige Probleme wegen des Drehortes. Wir fangen wahrscheinlich übernächste Woche an."

„Du musst aufgeregt sein. Das ist eine so großartige Rolle."

„Ja." Nur ganz kurz hatte sich Carries Blick verdüstert.

„Was ist los?"

Carrie zögerte, schon fast entschlossen, Maddy von den anonymen Briefen zu erzählen. Und von den Telefongesprächen, die sie bekam. Doch dann ließ sie es. „Ich weiß auch nicht. Wahrscheinlich die Nerven. Ich habe noch nie eine Miniserie gemacht. Es ist weder richtiges Fernsehen noch ist es ein Spielfilm."

„Nun hör aber auf, Carrie. Das kann doch nicht das Problem sein."

„Es ist nichts." Sie hatte sich dazu entschlossen, nichts zu erzählen. Wahrscheinlich würde sich die ganze Angelegenheit als unerhebliches Ärgernis entpuppen. Wenn sie wieder nach Kalifornien zurückkehrte, war bestimmt alles wieder vorüber. „Nur ein paar unverbindliche Beziehungen, die ich klären muss. Aber jetzt will ich viel lieber über den Mann reden, der dir im Kopf herumgeht." Sie lächelte, als Maddy sich unbeteiligt geben wollte. „Lass gut sein, Maddy. Erzähle deiner großen Schwester alles."

„Ich weiß gar nicht, was ich groß erzählen soll." Maddy zog die Beine zum bequemen Lotossitz hoch. „Kannst du dich daran erinnern, von Dad jemals den Namen Edwin Valentine gehört zu haben?"

„Edwin Valentine?" Mit gerunzelter Stirn suchte Carrie in ihrer Erinnerung. Einer der Gründe für ihre schnelle Karriere als Schauspielerin in Hollywood war ihre Fähigkeit, nichts zu vergessen – keinen Text, keine Namen, keine Gesichter. „Nein, an den Namen kann ich mich nicht erinnern."

„Von Valentine Records. Das ist eine der größten Plattenfirmen, wenn nicht sogar die größte. Wie dem auch sei, er hat Mom und Dad kennengelernt, als wir noch Babys waren. Damals hatte er gerade angefangen, und sie haben ihn auf einer Liege in ihrem Hotelzimmer schlafen lassen."

„Klingt ganz nach ihnen." Carrie streifte ihre Schuhe ab und rekelte sich nachlässig auf der Couch, was sie außerhalb des engsten Familienkreises nie machen würde. „Und weiter?"

„Valentine Records finanziert das Musical."

„Interessant." Doch dann griff sie nach Maddys Hand. „Maddy, du hast dich doch wohl nicht mit ihm eingelassen? Er muss in Dads Alter sein. Nicht, dass das Alter mir so wichtig ist, aber wenn es sich um meine kleine Schwester handelt ..."

„Nun halt aber die Luft an", amüsierte sich Maddy. „Habe ich nicht gelesen, dass du mit Count DeVargo von der DeVargo-Juwelierkette gesehen worden bist? Der muss hart auf die sechzig zugehen."

„Das ist etwas anderes", entgegnete Carrie halblaut. „Europäische Männer sind alterslos. Außerdem sind wir nichts weiter als Freunde. Aber wenn du verträumte Augen wegen eines Mannes bekommst, der alt genug ist, dein Vater zu sein ..."

„Ich bekomme keine verträumten Augen. Und es ist sein Sohn."

„Aha." Beruhigt setzte Carrie sich wieder zurück. „Dieser Edwin Valentine hat also einen Sohn. Kein Tänzer?"

„Nein." Maddy musste schmunzeln. „Er hat die Plattenfirma übernommen. Ich nehme an, er ist ein Magnat."

„Gut", sagte Carrie. „Langsam geht's aufwärts mit uns, nicht wahr?"

„Ich weiß nicht, was ich tun soll. Die meiste Zeit habe ich das Gefühl, ich sei verrückt. Er ist großartig und erfolgreich und konservativ. Er mag französische Restaurants."

„Wie abscheulich."

Maddy brach in Lachen aus. „Oh Carrie, hör auf."

„Hast du mit ihm geschlafen?"

Das war Carrie, immer gleich zur Sache. „Nein."

„Aber daran gedacht."

„Ich kann kaum noch an etwas anderes als an ihn denken."

Carrie griff nach der Flasche, um sich ihr Glas wieder zu füllen. Nach den ersten Schlucken schien auch sie den Wein fast genießbar zu finden. „Und was empfindet er dir gegenüber?"

„Genau da beiße ich auf Granit. Er ist freundlich und aufmerksam und all das. Aber wenn es um Frauen geht, holt er seinen Schutzschild hervor. In der einen Minute nimmt er mich in den Arm, und ich habe das Gefühl, darauf mein Leben lang nur gewartet zu haben. In der nächsten Minute lässt er mich links liegen, als würden wir uns kaum kennen."

„Weiß er von deinen Gefühlen?"

„Ich fürchte fast, dass er es weiß. Ich würde es nicht wagen, es ihm zu sagen. Er hat mir unmissverständlich zu verstehen gegeben, dass er an einer Verbindung über einen, wie er sagt, längeren Zeitraum nicht interessiert ist."

Carrie horchte auf. „Und du denkst dabei an etwas Verbindliches?"

„Ich könnte mein Leben mit ihm verbringen." Tiefer Ernst und offene Verletzlichkeit spiegelten sich in den Augen wider, mit denen sie ihre Schwester ansah. „Carrie, ich könnte ihn glücklich machen."

„Maddy, so etwas klappt nur bei Gegenseitigkeit." Wie gut hatte sie das selbst erfahren. „Kann er dich glücklich machen?"

„Wenn er sich öffnen würde. Wenn er sich nur etwas öffnen würde, damit ich verstehen kann, warum er so vor Gefühlen zurückschreckt. Carrie, irgendetwas muss in seinem Leben geschehen sein, etwas Verheerendes, um ihn so misstrauisch zu machen. Wenn ich nur wüsste, was es war, dann könnte ich mich entsprechend verhalten. Aber ich habe keine Ahnung."

Carrie setzte ihr Glas ab und ergriff beide Hände von Maddy. „Du liebst ihn wirklich?"

„Ich liebe ihn wirklich."

„Dann ist er glücklich zu schätzen."

„Du bist voreingenommen."

„Da hast du verdammt recht." Sie legte eine Hand unter Maddys Kinn. „Man braucht sich dieses Gesicht doch nur anzusehen. Es verrät Vertrauen, Treue und Hingabe."

„Du sprichst von mir wie von einem niedlichen Cockerspaniel."

„Maddy, es ist ganz einfach. Wenn du diesen Burschen liebst, dann ist der beste Weg, um von ihm wiedergeliebt zu werden, das zu sein, was du bist."

Entmutigt griff Maddy nach ihrem Wein. Heute würde sie die Vorsicht einfach in den Wind schlagen und sich noch ein halbes Glas gönnen. „Ich hatte eher erwartet, von dir einige gut erprobte Tipps über die Kunst der Verführung zu bekommen."

„Ich habe sie dir gerade gegeben, für dich. Darling, wenn ich dir einige meiner Geheimnisse verrate, würden dir die Haare zu Berge stehen. Außerdem, du hast doch die Ehe im Auge, richtig?"

„Ich denke, ja."

„Also, in dem Fall kann ich dir doch nicht zur Verstellung raten, da solltest du schon aufrichtig sein. Wann siehst du ihn wieder?"

„Nicht vor Samstag."

Carrie runzelte die Stirn. Sie würde sich gern persönlich ein Bild von diesem Valentine machen, aber Samstag würde sie schon wieder im Flugzeug Richtung Westen sitzen. „Auf alle Fälle würde neue Garderobe nicht schaden. Schon etwas Verführerisches, aber etwas, das zu dir passt. Nun, das überlass nur mir." Sie warf Maddy einen kurzen Blick zu und schätzte, dass sie beide immer noch dieselbe Kleidergröße hatten. „Das ist das Einzige, was mir wirklich in New York gefällt: einkaufen. Wo wir schon vom Einkaufen sprechen, weißt du, dass du nur noch drei Mohrrüben und einen Fruchtsaft im Kühlschrank hast?"

„Ich wollte eigentlich noch etwas in dem Öko-Laden um die Ecke kaufen."

„Erspar mir das. Ich mag keine Körner essen!"

„In der Nähe gibt es ein Restaurant, wo sie gute Spaghetti machen."

„Großartig. Muss ich mich umziehen oder du?"

„Du", meinte Maddy mit einem Blick auf Carries elegantes Seidenkleid. „Hast du nicht irgendetwas Unauffälligeres dabei?"

„Ich kann nichts mitbringen, was ich nicht habe. Es ist harte Arbeit, ein Image von Glanz und etwas Verruchtheit aufrechtzuerhalten."

„Ich habe etwas, das du überwerfen kannst, ohne gleich zu sehr dein Image anzukratzen. Außerdem, bei ‚Franco' wird dich sowieso niemand erkennen."

Lächelnd erhob sich Carrie. „Welche Chancen räumst du mir ein?"

Maddy legte den Arm um ihre Schwester. „Carrie, du bist einzigartig."

Carrie legte ihre Wange an die ihrer Schwester. So einfach sollte alles sein, dachte sie, alles sollte immer so einfach wie jetzt im Augenblick sein. „Nein, wir drei sind einzigartig. Und ich bin so froh, dich zu haben."

Als Maddy am Samstag von der Probe nach Hause kam, war ihre Wohnung leer. Während ihres dreitägigen Besuches hatte Carrie den griesgrämigen Guido verzaubert, während eines kurzen Besuchs bei der Probe nachhaltigen Eindruck auf alle beim Musical Beteiligten gemacht und fast die Hälfte der Geschäfte in der Fifth Avenue leer gekauft.

Maddy vermisste sie schon jetzt. Doch sie bezeichnete sich auch sofort als töricht, dass sie nur für ein Gespräch mit Roy moralische Unterstützung nötig zu haben glaubte. Schließlich wollte sie nichts weiter als mit diesem Mann über ihre Beziehung reden.

Sie würde jetzt duschen, sich umziehen und in die U-Bahn steigen. Es war ja auch nicht der erste Abend, den sie in Roys Apartment zubringen würde. Außerdem mussten sie miteinander reden. Und es gab keinen Grund, über etwas nervös zu sein, das getan werden musste.

Als sie ihr Schlafzimmer betrat, fiel ihr Blick sofort auf Carries Geschenk für sie, das auf dem Bett ausgebreitet lag. Als Erstes griff Maddy nach der Karte mit den großen, geschwungenen Schriftzügen ihrer Schwester.

„Maddy, nach anstrengender Suche und langem Überlegen habe ich das für Dich gewählt. Herzlichen Glückwunsch zum Geburtstag nächsten Monat. Trage es heute Abend für Deinen Roy. Noch besser, trage es für Dich selbst. Vergiss Deinen ersten Eindruck, die Farbe sei nichts für Dich. Vertraue mir. Ich werde an Dich denken, Kleines. Viel Glück. Carrie"

Gerührt, aber auch zweifelnd betrachtete Maddy Carries Geschenk. Die weich fallende Seidenhose war von einem kühnen flammenden Pink. Genau die Farbe, die Maddy wegen ihrer Haarfarbe vermeiden würde. Das Oberteil mit den Spaghettiträgern war in einem Jadeton gehalten. Aber zusammen ergab es eine freche Kombination, die zu Maddys Typ passte. Doch worüber sie in helles Entzücken ausbrach, war die Jacke.

Sie war aus changierender Seide, großzügig geschnitten und ebenso weich fallend wie die Hose. Das Changeant-Gewebe schuf ein Kaleidoskop an Farben. Je nachdem, wie es gehalten wurde, wechselte das Farbspiel. Zunächst hielt Maddy die Jacke für zu hochgestochen, zu elegant für sich, aber die sich laufend ändernden, schillernden Farben übten doch eine faszinierende Wirkung auf sie aus.

„Also gut", sprach sie sich Mut zu. „Gehen wir es an."

Warum war er so nervös? Zum wiederholten Male schritt Roy unruhig auf und ab. Es war doch lächerlich, nur weil er eine Frau zu Besuch erwartete. Selbst wenn diese Frau Maddy war. Gerade weil diese Frau Maddy war, verbesserte er sich selbst.

Sie hatten schon andere Abende miteinander verbracht. Aber heute war es etwas anderes. Er schaltete die Stereoanlage ein, in der Hoffnung, sich durch die Musik ablenken zu können.

Wir werden nur miteinander reden, erinnerte er sich. Es war unumgänglich geworden, dass sie sich gegenseitig klarmachten, was sie voneinander wollten, wie die Bedingungen dafür aussahen und wo die Grenzen lagen. Er wollte mit ihr schlafen. Schon jetzt, allein bei dem Gedanken daran, stieg das Begehren in ihm auf.

Sie konnten doch Liebende werden und trotzdem alles auf der freundschaftlichen Ebene wie bisher belassen. Das mussten sie jetzt klären. Wenn sie kam, würden sie sich also einfach hinsetzen und ihre Bedürfnisse und Vorbehalte offenlegen, eben wie vernünftige Erwachsene. Sie würden zu einer klaren Einigung kommen und auf der Ebene weitermachen. Niemand würde dabei verletzt werden.

Doch, er würde sie verletzen. Aus irgendeinem Grund war sich Roy darüber sicher, wenn er sich an den Ausdruck in Maddys Augen bei ihrem letzten Zusammentreffen erinnerte. Beides, Mut und Verletzlichkeit, hatte daringestanden.

Sie ging ihm unter die Haut, und das durfte er nicht zulassen. Der beste Weg, der einzige Weg, den er sah, um dem Einhalt zu gebieten, war, feste Regeln aufzustellen.

Wieder ging er unruhig auf und ab und sah dann auf die Uhr. Sie verspätete sich. Sie machte ihn verrückt.

Was ist überhaupt das Besondere an ihr, fragte er sich zum x-ten Mal. Sie war nicht außergewöhnlich schön. Sie hatte kein gewandtes, beherrschtes und unterkühlt anziehendes Auftreten. Mit einem Wort, sie war nicht der Typ Frau, der normalerweise seine Aufmerksamkeit erregte.

Wo zum Teufel blieb sie nur?

Als es klingelte, fluchte Roy verhalten auf sie. Er wartete einen Augenblick, um sich zu sammeln. Es würde nichts bringen, gereizt und aufgebracht die Tür zu öffnen. Wenn er auf solidem, gefestigtem Grund anfangen würde, dann würde er auch auf solidem, gefestigtem Grund stehen. Dann öffnete er die Tür, und jeder vernünftige Gedanke war verflogen.

Hatte er sich eben gesagt, sie sei nicht wirklich schön? Wie konnte er sich so vollkommen irren? Hatte er sich gesagt, sie sei nicht anziehend? Und da stand sie vor ihm – verlockend, strahlend, lebensprühend –, und er war noch nie zuvor von etwas mehr eingenommen gewesen.

„Hi. Wie geht es dir so?" Er konnte nicht wissen, dass ihr Herz unruhig klopfte, als sie lächelte und ihm einen Kuss auf die Wange gab.

„Gut." Das war der Duft, den er seit Tagen nicht mehr vergessen konnte. Lächerlich, sich an etwas festzuhalten, was in jeder Kosmetikabteilung eines Kaufhauses gekauft werden konnte.

Maddy zögerte kurz. „Du hast doch gesagt, ich solle Samstag kommen?"

„Ja."

„Nun, willst du mich nicht hereinlassen?"

Der Humor in ihrem Blick ließ ihn sich wie einen Trottel fühlen. „Natürlich. Entschuldigung." Er schloss die Tür hinter ihr und fragte sich unwillkürlich, ob er gerade den größten Fehler seines Lebens gemacht hatte. Und den größten ihres Lebens. „Du siehst wunderbar aus. Verändert."

„Findest du?" Lächelnd drehte sie sich um sich selbst. „Meine Schwester ist für ein paar Tage in der Stadt aufgetaucht und hat das für mich ausgesucht. Schön, nicht wahr?"

„Ja. Du bist schön."

Sie tat es mit einem Lachen ab. „Sagen wir, die Aufmachung. Du warst nicht mehr bei den Proben."

„Nein." Weil er Abstand von ihr brauchte. „Möchtest du etwas trinken?"

„Vielleicht etwas Wein." Wie immer, trat sie ans Fenster. „Die Show nimmt wirklich Form an, Roy. Langsam klappt alles tadellos."

„Die Finanzabteilung wird sich darüber freuen."

Es war sein trockener Ton, der sie zum Lachen brachte. „Du hast doch nichts zu verlieren. Kommen wir an, streichst du es ein. Fallen wir durch, schreibst du es steuerlich ab. Aber es kommt Leben herein, Roy." Sie nahm das Glas, das er ihr reichte. „Jedes Mal, wenn ich als Mary auf die Bühne trete, wird es lebendiger, es wird immer mehr zum atmenden, pulsierenden Mittelpunkt meines Lebens."

Mittelpunkt ihres Lebens. Er hatte es immer peinlich genau vermieden, einen für sich selbst zu haben. „Und eine Show kann dir das sein?"

Nachdenklich sah sie in ihr Weinglas und dann wieder auf die Stadt hinaus. „Wenn ich allein wäre, mit sonst nichts, nicht einmal mit der Chance auf etwas anderes, würde es reichen, mich glücklich zu machen. Wenn ich auf der Bühne bin … Wenn ich auf der Bühne bin", wiederholte sie, „und das Theater ist voller Menschen, die auf mich warten … Roy, ich weiß nicht, wie ich es erklären soll."

Er sah sie an, sah, wie die Lichter der Stadt hinter ihr flimmerten. „Versuche es. Ich möchte es wissen."

Sie fuhr sich mit der Hand durchs Haar, das sie so sorgfältig zurechtgemacht hatte. „Ich fühle mich angenommen, vielleicht sogar geliebt. Und ich kann diese Liebe zurückgeben, mit einem Tanz, einem Song. Es klingt kitschig, wenn ich sage, dass ich dafür geboren wurde. Aber so ist es. So ist es."

„Und es würde dir reichen, auf der Bühne zu stehen und von Hunderten von Fremden geliebt zu werden?"

Sie warf ihm einen forschenden Blick zu. Sie wusste, er verstand es nicht. Niemand, der nicht selbst spielte, konnte das verstehen. „Es würde reichen, würde reichen müssen, wenn ich sonst nichts haben könnte."

„Du brauchst also keinen einzelnen Menschen dauerhaft in deinem Leben."

„Das habe ich nicht gesagt." Langsam schüttelte sie den Kopf, ohne den Blick von ihm zu lassen. „Ich habe gemeint, dass ich in der Lage bin, mich einer gegebenen Situation anzupassen. Applaus kann viele Lücken füllen, Roy. Sogar alle, wenn man sich sehr bemüht. Ich denke, deine Arbeit kann das bei dir auch."

„Ja, das tut sie. Ich habe dir bereits gesagt, dass ich weder die Zeit noch die Absicht für eine langfristige Beziehung habe."

„Das hast du."

„Ich habe es auch wirklich so gemeint, Maddy." Er trank wieder, weil die Worte ihm nicht so einfach über die Lippen wollten. Warum fühlte er sich, als ob er lügen würde, wenn er sich doch so sehr um Ehrlichkeit bemühte? „Wir haben es auf deine Art versucht. Mit Freundschaft."

Ihre Finger wurden langsam kalt. Sie stellte ihr Glas ab und verschränkte die Hände, um sie zu wärmen. „Ich finde, es hat funktioniert."

„Ich will mehr." Er fuhr mit der Hand durch ihr Haar und zog sie näher. „Und wenn ich mehr nehme, werde ich dich verletzen."

Das war die Wahrheit. Sie kannte sie, akzeptierte sie und wollte sie doch vergessen. „Ich bin für mich selbst verantwortlich, Roy. Das schließt meine Gefühle mit ein. Ich will auch mehr. Was auch geschieht, es war meine Wahl."

„Was für eine Wahl, Maddy?", fragte Roy. „Sollten wir nicht allmählich beide zugeben, dass wir nie eine hatten? Ich wollte dich von mir stoßen. Das war meine Wahl. Aber ich habe dich immer näher und näher an mich gezogen." Mit den Händen auf ihren Schultern zog er langsam Maddy die Jacke hinunter und ließ sie fallen, dass sie wie ein schillerndes Farbenspiel auf dem Boden lag. Zärtlich begann er, ihre Schultern zu streicheln. „Du kennst mich nicht", sagte er leise, als er spürte, wie Maddy lustvoll erbebte. „Du weißt nicht, was sich in meinem Innern verbirgt. Es gibt vieles, das dir nicht gefallen, und noch mehr, das du nicht einmal verstehen würdest. Wenn du klug bist, würdest du sofort gehen."

„Wahrscheinlich bin ich nicht klug."

„Es würde auch keine Rolle mehr spielen." Sein Griff auf ihren Schultern verstärkte sich. „Denn ich bin über den Punkt hinaus, dich gehen zu lassen." Ihre Haut war so warm und so weich. „Du wirst mich, eher als du glaubst, hassen." Er bedauerte das Unausweichliche schon jetzt.

„Ich hasse nicht so leicht, Roy." Sie wollte ihn trösten und legte eine Hand auf seine Wange. „Vertrau mir ein wenig."

„Vertrauen hat damit nichts zu tun." Etwas flammte in seinen Augen auf, schnell, aufgewühlt, dann war es vorüber. „Überhaupt nichts. Ich will dich, und dieses Verlangen zerreißt mich schon seit Wochen. Das ist alles, was du von mir erwarten kannst."

Der Schmerz kam, wie versprochen, aber sie setzte sich darüber hinweg. „Wenn das allein die Wahrheit wäre, dann hättest du nicht so hart dagegen angekämpft."

„Ich habe den Kampf aufgegeben." Seine Lippen senkten sich langsam auf ihre. „Du bleibst heute Nacht bei mir …"

Sie umschmiegte mit beiden Händen sein Gesicht, um seine Anspannung abzuschwächen. „Ja, ich bleibe. Weil ich es will."

Er nahm ihre Handgelenke, zog sie nahe an sich heran und küsste sie. Es war ein Versprechen, das einzige, das er ihr geben konnte. „Komm mit."

Und ihrem Herzen folgend, ging sie mit ihm.

*N*ur ein schwacher Lichtschein fiel vom Korridor ins Schlafzimmer. Es kam Maddy vor wie ein Raum voller Schatten und Geheimnisse. Roy hatte die Stereoanlage angelassen, aber es drang kaum mehr als das Echo einer Musik zu ihnen herüber, als sie jetzt stehen blieben, um sich zu berühren.

„Du machst einen Fehler", begann er.

„Pst." Maddy verschloss seinen Mund mit ihren Lippen. „Lass uns später vernünftig sein. Ich wollte vom ersten Augenblick an wissen, wie es mit dir sein würde." Sie sah ihm voll ins Gesicht, als sie begann, sein Hemd aufzuknöpfen. „Ich wollte wissen, wie du aussiehst. Wie du dich anfühlst." Sie zog sein Hemd aus und ließ dann die Hände seine Brust hinaufgleiten, die sich hart, glatt und im Augenblick angespannt anfühlte. „Oft habe ich nachts wach gelegen und mich gefragt, wann wir so zusammen sein würden." Langsam strich sie über seine Schultern und seine Arme hinunter. „Roy, mir ist vor dir oder meinen Gefühlen nicht bange."

„Das sollte es aber."

Sie bog den Kopf zurück und sah ihn herausfordernd an. „Dann zeige mir, warum."

Mit einem unterdrückten Fluch gab er ihr, sich und allem nach. Er zog sie an sich und presste heftig seinen Mund auf ihren. Unter seinen Händen spürte er, wie sie zitterte. War es Furcht oder Erwartung? Er wusste es nicht. Aber er spürte, wie sich ihre Finger in seine Muskeln gruben und wie sie ihn fest an sich drückte. Ihre leicht geöffneten Lippen waren weich und einladend.

Einmal hatte er sich gefragt, ob sie eine Hexe sei. Der Gedanke kehrte jetzt wieder zurück, so als ob das, was zwischen ihnen war, nur auf Sinnlichkeit und Versuchung zurückzuführen wäre. Nichts an ihr war sorglos jetzt, nichts leicht oder einfach. Sie war vielschichtig und gefährlich wie Eva oder die sie herausfordernde Schlange.

Er fühlte sich ganz seiner körperlichen Lust ausgeliefert, er wollte Maddy nehmen, schnell, sofort, gerade da, wo sie standen. Nur das Jetzt zählte, ohne Verpflichtungen und Versprechungen.

Dann sagte sie leise, mit einer ganz weichen und bewegten Stimme seinen Namen. Seine Hände wurden zärtlich, seine Lippen wurden weicher. Wie von selbst. Er konnte es nicht verhindern. Es würde eine Zeit kommen, wenn er Maddy verletzen würde. Aber heute Abend war etwas Besonderes. Er konnte nur noch an sie denken, nicht an die Vergangenheit und nicht an die Zukunft. Heute würde er einfach nur geben und nehmen, so viel wie er konnte.

Er schob die schmalen Träger von ihren Schultern, und ihr seidenglänzendes Oberteil rutschte herunter und wurde gerade noch von ihren Brustspitzen gehalten. Mit einer Zärtlichkeit, die Roy mehr als Maddy überraschte, ließ er seine Lippen über ihre nackten Schultern gleiten. Er fühlte ihre weiche Haut und atmete ihren erregenden Duft ein. Sie schien ihm auf einmal so klein, so zerbrechlich, so jung. Nach einem Augenblick des Zögerns ließ er seine Lippen mit ihren verschmelzen.

Sie spürte die Veränderung in ihm. Der innere Kampf, den er sonst ständig in sich auszufechten schien, hatte sich offensichtlich gelegt. Ihr eigenes Herz war schon längst bereit, ihn in sich aufzunehmen.

Langsam streichelte sie ihn und genoss es, seinen kräftigen, schlanken Körper zu spüren. Obwohl ihr Atem nicht mehr gleichmäßig ging, hielt sie sich zurück, um ihm Zeit zu lassen, es für sich zu bejahen, was zwischen ihnen geschah. Sein Verstand würde es bekämpfen wollen, dessen war sie sich fast sicher, doch jetzt wurde er von seinen Gefühlen gelenkt. Eng umschlungen gingen sie hinüber zum Bett.

Maddy kannte ihren eigenen Körper zu genau, um sich befangen zu fühlen. Ihre Hüften waren schmal, ihre Beine lang, sie hatte kleine Brüste, war also wie eine Tänzerin gebaut. Und ebenso selbstverständlich, wie sie ihren Körper annahm, nahm sie Roys Bedürfnis, ihren Körper vorsichtig und behutsam zu erforschen.

Das Oberteil wurde zur Seite geworfen. Als sie Roys Hände auf ihrer nackten Haut spürte, ließ sie sich ganz in die durch ihn ausgelösten körperlichen Empfindungen gleiten. Aus halb geschlossenen Augen sah sie sein dunkles Haar, das über ihre Haut streifte. Sie hörte ihr Herz heftig schlagen. Dann spürte sie seine Zunge auf einer ihrer Brustspitzen, und ihr Körper spannte sich mit einer neuen, schwindlig machenden Welle der Lust an.

Ihre Bewegungen waren harmonisch, als entsprächen sie einer schon vor langer Zeit entworfenen Choreografie: Aktion und Reaktion, Bewegung und Gegenbewegung. Das war für Maddy etwas Selbstverständliches und Natürliches wie das Atmen.

Wohin die Lust ihn auch führte, Maddy war offen und empfänglich für ihn. So hatte er es noch nie erlebt und auch noch nie jemanden wie sie. Ihr Körper war heiß. Überall, wo er sie berührte, wo er sie schmeckte, spürte er ihren Pulsschlag. Noch nie hatte er eine Frau gekannt, die sich der Liebe so öffnete, so frei und ungehemmt. Als sie den Verschluss seiner Hose öffnete, sie ihm auszog und dann seinen nackten Körper berührte, tat sie es mit einer ungezierten Natürlichkeit, als würden sie sich und ihre Körper schon ewig kennen.

Auch sein Puls raste. Sie spürte es in der Beuge seines Ellbogens, als sie ihn dort küsste. Als er nackt war, betrachtete sie ihn mit unverhohlener Freude. Mit einem weichen Lächeln und einem leisen Lachen zog sie ihn an sich und umarmte ihn voller Leidenschaft und Zuneigung. Wie eine Welle fuhr die Hitze durch ihn und machte ihn verwirrt, benommen und ließ ihn nur noch sein Verlangen nach Maddy spüren.

„Küss mich", sagte sie leise. Ihre Augen waren halb geschlossen, und sie erinnerte ihn an eine vor Behagen schnurrende Katze. „Ich habe mich nach deinen Berührungen gesehnt", flüsterten ihre Lippen dicht an seinen. „Manchmal habe ich es mir direkt vorgestellt, wie es wäre, deine Hände auf mir zu spüren. Hier." Sie führte seine Hand. „Und hier. Ich kann nicht genug davon bekommen." Ihr Körper bog sich ihm entgegen. „Ich glaube, ich kann davon nie genug bekommen."

Etwas entglitt ihm – die Kontrolle, mit der er seine Gefühle fest verschlossen hielt. Er konnte es sich nicht erlauben, ihr sein Herz zu geben. Aber er konnte ihr die Leidenschaft schenken, die sie suchte und auf eine so wunderbare Weise annahm. Er zog ihr die seidene Hose aus und beobachtete, wie sie aufreizend über Maddys Hüfte glitt. Der winzige Stoffstreifen, den sie darunter trug, folgte. Und auf einmal, ohne Übergang, wurde Roy nur noch beherrscht von seinem Begehren nach ihr, nach allem, was sie war und bot. Auf diese Art von Leidenschaft, auf diese Kraft und Ungezügeltheit war er allerdings kaum vorbereitet. Maddy hatte ihm mit ihrer Natürlichkeit und Lebenslust diesen Weg bereitet und ganz tiefe Bedürfnisse in ihm erregt und freigesetzt.

Er vergaß seine beherrschte Zurückhaltung und presste seine Lippen mit einer fast schmerzenden Heftigkeit auf ihre. Die Bewegungen seiner Hände, bisher eher vorsichtig, wurden immer zügelloser und heftiger, bis Maddy sich unter ihm aufbäumte. Mit jeder Bewegung, jedem Stöhnen schlug sein Herz schneller und hämmerte in seinem Kopf einen Rhythmus, der irgendwie an ihren Namen erinnerte. Sie schlang die Beine um ihn, und er nahm sie. Er hörte ein verhaltenes Aufstöhnen, das sich tief aus ihr hervorbrach, bevor ihm selbst der Atem stockte.

Sie war so warm, so unglaublich weich und offen. Noch einmal bemühte er sich um einen letzten Rest von Selbstkontrolle, als ihr Körper sich in einem ganz natürlichen und erotischen Rhythmus zu bewegen begann. Er bewegte sich mit ihr und wollte dabei beobachten, wie sie ihn in sich empfand. In ihrem Gesicht spiegelte sich das reinste Entzücken wider, doch sie hielt die Augen offen und auf ihn gerichtet.

Sie zitterte, und ihre Finger verkrallten sich im Betttuch. Diese Kraft, diese Stärke. Nichts, was sie bisher erlebt hatte, konnte hiermit verglichen werden. Sie könnte auf alles andere ohne Bedauern verzichten. Hier könnte sie ewig bleiben, während die Jahrhunderte draußen vorbeiflogen.

Dann pressten sie sich heftig aneinander, als der Sturm sie mit sich riss. Ihre Körper spannten sich an und bebten, bevor die

Entspannung in Wogen eines unbeschreiblichen Glücksgefühls kam.

Maddy hatte den Mond und die Sterne angenommen, die er ihr anbot. Sie schlang die Arme um ihn und wusste, sie würde warten, bis er selbst sich ihr genauso anbot.

Als Roy erwachte, war Maddy fort. Es war ein schmerzliches Gefühl von Verlust, als er sich auf die Seite drehte, wo sie geschlafen hatte, und das Bett neben sich leer fand. Aus der Stereoanlage drüben, die nicht ausgeschaltet worden war, klangen die Sonntagmorgennachrichten herüber, während er sich wieder zurücklegte und dem Gefühl der Leere auf den Grund ging.

Warum sollte er sich leer fühlen? Er hatte eine aufregende Nacht mit einer aufregenden Frau verbracht, die nun wieder ihrer Wege ging. Das war es doch, was er gewollt hatte. So waren die Regeln dieses Spiels. In der Nacht hatten sie sich gegenseitig Wärme und Leidenschaft geschenkt. Jetzt hatte ein neuer Tag begonnen, und es war vorbei. Er sollte doch dankbar dafür sein, dass sie es so leicht nahm, dass sie sogar ohne ein Auf Wiedersehen gehen konnte.

Warum sollte er sich leer fühlen? Er konnte sich ein Gefühl des Bedauerns darüber nicht leisten, dass Maddy ihn jetzt nicht schläfrig anlächelte und sich an ihn kuschelte. Er wusste doch, wie flüchtig und brüchig Beziehungen tatsächlich waren. Er sollte ihr dankbar dafür sein, dass sie ihm durch ihr Verhalten deutlich zu verstehen gab, dass zwischen ihnen in der Nacht nichts anderes als gegenseitige körperliche Befriedigung abgelaufen war. Es waren keine Versprechungen gegeben und keine verlangt worden, es waren nur ein paar Stunden sinnlicher Lust gewesen, die keine Entschuldigungen oder Erklärungen verlangten.

Warum sollte er sich leer fühlen?

Weil sie gegangen war und er sie halten wollte.

Mit einem Fluch richtete Roy sich auf. Als er sich mit der Hand durchs Haar fuhr, fiel sein Blick auf die pinkfarbene Seide neben dem Bett.

Aber sie war doch gegangen …? Roy warf die Decke zur Seite und hob die Hose auf, die er in der letzten Nacht Maddy ausgezogen hatte. Selbst Maddy konnte ohne sie nicht weit kommen. Er hielt die Hose immer noch in der Hand, als er das Geräusch einer Tür hörte. Er warf die Hose über die Stuhllehne und zog sich einen Bademantel über.

Er traf sie in der Küche.

„Maddy?"

Sie stieß einen unterdrückten Schrei aus und schnellte herum. „Roy." Eine Hand auf ihr Herz gelegt, schloss sie einen Moment lang die Augen. „Du hast mich zu Tode erschreckt. Ich dachte, du schläfst."

Und er hatte gedacht, sie sei gegangen. „Was machst du?"

„Ich habe uns etwas zum Frühstück besorgt."

Er fühlte sich nicht mehr leer. Doch mit der Freude stieg in ihm auch wieder seine misstrauische Vorsicht auf. „Ich dachte, du wärst schon gegangen."

„Red keinen Unsinn. Ich würde doch nicht einfach so weggehen." Sie fuhr sich mit den Fingern durchs Haar, das heute Morgen noch keinen Kamm gesehen hatte.

„Maddy." Er trat einen Schritt auf sie zu, als er überhaupt erst ihre Aufmachung bemerkte. „Was hast du eigentlich an?"

„Gefällt's dir?" Lächelnd fasste sie den Saum seines Hemdes und drehte sich. „Du hast einen ausgezeichneten Geschmack."

In dem Hemd von ihm sah sie lächerlich attraktiv aus. „Ist das eine meiner Krawatten?"

Sie presste die Lippen aufeinander, um nicht auflachen zu müssen, während sie mit dem schwarzen Seidenschlips spielte, den sie als Gürtel benutzt hatte. „Tut mir leid, ich habe nichts anderes gefunden. Mach dir keine Sorgen, ich kann ihn wieder bügeln."

Ihre Beine waren lang und nackt. Kopfschüttelnd betrachtete er sie erneut. „So bist du hinausgegangen?"

„Niemand hat sich nach mir umgedreht", versicherte sie ihm und schien es selbst zu glauben. „Aber ich sterbe vor Hunger." Sie legte ihm die Arme um den Hals und küsste ihn, mit einer ganz natürlichen Zuneigung, die seinen Puls antrieb. „Geh wieder ins Bett. In einer Minute bringe ich das Frühstück."

Maddy ist nicht gegangen, dachte Roy, als er es sich wieder im Bett bequem gemacht hatte. Sie war hier, in seiner Küche und bereitete das Frühstück zu, als sei es das Natürlichste der Welt. Es gefiel ihm. Es beunruhigte ihn. Er fragte sich, wie er sich ihr gegenüber verhalten sollte.

„Ich habe noch eine zusätzliche Portion Schlagsahne besorgt", meinte Maddy, als sie mit einem Tablett hereinkam, sich Roy gegenüber aufs Bett setzte und das Tablett zwischen sie stellte.

Roy starrte entsetzt und amüsiert zugleich auf das sogenannte Frühstück. „Was ist das?"

„Eisbecher." Sie nahm mit dem Zeigefinger etwas von dem Berg Schlagsahne und ließ sie genüsslich auf der Zunge zergehen. „Mit Erdbeeren."

„Fruchtbecher? Zum Frühstück? Ist das dieselbe Maddy O'Hara, die sich laufend wegen der Kalorien Sorgen macht?"

„Eis ist ein Milchprodukt." Sie reichte ihm einen Löffel. „Und die Erdbeeren sind frisch. Was willst du mehr?"

„Eier mit Schinken."

„Zu viel Fett und Cholesterin – außerdem schmeckt es nicht so gut. Wie dem auch sei, ich feiere."

„Was feiern?"

Ihre Blicke trafen sich. Dann schien sie zu seufzen. Wusste er es nicht? Wie sollte sie es dann erklären? „Du siehst wunderbar aus. Ich fühle mich wunderbar. Es ist Sonntag und die Sonne scheint. Das sollte doch reichen." Sie fischte eine Erdbeere aus Roys Becher und hielt sie ihm hin. „Genieß es. Das Leben steckt voller Gefahren."

Er nahm die Erdbeere in den Mund und spürte Maddys Fingerspitzen zwischen den Lippen. „Und ich dachte, du ernährst dich von Sojasprossen und Weizenkeimen."

„Tu ich auch meistens. Darum ist das jetzt auch so großartig." Sie nahm einen Löffel voll Eiscreme und ließ sie langsam und voller Genuss auf der Zunge zergehen. „Normalerweise jogge ich sonntagmorgens."

„Joggen?"

„Aber nur fünf bis sechs Kilometer."

„Nur."

Sie leckte ihren Löffel ab. „Aber heute will ich einfach nur genießen."

Er strich ihr übers Kinn. „Wirklich?"

„Genuss total. Morgen werde ich dafür zahlen müssen, also muss es gut sein."

„Beabsichtigst du, hierzubleiben und dich dekadent zu geben?"

„Es sei denn, du ziehst es vor, ich gehe."

Er verschränkte seine Finger mit ihren, eine Geste, die ihn selbst überraschte. „Ich will nicht, dass du gehst."

Ein Lächeln erhellte ihr Gesicht. „Ich kann sehr dekadent sein."

„Darauf zähle ich."

Maddy fuhr mit dem Finger durch die Schlagsahne und leckte ihn langsam, aufreizend langsam, ab. „Du könntest schockiert sein." Als sie den Finger wieder in die Schlagsahne tauchte, ergriff Roy ihr Handgelenk und brachte den Finger mit der Sahne in seinen Mund.

„Meinst du?" Er spürte, wie ihr Pulsschlag sich erhöhte, als er leicht an der Fingerspitze saugte. „Warum lassen wir es nicht einfach darauf ankommen?" Er nahm das Tablett und stellte es neben das Bett. Als er Maddy wieder ansah, waren ihre Augen riesig. „Du hast mich übrigens nicht gefragt, ob du mein Hemd ausleihen darfst, Maddy."

Sofort war der Schalk wieder in ihren Augen, doch sie antwortete ganz ernsthaft. „Nein, tatsächlich. Das war ungehörig."

„Ich will es zurück." Er zog Maddy an sich. „Jetzt."

„Jetzt?" Eine Woge erwartungsvoller Wärme durchfuhr ihren Körper. „Willst du auch die Krawatte?"

„Natürlich."

„Ich muss zugeben, du hast ein Anrecht darauf", entgegnete sie halblaut. Sie löste den Knoten und reichte ihm die Krawatte. Dann knöpfte sie langsam das Hemd auf, wobei sie den Blick fest auf Roy gerichtet hielt. Als sie es von ihren Schultern gleiten ließ, lächelte sie. Ganz unbefangen kniete sie mitten auf dem Bett, von Sonnenstrahlen beschienen. Das Hemd hielt sie ihm am Kragen hin.

„Das gehört dir."

Er stieß das Hemd beiseite, erhob sich ebenfalls auf die Knie und umfasste ihre Schultern. „Mir gefällt das, was es verborgen hat, viel mehr." Er küsste ihr Kinn und ließ die Hände an ihrem Körper hinuntergleiten. „Du hast einen unglaublichen Körper. Hart, weich, fest, geschmeidig, biegsam." Er hielt sie auf Armeslänge von sich, um sie anzusehen. „Ich frage mich … Maddy, was trägst du da?"

„Was?" Ein wenig verwirrt folgte sie seinem Blick hinunter. „Oh, das ist ein Höschen – zugegeben, ein sehr knappes."

Sein Blick verriet sowohl Amüsiertheit als auch Befremdung. „Es drängt sich die Frage auf, ob du deine Rolle als die Fröhliche Witwe nicht etwas zu ernst nimmst."

„Bei meinem Strip nur allein für dich hast du das nicht gesagt", wies sie ihn zurecht, dann schlang sie die Arme um seinen Nacken. „Diese winzigen Höschen habe ich entdeckt, als ich mich auf die Rolle vorbereitet habe."

„Vorbereitet?" Er küsste sie. „Und was genau heißt das?"

„Genau das, was du jetzt denkst. Ich kann doch nicht eine solche Rolle übernehmen, ohne mich vorher etwas umgesehen zu haben."

„Du bist in Striplokale gegangen?" Zwischen Aufgebrachtheit und Frustration hin und her gerissen, umfasste er fest ihr Kinn. „Bist du verrückt? Weißt du auch, was an solchen Orten alles passieren kann?"

„Hast du viel Erfahrung gesammelt?"

„Ja … nein. Verdammt! Maddy, lenk jetzt nicht vom Thema ab!"

Sie lächelte ihn strahlend an. „Roy, ich musste etwas über Mary kennenlernen. Die beste Möglichkeit war, mit Strippern zu reden. Ich habe einige wirklich faszinierende Leute erlebt. Eine nannte sich Lotta Oomph."

„Lotta …“

„Oomph“, beendete Maddy. „Ihr Tick war diese Art von Höschen aus weichem Leder. Sie hatte fünf davon und …“

„Ich glaube nicht, dass ich das hören will. Maddy, du bist verrückt, wenn du dich an solchen Orten aufhältst.“

„Nun hör aber auf. Ich habe schon mit zwölf an Orten gearbeitet, die sich von denen nicht sehr unterscheiden. Es ist alles nur Einbildung, Roy. Das sind zum großen Teil nichts anderes als Menschen, die hart für ihren Lebensunterhalt arbeiten müssen. Und die Gespräche mit einigen der Frauen haben mir wirklich geholfen, Mary besser verstehen zu können.“

„Mary ist eine Fantasiegestalt“, verbesserte er sie. „Was sich an diesen Orten abspielt – nur abspielen kann –, ist harte Wirklichkeit.“

„Ich weiß selbst, wie die Wirklichkeit ist, Roy. Ich sage ja auch nicht, dass Strippen ein bewundernswerter Beruf ist. Aber die meisten Leute, mit denen ich gesprochen habe, haben eine ganze Menge Ehrgeiz in ihre Tätigkeit gesteckt.“

„Ich will mich gar nicht über Moralvorstellungen oder die gesellschaftliche Bedeutung solcher exotischer Tanznummern auslassen, Maddy. Mir gefällt einfach nur die Vorstellung nicht, dass du in solche Lokale gehst.“

„Ich habe ja auch nicht vor, daraus eine Gewohnheit werden zu lassen.“ Sie senkte den Blick und malte mit einem Finger Linien auf seine Brust. „Aber Lotta würde ich gern wiedersehen.“

„Maddy!“

Sie blickte auf, und in ihren Augen blitzte der Schalk. „Sie steckte wirklich voller Überraschungen.“

„So wie du.“ Er strich ihr mit der Hand über die Hüfte, wo das dünne Band ihres Höschens verlief. „Und welche Bedeutung hat das?“

„Bequemlichkeit.“ Sie kitzelte mit dem Mund sein Ohrläppchen. „Jede Frau in Amerika sollte solche Höschen tragen.“

„Trägst du sie immer?“

„Mmm. Unter Straßenkleidung.“

„Als wir uns die Ausstellung über viktorianische Architektur angesehen haben, da hast du diese weiten Kakihosen getragen, die wie aus einem Army-Laden aussahen."

„Sie waren aus einem Army-Laden."

„Hattest du darunter auch eins von diesen an?"

„Mmm."

„Hast du eine Ahnung davon, was geschehen wäre, wenn ich es gewusst hätte?"

Glücklich rieb sie ihre Wange an seiner. „Was?"

„Direkt dort, vor dem Modell von Königin Victorias Sommerresidenz?"

Sie unterdrückte ihr Lachen. „Was?"

„Mit der vierköpfigen Familie aus New Jersey direkt hinter uns?"

Sie schlang die Arme um ihn. „Vielleicht können wir jenen Nachmittag noch einmal durchspielen."

„Aussichtslos." Er barg sein Gesicht an ihrem Hals.

Es erstaunte ihn, dass ihm nach Lachen zumute war, obwohl er eine nackte Frau bei sich hatte. Körperliche Liebe war eine ernsthafte Angelegenheit, die viel Umsicht und Sorgfalt erforderte. Er war schließlich kein Teenager, der sich auf dem Rücksitz eines Autos in einer dunklen Straße vergnügte. Er war ein erwachsener Mann, erfahren, weltklug.

Doch als er mit Maddy auf dem Bett herumrollte, war das Lachen da. Es war da, als er sie fest an sich zog, als sie sich an ihn schmiegte, als er sie berührte und sie sich ihm öffnete. Seine Lust, seine Freude an ihr war so groß, so ausufernd, dass Lachen die einzige Antwort darauf war. Und später, nicht sehr viel später, als das Lachen in Stöhnen überging, war die Freude nicht getrübt.

Es war so viel Liebe in ihr. Maddy wunderte sich, dass sie nicht ausbrach und den Raum erleuchtete. Roy war so wunderbar, so zärtlich, so vollkommen. Und voller Begehren nach ihr. Wenn sie ihm nicht schon ihr Herz geschenkt hätte, würde es ihm jetzt zufliegen.

Wie hatte sie denn wissen können, dass es so viel zu entdecken gab? So viel Lust, so viele körperliche Empfindungen. So freigiebig hatte sie sich noch keinem anderen Mann gezeigt, doch mit Roy war es ganz einfach.

Sie kannte ihren Körper genau, seine Stärken, seine Schwächen. Wie merkwürdig war es zu entdecken, dass sie über die Bedürfnisse ihres Körpers so wenig gewusst hatte. Als Roys Mund sich um ihre Brustspitzen schloss, verstärkten sich ungeahnte Empfindungen in ihr: Lust, Qual, Verzweiflung. Eine Bewegung seiner Hand ihren Schenkel hinunter löste einen Schauer durch ihren Körper aus. Die zärtliche Berührung seiner Lippen an ihrem Hals ließ sie aufstöhnen. Ihr Körper, den sie einer überstrengen Disziplin unterwarf, wurde eine unendliche Tiefe an Lust, Verwirrung, Erregung, wenn Roy sie zärtlich und fordernd an sich drückte.

Wenn sie ihn berührte, wurde sie schwach. Wenn sie ihre Hände über seinen Körper gleiten ließ, fühlte sie es bis ins Innerste ihrer Seele. Roy gehörte ihr. Sie redete sich ein, es sei gleichgültig, dass es nur für den Moment war. Er gehörte ihr, solange sie Körper an Körper, Mund an Mund waren.

Er begehrte sie. Sie spürte die Woge der Erregung in seinem Körper. Wenn er, und sei es auch nur für einen kurzen Augenblick, die Fesseln lösen könnte, die er um seine Gefühle gelegt hatte, könnte er sie lieben. Das wusste sie. Wenn er sie hielt, dann verriet er mehr als Leidenschaft, mehr als Lust. Da war noch etwas viel Tieferes. Wenn seine Lippen ihre berührten, wenn er den Kuss langsam vertiefte, bis sie sich beide in ihm verloren, dann wusste sie, dass er kurz davor war, ihr zu geben, was sie ihm so verzweifelt selbst geben wollte.

Liebe. Sie wollte ihm sagen, wie wunderbar es sei, sich fest aneinander gebunden fühlen zu können. Sie wollte in ihm eine schwache Ahnung wecken, von dem Gefühl, jemanden zu haben, der zu einem gehört, jemand, der immer für einen da sein würde.

Seine Haut war heiß und feucht. Die Zärtlichkeit verlor sich mit der Steigerung seiner Erregung. Sie war wild, hungrig, voller Leben. Ihre Energie schien grenzenlos und brachte ihn weiter und weiter, bis an die Grenze seiner Selbstkontrolle.

Die Stereoanlage plärrte weiter. Draußen stieg die Hitze des Tages hoch. Es zählte nicht. Nichts zählte – außer ihnen und was sie sich geben konnten.

Sie rollte sich auf ihn und hielt ihn mit Armen und Beinen fest umschlungen. Sie fühlte nur noch den Drang, ihn ganz in sich aufzunehmen. Als sie sich dann aufzulösen schienen und sich dann langsam wieder fanden, waren sie immer noch zusammen.

Schwach, erschöpft und strahlend schmiegte sich Maddy an Roy. Ihre Haut war feucht und schien ganz natürlich mit seiner zu verschmelzen. Sie hörte seinen Herzschlag durch die dumpfe Benommenheit in ihrem Kopf hindurch. Als Roy über ihren Rücken strich, schloss sie die Augen und lieferte sich ihm ganz aus.

„Oh Roy, ich liebe dich."

Zunächst war Maddy zu sehr in ihrem eigenen Glückstraum gefangen, um zu bemerken, wie Roy sich unter ihr versteifte. Die Realität war noch zu weit entfernt, als dass sie die plötzliche Anspannung seiner Finger auf ihrem Rücken wahrnahm. Aber allmählich wurde ihr Kopf klar. Maddy hielt noch einen Augenblick die Augen geschlossen. Die Worte waren gesagt, sie konnten nicht wieder zurückgenommen werden.

„Es tut mir leid." Sie holte tief Luft und sah ihn an. Seine Miene war verschlossen. Obwohl sie körperlich noch beisammenlagen, hatte er sich innerlich schon entfernt. „Es tut mir leid, weil du es nicht hören willst."

Roy sagte sich, dass die Gefühlsaufwallung in ihm Bedauern sei, nicht Hoffnung. „Maddy, ich bin an Phrasen nicht interessiert."

„Phrasen." Sie schüttelte den Kopf. „Hältst du ‚Ich liebe dich' für eine Phrase?"

„Für was denn sonst?" Er umfasste ihre Schultern und richtete sich mit ihr zusammen auf. „Maddy, lass uns das Gute an unserer Beziehung nicht mit bequemen Lügen bemänteln."

Was sie hinunterschluckte, war nicht Bitterkeit, sondern Verletztheit. „Ich habe nicht gelogen, Roy."

Etwas rührte sich tief in ihm, etwas, das ihn warm überflutete. Er erkannte es nicht als eine Aufwallung von Hoffnung, bevor er es wieder zurückdrängte. „Dann hast du es dir eben eingebildet."

Ihre Stimme war ruhig, wenn auch nicht ganz fest, als sie sprach. „Du kannst es nicht glauben, dass ich dich lieben könnte, habe ich recht?"

„Liebe ist nur ein Wort." Er rollte sich aus dem Bett und griff wieder nach seinem Bademantel. „Es gibt sie, natürlich. Zwischen Vater und Sohn, Mutter und Tochter, Bruder und Schwester. Doch zwischen Mann und Frau gibt es Anziehung, Verliebtheit, sogar Besessenheit. Das kommt und geht, Maddy."

Bewegungslos starrte sie ihn an. „Das glaubst du nicht wirklich."

„Ich weiß es." Er fiel ihr so heftig ins Wort, dass sie zusammenzuckte. Sofort bedauerte er seine Heftigkeit, doch er schluckte das Bedauern hinunter. „Menschen kommen zusammen, weil sie etwas voneinander wollen. Sie bleiben zusammen, bis sie es erreicht haben. Während sie zusammen sind, machen sie Versprechungen, die sie nicht einzuhalten beabsichtigen, und sagen Dinge, die sie nicht meinen. Das wird allgemein so erwartet. Ich habe keine Erwartungen."

Maddy war plötzlich kalt, und sie zog die Decke hoch. Auf Roy machte sie einen schrecklich jungen, kleinen und verletzbaren Eindruck. „Ich habe noch nie einem Mann gesagt, dass ich ihn liebe. Aber das zählt wohl nicht."

Er durfte es nicht dazu kommen lassen. Und er fand keinen Weg, es ihr zu erklären. „Ich will solche Worte nicht, Maddy." Er trat ans Fenster und drehte ihr den Rücken zu. Er sagte nur die Wahrheit. „Ich kann sie nicht zurückgeben."

„Ich frage mich, warum." Entschlossen, nicht zu weinen, legte sie ganz kurz die Hände über die Augen. „Was hast du erlebt, dass du deine Gefühle verschließen musst, Roy? Warum willst du dich auf nichts einlassen? Ich habe gesagt, ich liebe dich." Ihre Stimme hob sich, als sie es zuließ, dass Ärger ihren Schmerz übermannte. „Ich schäme mich deswegen nicht. Ich habe es nicht gesagt, um dich zu irgendwelchen großartigen Erklärungen zu drängen. Es ist einfach nur die Wahrheit. Du hältst Ausschau nach Lügen, wo es keine gibt."

Du verlierst nicht die Beherrschung, ermahnte sie sich und atmete langsam ein und wieder aus. Aber sie war noch nicht fertig. Sie waren noch nicht fertig.

„Willst du mir weismachen, du hättest soeben nichts gefühlt? Bist du wirklich der Meinung, wir hätten Sex gehabt und nichts mehr?"

Er drehte sich mit einem ausdruckslosen Gesicht um. Der Kampf spielte sich ausschließlich in seinem Innern ab. „Es tut mir leid, ich kann dir nicht mehr bieten. Nimm es oder lass es, Maddy."

Ihre Finger verkrampften sich um die Decke, doch sie nickte. „Ich verstehe."

„Ich brauche einen Kaffee." Er drehte sich auf dem Absatz um und ließ sie allein.

Warum hatte er das Gefühl, als ob alles, was er gesagt hatte, die Gedanken eines anderen, die Worte eines anderen seien? Was war mit ihm los? Roy stellte heftig den Kessel auf die Herdplatte. Als sie ihm gesagt hatte, sie liebe ihn, hatte ein Teil von ihm darauf gehofft und ihr geglaubt.

Durch sie wurde er zum Narren. Das musste ein Ende haben. Er hatte doch das überzeugende Beispiel gesehen, wie es einem Mann erging, der einer Frau vertraute und ihr sein Leben verschrieb. Roy hatte sich geschworen, selbst nie in den gleichen Fehler zu verfallen. Maddy konnte daran nichts ändern. Er durfte es nicht zulassen.

Sie könnte tatsächlich glauben, dass sie ihn liebte. Es würde nicht lange dauern, bis sie es widerrief. Und in der Zwischenzeit mussten sie einfach nur vorsichtig weitermachen und sich an die Regeln halten.

Er hörte, wie die Eingangstür geöffnet und wieder geschlossen wurde. Eine lange Zeit verharrte Roy bewegungslos. Selbst als das Wasser im Kessel kochte, stand er einfach nur da. Er wusste, dieses Mal war sie tatsächlich gegangen. Und er fühlte sich entsetzlich leer.

*M*ir ist es egal, ob du ein gebrochenes Herz auskurieren musst. Du gehst heute Abend zu der Party." Wanda zog das mit den Augen übersäte ehemalige Sweatshirt von Maddy über und betrachtete das Ergebnis kritisch.

„Ich habe gesagt, ich bin müde und nicht in der Stimmung für eine Party."

„Und ich habe gesagt, du schmollst."

Mit gerunzelter Stirn zog sich Maddy ihren zweiten Schuh an. Sie war genau in der richtigen Stimmung für eine Auseinandersetzung. „Ich schmolle nicht."

Wanda ließ sich neben sie auf die Bank fallen. „Du bist Weltmeister im Schmollen."

„Fordere es nicht heraus, Wanda. Ich bin in einer bissigen Stimmung."

Wanda bezweifelte, dass Maddy bissig sein konnte, selbst wenn sie Nachhilfestunden darin nehmen würde. „Maddy, wenn du nicht darüber reden willst, was für ein Schuft dein Freund ist, dann ist es in Ordnung."

„Er ist nicht mein Freund."

„Wer ist nicht dein Freund?"

„Er. Er ist nicht mein Freund", stieß sie frustriert aus. „Ich habe überhaupt keinen Freund, ich will keinen Freund. Und darum, wer immer Er auch ist, kann er nicht mein Freund sein."

Wanda betrachtete prüfend den neuen Rotton auf ihren Nägeln. „Aber er ist ein Schuft."

„Ich habe nicht gesagt …" Sie fand zu ihrem Humor zurück und lächelte. „Ja, er ist ein Schuft."

„Schätzchen, das sind sie alle. Der springende Punkt ist nur, Mr Valentine senior schmeißt diese Party für uns, da kann der Star der Show nicht einfach nach Hause gehen und sich in die Wanne legen."

„Das wollte ich auch nicht." Sorgfältig schnürte sich Maddy den Schuh zu. „Ich wollte mich ins Bett legen."

Wanda beobachtete, wie Maddy den zweiten Schuh verschnürte. „Wenn du nicht kommst, erzähle ich allen von der Truppe, dass du dir zu fein dazu bist, mit uns zu feiern."

Verächtlich stieß Maddy die Luft durch die Nase. „Wer würde dir glauben?"

„Alle. Weil du nicht da bist."

Maddy stand abrupt von der Bank auf und fuhr sich heftig mit der Bürste durchs Haar. „Warum gibst du nicht einfach Ruhe, Wanda?"

„Weil mir dein Gesicht gefällt."

Wanda reagierte nur mit einem verschmitzten Grinsen, als Maddy sie finster anblickte. „Ich bin zu müde, um hinzugehen, das ist alles."

„Blödsinn. Ich habe jetzt wochenlang mit dir geprobt. Du wirst nicht müde."

Maddy ließ die Bürste ins Waschbecken fallen. Im Spiegel traf ihr Blick auf Wandas. „Heute Abend bin ich müde."

„Heute Abend schmollst du."

„Ich …" Ja, gab sie im Stillen zu. „Er wird da sein", brach es aus ihr heraus. „Ich … ich glaube einfach nicht, dass ich damit klarkomme."

Der übermütige Ausdruck auf Wandas Gesicht wurde durch Mitgefühl ersetzt. Sie erhob sich und legte einen Arm um Maddys Schulter. „Hat dich hart getroffen?"

„Ja." Maddy presste die Finger gegen die Nasenwurzel neben den Augen. „Sehr schlimm."

„Und hast du dich schon ausgeweint?"

„Nein." Sie schüttelte den Kopf und kämpfte um ihre Selbstbeherrschung. „Ich wollte mich nicht noch mehr zum Narren machen, als ich mich schon gemacht habe."

„Du bist ein Narr, wenn du es nicht herausweinst." Wanda zog Maddy zurück zur Bank. „Setz dich und leg den Kopf an Wandas Schulter."

„Ich hätte nicht gedacht, dass es so schmerzen kann", brachte Maddy mühsam heraus, als die ersten Tränen kamen.

„Wer tut das schon", entgegnete Wanda ruhig und tätschelte

Maddys Arm. „Wenn wir immer wüssten, wie schlimm es sein kann, würden wir uns einem Mann doch keine drei Meter weit mehr nähern. Doch wir kehren immer wieder zu ihnen zurück, weil es manchmal das Beste ist, was es gibt."

„Es stinkt."

„Zum Himmel hinauf."

„Er ist es doch nicht wert, dass man wegen ihm weint."

„Keiner von ihnen – außer natürlich wegen dem Richtigen."

„Ich liebe ihn, Wanda."

Wanda beugte sich etwas zurück, um Maddys Gesicht genau sehen zu können. „So richtig?"

„Ja." Sie machte sich nicht die Mühe, die Tränen wegzuwischen. „Nur liebt er mich nicht wider. Er will nicht einmal, dass ich ihn liebe. Irgendwie habe ich früher immer gedacht, wenn es mich einmal erwischt, dann erwischt es den anderen genauso, und so würde es glücklich und zufrieden weiterlaufen. Roy glaubt nicht einmal, dass Liebe existiert."

„Das ist sein Problem."

„Nein, es ist auch meines, weil ich Tag für Tag versucht habe, über ihn hinwegzukommen, und es gelingt mir nicht." Sie holte tief Luft. Es würde jetzt keine Tränen mehr geben. „Jetzt verstehst du also, warum ich heute Abend nicht kommen kann."

„Zum Teufel, nein. Ich verstehe, warum du kommen musst."

„Wanda …"

„Schau, Schätzchen, du kannst nach Hause gehen und den Kopf in den Sand stecken, und du wirst dich morgen genauso fühlen." Als sie weitersprach, lag eine Härte in ihrer Stimme, die Maddys Rückgrat stärkte. „Was würdest du tun, wenn dein Publikum keine Reaktion zeigt und vor dir wie eine Versammlung von Mumien sitzt?"

„Am liebsten würde ich dann zurück in meine Garderobe flüchten."

„Aber was würdest du tun?"

Seufzend fuhr sich Maddy mit den Händen über ihr tränenfeuchtes Gesicht. „Ich bleibe auf der Bühne und schwitze es aus."

„Und genau das musst du heute Abend tun. Und wenn ich auch nur etwas von Männern verstehe, dann wird er selbst ins Schwitzen geraten. Ich habe gesehen, wie er dich beobachtet hat, als er mit seinem Vater zur Probe gekommen ist. Und jetzt los. Wir müssen uns umziehen.“

Maddy wappnete sich für das Wiedersehen mit Roy in der gleichen Art, wie sie sich wappnete, vor ihr Publikum zu treten. Sie erinnerte sich daran, dass sie ihren Text kannte, ihre Bewegungen kannte, und wenn sie einen Fehler machte, würde sie ihn ausgebügelt haben, bevor es auch nur jemand bemerken könnte. Sie wählte ein trägerloses Kleid, das ihre Hüften betonte, sich aufreizend an ihren Körper schmiegte und an der Seite bis zur Mitte des Schenkels aufgeschlitzt war. Sollte sie durchfallen, dann wollte sie dabei wenigstens großartig aussehen.

Doch vor Edwin Valentines eindrucksvoller Haustür musste sie doch allen Mut zusammennehmen. Dann hob sie entschlossen den Kopf. Sie war darauf vorbereitet, Roy zu begegnen. Sie war darauf vorbereitet, sich unbeteiligt und kühl zurückhaltend zu geben.

Das Einzige, worauf sie nicht vorbereitet war, war die Möglichkeit, Roy könne selbst die Tür öffnen. So starrte sie ihn an und wunderte sich nur darüber, wie viele Gefühle in einem Menschen auflodern können.

Er wunderte sich, warum der gläserne Türgriff nicht einfach zerbrach, so fest hielt er ihn umfasst.

„Hallo, Maddy.“

„Roy.“ Sie lächelte nicht. Das war jetzt einfach noch nicht möglich. Aber sie würde auch nicht gleich zu seinen Füßen zusammenbrechen. „Ich hoffe, ich bin nicht zu früh.“

„Nein, mein Vater erwartet dich schon ungeduldig.“

„Dann will ich ihn gleich begrüßen.“ Von hinten, aus der Halle, klang der Ton einer Trompete zu ihnen herüber. „Ich nehme an, die Party ist dort.“ Sie trat an ihm vorbei, ignorierte den Druck in ihrem Magen.

„Maddy."

Sie nahm ihre Kräfte zusammen und warf einen möglichst gleichmütigen Blick zurück. „Ja?"

„Bist du ... Wie geht es dir?"

„Ich habe viel um die Ohren." An der Eingangstür hinter ihm klingelte es wieder. „Wie ich sehe, hast du alle Hände voll zu tun. Bis später." Wie benommen ging sie weiter.

Die Party war in vollem Gange. Maddy wurde sofort von guter Laune und Kameradschaftlichkeit umringt.

„Ich dachte schon, du wolltest dich drücken." Wanda, die sich mit einem der Musiker unterhalten hatte, ließ ihn einfach stehen und kam auf Maddy zu.

„Unsinn. Niemand soll eine O'Hara einen Feigling nennen können."

„Vielleicht hilft es dir, wenn du erfährst, dass der jüngere Valentine die Tür während der letzten halben Stunde nicht aus den Augen gelassen hat."

„Tatsächlich? Nein, es ist mir egal", verbesserte sie sich selbst schnell. „Holen wir uns einen Drink. Champagner?"

„Ja." Wanda nahm sich ein Glas Champagner und trank es in einem Zug leer. Als sie dann Maddy über die Schulter sah, kam plötzlich ein verräterischer Glanz in ihre Augen. „Dort ist Phil. Ich habe mich entschlossen, ihn dahin zu bringen, dass er mich von der Ernsthaftigkeit seiner Absichten überzeugen soll."

„Phil?" Interessiert musterte Maddy den Tänzer. „Und, will er?"

„Vielleicht, vielleicht nicht." Wanda nahm sich ein neues Glas Champagner. „Der Spaß liegt im Herausfinden."

Maddy wünschte, sie könnte ihr zustimmen. Sie wandte sich dem Büfett zu, um das sich Gruppen hungriger Tänzer scharten. Iss, trink und sei glücklich, verordnete sie sich selbst. Morgen sind wir auf dem Weg nach Philadelphia.

„Maddy."

Bevor sie zwischen Paté und Quiche wählen konnte, kam Edwin auf sie zu.

„Oh, Mr Valentine."

„Edwin", verbesserte er sie, nahm ihre Hand und küsste sie so galant, dass sie lächeln musste. „Sie müssen Edwin sagen und mir den versprochenen Tanz geben."

„Also Edwin, und den Tanz gebe ich Ihnen gern." Eine Hand auf seine Schulter gelegt, begleitete sie ihn auf die Tanzfläche. „Ich habe mit meinen Eltern gesprochen. Sie sind in New Orleans, aber sie werden zur Premiere nach Philadelphia kommen können. Ich habe gehofft, Sie würden auch kommen."

„Wissen Sie, Maddy, wenn man auf die sechzig zugeht, dann wird es Zeit, alles etwas langsamer anzugehen. Man hat es verdient. Man will sich dann nur noch entspannen und seine schwindenden Jahre genießen."

„Schwindende Jahre." Sie warf ihr Haar zurück und lächelte ihn schelmisch an. „Schauspieler."

Er lachte auf, und sie fragte sich, warum Roy nicht auch diese freundlichen, dunklen Augen geerbt hatte. „Ich brauche Jugend um mich, ihre Vitalität. Sehen Sie, durch Roy bleibe ich einfach jung. Für mich ist er nicht nur mein Sohn, sondern auch noch dazu mein bester Freund."

„Er liebt Sie sehr."

Etwas in ihrem Ton ließ ihn aufmerksam werden. „Ja, das tut er. Leider hat er sein Leben in den Dienst der Firma gestellt", fügte er seufzend hinzu. „Wahrscheinlich ist das ein Fehler."

„Er denkt nicht so."

„Nein? Da bin ich nicht so sicher. Nun, wie dem auch sei, bis zu dieser Show habe ich nicht gewusst, was ich mit meiner Zeit anfangen soll. Aber jetzt habe ich es wohl gefunden."

„Broadway-Fieber?"

„Genau." Er hatte gewusst, dass sie ihn verstehen würde. Er konnte nur hoffen, sie würde seinen Sohn genauso verstehen lernen. „Sobald dieses Musical läuft, mache ich mich auf die Jagd nach einem anderen. Ich denke, ich habe dafür auch eine Expertin gefunden, die ich um Rat fragen und der ich vertrauen kann."

Auf seinen fragenden Blick hin nickte sie langsam. „Wenn Sie im Finanziellen guter Engel spielen wollen, werde ich gerne Advocatus Diaboli für Sie sein."

„Ich wusste, dass ich auf Sie zählen kann. Aber erst einmal wollen wir Ihnen etwas zu essen besorgen."

Die bisher eher dezente Musik wurde flotter. Und bei einem Potpourri von Broadway-Hits zog Phil Wanda auf die Tanzfläche. Und kurz darauf wirbelten weitere Paare mit eindrucksvollen Tanzdarbietungen herum.

„Komm, Maddy." Terry ergriff ihre Hand. „Wir können sie alle in den Schatten stellen."

„Sicher", entgegnete Maddy ungerührt und wollte sich endlich am Büfett bedienen.

„Wir haben einen Ruf zu verteidigen. Erinnerst du dich noch an die Nummer aus ‚Within Reach'?"

„Das war die größte Pleite, die ich je erlebt habe."

„So? Nun gut, die Show war ein Reinfall", entgegnete er gleichmütig. „Aber unsere Tanznummern waren toll. Wir haben als Einzige gute Kritiken bekommen. Nun komm schon, Maddy, um der guten alten Zeiten willen."

Unfähig, ihm zu widerstehen, ließ Maddy sich vorwärtsziehen. Es war eine langsame, sinnliche Tanznummer, die perfektes Taktgefühl und vollkommene Körperbeherrschung verlangte. Die Routine war wieder da, als wäre das Stück heute Nachmittag und nicht vor vier Jahren geprobt worden. Es war, als ob eine abgelegte Akte aufgeschlagen würde und ihr Körper sich erinnerte.

„Vielleicht war es doch nicht eine solche Pleite", brachte sie schließlich atemlos hervor und lachte, einfach nur aus der Freude heraus.

„Baby, es war ein Volltreffer!" Er gab ihr einen freundschaftlichen Klaps auf den Po, als die Musik das Tempo änderte und andere Tänzer sie ablösten.

Roy beobachtete Maddy. Als ihr Blick von seinem angezogen wurde, spürte Maddy eine zusätzliche Hitzewelle, verbunden mit Sehnsüchten und Bedauern. Sie konnte nur an Flucht denken, wandte sich ab und ging hastig hinaus auf die Terrasse.

Die Luft war warm und schwül. Maddy lehnte sich ans Geländer und ließ die Hitze, die aus dem Boden hochstieg, die

Partygeräusche und das Leben der Stadt unter ihr auf sich wirken. Sie fand zu ihrem inneren Gleichgewicht zurück, das eigentlich ihr Wesen ausmachte. Sie durfte begehren, sie durfte wünschen, aber sie würde nicht bedauern.

Sie wusste, dass Roy hinter ihr auf die Terrasse getreten war, bevor er sprach. Es war falsch von ihr gewesen, ans Weglaufen zu denken, daran zu denken, sich in ihrem Apartment zu verkriechen. Sie konnte sich drehen und wenden, er war es immer noch, den sie wollte.

„Wenn du möchtest, dass ich gehe, dann sage es mir."

Typisch, dachte sie, mir die Entscheidung zu überlassen. Sie drehte sich um und sah ihn an. „Nein, natürlich nicht."

Er steckte die Hände in die Taschen und stellte sich vor das Geländer neben sie. „Ich habe dich vermisst."

„Das habe ich gehofft." Sie sah zum Sternenhimmel auf, zum vollen Mond. Zumindest hatte sie dies, um sich an etwas festzuhalten. „Ich habe mir vorgenommen, heute Abend sehr cool und sehr unbeschwert zu sein. Ich glaube, ich kann das nicht weiter aufrecht halten."

„Ich habe dich beobachtet, wie du mit meinem Vater getanzt hast, und weißt du, was mir dabei in den Sinn gekommen ist?" Als sie den Kopf schüttelte, streckte er die Hand aus, da er sie einfach berühren musste, und sei es auch nur eine Strähne ihres Haares. „Du hast noch nie mit mir getanzt."

Sie drehte sich ihm ein klein wenig zu, gerade genug, dass sie sein Profil betrachten konnte. „Du hast mich nie gefragt."

„Ich frage dich jetzt." Er hielt ihr die Hand hin und überließ damit die Entscheidung erneut ihr. Ohne nachdenken zu müssen, legte sie ihre Hand in seine. Sie traten aufeinander zu, bis sie nur ein Schattenbild auf dem Terrassenboden waren. „Als du letzte Woche gegangen bist, habe ich geglaubt, es sei nur zu unserem Besten."

„Das habe ich auch geglaubt."

Er streifte mit der Wange ihr Haar. „Es hat keinen einzigen Tag gegeben, an dem ich nicht an dich gedacht habe. Es hat keinen einzigen Tag gegeben, an dem ich dich nicht gewollt habe."

Langsam, um sofort auf einen möglichen Widerstand reagieren zu können, senkte er seinen Mund auf ihren. Ihre Lippen waren warm und einladend wie immer. Ihr Körper schmiegte sich an seinen, als sei ihrer für seinen und seiner für ihren gemacht. „Maddy, ich will, dass du zu mir zurückkommst."

„Ich will das auch." Sie strich ihm über die Wange. „Aber ich kann nicht."

Heftig umfasste er ihre Handgelenke. „Warum nicht?"

„Weil ich mich auf deine Bedingungen nicht einlassen kann, Roy. Ich kann nicht aufhören, dich zu lieben, und du lässt es nicht zu, dass ich dich liebe. Diesen Zustand ertrage ich nicht."

„Verdammt, Maddy, du verlangst mehr, als ich geben kann."

„Nein." Sie trat noch näher an ihn heran, und ihre Augen leuchteten und waren auf ihn gerichtet. „Ich verlange nicht mehr, als du geben kannst, oder mehr, als ich dir geben kann. Ich liebe dich, Roy. Wenn ich zu dir zurückkehrte, könnte ich mich nicht davor zurückhalten, es dir zu sagen. Und du könntest dich nicht davor zurückhalten, mir auszuweichen."

„Ich will dich bei mir haben." Verzweiflung klang aus seiner Stimme. „Reicht das denn nicht?"

„Ich weiß es nicht. Ich möchte ein Teil deines Lebens sein. Und ich möchte, dass du ein Teil meines Lebens bist."

„Ehe? Ist es das, was du willst?" Er wandte sich ab und lehnte sich ans Geländer. „Was zum Teufel ist Ehe, Maddy?"

„Eine gefühlsmäßige Bindung zwischen zwei Menschen, die sich gegenseitig versprechen, ihr Bestes zu geben."

„Im Guten und im Schlechten." Er drehte sich wieder um, doch sein Gesicht lag im Schatten, sodass sie nur seine Stimme hören konnte. „Und wie viele von ihnen haben Bestand?"

„Nur diejenigen, bei denen sich die Partner genügend bemühen, nehme ich an."

„Viele zerbrechen. Ehe bedeutet gar nichts. Es ist nichts weiter als ein Vertrag, der durch einen neuen Vertrag außer Kraft gesetzt werden kann und der vorher schon ein Dutzend Mal gebrochen worden ist."

„Roy, das kannst du doch nicht verallgemeinern."

„Wie viele glückliche Ehen kannst du aufzählen? Wie viele dauerhafte", verbesserte er sich selbst. „Vergiss das ‚glückliche'."

„Roy, das ist lächerlich. Ich …"

„… kann nicht einmal eine aufzählen?", vervollkommnete er den Satz.

Allmählich verlor sie die Geduld. „Natürlich kann ich das. Die Gianellis vom ersten Stock bei mir."

„Die, die sich laufend anschreien?"

„Sie schreien gerne. Es macht sie wahnsinnig glücklich zu schreien." Weil sie selbst zu schreien begonnen hatte, wandte sie sich abrupt von ihm ab und überlegte hart. „Verdammt, wenn du mich nicht so in die Ecke drängen würdest, würden mir noch andere Beispiele einfallen. Jimmy Steward ist mindestens hundertfünfzig Jahre verheiratet, und … Königin Elizabeth und Prinz Philipp scheinen eine passable Ehe zu führen. Und natürlich auch meine Eltern", fuhr sie fort und kam richtig in Schwung. „Sie sind schon ewig zusammen. Meine Großtante Jo war fünfundfünfzig Jahre lang verheiratet."

„Du musst ganz schön dabei überlegen, nicht wahr?" Er trat aus dem Schatten, und was sie in seinen Augen bemerkte, war Zynismus. „Du würdest es dir mit Ehen, die zerbrochen sind, leichter machen."

„Gut, würde ich. Aber man gibt noch lange nicht etwas auf, nur weil die Menschen, die damit zu tun haben, Fehler machen. Außerdem, ich habe dich nicht gebeten, mich zu heiraten, ich habe dich nur gebeten zu fühlen."

Er hielt sie fest, bevor sie wieder ins Haus stürmen konnte. „Willst du damit sagen, es ist nicht die Ehe, die du willst?"

Sie stand nun ganz dicht vor ihm. „Nein, das werde ich dir nicht sagen."

„Ich kann dir keine Ehe versprechen. Ich bewundere dich, als Frau und als Künstlerin. Ich fühle mich von dir angezogen … Ich brauche dich."

„All das ist wichtig, Roy, aber das ist nur genug für eine kleine Weile. Wenn ich mich nicht in dich verliebt hätte, könnten wir beide damit glücklich werden. Ich glaube nicht, dass ich das noch lange durchstehen kann." Sie drehte sich um und suchte am Geländer Halt. „Bitte, lass mich allein."

Und Roy sah keinen anderen Weg. Zu viele Widersprüchlichkeiten spürte er in sich selbst. Es gab zunächst einmal keine klaren Entscheidungen, also zog er sich zurück. „Wir sind noch nicht fertig. Ganz gleich, wie sehr wir uns auch das Gegenteil wünschen."

„Vielleicht nicht." Sie atmete tief ein. „Aber ich habe mich vor dir zum letzten Mal zum Narren gemacht. Lass mich jetzt allein."

Roy war noch nicht ganz weg, als Maddy bereits fest die Augen schloss. Sie würde nicht weinen. Sobald sie sich wieder einigermaßen in der Gewalt hatte, würde sie hineingehen, sich entschuldigen und nach Hause gehen.

„Maddy."

Als sie sich umdrehte, erkannte sie Edwin. Und sein Blick verriet ihr, dass sie sich nicht zu einem unbeschwerten Lächeln und irgendwelchen Ausflüchten zwingen musste.

„Es tut mir leid. Ich habe einen großen Teil mitbekommen, und Sie können zu Recht verärgert darüber sein. Aber Roy ist mein Sohn, und ich liebe ihn."

„Ich bin nicht verärgert." Sie fand, dass sie zu überhaupt keinem Gefühl mehr fähig sein konnte. „Ich muss jetzt gehen."

„Ich bringe Sie nach Hause."

„Nein, Sie haben Gäste." Sie wies nach innen. „Ich besorge mir ein Taxi."

„Die werden mich nicht einmal vermissen." Er trat auf sie zu und ergriff ihren Arm. „Ich möchte Sie gern nach Hause bringen, Maddy. Es gibt eine Geschichte, die Sie hören sollten."

Sie sprachen wenig auf dem Weg nach Hause. Edwin schien in Gedanken versunken zu sein. Und Maddy fand nicht wie sonst zu einem unbeschwerten, witzigen Gespräch.

„Ich mache einen Tee." Maddy hatte ihre Wohnungstür aufgeschlossen und ließ Edwin in ihrem beengten Wohnzimmer allein.

„Das passt zu Ihnen, Maddy", meinte er kurz darauf. „Gemütlich, hell und ehrlich." Über das Neonlicht musste er lächeln, während er in einem Sessel Platz nahm. „Ich werde Sie jetzt in Verlegenheit bringen und Ihnen sagen, wie sehr ich bewundere, was Sie aus Ihrem Leben gemacht haben."

„Sie bringen mich nicht in Verlegenheit. Ich höre es gern."

„Talent allein reicht nicht. Ich habe viele, viele talentierte Menschen erlebt, die wieder in Vergessenheit geraten sind, weil sie entweder nicht die Kraft oder nicht das Selbstbewusstsein hatten, um an die Spitze zu kommen. Sie haben es geschafft, und Sie haben es bisher nicht einmal wahrgenommen."

„Ich weiß nicht, ob ich an der Spitze stehe." Sie kam mit einem Tablett zu ihm. „Aber ich bin dort glücklich, wo ich bin."

„Das ist das Schöne daran, Maddy. Sie mögen es, wo Sie sind. Und Sie mögen sich." Er nahm die Tasse Tee, die sie ihm reichte. „Roy braucht Sie."

„Vielleicht auf einer gewissen Ebene." Sie trat ein wenig zurück. Es schmerzte zu sehr. „Ich habe erkannt, dass ich mehr als das brauche."

„Er auch, Maddy, er auch. Er auch, aber er ist zu eigensinnig und vielleicht auch zu verunsichert, um das zuzugeben."

„Ich verstehe nicht, warum. Ich verstehe nicht, warum er so …" Im Stillen fluchend, schnitt sie sich selbst das Wort ab. „Es tut mir leid."

„Das sollte es nicht. Ich glaube, ich kann es verstehen. Maddy, hat Roy jemals von seiner Mutter erzählt?"

„Nein. Das ist eins der Themen, die nicht angeschnitten werden dürfen."

„Sie haben ein Recht, es zu erfahren." Er seufzte und nahm einen Schluck Tee. Er würde jetzt unliebsame und schmerzliche Erinnerungen aufwühlen müssen. „Wenn ich mir nicht sicher wäre, dass Sie sich wirklich etwas aus Roy machen und dass Sie die Richtige für ihn sind, könnte ich Ihnen das nie erzählen."

„Edwin, Sie sollten mir nichts erzählen, wovon Roy nicht will, dass ich es erfahre."

„Ich erzähle es Ihnen, weil Roy Ihnen wichtig ist." Er stellte seine Tasse zurück und beugte sich vor. „Roys Mutter war eine faszinierende Frau. Bestimmt ist sie das immer noch, aber ich habe sie seit Jahren nicht mehr gesehen."

„Und Roy?"

„Nein, er weigert sich."

„Weigert sich, seine Mutter zu sehen? Wie kann er so etwas tun?"

„Wenn ich es erklärt habe, dann verstehen Sie es vielleicht." Seine Stimme klang auf einmal müde, und Maddy hatte Mitleid mit ihm.

„Ich habe Elaine geheiratet, als wir beide noch sehr jung waren. Ich hatte etwas geerbt, und sie wollte sich als Sängerin einen Namen machen, indem sie sich durch die Clubs arbeitete … Sie verstehen."

„Ja, natürlich."

„Sie hatte Talent, nichts Weltbewegendes, aber mit dem richtigen Manager hätte sie sich damit ein anständiges Auskommen schaffen können. Ich entschloss mich, dieser Manager für sie zu sein. Dann entschloss ich mich, sie zu heiraten. Ein oder zwei Jahre klappte auch alles. Sie war mir dankbar für das, was ich für ihre Karriere tat. Ich war dankbar, eine schöne Frau zu haben. Ich liebte sie, und ich habe hart für ihren Erfolg gearbeitet, weil es das war, was sie am meisten haben wollte. Doch irgendwann begann sich die Situation zu verändern. Elaine wurde ungeduldig."

Edwin setzte sich zurück, nahm einen Schluck Tee und sah sich dabei in Maddys Apartment um. „Sie war jung", fuhr er fort und wusste, dass das keine Entschuldigung war. „Sie wollte bessere Engagements und begann es mir zu verübeln, dass ich ihr bei der Garderobe und der Frisur Anweisungen gab. Sie glaubte allmählich, ich wollte sie zurückhalten, wollte sie benutzen, um meine eigene Karriere voranzubringen. Unsere Ehe lief immer schlechter. Und ich hatte mich schon fast damit abgefunden, sie zu beenden, als sie mir mitteilte, dass sie ein Kind bekommen würde."

Edwin schloss nachdenklich die Augen. „Elaine hatte nur ihren Erfolg im Sinn. Im Gegensatz zu mir wollte sie keine Kinder. Sie bekam Roy, wie ich glaube, nur aus Berechnung. Ich hatte ihr einen kleinen Plattenvertrag besorgt. Ihr Entschluss, bei mir zu bleiben und Roy zu bekommen, hatte in erster Linie etwas mit ihrer Karriere zu tun."

„Sie liebten sie noch?"

„Sie war mir nicht gleichgültig. Und dann war da Roy. Als er geboren wurde, fühlte ich mich, als wäre mir das größte Geschenk gemacht worden. Ein Sohn. Jemand, der mich liebte und mir meine Liebe zurückgab. Er war schön, ein wunderbares Baby, das sich zu einem wunderbaren Kind entwickelte. Mein Leben veränderte sich von dem Moment an, als er geboren wurde. Ich wollte ihm alles geben. Mein Leben hatte plötzlich so etwas wie einen Mittelpunkt. Einen Klienten oder einen Vertrag konnte ich verlieren, aber mein Sohn wäre immer da. Bevor ich weiterrede, will ich betonen, dass mir Roy immer nur Freude bereitet hat. Ich habe ihn nie als Verpflichtung oder Last empfunden!"

„Das brauchen Sie mir gar nicht zu sagen. Ich kann es sehen."

Er rieb sich die Schläfe, dann fuhr er fort. „Als er fünf war, hatte ich einen Unfall. Im Krankenhaus haben sie mich einer Menge Tests unterzogen." Seine Stimme hatte sich verändert. Maddy spannte sich innerlich an, ohne den Grund dafür zu wissen. „Eines der Nebenergebnisse dieser Tests war die Feststellung, dass ich zeugungsunfähig war."

Ihre Handfläche wurde feucht, und sie stellte die Teetasse zurück. „Ich verstehe nicht."

„Ich konnte keine Kinder haben." Offen und eindringlich sah er Maddy an. „Ich hätte niemals welche haben können."

Ihr war plötzlich kalt, und in ihrem Magen bildete sich ein Knoten. „Roy." Sie sagte nur ein Wort, doch es enthielt alle Fragen.

„Ich hatte ihn nicht gezeugt. Es war ein Schlag, den ich nicht beschreiben kann."

„Oh Edwin." Er hatte ihr ganzes Mitgefühl. Sie erhob sich und kniete sich, ohne zu überlegen, vor ihn.

„Ich habe es Elaine auf den Kopf zugesagt. Sie machte nicht einmal den Versuch zu lügen. Ich glaube, sie war der Lügen müde geworden. Unsere Ehe war kaputt, und sie hatte allmählich erkannt, dass sie nie groß als Künstlerin herauskommen würde. Es gab einen anderen Mann, einen, der sie im Stich gelassen hatte, als sie ihm von ihrer Schwangerschaft erzählte." Er atmete gepresst.

„Sie muss eine sehr unglückliche Frau gewesen sein."

„Nicht jeder findet leicht Zufriedenheit im Leben. Elaine war zu unruhig und immer auf der Suche. Als ich damals aus dem Krankenhaus entlassen wurde, war sie weg. Roy hatte sie in die Obhut einer Nachbarin gegeben." Er holte tief Luft, denn trotz der vielen Jahre, die inzwischen vergangen waren, schmerzte es immer noch. „Maddy, sie hat es ihm gesagt."

„Oh nein." Sie ließ den Kopf auf seine Knie sinken und weinte für sie alle. „Armer kleiner Junge."

„Ich habe mich ihm gegenüber auch nicht viel besser verhalten." Edwin legte eine Hand auf ihr Haar. Er hatte nicht gewusst, wie entlastend es sein konnte, nach all den Jahren laut darüber zu reden. „Ich musste einfach weg. Ich habe also den Nachbarn Geld gegeben und Roy bei ihnen gelassen. In der Folgezeit habe ich versucht, Geld für Valentine Records aufzutreiben. Bis ich Ihre Familie getroffen hatte, habe ich nicht einmal ans Zurückkommen gedacht. Und das kann ich mir selbst kaum verzeihen."

„Sie waren verletzt. Sie …"

„Roy war verstört. Ich hatte überhaupt nicht daran gedacht, welche Wirkung das auf ihn haben könnte. Ich habe mich selbst in die Arbeit gestürzt und einfach alles, was ich zurückgelassen hatte, verdrängt. Dann habe ich Ihre Eltern getroffen."

„Und Sie schliefen auf einer Liege in ihrem Hotelzimmer."

„Ich schlief auf einer Liege und habe beobachtet, welche Liebe Ihre Eltern füreinander und für ihre Kinder hatten. Es war, als wäre plötzlich ein Vorhang zur Seite gezogen worden, um mich sehen zu lassen, was Leben wirklich bedeutete, was das wirklich Wichtige war. Ihr Vater ist mit mir in eine Bar gegangen, und ich habe ihm alles erzählt. Der Himmel weiß, warum."

„Mit Dad kann man leicht alles besprechen."

„Er hat sich alles angehört, war einigem gegenüber mitfühlend, aber doch nicht so absolut, wie ich es meiner Meinung nach verdient hätte." Nach all den vergangenen Jahren konnte Edwin bei der Erinnerung sogar wieder leise auflachen. „Er hatte einen Whisky in der Hand, den er in einem Zug hinunterstürzte. Dann schlug er mir auf die Schulter und sagte mir, ich hätte einen Sohn, an den ich denken müsse und zu dem ich zurückgehen solle. Er hat recht gehabt. Und ich habe nie vergessen, was er für mich getan hat, nur dadurch, dass er mich die Wahrheit hat sehen lassen."

Sie nahm seine Hände und hielt sie fest. „Und Roy?"

„Er war mein Sohn, war es immer gewesen und wird es immer sein. Ich fuhr also zurück. Er spielte ganz allein im Hof. Dieser Junge, noch nicht einmal sechs, sah mich mit den Augen eines Erwachsenen an." Erneut spürte er wieder ganz heftig seine damalige Erschütterung. „Niemals werde ich diesen Augenblick aus meinem Gedächtnis löschen können, denn ich sah, was seine Mutter und ich ihm angetan hatten."

„Sie haben keinen Grund, sich Vorwürfe wegen Ihrer damaligen Entscheidung zu machen. Nein", fügte sie hinzu, bevor Edwin sie unterbrechen konnte. „Ich habe Roy und Sie zusammen gesehen. Sie haben keinen Grund, sich Vorwürfe zu machen."

„Ich habe damals alles getan, um es an ihm wiedergutzumachen. Und tatsächlich ist es mir ziemlich leichtgefallen, das Verhalten seiner Mutter zu vergessen. Roy hat es nie vergessen. In ihm steckt immer noch die ganze Bitterkeit, Maddy, die ich in seinem Blick gesehen habe, als er knapp sechs Jahre alt war."

„Was Sie mir erzählt haben, hilft mir, vieles zu verstehen. Aber ich weiß trotzdem nicht, was ich tun kann, Edwin."

„Sie lieben ihn doch, nicht wahr?"

„Ja, ich liebe ihn."

„Sie haben ihm schon etwas gegeben. Er hat begonnen, jemandem zu vertrauen. Nehmen Sie ihm das jetzt nicht."

„Er will nicht, was ich ihm zu geben habe."

„Er wird. Sie dürfen nur jetzt nicht aufgeben."

Sie erhob sich und legte die Arme um ihren eigenen Körper. Dann wandte sie sich ab. „Sind Sie sicher, dass ich es bin, die er braucht?"

„Er ist mein Sohn." Als sie sich langsam wieder umdrehte, erhob sich Edwin. „Ja, ich bin sicher."

Er konnte nicht schlafen. Fast hätte Roy dem Drang nachgegeben, sich mit einer Flasche Scotch Erleichterung zu verschaffen. Doch Unglück, entschied er, ist eine bessere Gesellschaft.

Er hatte Maddy verloren. Weil sie sich nicht gegenseitig annehmen konnten, wie sie waren, hatte er sie verloren. Oh, ihr würde es ohne ihn besser gehen. Dessen war er sich sicher. Und doch war sie das Beste, was ihm je widerfahren war.

Morgen fährt sie nach Philadelphia, redete er sich zu. Am besten wäre, es zu vergessen und die Durchführung des Musicals und die Fertigstellung des Albums seinem Vater zu übergeben. Er würde sich einfach davon zurückziehen und sich so von allen Erinnerungen an Madeline O'Hara befreien.

Das Läuten an der Tür überraschte ihn. Er hatte nicht häufig Besuch nachts um eins. Ich will keine Besucher, dachte er und ignorierte das Läuten. Doch es hielt einfach an. Verärgert riss Roy schließlich die Tür auf, mit dem Entschluss, denjenigen, der das Unglück hatte, dort zu stehen, zur Schnecke zu machen.

„Hi." Mit dem Tanzbeutel über der Schulter und den Händen in der Tasche eines bequemen Baumwollrocks stand Maddy vor ihm.

„Maddy …"

„Ich war gerade in der Gegend hier", begann sie und trat an ihm vorbei in seine Wohnung. „Ich dachte, ich schaue mal vorbei. Ich habe dich hoffentlich nicht geweckt?"

„Nein, ich …"

„Gut. Ich bin nämlich immer schlecht gelaunt, wenn mich jemand aufweckt. Also …" Sie ließ ihren Beutel fallen. „Wie wäre es mit einem Drink?"

„Was machst du hier?"

„Ich habe dir doch gesagt, dass ich gerade in der Nähe war."
Er trat auf sie zu und fasste sie bei den Schultern. „Was machst du hier?"

Sie neigte den Kopf und sah ihn an. „Ich habe es ohne dich nicht ausgehalten."

Bevor er es verhindern konnte, hatte er ihre Wange berührt. Schnell zog er die Hand wieder zurück. „Maddy, erst vor ein paar Stunden …"

„Habe ich eine Menge gesagt", beendete sie für ihn. „Und alles war wahr. Ich liebe dich, Roy. Ich möchte dich heiraten. Ich will mein Leben mit dir verbringen. Doch bis du genauso denkst, müssen wir eben im Leerlauf fahren."

„Du begehst einen Fehler."

Sie verdrehte die Augen. „Roy, nicht das schon wieder. Wenn wir verheiratet wären, dann – vielleicht – könntest du mir raten, was das Beste für mich wäre. Doch so wie die Dinge liegen, fälle ich meine eigenen Entscheidungen allein. Und ich hätte wirklich gern einen Drink. Hast du vielleicht eine Diät-Cola?"

„Nein."

„Also, dann einen Whisky. Roy, es ist sehr unhöflich, einem Gast einen Drink zu verweigern."

Einen Augenblick lang starrte er sie an, bevor er nachgab. „Ich brauche dich, Maddy."

„Ich weiß." Sie umfasste sein Gesicht. „Ich weiß, dass du das tust. Ich bin froh, dass du es weißt."

„Wenn ich dir denn geben könnte, was du dir wünschst …"

„Darüber haben wir zunächst einmal genug gesprochen. Ich fahre morgen nach Philadelphia."

„Die roten Schuhe müssen tanzen", murmelte er.

„Genau, ich werde das Letzte aus mir herausholen, darum will ich jetzt keine Auseinandersetzung, nicht heute Abend."

„In Ordnung. Ich mache uns einen Drink." Er ging hinüber zur Bar und öffnete eine Kristallkaraffe.

„Weißt du, Roy, es ist für mich immer noch ein sehr merkwürdiges Gefühl, mich auf der Bühne auszuziehen."

Er musste lachen. Irgendwie gelang es ihr immer, ihn zum Lachen zu bringen. „Das kann ich mir gut vorstellen."

„Ich trage zwar ein Bodysuit und Pailletten, sodass ich im Grunde nicht mehr enthülle, als ich es an einem öffentlichen Strand machen würde, aber es ist der Akt an sich, der ein merkwürdiges Gefühl verursacht. In ein paar Tagen muss ich das vor einigen Hundert Leuten durchziehen. Das bedeutet Probe, Probe und noch einmal Probe."

Als er sich wieder umdrehte, lächelte sie ihn an und knöpfte langsam ihre Bluse auf. „Ich dachte, du könntest mir ganz unparteiisch deine Meinung über meine ... Bühnenwirksamkeit sagen. Strippen ist eine Kunst, weißt du." Sie ließ ihre Hand vorne über ihren Körper hinuntergleiten, und ihre Bluse teilte sich. „Erregend." Sie drehte sich um und sah ihn über die Schulter an. „Neckisch." Sie ließ die Bluse langsam hinuntergleiten. „Was meinst du?"

„Meiner Meinung nach bist du großartig. Bis jetzt."

„Ich will nur sichergehen, dass ich die Mary echt bringe." Sie öffnete den Gürtel ihres Rockes und ließ ihn fallen, während sie sich wieder umdrehte. Der schwarze Strapsgurt, den sie trug, veranlasste Roy, das Glas besser hinzustellen, bevor er es fallen ließ.

„Ich habe noch nie gesehen, dass du so etwas trägst."

„Das?" Sie ließ erneut eine Hand an ihrem Körper hinuntergleiten. „Ist auch nicht mein Stil. Nicht bequem genug. Aber für Mary ..." Sie beugte sich aus der Taille heraus und löste einen Straps von dem dünnen, schwarzen Strumpf. „Es ist so etwas wie ihr Markenzeichen." Sie richtete sich wieder auf und fuhr sich von unten nach oben mit beiden Händen durchs Haar. „Meinst du, es kommt an?"

„Ich meine, wenn du das auf der Bühne trägst, erwürge ich dich."

Lachend löste sie den zweiten Straps und rollte langsam den Strumpf am Bein hinunter. „Du musst nur daran denken, dass ich, sobald der Vorhang aufgeht, Mary bin. Und dass ich dazu beitrage, aus deiner Show einen Hit zu machen." Sie warf ihm den Strumpf zu und widmete sich dem zweiten. „Zu schade, dass ich nicht eine üppigere Figur habe."

„Deine passt gut."

„Meinst du?" Immer noch lächelnd, hakte sie die dünne Spitze auf, die ihre Brüste bedeckte. „Roy, ich will dich nicht nerven, aber du hast mir immer noch keinen Drink gegeben."

„Entschuldigung." Er nahm ihr Glas und brachte es ihr.

Maddy nahm es, und der Humor in ihrem Blick verwandelte sich für einen Augenblick in etwas Tieferes. „Auf meinen Dad", sagte sie und stieß ihr Glas an seines.

„Wie bitte?"

„Du brauchst es nicht zu verstehen." Auf einen Zug trank sie den Whisky aus. Wie glühende Lava strömte er durch ihren Körper. „Und was hältst du bis jetzt von der Show? Ist sie das Eintrittsgeld wert?"

Er wollte zärtlich sein, um ihr zu zeigen, was ihr Zurückkommen ihm bedeutete. Doch seine Hände, die sich in ihrem Haar vergruben, verrieten Erregung und heftiges Begehren. „Ich habe dich noch nie stärker begehrt."

Sie legte den Kopf zurück und ließ ihr leeres Glas einfach auf den Teppich fallen. „Beweis es mir."

Er zog sie an sich, heftig, verzweifelt. Auf ihren Lippen schmeckte er noch den Whisky, berauschend. Sie schlang die Arme um ihn, hieß die wilde Leidenschaft willkommen. Es war das erste Mal, dass er ganz ohne kontrollierte Beherrschtheit zu ihr kam. Und ihr Blut erhitzte sich in Erwartung seiner entfesselten Leidenschaft.

Er zog sie auf den Teppich, und sofort schienen seine Hände überall gleichzeitig ihren Körper zu berühren, zu streicheln und zu kneten. Er führte sie auf einen blendenden Gipfel, wo sie nur noch seinen Namen ausstoßen und nach mehr verlangen konnte.

Und dort war mehr, viel mehr.

Ungeduldig, fiebrig zerrte sie an dem Gürtel seines Bademantels, bis sie die Wärme und die Kraft seines nackten Körpers spürte.

Der Teppich war weich. Roys Körper lag hart auf ihrem. Sie hörte ihn leise und rau ihren Namen sagen. Und dann spürte sie Roy in sich.

Noch nie zuvor war es so schnell, so wild, so enthemmt gewesen. Ganz Körper, warf sie sich selbst in einen Wirbel reinster Freude. Ihr Körper bebte – ebenso wie seiner. Liebe und Leidenschaft vermischten sich so innig, dass sie das eine nicht mehr vom anderen unterscheiden konnte und es auch nicht länger versuchte.

10. KAPITEL

Zu Fuß wären wir jetzt weiter."

Maddy ging etwas vom Gas herunter und lenkte den Wagen durch ein weiteres Schlagloch, bevor sie Wanda ein schalkhaftes Lächeln zuwarf. „Wo ist dein Sinn für Abenteuer geblieben?"

„Den habe ich schon im letzten Graben, durch den wir gefahren sind, verloren."

„Es war kein Graben", verbesserte Maddy und manövrierte den Wagen durch den Verkehr von Philadelphia. „Warum siehst du nicht einfach aus dem Fenster und sagst mir, wenn wir an etwas historisch Bedeutsamem vorbeikommen?"

„Ich kann nicht aus dem Fenster sehen." Wanda bemühte sich, ihre langen Beine in eine bequemere Position zu bringen. Es war nicht ganz leicht in dem Kleinwagen mit den harten Sitzen, den Maddy gemietet hatte. „Es macht mich seekrank, wenn die Gebäude immer auf und ab schaukeln."

„Das sind nicht die Gebäude, das ist der Wagen. Ist das die Unabhängigkeitshalle?"

Als Maddy sich umsah, gab Wanda ihr einen nicht zu sanften Schlag auf die Schulter. „Schätzchen, beobachte lieber die Straße."

Bei einer Ampel musste Maddy heftig auf die Bremse treten. „Wie viel Zeit haben wir noch?"

„Fünfzehn Minuten voller Spaß." Wanda hielt sich fest, als Maddy den Wagen wieder vorwärtsschießen ließ. „Ich weiß, ich hätte es vor dem Einsteigen fragen sollen, aber wann bist du das letzte Mal gefahren?"

„Ich weiß nicht. Vor einem Jahr. Vielleicht zwei. Ich finde, nach der Probe sollten wir uns diese kleinen Geschäfte in der South-Street ansehen."

„Wenn wir dann noch leben", murmelte Wanda, als sie rasant einen Wagen überholten. „Weißt du, Maddy, auf den ersten Blick könnte man dich im Augenblick für den glücklichsten Menschen auf der Welt halten. Aber auf den zweiten Blick erkennt man, dass dein Lächeln gleich rissig wird, wenn du dich nicht wieder entspannst."

Maddy nahm den Fuß etwas vom Gaspedal, als der Wagen wieder durch ein Schlagloch rumpelte. „Ist es so deutlich?"

„Deutlich genug. Wie läuft es mit dir und Mr Wunderbar?"

Maddy seufzte. „Immer nur von einem Tag zum nächsten."

„Und du bist der Typ, der die nächste Woche gut im Griff haben sollte."

Es war wahr, zu wahr, doch sie schüttelte den Kopf. „Er hat einen guten Grund, warum er so ist."

„Aber das ändert nichts an der Art deiner Gefühle. Müsstest du hier nicht abbiegen?"

„Wahrscheinlich nicht. Abbiegen? Oh, verdammt." Maddy verwünschte sich selbst, als sie um den ganzen Block fahren musste. „Jetzt kommen wir zu spät!"

„Es ist sowieso besser, du bringst dich zunächst einmal von dem ab, was dir im Kopf herumspukt."

„Ich habe einfach gehofft, er wäre hier. Ich weiß natürlich, dass er nicht die ganze Woche hier sein kann, die wir geprobt haben. Aber wir hatten doch eigentlich verabredet, dass er heute kommen würde."

„Und?"

„Es ist etwas dazwischengekommen, irgendetwas wegen Plattenlisten oder Werbekampagnen oder was weiß ich."

„Kleines, wir haben alle einen Job zu erledigen!"

„Sicher." Mit einem Manöver, das sogar Wanda bewundern musste, brachte Maddy den Wagen in eine winzige Parklücke direkt gegenüber dem Theater. „Und ich muss jetzt auch an mich denken. Noch zwei Proben, und dann ist es so weit."

„Erinnere mich nicht daran." Wanda legte eine Hand auf ihren Magen. „Jedes Mal, wenn ich daran denke, landet ein Düsenjet in meinem Magen."

„Du wirst großartig sein." Maddy stieg aus dem Wagen und schlug die Tür zu. „Wir werden großartig sein."

„Ich werde dich daran erinnern. Das letzte Stück, in dem ich mitgespielt habe, ist nach zwei Vorstellungen abgesetzt worden.

Ich war schon kurz davor, meinen Kopf in den Ofen zu stecken. Aber er war elektrisch."

„Weißt du was?" Maddy blieb beim Bühneneingang stehen und grinste lausbübisch. „Wenn wir durchfallen, kannst du meinen benutzen. Ich habe Gas."

„Vielen Dank."

„Dafür hat man doch Freunde." Maddy öffnete die Tür, trat ein und stieß einen Freudenschrei aus. Neugierig beobachtete Wanda, wie sie den Flur hinunterrannte und auf eine Gruppe von Leuten zustürzte.

„Ihr seid hier! Ihr seid alle hier!"

„Wo sollten wir sonst sein?" Frank O'Hara nahm seine Jüngste in die Arme und schwang sie herum.

„Aber gleich alle!" Kaum stand sie wieder auf dem Boden, drückte Maddy ihre Mutter fest an sich. „Du siehst gut aus, wirklich gut."

„Du auch." Molly drückte sie an sich. „Und zu spät zur Probe, wie üblich."

„Ich habe die Abzweigung verpasst. Oh Alana." Sie umarmte ihre Schwester. „Ich freue mich so, dass du kommen konntest."

„Wie oft hat meine Schwester schon Premiere?" Doch leichte Besorgnis zeigte sich in Alanas Blick. Sie kannte ihre Schwester so gut wie sich selbst. Und sie glaubte nicht, dass die Spannung, die sie in ihr spürte, mit beruflicher Nervosität zu tun hatte.

Alana immer noch an sich gedrückt, griff Maddy nach der Hand ihres Schwagers. „Dorian, danke, dass du sie hergebracht hast."

„Das war wohl eher andersherum." Lachend küsste er Maddy auf die Wange.

„Zu schade, dass die Jungen nicht mitkonnten", fuhr Maddy mit einem Zwinkern zu Alana fort.

„Wir sind doch hier."

Absichtlich sah Maddy in die entgegengesetzte Richtung. „Habe ich etwas gehört?"

„Wir sind auch mitgekommen."

„Ich könnte schwören …" Maddy brach ab, während ihr Blick auf ihre Neffen fiel. Gekonnt täuschte sie vor, sie nicht gleich zu erkennen, dann riss sie die Augen auf. „Ihr seid doch nicht Ben und Chris – oder doch? Das sind doch noch kleine Jungen. Ihr seid viel zu groß, um Ben und Chris sein zu können."

„Wir sind es aber", piepste Chris. „Wir sind gewachsen."

Sorgfältig musterte Maddy sie. „Kein Scherz?"

„Nun mach schon, Maddy." Obwohl Ben versuchte, nicht zu erfreut zu erscheinen, musste er grinsen. „Du weißt doch genau, dass wir es sind."

„Ihr müsst es mir beweisen. Gebt mir einen Kuss." Sie beugte sich herunter und nahm beide fest in die Arme.

„Wir sind mit dem Flugzeug gekommen", begann Chris. „Ich habe am Fenster gesessen."

„Miss O'Hara, bitte in die Garderobe."

„Es geht los." Maddy richtete sich wieder auf. „Wo wohnt ihr denn? Ich kann …"

„Wir haben in deinem Hotel Zimmer reserviert", informierte Molly sie. „Und nun geh schon. Wir haben später genug Zeit."

„Okay." Als ihr Name wieder durch den Lautsprecher ertönte, eilte Maddy den Flur hinunter, zunächst rückwärts, um ihre Familie noch etwas länger sehen zu können. „Sobald ich fertig bin, feiern wir. Ich lade euch ein."

Frank lachte auf und legte einen Arm um die Schulter seiner Frau. „Glaubt sie, wir streiten uns deswegen?"

Es war gut gelaufen. Maddy saß im Schneidersitz auf ihrem Bett und ließ die Probe in ihrem Kopf noch einmal Revue passieren. Sie würde es nie laut sagen, dass alles perfekt geklappt hatte, dazu waren Schauspieler vor der Premiere zu abergläubisch. Aber sie konnte es denken.

Morgen Abend. Morgen Abend zu dieser Zeit sitze ich in der Garderobe, dachte sie, und ihr Puls schlug etwas schneller. Noch vierundzwanzig Stunden. Sie legte sich auf den Rücken und starrte an die Decke. Wie sollte sie nur die folgenden vierundzwanzig Stunden überstehen?

Roy hatte sie nicht wieder angerufen. Maddy legte den Kopf zur Seite und betrachtete das Telefon. Seit sie in Philadelphia war, hatten sie ein paar Mal miteinander telefoniert, und jedes Mal hatte sie das Gefühl gehabt, Roy wolle sich von ihr distanzieren. Vielleicht war es jetzt so weit. Tänzern war Schmerz nicht unbekannt. Man fühlte ihn, bekannte sich dazu und arbeitete weiter. Mit Schmerzen, die aus dem Herzen kamen, war zwar etwas schwieriger umzugehen als mit einem gezerrten Muskel, aber sie würde weitermachen. Weitermachen. Sie war immer stolz auf sich gewesen, das zu können.

Ihre Familie war hier. Maddy erhob sich vom Bett und ging zum Schrank. Sie würde sich umziehen, ihr strahlendstes Gesicht aufsetzen und mit ihrer Familie in die Stadt gehen. Nicht jeder ist so glücklich wie ich, erinnerte sich Maddy. Sie hatte immerhin eine Familie, die sie liebte, die hinter ihr stand und die an ihrer Art nichts auszusetzen hatte.

Sie hatte eine Karriere, die aufwärtsging. Und selbst wenn sie die verlieren würde, das Tanzen konnte ihr niemand nehmen. Selbst wenn sie wieder wie früher in Clubs oder an kleineren Theatern oder während der Sommerpause auftreten müsste, wäre sie immer noch glücklich.

Maddy O'Hara brauchte keinen Mann, um ihr Leben zu vervollständigen, weil ihr Leben vollständig war. Sie brauchte keinen Ritter, der sie von alldem wegriss. Sie war gern, wo sie war und wer sie war.

Seufzend lehnte sie sich gegen die Schranktür. Nein, sie brauchte Roy nicht, um sie zu retten oder zu beschützen. Aber wenn er sich aus ihrem Leben stehlen würde, wäre sie wahrscheinlich der unglücklichste Mensch auf Erden. Sie brauchte seine Liebe. Und – auch wenn er es sicher nicht verstehen würde – sie brauchte es, dass er zuließ, von ihr geliebt zu werden.

Als es an der Tür klopfte, rappelte sich Maddy aus einem Zustand hoch, der einer Depression gefährlich nahekam. „Wer ist da?"

„Ich bin's, Alana."

Ohne sich erst Zeit zu nehmen, den Gürtel ihres Bademantels zu schließen, eilte Maddy zur Tür, vor der Alana, schon umgezogen, in einem weißen Kleid stand.

„Oh, du bist schon fertig. Ich habe noch nicht einmal angefangen."

„Ich habe mich früher umgezogen, um noch herunterkommen und mit dir reden zu können."

„Bevor du anfängst, muss ich dir erst einmal sagen, wie wunderbar du aussiehst. Vielleicht liegt es an Dorian, vielleicht liegt es an der Landluft, aber du hast nie besser ausgesehen."

„Vielleicht liegt es an der Schwangerschaft."

„Was?"

„Ich habe es kurz vor der Abreise erfahren. Ich bekomme noch ein Baby."

„Oh Alana, das ist wunderbar. Ich glaube, ich muss weinen!"

„Okay, dann setzen wir uns so lange hin."

Ohne Erfolg suchte Maddy ein Taschentuch in der Tasche ihres Bademantels. „Und wie hat Dorian reagiert?"

„Überwältigt." Alana lachte, als sie sich beide auf den Rand des Bettes setzten.

„Und du wirst dich von jetzt an schonen. Nicht mehr den Stall ausmisten oder so etwas. Ich meine es ernst, Alana", fuhr sie fort, bevor ihre Schwester sie unterbrechen konnte. „Ich werde Dorian eine Standpauke halten."

„Das brauchst du nicht. Er würde mich am liebsten für die nächsten Monate in Watte hüllen. Aber dafür sind wir nicht geschaffen, Maddy, das weißt du genau. Wir O'Hara-Drillinge sind aus einem anderen Holz geschnitzt."

„Wahrscheinlich, aber du kannst eine langsamere Gangart einlegen." Sie nahm ihre Schwester in die Arme und drückte sie an sich. „Ich freue mich so für dich."

„Ich weiß. Aber jetzt bist du an der Reihe." Alana setzte sich entschlossen zurück. „Carrie hat mich angerufen und mir gesagt, du würdest dich wegen eines Mannes verrückt machen."

„Ich mache mich nicht verrückt. Das ist nicht meine Art."

„Wer ist es?"

„Er heißt Roy Valentine."

„Valentine Records?"

„Ja. Woher weißt du das?"

„Ich halte mich immer noch etwas über die Musikbranche auf dem Laufenden. Und Dorian hat vor einiger Zeit mit ihm wegen eines Buches zu tun gehabt."

„Stimmt. Roy hat es erwähnt."

„Und?"

„Nichts und. Ich habe ihn kennengelernt, ich habe mich in ihn verliebt, und ich habe mich selbst zum Narren gemacht." Sie bemühte sich um einen sorglosen und leichten Tonfall, und es gelang ihr auch fast. „Und nun sitze ich hier, starre das Telefon an und warte auf seinen Anruf. Wie ein Teenager."

„Als du sechzehn warst, hattest du nicht die Möglichkeit, wie ein Teenager zu sein."

„Das habe ich nie groß bedauert. Er ist ein guter Mann, Alana. Freundlich und zärtlich, obwohl er sich selbst nie so sehen würde. Kann ich dir von ihm erzählen?"

„Du weißt, dass du das kannst."

Maddy erzählte von Anfang an und ließ nichts aus. Sie erzählte von ihrer Liebe, von den Einschränkungen, von dem schrecklichen Erlebnis, das Roys Kindheit überschattet hatte und bis heute sein Leben bestimmte. Und Alana hörte in ihrer ruhigen und mitfühlenden Art zu.

„Verstehst du jetzt? Wie sehr ich ihn auch liebe, ich kann das, was ihm widerfahren ist und wie er fühlt, nicht ändern."

Sie rückten noch enger zusammen, und Alana legte den Arm um Maddys Schulter. „Ich weiß, wie schmerzhaft das ist. Ich kann dir nur aus meiner Erfahrung sagen, dass Liebe, wenn sie stark genug ist, Wunder bewirken kann. Dorian wollte mich nicht lieben. Und die Wahrheit ist, ich wollte ihn auch nicht lieben." Heute fiel ihr die Erinnerung an die Ereignisse von damals leicht. „Wir hatten uns beide geschworen, nie wieder eine feste Beziehung einzugehen. Es war eine rein vernunftmäßige Entscheidung von zwei intelligenten Menschen." Sie lächelte versonnen und lehnte den Kopf an

Maddys Kopf. „Liebe kann wie ein Großreinemachen sein und alles, mit Ausnahme des wirklich Wichtigen, wegwischen."

„Das habe ich mir auch immer wieder gesagt. Aber, Alana, er hat mir nichts vorgemacht. Von Anfang an hat er mir zu verstehen gegeben, dass er sich nicht binden will. Im Gegensatz zu mir ist er nur zu etwas Unverbindlichem bereit, und so muss ich mich an seine Bedingungen anpassen."

„Was ist nur mit deinem Optimismus geschehen, Maddy?"

„Den habe ich zu Hause in einer Schublade gelassen."

„Dann wird es Zeit, dass du ihn wieder hervorholst. Das bist einfach nicht du, nur alles grau in grau zu sehen. Du warst immer diejenige, die entschlossen so lange an einer Sache festgehalten hat, bis sie zu deiner Zufriedenheit lief."

„Dies hier ist anders."

„Nein. Weißt du eigentlich, wie sehr ich mir immer gewünscht habe, dein Selbstvertrauen zu haben? Darum habe ich dich immer beneidet, wenn ich in mir Ängste vor dem Versagen spürte. Wenn du ihn liebst, wirklich liebst, dann musst du so entschlossen wie immer daran festhalten, bis es ihm möglich ist, sich einzugestehen, dass er dich auch liebt."

„Aber er muss es zunächst einmal empfinden."

„Ich glaube, er tut es." Sanft schüttelte sie ihre Schwester. „Bedenke doch selbst noch einmal all das, was du mir erzählt hast. Der Mann ist verrückt nach dir, Maddy, er konnte es bisher sich oder dir nur noch nicht zugeben."

Die Hoffnung, die Maddy nie ganz vollständig verloren hatte, regte sich wieder. „Ich werde versuchen, das zu glauben."

„Nicht versuchen, tun. Ich hatte die schlechteste Beziehung, die man sich vorstellen kann, Maddy. Und nun erlebe ich die beste." Instinktiv legte sie eine Hand auf ihren Bauch, wo ein neues Leben heranwuchs. „Du darfst nicht aufgeben. Aber ich will verdammt sein, hier herumzusitzen und dich dabei zu beobachten, wie du darauf wartest, dass er sich gnädig dazu herablässt, dir ein paar Krümel hinzuwerfen. Zieh dich an", bestimmte sie. „Wir wollen feiern."

„Was bist du doch herrisch!" Maddy lächelte verschmitzt, als sie zu ihrem Schrank ging. „So warst du schon immer."

Roy ließ das Telefon ein Dutzend Mal klingeln, bevor er auflegte. Es war fast Mitternacht. Wo verdammt war Maddy? Warum lag sie nicht im Bett? Wo zum Teufel war sie?

In Philadelphia, dachte er verärgert und ging aufgebracht zum Fenster und wieder zurück. Sie war Meilen entfernt in Philadelphia, in ihrer eigenen Welt, mit ihren eigenen Leuten. Sie konnte jederzeit alles mit jedem tun. Und er hatte kein Recht, sie danach zu fragen.

Zum Teufel mit allen Rechten, sagte er sich und griff wieder nach dem Hörer. Sie war es doch, die von Liebe, Verbindlichkeit und Vertrauen gesprochen hatte. Und sie war es, die den Hörer nicht abnahm.

Er konnte sich noch daran erinnern, wie enttäuscht sie bei seiner Mitteilung ausgesehen hatte, er wisse nicht, ob er zur Premiere kommen könne. Es stand eine sehr wichtige Konferenz mit in ihrer Bedeutung noch nicht abzuschätzenden Auswirkungen an. Er konnte schlecht einfach alles hinwerfen, nur um sich die Premiere eines Musicals anzusehen.

Es ist nicht irgendein Musical, dachte er, während er immer wieder das Läuten in der Leitung hörte. Es war Maddys Musical. Nein, mein Musical, erinnerte er sich, als er schließlich den Hörer wieder auf die Gabel warf. Valentine Records finanzierte es und hatte daher die Pflicht, seine Interessen zu wahren. Sein Vater würde anwesend sein, das reichte. Aber ich bin der Chef von Valentine, erinnerte sich Roy.

Suchte er nach Begründungen, warum er hinfahren oder hierbleiben sollte?

Es spielte keine Rolle. Nichts spielte wirklich eine Rolle. Was zählte, war, warum Maddy um Mitternacht nicht den Hörer abnahm.

Sie hatte ein Recht auf ihr eigenes Leben.

Den Teufel hatte sie.

Roy fuhr sich durchs Haar. Er benahm sich wie ein Idiot. Um sich zu beruhigen, ging er zur Bar, um sich einen Drink einzugießen. Dann fiel sein Blick auf die Pflanze. Sie hatte neue grüne Triebe bekommen. Die alten gelben Blätter waren abgefallen und weggeworfen worden. Er konnte nicht widerstehen und strich über eins der glatten, herzförmigen Blätter.

Ein kleines Wunder? Vielleicht, aber schließlich war es nur eine Pflanze. Eine sehr eigensinnige Pflanze, musste er zugeben. Eine, die sich geweigert hatte, einzugehen, als sie es sollte, eine, die auf die richtige Pflege und Aufmerksamkeit mit ihrem ganzen Pflanzenwesen reagiert hatte.

Mit Pflanzen hatte er Glück. Er zwang sich, den Blick von ihr zu wenden. Es war nicht klug, der Tatsache zu viel Bedeutung zuzumessen, dass es Maddys Pflanze war. Genauso wie es unklug war, zu viel der Tatsache beizumessen, dass Maddy sich nicht in ihrem Hotelzimmer befand. Er musste an andere Sachen denken.

Doch seinen Drink ließ er unberührt.

Das Hotelzimmer war stockdunkel, als das Klopfen an der Tür ihren Schlaf störte. Maddy drehte sich auf die andere Seite, kuschelte sich in ihr Kissen und wollte die Störung einfach ignorieren. Doch das Klopfen hielt an.

Es ist mitten in der Nacht, dachte sie und gähnte. Es waren noch Stunden hin, bis sie auf die Bühne treten musste. Aber das Klopfen wurde immer lauter.

„Ja, ja!", rief sie gereizt und rieb sich die Augen. Wenn eine der Tänzerinnen dort mit Lampenfieber stand, würde sie sie einfach wieder wegschicken. Sie konnte es sich nicht leisten, um drei Uhr morgens für andere Kraftspender zu sein. Sie stieß kleine Verwünschungen aus, fand den Lichtschalter und warf sich einen Bademantel über. Dann schloss sie die Tür auf und öffnete sie, so weit es die Sicherheitskette zuließ.

„Roy!" Mit einem Schlag hellwach, knallte Maddy die Tür wieder zu und mühte sich mit der Kette ab. Als sie die Tür wieder öffnete, warf sie sich in seine Arme. „Du bist hier. Ich kann es kaum glauben. Ich hatte mich schon damit abgefunden, dass du nicht mehr kommst. Nein, hatte ich nicht", verbesserte sie sich noch, bevor sie seine Lippen auf ihren spürte.

„Hast du denn etwas dagegen, wenn ich hereinkomme?"

„Natürlich nicht." Sie trat zurück und schloss hinter ihm die Tür. „Ist etwas passiert?", begann sie und fasste ihn aufgeregt am Arm. „Es ist doch nichts mit deinem Vater, Roy?"

„Nein, meinem Vater geht es gut. Er kommt morgen." Er löste sich von ihr und ging im Zimmer umher. Sie hatte dem Raum schon ganz ihre Note aufgedrückt. Überall lagen Trikots, Socken und Strümpfe herum. Der Toilettentisch war von Fläschchen, Töpfchen und Papierschnipseln übersät. Sie hatte etwas Puder verstreut und sich nicht einmal die Mühe gemacht, ihn wieder wegzuwischen. Er fuhr mit den Fingern darüber. „Ich habe dich heute Nacht nicht erreicht."

„Oh? Ich war zum Dinner mit …"

„Du schuldest mir keine Erklärung." Wütend, wenn auch nur auf sich selbst, drehte er sich um.

Sie strich ihr Haar zurück und wünschte, sie könnte ihn verstehen. Es war drei Uhr morgens. Er war offensichtlich gereizt. Sie war müde.

„Also gut, Roy, du willst mir doch nicht erzählen, du hast den ganzen weiten Weg nach Philadelphia gemacht, weil ich den Hörer nicht abgenommen habe." Plötzlich verwandelte sich ihre Verwirrung in Humor und ihr Humor in Freude. „Oder doch?" Sie ging auf ihn zu, schlang die Arme um ihn und presste ihre Wange an seine Brust. „Das ist wirklich so ungefähr das Netteste, was jemand jemals für mich getan hat. Ich weiß gar nicht, was ich sagen soll. Ich …" Doch dann blickte sie auf und sah den Ausdruck in seinen Augen. Das Gefühl der Freude war mit einem Schlag verschwunden, und sie trat zurück.

„Du dachtest, ich sei mit einem anderen zusammen gewesen." Ihre Stimme war ruhig, und sie betonte jedes Wort. „Du dachtest, ich schlafe mit einem anderen, deshalb bist du gekommen, um dich selbst zu überzeugen." Ein bitterer Geschmack breitete sich in ihrem Mund aus. Sie wies zu ihrem leeren Bett. „Tut mir leid, dich enttäuschen zu müssen."

„Nein." Roy fasste sie bei den Handgelenken, bevor sie sich abwenden konnte, denn er hatte die tiefe Verletztheit in ihren

Augen gesehen. „Das war es nicht. Oder – verdammt, vielleicht war es ein Teil der Gedanken, die mir im Kopf herumschwirrten. Du hast völlig recht."

„Danke." Sie befreite sich aus seinem Griff und setzte sich auf den Rand des Bettes. „Warum gehst du jetzt nicht, nun, wo du zufrieden sein kannst? Ich brauche meinen Schlaf."

„Ich weiß." Er fuhr sich mit beiden Händen durchs Haar und setzte sich dann neben sie. „Gerade weil ich das weiß, habe ich mich gewundert, dass ich dich nicht erreichen konnte." Sie sah ihn nur an. „Also gut, ich habe mich gefragt, ob du mit einem anderen zusammen bist. Du bist mir gegenüber schließlich nicht verpflichtet, Maddy."

„Du bist ein Idiot."

„Das weiß ich auch." Roy nahm ihre Hände, bevor sie sich widersetzen konnte. „Bitte. Ich habe mir zuerst Gedanken und dann Sorgen gemacht. Während der ganzen Fahrt über hierher habe ich mir Sorgen gemacht, dir könnte etwas zugestoßen sein."

„Sei nicht lächerlich. Was sollte mir zustoßen?"

„Nichts. Alles." Frustriert umfasste er ihre Hände fester. „Ich musste einfach kommen. Um dich zu sehen."

Ihr Ärger schwand langsam. Obwohl ihr nicht klar war, was dem Ärger folgen würde. „Also gut, du hast mich gesehen. Und was nun?"

„Das liegt an dir."

„Nein." Wieder entzog sie sich ihm und stand auf. „Ich will es von dir hören. Ich will, dass du mich ansiehst und mir deutlich sagst, was du willst."

„Ich will dich." Langsam erhob er sich. „Ich will bei dir bleiben. Nicht, um dich zu lieben, Maddy, einfach nur, um bei dir zu sein."

Es fiel ihr ganz leicht, ihre Verletztheit zur Seite zu schieben. Mit einem Lächeln trat sie auf ihn zu. „Du willst mich nicht lieben?"

„Ich will dich lieben, bis wir beide nicht mehr können." Er berührte ihre Wange. „Aber du brauchst deinen Schlaf."

„Machst du dir Sorgen um deine Kapitalanlage?" Sie ließ ihre Hände sein Hemd hinuntergleiten, wobei sie es gleichzeitig aufknöpfte.

„Ja." Er umfasste ihr Gesicht. „Die mache ich mir."

„Das brauchst du nicht." Ohne ihren Blick von seinem zu lösen, zog sie sein Hemd über seine Schultern. „Vertraue mir. Vertraue mir wenigstens für heute Nacht."

11. KAPITEL

*W*ie gern würde Roy Maddy vertrauen, wie gern dem vertrauen, wer sie war, was sie sagte und was sie fühlte. Aber jetzt spürte er nur ihre zärtlichen Berührungen, sah nur ihren warmen Blick. Für heute Nacht, für diese eine weitere Nacht, sollte nichts anderes von Bedeutung sein.

Er hob ihre beiden Hände an seine Lippen, als wollte er ihr damit zeigen, was er nicht auszusprechen, nicht einmal zu denken wagte. Strahlend lächelnd sah sie ihn an, wie immer, wenn die Zärtlichkeit, zu der er fähig war, sie tief rührte.

Der helle Schein der Nachttischlampe fiel auf sie, als sie sich aufs Bett sinken ließen. Ihre Augen blieben offen, ihr Blick vertiefte sich, als er ihr Gesicht mit Küssen bedeckte. Zärtlich ließ er die Hand über ihre Schulter, über ihren Hals, bis zu ihren Lippen gleiten. Mit der Spitze ihrer Zunge befeuchtete sie seine Haut, auffordernd, verführerisch, versprechend. Dann nahm sie seine Fingerspitze zwischen die Lippen und sah ihn herausfordernd dabei an.

Ohne den Blick von ihrem zu lösen, strich er mit der Hand ihr Bein hoch, verharrte auf ihrer festen, muskulösen Wade und der weichen Haut ihres Schenkels. Er spürte, wie sie den Atem anhielt, dann ließ er die Hand weiter hochgleiten, brachte Maddy zum Erzittern, einmal, zweimal, bevor er ihren Bademantel öffnete.

„Daran habe ich immer wieder gedacht, dich so zu berühren", flüsterte Roy leise, während er eine ihrer kleinen, festen Brüste liebkoste.

„Und ich habe mir gewünscht, dich hier bei mir zu haben." Langsam, um das sinnliche Feuer in seinem Blick aufflammen zu sehen, zog sie ihm die Hose über die Hüften. „Jede Nacht, wenn ich die Augen geschlossen habe, habe ich mir vorgestellt, du wärst am nächsten Morgen hier. Und nun bist du es."

Sie küsste seine Schulter, wobei sie ihre Hände, ebenso wie er seine, nicht einen Augenblick still hielt.

Sie bewegten sich langsam, auch wenn die erregte Lust ihre Bewegungen lenkte ... Langsam genug, um voll genießen zu können, in einem stillschweigenden Einverständnis, dass sie all die Zeit hatten, die sie brauchten. Keine Hast, kein fieberhafter Rausch, keine wilde, fast verzweifelte Vereinigung, die Körper und Geist benommen werden lassen. Heute war eine Nacht vor allem für die Seele.

Begehre mich – aber ruhig. Sehne dich nach mir – aber zärtlich. Verlange nach mir – aber geduldig.

Maddy hoffte, dass diese Nacht still genießender Leidenschaft nie enden möge. Ihre Hände waren mit Roys verschränkt, und sie spürte die Kraft, die von ihm ausging, während sich ihre Lippen erneut zu einem langen, nicht enden wollenden Kuss fanden.

Seine Küsse, das Gefühl seiner Lippen auf ihren, schienen ihr tatsächlich eine Nahrung für die Seele zu sein. Und auf irgendeine Weise wollte sie ihn das Gleiche erleben lassen. Sie schlang die Arme nur noch fester um ihn, während sie ihm wenigstens eine Ahnung dessen zurückgeben wollte, was sie selbst erhielt.

Ihre Fähigkeit zu geben schien grenzenlos. Immer, wenn er sie im Arm hielt, spürte er die Tiefe ihres Gefühls. Und selbst jetzt, in den genussvoll leidenschaftlichen Bewegungen ihres Körpers, konnte er es fühlen – als Sättigung der Seele, erquickend wie ein kühler Schatten in der Mittagshitze. Noch nie zuvor hatte er so etwas erlebt.

Auf jede seiner Bewegungen reagierte ihr Körper. Ihre Sinnlichkeit machte sie zu einer Partnerin, wie sie sich ein Mann nur wünschen konnte. Aber sie war mehr, das ahnte er, sie war etwas, in das man sich sinken lassen und inneren Frieden finden konnte. Und genau das, was sie ihm so selbstlos bot, verstand er nicht zurückzugeben. Er hatte es nur gelernt, mit Vorsicht zu lieben.

Wenn es ihr jetzt möglich wäre, hätte sie ihm versichert, dass es genug sei – wenigstens für den Augenblick. Doch sie war zu keinen zusammenhängenden Worten mehr fähig, als ihr Geist und ihr Körper sich von allem zu befreien und schwerelos zu werden schienen. Überall, wo er ihre Haut berührte, entzündeten sich Flammen. Und als sie sich ganz mit all dem Feuer und der Innigkeit wahrer Liebender vereinten, gab es nichts außer der Liebe für ihn, die Maddy verzehrte.

Am nächsten Morgen war Maddy unruhig und von nervöser Energie erfüllt. In nur noch wenigen Stunden hieß es geschafft oder durchgefallen, Sieg oder Niederlage, alles oder nichts.

„Ich dachte, du brauchst erst am späten Nachmittag im Theater zu sein", meinte Roy, als Maddy ihn die Abkürzung entlangdirigierte, die sie vom Hotel zum Theater herausgefunden hatte.

„Es gibt zwar keine Probe, aber heute kann alles geschehen."

„Ich hatte den Eindruck, dass heute Abend alles geschieht."

„Nichts geschieht heute Abend ohne den heutigen Tag. Das Licht, die Kulisse, die Prospekte. Jetzt rechts abbiegen, dann wieder rechts."

„Ich dachte, Schauspieler machen sich wenig Gedanken über die technischen Angelegenheiten einer Show."

„Ein Musical würde mächtig an Schwung verlieren, wenn nicht alles genau stimmt. Versuche dir einmal, ‚The King and I‘ ohne den Thronsaal vorzustellen oder ‚La Cage‘ ohne den Nachtclub. Dort ist eine Lücke." Maddy beugte sich aus dem Fenster. „Passt der Wagen überhaupt da hinein?"

Roy warf ihr einen nachsichtigen Blick zu und parkte dann nach einigem Hin und Her seinen BMW zwischen zwei anderen am Bürgersteig geparkten Wagen. „Zufrieden?"

„Großartig." Sie beugte sich zu ihm herüber, um ihn zu küssen. „Du bist großartig. Ich bin so froh, dass du hier bist, Roy. Habe ich dir das überhaupt schon gesagt?"

„Ein paar Mal." Er legte eine Hand über ihren Nacken, um sie nah bei sich zu halten. „Ich hätte dich doch überzeugender überreden sollen, im Bett zu bleiben. Um dich auszuruhen", fügte er hinzu, als sie eine Braue hochzog. „Du bist einfach zu aufgedreht."

„Das ist das ganz normale Premierenverhalten. Wenn ich entspannt wäre, dann könntest du dir Sorgen machen. Aber davon abgesehen, ich finde, du solltest dir nicht nur das Endprodukt, das du bezahlt hast, ansehen. Komm." Sie stieg aus. „Du solltest einen Blick hinter die Bühne werfen."

Sie betraten das Theater durch den Bühneneingang. Maddy winkte dem Pförtner zu und folgte dann dem Lärm. Eine Elektrosäge kreischte kurz auf, doch hauptsächlich herrschte ein lautes Durcheinander an Stimmen. Männer und Frauen in Arbeitskleidung schwirrten herum. Einige erteilten Befehle, andere führten sie aus.

Wenn Roy gewettet hätte, dass in einigen Stunden alles fertig sein und der Vorhang sich heben könne, würde er seine Wette jetzt abschreiben. Es gab nichts als Staub, etwas Schmutz und viel Schweiß. Von Kostümen, Glitter und Schminke war nicht einmal etwas zu ahnen.

Ein Mann mit Kopfhörern stand auf der Bühne, die Arme über dem Kopf ausgestreckt. Er sagte etwas in ein Mikrofon und brachte dann die Hände ein wenig näher zusammen. Das Licht eines Verfolgers befolgte genau seine Anweisungen.

„Den Beleuchtungsdirektor hast du schon kennengelernt?"

„Kurz", antwortete Roy, während er ihn bei der Arbeit beobachtete.

„Das Licht von allen Verfolgern muss gleichzeitig auf einen Punkt fallen. Der Beleuchtungsdirektor beaufsichtigt den Scheinwerfer hier unten, sein Assistent die anderen oben."

„Wie viele Scheinwerfer gibt es?"

„Dutzende."

„Das Stück beginnt um acht. Sollte das nicht schon längst erledigt sein?"

„Auf der Probe gestern haben wir noch einige Veränderungen vorgenommen. Aber keine Sorge." Sie hakte sich bei ihm unter. „So oder so, die Show wird pünktlich um acht beginnen."

Wieder sah sich Roy um. Riesige Holzkisten auf Rädern standen herum, Kabelknäuel bedeckten den Boden, hier und da waren Leitern aufgestellt. Auf einer Hebebühne stand ein Mann, der an einer Lichtanlage herumfingerte. Ein anderer Mann auf der Bühne machte eine Handbewegung nach unten, worauf ein dunkler Prospekt langsam herunterkam und auf Signal angehalten wurde.

„Sie testen die Prospekte", erklärte Maddy Roy. „Sie haben alle ein ziemliches Gewicht, und die Bühnenarbeiter müssen wissen, wie weit sie sie herunterlassen und wie hoch sie sie ziehen dürfen. Komm, ich zeige dir den Schnürboden. Dort wird ein großer Teil des ganzen Zaubers verwirklicht."

Maddy ging über die Bühne, um Kisten und Kasten und vorsichtig um die Leitern und die arbeitenden Männer herum.

„Miss O'Hara." Einer von ihnen drehte sich mit einem freundlichen Grinsen um. „Sie sehen gut aus."

„Sorgen Sie lieber dafür, dass ich heute Abend gut aussehe", rief sie humorvoll mit einem kurzen Auflachen. Maddy drückte sich zwischen dem letzten Prospekt und verschiedenen riesigen Kisten hindurch.

„In diesem Theater müssen wir für unsere Auftritte immer unter der Bühne hindurch", erklärte sie Roy. „Hier hinten ist nicht genügend Platz. Das ist aber immer noch besser, als für jeden Auftritt extra außen herumzurennen."

„Wäre es besser organisiert, wenn …"

„Das ist eben Theater." Maddy nahm Roys Hand und führte ihn einen engen Gang entlang. „Hier hoch." Sie stieg eine schmale, steile Treppe hoch.

Auf Roy machte es den Eindruck wie das Deck eines Schiffes – eines, das heftige Stürme überstanden hatte. Überall gab es Seile, manche so dick wie Maddys Handgelenk. Sie hingen von oben herunter und verwirrten sich – ohne irgendeine Ordnung, wie es auf Roy wirkte – auf dem Boden.

„Das ist der Schnürboden", begann Maddy. „Davon gibt es nicht mehr viele bei uns in den Staaten, leider. Alle herunterzulassenden Teile werden von hier bewegt. Der Perlenvorhang." Sie legte eine Hand über einige Seile, die zusammengebunden und mit einem Schildchen versehen waren. „Er wiegt über zweihundertzwanzig Kilo. Wenn er im dritten Akt heruntergelassen werden muss, gibt der Bühnenmeister das Zeichen, und der Beleuchtungsmeister gibt es als Lichtzeichen nach hier oben weiter."

„Klingt einfach."

„Sicher. Es sei denn, man bekommt gleich zwei oder drei Zeichen oder ein Seil ist so schwer, dass zwei oder drei Männer allein damit beschäftigt sind. Die Burschen hier oben können sich keine Kaffeepausen leisten."

„Wieso weißt du eigentlich so viel darüber?"

„Ich habe mein ganzes Leben in Theatern verbracht. Komm, ich zeige dir die Malplattform. Von dort hat man einen unglaublichen Blick."

Maddy schlängelte sich durch die Seile und bückte sich, um unter einem eisernen Gitter auf die enge Plattform hinaustreten zu können. „Wenn irgendetwas gemalt werden muss, machen sie es hier." Sie sah hinunter und schüttelte den Kopf. „Wäre nicht nach meinem Geschmack."

Ein Prospekt senkte sich lautlos herunter. Ein Scheinwerfer kreiste auf ihm, sein Lichtkreis weitete sich, wurde wieder kleiner und verhielt dann. Maddy strich mit den Händen über das Geländer.

„Das ist mein Scheinwerfer im ersten Akt, Szene drei."

„Wenn ich es nicht besser wüsste, würde ich sagen, du seist nervös."

„Ich bin nicht nervös. Ich bin zu Tode verängstigt."

„Warum?" Er legte eine Hand über ihre. „Du weißt doch, was du kannst."

„Ich weiß, was ich gekonnt habe", verbesserte sie. „Erst heute Abend, wenn sich der Vorhang hebt, werde ich wissen, ob ich es auch hier kann. Da unten ist dein Vater. Er scheint sich mit dem Theaterdirektor zu unterhalten. Du solltest dort unten bei ihnen sein."

„Nein, ich sollte hier, bei dir sein." Erst langsam kam er dazu, die Wahrheit dieser Aussage zu akzeptieren. Er war nicht nur mitten in der Nacht nach Philadelphia gefahren, weil er ihr misstraut hatte. Er hatte sie nicht zum Theater begleitet, weil er nichts Besseres zu tun hatte. Er hatte beides getan, weil er dorthin gehörte, wo immer sie auch war. Sie hatte die roten Schuhe an und musste tanzen. Tanzte er nach ihrer Pfeife? Der Gedanke alarmierte ihn plötzlich.

Gut neun Meter über der Bühne, auf der schmalen eisernen Plattform, spürte Roy plötzlich Angst vor dem Fallen – aber nicht im Sinne von auf die Bühne fallen. „Lass uns hinuntergehen." Er wollte Menschen um sich herum, Fremde, Lärm, alles, was ihn von dem ablenken konnte, das in ihm vor sich ging.

„Gut. Oh, da ist meine Familie." Maddys Nervosität verschwand, und die Freude war so groß, dass sie es nicht bemerkte, wie er sich versteifte, als sie den Arm um seine Taille legte. „Da ist Dad. Siehst du den drahtigen, kleinen Mann, der dem Schreiner ungefragte Ratschläge gibt? Er könnte in dieser Show alles machen – das Licht, die Kulisse, die Aufbauten. Er könnte einstudieren oder choreografieren, aber es sollte nie sein." Stolz und liebevoll strahlte sie hinunter. „Das Rampenlicht, das braucht Dad."

„Und du?"

„Man sagt, ich komme am meisten nach ihm. Dort ist meine Mutter. Siehst du die hübsche Frau mit dem kleinen Jungen? Das ist mein jüngster Neffe, Chris. Gestern hat er sich entschieden, Beleuchter zu werden, weil sie auf den Hebebühnen hochgefahren werden. Und meine Schwester Alana. Ist sie nicht reizend?"

Roy betrachtete die schlanke Frau mit leicht lockigem Haar. Obwohl sie mitten in dem Chaos dort unten stand, ging von ihr ruhige Zufriedenheit aus. Sie legte einem anderen Jungen die Hand auf die Schulter und zeigte in den Zuschauerraum.

„Wahrscheinlich zeigt sie Ben, wo sie heute Abend sitzen."

Dorian, Alanas Mann, beugte sich in diesem Augenblick zu Chris herunter und nahm ihn auf seine Schultern. Das Jauchzen des kleinen Jungen drang bis zu Maddy und Roy herauf.

„Wunderbare Kinder." Maddy hörte Wehmut aus ihrer eigenen Stimme heraus und schüttelte das Gefühl ab. „Lass uns gehen und sie begrüßen."

Gerade als sie wieder unten waren, ertönte ein Signal, und Maddy nahm Roys Hand, um ihn zur Seite zu ziehen, während sich auch schon der Perlenvorhang glitzernd herabsenkte.

„Ist er nicht überwältigend? Er wird während meiner Traumszene eingesetzt, in der ich glaube, eine Ballerina und keine Stripperin zu sein. Und natürlich drehe ich eine Pirouette direkt in die Arme meines geliebten Jonathan. Das ist das Schöne am Theater – und an Träumen: Man kann alles verwirklichen, was man sich wünscht."

Als sie um einen anderen Prospekt herumgingen, hörte Maddy die Stimme ihres Vaters bis zu ihnen heraufschallen.

„Valentine, mich trifft der Schlag." Und der kleine, flinke Frank O'Hara zog den großen, stämmigen Edwin Valentine an sich. „Mein Mädchen hat mir schon erzählt, dass du über dich selbst hinauswächst bei der Finanzierung dieser Show." Strahlend vor Freude trat Frank einen Schritt zurück und betrachtete ihn. „Wie lange ist es eigentlich her?"

„Zu lange." Edwin ergriff Franks Hand und schüttelte sie begeistert. „Viel zu lange. Du siehst überhaupt nicht älter aus."

„Nur, weil deine Augen es geworden sind."

„Und Molly." Edwin küsste sie auf die Wange. „Bezaubernd wie immer."

„Mit deinen Augen ist offensichtlich doch nichts falsch", versicherte sie ihm lächelnd und küsste ebenfalls seine Wange. „Wie schön ist es doch immer, alte Freunde zu treffen."

„Ich habe euch nie vergessen. Und ich habe nie aufgehört, dich um deine Frau zu beneiden, Frank."

„In dem Fall kann ich einen weiteren Kuss nicht zulassen. Es sollte dir weniger leichtfallen, dich an meine Alana zu erinnern."

„Eine der Drillinge." Zwischen seinen großen Händen verschwand die von Alana richtig. „Unglaublich. Welche …?"

„Die Mittlere", kam sie ihm zur Hilfe.

„Vielleicht war es damals deine Windel, die ich gewechselt habe."

Lachend wandte sich Alana Dorian zu. „Mein Mann, Dorian Crosby."

„Crosby? Ich habe einige Ihrer Arbeiten gelesen. Haben Sie nicht auch mit meinem Sohn wegen eines Ihrer Bücher zusammengearbeitet?"

„Ja. Sie waren damals unterwegs, darum haben wir uns nicht kennengelernt."

„Und Enkel." Edwin warf Frank und Molly erneut einen Blick zu, bevor er in die Knie ging, um mit den Jungen auf einer Höhe zu sein. „Ein nettes Paar. Wie geht's euch?" Wie Erwachsenen reichte er jedem Jungen die Hand. „Das ist noch etwas, worum ich dich beneide, Frank."

„Die zwei Bengel sind mir selbst richtig ans Herz gewachsen", gestand Frank ein und zwinkerte den beiden zu. „Im nächsten Winter schenkt Alana uns noch ein Enkelkind."

„Meinen Glückwunsch." Er spürte Neid, Edwin konnte es nicht ganz verschleiern, doch auch Freude. „Wenn ihr nichts vorhabt, würde ich euch alle gern vor der Show zum Dinner einladen."

„Wir sind O'Haras", erinnerte Frank ihn. „Wir haben nie Pläne, die sich nicht ändern lassen. Wie geht's deinem Jungen, Edwin?"

„Gut. Er ist sogar … Nun, da ist er. Mit deiner Tochter."

Als sich Frank zu den beiden umdrehte, ging ihm sofort ein Licht auf. Er sah Maddy, die die Hand eines großen, schlanken Mannes hielt, mit verschlossenem Gesichtsausdruck. Und er sah Maddys Blick, strahlend und etwas verunsichert. Sein Baby hatte sich verliebt. Der Stich, den er im Herzen spürte, rührte zum Teil von Freude, zum Teil von Schmerz her. Beide Gefühle milderten sich, als Molly ihre Finger mit seinen verschränkte.

Während der gegenseitigen Vorstellungen nahm Frank nicht den Blick von Roy. Wenn sein Baby sich diesen Mann gewählt hatte, dann musste er sich vergewissern, dass sie gut gewählt hatte.

„Sie leiten also Valentine Records", begann Frank, der immer gern den direkten Weg ging. „So eine Plattenfirma bringt eine Menge Verantwortung mit sich und braucht einen klugen Steuermann. Einen zuverlässigen. Sie sind nicht verheiratet?"

Um Roys Mundwinkel zuckte ein Lächeln. „Nein."

„Noch nie gewesen?"

„Dad, habe ich dir schon gezeigt, wie wir den Ablauf des Finales geändert haben?" Maddy ergriff seine Hand und zog ihn zur Seite. „Was denkst du dir eigentlich dabei?"

„Wobei?" Er grinste und küsste sie auf beide Wangen. „Habe ich dir eigentlich schon gesagt, wie gut du aussiehst? Immer noch wie mein kleines Häschen."

„Schmeicheleien werden dir nichts als einen Nasenstüber einbringen. Und hör auf, Roy so auszufragen, Dad. Es ist so ... so offensichtlich."

„Offensichtlich ist nur, dass du mein kleines Mädchen bist und ich ein Recht habe, auf dich aufzupassen."

Mit verschränkten Armen legte sie den Kopf auf die Seite. „Dad, hast du bei meiner Erziehung gute Arbeit geleistet?"

„Ich habe gute Arbeit geleistet."

„Würdest du sagen, ich sei eine vernünftige, verantwortungsbewusste Frau?"

„Verdammt, das bist du." Stolz streckte Frank die Brust hervor. „Und ich würde mich mit jedem Mann anlegen, der das Gegenteil behauptet. Das kannst du mir glauben."

„Gut." Sie gab ihm einen Kuss. „Dann halte dich heraus, Frank O'Hara." Sie versetzte ihm zwei Klapse auf die Wange. „Ich gehe jetzt hinauf in den Proberaum, um mich aufzuwärmen."

Langsam und behutsam, um ihre Muskeln nicht der Gefahr einer Verletzung auszusetzen, wärmte sich Maddy auf. Sie war ganz allein. Nur sie und die Wände voller Spiegel. Sie konnte das Summen der Waschmaschine aus der Garderobe gegenüber hören. In der kleinen Küche am Ende des Ganges öffnete jemand die Kühlschranktür und warf sie wieder zu. Zwei Techniker blieben genau vor der Tür zum Proberaum stehen. Ihre Unterhaltung drang mal laut, mal leiser herein, während Maddy sich beugte, bis ihr Kinn ihr Knie berührte. Es gab nur sie und die Wände voller Spiegel.

Es war Myrons Idee gewesen, die Traumszene mit der Balletteinlage hereinzunehmen. Als sie bemerkt hatte, dass sie sechs Monate nicht mehr auf Spitzen gestanden habe, hatte er nur erwidert, dass sie ihre Spitzenschuhe ausgraben und üben solle. Und das hatte sie getan. Sie hatte jede Woche noch extra Spitzentraining gemacht. Sie konnte nur hoffen, dass sich das auszahlen würde.

Sie hatte gearbeitet und geprobt, bis die Bewegungen und die Musik fest in ihr verankert waren. Doch wenn es eine Nummer gab, die sie nervös machte, dann diese.

Die ersten vier Minuten würde sie allein auf der Bühne sein. Allein, die Beleuchtung ein fahles Blau, der Vorhang glitzernd und schimmernd hinter ihr. Die Musik würde einsetzen …

Maddy drückte die Starttaste des Kassettenrekorders und stellte sich vor den Spiegeln auf. Ihre Arme würden sich vor ihrem Körper kreuzen, und die Hände würden leicht auf ihren Schultern liegen. Langsam, ganz langsam würde sie in Spitzenposition gehen. Und anfangen.

Die Geräusche von draußen nahm Maddy schon nicht mehr wahr. Eine Reihe träumerischer Pirouetten. Ein Sprung, die Arme ausgestreckt. Es musste mühelos aussehen, so als würde sie schweben. Die angespannten Muskeln, der Kraftaufwand, nichts davon durfte in dieser Nummer zu ahnen sein. Sie verkörperte ein Traumbild, eine Musikboxtänzerin im Ballettrock mit Stirnreif. Fließende Bewegungen. Sie stellte sich vor, ihre Glieder seien aus Wasser, selbst als sie Kraft für eine Reihe schneller Drehungen brauchte. Sie hob die Hände über den Kopf und brachte ihren Körper in die Waagerechte. In der Figur musste sie ein paar Sekunden ausharren, bis Jonathan auf die Bühne kommen würde, um den Traum zum Pas de deux zu machen.

Maddy ließ die Arme wieder sinken und schüttelte sie, damit die Muskeln entspannt blieben. So weit konnte sie ohne ihren Partner proben. Sie ging zum Rekorder und spulte zurück. Noch einmal.

„Ich habe dich noch nie so tanzen sehen."

Sie wurde aus ihrer konzentrierten Versunkenheit gerissen und bemerkte Roy in der Tür. „Es ist auch sonst nicht mein Stil. Ich habe dich gar nicht bemerkt."

„Du bist eine ewig neue Überraschung", murmelte er und trat näher. „Wenn ich dich nicht kennen würde, hätte ich geglaubt, ich beobachte eine Primaballerina."

Es freute sie, doch sie tat es mit einem Lachen ab. „Einige klassische Bewegungen machen noch keinen Sterbenden Schwan."

„Aber du könntest, wenn du wolltest?" Er nahm ihr das Handtuch ab, nach dem sie griff, und tupfte damit sanft ihre Schläfen ab.

„Ich weiß nicht. Wahrscheinlich würde ich mitten in ‚Dornröschen' den unwiderstehlichen Drang nach ein paar Steppschritten verspüren."

„Für das Ballett ein Verlust, für den Broadway ein Gewinn."

„Sprich nur weiter so." Sie lachte auf. „Ich brauche es."

„Maddy, du bist schon fast zwei Stunden hier. Du wirst erschöpft sein, bevor der Vorhang überhaupt aufgeht."

„Heute habe ich genügend Energie, um das ganze Musical dreimal zu spielen."

„Und wie steht es mit dem Essen?"

„Die Bühnenarbeiter machen Gulasch. Wenn ich um vier oder fünf etwas davon esse, müsste ich es eigentlich bis zum ersten Akt verdaut haben."

„Ich wollte mit dir essen gehen."

„Oh Roy, das könnte ich nicht, nicht vor der Vorstellung. Hinterher." Sie legte die Hände in seine.

„Gut." Ihre Hände waren kühl. Zu kühl, zu angespannt. Er wusste nicht, wie er Maddy beruhigen konnte. „Maddy, bist du vor einer Premiere immer so?"

„Immer."

„Sogar, wenn du ganz zuversichtlich bist, dass es ein Erfolg wird?"

„Nur, weil ich zuversichtlich bin, bedeutet das nicht, dass ich nicht dafür arbeiten müsste, damit es ein Erfolg wird. Und das macht mich nervös. Nichts Lohnendes gelingt mühelos."

„Nein." Er blickte sie nachdenklich an. „Nein, das stimmt."

Jetzt sprachen sie nicht mehr über die Premiere oder das Theater. „Du glaubst wirklich, wenn du nur hart genug an etwas arbeitest und fest genug daran glaubst, dann gelingt es auch?"

„Ja, das glaube ich."

„Wir?"

Sie schluckte. „Ja, auch wir."

„Selbst wenn wir so verschieden sind?"

„Es ist nicht eine Frage von Wesenszügen, Roy."

Er ließ ihre Hände los und trat zurück. Wie oben, auf dem Schnürboden, überfiel ihn wieder diese Angst vor dem Fallen. „Ich wünschte, ich könnte so optimistisch sein wie du. Ich wünschte, ich könnte an Wunder glauben."

Sie spürte, wie die Hoffnung, die in ihr aufgestiegen war, wieder in sich zusammenfiel. „Ich auch."

„Heirat ist wichtig für dich."

„Ja. Die Bindung. Die Verpflichtung. Das Versprechen. Ich bin dazu erzogen worden, so ein Versprechen zu respektieren und in einer Ehe kein Ende, sondern einen Anfang zu sehen. Ja, für mich ist es wichtig."

„Es ist nur ein Vertrag", fiel er ein, schien es aber eher sich selbst zu sagen. „Und nicht einmal ein sehr bindender. Wir haben beide Erfahrung mit Verträgen, Maddy. Wir könnten einen unterschreiben."

Sie öffnete den Mund und schloss ihn langsam wieder, ehe sie erneut zum Sprechen ansetzte. „Wie bitte?"

„Ich habe gesagt, wir unterschreiben einen. Für dich ist es wichtig, wichtiger, als mir bewusst war. Und mir macht es wirklich nichts aus. Wir machen Bluttests, besorgen uns eine Eheerlaubnis, und damit hat es sich."

„Bluttests." Gepresst atmete sie aus und stützte sich auf den kleinen Tisch hinter ihr. „Eine Eheerlaubnis. Damit ist selbstverständlich jeder romantische Unsinn ausgeschlossen."

„Es ist nur eine Formalität." Er spürte einen merkwürdigen Druck im Magen, als er sich wieder zu Maddy umdrehte. Es war klar, was er gerade machte: Er schloss die Tür seines eigenen Käfigs. Warum er es tat, stand auf einem anderen Blatt. „Ich kenne mich mit den gesetzlichen Bestimmungen nicht so genau aus. Doch wenn es sein muss, könnten wir Montag nach New York fahren und es erledigen. Du könntest Dienstag rechtzeitig zur Abendvorstellung zurück sein."

„Dann würde es unseren Terminkalender nicht durcheinanderbringen", fügte sie ruhig hinzu. Sie hatte gewusst, er würde sie verletzen, aber sie hatte nicht gewusst, dass er ihr ganz einfach das Herz brechen würde. „Ich weiß das Angebot zu schätzen, Roy, aber ich verzichte." Entschlossen drückte sie wieder die Starttaste des Rekorders und ließ die Musik laufen.

„Was meinst du damit?" Er fasste sie am Arm, bevor sie wieder ihre Grundstellung einnehmen konnte.

„Genau das, was ich gesagt habe. Und jetzt entschuldige mich, ich muss arbeiten."

Noch nie war ihre Stimme so kalt und ausdruckslos wie jetzt gewesen. „Du wolltest die Ehe, und ich habe eingewilligt. Was willst du noch, Maddy?"

Sie trat zurück und musterte ihn. „Mehr, viel mehr, als du bereit bist zu geben … Und ich fürchte, mehr als du fähig bist zu geben. Verdammt, ich will kein Stück Papier. Ich will nicht, dass du mir einen Gefallen tust. Also, Maddy will heiraten, denkst du, und da es mir so oder so recht ist, da unterschreiben wir doch einfach an der bezeichneten Stelle, um sie glücklich zu machen. Du kannst dich zum Teufel scheren!"

„So habe ich es nicht gemeint." Er wollte sie bei den Schultern fassen, doch sie wich zurück.

„Ich weiß, was du meinst. Ich weiß es nur zu gut. Ehe ist nichts als ein Vertrag, und Verträge kann man aufheben. Vielleicht möchtest du in diesen Vertrag sogar eine Sicherheitsklausel einfügen, sodass alles sauber geregelt ist, wenn du des Vertrages überdrüssig wirst. Nein, danke."

War sie es, die so kalt, so verächtlich sprach? Er wusste nicht mehr aus noch ein. „Maddy, ich bin nicht mit dem Vorsatz zu dir gekommen, uns in diese Situation zu bringen. Es ist einfach so geschehen."

„Zu spontan für dich?" Dieses Mal war deutlich Sarkasmus zu hören. Wieder etwas Ungewöhnliches. „Warum lässt du dich auch auf etwas für dich so Schwieriges ein?"

„Was willst du überhaupt? Kerzenlicht und mich auf Knien vor dir? Sind wir darüber nicht hinaus?"

„Ich habe es satt, dir zu sagen, was ich will." Aus ihrem Blick sprach nur noch Kälte und, zum ersten Mal, Verschlossenheit. „Ich muss bald auf die Bühne. Und für den Augenblick hast du genug getan, um es mir zu erschweren." Sie spulte die Kassette wieder zum Anfang zurück. „Lass mich allein, Roy."

Sie wartete auf ihren Einsatz und begann. Sie tanzte weiter, als sie allein war und ihre Augen sich mit Tränen füllten.

*A*ls Roy die Treppe hinunterging, traf er seinen Vater. „Ist Maddy noch oben?" Edwin legte seinem Sohn den Arm um die Schulter. „Ich habe gerade mit dem Direktor gesprochen. Die Premiere ist ausverkauft und ebenso die ganze nächste Woche. Das wollte ich ihr nur mitteilen."

„Lass ihr etwas Ruhe." Roy vergrub die Fäuste in seinen Taschen und kämpfte gegen ein Gefühl grenzenloser Frustration an. „Sie tanzt sich ein."

„Ich verstehe." Er glaubte, dass er verstand. „Komm einen Augenblick hier herein." Er öffnete die Tür zum Büro des Direktors. Sie traten ein, und er schloss sie wieder. „Du hast immer mit mir gesprochen, wenn du Probleme hattest. Möchtest du das nun nicht auch machen?"

„Manchmal kommt man an einen Punkt, wo es besser wäre, sie allein zu lösen."

„Ich weiß, dass du darin immer gut warst, Roy. Aber du kannst mich trotzdem einweihen." Er holte sich eine Zigarre aus der Tasche und wartete.

„Ich habe Maddy gefragt, ob sie mich heiraten will. Nein", fuhr er schnell fort, bevor sich Freude im Blick seines Vaters zeigen konnte. „Das ist nicht ganz richtig. Ich habe Notwendigkeiten für eine Eheschließung aufgezählt."

„Notwendigkeiten?", fragte Edwin nach. Er konnte sich nicht vorstellen, was sein Sohn damit meinte.

„Ja." Roys Stimme war scharf und ungeduldig. Er war in Verteidigungshaltung. „Wir brauchen Bluttests, eine Eheerlaubnis und wir müssen es mit unserem Terminkalender in Übereinstimmung bringen. Sie hat es mir wütend an den Kopf geschleudert."

„Es?", wiederholte Edwin und senkte leicht den Kopf. „Bei dir klingt das kurz, bündig und klar geregelt, Roy. Keine Blumen?"

„Sie kann eine Wagenladung voll Blumen haben, wenn sie sie will." Er wäre gern im Raum auf und ab gegangen. Doch er blieb, wo er stand, angespannt wegen der sich verstärkenden drückenden Atmosphäre.

„Wenn sie es will." Nun hatte Edwin das ganze Bild, und er setzte sich in einen der Sessel. „Roy, wenn du eine Hochzeit auf diese Ebene stellst und das bei einer Frau wie Maddy, dann hast du nichts anderes verdient, als es an den Kopf zurückgeschleudert zu bekommen."

„Vielleicht. Und vielleicht ist es so das Beste. Ich weiß selbst nicht, warum ich mit dem Ganzen überhaupt angefangen habe."

„Vielleicht, weil du sie liebst."

„Liebe ist doch nur ein Wort, um Glückwunschkarten verkaufen zu können."

„Wenn ich dir das abnehmen würde, müsste ich mich für einen Versager halten."

„Nein." Außer sich vor Zorn wandte sich Roy ihm zu. „Du hast niemals irgendwo versagt."

„Das ist nicht wahr. Ich habe in meiner Ehe versagt."

„Nicht du." Die Bitterkeit, die in Roy aufstieg, war zu groß, um sie einfach überspielen zu können.

„Doch. Und jetzt hörst du mir einmal zu. Wir haben nie richtig darüber gesprochen. Du wolltest es nicht, und ich habe es hingenommen, weil ich dachte, du seist genug verletzt worden. Ich hätte es nicht tun sollen." Edwin sah seine Zigarre an und drückte sie dann langsam aus. „Ich habe deine Mutter geheiratet, obwohl ich wusste, dass sie mich nicht liebte. Ich dachte, ich könnte sie an mich binden, weil ich die Fäden zu dem in der Hand hatte, was sie wollte. Doch an je mehr Fäden ich zog, desto mehr fühlte sie sich eingeengt. Und als sie schließlich ausgebrochen ist, war es ebenso meine Schuld wie ihre."

„Nein."

„Doch", verbesserte Edwin. „Ehe ist eine Angelegenheit zwischen zwei Menschen, Roy. Es ist kein Geschäft, es ist keine vertragliche Vereinbarung, niemand sollte dem anderen zu Dank verpflichtet sein."

„Ich weiß nicht, wovon du sprichst", entgegnete Roy. „Und ich sehe keinen Grund, jetzt darüber zu sprechen."

„Du kennst den Grund. Die Ursache dafür ist oben."

Langsam drehte sich Roy um. „Du hast recht."

Edwin lehnte sich zurück. „Deine Mutter hat mich nicht geliebt, und sie hat dich nicht geliebt. Das tut mir leid, aber du musst wissen, Liebe ist nicht etwas, das automatisch bei einer Geburt entsteht oder durch Verpflichtung. Sie kommt vom Herzen."

„Sie hat dich betrogen."

„Ja. Aber sie hat mir auch dich geschenkt. Ich kann sie nicht hassen, Roy. Und es wird Zeit, dass du dein Leben nicht mehr daran orientierst, was sie getan hat."

„Ich könnte wie sie sein."

„Liegt dein jetziges Problem darin? Dass du Angst hast, du könntest sein wie deine Mutter?" Edwin wuchtete sich aus dem Sessel und packte Roy am Revers – das erste Anzeichen von Heftigkeit, das er seinem Sohn gegenüber je gezeigt hatte. „Wie lange trägst du das schon mit dir herum?"

„Ich könnte wie sie sein", wiederholte Roy. „Oder ich könnte wie der Mann sein, mit dem sie geschlafen hat, und ich weiß nicht einmal, wer er war."

Edwin löste seinen Griff und trat zurück. „Willst du es wissen?"

Roy fuhr sich mit den Händen durchs Haar. „Nein. Aber wie kann ich wissen, was sich in mir verbirgt? Wie kann ich wissen, dass die beiden in mir nicht weiterleben?"

„Du kannst es nicht. Aber du kannst in den Spiegel schauen und darüber nachdenken, wer du bist, statt dich zu fragen, wer du sein könntest. Und du kannst daran glauben, so wie ich, dass die fünfunddreißig Jahre, die wir miteinander verbracht haben, wichtiger sind."

„Ich weiß, aber …"

„Es gibt kein Aber."

„Ich liebe Maddy." Die Abwehrhaltung, die er seit seiner Kindheit aufgebaut hatte, brach langsam in sich zusammen. „Aber wie soll ich wissen, ob nächsten Monat, nächstes Jahr nicht alles anders ist? Wie kann ich wissen, ob ich überhaupt dazu fähig bin, ihr das zu geben, was sie braucht?"

„Das ist auch wieder etwas, das man nicht wissen kann. Das ist etwas, das du riskieren musst, etwas, das du willst und woran du deswegen zu arbeiten hast. Wenn du sie liebst, gelingt es dir auch."

„Meine größte Angst ist es, sie zu verletzen. Sie ist das Beste, was mir jemals geschehen ist."

„Ich nehme an, all das hast du nicht erwähnt, als du von deinen Ehebedingungen gesprochen hast."

„Du hast recht." Er fuhr sich mit den Händen über das Gesicht. „Ich habe alles zerstört. Ich habe sie von mir gestoßen, weil ich Angst hatte, sie an mich zu ziehen."

„Ich will dir etwas sagen. Mein Sohn soll eine Frau wie Maddy O'Hara nicht verlieren, nur weil er glaubt, er wäre nicht der Richtige."

Jetzt hätte Roy doch fast gelacht. „Das klingt wie eine Herausforderung."

„Richtig, es ist eine." Edwin legte die Hände auf Roys Schulter. „Und ich würde mein ganzes Geld auf dich setzen. So wie damals beim Baseballspiel am Ende deiner Highschool-Zeit. Erinnerst du dich noch?"

„Ja, ich erinnere mich." Nun lachte er wirklich.

Edwin grinste ihn an. „Und nun hätte ich gern einen Drink."

In ihrem ältesten Bademantel, das Haar mit einem Stirnband zurückgehalten, saß Maddy vor dem Schminkspiegel und befestigte vorsichtig die falschen Wimpern über ihren eigenen. Ihre Maske war fast fertig und zeigte schon ganz deutlich das verführerische Gesicht von Mary. Noch etwas mehr Farbe auf die Wangen, noch etwas mehr Glitter auf die Lider und ein volles Rot für die Lippen. Als die Wimpern saßen, wartete Maddy darauf, dass sich der Druck in ihrem Magen endlich löste.

Premierenfieber, nur Premierenfieber, sprach sie sich zu, während sie Eyeliner über dem Ansatz der falschen Wimpern auftrug. Doch es war mehr, was sie durcheinanderbrachte, und sie konnte es nicht einfach von sich schieben.

Ehe. Roy hatte vom Heiraten gesprochen – aber in seiner Sprache. Ein Teil von ihr hatte immer gehofft und auf den Moment gewartet, dass er die Tatsache ihres Zusammenseins akzeptierte. Und dieser Teil von ihr war immer zuversichtlich gewesen, dass dieser Moment kommen würde. Nun war er gekommen, und sie konnte nicht zugreifen. Was er bot, waren nicht Jahre des Glücks, sondern ein Stück Papier, das sie vor dem Gesetz verband, aber für Gefühle keinen Raum ließ. Das war nicht das, was sie wollte.

Ich habe zu viele Gefühle, sagte sich Maddy. Zu viele Gefühle, zu wenig vernünftige Logik. Eine logische Frau wäre auf Roys Ebene eingegangen und hätte das Beste daraus gemacht. Sie dagegen hatte Schluss gemacht. Maddy starrte ihr Spiegelbild an. Heute war ein Abend des Beginns – und ein Abend des Verlustes.

Sie erhob sich und trat vom Spiegel weg. Sie hatte genug von sich gesehen. Draußen hetzten Menschen hin und her. Sie hörte den Lärm, die Nervosität, die Anspannung, die zu Premieren gehörten. Ihre Garderobe war jetzt schon voller Blumen und erfüllt von betörendem Duft.

Da waren Rosen von Carrie. Weiße. Die Margeriten waren von ihren Eltern. Bei den Gardenien hatte sie gewusst, dass sie von Terence kamen, bevor sie auf die beiliegende Karte gesehen hatte. Es gab noch viele andere Sträuße, aber keinen von Roy. Sie hasste sich selbst dafür, dass der Gedanke an das Nichtvorhandene sie die Schönheit des Vorhandenen vergessen ließ.

„Noch dreißig Minuten, Miss O'Hara."

Maddy presste eine Hand auf ihren Magen. Noch dreißig Minuten. Warum ließ sie jetzt die quälenden Gedanken an Roy zu? Sie wollte nichts weiter als hinausgehen, singen und tanzen und ein Haus voller Fremder zum Lachen bringen – sich in ihrem Element fühlen und die Schatten vertreiben können.

Es klopfte an der Tür. Bevor sie antworten konnte, steckten ihre Eltern schon ihre Köpfe zur Tür herein.

„Kannst du zwei heitere Gesichter gebrauchen?", erkundigte sich Molly.

„Oh ja. Ich kann alles gebrauchen, was ich bekommen kann."

„Das Haus füllt sich!" Frank strahlte, als er sich in der Garderobe umsah, an deren Tür ein Stern klebte. Mehr hätte er sich für seine Tochter nicht wünschen können. „Du hast als Einzige eine Garderobe für dich, Kindchen."

„Tatsächlich?" Wieder legte Maddy die Hand auf ihren Magen und fragte sich, ob sie irgendwo ein Alka-Seltzer hatte.

„Wenn der Vorhang erst aufgeht, brauchst du es nicht mehr", meinte Molly, der es nicht schwerfiel, ihre Tochter zu verstehen. „Premierenfieber, Maddy, oder gibt es noch etwas anderes, worüber du sprechen möchtest?"

Sie zögerte, doch es hatte zwischen Maddy und ihrer Familie nie Geheimnisse gegeben. „Nur, dass ich einen absoluten Narren liebe."

„Oh! Nun …" Mit einem Blick auf Frank zog Molly eine Braue hoch. „Ich weiß, wie das ist."

Er wollte etwas entgegnen, wurde aber im wahrsten Sinne des Wortes von seiner Frau hinausbefördert. „Hinaus, Frank, Maddy muss sich ihr Kostüm anziehen."

„Ich habe ihr den Hintern gepudert", protestierte er schwach, ließ sich aber hinausdrängen. „Zeig's ihnen", meinte er noch augenzwinkernd zu seiner Tochter, bevor er verschwand.

„Er ist unglaublich." Maddy lächelte, als sie ihn draußen einer Tänzerin etwas zurufen hörte.

„Manchmal." Molly nahm das Kostüm voller Glitter und Federn, das am Türhaken hing. „Ich helfe dir beim Anziehen. Sag mal, dieser Narr, das ist nicht zufällig Roy Valentine?"

„Zufällig ja."

„Wir haben heute mit ihm und seinem Vater gegessen. Scheint ein netter junger Mann zu sein."

„Schon. Aber ich will ihn nie wieder sehen!"

„Mm-hmm."

„Noch fünfzehn Minuten, Miss O'Hara."

„Ich glaube, mir wird schlecht", flüsterte Maddy.

„Nein, wird dir nicht." Geschickt legte Molly letzte Hand an Maddys Kostüm. „Es schien mir, als sei Roy etwas zerstreut während des Essens gewesen."

„Ihm geht immer viel durch den Kopf. Meistens Verträge", stieß sie bitter hervor.

„Ich verstehe. Sie machen uns das Leben nicht leicht."

„Was?"

„Männer." Molly drehte ihre Tochter einmal herum und überprüfte noch einmal das Kostüm. „Sie sind nicht hier, um uns das Leben leicht zu machen. Sie sind einfach hier."

Zum ersten Mal seit Stunden war Maddy nach Lachen zumute. „Meinst du, die Amazonen haben es richtig gemacht?"

„Die, die Männer nach dem Liebesakt getötet haben?" Molly schien ernsthaft über die Frage nachzudenken, bevor sie den Kopf schüttelte. „Nein, das meine ich nicht. Es ist etwas sehr Angenehmes, einen Mann für das ganze Leben zu haben. Man gewöhnt sich an ihn. Wo sind deine Schuhe?"

„Dort." Maddy musterte ihre Mutter. „Du liebst Dad immer noch? Ich meine, richtig lieben, so wie früher?"

„Nein." Vor Erstaunen blieb Maddys Mund offen stehen, und Molly lachte. „Nichts bleibt gleich. Meine Liebe zu Frank heute ist eine andere als vor dreißig Jahren. Wir haben vier Kinder und ein Leben des Kampfes, des Lachens und der Tränen hinter uns. So stark wie jetzt hätte ich ihn mit zwanzig nicht lieben können. Und wahrscheinlich liebe ich ihn jetzt nicht so stark, wie ich es mit achtzig tun werde."

„Ich wünschte …" Kopfschüttelnd brach Maddy ab.

„Sag mir doch, was du dir wünschst." Mollys Stimme war sanft wie selten. „Eine Tochter kann ihrer Mutter alles erzählen – vor allem Wünsche."

„Ich wünschte, Roy könnte so etwas verstehen. Ich wünschte, er könnte den Blick dafür öffnen, dass es Bindungen gibt, die ewig dauern. Mom, ich liebe ihn so sehr."

„Dann will ich dir einen Rat geben." Sie nahm Maddys Perücke. „Gib ihn nicht auf."

„Ich glaube eher, dass ich mich aufgebe."

„Das wäre für eine O'Hara etwas ganz Neues. Setz dich, Mädchen. Vielleicht hält die Perücke deinen Verstand zusammen."

„Danke."

Das Fünf-Minuten-Signal ertönte. Molly ging zur Tür und warf ihrer Tochter von dort einen letzten Blick zu. „Verpass deinen Auftritt nicht."

„Mom." Maddy erhob sich und straffte ihre Körperhaltung. „Ich werde die Leute von ihren Plätzen reißen."

„Darauf zähle ich."

Maddy verließ ihre Garderobe. Noch vier Minuten. Eine Tänzerin kam mit einem riesigen Kopfputz aus Straußenfedern die Treppe herunter. Die Eröffnungsmusik spielte schon. Maddy ging der Musik entgegen und verlor mit jedem Schritt ein wenig mehr von Maddy O'Hara. Wanda stand schon zum Auftritt bereit. Maddy warf ihr ein Lächeln zu und sah dann hinüber zum Pult des Bühnenmeisters. Er konnte die Vorstellung genau auf seinem Monitor mitverfolgen.

„Was war das Höchste, das du bisher bei deinen Auftritten an Vorhängen erlebt hast, Wanda?"

„In Rochester haben wir einmal siebzehn bekommen."

Maddy stützte die Hände in die Hüften. „Heute stellen wir das in den Schatten." Sie betrat die Bühne, nahm ihre Position ein und betrachtete den Vorhang. Hinter ihr, im Dunkel, lag die Kulisse des Nachtclubs, die jetzt von den anderen Tänzern gefüllt wurde. Von der rechten Bühnenseite her sah Myron der Vorstellung zu. Maddy warf ihm einen Blick zu und nickte. Sie war bereit.

„Saalbeleuchtung – zur Hälfte runter."

Maddy holte tief Luft.

„Licht eins – an."

Über ihrem Kopf blitzten Lichter auf und tauchten sie in Regenbogenfarben.

„Saalbeleuchtung – aus."

Aus dem Publikum kam das letzte Hüsteln.

„Vorhang."

Als Maddy zum ersten Kostümwechsel von der Bühne ging, stand sie unter Höchstspannung. In Windeseile war sie aus dem einen Kostüm heraus und in dem nächsten drin. Erleichtert seufzte sie auf, als sie die Perücke vom Kopf ziehen konnte.

„Wenn du die Energie bis zum letzten Vorhang durchhältst, spendiere ich dir das beste Essen von Philadelphia."

Maddy starrte Myron an, während ihre Maske in Sekundenschnelle verändert wurde. Und schon musste sie wieder los, unter der Bühne hindurch, um auf ihr nächstes Stichwort zu warten.

Sie ging hinter dem Orchestergraben entlang, wo die Instrumente jetzt schwiegen. Ihr Jonathan und der Schauspieler, der die Rolle seines besten Freundes hatte, sprachen an dieser Stelle Text. Sie hörte das Publikum lachen. In der Nähe der Stufen, über die sie gleich wieder die linke Bühnenseite betreten würde, standen einige Bühnenarbeiter um ein tragbares Fernsehgerät herum. Der Ton war so leise heruntergedreht, dass das Geschehen von der Bühne her klar zu hören war.

„Wer gewinnt?", fragte sie, als sie einen flüchtigen Blick auf das Baseballspiel warf.

„Noch keine Punkte bis jetzt. ‚Pirates' gegen ‚Mets'. Haben gerade den dritten Schlag."

„Ich habe auf die ‚Mets' gesetzt."

Einer der Männer lachte. „Hoffentlich können Sie den Verlust verschmerzen." Auf der Bühne beendete Jonathan gerade einen Song. „Ihr Auftritt."

„Das will ich meinen." Und sie trat hinaus auf die Bühne für ihre erste Begegnung mit Jonathan C. Wiggings III.

Es herrschte genau die richtige Spannung. Mary und Jonathan trafen sich auf der Treppe der Bibliothek. Es war Liebe auf den ersten Blick. Die sich anbahnende Romanze zwischen der Stripperin und dem weltunerfahrenen Sohn eines reichen Mannes ergriff sofort das Publikum.

Die letzte Nummer vor der Pause war Maddys Striptease. Die Beleuchtung ging in grelle Pink- und Rottöne über. Maddy begann mit einer unglaublichen Energie, die während der ganzen Nummer nicht ein Mal nachließ.

Sie zog die Boa herunter und ließ sie fliegen. Ein Raunen ging durchs Publikum, als sie im Schoß von Maddys Vater landete.

Für dich, Dad, dachte sie und warf ihm eine Kusshand zu. Weil du mir alles beigebracht hast.

Maddy hielt Wort und riss das Publikum mit.

In der Pause gab es keine Zeit zur Entspannung. Es mussten Kostüme gewechselt, Make-up aufgefrischt, Energie erneuert werden. Es wurde Maddy mitgeteilt, dass die ‚Mets‘ dabei waren zu verlieren. Sie nahm es gelassen. Heute hatte sie Wichtigeres verloren.

Von der Seitengasse aus warf Maddy einen Blick in den Zuschauerraum. Die Saalbeleuchtung war an, und das Publikum flanierte herum. Es herrschte eine erwartungsvolle Atmosphäre. Und sie hatte dazu beigetragen.

Dann sah sie Roy. Ihr Vater stand neben ihm. Er lachte gerade und legte einen Arm um Roys Schulter. Die Geste erwärmte sie. Sie sagte sich zwar, dass es jetzt eigentlich egal sei, doch es erwärmte sie, ihren Vater mit dem Mann, den sie liebte, lachen zu sehen.

„Wenn du den Blick beibehältst, wirst du sie noch alle vor dem Finale vergraulen.“

Maddy drehte sich um. Wanda trug wie sie ein Nachthemd für die folgende Szene in ihrer gemeinsamen Wohnung. Dann würde bald der Perlenvorhang herunterkommen, und Maddys Traumszene würde beginnen.

„Keine Angst. Wir wollen doch die siebzehn Vorhänge übertrumpfen.“

„Ist er draußen?“

„Ja. Er ist draußen.“

„Ich vermute, du hast das Bedürfnis, etwas zu beweisen.“

Dass ich es überleben werde, dachte Maddy. „Mir selbst“, murmelte sie, als sie ihre Positionen auf der Bühne einnahmen. „Nicht ihm, nur mir.“

In Theaterstücken kann der Autor die Verhältnisse so drehen und ändern, dass sie zu einem Happy End führen. Und so bekamen sich am Schluss Mary und Jonathan. Sie hatten alle Verschiedenheiten und Betrügereien, ihre Lebensumstände und die Lügen, Misstrauen und Enttäuschungen überwunden. Für sie begann das große Glück.

Dann kam der Applaus. Er raste, er überschüttete die Tänzer, als sie sich verbeugten. Er hielt an, wurde noch stärker, als das Produktionsteam heraustrat. Mit angespannt verschränkten Händen wartete Maddy. Sie würde als Letzte hinausgehen.

Lächelnd und mit erhobenem Kopf trat Maddy auf die Bühne. Der Applaus stieg an, überschüttete sie wie flüssige Lava. Die Hochrufe begannen oben in den Rängen, setzten sich nach unten fort, laut und lauter, bis das ganze Theater von ihnen widerhallte. Sie verbeugte sich.

Dann erhoben sich die Zuschauer, erst einer, dann zwei, dann ein Dutzend. Hunderte von Menschen standen und jubelten ihr zu. Überwältigt stand sie einfach nur da.

„Verbeuge dich noch einmal", sagte Wanda leise. „Du hast es dir verdient."

Maddy schüttelte ihre Benommenheit ab und verbeugte sich wieder, bevor sie Wandas Hand und die ihres Partners ergriff. Die drei Hauptdarsteller verbeugten sich wieder, dann fiel der Vorhang. Der Applaus schwoll an, immer wieder, Welle auf Welle.

Für diesen Augenblick hatten sie alle endlos geprobt und ge-arbeitet. Der Vorhang fiel sechsundzwanzigmal.

Es war für Maddy nicht so einfach, wieder in ihre Garderobe zu gelangen. Überall waren Menschen, immer wieder gab es Umarmungen und manchmal ein paar Tränen. Myron hob sie hoch in seine Arme und küsste sie voll auf den Mund.

Es herrschte ein ausgelassenes Durcheinander hinter der Bühne. Tänzer wirbelten herum und planten ein Riesenfest. Sie hatten Erfolg gehabt. Was auch immer noch für Veränderungen an dem Stück vorgenommen werden mochten, bis es am Broad-way spielte, diesen Erfolg konnte man ihnen nicht mehr nehmen. Die Stunden und Stunden voller Arbeit, Schweiß und Wieder-holungen hatten sich ausgezahlt. Jemand hatte sogar eine Trom-pete besorgt und blies zum Aufbruch.

Maddy gelang es endlich, ihre Garderobe zu erreichen. Dort ließ sie sich einfach auf einen Stuhl sinken und starrte ihr eigenes Spiegelbild an.

Sie hatte es geschafft.

Die Tür ihrer Garderobe wurde geöffnet, und etwas von der ausgelassenen Stimmung drang herein. Ihren Vater sah Maddy zuerst, die Boa hing ihm wie eine Siegesfahne um die Schultern. Ihre Energie kehrte zurück, und sie sprang hoch und stürzte sich ihm in die Arme.

„Dad. Es war großartig. Sag mir, dass es großartig war."

„Großartig? Sechsundzwanzig Vorhänge sind mehr als nur großartig."

„Du hast sie gezählt."

„Natürlich." Er drückte sie fest an sich, bis ihre Füße den Kontakt zum Boden verloren. „Da oben stand mein Mädchen. Mein kleines Mädchen. Du hast sie umgehauen. Ich bin so stolz auf dich, Maddy."

„Oh Dad, nicht weinen." Sie musste auch schniefen und griff in seine Tasche, um sich ein Taschentuch zu holen. „Du wärst auch stolz auf mich, wenn ich durchgefallen wäre." Sie trocknete sich die Augen. „Und darum liebe ich dich."

„Wie wäre es mit einem Küsschen für deine Mutter?" Molly streckte die Arme aus und zog Maddy an sich. „Ich habe nur daran denken müssen, als wir dir das erste Mal Tanzschuhe angezogen haben. Ich konnte es kaum glauben, dass du das eben wirklich warst, so voller Kraft, so voller Leben. Kraft. Das ist es, was dich wirklich ausmacht."

„Ich habe immer noch Herzklopfen." Lachend umarmte Alana ihre Schwester. „Bei jedem deiner Auftritte habe ich nach Dorians Hand gegriffen. Ich möchte nicht wissen, wie viele Finger ich ihm gebrochen habe. Ben hat der Frau neben ihm immer wieder stolz gesagt, dass du seine Tante seist. Ich wünschte nur …"

„Ich weiß schon, ich wünschte auch, Carrie wäre hier." Sie beugte sich zu Ben herunter und drückte ihn an sich, dann sah sie Chris an, der sich mit schläfrigen Augen auf Dorians Arm kuschelte.

„Ich bin nicht eingeschlafen", versicherte Chris mit einem riesigen Gähnen. „Ich habe alles mitgekriegt. Es war hübsch."

„Danke. Und du, Dorian, meinst du, wir können damit an den Broadway?"

„Ich meine, du wirst den Broadway kopfstehen lassen. Meine Glückwünsche, Maddy." Dann grinste er und betrachtete sie eingehend. „Dein Kostüm hat mir auch gefallen."

„Knallig, aber knapp", entgegnete sie mit einem Lachen und sah auf ihren roten Strapsgurt hinunter, den sie noch immer trug.

„Wir müssen die Kinder zu Bett bringen." Alana warf Ben einen Blick zu, der seine Hand schon in Dorians gelegt hatte. „Wir sehen dich morgen, bevor wir abfahren." Alana berührte Maddys Arm mit einer Geste, die alles verriet. „Ich denke an dich."

„Wir müssen auch gehen." Frank sah Molly verstohlen vielsagend an. „Du willst jetzt sicher mit den anderen feiern."

„Du weißt, dass ihr eingeladen seid", begann Maddy vorsichtig.

„Nein, nein, wir brauchen unsere Ruhe. Wir haben einen großen Auftritt in ein paar Tagen in Buffalo." Frank drängte seine Familie zur Tür, wo er sich noch einmal umdrehte. „Du warst die Beste, Häschen."

„Nein." In diesem Augenblick fiel ihr alles ein – seine Geduld, seine Freude, die er ihr gezeigt hatte, den Zauber, den er auf sie übertragen hatte, als er ihr das Tanzen beigebracht hatte. „Du warst es, Dad."

Seufzend setzte sich Maddy wieder. Sie zog eine Rose aus einer Vase und roch an ihr. Die Beste. Sie schloss die Augen. Warum reichte ihr das nicht?

Als sich die Tür wieder öffnete, setzte Maddy automatisch ein Lächeln auf.

Roy stand in der Tür, hinter ihm herrschte Lärm und Aufregung. Sehr vorsichtig steckte Maddy die Rose zurück. Das aufgesetzte Lächeln schien jetzt nicht notwendig zu sein.

„Darf ich hereinkommen?"

„Ja." Sie sah ihn dabei nicht an. Bewusst drehte sie sich zum Spiegel um und zog die falschen Wimpern ab.

„Ich muss dir wohl nicht sagen, wie umwerfend du warst."
Er schloss die Tür und ließ den Lärm draußen.

„Oh, ich kann es gar nicht oft genug hören. Lob ist das Brot
des Künstlers." Sie tauchte den Finger in einen Topf mit Fett-
creme und schmierte sie auf ihr Gesicht. „Du bist also für die
Show geblieben."

„Natürlich bin ich geblieben." Sie ließ ihn sich wie einen Idioten fühlen. So war er noch nie einer Frau nachgelaufen. Und er
wusste, wenn er jetzt einen Fehler machte, dann hatte er sie endgültig verloren. Als er hinter sie trat, bemerkte er ein Zögern in
der Bewegung ihrer Hand, spürte ihre Anspannung in ihrer
Körperhaltung. Noch hatte er sie nicht verloren.

Maddy wischte sich mit Papiertüchern die Creme und die
Schminke vom Gesicht. Roy stellte ein großes, blaues Paket auf
den Tisch neben ihrem Ellbogen. Sie zwang sich, es zu übersehen, und warf die schmutzigen Tücher in den Papierkorb. Jetzt
war alles von Mary weg und nur noch Maddy da. Sie erhob sich
und griff nach ihrem Bademantel. „Ich muss aus meinem Kostüm heraus. Es macht dir doch nichts aus?"

„Nein." Er ließ den Blick nicht von ihr. „Es macht mir nichts
aus."

Leicht wollte er es ihr offenbar nicht machen. So nickte sie
nur und verschwand hinter dem Wandschirm. „Und du fährst
morgen zurück nach New York?"

„Nein. Ich fahre nirgendwohin, Maddy. Und wenn du mich
zappeln lassen willst, hast du wohl jedes Recht dazu."

Sie warf ihr Kostüm über den Wandschirm. „Ich will dich
nicht zappeln lassen. Das ist lächerlich."

„Wieso? Ich habe mich doch wie ein Obernarr verhalten. Ich
bin jetzt in der Lage, es zuzugeben. Aber wenn du noch nicht
in der Lage bist, es zu akzeptieren, kann ich warten."

Heftig zog sie den Gürtel ihres Bademantels zu, bevor sie
hinter dem Wandschirm hervortrat. „Du spielst nicht fair. Du
hast nie fair gespielt."

„Ja, das stimmt, und es ist mich teuer zu stehen gekommen."
Er trat einen Schritt auf sie zu, als ein Blick in ihre Augen ihm

verriet, dass er nicht weitergehen durfte. „Und wenn es bedeutet, dass ich von diesem Punkt aus wieder neu anfangen muss, dann bin ich dazu bereit. Ich will dich, Maddy, mehr, als ich je irgendetwas oder irgendjemanden gewollt habe."

„Was soll das?" Sie fuhr sich durchs Haar und suchte nach einem Ausweg. Es gab keinen. „Immer, wenn ich mich selbst davon überzeugt habe, dass es aus und vorbei ist, immer, wenn ich mir sagen kann: ‚Okay, Maddy, lass es', dann entziehst du mir wieder den Boden unter den Füßen. Ich habe es satt, immer wieder auf den Rücken zu fallen, Roy. Ich will nichts weiter, als mein Gleichgewicht wiederzufinden."

Dieses Mal ging er zu ihr, nichts konnte ihn halten. Seine Augen waren sehr dunkel, doch sie verrieten nichts von seiner Angst. „Ich weiß, du kannst ohne mich leben. Ich weiß, du kannst ohne mich geradewegs an die Spitze gelangen. Und vielleicht, vielleicht, könnte ich von dir gehen und es überstehen. Ich will es aber nicht riskieren. Ich mache alles, um es nicht dahin kommen zu lassen."

„Verstehst du denn nicht? Wenn es keine gemeinsame Grundlage gibt, wenn wir uns nicht verstehen, uns nicht vertrauen, dann geht es nicht. Ich liebe dich, Roy, aber …"

„Sag nichts mehr." Obwohl sich ihr Körper versteifte, zog er sie an sich. „Lass mich dazu etwas sagen. Seit ich dich kennengelernt habe, habe ich mir viele Gedanken gemacht und habe mich in vielem geändert. Vorher war meine Welt schön ordentlich schwarz-weiß. Die Farbe hast du geändert, und das möchte ich nicht mehr verlieren. Nein, sag nichts", wiederholte er. „Öffne zuerst das Paket."

„Roy …"

„Bitte, öffne nur zuerst das Paket." Wenn er sie so gut kannte, wie er glaubte – wie er hoffte –, würde er ihr auf diese Weise mehr als mit Worten sagen können.

Kraft. Ihre Mutter hatte behauptet, sie sei voller Kraft. Jetzt musste sie es sich beweisen. Maddy wandte sich ab und öffnete das Paket. Einen Augenblick lang konnte sie nur hineinstarren.

„Ich habe dir keine Blumen geschickt", begann Roy. „Ich dachte, davon bekommst du genug. Ich dachte – ich hoffte –, das würde mehr ausdrücken. Hannah hat sich wirklich selbst übertroffen, sie herzubekommen."

Sprachlos nahm Maddy die Pflanze heraus. Sie hatte sie Roy gelb und dahinsiechend übergeben. Nun war sie grün und voller Leben, mit kräftigen jungen Trieben. Weil ihre Hände zittrig waren, stellte sie sie auf den Tisch.

„Ein kleines Wunder", meinte Roy halblaut. „Sie ist nicht eingegangen, als sie sollte. Sie hat dagegen angekämpft und ist wieder gediehen. Man kann Wunder erreichen, wenn man es nur stark genug will. Das hast du mir einmal gesagt, doch ich habe es nicht geglaubt. Jetzt glaube ich es." Er berührte ihr Haar und wartete, bis sie ihn ansah. „Ich liebe dich. Und ich will nichts anderes als es dir ein Leben lang beweisen."

Sie trat dicht an ihn heran. „Dann fang jetzt damit an."

Lachend und erleichtert fand sein Mund ihre Lippen. Mit einem kleinen Seufzer zog sie ihn fest an sich, mit der ganzen Liebe und der ganzen Kraft, die sie ihm versprechen würde.

Er löste sich noch einmal von ihr, da er auch noch das letzte Hindernis nehmen musste. „Das, was ich dir heute Nachmittag gesagt habe …"

Sie legte ihm nur einen Finger auf die Lippen und schüttelte den Kopf. „Du willst doch wohl jetzt nicht versuchen, dich davor zu drücken, mich zu heiraten?"

„Nein." Er zog sie wieder an sich. „Nein, aber ich kann dich nicht danach fragen, bevor du alles über mich weißt." Es war schwer, schwerer, als er gedacht hatte. Er ließ die Hände sinken. „Maddy, mein Vater …"

„Ist ein außergewöhnlicher Mann", beendete sie für ihn und nahm seine Hände. „Roy, er hat mir schon vor Wochen alles erzählt."

„Er hat es dir erzählt?"

„Ja. Hast du gedacht, das würde einen Unterschied machen?"

„Ich war mir nicht sicher."

Sie schüttelte den Kopf. Dann erhob sie sich auf die Zehenspitzen und küsste ihn wieder, mit der ganzen Kraft ihrer Liebe. „Sei ganz sicher. Hier gibt es zwar kein Kerzenlicht, und ich will auch nicht, dass du vor mir auf die Knie sinkst. Aber ich will, dass du mich fragst."

Er umfasste ihre Hände. Als er sie an seine Lippen hob, lag sein Blick fest auf ihr. „Ich liebe dich, Maddy. Ich will mit dir mein Leben verbringen, mit dir Kinder haben, mit dir glücklich sein. Ich will in der ersten Reihe sitzen, dich auf der Bühne vor Energie sprühen sehen und dabei wissen, nach der Vorstellung kommst du zu mir nach Hause. Willst du mich heiraten?"

Ganz langsam kam das Lächeln, bis es ihr ganzes Gesicht zum Strahlen brachte. Sie öffnete den Mund – und stöhnte auf, als es heftig an ihrer Tür klopfte.

„Schick sie weg."

Maddy drückte Roys Hand. „Beweg dich nicht. Atme nicht einmal." Sie schlich zur Tür und riss sie auf, entschlossen, sie ebenso schnell wieder zu schließen.

„Gewonnen, Miss O'Hara!" Übers ganze Gesicht grinsend, stand einer der Bühnenarbeiter vor der Tür. „Die ‚Mets' haben mit vier zu drei gewonnen. Scheint, heute können Sie einfach nicht verlieren."

Maddy blickte sich um und lächelte Roy zu. „Wenn Sie wüssten, wie recht Sie haben!"

– ENDE –

Lesen Sie auch:

Sarah Morgan

Winterzauber wider Willen

Im Buchhandel erhältlich

Band-Nr. 25791
9,99 € (D)
ISBN: 978-3-95649-076-7
eBook: 978-3-95649-371-3

Kayla wandte ihren Blick von dem Schnee, dem Baum und den funkelnden Wolkenkratzern ab und konzentrierte sich wieder auf den Bildschirm.

Kurz darauf öffnete sich die Tür, und Tony, ihr Kollege aus dem Bereich Entertainment und Sports, erschien mit zwei Gläsern Champagner.

Kayla nahm die Ohrstöpsel heraus. „Wer zum Teufel sucht da draußen eigentlich die Musik aus?"

„Gefällt sie dir nicht?" Der oberste Knopf seines Hemdes war geöffnet, und das Glitzern in seinen Augen deutete darauf hin, dass dies nicht sein erstes Glas Champagner war. „Versteckst du dich deshalb in deinem Büro?"

„Ich suche nach innerer Ruhe, doch ich würde mich auch schon mit äußerer Ruhe zufrieden geben. Wenn du also auf dem Weg nach draußen die Tür schließen würdest, wäre das großartig."

„Komm schon, Kayla. Wir feiern das beste Jahr, das wir je hatten. Es ist eine britische Tradition, dass man sich dabei betrinkt, schreckliche Karaoke-Lieder singt und mit seinen Kollegen flirtet."

„Wer hat dir das denn erzählt?"

„Ich habe *Bridget Jones* gesehen."

„Ach so." Die Musik verursachte ihr Kopfschmerzen. Es war immer dasselbe in dieser Jahreszeit. Das Angstgefühl in ihrem Bauch. Das schmerzhafte Ziehen in ihrer Brust, das bis zum 26. Dezember nicht weichen wollte. „Tony, möchtest du etwas? Denn ich würde gerne weiter arbeiten."

„Es ist unsere Bürofeier. Du kannst heute Abend nicht so lange arbeiten."

Wenn es nach ihr ging, war es der perfekte Abend, um Überstunden zu machen.

„Hast du *A Christmas Carol* geguckt? Oder das Buch gelesen?"

Er stellte das Champagnerglas vor ihr auf den Schreibtisch. „Ich schätze, in diesem Szenario bist du nicht Tiny Tim, was dich entweder zu Scrooge oder zu einem der Geister macht."

„Ich bin Scrooge, aber ohne das geschmacklose Nachthemd."
Ohne das Glas zu beachten, blickte Kayla in Richtung Tür. „Ist
Melinda da draußen?"

„Das letzte Mal, als ich sie gesehen habe, bezirzte sie den
CEO von Adventure Travel, der dich schon den ganzen Abend
sucht, weil er dir persönlich für das unglaubliche Jahr danken
möchte, das seine Firma erlebt hat. Die Buchungen sind um
zweihundert Prozent gestiegen, seit sie deine Kunden sind.
Und nicht nur das, du hast sein Bild auf das Cover des *Time
Magazine* gebracht." Er hob das Glas, und sein Mund verzog
sich zu einem Grinsen. „Bis du nach New York kamst, war
ich der Goldjunge. Brett gab mir immer Tipps, wie ich es nach
ganz oben schaffe. Ich war bestens darauf vorbereitet, der
jüngste Vizepräsident zu werden, den diese Firma je ernannt
hat."

In ihrem Kopf begann eine Alarmglocke zu klingeln.
„Tony …"

„Nun geht diese Auszeichnung vermutlich an dich."

„Du bist noch immer der Goldjunge. Wir arbeiten in verschiedenen Bereichen. Können wir morgen darüber sprechen?" Kayla
kramte in ihrer Tasche nach einem Bericht und wünschte sich,
sie könnte hineinspringen, sie zumachen und bis Januar darin
bleiben. „Ich bin wirklich beschäftigt."

„Zu beschäftigt, um mein angeschlagenes Ego aufzubauen?"

Sie beäugte den Champagner. „Meine Überzeugung war immer, dass die Menschen für ihr Ego selbst verantwortlich sein
sollten."

Verächtlich lachte er. „Bei jedem anderen hätte ich eine Anspielung in diesem Satz vermutet, doch du tust so was nicht,
nicht wahr? Du hast keine Zeit dafür. Genauso wie du keine Zeit
für Partys hast oder für einen Drink auf dem Heimweg nach der
Arbeit. Du hast für nichts Zeit, *außer* für die Arbeit. Für Kayla
Green, Associate Vice President des Bereichs Hotels & Touris-
mus, dreht sich immer nur alles um das nächste Geschäft. Weißt
du eigentlich, dass wir eine Wette im Büro laufen haben, ob du
mit deinem Telefon ins Bett gehst?"

„Natürlich gehe ich mit meinem Telefon ins Bett. Du etwa nicht?"

„Nein. Manchmal gehe ich mit einem Menschen ins Bett, Kayla. Einer scharfen nackten Frau. Manchmal vergesse ich den Job und stürze mich in eine Nacht voll unglaublichem Sex." Seine Augen ruhten auf ihr, und die Botschaft war unmissverständlich. Kayla wünschte, sie hätte ihre Bürotür abgeschlossen.

„Tony ..."

„Ich mache mich hier vermutlich zum totalen Idioten, aber ..."

„*Bitte* nicht." Da sie vielleicht gleich beide Hände brauchen würde, entschied sich Kayla, die Suche nach der Akte aufzugeben. „Geh zurück zu der Feier."

„Du bist die verführerischste Frau, der ich je begegnet bin."

Oh verdammt.

„Tony ..."

„Ich muss gestehen, dass ich mir vorgenommen hatte, dich zu hassen, als du von London hierher kamst und direkt zum Associate Vice President ernannt wurdest. Aber mit deiner süßen britischen Art hast du uns alle bezaubert, und Brett hast du mit deinem geschäftlichen Killerinstinkt bezaubert." Er beugte sich vor. „Und du hast *mich* bezaubert."

Kayla blickte auf das Glas in seiner Hand. „Wie viele davon hattest du schon?"

„Vor ein paar Tagen habe ich dich im Konferenzraum bei einer Präsentation für einen Kunden beobachtet. Du hast nie stillgestanden."

„Ich kann besser denken, wenn ich mich bewege."

„Ja, du läufst da herum in diesem engen kleinen Bleistiftrock, der deinen Hintern betont, und in diesen himmelhohen High Heels, die unendlich lange Beine machen, und die ganze Zeit, die du da herumranntest, dachte ich: ‚Kayla Green hat den schärfsten Verstand im Geschäft, doch sie hat auch *fantastische* Beine ...'"

„Tony ..."

„… und sie hat nicht nur fantastische Beine, sondern auch noch unglaubliche grüne Augen, die einen Mann aus tausend Schritten Entfernung töten können."

Sie starrte ihn eindringlich an und schüttelte dann den Kopf. „Nein. Es funktioniert nicht. Du lebst schließlich immer noch, insofern musst du mit deiner Einschätzung falsch liegen. Und jetzt geh zurück zu der Feier."

„Lass uns hier abhauen, Green. Gehen wir zu mir. Nur du und ich und mein riesengroßes Bett."

„Tony …" Sie versuchte, den richtigen Tonfall anzuschlagen. Bestimmt, sachlich und eindeutig nicht interessiert. „Ich verstehe, wie viel Mut es dich gekostet hat, mir deine Gefühle ehrlich mitzuteilen, und ich werde ebenso offen sein." *Na ja, nicht ganz, aber so nah an offen, wie sie überhaupt konnte.* „Mal abgesehen von dem Umstand, dass ich niemals etwas mit einem Kollegen anfangen würde, weil es unprofessionell wäre, bin ich wirklich schlecht in Beziehungen."

„Du kannst gar nicht in irgendwas schlecht sein. Ich hörte, wie Brett diese Woche einem Kunden erzählte, dass du ein Superstar bist." Eine bittere Schärfe schlich sich in seine Stimme, und sie seufzte.

„Geht es hier darum? Um Wettbewerb? Als Brett dir Tipps gegeben hat, wie du es allen zeigen kannst, hat er vermutlich nicht gemeint, dass du das wörtlich nehmen sollst."

„Heißer, schmutziger Sex, Kayla, und nur heute Nacht." Er hob das Glas. „Ein Morgen gibt es nicht."

Soweit es sie betraf, konnte das Morgen gar nicht früh genug kommen. „Gute Nacht, Tony."

„Ich würde dich deine E-Mails vergessen lassen."

„Kein Mann hat mich je meine Mails vergessen lassen." Der Gedanke an diese traurige Tatsache verbesserte ihre Stimmung keineswegs. „Du bist betrunken, und du wirst diese Szene morgen früh bereuen."

Er setzte sich auf ihren Schreibtisch, direkt auf einen Stapel von Rechnungen, die sie noch abzeichnen musste. „Weißt du, ich dachte immer, *ich* würde hart arbeiten, aber dann traf ich dich. Kayla Green, PR-Genie, das allen immer einen Schritt voraus ist."

Sie zog an den Rechnungen. „Mein nächster Schritt wird ein Tritt in deinen Hintern sein, wenn du nicht von meinen Rechnungen aufstehst."

„Hintern? Ich dachte, ihr Briten sagt Arsch dazu."

„Hintern, Arsch – nenn ihn, wie du willst, doch nimm ihn von meinem Schreibtisch. Und jetzt verschwinde nach Hause, bevor du etwas sagst, das du zu jemandem, der wichtig ist, besser nicht sagen solltest." Sie war schon drauf und dran, aufzustehen und ihn mit Körpereinsatz hinauszuwerfen, sah allerdings zu ihrer Erleichterung, dass die Tür sich öffnete und Stacy, ihre persönliche Assistentin, hereinkam.

Ihr Blick fiel auf das leere Glas in Tonys Hand. „Äh, Tony – Brett sucht dich. Eine neue Chance für ein Geschäft. Er meint, du bist der Richtige, das in die Hand zu nehmen."

„Tatsächlich? In dem Fall ..." Tony griff sich Kaylas unberührtes Glas und schlenderte zur Tür „Das Geschäft geht immer vor, nicht wahr? Auf jeden Fall vor das Vergnügen."

Erstaunt schaute Stacy ihm nach. „Was ist denn in den gefahren?"

„Offenbar zwei Flaschen Champagner." Kayla stützte den Kopf in die Hände und starrte ausdruckslos auf den Bildschirm. „Hat Brett ihn wirklich gesucht?"

„Nein, aber du sahst aus, als würdest du ihn gleich schlagen, und ich wollte nicht, dass du Weihnachten im Gefängnis verbringst. Das Essen dort soll furchtbar sein."

„Du bist wirklich einmalig und hast dir einen fetten Bonus verdient."

„Du hast mir bereits einen fetten Bonus gezahlt. Ich habe mir dieses Top spendiert." Stacy drehte sich wie eine Ballerina, und schwarze Pailletten glitzerten im Licht. „Was denkst du?"

„Es ist toll. Aber komm damit Tentakel-Tony nicht zu nah."

„Ich finde ihn süß." Stacy errötete. „Tut mir leid. Wolltest du gar nicht wissen."

„Du findest ihn attraktiv?" Kayla starrte zur Tür, durch die Tony vor wenigen Minuten verschwunden war, und fragte sich, was mit ihr nicht stimmte. „Ernsthaft?"

„Jede tut das. Außer dir natürlich, doch das liegt daran, dass du zu viel arbeitest, um es zu bemerken. Warum kommst du nicht mit zur Feier?"

„Alle werden über Ihre Weihnachtspläne sprechen. Ich bin gut in Gesprächen über die Arbeit, aber völlig verloren, wenn es um Kinder, Haustiere und Großmütter geht."

„Apropos Arbeit, wir haben einen potenziellen neuen Kunden. Der Typ kommt morgen zu einem ersten Gespräch. Brett möchte dich bei dem Meeting dabei haben."

Der Themenwechsel hob ihre Laune sofort. „Was für ein Typ?"

„Jackson O'Neil."

„Jackson O'Neil." Sie überlegte angestrengt. „Der CEO von Snowdrift Leisure. Denen gehört eine Hand voll Luxushotels, die sich auf Wintersport spezialisiert haben. Die meisten befinden sich in Europa. Zermatt, Klosters, Chamonix. Eindrucksvolle Bilanz. Sehr erfolgreich. Was ist mit ihm?"

Stacy starrte sie mit offenem Mund an. „Woher *weißt* du all dieses Zeug?"

„Damit beschäftige ich mich, wenn andere Menschen sich um ihr Privatleben kümmern." Kayla tippte *Jackson O'Neil* in die Suchmaschine. „Sollen wir für sie tätig werden? Ich könnte mit jemandem im Londoner Büro sprechen."

„Es geht nicht um das Europa-Geschäft. Und auch nicht um Snowdrift Leisure. Er ist vor achtzehn Monaten in der Firma etwas kürzer getreten, um in die USA zurückzukehren und sich dem Familienbetrieb zu widmen."

„Tatsächlich? Wie konnte mir das entgehen?" Kayla betrachtete die Bilder, die auf dem Monitor auftauchten. Jackson O'Neil war mindestens zwei Jahrzehnte jünger als sie erwartet hatte. Statt der üblichen Porträts zeigte ihn ein Foto, wie er auf Skiern eine scheinbar senkrechte Piste hinunterfuhr. Sie musste den Kopf neigen, damit sie ihn richtig sehen konnte. „Ist das Photoshop?"

Stacy blickte ihr über die Schulter und stieß einen anerken-nenden Laut aus. „Der Kerl ist wirklich heiß. Ich wette, er trinkt Wodka Martini, geschüttelt, und nicht gerührt. Das ist kein Photoshop. Alle drei O'Neil-Brüder sind Skifahrer. Tyler O'Neil gehörte zum US-Skiteam, bis er sich verletzte. Sie stürzen sich ständig von irgendwelchen Klippen oder so he-runter."

„Dann sollte ich wohl besser nicht erwähnen, dass mir auf der Aussichtsplattform des Empire State Building schwindlig wird." Kayla klickte das Bild weg. „Snowdrift Leisure ist eine rasch wachsende erfolgreiche Firma. Warum konzentriert er sich nicht darauf?"

„Wegen der Familie. Den O'Neils gehört das Snow Crystal Resort and Spa in Vermont."

Familie. Die zerstörerischste Kraft, die die Menschheit kannte. „Ich habe nie davon gehört."

„Ich schätze, das ist der Grund, warum er uns um Hilfe bittet."

„Wenn er das Familienunternehmen leiten will, wieso hat er das dann nicht von Anfang an getan, statt seine eigene Firma zu gründen?" Sie klickte sich durch die Homepage von Snow Crys-tal und begutachtete die Bilder. Ein riesiges Hotel im Alpenstil und kleine Blockhütten, die sich im Wald versteckten. Ein lä-chelndes Paar in einem von Pferden gezogenen Schlitten. La-chende Familien, die auf einem gefrorenen See Schlittschuh lie-fen. Rasch klickte sie sich zu den Bildern der Blockhütten zurück. „Vielleicht liebt er Herausforderungen."

„Er wird es dir zweifellos verraten, wenn ihr euch kennen-lernt. Er hat ausdrücklich nach dir gefragt. Er hat gesehen, was du für Adventure Travel geleistet hast."

Kayla starrte auf die Cottages und dachte, wie friedlich sie wirkten. „Schreiben sie den Auftrag aus?"

„Brett glaubt, dass der Auftrag uns gehört, wenn du Jackson O'Neil morgen überzeugen kannst."

„Dann sollten wir wohl besser zusehen, dass wir ihn beein-drucken."

„Ich bin sicher, dass dir das gelingt." Stacy zögerte. „Bist du jemals Ski gefahren?"

„Nicht wirklich. Ich meine, ich habe niemals auf einem Paar Skier gestanden, aber immerhin bin ich letzte Woche auf dem Schnee draußen vor Bloomingdales herumgerutscht. Ich hatte das Gefühl, mein Magen dreht sich um. Skifahren muss sich ähnlich anfühlen."

Stacy lachte. „Meine Eltern sind mit mir nach Vermont gefahren, als ich klein war. Ich kann mich nur noch an Eis erinnern. Selbst die Bäume waren gefroren."

„Das trifft sich gut, ich liebe Eis."

„Tatsächlich?"

„Und wie. Idealerweise gestoßen in einer Margarita oder in Schwanform als Mittelpunkt eines Buffets, doch falls es sein muss, werde ich auch mit Eis unter meinen Füßen fertig. Es wird alles gut laufen, Stacy. Schließlich helfe ich ihnen nur, den Laden bekannt zu machen, und verbringe dort nicht meine Ferien. Musste ich etwa einen Löwen umarmen, als ich an dieser Afrika-Sache arbeitete? Nein, musste ich nicht." Kayla verspürte die gewohnte Erregung, die sie angesichts einer neuen Auftragschance immer ergriff. Ihre Weihnachts-Ängste legten sich ein wenig, nun, da sie einen gewichtigen und allgemein respektierten Grund hatte, sich in Arbeit zu vergraben. Damit würde sie die heikle Zeit überstehen, wie sie es immer tat, und niemand würde etwas von ihrem Elend bemerken. „Sei so gut, und besorg mir so viel Material wie möglich über Snow Crystal und die O'Neils, vor allem über Jackson. Ich möchte wissen, warum er sich aus seinem höchst erfolgreichen Unternehmen zurückgezogen hat, um nach Hause zurückzukehren und einen alten Kasten zu führen, den ich nicht einmal auf der Landkarte finden kann."

„Es werde es dir morgen als Erstes auf den Tisch legen." Flott und effizient machte sich Stacy eine Notiz. „Vielleicht solltest du danach mal eine Pause einlegen, Kayla. Du vergisst dauernd, dass Weihnachten ist!"

„Das vergesse ich nicht." Seit fünfzehn Jahren versuchte sie, es zu vergessen. *Aber es gab kein Vergessen.*

Wann auch immer sie ihr Apartment oder das Büro verließ, ging sie mit gesenktem Kopf, damit sie den Blick auf glitzernden Fensterschmuck und funkelnde Lichter vermied, aber nichts half.

Stacy ordnete den Stapel Rechnungen. „Bist du sicher, dass du uns nicht doch bei unserem Team-Ausflug zum Weihnachtsmann begleiten willst?"

Kayla hatte das Gefühl, als würde ihr jemand durch den Bauch sägen. Sie zog die Schublade auf, holte die Magentabletten heraus und steckte zwei in den Mund. Sie fragte sich, ob sie wohl bis nach Weihnachten außer Gefecht wäre, wenn sie einfach die ganze Schachtel leermachte. „Ich kann nicht, tut mir leid, aber danke für die Einladung."

„Es gibt dort Weihnachtsbäume und Elfen …"

„Oh Gott, du Ärmste."

„Warum Ärmste? Ich liebe Weihnachten." Stacy schaute sie verwirrt an. „Du etwa nicht?"

„Ich vergöttere Weihnachten. Ich bin völlig am Boden zerstört, dass ich euch nicht begleiten kann. Ich meinte ich Ärmste, nicht du Ärmste." Ihr Kiefer schmerzte vor Anstrengung, so etwas wie ein Lächeln hinzukriegen. „Denkt an mich, während ihr mit den Elfen tanzt."

„Vielleicht solltest du trotzdem mitkommen und mit dem Weihnachtsmann reden. Du könntest ihm deinen Wunschzettel geben: Lieber Santa, bitte bring mir den Snow Crystal Auftrag zusammen mit einem ordentlichen Budget. Und wenn du schon dabei bist, hätte ich gerne auch noch Jackson O'Neil nackt. Das Geschenkpapier kannst du dir sparen."

Alles, was sie sich zu Weihnachten wünschte, war, dass es möglichst schnell vorüberging.

Shannon Stacey
Ausgerechnet Kowalski?

Lauren würde am liebsten diese lästigen Gefühle ignorieren, die Ryan Kowalski in ihr weckt. Doch das ist nicht leicht, wenn sie jeden Morgen ihren Sohn zum Abarbeiten einer Strafe zu ihm bringen muss …

Band-Nr. 25783
9,99 € (D)
ISBN: 978-3-95649-062-0
eBook: 978-3-95649-362-1
304 Seiten

Teri Wilson
Ausgerechnet Mr. Darcy

Elizabeth genießt ihr Singledasein sehr. Trotzdem geht ihr Donovan Darcy nicht mehr aus dem Kopf. Es kann doch nicht sein, dass ausgerechnet er eine nie gekannte Sehnsucht in ihr weckt …?

Band-Nr. 25776
8,99 € (D)
ISBN: 978-3-95649-053-8
eBook: 978-3-95649-353-9
352 Seiten

Soll Maura einen Neuanfang mit ihrer Jugendliebe wagen?

Deutsche Erstveröffentlichung

RaeAnne Thayne
Hope's Crossing:
Zurück zum Glück

Nach einem tragischen Verlust will Maura nur noch nach vorne blicken. Stattdessen wird sie schlagartig von der Vergangenheit eingeholt: Jackson Lange, ihre erste große Liebe, kehrt nach Hope's Crossing zurück. Zwanzig Jahre zuvor war Jackson plötzlich ohne ein Wort des Abschieds verschwunden – ohne dass sie ihm sagen konnte, dass sie bereits schwanger mit ihrer gemeinsamen Tochter war …

Band-Nr. 25784

8,99 € (D)

ISBN: 978-3-95649-063-7

eBook: 978-3-95649-363-8

304 Seiten

„Wie immer in Hope's Crossing scheint das Licht der Hoffnung. Die Dialoge sind teilweise zum laut Loslachen, die Charaktere unheimlich lebensnah."
Romance Junkies